Tara Haigh
Die Klänge der Freiheit

Das Buch

Nürnberg, 1943: Die junge Inge spielt leidenschaftlich gern Geige und träumt von der weiten Welt. Gegen den Willen des Vaters lässt sie sich zur Rotkreuzschwester ausbilden und wird gleich bei ihrem ersten Einsatz an die Ostfront geschickt. Die Arbeit im Lazarett konfrontiert sie mit der grausamen Realität des Krieges, während die Rote Armee immer näher rückt.

Als der deutsche Offizier Preuss ihr anbietet, ihn nach Italien zur Abtei Montecassino zu begleiten, ergreift sie die rettende Chance. Aber kann sie Preuss wirklich trauen? Er ist kultiviert, ein feinsinniger Kunstkenner, aber auch Nationalsozialist. Noch ahnt Inge nicht, dass sich in Italien ihr Schicksal offenbaren wird und sie schwere Entscheidungen treffen muss: zwischen Liebe und Verrat, Zukunft und Vergangenheit ...

Die Autorin

Tara Haigh schreibt seit vielen Jahren große TV-Unterhaltung und als Tessa Hennig Frauenromane mit Herz und Humor, die bereits erfolgreich verfilmt und alle Bestseller wurden. In ihren historischen Romanen erzählt sie spannende Liebesgeschichten an exotischen Sehnsuchtsorten, die mit viel Liebe zum Detail recherchiert sind und dabei Aspekte der Weltgeschichte aufgreifen, die weniger bekannt oder bisher kaum literarisch in Erscheinung getreten sind. Weitere Informationen unter www.tessa-hennig.de.

Tara Haigh

Die Klänge der Freiheit

Roman

Deutsche Erstveröffentlichung bei
Tinte & Feder, Amazon Media EU S.à r.l.
38, avenue John F. Kennedy, L-1855 Luxembourg
November 2021
Copyright © der deutschsprachigen Ausgabe 2021
By Tara Haigh
All rights reserved.

Umschlaggestaltung: zero-media.net, München
Umschlagmotiv: © Klaus Tiedge/Getty Images;
© George Marks/ Getty Images;
© Joanna Czogala/Arc Angel; © Greens and Blues/Shutterstock;
© ilmarinfoto/Shutterstock; © Travel_Master/Shutterstock;
© Miha Gradisnik/Shutterstock;
1. Lektorat: Ute Köhler
2. Lektorat: Cathérine Fischer
Korrektorat: Angelika Wiedmaier/DRSVS
Gedruckt durch:
Amazon Distribution GmbH, Amazonstraße 1, 04347 Leipzig /
Canon Deutschland Business Services GmbH, Ferdinand-Jühlke-Straße 7, 99095 Erfurt /
CPI books GmbH, Birkstraße 10, 25917 Leck

ISBN 978-2-49670-980-3

www.tinte-feder.de

PROLOG

Nürnberg, April 1934

Der Winter wollte nicht vergehen. Es war bitterkalt am Bahnsteig. Die Kälte, die in ihr Herz gekrochen war, fühlte sich aber noch viel eisiger an. Konnten Herzen vor Schmerz erfrieren, einfach aufhören zu schlagen? Immer wenn sie ausatmete, kämpfte ihr Hauch wie dichte Nebelschwaden gegen den schroffen Nordwind an, der ihn zurück in ihr Gesicht blies. Mit jedem Atemzug schien sie einen Teil ihrer Seele zu verlieren, sie regelrecht auszuatmen. Die daraufhin einsetzende Leere linderte aber den Schmerz. Es war ein Zustand vergleichbar mit dem der Apathie, wie er bei Menschen eintrat, die schwer krank dem Tod ins Auge sahen. Alles wurde einem egal. Der nächste Dunstschleier aus ihrem Inneren verflüchtigte sich in der klaren Morgenluft. Sie zitterte nicht einmal mehr, obwohl ihre Hand, die den Fahrschein hielt, bereits steif gefroren war. Die Handschuhe lagen im Koffer, doch sie war unfähig, sich zu bücken, um ihn zu öffnen und sie daraus hervorzukramen. Der Zug würde sowieso bald kommen. Immer mehr Passagiere gesellten sich zu ihr an den Bahnsteig, rieben sich die Hände, steckten sie in Jackentaschen oder versuchten, sie mit ihrem bloßen Atem zu wärmen. Auch dazu fehlte es ihr an Kraft. Noch konnte sie ihre Pläne über den Haufen werfen. Hierbleiben, in der Heimat. Doch sie hatte sich bereits verabschiedet, von ihrem bisherigen Leben, von ihren Liebsten. Die Erinnerung an diesen Moment riss sie aus ihrer Lethargie. Der Schmerz setzte daraufhin erneut mit voller Wucht ein. War ein Abschied von Menschen, die man über alles liebte, nicht eines der schlimmsten Dinge, die einem widerfahren konnten? Ein Abschied vom Wertvollsten im Leben? Doch gerade, weil es nichts auf der Welt gab, was ihr mehr bedeutete, blieb ihr keine andere Wahl, als diesen Schmerz zu erdulden. Es war ein Abschied, um ein Leben zu retten. Das ihres Bruders hatte sie nicht retten können, dabei hatte sie ihn doch beschworen, ebenfalls abzureisen. Warum hatte er nicht auf sie gehört? Warum waren die Menschen nur so blind, so gleichgültig, so leichtgläubig und dumm? Wie die Lemminge rannten sie ins Verderben. Kaltblütig ermordet, seinen Laden geplündert, seine Frau verschleppt. Ihr armer Bruder. Er hätte auch diesen Zug nehmen sollen. In die Freiheit, oder war es eher in die Verbannung? In dem Moment musste sie sich eingestehen, dass die Erkrankung ihrer Mutter das Zünglein an der Waage gewesen war, um diesen mutigen Schritt letztlich zu gehen. Ihre Mutter brauchte sie. Das rechtfertigte zudem die plötzliche Abreise in der Nachbarschaft. Niemand durfte Verdacht schöpfen. Und wenn alles nach Plan lief, wäre es ja kein Abschied für immer. Hoffentlich lebte Mutter noch, schoss ihr durch den Kopf. Die Briefe waren ja stets mit Verspätung angekommen, über die Schweiz und von einem Boten persönlich ins Haus gebracht worden. Würde sie wieder zurückkehren, falls ihre Mutter nicht am Leben war? Der Gedanke war schrecklich und verlockend zugleich. Ein Lockruf ihres Herzens, dem sie aber nicht folgen durfte. Sie würde den Tod im Gepäck haben. Das durfte nicht sein. Noch bis vor wenigen Augenblicken hatte es ihr vor diesem Moment gegraut. Nun war es so weit. Der Zug fuhr mit Getöse in den

Bahnhof ein. Ein stählernes Ungeheuer, das schwarzen Ruß in den grauen Himmel spuckte. Es machte einen Höllenlärm, bis die Dampflok mit quietschenden Rädern zum Stehen gekommen war. Der Waggon der zweiten Klasse hielt genau vor ihr. Ein Wink des Schicksals? Ein junger uniformierter Schaffner öffnete von drinnen die Wagentür und begrüßte sie mit einem einnehmenden Lächeln.

»Darf ich Ihnen den Koffer abnehmen, gnädige Frau?«

Sie nickte, doch zögerte noch für einen Augenblick, einzusteigen.

»Wollen Sie hier Wurzeln schlagen?«, pöbelte sie einer dieser verhassten grau uniformierten Offiziere an. Es hatte etwas Gutes an sich, denn urplötzlich stieg Wut in ihr auf. Sie befreite sie aus der Starre und tilgte den Schmerz. Sie stieg dann doch zügig ein, kommentarlos, und unterdrückte die Tränen. Nicht aus Tapferkeit, sondern weil sie es keinem deutschen Offizier dieser Höllenbrut gönnte, sie weinen zu sehen. Erst als der Schaffner ihr einen Platz in der zweiten Klasse zugewiesen hatte und sie sich sicher sein konnte, dass sie unbeobachtet war, ließ sie ihren Tränen freien Lauf.

Kapitel 1

Nürnberg, 30. März 1943

Inge hatte schon aufgehört zu zählen, wie oft die gute Erna in den letzten Wochen eine kräftigende Kartoffelsuppe zubereitet hatte. Natürlich mit Speck. Ihr Vater liebte es, wenn Fettaugen oben in der Brühe schwammen. Inge nicht. Vermutlich war das auch der Grund, weshalb er einen ordentlichen Wohlstandsranzen vor sich herschob, wohingegen Inge rank und schlank geblieben war. Ein zierliches Püppchen, um es mit Ernas Worten zu sagen. Mit einundzwanzig sollte man sich trotzdem nicht mehr Vaters Spruch »Solange du noch die Füße unter meinen Tisch stellst …« anhören müssen. Und schon gar nicht, wenn man eine Ausbildung zur DRK-Schwester absolviert hatte und zu den besten des Jahrgangs gehörte. Der Weg in die Freiheit, in die Unabhängigkeit und weg vom Vater; weg von einem potenziellen Gatten, unter dessen Tisch man als Frau dann die Füße zu stellen hatte. Das war nur einer der Vorzüge ihrer neuen Familie, die sich Deutsches Rotes Kreuz nannte.

»Du hast dich wieder einmal selbst übertroffen«, schwärmte Inges Vater an die gute alte Erna gerichtet. Sie schien in den letzten zehn Jahren, seitdem sie als Zugehfrau für ihn tätig war, nicht gealtert zu sein. Inge kannte sie nicht anders. Ihr Haar seit dem Tod ihres Mannes im strengen Dutt, der aber überhaupt nicht zu ihrem einnehmenden warmherzigen Lächeln passte. Die dicke Kartoffelnase und eine makellose Haut, die dem Zahn der Zeit trotzte. Ganz im Gegensatz zu Vater. Der Krieg nahm ihn sichtlich mit. Er war gänzlich ergraut und gezeichnet von tiefen Sorgenfalten. Was musste er auch heimlich Radiosender der Alliierten hören, britische Lügensender, die nichts als übelste Propaganda von sich gaben, um die Deutschen gegen den Führer aufzuwiegeln? Sein Englisch war dank internationaler Kundschaft über die Jahre so gut geworden, dass er sogar stark akzentgefärbte Beiträge verstand. Was die Russen sendeten, erfuhr er schriftlich, von einem Freund aus der Schweiz, mit dem er eifrig, also mindestens einmal wöchentlich korrespondierte. Erst gestern hatten sie sich beim Abendbrot darüber in die Haare bekommen.

»Es sieht nicht gut aus für die Deutschen, mein Kind. Nach der Niederlage in Stalingrad kann Hitler einpacken.« Das war der Beginn eines mindestens halbstündigen Vortrags gewesen, warum er nicht an den Endsieg glaubte und sich daher Sorgen darüber machte, seine einzige Tochter an der Front zu verlieren. Angeblich seien bereits Abertausende deutsche Soldaten gefallen, weil ihre Panzer im Schlamm stecken geblieben waren und sie der harte Winter überrascht hatte. Das konnte nur ein Ammenmärchen sein, das die Russen verbreiteten, um die Deutschen mürbe zu machen. Die Wochenschau hätte schließlich darüber berichtet. Inge versuchte, ihm in solchen Momenten zu seiner Beruhigung klarzumachen, dass Krankenschwestern niemals direkt an der Front waren. Die Mauern und manchmal sogar die Dächer eines Lazaretts wurden Inges Wissens nach stets sichtbar mit roten Kreuzen gekennzeichnet, um noch nicht einmal zum Ziel von Jagdflugzeugen zu werden. Gleiches galt für Zeltplanen der Feldlazarette. Außerdem, und auch das stand ja wohl außer Frage, würde der Feind keiner Schwester, die sich um verletzte Soldaten kümmerte, etwas zuleide tun. Aus Gründen des Anstands. Der Ehrenkodex eines jeden Soldaten gebot nichts anderes.

»Gustav. Was ist los mit dir? Erst schwärmst du von meiner Suppe und jetzt kriegst du nichts herunter?«, beschwerte sich Erna, die ihre Portion schon fast zur Hälfte ausgelöffelt hatte.

»Ach … schwere Zeiten«, antwortete Inges Vater betrübt.

»Wir haben doch Glück. Es wird schon seinen Grund haben, warum hier bisher so wenige Bomben gefallen sind. Wirst sehen, Nürnberg bekommt gar nicht so viel ab«, sagte Erna.

»Dein Wort in Gottes Ohr«, erwiderte Gustav eher skeptisch. Den Löffel hielt er immer noch etwas unschlüssig in der Hand.

»Die Engländer lassen doch viel lieber Bomben auf Berlin regnen«, sagte Erna. Inge wusste von diesem Angriff Anfang März. Die Zeitung hatte darüber berichtet. Über siebenhundert Menschen waren dabei gestorben. Tausende waren nun obdachlos.

»Eine gute Woche später haben sie Stuttgart ins Visier genommen. Am Tag drauf Essen, Bottrop und Duisburg. Ist doch nur noch eine Frage der Zeit.«

»Und letzten August. Bomben südwestlich vom Stadtpark. Die Südstadt. Die Kongress- und Luitpoldhalle«, erinnerte Inge sich.

»Teile der Burg nicht zu vergessen«, ergänzte ihr Vater.

Erna gab sich geschlagen und nickte einsichtig.

»Wenn ich doch nur wüsste, dass sie dich irgendwohin schicken, wo es sicher ist«, fuhr er fort.

Daher wehte also der Wind. Vater lag die morgige Vereidigung im Magen.

»Ich habe angegeben, dass ich nach Afrika möchte.« Inge hatte in ihre Bewerbung zum Einsatz auf dem schwarzen

Kontinent alles hineingeschrieben, was sie aus unzähligen Reiseberichten wusste, um sich für eine dortige Tätigkeit zu empfehlen. Es musste einfach klappen.

»Afrika? Um Himmels willen.« Erna fiel aus allen Wolken.

Inge musterte daraufhin ihren Vater. Er schaute genauso entgeistert wie seine getreue Zugehfrau, was Inge nicht sonderlich überraschte, weil sie den beiden bislang noch nichts von ihren Plänen erzählt hatte.

»Was willst du denn in Afrika? Da gibt's doch nix außer Wilde. Grad du. Spielst Violine, gehst ins Theater und liest bis in die Nacht.« Erna starrte sie aus weit geöffneten Augen an.

»Die Wüste. Tunesien. Die alten Berberstämme. 1001 Nacht. Vielleicht kann ich eines Tages sogar die berühmten Pyramiden sehen. Afrika hat doch so viel Interessantes zu bieten und meine Violine und die Bücher kann ich mitnehmen«, schwärmte Inge.

Ihr Vater schien sich darüber zu amüsieren. »Bis nach Ägypten schafft es Hitler sicher nicht«, sagte er.

»Und das kann man sich aussuchen, wohin man will?«, wunderte Erna sich.

»Oberschwester Mathilde meinte, dass ein entsprechender Antrag sicher berücksichtigt wird, wenn man zu den Besten gehört. Ich habe vor zwei Tagen meinen Antrag gestellt.«

»Glaubst du wirklich, dass das jemanden von denen interessiert? Das DRK ist schon seit sechs Jahren der Wehrmacht unterstellt. Die entscheiden … und jetzt, wo es eng wird …«

Vaters Meinung in allen Ehren, doch Inge interpretierte diese Grimmigkeit, die er immer an den Tag legte, wenn es um ihre Ausbildung ging, anders. Sie würde nicht mehr in seinem Bekleidungsgeschäft arbeiten. Und nun redete er sich vermutlich ein, dass die Wehrmacht daran schuld sei, sie ihm wegnahm. Inge warf ihm daher einen bezeichnenden Blick zu. Nicht, dass er noch in Ernas Gegenwart von der Propaganda des Feindes zu erzählen begann. Erna gehörte zwar schon zur Familie, aber so etwas plapperte man doch nicht in ihrem Beisein aus. Wer wusste schon, was sie bei Freunden in einem unachtsamen Moment von sich gab.

»Deine Uniform hab ich gestärkt und gebügelt, wie es sich für eine feine Schwester gehört. Ich seh dich schon vor mir. Die Haube auf diesen hübschen blonden Löckchen. Die Brosche am Kragen. Das ging ja so schnell.« Erna seufzte, nachdem sie sich aus der Porzellanschüssel etwas Suppe nachgeschöpft hatte.

»Eineinhalb Jahre.« So schnell kam Inge das gar nicht vor.

Gustav nickte stumm und begann endlich zu essen.

»Du machst dir wirklich zu viele Sorgen. Ich hab Post von Friederike bekommen. Sie macht sich einen Lenz in Paris. Geht aus mit Offizieren. Einer hat sie sogar ins Cabaret mitgenommen. Und echten Champagner hat sie mit ihm auch getrunken. Paris muss so eine aufregende Stadt sein«, sagte Inge voller Begeisterung, auch wenn sie ihre Schulfreundin ein wenig darum beneidete. Friederike war es auch gewesen, die sie auf den Gedanken gebracht hatte, sich beim DRK zu bewerben. Insofern vergönnte sie es ihr.

»Einen Lenz? Und was ist mit den Partisanen?«, wandte ihr Vater ein.

»In Paris sei alles unter Kontrolle. Das hat Friederike wörtlich geschrieben. Und sie möchte am liebsten gar nicht mehr weg.«

Vater verdrehte die Augen. Sicher hatte er von den Radiosendern des Feindes wieder andere Dinge gehört. Er sollte wirklich damit aufhören. Damit machte man sich doch nur verrückt. Mal ganz abgesehen davon, dass es unter Strafe stand.

»Ich verstehe nicht, warum ihr nicht in einer großen Halle vereidigt werdet. Das ist doch schließlich ein besonderer Tag«, sagte Erna.

»Vermutlich sind wir nicht genug Schwestern«, mutmaßte Inge.

Ihr Vater stieß einen verächtlichen Laut aus, was ihm auch Ernas fragenden Blick einhandelte. »Dafür haben sie sicher kein Geld mehr«, gab er dann zum Besten.

Inge erwiderte nichts darauf, denn das hatte bereits Oberschwester Mathilde verlauten lassen, allerdings im Gegensatz zu Vater im Folgenden gut begründet. Die Schwesternschaft Nürnberg vom Bayerischen Roten Kreuz e. V., wie sie sich offiziell nannte, war ja erst vor drei Jahren gegründet worden und einer der kleineren Arme des DRK.

»In Kriegszeiten ist es schwierig, Schwestern aus allen Städten zusammenzukarren. Außerdem wurde die Luitpoldhalle letzten Sommer zerbombt. So viele große Hallen gibt es nicht mehr«, erklärte sie ihm. Inge gab dabei fast wörtlich wieder, was ihr Oberschwester Mathilde gesagt hatte.

Gustav zuckte unentschlossen die Schultern und aß endlich weiter. Sehr zu Ernas, aber auch Inges Erleichterung. Konnte Vater denn nicht einfach nur den Moment genießen? Stattdessen warf er einen bezeichnenden Blick auf das Bild des Führers. Es lag ein stummer Fluch auf seinen Lippen. Das konnte Inge ihm ansehen. Die gerahmte Fotografie hing neben der Eingangstür zum Wohnzimmer. Und dort auch nur, weil er immer wieder Besuch bekam, von Bekannten, aber auch seiner Kundschaft, wenn es mal brannte, wie Vater zu sagen pflegte, und ein Kleid auf die Schnelle abgenäht werden musste. Auch das gehörte zu den Dienstleistungen seines Bekleidungsgeschäftes, das sicherlich nur deshalb immer noch so gut lief, weil er seinen Kunden treue Dienste dieser Art leistete. Das Gleiche gedachte Inge nun für das DRK zu tun. Treue dem Vaterland gegenüber war eine der edelsten Tugenden. Menschen zu helfen ebenfalls. Dagegen konnte selbst Vater nichts einwenden. Und was die große Politik betraf, so hielt man sich als einfacher Reichsbürger am besten heraus. Auch wenn Inge den Führer und seine schneidende Stimme nicht sonderlich mochte, so hatte er doch auch viel Gutes für das Land getan. Das neidete man den Deutschen. Nur deshalb gab es doch schließlich den Krieg, zumindest konnte sich Inge beim besten Willen keinen anderen Grund denken.

Gleich so viele junge Mädel mit weißen Hauben und in schnittiger, dezent grau-weiß gestreifter DRK-Tracht, die eine blütenweiße Schürze zierte – das fiel in der Nürnberger Innenstadt zwangsläufig auf. Krankenschwestern bekam man ja sonst nur im Hospital zu Gesicht. Und auch in der Straßenbahn, die Inge von ihrem Elternhaus im Stadtteil Johannis nach einmaligem Umsteigen in die Nähe des Hauptbahnhofes brachte, klebten Augenpaare an ihr. Natürlich auch an ihrer Freundin Annemarie, die, selbst wenn sie keine Schwesternuniform trug, mit ihren roten Haaren und den vielen Sommersprossen im Gesicht Blicke auf sich zog. Inge kannte sie bereits vom Bund Deutscher Mädel. Sie wohnte im gleichen Viertel und war ebenfalls auf dem Weg zur Vereidigung. Annemarie schien die Blicke der jungen Männer zu genießen, sogar frivole Pfiffe auf offener Straße. Inge ertappte sich in solchen Momenten dabei, in Betracht zu ziehen, dass Annemarie sich vielleicht nur deshalb zum DRK gemeldet hatte. Soldaten waren meist junge schnittige Kerle. Am Ende erhoffte Annemarie sich einen guten Fang. Wer im Reich Offizier wurde, hatte etwas zu bieten. Entweder Einfluss, besondere Intelligenz oder Tugenden wie Mut und Ehrsamkeit. Annemarie hatte diese Eigenschaften nicht nur einmal in den Unterrichtspausen hervorgehoben. Und schauspielern konnte sie auch noch. Wie empört Annemarie dreinsehen konnte, wenn ein Mann ihr Avancen machte. Kaum außer Sichtweite feixte sie.

»Der mit den hübschen blauen Augen müsste doch eigentlich schon dienen«, wunderte Annemarie sich, nachdem sie ausgestiegen waren. Der attraktive Kerl ganz vorn im Waggon war Inge zugegebenermaßen auch aufgefallen.

»Der wird halt noch grün hinter den Ohren sein. Noch keine sechzehn, vielleicht siebzehn – allerhöchstens«, überlegte Inge laut.

»Als ob du eine Expertin in Sachen Männer wärst«, entgegnete Annemarie nicht zu Unrecht. Bestimmt hatte ihre Freundin schon mehr Männer geküsst als ein leichtes Mädchen. Mehr als Küssen war aber nicht drin, wie sie ihr bereits oft versichert hatte, denn Annemarie sehnte sich genau wie alle anderen nach dem Mann fürs Leben. Ob sie den wohl an der Front finden würde? Und all die anderen jungen Mädel, die wie ein Bienenschwarm aufgeregt um das schmucklose Rotkreuzgebäude herumschwirrten? So oft wie sie in den Pausen über Männer in Uniform geredet hatten, schien der Traum vom Offizier an der Seite einer ehrbaren deutschen Frau nicht nur ihre Freundin infiziert zu haben.

Inge fragte sich, ob der Umstand, es künftig mit Soldaten, der Männerwelt, zu tun zu haben, sie nicht auch tief in ihrem Inneren faszinierte. Die Frage musste sie sich ehrlicherweise bejahen. Allerdings nicht, um den Mann fürs Leben zu finden. Mathilde hatte ihr in einer Unterrichtspause einmal gesagt, dass Männer zu Kindern würden, wenn sie krank oder verletzt seien. Plötzlich sei die Frau kein Anhängsel und Schmuckstück mehr, sondern ein Engel, der sie von Schmerzen befreie. Dann würden sie schon ganz anders mit einem reden. Ernsthafter. Sogar Gefühle würden sie in Momenten absoluter Hilflosigkeit offenbaren. Eine gute Schwester zu sein, sei ein wichtiger Schritt zur Gleichstellung der Frau. Das aufgeregte Bienenvolk am Eingang des DRK-Gebäudes stellte Oberschwester Mathildes

Ansicht in Sachen Respekt und Ernsthaftigkeit momentan jedoch geradezu auf den Kopf. Wie ein Haufen unreifer Gören in Uniform kamen die Schwestern daher.

»Da ist ja unsere kleine Streberin.« Renate hatte sie erspäht, löste sich vom Bienenvolk und schwirrte zu ihnen her. Natürlich hatte Renate das mit der Streberin scherzhaft gemeint, andernfalls wären sie nicht befreundet. Außerdem hatte sie es Inges Nachhilfe in der Anatomie zu verdanken, dass sie ebenfalls in den mündlichen Prüfungen hatte glänzen können. Eine Krankenschwester musste darüber zwar nicht so genau wie ein Arzt Bescheid wissen, aber wo die Organe lagen und welche Aufgabe sie hatten, sollte sie nicht erst im Einsatz erfragen müssen. Erste Hilfe leisten, Verbände anlegen, Assistieren, Spritzen setzen und generelle medizinische Grundkenntnisse in der Krankenpflege sollten sitzen. Alles darüber hinaus ging normalerweise nur einen Arzt etwas an. Wer trotzdem mehr wusste, konnte punkten und sich die Rosinen picken. In Renates und Annemaries Fall war die Rosine Paris. Inge ging davon aus, dass ihr Wunschort bei der Einberufung berücksichtigt würde.

»Das sagt die Richtige«, kommentierte Annemarie. Sie wusste ja, dass Renate ebenfalls mit Bestnoten abgeschlossen hatte.

»Wann bekommen wir eigentlich über unseren Einsatz Bescheid? Schon heute?«, fragte Inge.

»Kommt mit der Post. Ich hab Mathilde schon gefragt, aber so langsam mach ich mir Sorgen, ob das mit Paris klappt«, sagte Renate zu Inges Überraschung.

»Wo kein Krieg ist, gibt es keine Verletzten«, kommentierte Annemarie.

»Aber ich habe doch schon Französisch gelernt. Und es hat geheißen, dass sie das in die Waagschale werfen«, protestierte Renate.

»Vielleicht hast du ja Glück.« Inge wollte ihre Freundin nicht desillusionieren, denn soviel sie aus Friederikes Briefen wusste, waren die Lazarette derzeit tatsächlich nicht überfüllt.

»Aaaachtung!« Annemarie stand nun da wie ein strammer Soldat. Inge folgte ihrem Blick und erspähte Oberschwester Mathilde nun auch. Sofort kam Ruhe in den Bienenstock. Die Königin war da, um die fleißigen Bienchen hinein in den Saal zu bitten. Sie schritten eine nach der anderen folgsam in das Gebäude. Inge fühlte sich an den Gleichmarsch in ihrer Jugend erinnert. Es fehlten nur die Loblieder aufs Reich. Der Chor deutscher Mädel. Die vielen Volkslieder, die sie auf Wanderungen durch die Fränkische Schweiz gesungen hatten. Inge hatte sie im Ohr. Die unbeschwerte Jugend, aber auch das schöne Leben während der Ausbildung waren vorbei. Dort wo sie sonst in den Pausen herumstanden und sich allerlei Ratsch und Tratsch erzählten, wo gelacht wurde, sich die Stimmen überschlugen, war nur noch der Hall von Schritten auf dem Dielenboden zu hören. Ein gelegentliches Flüstern. Inge ergriff angesichts der bevorstehenden Vereidigung ebenfalls eine gewisse Ehrfurcht und Ernsthaftigkeit. Oberschwester Mathilde strahlte beides aus. Sie stand an der Pforte und winkte sie herein. Zuletzt hatte sich Inge so feierlich bei ihrer Erstkommunion gefühlt. Sie glaubte beinah, den Geruch von Weihrauch in der Nase zu haben.

Ein Offizier, den Inge auf um die fünfzig schätzte, wartete bereits auf der kleinen Tribüne neben Mikrofon und Rednerpult. Ein Blumenkranz zierte es. Die Fahne des Reichs und ein riesiges Bild des Führers waren dahinter an der Wand angebracht.

Schweigend nahmen die Schwestern Platz. Die vorderen Reihen wollten sich aber nicht füllen. Auch Inge verspürte eine gewisse Abneigung gegen den Uniformierten, der sie mit Adleraugen musterte und sich erst regte, nachdem

Oberschwester Mathilde zu ihm auf die Bühne getreten war. Ihn umgab eine Respekt einflößende Aura, der sich wohl niemand entziehen konnte. Es genügte, dass er einmal kurz gegen das Mikrofon klopfte, um auch die letzten Stimmen verstummen zu lassen. Schwester Mathilde räusperte sich und trat an das Mikrofon.

»Meine lieben Schwestern. Zunächst möchte ich euch Major Hauenstein vorstellen.« Der Uniformierte hatte im Nu alle Blicke auf sich gezogen. Inge hatte den Eindruck, dass er jede Einzelne von ihnen mit seinem durchdringenden Blick taxierte. Seine grauen Augen passten zu seinem kantigen Schädel und den schmalen Lippen. Inge fragte sich unwillkürlich, ob dieser Mann jemals in seinem Leben gelächelt hatte.

»Ich kann euch nicht sagen, wie stolz ich bin. Auf euch alle. Eine große Aufgabe liegt vor euch. Im Dienst für das Reich. Verantwortung, Durchhaltevermögen und einen eisernen Willen braucht das Vaterland. Es ist ein Privileg, treu zu dienen. Und ich weiß, dass ihr alle euer Bestes geben werdet.« Während Mathilde weitersprach und die Etappen ihrer Ausbildung noch einmal Revue passieren ließ, musterte Inge verstohlen die anderen. Einige von ihnen hatten kindlichen Weihnachtsglanz in den Augen. In Mathildes Stimme lag Ehrfurcht, Feierlichkeit und Euphorie, wie Inge es aus der Wochenschau kannte. Sie wusste, wie man ihre Schützlinge zu nehmen hatte, sie forderte, anspornte und dazu brachte, sich als Teil einer wunderbaren glorreichen Gemeinschaft zu fühlen. Das schien Hauenstein zu gefallen. Seine schmalen Lippen regten sich nun doch. Er lächelte, aber eher selbstherrlich.

Was Inge irritierte, war der Umstand, dass er immer wieder auf seine Armbanduhr blickte. Es wirkte fast so, als wäre ihm die Vereidigung lästig. Auch Mathilde war dies offenbar nicht entgangen. Eigentlich hatte Inge erwartet, dass die Oberschwester auch auf die letzten Monate ihrer Ausbildung und vor allem auf die ersten praktischen Erfahrungen mit Patienten und Ärzten eingehen würde. Schließlich war dies der wichtigste Teil gewesen, doch sie ließ diese Dinge teilweise aus, kürzte sie ab und kam schneller als gedacht zu einem Ende. Unrühmlich, doch anscheinend zu Hauensteins vollster Zufriedenheit.

In dem Moment schoss Inge durch den Kopf, was Vater ihr gesagt hatte. »Sie haben mehr Verletzte, als man gemeinhin hört. Deshalb rekrutieren sie euch und machen eine Schwesternschaft nach der anderen auf. Und dann schnell, schnell. Hauptsache an die Front.« Jedes seiner Worte schien sich vor ihr gerade zu entfalten. Hatte Vater am Ende mit all dem recht, was er ihr über den Kriegsverlauf erzählt hatte? Stand es am Ende wirklich schlecht um das Reich? Schlechter, als man ihnen glauben machte? Wozu wurden so viele neue Schwestern gebraucht, wenn es nicht mehr Verletzte gäbe? Inge holte tief Luft und versuchte, ihre Gedanken zu ordnen. Die Front hatte sich ausgedehnt. Daher brauchte das Reich mehr Schwestern. Die Soldaten sollten die bestmögliche Versorgung erhalten. Dazu brauchte man Personal. Das war Oberschwester Mathildes Version gewesen. Sie stand mit der Wehrmacht in enger Verbindung. Das waren Informationen, denen man vertrauen konnte. Nein. Vater musste sich täuschen.

»Inge?« Annemarie, die neben ihr stand, war anscheinend aufgefallen, dass sie gedanklich abwesend war.

»Der Eid«, fuhr Annemarie fort. »Nicht, dass du ihn auch noch verschläfst.«

Inge rang sich ein Lächeln ab. Den Eid konnte man allerdings nicht *verschlafen*, denn wenn um die hundert Schwestern im Chor einen Schwur leisteten, weckte das sogar Tote. Oberschwester Mathilde hatte ihnen den Text bereits vor Tagen zum Auswendiglernen gegeben. Hier gab es kein Schummeln wie in der Kirche, wenn das Glaubensbekenntnis nicht sicher saß oder man die eine oder andere Strophe eines Liedes vergaß.

Inge war sich sicher, dass Hauenstein es mitbekommen würde, wenn eine Schwester den Eid nicht aus voller Kehle und mit Inbrunst leistete. Die zum Hitlergruß ausgestreckte Hand durfte dabei natürlich nicht fehlen.

»Ich schwöre Treue dem Führer des Deutschen Reiches und Volkes, Adolf Hitler. Ich gelobe Gehorsam und Pflichterfüllung in der Arbeit des Deutschen Roten Kreuzes nach den Befehlen meiner Vorgesetzten. So wahr mir Gott helfe«, donnerte es begeistert durch den Saal. Inge überraschte, dass Hauenstein dieses Treuebekenntnis rührte. Er stand nun mit geschwellter Brust da, nickte und warf Oberschwester Mathilde einen anerkennenden Blick zu.

Nun fehlte nur noch die Brosche, die sie zu einer vollwertigen DRK-Schwester machen würde. Ein höheres Rangabzeichen gab es in diesen Zeiten für eine Frau nicht.

Die Schwestern standen mittlerweile in Reih und Glied wie beim Gottesdienst während der Eucharistie vor Hauenstein und der Oberschwester, um sich die Brosche an den Blusenkragen anbringen zu lassen. Das Gefühl von Stolz, von nun an dazuzugehören, stieg in Inge auf. Dafür hatte sie hart gearbeitet. Die Brosche garantierte gesellschaftliche Anerkennung und belegte, etwas zu können, seinen Platz in der Gesellschaft eingenommen zu haben. Sie erfüllte das Leben mit Sinn. Von *schnell, schnell* konnte nun keine Rede mehr sein. Oberschwester Mathilde machte daraus einen sakral anmutenden Akt und schüttelte jeder einzelnen Schwester die Hand. Inge war als Nächstes an der Reihe. Ihre Handflächen waren feucht, als sie Oberschwester Mathilde gegenübertrat.

»Auf dich bin ich besonders stolz, Inge. Mit Auszeichnung. Einen besseren Start ins Leben gibt es nicht«, sagte sie, bevor sie Inge die Brosche am Blusenkragen anbrachte. Hauenstein nickte ebenfalls anerkennend. Er blickte auf eine Liste, die vor ihm auf dem Rednerpult lag.

»Inge Schmied?«, fragte er.

»Gerner. Inge Gerner. Sie hat sich besonders beim Assistieren der Ärzte hervorgetan«, berichtigte Oberschwester Mathilde ihn.

»Gerner«, wiederholte er bedeutungsvoll.

Inge konnte sich seinem durchdringenden Blick kaum entziehen. Was wohl gerade in ihm vorging? Sicher wollte er sich ihren Namen einprägen. War er nicht hier, um über die Einsätze der Schwestern zu entscheiden? Wenn das so war, würde es sicherlich nicht schaden, ihm ein dezentes Lächeln zukommen zu lassen, auch wenn er ihr alles andere als sympathisch war. Afrika würde damit sicherlich ein Stück näher rücken, sagte sich Inge. Die Vorfreude darauf rang das in ihr aufsteigende Gefühl nieder, sich eben wie eine Dirne verhalten zu haben. Sie hasste es, wenn sich jemand lieb Kind machte. Der Zweck heiligte in diesem Fall wohl die Mittel. Dafür kam man bestimmt nicht in die Hölle.

Kapitel 2

Die Tage wollten einfach nicht vergehen. Inge hatte das Gefühl, wieder die Alte zu sein, die Inge, die sie vor Beginn der Ausbildung gewesen war, nämlich eine normale Angestellte im Laden ihres Vaters. Und doch war das eine schöne Zeit gewesen. Inge legte das Kleid ihrer Kundschaft zur Seite und ließ ihren Blick gedankenverloren durch die Nähstube schweifen. Er verfing sich am großen Ledersessel, der heute noch in der Ecke vor den Stoffregalen stand. Dort sah sie sich vor ihrem inneren Auge als kleines Mädchen auf Annas Schoß sitzen. Die gute Anna. Im Nu stürzten so viele Erinnerungen an sie auf Inge ein. Die Spaziergänge im Stadtpark. Die Hausaufgaben, bei deren Bewältigung Anna ihr geholfen hatte. Gemeinsam hatten sie Lieder gesungen, und wenn Anna ihren Vater nicht dazu überredet hätte, Inges privaten Violinenunterricht zu bezahlen, könnte sie heute nicht so virtuos spielen. Von Anna hatte sie auch schon früh gelernt, mit Nadel und Faden umzugehen. Wie oft hatte Inge in den letzten Jahren auf den leeren Sessel gestarrt und sich an diese schönen Momente erinnert. Anna war wie eine Mutter zu ihr gewesen und hatte Inge vergessen lassen, dass ihre bei der Geburt verstorben war. Sie fühlte auch heute noch den Schmerz des Abschieds. Vor elf Jahren hatte Anna sie aus heiterem Himmel verlassen. Die Stelle gekündigt, um sich um ihre kranke Mutter zu kümmern. Mit dem Schiff nach Amerika. So weit weg. Unerreichbar. Und nie wieder geschrieben. Ob sie denn noch lebte? Ob sie wohl stolz auf sie wäre, dass aus ihrem *Püppchen* eine DRK-Schwester geworden war?

Inge seufzte betrübt und versuchte, die lähmende Melancholie von sich zu schütteln. Vorbei war die Vorfreude auf einen baldigen Einsatz. Selbst die Erinnerung an den berauschenden Abend, den sie zusammen mit den anderen im Burgviertel verbracht hatte, drohte zu verblassen. Inge rief sich daher die Feierlichkeiten in Erinnerung, standen sie doch für den Neuanfang, der leider ewig auf sich warten ließ. Normalerweise war es ja nicht gern gesehen, wenn Weibsvolk sich in einen Bierkeller begab. Die Brosche und die Uniform öffneten aber nicht nur Türen. Gleich zwei Runden hatte der Wirt ihnen ausgegeben. Kein Gerede von den Männern an den Tischen. Noch nicht einmal Getuschel, sondern offene Anerkennung. Ein Freibrief für Annemarie, sich an einen der Männertische zu setzen und zu Sauerkraut mit Bratwürsten und dem kräftigen Rauchbier unverblümt mit einem der jüngeren attraktiven Männer ein Gespräch anzufangen. Sie war einfach unverbesserlich. Inge seufzte und blickte gedankenverloren durch das Fenster des kleinen Schneiderzimmers neben dem Verkaufsraum, in dem sie sich bereits seit gut einer Stunde damit beschäftigte, Abnäher zu setzen. Auch das hatte sie gelernt. Die Fingerfertigkeit, mit der sie ans Werk ging, war ihr beim Assistieren der Ärzte zugutegekommen. Präzision und Konzentration im Umgang mit Nadel und Faden, ob mit der Hand oder an der Nähmaschine. Gelernt war gelernt.

»Ist das Kleid für Frau Pirner schon fertig?«, hörte sie ihren Vater aus dem Verkaufsraum rufen.

»Gleich«, gab sie zurück und ermahnte sich, ihre Gedanken nicht mehr umherschwirren zu lassen. Das war an schönen Tagen wie diesem aber nicht so einfach. Draußen schien die

Sonne. Vogelgezwitscher drang von den Bäumen des nahen Johannesfriedhofs in das Zimmer. Die ersten Vorboten des Frühlings, und doch fühlte es sich in ihrem Inneren gerade wie ewiger Winter an. Inge seufzte erneut und widmete sich dann doch wieder dem Abnäher, damit Frau Pirner zu ihrem Kleid kam. Sie wollte es ja in einer Stunde abholen. Inge vernahm verwundert die Glocke der Ladentür. Normalerweise kam morgens kaum Kundschaft. Ihr Vater nutzte die ruhige Zeit zum Einräumen neuer Ware, zeichnete sie aus oder zog ihren beiden Schaufensterpuppen mit Hingabe neue Kleidung an, die Passanten in den Laden locken sollte. Inge setzte die letzten Stiche auf den Abnäher. Frau Pirner konnte sich ihr Kleid nun abholen. Inge stutzte, denn sie glaubte, eben eine männliche Stimme vernommen zu haben. Männer kamen so gut wie nie vormittags zum Einkauf. Höchstens an Samstagen und dann nur in Begleitung ihrer Frauen. Der Postbote konnte es auch nicht sein. Nach ihm konnte man die Uhr stellen. Neugierig trat sie hinaus in den Verkaufsraum. Ihr Vater verabschiedete sich gerade von einem jungen Soldaten in Uniform. Inge war mit den auf einer Uniform sichtbaren Dienstgraden nicht sonderlich vertraut, doch seinem Alter nach konnte es kein Offizier sein. Ihr Vater hielt einen Brief in der Hand, und als sich ihre Blicke begegneten, sah sie die Sorgen in seinen Augen stehen.

»Wehrmacht«, sagte er nur und reichte ihn ihr.

Inges Herz schlug augenblicklich schneller. Der langersehnte Einberufungsbefehl. Sie nahm den Brief entgegen und eilte damit hinter den Tresen, um sich die große Schere zu holen. Einen so wichtigen Brief einfach nur aufzureißen, kam nicht infrage. Ihr war klar, warum ihr Vater wie angewurzelt mitten im Verkaufsraum stand und auf die mit Kleidern und Anzügen behängten Kleiderständer starrte.

»Nun nimm es doch nicht so schwer«, forderte Inge ihn auf, noch bevor sie den Brief geöffnet hatte und das Schreiben auffaltete. Sie übersprang den Briefkopf, die Anrede und die ersten Zeilen mit den üblichen Amtsdeutschfloskeln. Sofort hatte sie ihren Einsatzort im Visier. Er war vom restlichen Text eingerückt. *Charkow* stand darin. Charkow? Das klang aber nicht nach einem von Deutschen besetzten Gebiet Afrikas. Polen? Den Namen dieses Orts hatte sie noch nie gehört. Inge ließ den Brief sinken. Der Abreisetag, ein im laufenden Text unterstrichenes Datum, interessierte sie gerade gar nicht mehr. Ihr Traum von Tausend und einer Nacht hatte sich eben in Luft aufgelöst.

»Wohin schicken sie dich?«, wollte ihr Vater wissen, der an sie herantrat.

»Charkow.« Inge war sich nicht einmal sicher, ob sie den Namen dieser Stadt richtig aussprach.

Vater wich die restliche Farbe aus dem Gesicht. »Mein Gott, Kind. Was tun sie dir nur an?«, sagte er kopfschüttelnd.

»Wo ist das? In Polen?«

»Inge. Sie schicken dich an die Ostfront. Ausgerechnet nach Russland.«

Inge war sich nicht sicher, was sie im Moment mehr verunsicherte. Vaters Reaktion oder ihr künftiger Einsatzort. Die Enttäuschung darüber, dass ihr Wunschort nicht berücksichtigt worden war – und das als Jahrgangsbeste –, schlug nun in Angst um. Inge reichte ihrem Vater den Brief.

Gustavs Hände zitterten, als er ihn entgegennahm. Seine Niedergeschlagenheit übertrug sich.

»Kennst du den Ort?«, fragte sie mittlerweile völlig verunsichert nach.

Ihr Vater nickte stumm.

»Aus dem Radio?«

Erneut nickte er.

Inge konnte sich nun lebhaft ausmalen, was in ihm vorging. Ostfront. Darüber hatte er ihr ja schon einiges berichtet. Und nichts Gutes.

»Was weißt du darüber?« Inge versuchte, sich ihre Angst nicht anmerken zu lassen, doch ihre Stimme drohte zu versagen.

Gustav ließ sich auf den Stuhl neben einer Kleiderstange mit Herrenkonfektion nieder, bevor er ihre Frage beantwortete. »Die Ostfront ist nicht stabil. Es geht hin und her. Charkow war lange von den deutschen Truppen besetzt. Doch seit den hohen Verlusten in Stalingrad werden die Russen stärker. Ich weiß ja nicht, ob es stimmt, was die Engländer sagen, aber im Radio hieß es, dass die Russen die Deutschen zum Rückzug bewogen hätten. Sie wollten sie vermutlich einkesseln, hat es geheißen. Das muss im Februar gewesen sein.«

Inge suchte Halt am Verkaufstresen. »Aber das kann doch nicht sein. Oberschwester Mathilde hat uns gesagt, dass wir niemals direkt an die Front geschickt werden, und schon gar nicht, wenn die Front nicht stabil ist.« Inge hoffte, dass Vater sich täuschte.

Er nickte nachdenklich, bevor er fortfuhr. »In der Wochenschau haben sie darüber berichtet, dass die Deutschen Charkow zurückerobert haben. Die dritte Schlacht, hat es geheißen. Das war erst vor ein, zwei Wochen. Irgendwann im März. Ich erinnere mich nicht mehr so genau. Es muss viele Verletzte und Tote gegeben haben. Vermutlich auch bei den Deutschen. Denn wenn so viele Russen gefallen sind, dann gab es sicher schwere Kämpfe. Die Stadt haben sie dem Erdboden gleichgemacht.«

»Dann sind wir dort also wieder sicher?« Inge hoffte das zumindest, auch wenn ihr die entsprechende Ausgabe der Wochenschau entgangen war.

»Sicher? Die Lage an der Ostfront kann sich von heute auf morgen ändern«, sagte er. So niedergeschlagen hatte sie ihren Vater schon lange nicht mehr gesehen. Das machte ihr gleich noch mehr Angst. Sie schämte sich in diesem Moment dafür, ihren Vater so oft dafür kritisiert zu haben, ausländische Radiosender zu hören. So wie es im Moment aussah, konnte sie ihm jetzt sogar dankbar dafür sein.

Ihr Vater ließ den Brief kraftlos auf seinen Schoß sinken. Er schluckte, um aufsteigende Tränen niederzuringen. Sein Blick ein Meer von Traurigkeit. »Ich hab doch nur noch dich, Inge«, sagte er mit gebrochener Stimme.

»Aber uns Schwestern wird doch nichts passieren. Sie haben nie in der Wochenschau darüber berichtet, dass Schwestern nicht mehr von der Front zurückgekommen sind.« Inge merkte selbst, dass sie versuchte, nicht nur ihren Vater, sondern auch sich selbst Mut zuzusprechen.

Er zuckte nur ratlos mit den Schultern. »Dieser verfluchte Krieg. Und dann auch noch gegen Russland ins Feld ziehen«, sagte er kopfschüttelnd.

»Aber die Russen sind böse Menschen«, sprudelte aus ihr heraus. Jeder wusste das. Die schlimmsten Geschichten hörte man über sie.

»Ach Inge ... Ich will dir mal etwas erzählen. Vom Krieg. Ich habe ja schon einen miterlebt. 1914. Ich war gerade achtzehn Jahre alt. Man hat mich an die Front geschickt. Ins Elsass. Der ewige Zankapfel zwischen den Deutschen und Franzosen. Auch uns hat man Märchen von Froschschenkelfressern erzählt. Wackes haben sie die Franzosen aus dem Elsass genannt. Ein ungehobeltes Volk von Bauern, erst regiert von verrücktem Adel, dann vom Mob und später von einem noch verrückteren Feldherrn. Napoleon. In Sachen Größenwahn stand er Hitler doch in nichts nach. Ich war mit der Truppe auf Erkundung und musste meine Notdurft verrichten. Konnt's nicht mehr halten. Was willst du da machen? Der Fraß aus den Büchsen. Verschmutztes Wasser. Was weiß ich. Hab mich ins Gebüsch geschlagen. Dann fielen Schüsse. Meine Einheit hat sich zurückgezogen. Ich hab mich versteckt, mit heruntergezogenen Hosen. Saß hinter einem großen Busch, mitten im Wald, und hab so lange gewartet, bis die Franzosen weg waren. Ich wusste ja, wo unsere Einheit war, und wollte mich zu ihnen durchschlagen. Und dann traf ich auf einen Franzosen. Der hockte auch in einem Busch. Er hat mich nicht gesehen. Ich hatte mir erst überlegt, ihn zu erschießen. Instinktiv. Jeder Soldat ist darauf trainiert, automatisch zur Waffe zu greifen. Den Schuss hätten seine Kameraden aber gehört. Ich hätte ihn mit dem Kolben meines Gewehrs niederstrecken können. Ich hab es nicht getan. Für Notfälle hatte ich immer ein paar Seiten einer Zeitung dabei. Ich hab ihn in Ruhe sein Geschäft verrichten lassen, bin zu ihm und hab ihm etwas davon gegeben. Der hat sich so erschrocken. Hat nicht einmal mehr seine Hose hochbekommen. Die hing ihm bis zu den Knöcheln. Und trotzdem hat er zuerst zu seiner Waffe geblickt. Die stand angelehnt an einem Ast. *Nimm schon*, hab ich ihm gesagt. Hab ihn angelächelt. Ich weiß das noch ganz genau. Wie er so dastand. Splitternackt vom Bauch abwärts. Es war komisch. Menschlich. Er hat mein Lächeln erwidert. Für einen Moment haben wir uns nur in die Augen gesehen. Ich hab darin keinen Hass erkennen können. Nun ja, ich wollt ihm ja nicht unbedingt auch noch dabei zusehen, wie er sich abwischt. Ich hab mich umgedreht und bin gegangen. Da hatte ich ganz schön Herzklopfen. Er hätte mir ja in den Rücken schießen können. Ich wusste aber, dass er es nicht tun würde. Hab mich nicht mal mehr umgedreht. Verstehst du jetzt, was Krieg heißt? Wie absurd er ist?«

Inge berührten seine Worte zutiefst, doch es war nun einmal Krieg. »Du hattest vielleicht nur Glück.«

»Sicher hatte ich das. Die meisten hätten zur Waffe gegriffen, aber seither hab ich den Glauben an das Gute im Menschen wiedergefunden.«

Inge brachte keinen Ton mehr heraus, dabei war sie doch eine Meisterin in der Widerrede, vor allem ihrem Vater gegenüber.

»Die Ironie ist, dass du wahrscheinlich in einem Feldlazarett sicherer bist als hier«, sagte er dann in Gedanken versunken.

Inge verstand nicht, worauf er hinauswollte.

»Glaubst du wirklich, dass die Alliierten Nürnberg künftig verschonen werden? Hier, wo Hitler die ganzen Parteitage abgehalten hat? Die Rüstungsindustrie ist hier. MAN. Sie werden weitere Bomben schmeißen und die ganze Stadt früher oder später in Schutt und Asche legen.«

»Aber du könntest doch auch von hier fortgehen«

Ihr Vater reagierte zunächst gar nicht darauf. Sein Blick war merkwürdig verklärt.

»Vater?«

»Dafür ist es für mich jetzt zu spät. Das hätte ich früher machen sollen, als …«

»Wie meinst du das?«

»Als es noch möglich war«, sagte er dann und hielt ihr den Einberufungsbefehl hin. »Vielleicht hast du recht. Das Rote Kreuz wird geachtet. Auf der ganzen Welt.«

Als Inge den Brief entgegennahm, griff er nach ihrer Hand.

»Ich werd dich so sehr vermissen, Inge«, sagte er tieftraurig.

Inge erwiderte nichts darauf. Sie nahm ihn einfach tröstend in den Arm.

Inge sah in dem Umstand, dass die Wehrmacht es plötzlich sehr eilig hatte, sie an die Ostfront zum Einsatz zu schicken, einen weiteren Beweis dafür, dass ihr Vater recht haben könnte. Es war schließlich nicht normal, sich erst gut eine Woche lang gar nicht zu melden und dann nur knappe zwei Tage Zeit einzuräumen, um sich auf so eine lange Reise vorzubereiten. Hinsichtlich der desolaten Lage im Osten schien sich seine

Einschätzung ebenfalls zu bestätigen, denn auch Annemaries Träume waren geplatzt. Inge hatte ihre Freundin gleich nach Erhalt des Briefes aufgesucht und dabei erfahren, dass sie ebenfalls nach Charkow einberufen worden war. Geteiltes Leid war halbes Leid. Annemarie sah das gottlob genauso. Wenigstens wurden sie nicht auseinandergerissen, was bei den meisten anderen Freundschaften, die im Laufe der Ausbildung entstanden waren, höchstwahrscheinlich der Fall sein dürfte. Insofern empfahl es sich, auch das Positive daran zu sehen. Einen Grund zum Feiern sah Annemarie darin freilich nicht.

In dem Schreiben stand, dass jede Schwester das Anrecht auf einen großen Koffer und ein weiteres Gepäckstück hatte. Um die Jahreszeit könnten in Charkow immer noch eisige Temperaturen auf sie warten, vor allem nachts, meinte ihr Vater. Um passende warme Kleidung musste man sich als Tochter eines Bekleidungsunternehmers natürlich nicht kümmern, um die Schuhe schon. Stiefel gab es in der Stadt. Inge hatte heute den ganzen Vormittag damit verbracht, geeignete Schuhe zu suchen, die einerseits robust, andererseits bequem und ausreichend gefüttert waren. Vater hatte ihr gesagt, dass sie mit dem Zug sicher mehr als vierundzwanzig Stunden unterwegs sein würden. Alles nur Mutmaßungen. Es gab in dem Einberufungsschreiben auch kein Beiblatt mit Hinweisen, was für so eine Reise ratsam sei. Weil Inge ihre beiden Koffer bereits am gestrigen Abend vorgepackt hatte – im Wesentlichen Kleidungsstücke, ihre Violine und ein paar Bücher –, verblieb noch Zeit, um sich beim DRK Rat bezüglich der bevorstehenden Reise einzuholen. Inge wusste von Oberschwester Mathilde, dass sie in regem Briefkontakt mit einigen ihrer Schützlinge stand. Sie nahm daher an, dass sie ihr einen guten Rat erteilen konnte, denn sicher war Inge nicht die erste Schwester, die in den Einsatz nach Russland geschickt wurde. Und da hatte sie sich nicht getäuscht. Zwar gab es naturgemäß noch nicht so viele Ostfront-Schwestern aus dem Raum Nürnberg, was daran lag, dass die Schwesternschaft noch viel zu jung war, aber die Oberschwester hatte bereits Dienst in anderen Stellen des DRK geleistet und verfügte daher über einen viel größeren Erfahrungsschatz.

Inge saß nun bestimmt schon seit einer halben Stunde in Oberschwester Mathildes eher schmucklosem Büro, das nur aus einem Regalschrank, einem Schreibtisch und zwei davorgestellten Stühlen für Besucher bestand. Die gerahmte Fotografie des Führers an der Wand hinter ihrem Schreibtisch durfte natürlich nicht fehlen. Sie gab sich gesprächig und machte immer noch keine Anstalten, Inge zu signalisieren, dass sie etwas Besseres zu tun hätte, als mit einer jungen Schwester zu plaudern.

»Sie müssen sich wirklich keine Sorgen wegen der Fahrt machen«, versicherte sie Inge bereits zum zweiten Mal. Angeblich brauchte man sich im Einsatz um so gut wie gar nichts zu kümmern. Sie solle lediglich Proviant für die Fahrt und etwas Kleidung sowie persönliche Dinge, die einen an die Heimat erinnerten, mitnehmen. Oberschwester Mathilde hielt gegenwärtig Kontakt zu drei Schwestern. Zwei waren in Polen, eine in Russland im Einsatz. Ihnen ginge es gut und sie hätten berichtet, alles gestellt bekommen zu haben. Einen der Briefe mit einer Fotografie kramte die Oberschwester aus ihrem Sekretär heraus. Das Foto war zweifelsohne während des Sommers aufgenommen worden. Die blühende Wiese, vor der die junge uniformierte Schwester posierte, ließ keinen anderen Schluss zu. Sie lachte darauf unbeschwert. Neben ihr standen zwei Soldaten. Einer trug einen Verband am Arm, der andere hielt die Frau eng umschlungen. Inge musste dabei gleich an Annemarie denken.

»Schwester Hannelore aus Augsburg. Sie gehörte auch zu den Besten. Ihr geht es offenkundig gut in Polen«, erklärte die Oberschwester.

»Hat sie angegeben, dass sie nach Polen möchte?«

»Nein, aber wir waren der Meinung, dass dort die Besten gebraucht werden.«

Inge überlegte sich, ob sie es wagen konnte, die Oberschwester ganz offen zu fragen, ob ihr Einsatzwunsch aus dem gleichen Grund ignoriert worden war. Oberschwester Mathilde kam ihr zuvor.

»Ich weiß. Sie wollten nach Nordafrika. Tunesien würde ich mir auch gerne mal ansehen.« Die Oberschwester musterte sie. Was sollte Inge ihr darauf sagen? Dass sie enttäuscht war?

»Schauen Sie. Gerade jetzt brauchen die Unsrigen jede Unterstützung. Sie haben sich so geschickt angestellt. Doktor Renner hat sie über alles gelobt. Eine begabte OP-Schwester könnte es nicht besser. Das hat er wörtlich so gesagt.«

Inge ehrten die Worte der Oberschwester, doch was meinte sie mit *gerade jetzt*?

»Gibt es denn so viele Verletzte?«, fragte Inge freiheraus.

»Das ist nun einmal die Natur des Krieges. Die Ärzte brauchen unsere Unterstützung.«

»Hatten Sie denn auch jüngst Kontakt zu Schwester Hannelore? Und zu den anderen?«

Die Oberschwester nickte und machte dabei einen eher nachdenklichen Eindruck. »Ach Inge, ich sehe Ihnen doch an, dass Sie großen Respekt vor der Aufgabe haben. Ich will ehrlich zu Ihnen sein. Ich hätte Ihnen den Wunsch gerne erfüllt, doch der Herr Major Hauenstein hat sich aus besagten Gründen dagegen ausgesprochen.«

»Es steht also schlecht an der Ostfront?«

»Das kann ich Ihnen nicht sagen. Ich weiß aus den Briefen der Schwestern, dass es mittlerweile tausende Tote gibt. Es könnten sogar zehntausend sein. Und vor zwei Jahren, als die Unsrigen in Polen einmarschiert sind, gab es gerade mal dreihundert Schwestern. Sie können sich vorstellen, dass die Betreuung eher notdürftig war. Aber die Wehrmacht hat daraus gelernt. Eine unserer Schwestern hat mir aus Frankreich berichtet. Die Lager mit Verbandsmaterial und Medikamenten waren gut gefüllt. Es gab keine Engpässe, aber es fehlt immer an Schwestern wie Ihnen, Inge.«

Inge wusste nicht so recht, ob ihr das eben Gehörte nicht doch berechtigte Sorgen machen sollte. Dass Oberschwester Mathilde so offen mit ihr sprach, schenkte ihr allerdings Vertrauen und Zuversicht. Inge machte sich nichts vor. Der Einsatz würde allen Schwestern viel abverlangen, doch nun zu wissen, warum sie für diese Aufgabe ausgewählt wurde, spendete zugleich Kraft.

»Sie müssen sich immer eines vor Augen halten: Der Krieg ist etwas Furchtbares. Daran können wir nichts ändern, aber indem wir unsere Pflicht erfüllen, tun wir Gutes. Und das mit reinem Gewissen. Unsere Arbeit ist daher nicht umsonst.«

Oberschwester Mathilde erhob sich.

Inge stand ebenfalls auf und reichte ihr die Hand.

»Ich wünsche Ihnen alles Glück dieser Welt.« Oberschwester Mathilde schien für einen Moment nicht mehr die eiserne Matrone zu sein, die sie während der Ausbildung gegeben hatte. Sie wirkte fast rührselig. Inge nahm sich in diesem Moment vor, die hohen Erwartungen, die die Oberschwester in sie setzte, zu erfüllen.

Inge hatte fast damit gerechnet, dass Erna ihr am Abend vor der Abreise ihr Leibgericht zubereiten würde. Griesnudeln mit Aprikosenmarmelade – selbstgemacht, denn die zugewiesenen Rationen der Lebensmittelkarten reichten hinten und vorne nicht. Vater aß viel lieber etwas *Gescheites*, also ein Gericht mit Fleisch, doch das war Inges Ansicht nach nicht der Grund, warum er wenig herunterbrachte. Es lag sicherlich auch nicht daran, dass Erna ihr das Gericht mit den Worten »Henkersmahlzeit«

auf den Tisch gestellt hatte. Augenzwinkernd und nicht ohne »Wird schon alles gut gehen« hinzuzufügen.

»Wenn ich weg bin, wirst du mir noch verhungern, Vater«, merkte Inge an, die sich bereits einen Nachschlag aus der Schüssel genommen und reichlich mit der Aprikosenmarmelade versehen hatte.

»Das passiert nicht. Dafür werde ich schon sorgen.« Ernas Ankündigung beruhigte Inge. Noch viel lieber wäre es ihr aber gewesen, wenn ihr Vater wenigstens jetzt geschmunzelt hätte.

»Und dir geben sie bestimmt auch genug zu essen«, fügte Erna noch mit hinzu.

Auch das schien Vater nicht sonderlich aufzuheitern.

»Du hast doch selbst gesagt, dass ich dort wahrscheinlich sicherer bin als hier.«

Erna warf ihrem Vater daraufhin einen fragenden Blick zu. Anscheinend rechnete Erna damit, dass Nürnberg von weiteren Luftangriffen verschont blieb.

»Wo ist man heutzutage denn noch sicher?«, sagte er nur.

Erna erwiderte nichts darauf. Es gab keine Garantien.

»Oberschwester Mathilde hat mir versichert, dass es uns an nichts mangeln wird. Die Wehrmacht hat aus ihren Fehlern gelernt.«

»Mag sein …«, sagte ihr Vater.

»Ich hab noch deine Wollstrümpfe gewaschen und dir die neuen Schuhe eingewachst«, warf Erna ein, sichtlich darum bemüht, das Thema zu wechseln.

»Wenn ich dich nicht hätt, Erna«, sagte Inge.

»Inge bleibt sicher nicht lange weg. Die Unsrigen werden den Krieg gewinnen und dann wird alles besser. Wie früher«, sagte Erna an Gustav gerichtet. Ihr Optimismus in allen Ehren, doch die offenkundige Absicht, sein Gemüt damit aufzuhellen, misslang.

»Möglich ist alles in diesen verrückten Zeiten. Aber es wird nie wieder so sein wie früher. Dafür haben wir viel zu viel Blut an unseren Händen«, sagte Vater verbittert.

Dass der Krieg auf beiden Seiten für Blutvergießen sorgte, war Inge klar, aber warum prangerte er nur die Deutschen an? Sie brauchte ihn gar nicht zu fragen. Ernas und ihr verwunderter Blick genügte.

»Sie haben heute die Feldmanns weggebracht«, sagte er mit bedeutungsvollem Blick in die Runde.

»Den Goldschmied?« Inge kannte die Feldmanns. In deren Laden hatte Vater ihr zum zehnten Geburtstag eine goldene Halskette gekauft. Schon vor Jahren hatten sie ihr Geschäft aufgeben müssen wie so viele Juden im Reich.

»Sie haben sich nichts zuschulden kommen lassen, waren immer hilfsbereit und freundlich«, wunderte Erna sich.

»Und die anderen, die sie weggebracht haben? Waren das etwa keine hilfsbereiten und freundlichen Leute?«, setzte Inges Vater nach.

»Es wird schon seine Gründe haben, warum die Juden hierzulande nicht mehr erwünscht sind. Die Feldmanns können ja nichts dafür, aber wir haben den Ersten Weltkrieg doch nur wegen den Juden verloren. Die haben doch gemeinsame Sache mit den Kommunisten gemacht«, stellte Erna fest. Das war es auch, was man sich gemeinhin erzählte.

Inge war klar, warum Vater sich darüber in Ernas Beisein nicht weiter ausließ. Über den angeblichen Dolchstoß in den Rücken des deutschen Volkes hatte er sie bereits aufgeklärt. Vater hielt das für blanken Unsinn. Einen Sündenbock brauchte es seiner Meinung nach immer.

»Das Judentum tut dem Land nicht gut. Die glauben doch, was Besseres zu sein. Bleiben unter sich. Was wollen sie dann überhaupt hier? Dann ist es doch gescheiter, wenn sie ausreisen«, ließ sich Erna weiter aus.

»Sie reisen nicht aus«, stellte Vater klar.

»Sind doch immer weniger hier. Irgendwo müssen sie ja sein«, sagte Erna.

»Sie bringen sie in Arbeitslager.«

»Arbeit hat noch niemandem geschadet«, entgegnete Erna.

»Man sagt, dass es gar keine Arbeitslager sind«, deutete Vater an.

»Ja was soll es denn sonst sein?«

Inge fragte sich in dem Moment das Gleiche.

»Ihr habt Hitler doch gehört, was er von den Juden hält. Die Rassengesetze. Mit den Schließungen der Geschäfte fing es an. Immer wieder sind Menschen verschwunden. Ist doch noch nicht so lang her, dass sie die Synagogen angezündet haben. Und alle schweigen. Schweigen ist das Allerschlimmste.«

Genau das tat Erna nun auch. Nun war sie es, die keinen Bissen mehr hinunterbrachte.

»Aber was hätten wir denn tun sollen? Als Einzelner kann man doch gar nichts dagegen tun«, stellte Inge fest.

»Da hat Inge doch recht«, bekräftigte Erna und sah ihn fast schon vorwurfsvoll an.

Inges Vater nickte resigniert. »Rechtzeitig das Land verlassen. Alle, die hier geblieben sind ...«, sagte er wohl mehr zu sich.

»Die armen Feldmanns. Wird man ihnen wirklich etwas antun?« Auch an Erna schien das Schicksal der Nachbarn nicht spurlos vorüberzugehen. Sie starrte auf ihren Teller Nudeln. »Aber hat Hitler nicht recht, dass es nicht gut ist, wenn die Rassen sich vermischen?«, setzte sie zu Inges Überraschung nach.

Vater lachte bitter auf. »Und du, Erna? Hast du reinrassiges arisches Blut? Deine Großeltern sind Polen. Blut vom Feind. Irgendwann heißt es, dass die Polen auch wegmüssen.«

»Das ist doch etwas ganz anderes«, protestierte Erna.

»Was ist daran anders?«

»Uns verbindet der christliche Glaube«, sagte Erna, nachdem sie eine Weile stumm vor sich hin gegrübelt hatte.

Inge konnte immer noch kaum glauben, wie hitzig ihr Vater mit Erna darüber sprach.

»Macht uns das zu besseren Menschen?«

Erna zuckte etwas ratlos die Schultern.

»Ich werde jedenfalls jedem helfen, egal woher er kommt oder was er ist«, sagte Inge versöhnlich in die Runde. Sie tat es nicht nur, um die Gemüter zu beruhigen, sondern aus tiefster Überzeugung.

Vater schenkte ihr ein Lächeln, aus dem Inge Stolz und Dankbarkeit zugleich herauslas.

»Das ist recht so«, pflichtete auch Erna bei. Inge konnte ihr ansehen, dass es in ihr arbeitete. Sie war kein schlechter Mensch, herzlich und hilfsbereit. Dennoch schien sie auf einem Auge blind zu sein. Inge musste sich in dem Moment eingestehen, dass sie ohne die Zwiegespräche mit ihrem Vater wohl auch eine der vielen Blinden wäre. Vielleicht war sie es ja auch, blind. Zwar nicht gänzlich, aber verblendet. Doch wer kannte schon die volle Wahrheit? Mehr als seine Pflicht zu erfüllen, blieb einem in diesen Zeiten doch nicht. Niemand konnte einem das später zum Vorwurf machen, wenn man nach bestem Wissen und Gewissen handelte. Inge stellte sich in dem Moment die ketzerische Frage, ob das nicht tief in ihrem Inneren mit ein Grund gewesen war, weshalb sie sich für die Schwesternschaft entschieden hatte. Sicherlich hatte sie heute dem Führer die Treue geschworen, doch die Worte, die sie brav aufgesagt hatte, waren für Inge letztlich bedeutungslos. Man konnte noch so viel über die große Politik reden, sie anzweifeln, verdammen oder gutheißen. Wer Menschen half, wer Leben rettete – und nur dafür waren die Krankenschwestern da –, bewegte sich außerhalb jeder Kritik und konnte gar nichts Verwerfliches tun. Erkaufte Unschuld. War es das?

»Jetzt lasst uns lieber auf Inges Glück anstoßen«, forderte ihr Vater sie auf. »Auf dass du uns heil nach Hause kommst«, sagte er.

Erna hatte ihr warmherziges Lächeln wiedergefunden und stieß freudig mit an.

Kapitel 3

Zuletzt hatte Inge vor der schriftlichen Prüfung des DRK vor lauter Aufregung schlecht geschlafen. Letzte Nacht hatte sie ebenfalls kaum ein Auge zugetan. Das lag nicht einmal so sehr an der bevorstehenden Abreise selbst, sondern am Tischgespräch vom Vortag. Der Gedanke, dass sie unbedingt zu den Guten gehören wollte, beschäftigte sie genauso wie ihre bisherige Haltung zum Krieg, aber auch generell zu all dem, was sie in ihrer Kindheit, bei den Deutschen Mädeln und vor allem während ihrer Ausbildung bislang erfolgreich hatte ausblenden können. Bis tief in die Nacht hatte sie sich überlegt, warum sie Vorfälle wie der, der jetzt den Feldmanns widerfahren war, bislang nicht bis ins Mark erschüttert hatten. Lag es daran, dass das Thema in ihrem unmittelbaren Umfeld nie zuvor aufgekommen war? War sie zu beschäftigt mit sich gewesen oder waren die Repressalien gegen Juden etwas, woran man sich im Laufe der Zeit schlicht und ergreifend gewöhnte? Wer die Wochenschau sah, dem konnte deren Diffamierung ja nicht entgehen. In kleinen Dosen verabreicht, hatte sich wohl eine Art Immunität dagegen aufgebaut. Man stumpfte ab. Es schien die natürlichste Sache der Welt zu sein, dass Juden hierzulande nicht erwünscht waren. Inge hatte der Wochenschau geglaubt und dem, was die Leute sagten. Dass sie schuld an so vielem seien und kein Land der Welt sie haben wolle. Die Feldmanns hatte Inge nie als Juden gesehen, sondern als die Goldschmiede. Noch nicht einmal den Sinn des Kriegs hatte sie bisher infrage gestellt – auch nicht während der Gespräche mit Vater. Blindes Vertrauen in den Führer. Und zog sie nicht für ihn in den Krieg? All diese Fragen hatten sie lange wachgehalten. Sie mit ihrem Vater zu besprechen, dafür war nach der kurzen Nacht frühmorgens keine Zeit mehr geblieben. Er hatte ein Taxi bestellt und in der Eile während des Frühstücks nur über das Notwendigste, was die Reise betraf, gesprochen. Viel trinken solle sie unterwegs und sich stets am Kopf warmhalten, um sich in der eiskalten Luft des russischen Frühlings nicht zu verkühlen. Und auf den Zugtoiletten möglichst so wenig wie möglich anfassen. Tod und Teufel könne man sich dort holen.

Einerseits fiel es ihr schwer, Nürnberg zu verlassen, vor allem ihren Vater, weil sie wusste, dass er sich fortan große Sorgen um sie machen würde und so schnell niemanden finden würde, der im Laden aushalf. Andererseits fühlte es sich allen Bedenken und Ängsten zum Trotz dennoch richtig an, ein neues Leben im Dienst des DRK zu beginnen. Darüber sprachen sie während der Fahrt zum Bahnhof. Er erteilte ihr Ratschläge, wie sie sich gegenüber Offizieren zu verhalten hatte. »Das ist heute bestimmt noch genauso wie früher. Am besten nichts hinterfragen. Augen zu und durch.« Damit sei er während seiner Militärzeit am besten gefahren. Vermutlich galt das aber nur für Soldaten, wobei sich Inge vorstellen konnte, dass es Ärzte ebenfalls ungern sahen, wenn sich eine Schwester mit Fragerei hervortat. In der Ausbildung gerne gesehen, doch die Zeit war vorbei.

Kurz im Inneren des Taxis aufgewärmt, überfiel sie vor dem Nebentrakt des Nürnberger Hauptbahnhofs, wo sie ausgestiegen waren, die kalte Morgenluft. Die Vorstellung, jetzt in ihrer warmen Küche zu sitzen, vor dem Kachelofen und von Erna eine heiße Tasse Tee zu bekommen, verstärkte die Tristesse des Abschieds. Es war eine von vielen Erinnerungen an eine schöne Kindheit. Mit der Bequemlichkeit war es nun vorbei.

Vater rieb sich auch die Hände.

»Ob es in Russland um die Jahreszeit auch tagsüber so kalt ist?«, fragte sie.

»Man sagt, dass man trockene Kälte besser erträgt«, erwiderte er und rang sich dabei ein Lächeln ab. Gustav litt sichtlich.

Inge erspähte einige Schwestern, die sich vor dem Portal des in der Mitte des Bahnhofsgebäudes befindlichen Haupteingangs versammelt hatten. Sie hielt gleich Ausschau nach Annemarie. Vergeblich. Sie hatte ja nicht mit ihnen fahren wollen, um nicht noch früher aufstehen zu müssen. Angeblich würde sie ihr Neffe zum Bahnhof bringen. Ein bekanntes Gesicht aus ihrem Jahrgang war nicht dabei. Von Oberschwester Mathilde wusste sie, dass dieser Zug junge Frauen aus ganz Franken einsammeln würde. Er kam aus München und hatte vermutlich bereits Schwestern vom dortigen Umland geladen.

»Lass uns gleich hier reingehen. Diese Kälte«, schlug Gustav vor und deutete auf den vor ihnen liegenden Eingang. »Hat Erna dir auch wirklich genug zu essen mitgegeben?«, fragte er.

»Mit dem, was ich dabeihabe, kann ich ein ganzes Zugabteil versorgen«, erwiderte Inge. Ein halber Rucksack war vollgestopft mit Stullen, Dosenwurst, haltbarem Schwarzbrot und einer Thermoskanne Tee.

Gustav nickte stumm. Ihre bevorstehende Abreise schien seine sonst übliche Redseligkeit abzuwürgen. Er wirkte verlegen und schon seine Nachfrage, ob Erna ihr genug mitgegeben hatte, war wahrscheinlich nichts weiter als der Versuch gewesen, irgendetwas zu sagen, um das Schweigen zu brechen. Inge überlegte bereits, ihrerseits irgendein Gespräch anzufangen, über Alltägliches, oder ihn zu fragen, ob er auch in diesem Jahr einige extravagante Damenkleidung nach Pariser Schnitten anfertigen würde, doch ihr Blick verfing sich an einem vollbesetzten Bus der Wehrmacht.

Bewaffnete SS stieg zuerst aus. Dann folgten die Insassen. Zweifelsohne Juden. Man sah es am aufgenähten gelben Stern. Die Männer der SS scheuchten sie zum Bahnhofsgebäude. Auch ihr Vater wurde nun darauf aufmerksam. Ein kleines Mädchen stieg gerade aus und griff verängstigt nach der Hand ihres Vaters. Eine Mutter trug ihren Jungen auf dem Arm. Er musste vor Erschöpfung eingeschlafen sein. Sein Kopf ruhte auf ihren Schultern. Für einen Moment kreuzten sich ihre Blicke. Inge konnte die pure Angst in den Augen der jungen Frau lesen. Sie hatte Mühe, ihre Tasche und das Kind zu tragen, und blieb kurz stehen, um den Jungen besser halten zu können.

»Weitergehen!«, fuhr sie einer der SS-Offiziere an.

Ein Passant, den Inge auf das Alter ihres Vaters schätzte, rief den Menschen im Vorbeigehen nach: »Judenpack!«

Inge blutete das Herz, nachdem alle ausgestiegen waren und die SS-Offiziere sie zu einem Seiteneingang trieben, der vermutlich zu den Gleisen führte. Gut ein Dutzend Passanten war ebenfalls stehen geblieben, um sich das Schauspiel von der Straße aus zu besehen.

»Ich habe gehört, sie bringen sie nach Nordböhmen«, sagte Gustav.

»Vaterlandsverräter!«, blökte ein junger Mann aus der gaffenden Menge. Er handelte sich dafür nur Gustavs vorwurfsvollen Blick ein.

»In ein Lager? Ist das ein Gefängnis?«, fragte Inge.

»Ein Arbeitslager, aber es gibt noch Schlimmeres als das in Nordböhmen, was ich gehört habe.«

In dem Moment drehte sich einer der Männer aus dem Bus nach seiner Frau um. Inge erkannte den Mann. Es war der Goldschmied Feldmann.

Gustavs Augen waren starr auf ihn gerichtet. Die beiden sahen sich für eine gefühlte Ewigkeit an. Feldmann hob in einem unbeobachteten Moment die Hand und winkte ihnen zu. Er schenkte ihnen sogar noch ein Lächeln, als ob er ihnen Lebewohl sagen wollte.

»Können wir denn gar nichts tun? Wir könnten den Offizieren doch sagen, dass wir ihn kennen und er ein anständiger, herzensguter Mensch ist.«

Feldmann wurde unsanft von einem der SS-Offiziere in den Rücken gestoßen. Eine unmissverständliche Aufforderung, weiterzugehen und genau wie die anderen hineinzugehen.

»Sie würden dich verhaften, Kind«, flüsterte Gustav ihr zu.

Inge musste mitansehen, wie einer nach dem anderen im Nebeneingang des Bahnhofsgebäudes verschwand.

»Normalerweise bringen sie sie in Güterwagen fort, pferchen sie ein wie Vieh. Das können sie sich an einem Bahnhof wie Nürnberg nicht leisten. Die Pirner hat mir erzählt, dass sie zurzeit Personenzüge nehmen, damit nicht zu viel Aufsehen erregt wird«, sagte Vater verbittert.

Inge stand genau wie alle anderen da, bis das Gebäude alle mit dem gelben Stern Gekennzeichneten verschluckt hatte und einer der SS-Truppe die Tür hinter sich zuzog. Die ersten Schaulustigen gingen weiter. Das Leben ging weiter. Als ob nichts geschehen wäre, hasteten sie zum Haupteingang oder schleppten ihre Koffer zum Taxistand.

»Wir sollten hineingehen. Du kommst sonst noch zu spät«, ermahnte sie ihr Vater.

Drinnen war es nicht merklich wärmer, doch immerhin ersparten sie sich den eisigen Wind.

»Was weißt du alles über diese Lager, Vater?«, fragte Inge, als sie sich sicher sein konnte, dass niemand bei ihnen in der Nähe stand.

»Du solltest dich damit nicht belasten, Kind. Auf dich warten schwierige Aufgaben. Weißt du, wir können die Welt, wie sie im Moment ist, nicht verändern. Ich bin alt und ein einfacher Kaufmann, aber du Inge, du hast die Möglichkeit, zumindest anderen zu helfen. Einen kleinen Teil dazu beitragen, dass die Welt eine bessere wird«, sagte er.

Ihr Vater wirkte resigniert und doch spendeten seine Worte ihr Zuversicht.

Inge glaubte, in der Geräuschkulisse aus Stimmen und dem dumpfen Grollen eines einfahrenden Zuges herauszuhören, dass jemand nach ihr rief. Sie sah sich suchend um und erblickte Annemarie im Pulk der Schwestern, die sich mit Koffern und Taschen am Haupteingang versammelt hatten. Sie winkte Inge zu.

»Annemarie«, stieß Inge erfreut aus.

»Ist sie doch noch aus den Federn gekommen«, merkte ihr Vater an.

»Sie wollte eigentlich nach Paris.«

»Und du nach Afrika. Ihr könnt euch gegenseitig darüber hinwegtrösten«, sagte er. Dann musterte er sie so, als wollte er sich ihr Gesicht noch ein letztes Mal einprägen. Inge spürte die Schwere des Abschieds auf ihren Schultern lasten.

»Lass dich in den Arm nehmen, Inge. Ich möchte nicht, dass die Schwestern einen alten Mann weinen sehen.« Seine Tränen ließen auch nicht lange auf sich warten. Dann drückte er sie, als wollte er sie gar nicht mehr gehen lassen. Inge genoss seine Nähe, sog sie regelrecht in sich auf. Seine Wärme, seine starken Arme und die Streicheleinheiten, die er ihr zuteilwerden ließ. Fast wie früher, als sie noch ein kleines Mädchen gewesen war. Dann löste er sich abrupt von ihr.

»Mach's gut, Kleine. Ich bin so stolz auf dich. Eines Tages … Das verspreche ich dir, wenn das alles einmal vorbei ist … Wir werden alle wieder sehr glücklich sein. Eine ganz normale glückliche Familie«, sagte er.

Auch wenn Inge nicht so ganz verstand, was er mit einer *normalen Familie* meinte, und sich in dem Moment sagte, dass er wahrscheinlich Erna mit einschloss, nickte sie tapfer und gab ihm einen Kuss auf die Wange. Sie unterdrückte aufsteigende Tränen, holte tief Luft und schnappte sich einen der Gepäckwagen, auf den sie mit Vaters Hilfe ihre beiden Koffer hievte. Noch ein letzter Blick. Ein aufmunterndes und tapferes Lächeln. Dann eilte sie mit dem Gepäckwagen zum Foyer des Haupteingangs, wo nicht nur Annemarie, sondern auch ein neuer Lebensabschnitt auf sie wartete.

Oberschwester Mathilde sollte recht behalten. Inge musste sich eingestehen, dass sie sich viel zu viele Gedanken gemacht hatte – jedenfalls was die Reise in die Sowjetische Republik Ukraine betraf. Sie hatte es nicht so recht geglaubt, dass der Transport so gut organisiert sein würde. Auch nicht damit gerechnet, dass sie sogar von zwei uniformierten Wehrmachtshelferinnen um die dreißig, die bereits einige Fahrten mit DRK-Schwestern hinter sich gebracht hatten, begleitet wurden. Eine moderne Diesellokomotive sollte sie gen Osten bringen. Ein ganzer Waggon war nur für die Schwestern bestimmt. Ein weiterer nach Angaben einer der Begleiterinnen bis unter die Waggondecke mit allem Notwendigen gefüllt, was man für ein Kriegslazarett brauchte. Dies bestätigte Oberschwester Mathildes Einschätzung, dass die Wehrmacht wohl aus ihren Fehlern gelernt hatte und es zu keinen Versorgungsengpässen mehr kommen würde. Drei weitere Waggons waren mit Soldaten und Offizieren der Wehrmacht belegt. Sie hatten bereits im Zug gesessen, als Inge und die Handvoll Schwestern aus dem fränkischen Raum hinzugestiegen waren. Für die Sicherheit der Überfahrt war also gesorgt. Ebenso für das leibliche Wohl. Die erste warme Mahlzeit gab es unterwegs um die Mittagszeit. Sie wurde an den

Plätzen eingenommen. Eintopf aus Blechtellern, der schnell mit einem Gaskocher aufgewärmt war und zusammen mit einer Scheibe Kommissbrot pappsatt machte. Inge aß trotzdem noch eine halbe Stulle von daheim. Ein Stück Heimat wanderte in den Magen. So schnell würde sie sicher keinen saftigen Schinken mehr kriegen. Die andere Hälfte gab sie Annemarie ab, die neben ihr auf der gepolsterten Bank des Großraumwaggons Platz genommen hatte. Ihnen gegenüber saßen zwei Schwestern, Elfriede und Julia, mit denen sie sich schnell angefreundet hatten. Julia aus Bamberg war ein Jahr jünger. Ein eher in sich gekehrter Typ, der die meiste Zeit aus dem Fenster sah oder in einem Buch las, was sie Inge auf der Stelle sympathisch machte. Sie war rein äußerlich ein anmutiges, fast fragil wirkendes zerbrechliches und verträumtes Wesen. Dass sie einen Liebesroman in den Händen hielt, passte zu ihr wie die Faust aufs Auge. *Stolz und Vorurteil* von Jane Austen. Den Roman musste sie schon mehrfach gelesen haben. Die gebundenen Seiten rutschten ja schon aus dem Umschlag. Anscheinend schämte sie sich dafür, denn sie hielt das Buch so, dass Elfriede nicht hineinsehen konnte. An Letzterer schien die perfekte Hausfrau verloren gegangen zu sein. Wenn Elfriede in dem Tempo weiterstrickte, konnte sie bald alle Schwestern im Zug mit warmen Wollstrümpfen versorgen.

»Die haben keine gescheiten Strümpfe. Mein Bruder ist an der Front. Hat sich fast die Füße abgefroren«, hatte sie Annemarie auf Nachfrage erklärt. Außerdem sei Stricken ideal, um sich zu entspannen. Für Inge nachvollziehbar, weil sie sich bei Näharbeiten und Stickereien, solange es keine Terminarbeiten für Kunden gewesen waren, auch stets hatte entspannen können. Die beiden waren freundlich, hatten ein wenig aus ihrem Leben erzählt, von ihrer Heimat und von ihren Familien, sofern es der Lärmpegel in einem mit Nachwuchsschwestern gefüllten Großraumwagen überhaupt zuließ. Während der ersten Stunden gen Osten schien noch niemand müde geworden zu sein. Ein schnatternder Hühnerhaufen, der erst im Sudetenland etwas zur Ruhe kam. Nur Elfriede strickte unermüdlich weiter – auch noch ohne hinzusehen. Auf diese Weise hatte sie mehr von den schönen Landschaften, an denen sie vorbeifuhren. Felder, Bauernhöfe, Wiesen, denen erste Frühlingsboten farbige Tupfer verliehen. Löwenzahn schien in hiesigen Gefilden in diesem Jahr eher zu blühen als in der Heimat. Unzählige gelbe Blüten auf saftigen Wiesen, zart spießendes frisches Grün an den Bäumen und malerische Flussläufe erweckten den Eindruck einer Fahrt ins Blaue.

»Ich hätte trotzdem lieber gelbe Rapsfelder gesehen«, sagte Annemarie unvermittelt, als der Zug an der nächsten gelb leuchtenden Löwenzahnwiese vorbeigefahren war. Annemarie war offenbar immer noch nicht darüber hinweggekommen, dass ihr Traum genau wie Renates und Inges geplatzt war. Einmal sei Annemarie um diese Zeit mit ihrer Familie nach Paris gefahren, um den Eiffelturm zu sehen. Und was hatte sie ihr von diesen gelb leuchtenden Feldern vorgeschwärmt, die sich Annemaries Beschreibungen nach kilometerweit hinzogen.

»Ich glaube, die meisten hier haben sich gewünscht, nach Paris versetzt zu werden«, sagte Elfriede, ohne dabei aufzuhören am mittlerweile zweiten Paar Strümpfe zu stricken.

»Ich nicht. Ich wollte an die Ostfront«, sagte Julia. Drei erstaunte Augenpaare musste sie sich nun gefallen lassen. Freiwillig?

»Vielleicht finde ich meinen Mann«, erklärte sie.

»Weißt du denn, wo er ist?«, fragte Annemarie.

»Den letzten Brief habe ich aus Kursk bekommen.«

»Was hat er geschrieben? Berichte von der Front?«, wollte Inge wissen.

»Er hatte noch keine direkte Feindberührung«, erklärte Julia.

»Aber Kursk ist doch nicht so weit von der Front entfernt«, entgegnete Inge im Vertrauen auf ihre bescheidenen Geografiekenntnisse.

»Er ist Mechaniker und muss die Panzer und Fahrzeuge instand halten. Solche Leute verheizt man nicht als Kanonenfutter. Die braucht man«, erklärte Julia.

»Du machst dir trotzdem Sorgen um ihn?«, hakte Inge nach.

»Der letzte Brief ist zwei Monate her. Sie kamen alle zwei bis drei Wochen. Wer weiß, ob sie ihm nicht doch noch eine Waffe in die Hand gedrückt haben.«

»Es wird ihm schon nichts passiert sein«, beschwichtigte Annemarie untermalt von einem zuversichtlichen Lächeln.

»Er kann froh sein, dass er nicht weiter im Osten stationiert ist. Ich möchte jedenfalls keinem dortigen Russen begegnen. Ein primitives Volk ist das. Böse Menschen. Heimtückisch und hinterhältig. Leben wie die Wilden. Die wissen nicht mal, was ein Klo ist. Und wenn sie nichts zu fressen haben, schlachten sie sogar Neugeborene«, sagte Elfriede brottrocken.

»Das glaubst du doch selbst nicht«, entgegnete Inge, wobei sie sich in dem Moment daran erinnerte, dass sie bis vor Kurzem ebenfalls felsenfest davon überzeugt gewesen war, dass Russen böse Menschen seien. Die Geschichte über den französischen Soldaten, dem ihr Vater an der französischen Front im Ersten Weltkrieg begegnet war, hallte immer noch nach.

»Hab ich auch gehört.« Annemarie sprang Elfriede zur Seite.

»Man muss nicht alles glauben, was die Leute sagen.« Im Gegenzug solidarisierte sich Julia mit Inge. »Sind auch nur Menschen«, fuhr sie fort.

»Russen?«, empörte Elfriede sich. Wenn ihr die Hand beim Stricken stillstand, hatte dies Gewicht.

Inge überlegte, ob sie sich weiter zu diesem Thema einbringen sollte. Juden, Russen und überhaupt alle, die nicht nach Hitlers Pfeife tanzten, schienen böse Menschen zu sein.

»Also solche Geschichten denkt sich doch niemand aus. Kommt doch bestimmt nicht von ungefähr.« Annemarie gab keine Ruhe.

»Die Deutschen glauben doch alles, was man ihnen erzählt«, sagte Julia zu Inges großer Überraschung.

Elfriede fiel fast die Stricknadel aus der Hand.

»Ist doch so. Und war schon immer so.« Julia stieg gleich noch mehr in Inges Achtung. So ein fragiles Wesen und so ein Rückgrat.

»Also ich glaube nur, was ich sehe«, sagte Annemarie.

»Hast du schon einen Russen gesehen, der Neugeborene schlachtet?«, fragte Inge provokant.

Annemarie schüttelte pikiert den Kopf.

»Und alles andere wissen wir aus der Wochenschau und vom Hörensagen. Propaganda, weiter nichts«, sagte Julia. Inge fiel auf, dass sie nicht mehr so laut sprach. Erstens war es im Wagen leiser geworden und zweitens war eine Wehrmachtshelferin durch den Gang spaziert. Inge hielt es dennoch für sehr mutig, dass Julia so offenherzig ihre Meinung kundtat, auch wenn in der DRK-Familie der Zusammenhalt groß war und nicht denunziert wurde. Man vertraute einander. Diese Erfahrung hatte Julia sicher auch gemacht. Anscheinend war die Diskussion für Julia nun beendet. Sie zog beherzt ihr Buch aus der Tasche. Bestimmt war ihr danach, sich mit ihrem Liebesroman die Seele zu balsamieren. Eine ungeschickte schnelle Bewegung und schon rutschten die gebundenen Seiten heraus. Inge stutzte, als plötzlich ein ganz anderes Buch zwischen ihren Füßen auf dem Boden lag. Sie kannte es. Vater hatte es bei sich hinter anderen Büchern im Regal versteckt. Heinrich Manns *Der Untertan.* Inge wusste von ihm, dass es auf der Liste der verbotenen Bücher stand. *Liste des schädlichen und unerwünschten Schrifttums* nannte sich das. Inge erinnerte sich noch genau an die Worte ihres Vaters.

Julia klaubte es sofort auf.

Elfriedes Stricknadeln ruhten noch immer. Annemarie sah Julia genau wie Inge fragend an.

»Kennt ihr das Buch? Dann wisst ihr doch, was ich meine«, sagte Julia nun im Flüsterton.

»Pack das bloß schnell wieder weg. Wenn sie dich erwischen…«, sagte Inge ebenso leise.

»Wieso nimmst du das überhaupt mit?«, wollte Annemarie wissen. Anscheinend kannte sie es auch.

»Es erinnert mich daran, weshalb ich hier bin. Hält einen aufrecht in diesen Zeiten«, erklärte Julia sich.

Elfriede rümpfte nur die Nase und strickte weiter.

Inge fragte sich mittlerweile, ob Julia sich am Ende nur deshalb beim DRK beworben hatte, weil sie zu ihrem Ehemann wollte. Zutrauen würde sie es ihr. So wie sie redete, dürfte sie gar nicht beim DRK sein. Das grenzte ja schon an Widerstand. Böse Zungen würden in ihr gar eine Vaterlandsverräterin sehen.

»Wie lange ist dein Mann schon in Kursk?«, fragte Inge freiheraus.

»Über zwei Jahre.«

Julias fixe Antwort und die Art, wie sie es gesagt hatte, bestätigten Inges Verdacht. Sie musste den Entschluss ein halbes Jahr nach seinem Einberufungsbefehl gefasst haben, weil die Ausbildung zur DRK-Schwester eineinhalb Jahre dauerte. Ihr Respekt für diese junge Frau wuchs ins Unermessliche. Sie schien ihn über alles zu lieben. Als ob sie Inges Gedanken gelesen hätte, zog sie ihr Lesezeichen aus dem Buch hervor. Es war eine Fotografie ihres Mannes. Ein schneidiger junger Bursche. Inge fragte sich, ob sie sich jemals so verlieben könnte, dass sie sich nur der Liebe wegen freiwillig an die Front begab.

Annemarie flogen fast die Augen heraus.

»Ich glaub, für den hätte ich mich auch freiwillig nach Russland gemeldet«, sagte sie.

Elfriede nickte ebenfalls anerkennend und Julia seufzte wohlig, bevor sie ihren Liebsten wieder zurück in den als Liebesroman getarnten *Untertan* steckte. Eines wurde Inge klar. Julia gehörte definitiv nicht in die Welt, die Heinrich Mann beschrieben hatte. Und in ihr keimte der Verdacht auf, dass sie selbst auf dem besten Weg war, sich aus dieser Welt ebenfalls herauszubewegen. Das Buch hatte Inge vor Jahren eigentlich nur deshalb gelesen, weil ihr Vater es versteckt hielt. Es war die Geschichte eines Opportunisten, der sich gegenüber der Obrigkeit äußerst fügig zeigte und nichts infrage stellte. Damals hatte Inge dem Buch noch gar keine so große Bedeutung beigemessen, es eher als langweilig empfunden, doch rückblickend betrachtet, wäre Hitler wohl nie ohne die untertänige Wesensart der Deutschen an die Macht gekommen. Diesen Gedanken behielt Inge besser für sich.

Die Fahrt begann gegen Nachmittag anstrengend zu werden. Einmal südlich von Prag vorbei, hatte der Zug zweimal anhalten müssen, obwohl es doch hieß, dass der seit fünf Jahren dem Deutschen Reich zugehörige Teil der Tschechoslowakei, der sich nun Protektorat Böhmen und Mähren nannte, über eine intakte Zugverbindung verfügen würde. Krakau vor Einbruch der Dunkelheit zu erreichen war unter diesen Umständen fraglich. Die Gründe für die ersten beiden unvermittelten Stopps hatten sich niemandem erschlossen, weil die Wehrmachtshelferinnen ihnen ausdrücklich verboten hatten aufzustehen, um aus dem Fenster zu sehen, oder am Ende noch auszusteigen. Aus Sicherheitsgründen, was sich weder Inge noch den anderen so recht erschlossen hatte, weil es ja selbst auf Eisenbahnstrecken in der Heimat immer wieder einmal vorkam, dass ein Zug auf ein Signal wartete oder Sturm Geäst auf die Schienen trug.

»Am Ende ist der Russe schon hier«, hatte es von einer der Schwestern geheißen. Möglich war in diesen Zeiten alles, also war auch Inge brav sitzen geblieben. Der Zug bremste später erneut ab. Erstaunlicherweise verspürten die meisten Schwestern diesmal keinen Drang nachzusehen. Viele schliefen. Weder das verräterische und infernal laute Quietschen der Zugbremse noch der damit einhergehende Ruck sorgten für Aufruhr wie beim ersten Mal kurz nach Prag. Elfriede räkelte sich nur kurz, stöhnte unleidlich auf und schlief weiter. Julia legte ihr Buch wegen dieses erneuten Vorfalls nicht aus der Hand. Annemarie hingegen stand wie von der Tarantel gestochen am Fenster und schob es entgegen der Anweisung der Wehrmachtshelferinnen hinunter. Inge gesellte sich nun doch zu ihr und reckte den Kopf genau wie zwei weitere Schwestern aus dem hinteren Teil des Waggons aus dem Fenster. Im Gegensatz zum letzten Stopp war der Zug in einer Kurve, die durch ein enges Tal führte, zum Stehen gekommen, sodass die Diesellokomotive zu sehen war.

Einige Soldaten stiegen aus den hinteren Wagen aus und rannten nach vorn.

»Da liegt etwas auf den Gleisen«, stellte Annemarie fest.

Inge streckte ihren Hals gleich noch mehr, doch erst als Annemarie etwas zur Seite trat, sah Inge es auch. Ein gefällter Nadelbaum lag mitten auf den Gleisen. Inge wunderte sich darüber, warum sich weitere Soldaten mit geschulterten Gewehren zum Zuganfang begaben.

Einer von ihnen hatte ein aufgerolltes Seil in der Hand. Er knotete die Rolle auf und reichte das Ende einem Kameraden, der es am Geäst des Baumstammes befestigte. Gebannt sahen Inge und Annemarie diesem Schauspiel zu.

»Wer macht denn so was? Da kann ja sonst was passieren«, echauffierte Annemarie sich.

Inge konnte es sich denken. Einmarschiert waren sie, die Deutschen. Darüber herrschte bei den Tschechen bestimmt keine große Freude.

Das Problem schien bald behoben zu sein. Fünf kräftige junge Soldaten umfassten das Seil und zogen auf Kommando eines Offiziers daran. Der Baum war schon fast von den Gleisen. Nur noch ein kleiner Ruck und sie konnten weiterfahren.

In dem Moment peitschten Schüsse durch das Tal. Inge zuckte vor Schreck zusammen.

Die Männer ließen sofort von dem Seil ab und suchten mit gezückten Maschinengewehren auf der anderen Seite des Zugs Deckung.

Im Nu waren alle Schwestern wach. Doch nur ein Teil sprang auf, um aus den Fenstern zu blicken. Elfriede duckte sich.

»Seid ihr verrückt? Weg von den Fenstern«, herrschte Julia Inge und Annemarie an.

Inge ließ sich sofort auf ihren Sitz fallen und rutschte so tief sie konnte nach unten, bis unter die Fensterkante.

»Zurück auf die Plätze!« Die Stimme einer der Wehrmachtshelferinnen gellte durch den Wagen. Annemarie verharrte stoisch am Fenster.

Weitere Schüsse fielen.

»Die Schützen müssen hinter den Felsen da vorne sein«, stellte Annemarie fest.

»Runter!« Julia packte Annemarie am Rock und versuchte, sie vom Fenster wegzuziehen, jedoch ohne Erfolg. Erst als weitere Schüsse fielen, machte Annemarie sich nun auch auf ihrem Fensterplatz klein.

Inge vernahm laute Stimmen und Geschrei von draußen. Weitere Schusswechsel – das ohrenbetäubende Rattern von Maschinengewehren.

»Dort drüben«, hörte sie einen Mann schreien.

Inge vernahm eilige Schritte auf dem Kies, der die Bahnstrecke säumte. Dann vernahm sie einen Aufschrei, der Inge bis ins Mark fuhr. Eine Maschinengewehrsalve jagte die andere. Sie hörte scharfe, im Ton hell knallende Einschläge der Geschosse auf Gestein. Auch auf Metall. Einer der Waggons musste wohl getroffen worden sein. Inge hörte Schwestern aus dem hinteren Teil des Waggons schreien. Ihre unmittelbaren Abteilnachbarinnen gegenüber zitterten wie Espenlaub und hielten sich die Ohren zu.

Noch ein Aufschrei eines Mannes von draußen, gefolgt von heftigen Wortwechseln. Inge vernahm eine männliche Stimme, doch erkannte die Sprache nicht.

»Sind das Russen?«, fragte sie an Julia und Annemarie gerichtet.

»Tschechen«, klärte sie Annemarie auf.

Die Maschinengewehrsalven ratterten in immer kürzeren Abständen und wurden zum Dauerton.

Inge zitterte mittlerweile am ganzen Körper. Plötzlich wurde es draußen still. Im Inneren des Abteils ebenfalls, doch dann vernahm Inge ein Schluchzen und noch eines. Es kam von weiter vorn und der Schwester gegenüber. Sie hatte die Arme schützend um die Schultern geschlungen und klapperte vor Angst gar mit den Zähnen. Der Schweiß glänzte auf ihrer Stirn.

Inge wagte es nun doch, erneut aus dem Fenster zu sehen. Ein lebloser Körper ragte hinter einem der Felsen hervor. Darum herum standen deutsche Soldaten mit gezückten Maschinengewehren, den felsigen Abhang mit Luchsaugen im Visier. Vor dem Zug nahmen die Soldaten ihre Arbeit wieder auf. Der Baumstamm war nach nur einem weiteren kräftigen Ruck am Seil vom Gleis.

»Ein Partisanenangriff. Kommt immer wieder vor. Die Situation ist unter Kontrolle. Wir werden gleich weiterfahren«, verkündete die Wehrmachtshelferin mehrfach, während sie durch das Abteil schritt, doch so recht glauben wollten ihr das die anderen Schwestern anscheinend nicht. Eine schluchzte immer noch so laut, dass man es im ganzen Abteil hören konnte.

»Es ist vorbei. Hören Sie!«, vernahm Inge von weiter vorne. Inge trat ein Stück hinaus auf den Gang, um zu sehen, wen die Wehrmachtshelferin in der Mangel hatte. Das Schluchzen der jungen Schwester in der ersten Reihe ebbte unter dem strengen Blick der Uniformierten dann doch ab. Es herrschte nun Totenstille. Nur von draußen waren Schritte im Kies zu hören. Vermutlich gingen die Soldaten zurück in ihre Waggons.

Inge ließ ihren Blick über die anderen Schwestern in ihrem Abteil schweifen. Der Vorfall saß noch allen in den Knochen. Dann vernahm sie das Brummen der Diesellok.

»Alle vollzählig«, hörte sie eine männliche Stimme von draußen rufen.

Ein starker Ruck ging durch den Zug. Inge hatte Mühe, das Gleichgewicht zu halten. Die junge Schwester ihr gegenüber krallte sich wohl nicht nur aus diesem Grund an der Armlehne fest. Ihr Kinn bebte. Ihr Gesicht wirkte blutleer. Sie hatte zweifelsohne immer noch Angst. Die Frau erinnerte Inge unwillkürlich an ein kleines Mädchen, auf das sie gelegentlich aufgepasst hatte, wenn deren Eltern in die Oper gegangen waren. Die kleine Maria war ihre Violinschülerin gewesen, der sie privat Unterricht gegeben hatte. Was für ein Drama war das gewesen, sie nachts ins Bett zu kriegen. Angeblich würde hinter ihrem Schrank ein Kobold sitzen, der ihr Böses wolle. Inge hatte der Kleinen erzählt, dass Kobolde Violinspiel auf den Tod nicht ausstehen konnten und dann Reißaus nahmen. Ihr Spiel hatte die Kleine beruhigt und sanft in den Schlaf gewiegt. Inge zögerte nicht und holte kurz entschlossen ihren Koffer vom Gepäckträger.

»Rutsch mal ein Stück«, bat sie Annemarie, deren Beine im Weg waren.

Inge legte den Koffer auf den Sitz und zog ihren Violinenkasten hervor. Sie klappte ihn auf und nahm Instrument und Bogen an sich.

Annemarie und Julia tauschten fragende Blicke.

Inge überlegte sich, was sie spielen würde. Eines der Stücke, die sie gut beherrschte, waren die vier Jahreszeiten. Vivaldis Frühling passte zum ersten zaghaften Grün auf den Feldern und hatte etwas Liebliches. Aus dem Stück sprudelte pure Lebensfreude. Genau das, was sie Inges Ansicht nach nun brauchten. Schon lagen die Blicke der vier Frauen, die neben ihnen am gegenüberliegenden Fenster saßen, erstaunt und erwartungsfroh zugleich auf ihr.

»Du kannst spielen?«, fragte Elfriede baff.

»Na, hätte sie die Violine sonst in der Hand?«, gab Julia zurück.

Annemarie hatte Inge noch nie spielen gehört. Auch sie gehörte nun zu ihrem erwartungsvollen Publikum.

Der erste Ton erklang. Inge konnte den anderen ansehen, wie sich ihre Mienen erhellten und ihre Gesichtszüge sich wohlig entspannten. Der Zug fuhr nun wieder in gewohntem Tempo und gleichmäßig. Schon tauchten die ersten neugierigen Köpfe über ihrer Sitzreihe auf. Die Angst war purem Entzücken gewichen. Die Musik hatte auch auf Inge eine beruhigende Wirkung, ließ sie alles vorher Erlebte für den Augenblick vergessen. Jeder Bogenstrich war purer Genuss, auch wenn der dumpfe Takt der über die Schienen gleitenden Räder nur gelegentlich als musikalische Begleitung zur Musik passte. Inge wünschte sich, mit ihrem Spiel sämtliche Kobolde zu vertreiben, die es in Russland möglicherweise auf sie abgesehen hatten.

Die beruhigende Wirkung von Inges Violinspiel, zugleich ein musikalisches Stoßgebet, dass die restliche Fahrt ohne weitere Überfälle oder sonstige unangenehme Vorkommnisse vonstattengehen würde, hielt gerade mal bis kurz vor Oberschlesien an. Eine bis dahin landschaftlich sehr reizvolle Fahrt. Auf diesem Streckenabschnitt hatte der Winter sich jedoch noch nicht gänzlich verabschiedet. Mit jedem gefahrenen Kilometer verloren sich bunte Farbtupfer. Hier versteckten sich die Blumen noch in der Erde. Felder lagen brach. Die Luft war trocken und recht frisch. Selbst die Bäume zeigten noch mehr Geäst als Blätter. Der im Sudetenland erlebte kurze Ausflug in den Frühling erschien Inge auch während der Fahrt durch polnisches Gebiet wie ein flüchtiger Traum, wobei sie die halbe Strecke durch die Distrikte Krakau und Galizien verschlafen hatte – was sicherlich dem nächsten Eintopf geschuldet gewesen war, dessen Abwechslungsreichtum bei der Wehrmacht wohl darin bestand, einmal mit Würstchen und ein anderes Mal mit Speck versehen zu sein. Ernas Stullen hatten erneut herhalten müssen, um das Abendessen kulinarisch etwas aufzuwerten.

Je näher sie dem ukrainischen Teil der Sowjetunion kamen, desto malerischer wurde das Land. Weite Ebenen, durch die sich Flüsse schlängelten, schier endlose Mischwälder und unzählige Seen und Tümpel eines Sumpfgebietes sahen so friedlich aus. Unbefleckte Erde. Weit weg vom Krieg. Wie schön musste es hier erst im Sommer sein. Der Krieg schien auch an den Dörfern, an denen sie vorbeigefahren waren, spurlos vorübergegangen zu sein, wobei sich dies nur bis Einbruch der Dunkelheit hatte einschätzen lassen. Inge sah jedoch immer noch Lichter in den Häusern brennen und schloss daraus, dass sie bewohnt waren.

Inge war froh, geschlafen zu haben, denn es sah ganz danach aus, als ob die Nacht ihnen allen noch einiges abverlangen würde. Gegen elf kündigte eine der beiden Wehrmachtshelferinnen im Zug an, dass der Zug nur bis kurz vor Kiew fahren würde. Es gäbe Schäden an der Strecke, die von dort nach Charkow führte. Zudem sei es vom diensthabenden Offizier als zu gefährlich eingestuft worden, in der Dunkelheit mit einem Zug weiterzufahren, was Inge unmittelbar eingeleuchtet hatte, denn sollten weitere Hindernisse auf den Gleisen liegen, würde der Lokführer sie nicht rechtzeitig sehen und nicht mehr so schnell reagieren können. Es gab in der Nähe der größeren Städte also mehr Widerstand gegen die Deutschen, als gemeinhin bekannt war.

Nun warteten sie bereits seit gut einer halben Stunde auf die Anschlussverbindung per Bus. Die wenigsten Schwestern waren ausgestiegen. Im Zug war es warm. Draußen pfiff ihnen der Wind um die Ohren. Annemarie hatte sich ihre Pelzjacke übergezogen und sich zu Inge nach draußen gesellt. Die frische Luft tat ihr sichtlich ebenso gut.

»Ich möchte eigentlich nur noch in ein Bett«, beschwerte sie sich, fummelte eine Zigarettenschachtel aus ihrer Manteltasche und hielt sie ihr geöffnet hin.

Inge lehnte dankend ab.

»Noch nie geraucht?« Es klang so, als würde sie Inge fragen, ob sie noch Jungfrau sei. Dass Annemarie kein Laster ausließ, wunderte Inge nicht, doch vermutlich war es das, was sie an ihr besonders mochte. Sagte man nicht immer, dass Gegensätze sich anzogen?

»So schlecht, wie hier die Wege sind, kommen wir bis morgen Nacht nicht an. Wenigstens gibt's hier noch keine Minen, die uns in die Luft jagen«, sagte Annemarie, steckte sich eine Zigarette in den Mund und versuchte vergeblich, ein Streichholz zu entzünden. Ohne Inges Hand, die sich schützend um das nächste brennende Streichholz legte, um den heftigen Wind von der Flamme fernzuhalten, hätte Annemarie wohl auf den Genuss verzichten müssen.

»Und was macht dich da so sicher?«, hakte Inge beunruhigt nach.

»Julia hat's mir erzählt, als du geschlafen hast. Die meisten Hauptstraßen werden vermint. Von Partisanen. Aber nur das letzte Stück nach Charkow sei hochgefährlich. Bewaffneter Widerstand, überall. Wollen den Deutschen in den Rücken fallen, den Nachschub unterbinden.«

»Hat Julias Mann ihr das alles geschrieben?« Inge überraschte das. Ihr Vater hatte des Öfteren darüber gesprochen, dass Feldpost zensiert wurde. Aus diesem Grund hörte er ja die Sender der Alliierten. Anscheinend fingen sie nicht alles ab.

Annemarie nickte und nahm den nächsten tiefen Zug ihrer Zigarette.

»Das war aber der Stand von vor einigen Wochen«, gab Inge zu bedenken.

Annemarie zog gleich noch gieriger an ihrem Glimmstängel. Dann tauchten Scheinwerfer hinter dem kleinen Wäldchen auf. Das mussten die Busse sein, doch da täuschte Inge sich. Ein Lastkraftwagen nach dem anderen bog auf den Karrenweg, der zu dem kleinen unbeschrankten Bahnübergang führte, wo der Zug nun schon seit geraumer Zeit hielt. Angeblich würde er so lange hier stehen bleiben, bis eine Diesellok aus Kiew kam, sich am Zugende andockte und ihn dann zurück in die Heimat brachte.

»Ach du grüne Neune«, befand auch Annemarie, als die Transporter näher kamen. Sie schnippte ihre Zigarette auf den schlammigen Boden.

An den Zugfenstern klebten bereits viele Augenpaare. Die anderen Schwestern dachten sich sicherlich das Gleiche.

»Die haben ja nur eine Plane. Wir werden jämmerlich erfrieren«, jammerte Annemarie, als der erste Transporter in unmittelbarer Nähe vor ihnen hielt. Auch der letzte Wagen der Kolonne verfügte lediglich über eine Plane.

»Na hoffentlich haben wir wenigstens im Lazarett ein warmes gemütliches Plätzchen«, sagte Annemarie bibbernd. Ihre Hände verschwanden in den Ärmeln ihres Mantels.

Die ersten Soldaten stiegen aus und stapften mit geschulterten Säcken und Gewehren zu den Transportern, die nun in Reih und Glied hintereinanderstanden. Andere entluden den Waggon, in dem sich das Material und die Ausrüstung für die Kriegslazarette befanden. Sie schleppten die Kisten hinüber zu den Transportern. Kameraden halfen ihnen beim Beladen.

»Ihr steigt in den ersten Wagen ein«, wies eine der Wehrmachtshelferinnen Inge und Annemarie an, nachdem sie ausgestiegen war. Nach und nach leerte sich hinter ihr der Waggon. Die Schwestern versammelten sich um die ersten beiden Transporter. Die Fahrer der Wagen, ebenfalls Wehrmachtssoldaten, halfen ihnen beim Einladen des Gepäcks.

Inge und Annemarie gingen zurück zum Zug und stiegen wieder ein, um sich ihre Koffer zu holen.

»Wann kommen wir denn voraussichtlich in Charkow an?«, wagte Inge die Wehrmachtshelferin zu fragen, die ihr im Abteil entgegenkam.

»Wenn wir Glück haben, morgen Mittag«, gab sie kurz angebunden zurück.

Annemarie stöhnte auf.

»Bestimmt haben sie warme Decken im Wagen«, überlegte Inge laut.

»In Paris ist's jetzt schon wärmer. Ich darf gar nicht mehr daran denken«, meckerte Annemarie und hievte dann ihren Koffer vom Gepäckträger herunter. »Weißt du was? Wenn der Krieg vorbei ist, dann machen wir uns eine schöne Zeit an der Seine.« Annemarie hatte ihren Humor wiedergefunden. Ein trotziges Lächeln, tapfer und aufmunternd zugleich.

Kapitel 4

Inge schreckte aus dem Schlaf. Der Transporter musste erneut über ein Schlagloch gefahren sein. Alle anderen Schwestern hatte es ebenfalls ordentlich durchgerüttelt. Und nicht das erste Mal. Bewegte sich eine, riss es die andere mit aus dem Schlaf, so dicht gedrängt saßen sie auf den Holzbänken, die links und rechts längs der Ladefläche angebracht waren. Zu ihren Füßen und hinter dem Fahrerhaus lagen das Gepäck sowie einige Kisten gefüllt mit Dingen, die das Kriegslazarett in Charkow dringend benötigte. Einer der Transporter war nicht mehr angesprungen, sodass sie sich die Plätze dicht an dicht gedrängt hatten teilen müssen. Aus der Not wurde angesichts der nächtlichen Kälte eine Tugend. Sie wärmten sich gegenseitig auf. Die Köpfe sackten auf die jeweilige Schulter der Nachbarin. Zwei Schwestern hatten alle verfügbaren Lederkoffer so auf den Boden gelegt, dass abwechselnd drei der neun Schwestern weich gepolstert und in Wehrmachtsdecken gemummelt darauf schlafen konnten. Die Plane gänzlich zu schließen, hätte erstens die Kälte nicht abgehalten und zweitens unweigerlich dafür gesorgt, dass die Luft zu stickig wurde.

Inge sah sich um. Als sie das letzte Mal aufgewacht war, hatte sie nur die Schemen der anderen gesehen, denn im Inneren des Wagens war es noch stockdunkel gewesen. Durch den aufgeschlagenen Spalt der Plane drang mittlerweile ein schwacher Lichtschein von draußen. Die einsetzende Dämmerung sorgte für genug Helligkeit, um im Halbdunkel zumindest mehr als nur Konturen zu erkennen. Was für eine Tortur!

»Ich muss mal und sogar dringend«, sagte Annemarie, die nicht weniger mitgenommen und fahl als die anderen in Decken gehüllten menschlichen Raupen aussah.

»Sie haben gesagt, dass wir auf der Fahrt nur zweimal eine Rast einlegen«, erinnerte Inge sie. Im Übrigen verkniff sie sich das Gefühl lieber, bevor sie sich noch einmal hinter viel zu niedriges Buschwerk schlug – in einer Reihe mit den anderen. Die Soldaten hatten sich beim ersten Halt linkerhand der Fahrbahn einfach an den Fahrbahnrand gestellt. Für Männer anscheinend kein Problem, doch allein zu wissen, dass sich keine fünf Meter entfernt Mannsvolk entleerte, während man selbst versuchte, Wasser zu lassen, war Inge zutiefst zuwider. Zumindest das würde ihnen fortan erspart bleiben. Die Wege der Einheiten hatten sich nämlich nach dem letzten Stopp mitten im Nichts einer schier endlosen Ebene getrennt. Zwei der Transporter, ebenfalls beladen mit Schwestern und medizinischem Gerät, hatten sich dem Konvoi der Soldaten angeschlossen. Somit hatten sie sich auch von Elfriede verabschieden müssen. Nur eine Wehrmachtshelferin und zwei Soldaten, die für ihre Sicherheit sorgen sollten, waren bei ihnen geblieben. Die Soldaten saßen im Fahrerhaus, die Wehrmachtshelferin bei den Schwestern. Angeblich wurden die anderen an die Front nach Kursk gebracht, das nördlich von Charkow lag. Julia hätte Inges Einschätzung nach am liebsten mit Elfriede getauscht, doch Befehl war Befehl und es war niemand mit Befehlsgewalt anwesend, den Julia hätte darum bitten können.

Weder die Soldaten noch die Wehrmachtshelferin verfügten über derartige Kompetenzen. Ob Julia wohl genau wie Inges Vater feindliche Radiosender gehört hatte? Woher sonst wusste sie, dass die Wehrmacht Kursk Anfang Februar an die Russen verloren hatte – nach zweijähriger Besatzung. Von ihrem Mann sicher nicht, denn Inge erinnerte sich an Julias Schilderung, seinen letzten Brief vor zwei Monaten erhalten zu haben. Hoffentlich war Julias Liebster dort nicht Opfer der heftigen Kämpfe geworden. So eine tapfere Frau. Die Angst um ihren Mann ließ sie sich nicht anmerken.

»Es sticht schon in der Blase.« Annemarie hörte nicht auf zu nölen.

»Kann ja nicht mehr lange dauern. Der letzte Halt ist gut vier Stunden her und so lange dürften wir nicht mehr unterwegs sein«, beschwichtigte Julia, die rechterhand eng an Inge geschmiegt saß.

»Wie Vieh behandelt man uns«, beschwerte sich Annemarie mit inzwischen heiserer Stimme.

»Beschwert euch nicht. Wir haben noch Glück«, sagte Julia gerade so laut, dass nur Inge und Annemarie es hören konnten. Sie gab ihnen zudem in einer auffordernden Geste zu verstehen, näher zu kommen. Ob die Wehrmachtshelferin, die ihnen schräg gegenübersaß, tatsächlich schlief, war trotz ihrer geschlossenen Augen ungewiss. Zu oft hatte sie sich bisher in ein Gespräch mit eingebracht, das sie vor sich hin dösend mitbekommen haben musste.

»Elfriede hat mir ihren Einberufungsbefehl gezeigt. 2. Kompanie 509. Regiment. Das ist schon zerschlagen. Die Wehrmacht musste sich zurückziehen. Wahrscheinlich landet sie in einem Feldlazarett irgendwo westlich von Kursk. Wie kalt es hier nachts werden kann, muss ich euch ja nicht sagen«, eröffnete Julia ihnen.

»Die arme Elfriede. Wenigstens hat sie jetzt warme Socken.« Annemarie sagte es mitfühlend und ohne Ironie, was unter normalen Umständen, wie Inge sie einschätzte, der Fall gewesen wäre.

»Von meinem Vater weiß ich, dass Charkow von den Deutschen wieder zurückerobert wurde. Im Februar war die Stadt noch in der Hand der Sowjets«, flüsterte Inge.

»Tausende Tote. Panzerschlacht«, ergänzte Julia.

»Woher wisst ihr das alles?«, wunderte Annemarie sich und blickte abwechselnd zu Inge und dann zu Julia.

»Radio«, flüsterte Julia.

Annemarie nickte wenig begeistert. Sie seufzte und litt – mit zusammengezwickten Beinen, die bereits seit einer ganzen Weile nervös wippten. Inge kannte das, wenn sie dringend aufs Klo musste. Einigen der anderen Schwestern schien es genauso zu ergehen. Eine hämmerte nun sogar gegen das Führerhaus.

»Eine Pause. Wir brauchen eine Pause«, rief sie nach vorne. Die Wehrmachtshelferin schreckte hoch. Andere Schwestern schlossen sich der Forderung an. »Pause!«, gellten sie. Annemarie gehörte mittlerweile auch dazu.

Nichts tat sich. Erst als auch die Wehrmachtshelferin mit dem Griff ihrer Pistole donnernd gegen das Fahrerhaus klopfte, zwei weitere aufgestanden waren und mit den Fäusten dagegentrommelten, verlangsamte sich die Fahrt. Inge atmete auf. Noch war es nicht hell genug, um sich im grellen Licht der Sonne für jeden sichtbar exponieren zu müssen. Jetzt, nachdem Inge wusste, dass sie ihre Blase bald entleeren konnte, setzte der Harndrang mit voller Wucht ein. Damit war sie wohl nicht die Einzige. Kaum war der Transporter zum Stehen gekommen, hielt es einige der Schwestern nicht mehr auf ihren Plätzen. Sie sprangen auf, schlugen die Plane nach oben, noch bevor einer der beiden Soldaten den Ausstieg erreicht hatte. Annemarie setzte dazu an, als Nächste von der Ladefläche zu springen. Der Soldat hielt ihr seine Hand entgegen, um ihr herunterzuhelfen. Ein Aufschrei von draußen hinderte sie daran. Ein zweiter Soldat hatte die Plane nun so weit abgedeckt, dass Inge freie Sicht hatte. Was sich ihr darbot, war das nackte Grauen. Die

Schwester, die als Erste den Transporter verlassen hatte, stand wie versteinert am Straßenrand. Vor ihr ragten Glieder von vier oder fünf unnatürlich gekrümmten Körpern, die in deutschen Uniformen steckten, aus dem Straßengraben. Warum nur hatte der Transporter ausgerechnet hier halten müssen? Vermutlich waren sie dem Fahrer des Transporters in der Eile entgangen.

»Geht hier rüber. Links. Zu den Büschen«, forderte der Soldat am Ausstieg sie auf.

Sein Kamerad erreichte die immer noch wie versteinert auf die Toten starrende Schwester und eskortierte sie zur anderen Straßenseite. Mit ausdruckslosem Blick ließ sie sich zu den Büschen führen. Auch Inge scheuchte der Soldat in einer auffordernden Handbewegung vom Straßenrand weg. Anscheinend sollte den Toten niemand mehr Beachtung schenken. Ein grausiger Anblick. Reif überzog ihre wächsernen Gesichter, die gespenstisch wirkten. Inge wandte sich ab und hielt nach Annemarie Ausschau. Sie war bereits weit ins matschige Feld gelaufen. Dort standen weitere Büsche. Inge folgte ihr und entdeckte gleich noch mehr Tote in gut dreißig Metern Entfernung. In unmittelbarer Nähe befand sich ein halb zertrümmerter Militärtransporter. Zersplitterte Kisten lagen daneben. War er von einer Granate getroffen worden oder auf eine Mine gefahren? Und wer hatte die deutschen Soldaten getötet?

Erst als sie Annemarie erreichte, die sich schnell erhob und wieder anzog, eilte Inge nun auch hinter den Busch. Annemarie stapfte wortlos und bibbernd vor Kälte an ihr vorbei, ihre Arme um den Körper geschlungen. Froh für einen Moment allein zu sein, gelang es Inge dann doch, sich zu erleichtern. Inge zog sich eilig an und warf dann einen Blick auf die vor ihr liegende Ebene. Sie waren mitten im Krieg angekommen. Darüber konnte die Idylle der im weißen Glanz des Reifs überzogenen Landschaft, die am Horizont nun mit aufgehender Sonne purpurn zu leuchten begann, nicht hinwegtäuschen.

Wie zynisch doch die Sonne angesichts so viel Elends von einem fast wolkenlosen Himmel strahlen konnte. Sie hatte erstaunlich viel Kraft und heizte die Plane, unter der sie alle saßen, mit der Zeit derart auf, dass auf dem restlichen Weg die hintere Abdeckung des Wagens nach oben geklappt geblieben war. Auf diese Weise wurde es Inge nicht erspart, weitere Vorboten des Krieges zu sehen. In der Luft lag Kampfgeruch. So hatte es Julia bezeichnet. Es roch immer wieder nach Schwefel, verbranntem Fleisch, verschmortem Gummi, ausgelaufenem Benzin oder Verkohltem. Liegen gebliebene und ausgebrannte Militär-, aber auch Zivilfahrzeuge, ein schwer beschädigter Panzer, weitere Gefallene und tote Zivilisten – Ursache all dieser furchtbaren Gerüche – waren ihnen unterwegs begegnet. Zuletzt ein Kutschenwagen, gefüllt mit toten Leibern. Sogar eine Frau und ein Kind waren darunter gewesen. Jemand musste sie während der Fahrt erschossen haben. Niemanden schien in Kriegszeiten zu kümmern, ob sie beerdigt wurden. Jeder Mann wurde an der Front gebraucht, selbst der Totengräber. Vermutlich war der Boden bis vor Kurzem sowieso zu hart gewesen, um ein Grab auszuheben.

Das erste deutsche Militärfahrzeug war ihnen am späten Vormittag entgegengekommen, um die Papiere zu kontrollieren. Es war schnell vonstattengegangen. Ein Blick in die Wagenladung hatte genügt, um dem Wehrmachtsoffizier glaubhaft zu machen, dass hier Deutsche DRK-Schwestern nach Charkow gebracht wurden. Niemand von ihnen hatte sich ausweisen müssen. Eine reine Routinekontrolle – so die Erklärung der Wehrmachtshelferin.

Dass sie sich Charkow näherten, schloss Inge aus den vermehrten Zeichen der Zivilisation, oder vielmehr dem, was davon übrig geblieben war. Die Dächer der Steinhäuser eines Dorfes, durch das die Straße führte, waren eingestürzt, deren Holzgebälk verkohlt. Scheunen bis auf das Fundament abgebrannt. Ein toter Esel lag davor. Ausgebrannte Kutschen, landwirtschaftliche Gerätschaften, ein Stall – alles rabenschwarz inmitten von Trümmern in Matsch und Schlamm.

»Sie brennen die Dörfer der Partisanen nieder«, hatte ihnen Julia gesteckt. Woher sie das wusste, war Inge klar. Die Begründung, warum die Wehrmacht dies tat, leuchtete Inge vordergründig ein. Schließlich war Krieg. Sie hatte zunächst angenommen, dass dies einer seiner Schauplätze gewesen war. Spuren der Verwüstung von Panzergeschossen, vom Kampf Mann gegen Mann. Wie naiv das doch gewesen war. Julia wusste es offenbar besser und klärte sie und Annemarie diesbezüglich auf.

»Für jeden deutschen Soldaten, der von einem Partisanen zu Schaden kommt, wird seine Familie oder ein ganzes Dorf bestraft. Zur Abschreckung. Sie nennen es Sippenhaft. Und das Beste ist, dass Geiselerschießungen nach dem geltenden Völkerrecht sogar legitim sind.«

»Das kann doch gar nicht sein«, wunderte nicht nur Annemarie sich.

Inge erstaunte, wie belesen Julia war, oder hatte ihr das ihr Mann in einem seiner Briefe erklärt?

»Es muss nur verhältnismäßig sein, also der Schwere der Tat entsprechen«, erläuterte Julia.

»Ein ganzes Dorf niederbrennen und alle erschießen?«, entrüstete Annemarie sich so laut, dass auch Schwestern, die neben ihr und gegenüber saßen, es mitbekommen hatten. Die Wehrmachtshelferin sowieso.

»Das waren die Deutschen?«, fragte eine zaghaft nach.

Julia nickte. Hoffentlich handelte sie sich keinen Ärger ein. Ein falsches Wort am falschen Ort konnte fatale Konsequenzen haben. Der Blick der Wehrmachtshelferin sprach Bände. Andererseits hatten die anderen die Gräueltaten ebenfalls gesehen und sich entsetzt gezeigt. Sie saßen alle im selben Boot und der Zusammenhalt der DRK-Schwestern war unerschütterlich. Im Nu hatte Julia Publikum.

»Bist du dir sicher?«, wollte eine wissen.

»Und das ist nicht nur grausam, sondern auch noch ziemlich dumm«, fuhr Julia fort. Dafür erntete sie erstaunte Blicke. Inge konnte sich auf Letzteres keinen Reim machen.

»Warum halten Sie es für dumm?«, wollte auch die Wehrmachtshelferin wissen. Sie fragte weniger angriffslustig, als Inge erwartet hatte.

»Es schürt doch nur noch mehr Hass. Und wer so etwas überlebt, hat keine Familie mehr und ist heimatlos. Das sind Leute, die nichts mehr zu verlieren haben, getrieben von Rache aus purer Verzweiflung. Es gibt nur noch mehr Widerstand gegen die Deutschen. Die Übriggebliebenen schließen sich den Partisanengruppen an, sägen Funkmasten ab, zerstören Verbindungslinien, lassen Züge entgleisen, überfallen Munitionszüge und sprengen Eisenbahnbrücken. Ein Eigentor«, führte Julia aus.

Die Schwesternschaft im Wagen lauschte nahezu andächtig. Die Wehrmachtshelferin nickte und schien nachdenklich gestimmt. Inge beeindruckte Julias Mut und vor allem ihr Wissen immer mehr. Wer sich freiwillig an die Ostfront versetzen ließ, der Liebe wegen, hatte das Herz einer Löwin. Dinge zu hinterfragen, war in diesen Zeiten ungewöhnlich, und Kritik an der Wehrmacht zu üben, brandgefährlich. Stellte es im Grunde genommen doch den Krieg an sich infrage, aber auch, wie unüberlegt im Namen des Führers gemordet wurde.

»Aber sind diese Partisanen denn nicht feige und hinterhältig? Wie will man denn sonst mit ihnen fertig werden?«, fragte Annemarie.

»Sie hat recht. Zu feige, sich eine Uniform anzuziehen. Aus dem Hinterhalt.« Der Einwand kam naturgemäß von der Wehrmachtshelferin. Sie erntete Zustimmung. Inge verwunderte das nicht, denn sie selbst waren ja von Partisanen auf mährisch-böhmischem Boden überfallen worden.

»Der Krieg heiligt wohl die Mittel«, sagte Julia. Ihre Resignation war spürbar.

Die Wehrmachtshelferin schien sich damit zufriedenzugeben. Es kamen keine weiteren Nachfragen. Das Thema war heikel und dem Himmel sei Dank ritt Julia nicht weiter darauf herum. Sicherlich auch, weil sie anscheinend den Stadtrand von Charkow erreicht hatten. Inge glaubte den Namen auf dem Schild, an dem sie gerade vorbeigefahren waren, richtig gelesen zu haben – allerdings in kyrillischer Schrift.

»Charkow. Wir sind endlich da«, rief eine der Schwestern dann prompt aus.

»Ich brauche jetzt erst einmal ein heißes Bad. Hoffentlich gibt es hier so etwas«, sagte Annemarie so pikiert, als wollte sie die Truppe aufheitern. Inge wusste vermutlich als Einzige, dass Annemarie den Wunsch ganz ernsthaft geäußert hatte. Dass daraus vermutlich nichts wurde, dafür sprachen die ersten Gebäude, an denen sie vorbeifuhren. Die meisten waren Ruinen. Überwiegend kleine einstöckige Häuser, doch das änderte sich schlagartig, als der Transporter in eine größere Straße abgebogen war. Von wegen kulturlos und *Wilde*. Die wenigen Häuser der Innenstadt, die noch standen, ließen auf ihren einstigen Prunk schließen. Obwohl deren halbe Fassade eingestürzt und von Geröll umgeben war, ließen die Trümmer und Mauerreste darauf schließen, dass hier sicher keine Neugeborenen geschlachtet wurden. Kannibalen wohnten nicht in solch prächtigen Häuserzeilen. Sie erinnerten Inge an Fotografien von Paris. Kein Wunder, dass Annemaries Blick sich ebenfalls an einem mehrstöckigen Haus mit ornamentierter Fassade verfangen hatte.

»Immerhin bleibt uns ein Feldlazarett erspart«, sagte ihre Freundin.

Inge wusste noch nicht so recht, ob sie sich angesichts der eingeschlammten Trümmerwüste über diese Aussicht freuen sollte. Trostlos traf es wohl am besten. Nur vereinzelt kamen ihnen Passanten entgegen. Überwiegend Frauen in abgetragenen Mänteln und Jacken, die aus der Mode, zerschlissen und eingedreckt waren. Sie beachteten sie nicht. Nur ein alter Mann blieb stehen, um dem Transporter nachzusehen. Seine Augen wirkten stumpf und leblos. Er war hager und im Gesicht eingefallen. Erst als ein Motorrad der Wehrmacht aus einer Seitenstraße bog und sich lautstark seinen Weg bahnte, wandte er sich ab und ging weiter. Inge überlegte sich, ob sie in einem Feldlazarett nicht sogar sicherer waren als in Charkow selbst. Sie gehörten zum Feind, zu den Besatzern, die eine Stadt in Schutt und Asche gelegt hatten. Wie groß mussten Hass und Hoffnungslosigkeit hier sein? Gerade einen Monat war es her, dass Charkow frei gewesen war. Sicher hatten die Menschen daran geglaubt, dass die Stadt wieder ihnen gehörte, dass von nun an alles besser würde und sich hier kein Deutscher mehr blicken ließ, genau wie es bei Stalingrad der Fall gewesen war. Der Anblick war nur zu ertragen, weil Inge sich Bilder der Wochenschau vergegenwärtigte. Der Feind machte letztlich nichts anderes. Die ersten deutschen Städte hatten das gleiche Schicksal erlitten. Dort irrten die Menschen bestimmt genauso verzweifelt umher, beklagten ihre Toten und räumten Trümmer notdürftig beiseite. Es herrschte Krieg. Daran konnte sie nichts ändern. Sie war hier, um zu helfen, sagte sie sich. Das Leid zu mildern. Das war das Einzige, an das sie sich momentan klammern konnte.

Inge stellte zu ihrer großen Erleichterung fest, dass das Gebäude, vor dem der Militärtransporter hielt, zumindest von außen noch intakt aussah. Es schien neueren Datums zu sein und hatte eine schmucklose Fassade. Vielleicht eine Militärkaserne?

Doch wäre die nicht erstes Ziel deutscher Angriffe gewesen? Ihre Vermutung, dass es sich um etwas anderes handeln musste, bestätigte sich, nachdem sie alle ausgestiegen waren. Inge entdeckte einen Bolzplatz mit zwei Schaukeln. Das zweistöckige Gebäude könnte eine Schule gewesen sein. Nun schmückte die Fahne des Reichs den Mast beim Haupteingang. Dass die des Roten Kreuzes daneben hing und sogar größer war, beruhigte Inge mehr als der Stacheldraht, der das Mauerwerk umgab.

Das Eingangsportal wurde scharf bewacht. Gleich vier Soldaten, schwer bewaffnet, hatten den Hof und die Zufahrt im Visier. Zwei weitere Bewaffnete standen unmittelbar am Eingang des Gebäudes.

»Willkommen im neuen Zuhause«, sagte Annemarie mit wenig Begeisterung.

»Wenigstens haben wir ein Dach über dem Kopf«, erwiderte Inge.

Die Wehrmachtshelferin und einer der beiden Soldaten, die sie begleitet hatten, wiesen sich bei der Wache aus. Der andere und ihr Fahrer halfen beim Abladen der Koffer, Kleidersäcke und Kisten mit medizinischer Gerätschaft. Drei Soldaten eilten von drinnen herbei, um die Ladung entgegenzunehmen. Inge blickte genau wie alle anderen gespannt hinüber zum Eingang. Irgendjemand musste sie doch in Empfang nehmen. Die Wehrmachtshelferin war mittlerweile im Gebäude verschwunden. Wie lange wollte man sie hier draußen warten lassen? Es war kalt. Der Wind blies ihnen unbarmherzig ins Gesicht.

Ein Kastenwagen der Wehrmacht näherte sich dem Gebäude. Weil der Transporter direkt vor der Zufahrt stand, war ihm die Einfahrt nicht möglich. Die Hupe des ankommenden Fahrzeugs zerriss die Geräuschkulisse aus vielen Schwesternstimmen, die ihre ersten Eindrücke austauschten.

»Fahrt den Wagen weg. Wir haben Verletzte«, brüllte ein junger Soldat aus dem Fahrerhaus des Kastenwagens. In

Windeseile stieg der Fahrer des Transporters, der sie hergebracht hatte, ein, ließ den Motor an und fuhr ein paar Meter nach vorn. Das Bild, das sich Inge nun darbot, knüpfte nahtlos an die schrecklichen Eindrücke während der Herfahrt an. Auf der Ladefläche befanden sich mindestens ein Dutzend verwundete Soldaten. In verdreckten Uniformen, mit verfilztem Haar und ausgemergelten Gesichtern. Zwei der Männer waren offenbar nur leicht verletzt. Einer saß auf dem Fahrzeugboden gegen die Brüstung des Wagens gelehnt, der andere gegen das Fahrerhaus. Die Schwerverletzten hingegen krümmten sich, wimmerten oder lagen einfach nur noch regungslos da. Als sich der Kastenwagen in Bewegung setzte, schrie ein junger Mann seine Schmerzen hinaus. Inge sah blutdurchtränkte Verbände an allen möglichen Körperteilen. Knochensplitter ragten aus seinem zerfetzten Beinstumpf. Mein Gott. Der Bursche musste im Gefecht das Bein vom Knie abwärts verloren haben.

»Jetzt wissen wir, weshalb wir hier sind«, sagte Annemarie, die sichtlich mitlitt.

Inge ließ ihren Blick über die anderen Schwestern schweifen. Betroffenheit, Mitleid, Entsetzen – all das konnte sie in ihren Gesichtern lesen.

Der Wagen mit den Verletzten hielt direkt vor dem Eingang. Vier Sanitäter eilten mit Tragen herbei. Zwei uniformierte DRK-Schwestern, die Inge auf Mitte dreißig schätzte, begleiteten sie. Aus der Distanz war nicht zu hören, was die beiden Schwestern besprachen, doch aus ihren Gesten ließ sich schließen, dass sie die Verletzten je zwei der Sanitäter zuordneten. Einer der beiden Leichtverletzten konnte sich noch aus eigener Kraft bewegen. Er trug seinen Arm in einer Schlinge. Der andere, der ebenfalls noch in der Lage gewesen war, sich aufrecht zu halten, wurde demselben Sanitäter zugeteilt. Sie stiegen daraufhin ohne fremde Hilfe von der Ladefläche und wurden zum Eingang begleitet und offenbar angewiesen, dort zu warten. Dann kümmerten sich die Sanitäter um die Schwerverletzten. Einer der beiden stieg auf den Wagen, der andere reichte ihm die Trage und erklomm dann ebenfalls die Ladefläche. Vorsichtig hievten sie den ersten Verletzten darauf. Sein schmerzverzerrtes Gesicht sprach Bände. Immerhin war er noch bei Bewusstsein, was Inge als gutes Zeichen wertete. Die Sanitäter setzten die Trage mitsamt dem Soldaten rechterhand auf dem Boden vor dem Eingangsbereich ab und holten nun den Mann mit dem blutverschmierten Beinstumpf vom Wagen.

»Die sondern aus«, sagte Julia.

»Leichter Verletzte rechts, die anderen links«, schlussfolgerte auch Inge.

Sie wunderte sich darüber, dass die Schwestern die Verletzten so schnell einordnen konnten. Wenn ein Bein fehlte, sah man das natürlich, doch wie konnten sie die anderen so zügig einteilen? Sie fühlten ja nicht einmal deren Puls. Hatte man nach einer gewissen Zeit an der Front so viel Erfahrung? Noch merkwürdiger erschien es Inge, dass die Gruppe der Leichtverletzten viel schneller aufgenommen wurde. Sie trugen die Sanitäter zuerst hinein.

»Lassen sie die anderen jetzt da liegen?« wunderte sich auch Annemarie.

»Wer bessere Chancen hat, kommt zuerst dran. Die Logik des Kriegs. Sie müssen wieder an die Front. Die anderen braucht man nicht mehr«, erklärte Julia. Ihr Mann musste ihr seine Erfahrungen von der Ostfront drastisch und in aller Offenheit geschildert haben. Inge überlegte, ob sie sich zum DRK gemeldet hätte, wenn sie all das gewusst hätte, was Julia wusste. Die Antwort lautete *Nein*. Inge erschrak über diesen Gedanken. Sie hielt ihn für feige und niederträchtig. Was Krieg bedeutete, wusste doch jeder, doch in der Wochenschau hatte alles weniger schlimm ausgesehen. Bilder von erfolgreichen Abschüssen. Strahlende Helden mit ihrem Kriegsspielzeug in

Aktion. Vorrückende siegreiche Soldaten. Was in Schwarz-Weiß über eine Leinwand flimmerte, ging einem vermutlich nicht so nah, wie das Leid dieser Soldaten mitzuerleben, es zu spüren. Einer der Männer wurde überhaupt nicht mehr abgeladen. Inge konnte sich denken, was dies bedeutete. Das Einzige, was der Sanitäter für ihn tun konnte, war sein Haupt mit einem Tuch zu bedecken.

Endlich ließ sich die Wehrmachtshelferin blicken. Vermutlich hatte sie drinnen so lange geduldig gewartet, bis der letzte Verwundete hineingebracht worden war. Sie eilte im Stechschritt aus dem Gebäude und baute sich vor der Schwesterntruppe auf.

»Euch werden zunächst die Unterkünfte zugewiesen. Dann wird die Oberschwester euch einweisen. Ich wünsche euch allen viel Glück«, sagte sie, bevor sie sich mit einem eher halbherzigen »Sieg Heil!« verabschiedete und in den Transporter stieg, der sie hierhergebracht hatte. Vermutlich würde sie nach einer kurzen Rast zurück ins Reich fahren, um weitere Schwestern an die Front zu begleiten, überlegte Inge.

Im Krieg angekommen. Du wolltest es so, sagte sie sich, nahm ihre beiden Koffer an sich und ging als eine der Ersten hinein.

Wie Inge es sich gedacht hatte, handelte es sich bei diesem Gebäude um eine alte Schule. Das sah man schon an der Anordnung der vielen Räume, die in jedem Stockwerk nebeneinander in langen Gängen lagen und in etwa gleich groß waren. Schwester Agnes hatte die Neuankömmlinge in Empfang genommen und ihnen nach einer kurzen Ansprache vor dem Eingang auf ihrem Weg in den zweiten Stock zu ihren Unterkünften alles Wissenswerte über das Lazarett nahegebracht. Ihrem Aussehen nach zu urteilen, hatte sie in letzter Zeit kaum noch Schlaf abbekommen. Die dunklen Ränder unter ihren Augen wirkten wie eingestanzt. Ihre Haut war fahl und ihre Wangen eingefallen. Inge war noch ins Auge gestochen, dass sie unentwegt mit ihren Fingern spielte, die Nägel an den Fingerkuppen wetzte und nervös blinzelte. Das ließ nichts Gutes ahnen. Immerhin das Gebäude schien abgesehen von wenigen Einschusslöchern im Mauerwerk des hinteren Teiles weitgehend intakt zu sein, auch wenn stets mit Stromausfällen zu rechnen und die Versorgung mit Frischwasser nicht immer gewährleistet sei. Die Notstromaggregate würden ebenfalls gelegentlich ausfallen. In diesem Fall hatten die Schwestern und alle anderen im Dienste der Wehrmacht sich mit Kerzenlicht zu begnügen. Zu verdanken sei dies dem Widerstand, der angeblich alles daransetzte, um dieses Kriegslazarett funktionsuntüchtig zu machen. Das alte Lazarett in der Nähe des Bahnhofs sei nicht mehr zu gebrauchen, die Schäden am Gebäude zu massiv. Hier sei es aber geräumiger und der Trakt, in dem die Unterkünfte der Schwestern lagen, beheizt – sofern die Heizung ging. Im besagten für das Personal vorgesehenen zweiten Stock gab es auf dem Gang zwei Badezimmer mit Toiletten und Duschen, in einem sogar eine Badewanne, der jedoch ein Wasserhahn fehlte, wie Annemarie bei der Inspektion der Räumlichkeiten zu ihrem Leidwesen festgestellt hatte. Vermutlich musste hier Wasser gespart werden. Mit dem Luxus eines Dreibettzimmers, das Schwester Agnes ihr zugewiesen hatte, hätte Inge nicht gerechnet. Sie hatte sich bereits auf einen Schlafsaal eingestellt. Es war klar, dass sie sich mit Annemarie und Julia das Zimmer teilte.

Julia betrat als Erste den Raum, der aus einem normalen und einem Stockbett, einem runden Tisch mit vier Stühlen und einem großen Schrank bestand. Sie ging gleich zu einem der Betten und zerrte das bereits darauf gespannte Laken heraus.

»Suchst du was?«, wollte Annemarie wissen. Inge wunderte sich auch, was Julia da trieb.

»Flöhe, Wanzen, Läuse. Hab mir sagen lassen, dass man sich das hier schneller einfängt, als einem lieb ist.«

»Und?«, fragte Inge, nachdem sie Julia eine Weile bei der Inspektion ihrer Schlafgelegenheit beobachtet hatte.

»Nichts«, erwiderte Julia etwas erstaunt.

Annemarie gab einen Laut der Erleichterung von sich.

»Nur mal fünf Minuten hinlegen.« Annemarie sprach Inge aus dem Herzen. Es wurde höchste Zeit, die Koffer auszupacken. Doch würde sich das noch lohnen? Um Punkt drei hatten sie sich im ehemaligen Musikzimmer im Erdgeschoss einzufinden. Das reichte gerade einmal, um sich im Bad frisch zu machen, die Unterwäsche zu wechseln und die persönlichen Dinge im Schrank zu verstauen. Pünktlichkeit war eine der Tugenden, die man ihnen während der Ausbildung beigebracht hatte. Insofern wunderte es Inge nicht, dass auch Annemarie um fünf vor drei abmarschbereit Spalier stand.

»Im Bad hat es gerade mal fünfzehn Grad, wenn's hochkommt«, beschwerte sie sich.

»Ich schätze eher weniger.« Inge hatte sich aus diesem Grund mit einer Katzenwäsche zufriedengegeben. Wenn es tagsüber noch so frisch war, wie kalt wurde es dann erst in der Nacht? Man konnte vermutlich schon froh sein, wenn wenigstens lauwarmes Wasser aus den Duschen kam.

»Jetzt stellt euch erst mal vor, wie es in den Feldlazaretten zugeht. Die haben ja nicht einmal fließendes Wasser. Vermutlich müssen sie einen Kessel aufsetzen, um sich überhaupt waschen zu können«, sagte Inge.

»Und mit steifgefrorenen Fingern jemandem eine Spritze geben? Genau arbeiten, wenn man am ganzen Körper vor Kälte bibbert?«, gab Julia zu bedenken.

»Ich sag ja schon nichts mehr«, erwiderte Annemarie kleinlaut. Die Augen verdrehte sie trotzdem.

Inge und Julia tauschten daraufhin amüsierte Blicke. Nahezu zeitgleich kamen fast alle anderen Neuankömmlinge aus den Zimmern dieses Trakts. Es sah so aus, als würden sie zum Appell antreten, auch wenn sie noch keine Uniform trugen.

Im Treppenhaus schien es noch kühler als oben zu sein. Etwas Wärme kroch jedoch aus einem Raum gleich am Treppenende, der sich links neben dem Eingang befand. Den Gerüchen nach zu urteilen, die aus diesem Raum an Inges Nase zogen, war dort sicher die Küche. Vom Eingangsbereich aus verzweigten sich zwei Gänge. Einer verlief parallel zu den Fensterreihen an der Straßenseite. Einer führte in den hinteren Bereich des Gebäudes. Das ehemalige Musikzimmer musste Schwester Agnes' Angaben zufolge in der Mitte liegen und über eine doppelte Schwingtür verfügen. Dieser Beschreibung hätte es gar nicht bedurft, denn am Eingang stand bereits eine ältere uniformierte Schwester mit strengen Gesichtszügen, die die Neuankömmlinge ins Visier nahm. Inge glaubte daran, dass der erste Eindruck, den ein Mensch bei ihr hinterließ, meist mit dem übereinstimmte, wie sich der Mensch im Miteinander gab. Diesen verhärmten und kantigen Gesichtszügen nach zu urteilen, war diese Frau ein richtiges Mannsweib, wie man im Volksmund sagte. Eher dem SS-Helferinnenkorps zugehörig als dem DRK. Oberschwestern hatten es generell so an sich, eine gewisse Strenge und Autorität auszustrahlen. Bei der Frau, die auf sie wartete, kam noch eine spürbare Kälte mit hinzu, die Inge schon auf Distanz frösteln ließ. Ihre Mundwinkel waren Furchen. Ihr lauernder Blick verächtlich. Sie zeigte nicht die geringste Regung, fast wie ein Reptil, das auf Beute lauerte, bis diese in Reichweite einer plötzlich hervorschnellenden Zunge lag. Kein Lächeln zur Begrüßung. Wieso bewegte sie sich nicht? Erst als sich eine kleine Menschentraube vor ihr versammelt hatte und sie jeder einzelnen Schwester in die Augen gesehen hatte, machte sie ihren Mund auf.

»Ich bin Oberschwester Ursula und werde Sie einweisen. Wenn Sie mir bitte folgen würden. Wir haben nicht viel Zeit«, sagte sie und bedeutete ihnen in einer auffordernden Geste, die nichts Einladendes an sich hatte, sondern eher wie ein nicht ausgesprochener schroffer Befehl wirkte, sich schleunigst in den Raum hinter der Schwingtür zu begeben. Inge fielen sofort die Notenständer ins Auge, die nun nutzlos geworden in der Ecke standen. Sogar ein Klavier befand sich darin, allerdings war es komplett eingestaubt. Oberschwester Ursula betrat als Letzte den Raum und schloss die Türen hinter sich, als sich Inge und die anderen ein paar Stühle zurechtrückten. Dann versammelten sie sich um das alte Lehrerpult. Als Oberschwester Ursula es erreichte, wurde es augenblicklich still. Inge vernahm nun einen erstickten Schrei. Ein Wehklagen, das sich wie die Stimme eines Geists anhörte, der in diesen Gemäuern sein Unwesen trieb. War es die Stimme eines der verwundeten Soldaten, die sie bei ihrer Ankunft eingeliefert hatten? So hellhörig war ihr das Gebäude bisher gar nicht vorgekommen. Annemarie und Julia tauschten ebenfalls erstaunte Blicke. Inge hatte keine Zeit mehr, weiter darüber nachzudenken, denn die Oberschwester ergriff das Wort.

»Ich bin die diensthabende Oberschwester in diesem Regiment. Und Ihre Ansprechpartnerin in allen Belangen. Die Anreise war sicherlich beschwerlich. Sie haben Gelegenheit, sich bis heute Abend auszuruhen. Direkt hier im Anschluss wird man Ihnen die Dienstuniformen aushändigen sowie Kleidung für die Arbeit im Operationssaal. Er befindet sich im Kellerbereich. Dort ist auch ein Trakt für die gefallenen Soldaten. Sie werden abwechselnd in Schichten arbeiten. Dienst im Operationssaal. Versorgung von Verwundeten. Desinfektion und Organisation im Lager. Sie haben einen freien Nachmittag pro Woche, doch ich empfehle Ihnen, die Zeit hier auf dem Gelände zu verbringen. Eine unserer Schwestern hat sich in die Innenstadt begeben und ist nicht zurückgekommen. Es ist gefährlich. Die Russen tun recht freundlich und stoßen einem bei erstbester Gelegenheit das Messer in den Rücken. Viele Partisanen, auch Frauen, tragen Gewehre mit abgesägtem Lauf unter ihrer Kleidung. Sie müssen sich daher vor jedem, der kein Deutscher ist, in Acht nehmen. Wechseln Sie kein unnötiges Wort mit den ukrainischen Hilfskräften. Sie tun ihre Arbeit, bekommen dafür warme Mahlzeiten und werden gut behandelt. Gespräche mit ihnen sind nicht erwünscht und werden auch nicht geduldet. Die Heizung läuft derzeit auf niedriger Stufe, weil noch kein Nachschub an Kohlen eingetroffen ist. Lassen Sie daher die Fenster geschlossen, damit das Gebäude nicht noch weiter auskühlt. Wir sind noch nicht so lange hier. Die Stadt wurde hart umkämpft und ist erst seit Mitte März wieder in deutscher Hand. Es wird daher noch Wochen dauern, bis hier alles wunschgemäß funktioniert. Wir unterstehen direkt der Ortskommandantur. Anweisungen der Wehrmacht sind Folge zu leisten. Die Essenszeiten sind an der Tür zur Küche, gleich neben dem Haupteingang, angeschlagen. Wenn Sie keine weiteren Fragen haben, können Sie sich Ihre Dienstkleidung im zweiten Stock, Zimmer 201, bei Schwester Maria abholen. An dieser Tür werden ebenfalls die Dienstpläne angeschlagen. Wir brauchen jede Einzelne von Ihnen. Für einige fängt der Dienst schon heute Abend an. Für andere erst morgen früh um sechs. Ruhen Sie sich daher gut aus. Haben Sie noch Fragen?«

Inge hatte Mühe, all das im Kopf zu behalten. Den anderen Schwestern schien es nicht anders zu ergehen. Der autoritäre Tonfall von Oberschwester Ursula hatte anscheinend nicht nur ihr den Schneid abgekauft.

»Ich habe im Bad auf unserem Gang keine Möglichkeit gefunden, die Hände zu desinfizieren. Es gab keine Seife«, merkte Julia als Einzige an.

»Seife und antiseptische Lösungen sind Mangelware. Gehen Sie sparsam damit um. Zur Desinfektion verwenden wir Alkohol. Alles andere wäre zu teuer. Das ist eines der Hauptprobleme hier. Hygiene. In der Menschheitsgeschichte sind mehr an den Folgen mangelnder Hygiene in den Krankenhäusern gestorben als bei sämtlichen Seuchen. Eine der häufigsten Todesursachen sind Wundbrand und eine Blutvergiftung. Es ist Ihre Aufgabe, dafür zu sorgen, dass die Instrumente steril sind«, sagte sie mit verbissenem Gesicht.

»Als wir hier ankamen, wurden verletzte Soldaten ausgesondert. Auf was müssen wir achten?«, wagte nun auch Inge zu fragen.

»Auf gar nichts müssen Sie achten, nur auf Ihre Arbeit. Entscheidungen dieser Art werden grundsätzlich nur von den Ärzten getroffen. Sollten sie überlastet sein, obliegt es mir oder den Dienstältesten. Und wenn ich Ihnen allen den guten Rat geben darf: Hinterfragen Sie nichts. Machen Sie einfach Ihre Arbeit. Noch Unklarheiten?« Aus Oberschwester Ursulas Mund klang das nun wie eine Drohung. Dementsprechend kam es zu keinen weiteren Wortmeldungen. Inge hatte eigentlich noch viele Fragen, doch bei genauerer Betrachtung waren diese eher dergestalt, dass es wohl besser war, sie Oberschwester Ursulas Anweisung zum Trotz gleich mit den diensthabenden Ärzten zu besprechen.

Keine weiteren Fragen also. Schwester Ursula nahm das regungslos zur Kenntnis.

»Gut. Machen Sie das Beste aus Ihrer Zeit im Lazarett«, sagte die Oberschwester und ließ ihren Blick über die Anwesenden schweifen.

Wie lange sie wohl hier sein würde, fragte Inge sich. Bis der Krieg vorbei war? Den ersten Eindrücken zufolge war das eine schreckliche Vorstellung. Ob sie wohl jemals ihre alte Heimat wiedersehen würde, Nürnberg. Ihren Vater und Erna? Inge spürte Angst in sich hochsteigen, denn ihr wurde in diesem Moment klar, dass dies in den Sternen stand. Gab es überhaupt Kriegsrückkehrer bei den Schwestern an der Ostfront? Inge schaffte es, diese quälenden Gedanken von sich zu streifen, und nahm sich vor, eine von den Rückkehrern zu sein.

Annemaries Mimik war Inges Ansicht nach wie ein offenes Buch, aus dem man herauslesen konnte, was sie fühlte, manchmal sogar, was sie dachte. Nachdem sie Oberschwester Ursula beim Verlassen des Musikzimmers als SS-Drachen bezeichnet hatte, waren weiterreichende Interpretationen auch für jemanden, der Annemarie nicht so gut kannte, ein Kinderspiel. Spitzer Mund, angestrengte Gesichtszüge und schmale Augen, die richtig böse funkeln konnten.

»Mit der ist nicht gut Kirschen essen«, bestätigte auch Julia, aber erst, als sie wieder das Treppenhaus erreicht hatten und nach oben gingen. Inge schwitzte noch immer, weil Annemarie den *Drachen* nicht gerade geflüstert hatte und die Bemerkung noch an der Tür zum Musikzimmer gefallen war.

»Ich bin gespannt auf den Dienstplan. Hoffentlich keine Nachtschicht. Nicht am ersten Tag. Die haben hier sicher nicht einmal Bohnenkaffee«, wetterte Annemarie.

»Mir wäre die Nachtschicht lieber. Ich leg mich am besten gleich hin«, sagte Julia.

Inge überlegte sich daraufhin, was ihr lieber wäre. Eigentlich hatte sie ja damit gerechnet, sich wenigstens einen Tag ausruhen und einleben zu können. Im Moment war sie viel zu aufgewühlt, um Schlaf zu finden. Völlig überdreht, weil sie gar nicht nachkam, all die neuen Eindrücke, geschweige denn die Fahrt zu verarbeiten. Nach einem Nachtdienst fiel man erfahrungsgemäß wie tot ins Bett. Insofern schien dies momentan die bessere Wahl zu sein. Wenn wenigstens Zeit bliebe, ihnen alle Örtlichkeiten etwas ausführlicher zu zeigen. Inge wusste nicht einmal, wo die Sanitäter untergebracht waren oder wo sich frische Handtücher für den persönlichen Gebrauch befanden. Zu wissen, wo sich die Leichenhalle befand, war hierorts anscheinend wichtiger. Das weckte böse Vorahnungen.

Als sie den zweiten Stock erreicht hatten, kamen ihnen zwei Schwestern aus dem linken Trakt entgegen. Sie eilten die Treppen hinunter. Der Hitlergruß fiel dementsprechend flüchtig aus. Annemarie sah den beiden nach.

»Habt ihr diese Uniformen gesehen? Das sind Säcke. Da weißt du nicht, ob Mann oder Frau«, sagte sie angewidert.

Inge gab ihr recht. Die Uniformen, die sie während ihrer Ausbildung getragen hatten, waren tailliert gewesen und passgenau. An der Front gab es sicherlich wichtigere Dinge, als auf Eitelkeiten Rücksicht zu nehmen.

Annemaries Vergleich mit Säcken bestätigte sich. Die Tür zu Zimmer 201 stand offen. Die Schwester, die die Kleidung gerade aus einer Papierummantelung befreite und auf zwei nebeneinander gestellten Tischen auf drei Stapeln drapierte, musste Maria sein. Normalerweise war es Annemaries Wesensart, vorzupreschen. Um diese grauen Lumpen riss sie sich jedoch nicht. Sie lugte nur etwas unentschlossen hinein. Inge ergriff daher die Initiative. Sie klopfte, wie sich das gehörte, an der halb geöffneten Tür und begrüßte Schwester Maria, geprägt von dem Eindruck, den die Oberschwester bei ihr hinterlassen hatte, sicherheitshalber mit dem Hitlergruß.

»Oberschwester Ursula hat uns gesagt, dass wir hier die Uniformen bekommen«, sagte Inge. Nun kamen auch Annemarie und Julia herein. Zwei weitere Neuankömmlinge traten ein und blickten sich neugierig um. Inge fiel ein Stein vom Herzen, dass die Frau ihnen allen ein warmes Lächeln schenkte. Balsam auf die aufgerauten Seelen. Nach einer Begegnung mit dem Drachen tat Normalität, wie Inge sie von der Nürnberger Schwesternschaft her kannte, einfach nur gut.

Weil Maria selbst etwas fülliger war, sah der *Sack* an ihr noch nicht einmal schlecht aus.

»Ich habe noch nicht alles ausgepackt, aber mal sehen …« Dann musterte sie die drei Schwestern, die vor den Tischen standen. »Die jungen Dinger heutzutage. Alle so spindeldürr.« Damit meinte sie sicherlich Annemarie. »Die ganz links sind die kleinsten. Für Sie wohl eher vom Stoß daneben«, sagte Schwester Maria mit Blick auf Annemarie, die auch die größte von ihnen war. Sie griff dann doch als Erste zu und nahm sich eine Uniform vom Stapel.

»Drei. Jede Schwester braucht mindestens drei. Und noch drei Schürzen. Die haben alle eine Größe und sind im rechten Schrank. Die Hauben finden Sie im Regal darunter.«

»Gleich drei?«, hakte Julia nach.

»Sie werden sehr schnell verschmutzt. Nach jeder Schicht müssen sie gewechselt werden. Und wenn ich Ihnen den guten Rat geben darf: Sie haben sicher auch eigene Unterhemden dabei. Nehmen Sie sich welche aus dem Schrank da drüben. Sie lassen sich auskochen und sind pflegeleicht. Blutflecken bekommt man ja so schlecht raus«, erklärte Maria.

Inge wurde daraufhin augenblicklich flau im Magen. Was daraus zu schließen war, musste den anderen eben auch klargeworden sein. Ihre Mienen sprachen Bände.

Drei Uniformen. Inge griff beherzt zu. Schon allein deshalb, weil sich bereits weitere Schwestern draußen vor der Tür versammelt hatten.

»Die Unterhemden haben wir in drei Größen. Für Sie bitte vom linken Stapel. Nehmen Sie sich am besten fünf«, schlug Schwester Maria vor.

Inge tat wie geheißen. Der Stoff war ganz rau. Gekämmte Baumwolle fühlte sich anders an. Die Unterwäsche kratzte bestimmt ordentlich auf der Haut. Annemarie hatte ebenfalls das Gesicht verzogen, nachdem sie sich ihre vom rechten Stapel genommen hatte und mit ihrer Hand darübergefahren war.

Inge wollte schon gehen, als sich ihr eine bereits uniformierte Schwester, die daher sicher nicht zu den Neuankömmlingen gehörte, in den Weg stellte.

»Tut mir leid. Entschuldigen Sie bitte«, erklärte sie sich.

Mit Kreppband und einer Liste in der Hand konnte Inge sich denken, was die Schwester vorhatte.

Die anderen an der Tür traten ebenfalls zur Seite, sodass die Schwester den Dienstplan anbringen konnte – eine Tabelle, in deren linke Spalte die Uhrzeit eingetragen war. Rechts daneben standen die Namen der Schwestern.

Annemarie gierte förmlich danach. »Das überlebe ich nicht. Nachtdienst«, jammerte sie dann.

Inge fand ihren Namen daneben. Sofort begann sie zu rechnen. Dienstbeginn war um sieben. Es blieb ihnen nicht mehr viel Zeit, um sich auszuruhen.

Kapitel 5

In Anbetracht der recht kurz angebundenen Begrüßung und der rosigen Aussichten, die Inge durch den Kopf geisterten, sah sie dem bevorstehenden Dienst mit gemischten Gefühlen entgegen.

Zudem hatte Inge den Eindruck gewonnen, dass hier jeder unter Strom stand – sah man von Schwester Maria ab. Jeder, dem sie in der kurzen Zeit auf den Gängen begegnet war, ob Schwester oder Sanitäter, schien an seine Grenzen zu gehen. Dass es am Nachschub von Schwerverletzten nicht mangelte, hatten zwei weitere Wehrmachtslaster bewiesen, deren Ankunft sie vom Weg von der Kantine zurück auf ihr Zimmer und dann durch ihr Fenster beobachtet hatte. Julia hingegen schlief tief und fest. Nach dem kräftigen Eintopf und vor allem in der Gewissheit, ausschlafen zu können, war das kein Kunststück. Annemarie hingegen schien Hummeln im Hintern zu haben. Erst hatte sie genau wie Inge nach dem Abendessen ihren Koffer ausgepackt, die Sachen dann aber zweimal im Schrank umgeräumt, bevor sie sich die neue Schwesterntracht anzog. Und an der zupfte sie nun unzufrieden herum.

»Kann man die vielleicht noch umtauschen?«, fragte sie Inge, die sich auf ihr Bett gelegt hatte, um vor dem Dienst Kräfte zu sammeln.

Inge vermutete, dass dies möglich sein würde, doch jemand, der so schlank und hochgewachsen war wie Annemarie, dem hing der Stoff zwangsläufig in allen verfügbaren Größen wie eine Gardine an den Schultern.

»Ich hab eine bessere Idee«, schlug Inge vor, auch um Annemaries Leidensmiene nicht mehr länger mitansehen zu müssen.

Annemarie sah sie nur fragend an.

»Ich setz dir einen Abnäher an der Taille.« Dank Ernas Geistesgegenwart hatte sie eines von Vaters Nähkästchen für unterwegs mit eingepackt, die das Notwendigste enthielten, um zu flicken und kleinere Näharbeiten zu erledigen. Grauer Faden gehörte dazu. Inge erhob sich und zog das Kästchen aus einem Seitenfach ihres Koffers. So ein Abnäher war ja keine große Sache. Hauptsache, es munterte Annemarie etwas auf. Und das tat es keine fünf Minuten später. Den Umständen geschuldet juchzte Annemarie leise, als sie sich im Spiegel von allen Seiten betrachtete. Um ein Haar wäre Julia, die sich für das untere Stockbett entschieden hatte, trotzdem aufgewacht.

»An dir ist eine Schneiderin verloren gegangen«, flüsterte sie.

Gut, dass Inges Vater das nicht hören konnte. Das waren nämlich seine Worte.

Inge hatte sich überlegt, sich auch ihre Uniform von Annemarie passgenau abstecken zu lassen, doch mittlerweile hatte sie sich an das untaillierte Stück Stoff gewöhnt. Man konnte sich schließlich die Schürze etwas enger binden, auch wenn das sicher unansehnliche Falten warf. Die Uniform war zweckdienlich, bequem und diese rauen Baumwollunterhemden kratzten weniger, wenn sie der Uniformstoff nicht an den Körper presste. Im Übrigen war auch gar keine Zeit mehr dafür. Dienstbeginn in zehn Minuten. So lange würden sie brauchen, um sich unten im Keller zu melden, wo sich ein Operationsraum, zwei

Behandlungszimmer und das Lager befanden, wie Schwester Agnes ihnen gleich nach der Ankunft erklärt hatte.

Als sie die letzten Stufen zum Erdgeschoss hochgingen, vernahm Inge erneut diesen leisen gespenstischen Singsang aus Leid und Schmerz. Er drang aus einem vergitterten Lüftungsschacht neben dem Treppenabsatz, genau wie der Geruch von Desinfektionsmitteln, an denen etwas undefinierbar Süßliches haftete. Auch Annemarie rümpfte die Nase.

Aus einem der hinteren Zimmer des Erdgeschosses fuhr eine der Schwestern eine Bahre heraus. Darauf lag zweifelsohne ein Toter. Unter dem Leinentuch, das auf Bauchhöhe blutgetränkt war, ragten nur noch die Stiefel heraus.

»Der ist wohl schneller gestorben, als sie ihm die Stiefel ausziehen konnten«, kommentierte Annemarie trocken, obwohl sie sich nicht minder betroffen als Inge zeigte.

Die Schwester steuerte direkt auf den Ausgang zu. Hatte es nicht geheißen, dass die Leichen nach unten gebracht werden?

»Könntet ihr mir bitte kurz die Tür aufhalten?«, fragte sie unvermittelt. Offenbar wollte sie den Toten hinausbringen.

»Entschuldigen Sie bitte, Schwester. Wir sind erst seit heute Morgen hier. Oberschwester Ursula hat uns gesagt, dass die Leichen unten ...« Inge fragte das, während sie ihr die Tür aufhielt.

»Das stimmt, aber wir haben heute da unten keinen Platz mehr«, erklärte die Schwester.

»Und was passiert jetzt mit ihm?«, wollte Annemarie wissen.

»Kommt bis morgen in den Schuppen. Da ist es nachts derzeit vielleicht sogar noch kühler als im Keller«, sagte sie kurz angebunden und fuhr den Toten nach draußen.

Die Zeiger der Uhr an der Wand neben dem Gang zur Küche standen auf fünf nach sieben. Inge und Annemarie eilten die Treppe hinunter. Der süßlich faulige Geruch verstärkte sich. Inge kannte ihn. Es war der von Blut und Eiter. Oberschwester Ursula stand bereits an einer der Türen des Ganges, der an einer massiven Schwingtür aus Metall endete, und fixierte sie aus zusammengekniffenen Augen. Drei weitere Schwestern waren anscheinend aus Respekt vor ihr überpünktlich erschienen.

»Hier wird nicht zu spät gekommen«, fuhr sie sie sogleich an.

»Wir haben einer Schwester geholfen. Sie hat einen Toten weggebracht«, rechtfertigte Annemarie sich.

»So etwas müssen Sie mit einkalkulieren. In einem Kriegslazarett passieren immer Dinge, die man nicht einplanen kann.«

»Deswegen haben wir uns ja auch verspätet«, gab Annemarie zurück, woraufhin sie Ursula argwöhnisch musterte.

»Treten Sie hervor. Ins Licht«, forderte sie Annemarie schroff auf. Die zuckte ratlos mit den Schultern und trat direkt in den Schein der Glühbirne, die mit einem Draht befestigt von der Decke hing.

»Wie schauen Sie denn aus?«

»Was passt denn nicht?«, fragte Annemarie und sah an sich herab.

»Die Uniform. Was erlauben Sie sich, so unzüchtig zum Dienst zu erscheinen?« Oberschwester Ursula deutete auf die abgenähte Stelle. »So etwas gibt es bei uns nicht.«

»Was ist denn daran so schlimm? Sie hat mir nicht gepasst …«, begehrte ihre Freundin auf.

»Das haben Sie nicht zu beurteilen. Sie unterstehen der Wehrmacht und führen Anordnungen ohne Widerrede aus«, gellte der Drachen. Fehlte nur noch, dass sie Feuer spie.

»Ich kann meine Arbeit auch mit diesen Abnähern voll und ganz verrichten«, gab Annemarie pampig zurück.

Oberschwester Ursula trat unvermittelt an sie heran und verpasste ihr vor versammelter Schwesternschaft eine schallende Ohrfeige. Annemarie stand perplex da. Inge konnte kaum glauben, was eben geschehen war. Die anderen starrten ebenso fassungslos auf Annemarie, die sich die Wange hielt.

»Das kommt nach dem Dienst weg. Haben Sie mich verstanden?«, brüllte sie Annemarie an, die apathisch auf die Stahltür am Ende des Ganges starrte.

»Was gibt es hier zu glotzen?«

Die anderen drei Schwestern duckten sich, als Oberschwester Ursulas Blick sie streifte.

Sie klopfte dann an der zweiten Tür von links, durch die sie gleich darauf schritt und im dahinterliegenden Raum verschwand.

Inge nahm Annemarie in den Arm und drückte sie.

»Hoffentlich erwischt die einer der Partisanen«, flüsterte sie. Inge hatte noch niemandem im Leben etwas Böses gewünscht. Es gab vermutlich für alles ein erstes Mal.

Inge schätzte den Mann, mit dem die Oberschwester nach gut zehn Minuten aus dem Zimmer gekommen war, auf Mitte dreißig. Dachte man sich seine Augenringe weg, ebenso die stark geröteten Augen, seine belegte Stimme und den schweißverklebten Scheitel auf wachsbleichem Haupt, war er insgesamt doch eine überraschend sympathische Erscheinung. Das lag vor allem an einem gelegentlichen Lächeln, auch als die Oberschwester ihn als Unterstabsarzt Doktor Seiler vorgestellt hatte. Ein Segen, dass sie das knappe halbe Dutzend Schwestern dann mit ihm allein gelassen und sich treppauf nach oben verzogen hatte. Seine Aufgabe bestand offenbar darin, ihnen in Kürze das Wesentliche seines Arbeitsbereichs zu erklären, vor allem in die Örtlichkeiten einzuweisen. Dass sich hinter der großen stählernen Schwingtür am Ende des kurzen Ganges die *Hölle* befand, wie er diesen Bereich nannte, war Inge schnell klargeworden. Sie hatten gerade die Tür zum unmittelbar davor liegenden Lagerraum erreicht, als zwei Sanitäter mit einer Trage, auf der ein Schwerverwundeter lag, herbeigeeilt waren. Doktor Seiler hatte ihnen die Stahltür geöffnet. Dahinter reihte sich

Trage an Trage auf dem Boden. Einer der Verletzten, der sich vor Schmerzen krümmte, lag gar auf gestapelten Strohsäcken gebettet. Er schien sie direkt anzusehen und sie anzuflehen, ihm zu helfen. Der Geruch, der Inge bereits vorhin entgegengeschlagen war, potenzierte sich. Zum Atem des Todes, der Mischung aus Eiter und Blut, gesellte sich der Geruch von Schweiß und Fäkalien. Inge wurde beinahe übel und sie war froh, dass Seiler die Tür wieder verschlossen hatte.

»Wie Sie sehen, befinden wir uns in einer desaströsen Lage. Wir haben nicht genug Betten. Nur die mit guten Aussichten zu überleben, kommen nach oben. Und die Offiziere. Letzte Woche ist uns sogar Tetanus ausgegangen. Wie weit kommt man mit fünfzig Ampullen? Die brauchen wir pro Tag, wenn es ein guter Tag ist. Wir müssen auswählen, wer etwas bekommt. Hoffnungslose Fälle bekommen keines. Nur noch Soldaten mit leichten Schussverletzungen. Ich zeige Ihnen jetzt das Lager. Es ist gottlob derzeit wieder mit dem Notwendigsten gefüllt.« Doktor Seiler wirkte gehetzt. Seine Augen waren ständig in Bewegung. Er blinzelte unentwegt und kniff ab und an angestrengt die Augen zu.

Inge hatte sich so viele Fragen zurechtgelegt, doch ihr Kopf war nun wie leer gefegt. Willig folgte sie ihm genau wie die anderen in den vor ihnen liegenden Raum. Er bestand aus Regalen, zwei Schränken und einem großen emaillierten Waschbecken, an dem sich Doktor Seiler gründlich die Hände wusch. Alle Schwestern machten es ihm nach.

Ein Teil der Regale wirkte auf den ersten Blick gut gefüllt. In anderen klafften Lücken.

»Hier links haben wir noch zwei Sterilkocher, die funktionieren. Die Instrumente werden grundsätzlich nur in diesem Raum ausgekocht. Während der Eingriffe desinfizieren wir mit Alkohol, wenn uns die üblichen antiseptischen Lösungen ausgehen. Regale und der Boden sind regelmäßig zu reinigen. Sie kennen sich mit der Desinfektion aus?«, fragte er in die Runde.

Die Schwestern nickten einhellig. Hygiene war einer der Grundzüge ihrer Ausbildung.

»Rechts bis nach hinten lagern wir alles, was wir täglich brauchen. Chirurgisches Besteck, Klammern, Nadeln, Saiten, Arterienklemmen, Sonden ... Machen Sie sich damit vertraut«, forderte er sie auf.

Inge ging genau wie die anderen an den Regalen entlang und versuchte, sich einzuprägen, wo die Sachen lagen. Spreizen, Scheren, Zangen. Verbandsmaterial und Kompressen, die gleich drei Regalteile füllten, waren in ausreichender Menge vorhanden. Inge lief ein Schauer über den Rücken, als sie eine Kiste mit Knochensägen sah. Sie wusste, wofür sie verwendet wurden. Auf der anderen Seite lagerten Arzneimittel und Substanzen in Flaschen. Äther, Strophanthin, Traubenzucker in einer Lösung. Andere Substanzen kannte sie nicht, lediglich Adrenalin, wie es bei einem Herzstillstand gespritzt wurde. Daneben ein Regal mit einer Substanz, von der Inge ahnte, dass sie in dieser Hölle wohl eine der wichtigsten war: Morphium.

»Sie bekommen genaue Anweisungen, was zu holen ist. Immer wenn Sie aus dem OP-Trakt kommen und den Raum betreten, müssen Sie sich die Hände desinfizieren. Auch wenn Sie ihn verlassen.«

Inge nickte, genau wie die anderen.

»Sie unterstehen Doktor Heinemann. Er ist unser Oberstabsarzt und leitet das Feldlazarett. Es muss hier alles sehr schnell und mit äußerster Präzision vonstattengehen. Es geht um Menschenleben. Wir werden die meisten nicht retten können, einige jedoch schon. Daran sollten Sie immer denken«, schwor er sie ein.

Dann besah er sich die Runde im hellen Licht des Lagerraums genauer, als ob er sich in den Augen der Schwestern vergewissern wollte, dass er auf sie zählen konnte.

»Wir brauchen dringend jemanden in der OP-Sektion. Eine Schwester ist erkrankt. Wer hat Erfahrung beim Assistieren?«, fragte er freiheraus.

Normalerweise wäre Inge sofort vorgetreten, doch aufgrund des ersten Eindrucks, den die *Hölle* bei ihr hinterlassen hatte, zögerte sie für einen Moment. Dann fasste sie sich doch ein Herz und hob ihre Hand.

»Sie haben assistiert?«, wollte er sich vergewissern.

Inge nickte.

Doktor Seiler wirkte erleichtert und nahm sogleich die anderen Schwestern ins Visier.

»Sie und Sie werden den Schwestern, die schon länger hier sind, unter die Arme greifen. Desinfektion der Gerätschaften und Nachschub aus dem Lager. Bei Bedarf helfen Sie drinnen aus.« Er deutete auf Annemarie und eine weitere Schwester. Ihre Freundin atmete regelrecht auf.

»Die anderen beiden unterstützen die Schwestern bei der Versorgung der Verletzten, beim Verbinden und Verbandswechsel. Hier im Keller und in den Räumen oben im Erdgeschoss. Sie kriegen schnell mit, wie es hier läuft. Wer noch keine Erfahrung in der Chirurgie hat, sieht zu. Dabei lernt man am meisten.« Dann ging Doktor Seiler zurück zur Tür. »An die Arbeit«, sagte er nur.

Inge wusch sich daraufhin am Waschbecken erneut die Hände, desinfizierte sie mit Alkohol aus einer danebenstehenden Flasche und trat dann als Erste hinaus auf den Gang. Sie starrte auf das Tor und fragte sich in dem Moment, wie sie das alles überstehen sollte, doch dann hatte sie den auf dem Boden liegenden Mann, der sie vorhin flehend angesehen hatte, vor ihrem geistigen Auge. Die Hoffnung, mitzuhelfen, dass möglichst viele den Weg in den oberen Trakt schafften, ließ sie augenblicklich den Ekel überwinden, als ihr der Gestank aus der geöffneten Tür erneut entgegenschlug.

Inge hatte damit gerechnet, nicht gleich ins kalte Wasser geworfen zu werden. Für Annemarie und eine der anderen Neuankömmlinge traf dies ja zu. Sie mussten den OP-Bereich nur selten, wenn überhaupt, betreten. Die anderen beiden hatten sich Inge und Doktor Seiler angeschlossen. Die Welt hinter der Metalltür wartete auf sie und Marie-Louise, eine Schwester, die Inge um die vierzig schätzte. Sie sah nicht minder abgekämpft aus. Eine Haarsträhne, die ihre Haube nicht gänzlich verdeckte, war bereits ergraut. Doktor Seiler hatte sie als eine erfahrene Schwester, die seit zwei Jahren in dieser Lazaretteinheit Dienst leistete, vorgestellt. Ihre Aufgabe war es, die beiden einzuweisen. Jemand musste sich um Zugänge kümmern, sie versorgen, frisch Operierte nach den Eingriffen entweder in die oberen Zimmer bringen lassen, hier unten auf Pritschen und Strohballen betten oder zu den Toten bringen. In Anbetracht der vielen Verwundeten, die Inge allein auf dem Weg zum Operationsbereich begegnet waren, wartete eine anstrengende Schicht auf die beiden.

Der große weiß getünchte Kellerraum war in drei Sektionen unterteilt. Dort wurde operiert. Von der Decke bis zum Boden straff gespannte Tücher trennten die Bereiche, die nach vorne hin offen waren. Ihnen gegenüber befanden sich Kommoden sowie zwei Tischreihen mit Ampullen, Spritzenbesteck und Gerätschaft, die für chirurgische Eingriffe benötigt wurde. Daneben standen Holzböcke für Tragen, auf denen die Verwundeten hergebracht wurden. Auf einer lag eine verschmutzte Uniform und Unterwäsche. Darunter standen Stiefel, aus denen Socken ragten. Anscheinend wurden dort die Verletzten entkleidet und auf den Eingriff vorbereitet. Steriles Arbeiten war Inges Eindruck nach hier so gut wie unmöglich. Im grellen Licht unzähliger Glühbirnen, die an der Decke angebracht waren, war ihr gleich nach Betreten der Räumlichkeiten aufgefallen, wie verdreckt der Boden war. Doktor Seiler hatte ihr bereits auf dem Weg hierher erklärt, dass sie zu zweit mit drei Operationstischen arbeiteten. Einer würde in der Zwischenzeit immer desinfiziert, sodass kontinuierlich operiert werden konnte. Als sie die Raummitte erreichten und Inge somit direkt die OP-Bereiche einsehen konnte, wurde ihr klar, warum ihre Erfahrung beim Assistieren dringend gebraucht wurde. Nur zwei Schwestern assistierten einem Arzt etwa in Seilers Alter, der einen weißen Kittel und darüber eine Gummischürze trug. Als Operationstisch ließ sich die stählerne Schlachtbank, auf der ein mit blutigen Tüchern bedecktes Stück Mensch lag, wohl kaum bezeichnen. An den Seiten waren zwei Rinnen angebracht, damit Blut und andere Körperflüssigkeiten in einen danebenstehenden Eimer abgeleitet werden konnten. Der Arzt reichte einer der Schwestern eine blutige Knochensäge, an der noch Fleischreste hingen. Die Handschuhe des Arztes waren blutverschmiert bis hinauf zum Ärmel. Der junge Mann auf dem Tisch röchelte. Nun wusste Inge, warum sie vorhin ein lautes Knacken vernommen hatte. Der Unterschenkel des schmächtigen jungen Mannes lag verdreht auf dem Tisch. Sofort hielt die Schwester dem Arzt Gefäßklemmen hin, mit denen er versuchte, die starke Blutung am zerfetzten Oberschenkel zu stillen. Eine zweite Schwester tupfte ihm den Schweiß von der Stirn. Soweit Inge das beurteilen konnte, war das Setzen der Klammer gelungen.

»Beinschuss oder erfrorene Gliedmaßen. Bis sie hergebracht werden, bleibt meist nur noch die Amputation. Wundbrand. Blutvergiftung. Unser täglich Brot«, erklärte Doktor Seiler im Flüsterton und bedeutete Inge, ihm zum nächsten Tisch zu folgen. Dort stand ein grauhaariger älterer Arzt. Eine der beiden Schwestern reichte ihm einen Wundhaken. Damit zog man die Wunde auseinander. Schon hielt er der ihm assistierenden Schwester die Hand in einer auffordernden Geste hin. Sie reichte ihm blitzschnell noch eine Klammer.

»Müller. Schauen Sie nach der Narkose. Ich fürchte, er braucht noch mehr«, rief der Arzt hinüber zu Sektion eins, an der sie eben vorbeigegangen waren. »Oberstabsarzt Doktor Heinemann und Anästhesist Müller. Wir haben nur einen Anästhesisten«, erklärte Seiler.

»Herrgott noch mal. Ich muss die Wunde noch vernähen«, fluchte Müller, kam dann aber doch herüber. Er besah sich die Pupillen des Mannes auf dem Tisch und fühlte seinen Puls.

»Ich kann ihm nicht mehr geben. So schnell wacht er nicht auf«, sagte Müller.

»Diese verdammten Granatsplitter. Eine einzige Fummelei«, keifte der Graumelierte, während die Schwester ihm eine spitze Pinzette reichte.

»Auf Sie wartet ein Bauchschuss, Seiler. Und wahrscheinlich ist auch die Milz verletzt. Sie bringen ihn gleich rein«, sagte Doktor Heinemann, der sich Doktor Seiler nur kurz zuwandte. Inge mutmaßte, dass er damit den wimmernden Verwundeten meinte, den zwei Sanitäter gerade auf einer Trage hereinbrachten und an ihnen vorbeitrugen.

»Ein neues Gesicht. Wie heißen Sie?«, fragte Doktor Heinemann, ohne zu ihnen herzusehen.

»Inge Gerner.«

»Sie hat OP-Erfahrung«, sagte Doktor Seiler.

Der Oberstabsarzt nickte nur, zog weiteren Patronenschrot aus der Wunde und ließ ihn klirrend in eine Metallschale fallen.

»Hab ihn mir schon angesehen. Die Lunge ist nicht verletzt«, rief Müller ihnen zu, bevor er hinter dem Vorhang zurück in seiner Sektion verschwand.

Inge war fassungslos über die Zustände, die hier herrschten, aber auch darüber, was den Ärzten und Schwestern abverlangt wurde.

»Wir haben leider zu wenig Ärzte. Zu dritt ist das kaum zu schaffen«, rechtfertigte Doktor Seiler sich. Er deutete in einer auffordernden Geste zum dritten Tisch.

Der wurde gerade von einer diensthabenden Schwester, die Inge auf Mitte dreißig schätzte, für die nächste Operation vorbereitet. Sie entfernte mit einem groben Tuch letzte Blut- und Gewebereste und wischte den Tisch dann mit einer in der Nase beißenden Flüssigkeit ab, bis er glänzte. Zum Schluss, genau wie es Inge gelernt hatte, legte sie ausgekochte Tücher darüber und schob den Instrumententisch griffbereit nach vorne. Auch er war nun blitzeblank.

»Danke, Schwester Edelgard. Sie haben sich Ihren Schlaf heute redlich verdient«, sagte Doktor Seiler, woraufhin die Frau regelrecht aufatmete. Das Haar unter ihrer Haube war verklebt, ihre Augen gerötet und von dunklen Rändern tief gezeichnet.

»Ich bin Schwester Inge.« Ihr Gegenüber nickte nur müde. Sie ging dann einfach, obwohl Inge ihr die Hand angeboten hatte.

»Sie arbeitet seit fast vierundzwanzig Stunden«, erklärte Doktor Seiler.

»Wir sind dann nur zu zweit?«, fragte Inge besorgt nach.

»Und Müller. Zwei OP-Schwestern haben eine schwere Lungenentzündung. Eine mussten wir mit einem Armbruch nach Hause schicken. Die anderen müssen die Soldaten versorgen oder haben keine OP-Erfahrung. Trauen Sie sich das zu?«, fragte Doktor Seiler.

»Ich werde mein Bestes geben«, versicherte Inge ihm, während er sich eine lange Gummischürze aus dem Metallschrank an der Wand nahm und sie sich anlegte. Inge ging zum Waschbecken daneben und desinfizierte sich die Hände. Sie schrubbte ihre Arme mit Kernseife fast bis zu den Ellbogen und übergoss sie erneut mit Alkohol aus der Flasche, die am Rand des Waschbeckens griffbereit stand. Aus den Augenwinkeln bekam sie mit, dass die beiden

Sanitäter dem Verletzten bereits die Schuhe und Hose ausgezogen hatten und nun mit einer Schere das Hemd aufschnitten, um es möglichst, ohne ihn dabei großartig bewegen zu müssen, vom Körper zu streifen. Einer der beiden zog ihm vorsichtig die ovale Erkennungsmarke über den Kopf. Inge konnte sich lebhaft vorstellen, welche große Angst der junge Bursche haben musste. Es konnte sicher nichts schaden, zu ihm zu gehen, um zumindest seine Hand zu halten und ihm gut zuzureden. Dann desinfizierte sie sich die Hände halt noch einmal.

Noch bevor sie ihn überhaupt erreichte, hörte sie schon seine Zähne klappern. Und das lag nicht an der Raumtemperatur. Hier unten schien die Heizung zu funktionieren, oder waren es nur die vielen Glühbirnen, die dem Raum mehr Wärme spendeten? Seine Hand war trotzdem eiskalt. Er umklammerte die ihre so fest, dass Inge glaubte, dass sie sich aus seinem firmen Griff nie wieder lösen könnte. Die Augen des jungen Kerls waren weit aufgerissen. Er starrte gegen die Decke. Seine Augenlider flackerten. Schweiß stand ihm auf der Stirn. Die Lippen des Verwundeten wirkten spröde und das Gesicht hatte sich verletzungsbedingt gelblich verfärbt. Er musste schon lange keine Flüssigkeit mehr zu sich genommen haben. Inge schälte die Finger seiner Hand von ihrer, eilte zurück zum Waschbecken, an dem sich Doktor Seiler mittlerweile die Hände desinfizierte. Sie tränkte ein Tuch mit Wasser und wrang es aus.

»Seine Lippen sind schon aufgesprungen. Er ist bestimmt schon dehydriert«, erklärte sie.

Doktor Seiler erfasste die Situation und nickte.

Inge ging zurück und benetzte die Lippen des Soldaten mit Wasser. Seine Augen, die bisher zur Decke gerichtet waren, sahen sie nun direkt an. Er saugte mit bebenden Lippen an dem Tuch. Dann verbiss er sich darin, als ob er den Schmerz, der gerade wie ein Stromschlag durch seinen Körper fuhr, damit ersticken wollte. Inge streifte ihm in einer tröstenden Geste durch das Haar. Als sich sein Kiefer entspannte und sein Mund das Tuch wieder freigab, legte sie es auf seine glühend heiße Stirn. Obwohl seine Verletzung am Bauch bedrohlich aussah, versuchte Inge, ihm trotzdem ein Lächeln des Trostes zu spenden.

»Muss ich sterben, Schwester?«, wisperte er aus heiserer Kehle.

Inge überlegte panisch, was sie ihm sagen sollte. Der Wunde und seinem Zustand nach zu urteilen, hatte er nicht die besten Aussichten. Gott würde sie sicher nicht dafür bestrafen, wenn sie seine Seele in Hoffnung bettete.

»Doktor Seiler ist ein hervorragender Arzt. Ich werde ihm assistieren.«

»Ich kann den Tod spüren. Er ist so kalt«, erwiderte er, seinen Blick erneut ins Nirgendwo gerichtet.

Inge sagte nichts darauf, sondern drehte einfach das Tuch auf seiner Stirn um. Es tat ihm sichtlich gut.

»Wir bringen Sie jetzt rüber. Sobald die Narkose wirkt, werden Sie keine Schmerzen mehr haben. Das ist, wie wenn Sie einschlafen«, versicherte Inge ihm, woraufhin die beiden Sanitäter die Trage behutsam hochhoben und hinüber zum Stahltisch brachten. An dem wartete bereits Doktor Müller. Die Atemmaske mit dem Äther in der Hand. Inge leuchtete ein, warum er ihm die Narkose gab, bevor sie ihn von der Trage auf den Tisch hievten. Er würde sonst unerträgliche Schmerzen haben. Doktor Müller setzte die Maske an. Die Spannung wich augenblicklich aus dem vor Angst und Pein krampfenden Körper. Die Handflächen des Soldaten gingen auf wie Blütenkelche, die das Licht der Morgensonne zum Blühen brachte. Er war jetzt sicher jenseits des Schmerzes, stellte Inge fest, nachdem sie sich erneut die Hände desinfiziert und sich ebenfalls an den Tisch begeben hatte.

Gemeinsam mit Doktor Müller legten die Sanitäter ihn nun mit größtmöglicher Vorsicht auf den Tisch. Doktor Seiler schnitt ihm die Unterhose auf und entfernte sie. Die Genitalien bedeckte Inge mit einem sauberen Tuch.

»Ich habe ihm nicht zu viel gegeben. Sie müssen sich beeilen«, forderte Müller ihn auf.

Doktor Seiler setzte daraufhin das Skalpell an und schnitt damit präzise und hochkonzentriert das Bauchfell durch. Dabei kam weniger Blut an der Schnittstelle heraus, als Inge erwartet hatte. Weißgelbes Fett befand sich darunter und trat hervor.

»Klammern«, verlangte er.

Inge reichte sie ihm. Damit zog er das Bauchfell auseinander, um ungehindert in die Bauchhöhle zu gelangen. Verdickte, geronnene Blutklumpen schwammen in einem roten See, der sich schnell mit frischem hellerem Rot füllte.

Doktor Seiler musste gar nicht nach einer Kompresse verlangen. Sie reichte sie ihm flink und hielt dann noch ein steriles saugfähiges Tuch sowie Tamponade bereit. Inges Anatomiekenntnisse reichten, um zu erkennen, dass die Milz einen Riss aufwies und die Bauchhöhle in diesem Bereich irreparabel verletzt war.

»Können wir vergessen«, kommentierte Doktor Müller. »Da drin findet man nicht mal mehr die Kugel.«

Inge reichte Doktor Seiler angesichts der Blutmengen nun gleich das Tuch. Er schien den Mann nicht aufgeben zu wollen. Das Tuch färbte sich im Nu rot. Doktor Seiler stopfte dann Tamponade auf die blutende Stelle.

Inge tupfte ihm den Schweiß von der Stirn. Müller erledigte das mit dem Ärmel seines Kittels, auch wenn dies nicht den Hygienevorschriften entsprach.

»Klammern«, verlangte Doktor Seiler erneut.

Inge hatte sie griffbereit. Sie vermutete, dass er nun versuchen würde, die Blutungen zu stillen. Er musste aber erst an die Adern herankommen, um sie abzuklemmen.

Mittlerweile war auch ihre Stirn schweißnass. Sie tupfte sie sich mit einem Tuch ab. Dann reichte sie Doktor Seiler unaufgefordert eine frische Tamponade. Solange das Blut nachspülte, kam er nicht an die Adern heran. Aber er gab nach wie vor nicht auf. Mittlerweile steckten seine Hände tief in dem See aus Blut. Inges Herz begann zu rasen.

Das Herz des jungen Kerls hörte auf zu schlagen.

»Lass es, Seiler. Das bringt doch nichts mehr«, sagte Doktor Müller.

Doktor Seiler nickte resigniert. Er holte tief Luft und legte dann ein großes Tuch auf die Wunde des Mannes. Dessen Augen waren starr, das Weiß darin trübe geworden. Wie einschlafen, hatte sie ihm versprochen, als noch Glanz darin gelegen war.

Doktor Müller verschloss sie für immer.

Inge fuhr vor Schreck zusammen, weil Doktor Seiler unwillkürlich mit der Faust wütend auf den Tisch schlug. Es hallte wie Donner im ganzen Gewölbe. Er drehte sich wortlos um und ging.

»Ist nicht einfach. Es sterben zu viele«, erklärte Doktor Müller, als ob er seinen Kollegen in Schutz nehmen wollte. Das hätte es gar nicht gebraucht. Nur allzu gut konnte sie Doktor Seiler verstehen.

Inge starrte auf den Toten. Es war das erste Mal in ihrem Leben, dass sie einen Menschen beim Sterben begleitet, ja dabei zugesehen hatte. Von jetzt auf gleich nicht mehr da, obwohl er doch noch vor ihr lag. So friedlich und entspannt waren seine Gesichtszüge jetzt. Fast so, als würde er träumen.

»Das erste Mal?«, fragte Doktor Müller.

Inge nickte in Gedanken. Sie griff nach der noch warmen Hand des Toten und überlegte sich, ob der junge Mann, wie so viele andere, eine Familie zurückgelassen hatte. Wie er wohl mit einem Lächeln im Gesicht ausgesehen hatte? Wie hatte seine Stimme geklungen, als sie noch nicht heiser gewesen war? Sie stellte sich vor, wie er mit seiner Liebsten an einem Seeufer spazieren ging, sie küsste. Sie ihm durch sein lockiges Haar fuhr. Inge musste die aufsteigenden Tränen niederringen.

»Ist schwer, das erste Mal«, sagte Doktor Müller feinfühlig. Dann traten die Sanitäter heran, packten den Toten und legten ihn auf die Bahre.

»Muss wieder rüber«, erklärte Müller und ging hinüber zu seinem Tisch, an dem wahrscheinlich der nächste schwerstverwundete Soldat auf seine Hilfe wartete.

Doktor Seiler hingegen kam zurück. Er wirkte wieder gefasster und hochkonzentriert.

»Es ist Zeit. Sie müssen den Tisch reinigen«, wies er sie an.

Inge zwang sich dazu, das eben Erlebte zu verdrängen. Wer bei einer Operation assistierte, der hatte zu einhundert Prozent präsent zu sein.

»Der Nächste hat nur eine frische Schussverletzung am Oberschenkel. Noch kein Wundbrand. Der ist schnell zusammengeflickt. Er wird nicht sterben«, sagte Doktor Seiler zuversichtlich.

Inge riss sich zusammen und schüttelte nun auch die schmerzhafte Trauer um diesen Mann von sich. Die Aussicht auf mehr Hoffnung beim nächsten Patienten ermöglichte es.

Inge schleppte sich mit letzter Kraft gegen sechs Uhr morgens die Treppen hinauf. Sie nahm nur noch das Grau in Grau der steinernen Stufen wahr. An ihrer Kleidung trug sie den Geruch von unten, aus der Hölle. Inge hatte aufgehört, zu zählen, wie viele Männer gestorben waren, bei wie vielen es davon abhing, ob ihr Körper mit den Infektionen fertig wurde, und bei wie vielen man sicher davon ausgehen konnte, dass sie überlebten, sofern sie es in ihrem geschwächten Zustand bis zu einem deutschen Hauptlazarett schaffen würden. Das wiederum hing von der schicksalhaften Frage ab, ob der Transporter überhaupt zurück in die Heimat kam. Tat er es, blieb den Männern die Hoffnung, wieder ganz gesund zu werden oder künftig im Rollstuhl, bestenfalls mit Beinprothesen durchs Leben zu gehen. So viele Schreie, Flüche auf den Führer, auf diesen gottverdammten Krieg. So viele Stimmen in ihrem Kopf. Männer, die wie kleine Kinder greinten, verzweifelt nach ihrer Mutter riefen, beteten, die heilige Jungfrau Maria anflehten, dass sie sie von ihren Schmerzen erlöste. Inge glaubte immer noch, in diesem Albtraum gefangen zu sein, und fragte sich, wie es möglich war, unter diesen Bedingungen mehr als nur eine Arbeitsschicht zu überstehen. Noch bevor sie das Ende der Treppe im ersten Stock erreichte, hatte sie erneut den jungen Soldaten, dem sie die Hand gehalten hatte, vor ihrem geistigen Auge. Dabei war sein Schicksal nicht das Schlimmste in dieser Nacht gewesen. Gut ein Dutzend Amputationen. Zu Krüppeln hatte der Krieg diese Männer gemacht. Und die meisten waren noch so jung. Und der Familienvater, den ein Schuss in die Wirbelsäule getroffen hatte. Er würde überleben, aber fortan vom Hals ab gelähmt sein. Inge hatte die Gesichter dieser armen Menschen förmlich vor sich, wie in einem Film der Wochenschau, nur dass er rasend schnell lief, in Farbe und real war. Tote auf der Leinwand zu sehen, die sterblichen Überreste des verhassten Feinds – man nahm sie viel leichter hin. Weit weg das alles. Den Tod konnte man in so einem Film nicht spüren, nicht riechen. Die menschlichen Schicksale ließen einen nahezu unberührt, wenn die Bilder der Schlachtfelder mit patriotischer Stimme und aufpeitschender Musik untermalt auf der Leinwand erschienen. Die Klänge des Kriegs. Und was für ein grausamer Krieg. Er war mittlerweile in ihr Herz gekrochen. Wie Gift, das die Seele mit Schmerz und Trauer verseuchte.

Inge hatte das dringende Bedürfnis, den Geruch des Todes von sich zu spülen, damit sie ihn nicht mit in ihre Träume nahm.

Als sie den Duschraum erreichte, schlugen ihr Dunstschwaden entgegen und machten aus dem Raum ein türkisches Dampfbad. Es musste schon jemand unter der Dusche stehen. Das Nachplätschern einer Brause, die gerade abgedreht wurde, war unverkennbar. Die Uniform mit den Abnähern auch. Annemarie schälte sich klatschnass aus dem Nebel. Sie griff nach einem Handtuch und hüllte sich bibbernd sofort darin ein.

»Morgen, Annemarie. Wie ist es dir ergangen?«, fragte Inge. In dem Moment bemerkte sie, wie heiser ihre Stimme über Nacht geworden war. Sie hatte Annemarie nur zweimal vorbeihuschen sehen, um Verbandsmaterialien in den Operationsraum zu bringen. Es könnte auch öfters gewesen sein, doch die meiste Zeit hatte Inge nur das Operationsfeld in ihrem Blick gehabt, die zwei Quadratmeter, auf denen sie mit dem Tod um die Seelen der Soldaten rangen.

Annemarie schaute sie nur aus müden Augen an.

»Nun sag schon.«

Erst als die letzten Dunstschwaden sich in den kalten Flur verflüchtigt hatten, nahm Inge wahr, dass Annemarie weinte.

»Es sind so viele«, schluchzte sie.

Inge zögerte keine Sekunde, um sie tröstend in die Arme zu schließen.

»Woher nehmen die nur die Kraft? Ich kann das nicht, Inge. Ich glaube, ich kann das nicht.«

Die Zeit schien für einige Augenblicke stillzustehen. Inge spürte, wie sehr ihre Freundin diese Umarmung brauchte. Annemaries Schluchzen verebbte und sie löste sich von ihr. Sie sah Inge in einer Mischung aus Verzweiflung und Lethargie direkt in die Augen.

»Ist anders als im Städtischen Krankenhaus in Nürnberg«, stellte Inge fest.

Annemarie lachte höhnisch auf, während ihr noch die Tränen herunterliefen. »Anders …«

»Annemarie. Es ist trotzdem nicht sinnlos.«

Ihre Freundin beruhigte sich, nickte einsichtig und wischte sich die Tränen aus den Augen.

»Ich habe heute mehr Tote weggetragen als Lebende. Die haben da unten nicht einmal mehr genügend antiseptische Lösungen. Die Gummischürzen ziehen sie mindestens dreimal an. Das Morphium geht bald aus. Musste nachbestellen. Hoffentlich kriegen wir mehr. Du hättest die Männer, die da unten in den Gängen liegen, erleben müssen. Einige haben geschrien vor Schmerz. Einer hat sich die Haare ausgerissen. Ich durfte ihm kein Morphium mehr geben, weil er sowieso sterben würde«, sagte Annemarie kopfschüttelnd.

»Haben dir das etwa die Ärzte …?« Inge geriet ins Stocken, weil sie sich das kaum vorstellen konnte. »Ursula?«

Annemarie nickte.

»Die Hilfe sei als Ganzes zu sehen. Was am besten für unser Land ist. Wir müssen denen beistehen, die überleben werden, hat sie mir gesagt. Ohne Regung, obwohl keine zwei Meter von ihr entfernt ein junger Kerl sich die Seele aus dem Leib geschrien hat. Angefleht hat er mich, ihm Morphium zu geben. Inge, ich schaffe das nicht. Am liebsten möchte ich nach Hause.«

»Du weißt, dass das nicht geht.«

Annemarie nickte resigniert.

»Leg dich hin. Ich komme ja gleich nach. Vielleicht ist Julia schon auf den Beinen und muntert uns auf.«

Dass in ihre Freundin wieder Leben fuhr und sie nach der frischen Unterwäsche griff, die sie auf einem Stuhl zurechtgelegt hatte, ließ Inge aufatmen. Am Ende sah morgen die Welt wieder ganz anders aus. Vater hatte ihr das immer gesagt. Inge lächelte bitter. Nichts würde sich an der Welt innerhalb dieser Mauern ändern. Das Einzige, was sie ändern konnte, war ihre Einstellung dazu, ohne dabei so zu werden wie der Drache.

KAPITEL 6

Für Inge war es nichts Neues, nach einem Nachtdienst wie gerädert erst gegen mittags aufzuwachen. In der Zeit ihrer Ausbildung hatte sie das bereits erlebt. Bleierne Schwere, Leere im Kopf und ein Kreislauf, der nicht in die Gänge kommen wollte, kannte sie nur allzu gut. Nach der anstrengenden Anreise und der gestrigen Nacht, die ihr einfach alles abverlangt hatte, fühlte sich ihr gegenwärtiger Zustand diesmal aber nicht wie die üblichen Nachwehen eines Nachtdiensts an, sondern so, als ob sie todkrank wäre. Die Aussicht, heute Nacht das Gleiche oder noch Schlimmeres zu erleben, schien sie regelrecht zu lähmen. Es kostete Inge enorm viel Kraft, sich überhaupt erst einmal im Bett aufzusetzen. Die Augen hatten heute auch mehr Mühe, sich an die gleißende Helligkeit, die von draußen den Raum flutete, zu gewöhnen. Immer wenn die Sonne hinter einer Wolke hervorlugte, wurde es gleich doppelt so hell. Das trieb Inge dann doch aus dem Bett. Erst jetzt stellte sie fest, dass sie allein im Zimmer war. Julia hatte Dienst, das wusste sie. Annemarie war vielleicht schon beim Mittagessen in der Kantine. Sie hatten gestern vor dem Schlafengehen vereinbart, sich nicht gegenseitig zu wecken. Inge ging zum Fenster und stellte mit Erleichterung fest, dass sich am Eingang, den sie von hier oben im Blick hatte, nichts regte.

Sie verharrte dort für einen Moment, ließ sich die Sonne ins Gesicht scheinen und genoss die Stille. Inge vernahm lediglich entfernte Schritte auf dem Gang und eine Tür, die ins Schloss fiel. Erneut wurde es still. Ihr graute davor, sich nach unten zur Kantine zu begeben, und trank viel lieber erst einmal einen Schluck aus der am Bett für die Nacht bereitgestellten Karaffe. In der Kantine herrschte sicher wieder Lärm. Die Schwestern würden über ihre ersten Erfahrungen berichten. Genau daran wollte Inge momentan aber nicht denken. Wie schön wäre es jetzt, sich ans Fenster zu setzen, wie sie es oft zu Hause getan hatte, um nur für sich auf der Geige zu spielen. Ein Ding der Unmöglichkeit. Sie würde die anderen wecken. Da fiel ihr ein, dass es hier einen Raum gab, dessen dicke Wände und massive Holztür davor bewahrten, dass Geräusche nach draußen drangen. Musikzimmer hatten das so an sich. Zumindest nahm sie das in Erinnerung an ihre eigene Schulzeit an. Inge fackelte nicht lange, zog sich an, schnappte sich ihren Violinenkoffer aus dem Schrank und beschloss, sich gleich auf den Weg zu machen und selbst eine Katzenwäsche ausfallen zu lassen. Geduscht hatte sie sich ja bereits vor wenigen Stunden.

Weder auf dem Gang noch in der Nasszelle beggnete ihr auch nur eine Menschenseele. Wie ausgestorben. Nur im Treppenhaus kamen ihr wenig später zwei Schwestern entgegen, die sie noch nicht kannte. Sie grüßten freundlich. Inge beließ es dabei, ihnen ein Lächeln zu schenken, während sie vorbeihuschte, um Nachfragen bezüglich des Instrumentenkoffers in ihrer Hand zu entgehen. Noch bevor sie die letzten Stufen hinunter zum Erdgeschoss erreicht hatte, vernahm sie dumpfe Stimmen der Sanitäter von draußen. Die von einer Schwester gesellte sich dazu. »Rückenschuss. Nach rechts.« Mehr musste sie gar nicht hören. Inge verdrängte die Gedanken an die Nachtschicht mit der Aussicht, auf ihrer Violine spielen zu können. Sie hatte frei. Das war allemal besser, als in DRK-Tracht die nähere Umgebung zu erkunden. Hatte Schwester Ursula sie nicht sogar davor gewarnt, sich außerhalb der Lazarettmauern zu begeben? Wurde von ihnen erwartet, die wenige freie Zeit auf dem Zimmer zu verbringen? Dann spielte sie lieber im Musikzimmer auf ihrer Violine, wo sie sicher niemanden störte.

Inge ging die restlichen Treppen erst hinunter, nachdem sich das Tor zur Hölle im Keller wieder lautstark geschlossen hatte. Ihr Herz pochte trotzdem noch bis zum Hals, bis sie endlich vor der Tür des Musikzimmers stand. Hoffentlich war es nicht verschlossen oder wurde mittlerweile doch anderweitig genutzt. Inge wagte es, die Tür zu öffnen, und stellte zu ihrer Erleichterung fest, dass es leer vor ihr lag. Schnell trat sie ein und schloss die Tür hinter sich. Sie suchte sich einen Stuhl bei den großen Fenstern aus und nahm Platz. Dann ließ sie ihren Blick über die freien Stuhlreihen schweifen und stellte sich das Zimmer gefüllt mit Schulkindern vor. Das waren immer ihre Lieblingsstunden in der Schule gewesen. Für einen Moment schloss sie die Augen und träumte sich in diese Zeit der Unbeschwertheit, frei von Sorgen, sah man von der Sorge ab, es Fräulein Hauser, ihrer strengen Musiklehrerin, nicht recht zu machen. Was hatte sie sich als kleines Mädchen mit dem Kanon für Geige und Bass in D-Dur abgemüht. »Canon a tre Violini con Basso Continuo«, um es mit Fräulein Hausers Worten zu sagen. Ein Stück eines Landsmannes, des Nürnberger Barockkomponisten namens Johann Pachelbel. Fräulein Hauser hatte ihnen erzählt, dass er das Werk für die Hochzeit von Johann Christoph Bach, seines Zeichens Bruder des weltberühmten Komponisten Johann Sebastian, geschrieben hatte. Es war eines ihrer Lieblingsstücke, für das Inge noch nicht einmal mehr Noten brauchte. Eines, das sie schon oft zu Tränen gerührt hatte, jedoch welche der Freude. Wahrscheinlich war bei Johann Christoph Bachs Hochzeit auch kein Auge trocken geblieben.

Inge holte ihre Violine aus dem Koffer, platzierte sie zwischen Hals und Schulter, was sie automatisch in eine aufrechte Körperhaltung brachte. Allein schon wieder aufrecht dazusitzen, fühlte sich gut an. Der Atem floss dann ungehindert. Das machte den Kopf frei.

Ihr Bogen berührte das Instrument. Ein schier magischer Moment, wie immer. Jeder Ton saß und erreichte direkt ihr Herz. Inge schloss erneut die Augen und spielte für sich, genau wie sie es zu Hause unzählige Male getan hatte. Pachelbels Zauber entfaltete auch diesmal seine Wirkung. Beruhigend und doch zugleich die Sinne belebend. Das schaffte nur ein Meisterwerk wie dieses.

Inge schrak aus ihren Träumereien, als die Tür mit Wucht aufgerissen wurde. Oberschwester Ursula baute sich darin mit bedrohlich finsterer Miene auf.

»Was machen Sie hier?«, herrschte die Oberschwester sie an.

Inges bis eben empfundenes Wohlgefühl schlug auf der Stelle in jene dumpfe Niedergeschlagenheit des Morgens um. Oberschwester Ursula hatte gesehen und gehört, was sie hier machte, insofern blieb Inge ihr auch eine Antwort schuldig.

»Haben Sie nichts Besseres zu tun?«

»Im Moment gibt es für mich nichts Besseres«, erwiderte Inge mit gefestigter Stimme.

»Niemand darf diesen Raum ohne vorherige Genehmigung nutzen«, keifte die Oberschwester.

»Es tut mir leid. Darüber wurden wir in der Kürze der Zeit Ihrer Einführung nicht in Kenntnis gesetzt«, nahm Inge sich heraus zu sagen. Wenn Oberschwester Ursula ihr auch noch die letzte Lebensfreude nehmen wollte, hatte sie sich geschnitten.

»Packen Sie die Geige wieder ein. Ich werde den Raum verschließen.«

»Wohin sollen wir gehen, um uns zu erholen?«

»Erholen?« Ursula gab sich fassungslos. »Sie sind nicht hier, um sich zu erholen. Wenn Ihnen langweilig ist, können Sie sich im Lager nützlich machen oder uns bei der Korrespondenz helfen«, ereiferte sie sich.

Noch ehe Inge etwas darauf erwidern konnte, wurde sie auf Schritte vor der Tür aufmerksam.

Oberschwester Ursula wohl auch, denn sie fuhr überrascht herum. Doktor Seiler lugte herein und versuchte anscheinend, sich ein Bild davon zu machen, was hier vorging.

»Ich habe Musik gehört ...«, rechtfertigte er sich, nachdem er eingetreten war.

»Das tut mir leid. Ich bin davon ausgegangen, dass ich niemanden damit belästige«, sagte Inge.

»Belästigen? Ganz und gar nicht. Sie haben das gespielt? Pachelbel?«

Inge nickte. Dass Doktor Seiler das Stück kannte und wie sich aus seinem Verhalten schließen ließ auch mochte, ließ ihn sogleich in ihrem Ansehen steigen.

Oberschwester Ursula schaute nun noch grimmiger aus der Wäsche.

»Man hört es bis runter«, sagte er und deutete auf einen Kaminschacht, dessen Mauerwerk beschädigte Stellen aufwies, wie Inge erst jetzt auffiel. Daher kam also das gespenstische Wispern, das sie im Treppenhaus vernommen hatte.

»Ich konnte es erst kaum glauben. Ich hab es zunächst nur ganz leise vernommen, doch wenn man sich einmal darauf einlässt und bewusst lauscht, dann wird es immer deutlicher. Die vielen Stimmen da unten. Sind verstummt. Selbst die Schreie und Flüche, die Gebete, die Rufe nach den Schwestern. Der Soldat, den ich untersucht habe, schloss die Augen und wiegte sich im Takt der Klänge. Warum spielen Sie nicht weiter?«, fragte er, was Oberschwester Ursula restlos aus der Fassung brachte.

»Aber das geht doch nicht«, wandte sie ein.
»Warum nicht?«, fragte Doktor Seiler.
»Es verstößt gegen die Vorschriften.«
»Welche Vorschriften?«
»Aber das muss doch von der Leitung genehmigt werden.«
»Ich genehmige es.«
»Aber Oberstabsarzt Heinemann ...«
»Wird es auch genehmigen.«

Es kostete Oberschwester Ursula sichtliche Überwindung, sich ihrem Vorgesetzten zu beugen.

»Na, wenn das so ist. Sie entschuldigen mich. Es gibt ja nun weiß Gott viel hier zu tun«, sagte sie, nicht ohne Inge noch einen vorwurfsvollen Blick zuzuwerfen.

Doktor Seiler schloss die Tür hinter sich und nahm auf dem nächstbesten Stuhl Platz. »Sie sollten regelmäßig für die Verletzten spielen«, schlug er allen Ernstes vor.

»Unten im Krankenlager?« Inge konnte sich das inmitten des hektischen Betriebs beim besten Willen nicht vorstellen.

»Nein. Hier. Man hört es wirklich gut. Vielleicht noch besser, wenn Sie sich näher an den Schacht setzen.«

»Im Ernst?«

»Ich habe zu wenig Zeit, um es nicht ernst zu meinen. Es war wie ein Wunder. Den Männern tat es gut. Wenn wir ihnen sagen, dass zu einer bestimmten Zeit jemand für sie auf der Violine spielt, haben sie etwas, worauf sie sich freuen können. Musik tut gut, wärmt die Herzen. Auch unsere«, sagte er dann.

»Auch die Ihrer beiden Kollegen?«, wollte sich Inge vergewissern.

»Wir funktionieren doch nur noch. Heinemann ist schon ein Jahr länger an der Ostfront. Sie haben ihn doch erlebt. Richtig ruppig und kaltschnäuzig ist er geworden. Ohne Galgenhumor wird man da unten wahrscheinlich verrückt. Glauben Sie etwa, uns geht es anders als Ihnen? So viele Tote.

Man darf gar nicht darüber nachdenken. Und das Schlimmste ist: Irgendwann fängt man an, sich die Schuld am Tod der Soldaten zu geben. Du hättest besser sein müssen, schneller oder hast ihn vor lauter Übermüdung verletzt. Dann traut man sich gar kein Skalpell mehr anzufassen, aus Angst vor dem eigenen Gewissen. Verstehen Sie das?«

Inge nickte. Und wie sie das verstand.

»Und Ihre Musik. Sie ging mir zu Herzen. Sie befreit die Seele von der Angst«, erklärte er.

»Zweimal am Tag? Vor und nach der Arbeit?«, fragte sie.

Ein befreites Lächeln löste sich in Seilers Gesicht.

»Verschiedene Stücke? Ich habe ein passables Repertoire.«

»Es wäre für uns das schönste Geschenk«, sagte Doktor Seiler. Er ahnte sicher nicht, dass er ihr eben auch ein Geschenk gemacht hatte.

Selbst die einfachste Mahlzeit schmeckte wie in einem Fünfsternehotel, der Muckefuck wie guter Bohnenkaffee, wenn ein kleiner Funken Hoffnung am Horizont erstrahlte. Dank Doktor Seiler, der sich als Musikliebhaber entpuppt und, bevor er wieder im Keller abgetaucht war, gestanden hatte, dass er eigentlich Musiker hätte werden wollen, um ein bedeutender Komponist zu werden. »Im Leben kommt es oft anders«, hatte er ihr noch gesagt. Inge könnte das Gleiche bezüglich ihrer Erwartungen an den Dienst einer DRK-Schwester sagen. Dass Inge die Einzige gewesen war, die jede Schwester im Speisesaal mit einem Lächeln begrüßt hatte, fiel anscheinend auf.

»Hier mal jemanden lächeln zu sehen«, wunderte sich eine der Schwestern, die hinter Inge anstand, um das Tablett bei der Essensausgabe abzustellen.

»Die Zeiten sind ja schon hart genug.« Mit Inges Antwort gab sich die Kollegin zufrieden.

Inge ging zurück zu ihrem Platz und nahm den in eine Schürze eingewickelten Violinenkoffer an sich. Ihn offen auf den Tisch zu legen, hätte für unliebsame Nachfragen gesorgt. Noch war es ja gar nicht sicher, dass sie für die Verwundeten spielen durfte. Die offizielle Genehmigung von Doktor Heinemann stand noch aus. Auch davon musste sie ihrem Vater unbedingt berichten. Inge nahm sich daher auf dem Weg in den ersten Stock vor, die Zeit bis zur nächsten Nachtschicht zu nutzen, um ihm einen Brief zu schreiben. Angeblich würde die Post sogar ankommen, sofern man nicht in einer Einheit diente, die direkt an der Frontlinie lag. Aus ihrem Vorhaben wurde jedoch nichts, weil Annemarie zurück auf ihrem Zimmer war.

»Wo hast du denn gesteckt?«, wollte sie sogleich von Inge wissen. Ihre Freundin lag auf dem unteren Stockbett und blätterte in einer alten Illustrierten, die sie im Schrank gefunden hatten.

»Unten beim Essen.«

Dann musterte Annemarie sie argwöhnisch. »Schickt man dich wieder heim? Darfst du zurück?«

»Wie kommst du denn darauf?«

»Das ist für mich momentan der einzig vorstellbare Grund, so zu strahlen«, erklärte Annemarie.

»Ich war vorher noch im Musikzimmer.«

Annemarie stutzte, ließ die Zeitschrift sinken und sah sie völlig entgeistert an.

»Ich soll für die Kranken spielen.« Inge befreite den Violinenkasten von seiner Ummantelung und stellte ihn auf dem Tisch ab.

»Was?«

»Es tut ihnen gut.«

»Verrückte Idee. Und wo? Etwa da unten? Den Sterbenden ein Requiem, den Leichtverletzten einen Walzer und den Offizieren etwas fürs Herz?«

»Vom Musikzimmer aus. Man hört es unten, durch den Kaminschacht. Doktor Seiler hat mich darum gebeten.«

»Dieses Lazarett. Das ist ein Irrenhaus. Aber ich muss zugeben, dass das eine sehr gute Idee ist.«

Inge nickte.

»Ich möchte trotzdem von hier weg. Belogen hat man uns. Schamlos belogen«, echauffierte Annemarie sich.

»Wie meinst du das?«, fragte Inge freiheraus.

»Allein in Frankreich sind schon über fünfundvierzigtausend unserer Soldaten gefallen. Stalingrad. Noch viel mehr. Abertausende. Es gab nur noch Durchhalteparolen. Die Rote Armee hat sie eingekesselt. Viele sind verhungert oder erfroren, weil sie noch nicht mal warme Mäntel und gescheite Stiefel hatten, und uns haben sie etwas ganz anderes erzählt. Und hier? Hitler will das Eisenerz und Erdöl. Charkow war schon verloren. Was glaubst du, wie viele schon deswegen krepiert sind? Der glaubt immer noch, dass wir den Krieg gewinnen«, ereiferte sie sich. Dann stand sie auf, ging zu ihrem Koffer und angelte sich eine Zigarette aus einem Etui, das im Seitenfach ihres Koffers steckte. Eine Streichholzschachtel gleich mit dazu.

»Woher weißt du das?« Inge tippte auf Julia, doch war sich nicht ganz sicher.

»Josef Werner. Leutnant Werner. Der musste nicht mal runter. Streifschuss am Oberarm. Fiel hin und hat sich den anderen Arm gebrochen. Hat sich in die Hose geschissen vor Angst. Meinte, er müsste sterben, weil die Wunde schon anfing zu eitern. Dann hätte er mal in den Keller schauen müssen. Ich hab ihn auf Anweisung von Ursula nach oben gebracht, zu den anderen. Einzelzimmer, sauber. Sonderbehandlung für die Herren Offiziere.« Annemarie zündete sich die Zigarette mit einem Streichholz an.

»Und der hat dir das alles erzählt? Ein Offizier?«

»Unser Drachen hat eine Extraportion Morphium für ihn springen lassen. Nur so viel, dass er keine Schmerzen mehr hat. Das löst die Zunge. Ich hab nur zugehört. Den ganzen Kriegsverlauf hat er mir erzählt. Gejammert hat er, dass doch alles so gut gelaufen war. Schon hundert Kilometer vor Moskau seien sie gewesen und dann am Winter gescheitert«, erzählte Annemarie.

Inge nickte wissend. All das deckte sich ja mit dem, was ihr Vater ihr berichtet hatte, und dennoch wunderte sie sich.

»Von dem Werner hast du mir heute Morgen im Bad aber noch gar nichts erzählt.«

»Weiß ich ja auch erst alles seit einer Viertelstunde.«

Inge stand die Verwirrung ins Gesicht geschrieben, weil sie Annemarie im Speisesaal vermutet hatte.

»Da gab's ja auch nichts zu erzählen. Ich hab ihn gestern Nacht nur nach oben begleitet, weil er wacklig auf den Beinen war. Anscheinend gefalle ich ihm. Kein Wunder. Ich war ja auch die einzige Schwester, die nicht in einem Sack steckte, jedenfalls bis gestern«, sagte Annemarie. Sie sog den Rauch der Zigarette gierig ein und sah selbstmitleidig an sich herab.

»Hat er dir etwa Avancen gemacht?«

»Nein. Aber heut früh schneite Ursula in die Kantine und hat mich gebeten, ihm das Essen zu bringen. Er hatte nach mir verlangt. Die hat mich vielleicht angegiftet. Er hat gute Umgangsformen. Ich war gestern ja froh, mal für zehn Minuten von da unten weg zu sein.«

Inge vermutete mittlerweile, dass Annemarie ihm Avancen gemacht hatte.

»Wir haben uns nur unterhalten. Ich hab ihm allerdings vorgejammert, wie furchtbar es da unten ist.«

Das wiederum konnte sich Inge lebhaft vorstellen.

»Ich muss von hier weg. Und du solltest mit mir von hier weggehen. Die Deutschen werden Charkow nicht mehr lange halten können. Der Werner hat mir das angedeutet.«

»Das geht aber nicht.«

»Meinst du jetzt wegen der Fidelei? Wenn die Russen zuschlagen, sind wir tot. Dann kannst du für dich selbst ein Totenlied spielen.«

»Wir sind der Wehrmacht unterstellt. Wir dürfen nicht einmal einen anderen Beruf ausüben«, versuchte sie, Annemarie zu vermitteln.

»Es gibt da gewisse Möglichkeiten«, deutete Annemarie an.

Inge sah sie fragend an. Wollte sie etwa desertieren? Sie wäre Freiwild und würde dafür gehängt oder erschossen werden.

»Eine schwere Erkrankung, Schwangerschaft, familiäre oder wirtschaftliche Verhältnisse, Fortsetzung der Berufsausbildung, Heirat oder Kriegsbeschädigung der Männer. Für eins und zwei brauchst du einen Befundschein. Steht alles in der Reichsverfügung«, führte Annemarie aus.

»Hat dieser Werner dir das gesagt?«

»Der ist doch dumm wie Stroh. Wo denkst du hin?«

»Julia?« Sie war die Einzige, der Inge das Wissen um diese Verfügung zutraute.

»Bevor sie zum Frühstück gegangen ist. Du hast ja noch geschlafen wie ein Murmeltier, im Gegensatz zu mir. Wenn ihr Mann tot ist, darf sie gehen«, sagte Annemarie wohl mehr zu sich.

»Ich glaube kaum, dass sie darauf hofft«, entgegnete Inge.

Annemarie nahm einen weiteren Zug von ihrer Zigarette und ließ sich kraftlos auf einem der beiden Stühle beim Tisch am Fenster nieder, wo auch der kleine Porzellanaschenbecher stand, den sie von zu Hause mitgenommen hatte.

»Wenigstens bleibt mir der Keller erspart.«

»Sag bloß.« Inge mutmaßte, dass dies an diesem redseligen deutschen Leutnant lag.

»Wahrscheinlich ist dieser Drachen froh, mich aus den Augen zu haben.«

»Hat er das verlangt?« Inge wollte es nun doch genau wissen.

Annemarie nickte. Für einen Moment beneidete sie ihre Freundin. Nannte man so etwas nicht Glück im Unglück? Andererseits freute Inge sich auf ihre neue Aufgabe. Dass Charkow anscheinend bald fallen würde, lag ihr dennoch schwer im Magen.

Inge war klar, dass sie selbst und die anderen Neuankömmlinge zumindest für einige Tage unter *Welpenschutz* stehen würden. Oberschwester Ursula hatte den Begriff in Annemaries Beisein verlauten lassen, als sie sich im Keller am Vorabend begegnet waren und über Offizier Werner gesprochen hatten. Angeblich sei in den nächsten Tagen mit noch mehr Verwundeten zu rechnen. Ein Dienstfrei würde es bald nicht mehr geben, sobald alle eingearbeitet seien. Dagegen war an sich nichts einzuwenden, denn den desolaten Zustand, in dem sich die anderen Schwestern befanden, hatte Inge ja mitbekommen. Sie mussten dringend entlastet werden. Diese Schonfrist nicht zu nutzen, um ihrem Vater einen Brief mit den ersten Eindrücken zu schreiben, wäre dumm gewesen. Die restliche Zeit bis Dienstbeginn hatte Inge damit verbracht, sich Julias Eindrücke ihres ersten Arbeitstages schildern zu lassen. Anscheinend hatte sie sich innerlich, wohl auch aufgrund ihres Informationsvorsprungs, besser darauf vorbereitet. Wer mit dem Schlimmsten rechnete, für den war *schlimm* dann die Normalität. Außerdem gab es für Julia ein übergeordnetes Ziel. Sie machte ihnen gegenüber überhaupt keinen Hehl daraus, dass sie die Zeit hier zu verwenden gedachte, um sich Informationen über den Verbleib ihres Mannes zu beschaffen. Im Gegensatz zu einem Feldlazarett wurden hier

Verletzte aus dem gesamten Umkreis – Kursk gehörte mit dazu – angekarrt. Nur einer der Soldaten hatte sich bisher an den Namen ihres Mannes erinnern können, jedoch sei er zu einer anderen Einheit versetzt worden, was die Spur vorerst im Sande verlaufen ließ. Julia bezog mit Sicherheit Kraft aus ihrer Entschlossenheit, den Gatten zu finden. Annemarie aus dem glücklichen Umstand, dass sie zumindest für die kommenden Tage oben, also im *Himmel* tätig sein durfte. Inge hingegen klammerte sich an ihr Violinspiel, das sie wie mit Doktor Seiler am Vortag vereinbart, kurz vor Dienstbeginn zum Besten geben sollte. Skurriler konnte so ein Spiel kaum sein, überlegte Inge, nachdem sie abends nach dem Essen gegen halb sieben das Musikzimmer betreten hatte. Sie vergegenwärtigte sich, bisher erst zwei Konzerte gegeben zu haben. Einmal in der Aula ihrer Schule und ein zweites auf einer Wohltätigkeitsveranstaltung ausgerechnet zugunsten des Roten Kreuzes. So schloss sich wohl der Kreis des Schicksals, denn just bei dieser Gelegenheit war die Idee gereift, selbst DRK-Schwester zu werden. Ein Kaliber wie diese Ursula war ihr seinerzeit allerdings nicht begegnet. Vielleicht hätte sie in diesem Fall doch den Verkauf und Tätigkeiten als Schneiderin im Laden ihres Vaters vorgezogen. Kein Publikum vor sich zu haben, änderte nichts am Lampenfieber. Inge wusste ja, dass man ihr Spiel bis nach unten hören würde. Zu diesem Zweck saß sie nun direkt am kaputten Kaminschacht. Mangels Noten beschloss Inge, auf das Repertoire zurückzugreifen, das sie sich in den letzten Jahren erarbeitet hatte. Sie hatte sich schon auf dem Weg durch das Treppenhaus dazu entschieden, das gestrige Stück noch einmal zu spielen. Diesmal allerdings in voller Länge, ohne dabei unterbrochen zu werden. Naturgemäß gehörten nur Stücke in ihr abrufbereites Repertoire, die Inge sehr gern mochte. Caprice Nr. 24 von Paganini gehörte mit dazu. Das konnte bis nach dem Dienst warten. Inge war auf der einen Seite froh, gerade im Zwischenbereich zwischen Himmel und Hölle zu sitzen, bedauerte es aber zugleich, ihr Publikum nicht sehen zu können. Sie nahm sich daher vor, es sich bildlich vorzustellen. Doktor Seiler hatte ihr ja die Wirkung ihrer Musik beschrieben. Jeden Tag ein wenig Hoffnung, ein paar Minuten Glückseligkeit – für sie, aber auch für die Verwundeten und, was sich Inge schmerzlich bewusst machte, noch bevor sie mit Pachelbel zu einem Ende kam, auch für Sterbende. Die letzte Melodie, die sie hörten oder gar mit in den Tod nahmen. Genau dieser Gedanke riss sie brutal zurück in die Realität des Krieges, dessen vergiftete Früchte unten im Keller auf sie warteten. Inge setzte den Bogen ab und dann stutzte sie. Applaus? Bildete sie sich das nur ein? Inge legte die Violine zurück in den Kasten und hielt ihr Ohr an den maroden Schacht. Tatsächlich. Leise, dumpf, aber doch vernehmbar. Den Umständen entsprechend nicht tosend. Was für ein schönes Gefühl. Dagegen nahm sich der frenetische Applaus bei der Schulaufführung als nichtssagend aus – und schon der hatte sie damals beinahe zu Tränen gerührt. Er ebbte ab. Ein Schrei und ein leises Wehklagen, die natürliche Akustik dieser Einrichtung, löste ihn ab. Zeit für die Arbeit. Inge verharrte nur noch für einen Moment in diesem Raum, um dieses schöne Gefühl zu konservieren. Einen Energievorrat anzulegen, den sie unten sicher gebrauchen konnte.

Erstaunlicherweise fiel es Inge diesmal leichter, den unteren Trakt im Keller zu betreten, auch wenn sich an der desolaten Situation rein gar nichts geändert hatte. Nur die Gesichter der Männer, die auf Strohsäcken und Pritschen gebettet auf dem Boden lagen, waren überwiegend andere. Zu Inges Überraschung sprach sie einer der Soldaten, der auf einem der Stühle unmittelbar vor dem Eingang zum Operationsbereich saß, an. Mit nur einem Schuss in den Unterarm davongekommen, saß er tapfer aufrecht auf einem der Holzstühle im Gang, um auf seine Behandlung zu warten. Er war von Erschöpfung gezeichnet. Trotzdem schien es ihm ein Anliegen zu sein, sich bei der Künstlerin zu bedanken.

»Es war wunderschön. Ihr Spiel«, hatte er ihr voller Bewunderung zu verstehen gegeben, als sie an ihm vorbeigegangen war.

Die beiden Männer neben ihm, ebenfalls nur leicht verletzt, pflichteten ihm bei.

»Woher wissen Sie ...?«

»Wir haben nachgefragt.«

»Bei Doktor Seiler?«, hakte sie nach.

»Nein, beim Oberstabsarzt. Schwester Inge spielt für Sie, hat er gesagt.«

»Und woher wussten Sie, dass ich Schwester Inge bin?« Darüber wunderte sich Inge am meisten, denn sie war ja nicht die Einzige, die sich zum Nachtdienst gemeldet hatte. Zwei weitere Schwestern waren bereits im Lager zugange, wo man sich vor Dienstantritt noch einmal gründlich die Hände zu desinfizieren hatte.

»Die anderen kamen früher. Eine war schon hier, als noch die Musik erklang. Außerdem sehen Sie wie eine Musikerin aus.«

»So? Wie sehen denn Musikerinnen aus?«

Der Soldat zuckte nur unschlüssig mit den Schultern.

»Den da drüben haben sie zu Tränen gerührt. Hat geheult wie ein Schlosshund. Steht glaub ich nicht gut um ihn«, sagte er und deutete auf einen der Männer, der in einer der Wandnischen lag.

Inge wusste, was *da drüben* zu bedeuten hatte. Dort lagen die hoffnungslosen Fälle, die nur noch Morphium verabreicht bekamen, um ihnen das Sterben zu erleichtern – sofern noch welches auf Lager war. An sich müsste sie sich schon längst bei Doktor Seiler melden. Inge beschloss dennoch, zu diesem Mann zu gehen.

Normalerweise trennte die Sterbenden ein provisorisch angebrachter Vorhang vom Durchgangsverkehr auf dem Gang, sodass sie in den letzten Stunden ihres Lebens für sich waren. Die Vorhänge waren ihnen ausgegangen. Der Mann lag mitten im Geschehen. Inge eilte zu ihm und hoffte, dass er aufgrund des verabreichten Morphiums überhaupt noch ansprechbar war.

»Ich bin Schwester Inge. Morgen früh spiele ich wieder für Sie«, sagte Inge, nachdem sie sich vor sein Bastlager niedergekniet hatte.

Seine Augen waren eingetrübt, wie es nach einer Morphinverabreichung üblich war. Dennoch reagierte er auf ihre Ansprache und rang sich unter sichtbarer Kraftanstrengung ein Lächeln ab.

»Es war so schön.« Seine Stimme war kaum vernehmbar. Er bedeutete ihr näher zu kommen. »Ich dachte, ich bin schon im Himmel«, säuselte er.

Inge wusste nicht, was sie darauf sagen sollte. Sie griff wortlos nach seiner Hand.

»Aber ich komme nicht in den Himmel«, sagte er. Seine Augen füllten sich mit Tränen.

»Warum glauben Sie das?«, fragte sie.

Er wand sich, kniff die Augen zusammen und schüttelte den Kopf, bevor er weitersprach. »Wir haben sie vor einer Grube zusammengetrieben. Es waren so viele. Frauen und Kinder … Die Kinder haben sie lebend in die Grube geworfen, dann die Mütter erschossen. Die Männer mussten zusehen. Ich habe auch geschossen. Ich wollte das doch gar nicht. Josef … Mein Kamerad. Josef hat nicht geschossen. Er ist schon im Himmel. Der Major … Kopfschuss, weil er die Juden nicht erschießen wollte. Aber ich … Ich habe geschossen.« Er konnte nicht weitersprechen. Ein Weinkrampf schüttelte ihn.

Inge musste sich zusammenreißen, seine Hand weiterhin festzuhalten. Das eben Beschriebene erschütterte sie bis ins Mark. Was sollte sie diesem Mann sagen? War das seine Beichte vor dem Tod? Aber sie war keine Geistliche, bei der er um Vergebung bitten konnte.

»Den Tag drauf ... Sie haben sie in einen Kastenwagen gesteckt. In ein anderes Lager, hat's geheißen. Haben Abgase reingeleitet. Waren alle tot. Die Schreie ... diese furchtbaren Schreie. Gehämmert gegen die Wand. Ich wusst das doch. Hab's doch gesehen, wie sie den Schlauch reingelegt haben. Konnt mit niemandem sprechen ... Sind doch auch Menschen. Wollte nicht sterben ... Hab's verdient«, röchelte er und presste die andere Hand gegen die Bauchwunde. Frisches Blut quoll durch den Verband.

Inge wurde heiß. Ihr Herz begann zu rasen.

»Schwester Inge? Wo bleiben Sie?« Inge musste sich gar nicht umdrehen. Sie kannte Doktor Seilers Stimme. Sie kam vom Eingang des OP-Bereichs.

»Wenn man etwas aus tiefstem Herzen bereut und den Herrn um Vergebung bittet, dann kommt man in den Himmel«, sprudelte aus ihr heraus. Was sonst hätte sie ihm sagen sollen?

Der Mann nickte zögerlich. In seinen Augen las sie die Hoffnung auf Vergebung.

»Schwester Inge!« Doktor Seilers Stimme klang nun dringlicher. Inge war sich trotz der prekären Lage sicher, dass er ihr keine Vorwürfe machen würde, wenn sie sich um einen Sterbenden kümmerte.

»Sofort«, rief sie ihm zu. In dem Moment bemerkte sie, dass ihre Hand auf keinen Widerstand mehr stieß. Sie sah hinunter zu ihm. Er war tot. Inge wusste, dass sie nichts mehr tun konnte und es überhaupt keinen Sinn ergab, weiterhin seine Hand zu halten. Die Gräueltaten, an denen dieser Mann beteiligt gewesen war, konnten kaum schlimmer sein. Was brachte Menschen nur dazu, so grausam zu sein? Was sie aber am meisten bewegte, war die Frage, ob er es sich selbst noch hatte verzeihen können. Und sie? Könnte sie so einem Menschen verzeihen? Konnte Gott es, wie sie ihm versprochen hatte? Inge wusste es nicht, doch sie sprach trotzdem ein stilles Gebet für ihn, während sie seine Augenlider für immer verschloss.

Weniger Tote als in den Nächten zuvor war Doktor Seilers Fazit gegen vier Uhr morgens gewesen, bevor er sich notgedrungen aus dem OP-Bereich verabschiedete. Er war vermutlich am Ende seiner Kräfte. Alle schwierigen Fälle waren versorgt. Leichtere Verletzungen konnten auch die Sanitäter behandeln. Angeblich seien sie sowieso schon halbe Ärzte. Auch den Schwestern wurden notgedrungen Aufgaben eines Arztes aufgebürdet. Ihnen wurde abverlangt, mit fachmännischem Blick zu selektieren. Wessen Verletzung war wohl schlimmer? Wer brauchte eine erfahrene Hand? Inge hatte sich in der zweiten Nacht bereits an vieles gewöhnt, an die Schreie und das Wehklagen, an die verzweifelten Rufe nach Hilfe, die Gebete, auch an die verpestete stickige Luft, doch an diese Art der Selektion glaubte sie, sich nie gewöhnen zu können. Pure Anmaßung. *Triage* nannten sie das, was vornehmer klang, aber belastender kaum sein konnte. Wie beim Losziehen auf dem Rummel. Wer das Pech hatte, dass die Schwestern seinen Zustand in der Kürze der Zeit falsch einschätzten, der verstarb. Inge war klar, dass dies rein technisch gesehen momentan gar nicht anders ging, denn wer bereits völlig übermüdet operierte, der konnte nicht gleichzeitig Verletzte aufnehmen, sie untersuchen und entscheiden, wer zuerst drankam. Sah man von der Bevorzugung höherer Dienstgrade ab, was Inge als abscheulich und menschenverachtend empfand, musste sie sich ernüchtert von der Realität eingestehen, dass es wohl keine Alternativen zu dieser Vorgehensweise gab. Ausgerechnet kurz vor der Dämmerung hatten die Sanitäter weitere Verwundete ins Lazarett gebracht. Sie lagen auf Pritschen im Eingangsbereich. Heinemann und Müller waren beschäftigt. Seiler schlief. Oberschwester Ursula hatte sich ebenfalls zwangsläufig hinlegen müssen. Kein Mensch konnte gänzlich ohne Schlaf auskommen. Zwischen zwei Operationen lag es nun an ihr, zu entscheiden. Gottlob gemeinsam mit Marie-Louise, die vor ihrem ersten Nachtdienst die Kolleginnen eingewiesen hatte und von der Inge wusste, dass sie erfahren war. Ein Glück, dass die Kollegin auch mit diesem Prozedere vertraut war und Inge auf dem Weg vom Keller nach oben darauf vorbereiten konnte.

»Es ist nicht einfach. Wir schauen uns gemeinsam die Verletzungen an. Währenddessen wird nicht gesprochen. Danach tauschen wir uns möglichst diskret aus. Die Sanitäter bringen die Verletzten dann in den jeweiligen Wartebereich«, erklärte sie ihr. Damit meinte sie sicher die Bereiche für die Leichtverletzten, die Schwerstverwundeten, die nach dem Eingriff zumindest eine Überlebenschance hatten, und für die hoffnungslosen Fälle. Den Wartebereich für Gevatter Tod, die Nischen, hatte Inge ja bereits kennengelernt.

»Bei Wundbrand ist es besonders schwierig. Da entscheiden oft wenige Stunden oder gar Minuten darüber, ob nur der Unterschenkel amputiert oder das ganze Gelenk herausgeschält werden muss«, fuhr Marie-Louise auf den letzten Treppenstufen zum Eingangsbereich fort, wohin die Sanitäter die Verwundeten gebracht hatten.

Sechs Männer warteten dort auf sie, sechs auf den ersten Blick schlimme Verletzungen, sechs Entscheidungen. Und die mussten auch noch schnell gehen. Inge hielt sich streng an Marie-Louises Vorgaben. Zuallererst sollte man mit den Verletzten sprechen. »Wo haben Sie Schmerzen?« Wer diese Frage bei klarem Verstand beantworten konnte, hatte schon einmal gute Chancen, nicht in eine der Nischen gelegt und nur noch mit Morphium versorgt zu werden. »Können Sie sich daran erinnern, was passiert ist?« Selbst wenn jemand, wie der junge Mann, den Inge als Erstes in Beschau nahm, vor Schmerzen kaum noch sprechen konnte, erhöhte die Beantwortung dieser Frage seine Überlebenschancen gewaltig.

»Beinschuss. In der Deckung.«

Eiter, aber kein Wundbrand, stellte Inge fest. Wer bereits das Bewusstsein verloren hatte oder mit blutgetränkter Uniform regungslos dalag, wie der zweite und dritte Verwundete, ebenfalls junge Männer, die mit Sicherheit noch keine zwanzig waren, erforderte Rücksprache. Männer mit Brüchen und Streifschussverletzungen – die anderen drei – durften unten auf der Stuhlreihe Platz nehmen und darauf warten, bis sie drankamen, wobei ihnen in der Zwischenzeit zumindest die Wunden versorgt wurden. Arbeit für die Sanitäter. Inge wartete geduldig, bis auch Marie-Louise sich ein genaueres Bild gemacht hatte. Dass die Entscheidung mangels Erfahrung nicht auf ihrer Schulter allein lag, war ein Segen. Marie-Louise ging bei den beiden bewusstlosen Soldaten nicht gerade zimperlich vor und hatte in Windeseile deren Hemden mit einer Schere aufgeschnitten. Für Inge sahen beide Bauchverletzungen unter den blutigen Kompressen gleich aus. Nicht aber für Marie-Louise. Sie zog ein Bündel Kompressen aus der Tasche ihrer Schürze und entfernte erst beim einen, dann beim anderen die vollgebluteten. Dann tupfte sie vorsichtig vom Rand der Einschüsse das Blut weg. Erst dabei kam zutage, dass bei einem der Männer ein viel größeres Loch in der Bauchdecke klaffte.

»Den sofort in den OP. Beim anderen ist nichts mehr zu machen«, sagte sie. Dabei verzog sie nicht einmal eine Miene.

Inge versuchte, sich auf die zu konzentrieren, die wahrscheinlich durchkommen würden. Noch zwei Stunden durchhalten, sagte sie sich, doch sie wusste bereits vom Dienst des Vortags, dass einem hier zwei Stunden wie eine halbe Ewigkeit vorkommen konnten.

Kapitel 7

Es war schon erstaunlich, wie die kleinen Dinge des Lebens, auf die man sich freute, selbst das Gewicht einer Nachtschicht im Keller – und es gab kaum etwas Schlimmeres – erheblich von den Schultern nehmen konnten. Obwohl todmüde und erschöpft hatte sich Inge auf die zehn Minuten im Musikzimmer gefreut. Die Kantine konnte warten. Den Gedanken, dass für viele ihr Violinspiel das letzte Schöne sein würde, das ihnen in ihrem Leben widerfahren würde, hatte sie heute erfolgreich verdrängt und ihr Spiel mit einem zufriedenen Lächeln beendet, weil sie gewiss sein konnte, dass sie damit etwas Gutes tat. Sie packte ihre Violine in den Koffer, stand auf und machte sich auf den Weg zur Kantine. Ihr war nun nach Gesellschaft. Annemaries Dienst ging ein bisschen länger. Die Schicht oben begann erst um sieben. Inge nahm sich deshalb vor, ihre Freundin vom oberen Trakt abzuholen, um dann mit ihr gemeinsam zum Frühstück zu gehen. In der Kantine allein zu sitzen, brachte zwar neue Kontakte, und noch kannte sie nicht einmal alle Schwestern namentlich, doch strengte wesentlich mehr an, als sich mit einer Freundin auszutauschen. Inge eilte daher die Treppen nach oben. Niemand kam ihr entgegen. Auch nicht oben im Gang, der zu den Zimmern mit den Privilegierten führte. Von Annemarie wusste sie, dass dort nur zwei Schwestern im Einsatz waren. Das reichte derzeit, um leicht Verwundete und frisch Operierte zu versorgen.

Vor ihr lagen zehn Türen nebst einem leeren Schwesternzimmer gleich neben dem Treppenaufgang, das zugleich als Lager für die Versorgung der hier untergebrachten Soldaten diente. Inge konnte ja unmöglich an jeder Tür klopfen, um Annemarie ausfindig zu machen, denn an sich hatte sie hier oben nichts zu suchen. Eine der Türen ging auf. Heraus trat eine der Schwestern, die sie bisher noch nicht einmal im Vorbeigehen oder in der Kantine gesehen hatte, was allerdings nach nur zwei Tagen und mit versetzten Arbeitszeiten nicht ungewöhnlich war. Die Mitteldreißigjährige musterte Inge irritiert.

»Kommen Sie zur Übergabe? Ist Erika krank?«, wollte sie wissen.

»Nein, ich wollte Annemarie abholen. Ich bin Schwester Inge und assistiere Doktor Seiler«, sagte sie zu ihrer Rechtfertigung.

»Sie hat noch einen der Offiziere zu versorgen. Das wird wohl noch eine gute Viertelstunde dauern. Möchten Sie vielleicht im Dienstzimmer auf Annemarie warten?«

»Ich setz mich einfach ans Fenster. Die Sonne geht ja bald auf. Ist immer schön anzusehen«, sagte sie, womit sich ihre Kollegin zufriedengab und im nächsten Zimmer verschwand. Inge schlenderte an der Fensterreihe entlang. Weiter hinten standen dem Schulgebäude niedrigere Häuser gegenüber. Man konnte von den Fenstern am Ende des Gangs aus bestimmt über deren Dächer hinwegsehen und einen Weitblick auf die Stadt erhaschen. In dieser Richtung ging auch bald die Sonne auf und würde den Himmel über Charkow, wie bereits einmal von ihrem Zimmer aus gesehen, in sanfte Rosatöne tauchen. Das zu beobachten war sicherlich schöner, als in dem kleinen Dienstzimmer zu warten. Kaum hatte Inge das Ende des Gangs erreicht, wurde sie auf ein merkwürdiges Geräusch aufmerksam, das leise aus dem letzten Zimmer zu kommen schien. Lag dahinter ein Patient, der starke Schmerzen hatte? Zweifelsohne stöhnte jemand heftig, aber es klang nicht leidend, sondern eher wohlig. Neugierig geworden näherte Inge sich der Tür. Gerade weil sie Annemarie mittlerweile recht gut kannte, ging die Fantasie mit ihr durch. Sie wird doch nicht etwa mit diesem Leutnant …? Am helllichten Tag? Inge wagte es nicht, diesen Gedanken zu Ende zu denken. Absurd. Die Neugier trieb sie dennoch dazu, einen Blick durch das Schlüsselloch zu werfen. Inge stockte der Atem. Sie sah zwei Männerarme. Einer war eingegipst, einer verbunden. Sie verharrten regungslos auf der Matratze. Ein dritter Arm, und der war weiblich, recht dürr und gehörte daher mit Sicherheit Annemarie, ragte aus der Bettdecke. Die Hand darunter sorgte für Auf- und Abwärtsbewegungen. Die Quelle des lustvollen Stöhnens war lokalisiert. Die Bewegungen wurden schneller und dann schlug Annemarie die Bettdecke gänzlich zur Seite. Inge hatte sich regelrecht erschrocken und genug gesehen. Sie konnte das kaum glauben. Mit diesem Offizier. Dem Werner. Was versprach sie sich davon? Noch mehr Privilegien? Es passte zu Annemaries Unbeschwertheit, überlegte Inge, während sie zurück zum Treppenhaus ging. Dann sagte sie sich, dass sie nicht zu hart mit ihrer Freundin ins Gericht gehen sollte. Vielleicht war er ein attraktiver Mann und welche Gelüste Männer, vor allem nach Frauen ausgehungerte Soldaten, hatten, davon hatte sie gehört. Seine Arme konnte er anscheinend nicht bewegen. Ein Freundschaftsdienst? Inge musste nun sogar unwillkürlich schmunzeln. Kurz bevor sie das Treppenhaus erreichte, hörte sie eine der hinteren Türen aufgehen. Sie drehte sich um und sah, dass Annemarie aus dem Zimmer stürmte und schnurstracks mit einem Tuch in der Hand, das irgendetwas umhüllte, zur gleich nebenan befindlichen Toilette eilte. Inge gab keinen Mucks von sich und war froh darüber, dass Annemarie sie nicht bemerkt hatte. Am besten sie ging gleich hinunter zur Kantine. Das eben Erlebte musste sie erst einmal sacken lassen.

Aus Inges Vorhaben, allein zu speisen, anstatt sich an irgendeinen Tisch zu anderen Schwestern dazuzusetzen wie üblich, wurde nichts, weil kein einziger Tisch mehr frei war. Jedoch blieb es ihr wenigstens erspart, sich zu gänzlich unbekannten Gesichtern zu gesellen. Marie-Louise gehörte mittlerweile zwar nicht zu ihren Freundinnen, doch gemeinsam Erlebtes oder vielmehr Durchlittenes verband. In Anbetracht Annemaries offenkundiger Liebesdienste war es Inge sogar mehr als nur recht, von Marie-Louise auf andere Gedanken gebracht zu werden. Inge überlegte, ob sie sich zu ihrem Kaffee Brot, Butter und etwas Marmelade nehmen sollte oder lieber etwas Kräftigeres. Der Magen knurrte und es stand ebenfalls der übliche Eintopf zur Auswahl. Nach einer harten Schicht war es mit einem leichten Frühstück nicht getan. Sie entschied sich für Letzteres, schöpfte sich zwei Kellen aus dem dampfenden Topf auf einen Teller und stellte ihn zur Kaffeetasse auf das Tablett. Dann ging sie schnurstracks zu Marie-Louises Tisch. Ihre Kollegin begrüßte sie mit einem einnehmenden Lächeln. Die Nachfrage, ob sie etwas dagegen hätte, neben ihr Platz zu nehmen, erübrigte sich daher.

»Gibt es hier eigentlich auch mal etwas anderes als Eintopf?«, fragte Inge.

Marie-Louise lachte herzhaft. »Ist doch wie Weihnachten heute. Mit Rindfleisch. Wahrscheinlich ist an der Front eine Kuh zu Tode gekommen, oder sie haben sie einem Bauern abgeluchst.«

»Also jeden Tag?«

»Jetzt malen Sie den Teufel mal nicht gleich an die Wand. Es gibt gute Suppen, Mehlspeisen, ab und an Schweine- oder Lammfleisch mit Kartoffeln. Leider kaum Gemüse. Wächst ja um die Zeit noch nicht so viel. Also bleibt der Küche ja nur noch der Griff in die Konserven«, erklärte sie.

Inge probierte davon. Es schmeckte.

»Na, sehen Sie. Essbar und vor allem nahrhaft.«

»Verraten Sie mir, wie man es hier schafft, nicht die Nerven zu verlieren?«, fragte Inge, denn Marie-Louises schienen aus dickem Draht zu bestehen.

»Hab schöne und weniger schöne Zeiten in Russland erlebt. Man muss stets versuchen, das Gute im Auge zu behalten. Und sich an die schönen Dinge zu erinnern. Daran findet man Halt«, gestand Marie-Louise.

»Schöne? Hier?« Inge fiel es schwer, dies zu glauben.

»Im Moment ist es doch nicht einmal so schlecht. Wenigstens geht die Heizung wieder. Wir haben frisches Wasser und funktionierende sanitäre Anlagen. Ich sage nur Winter zweiundvierzig. Dagegen sind wir im Moment eher unterbelegt, aber darüber sollten wir beim Essen nicht sprechen. Man erinnert sich komischerweise sowieso viel länger an die schönen Tage. Letztes Frühjahr und den Sommer beispielsweise. Wir schoben Dienst wie in einem normalen Krankenhaus. Zu der Zeit waren wir auch noch in einem. Gut ausgerüstet. Die Russen sind gar nicht so rückständig, wie ihnen nachgesagt wird. Jedenfalls nicht in Charkow. Wir haben sogar Ausflüge aufs Land gemacht. Es ist traumhaft schön hier. Picknick auf der Wiese oder an einem der vielen Seen«, schwärmte sie.

Das klang wie ein Märchen. Wollte Marie-Louise sie etwa auf den Arm nehmen?

»Sie glauben mir nicht?«, wollte sie sich prompt vergewissern.

»Das fällt mir offen gestanden schwer.«

Marie-Louise legte ihren Löffel beiseite, zog ein Etui aus der Seitentasche ihrer Uniform und klappte es auf. Darin befanden sich Schwarz-Weiß-Fotografien. »Hab sie immer bei mir. Wenn ich nicht mehr kann, dann schau ich da rein. Das macht mir klar, dass auf schlimme Zeiten auch bessere folgen. Das hätte ich mir im Winter einundvierzig, zweiundvierzig nicht im Traum vorstellen können«, sagte sie und reichte ihr das Etui.

»Das in der Mitte bin ich. Daneben Gertraud und der hübsche Kerl da heißt Paul. Panzerdivision. Das war letzten Sommer.«

Inge konnte Marie-Louises Schwärmereien bezüglich ihrer männlichen Begleitung nur beipflichten. Dieser deutsche Soldat sah ausgesprochen attraktiv aus. Er in Badehose und sie in einem Badeanzug. Fast wie in einer Modenschau. War der vielleicht gut gebaut!

»Hab mich in ihn verliebt. Jetzt ist er wieder an der Front, aber in Frankreich. Wenn ihn die Partisanen nicht erwischen, sehen wir uns mit etwas Glück wieder«, sagte sie mit melancholisch verklärtem Augenaufschlag und seufzte. Wie schrecklich musste es für Marie-Louise sein, in dieser Ungewissheit zu leben, ob sie diesen Mann jemals wiedersah.

Inge starrte noch immer auf die Fotos. Blühende Wiesen, strahlende Gesichter, auch auf dem zweiten. Da stand Marie-Louise mit ihrem Geliebten auf einem Hügel mit Blick auf die hiesige malerische Landschaft und paffte genüsslich eine Zigarette.

»Man muss sich im Leben nehmen, was es einem bietet. Das haben wir gemacht. Damals gab's sogar Pakete mit Zigaretten und Schokolade, doch dann kam dieser verdammte Winter. Wir mussten raus aus Charkow. Alles, bloß kein Landlazarett, das sage ich Ihnen. Als ob der liebe Gott auf der Seite der Russen wäre.«

»Kann er überhaupt auf irgendeiner Seite sein?« Daheim in Nürnberg hätte Inge so eine Frage sicherlich nicht im Beisein von Dritten geäußert. Ihr Vater hatte sie diesbezüglich oft genug zur Vorsicht angehalten. Hier, in der Realität, konnte sich niemand dem Grauen des Krieges entziehen. Das legitimierte ein offenes Gespräch.

Marie-Louise schien dies länger als vermutet zu denken zu geben.

»Mit Ausnahme von Ursula glaubt doch sowieso niemand mehr an den Endsieg. Und die Russen von hier? Irina kocht für uns schon seit zwei Jahren. Dabei ist sie doch der Feind. Ihre Tante wäscht unsere Uniformen. Es sind gute Leute. Verstehen Sie?«

Inge verstand das nur allzu gut. Dass Marie-Louise nicht in leises Flüstern verfallen war, zeichnete sie aus.

»Also wirklich Schönes konnte ich in der kurzen Zeit hier noch nicht erleben«, sagte Inge.

»Und Ihr Violinspiel?«

Inge sah Marie-Louise erstaunt an.

»Hat doch mittlerweile jeder mitbekommen. Ich finde das großartig.«

»Das stimmt wohl«, sagte Inge nachdenklich.

»Es sind aber nicht nur die schönen Erinnerungen. Die Soldaten, die herkommen ... Wir geben ihnen ein Stück Heimat. Wir werden zu ihren Müttern, die sich um die Söhne kümmern. Und wir haben schon viele vor dem sicheren Tod bewahrt«, sagte Marie-Louise in Gedanken.

Inge nickte. Auch diesbezüglich hatte die erfahrene Schwester recht.

»Es gibt aber noch etwas. Etwas viel Wichtigeres. Wir Frauen können uns beweisen. Sie sehen ja, dass Seiler, Müller und Heinemann ohne uns aufgeschmissen wären. Und auch in der Heimat erkennt man uns dafür an. Mehr kann man als Frau in der heutigen Zeit doch kaum erreichen. Und es geht um Respekt. Den erntet man daheim doch nur, wenn man den ganzen Tag an der Wiege oder am Herd steht«, fuhr Marie-Louise fort.

Inge konnte dem uneingeschränkt beipflichten. Der Eintopf schmeckte gleich noch viel besser.

»Ich bewundere Ihr Talent. Als Musikerin erntet man wohl auch gesellschaftliche Anerkennung.«

»Mir ist die der armen Kerle da unten offen gestanden lieber«, gestand Inge.

Marie-Louise lächelte gerührt. Inge hatte den Eindruck, eine neue Freundin hinzugewonnen zu haben. Eine ihrer beiden anderen Freundinnen in dieser Kompanie schneite gerade durch die Tür und hatte sie sofort im Visier.

»Hab ich vielleicht einen Kohldampf«, sagte Annemarie, als sie ihren Tisch erreichte.

Inge verschluckte sich beinahe am Eintopf, denn sie hatte augenblicklich vor ihrem inneren Auge, bei welcher Tätigkeit sie sich verausgabt hatte.

»Eintopf mit Rindfleisch. Weckt die Lebensgeister«, schwärmte Inge.

»Der einfache Soldat kriegt das nicht. Fleisch weckt Fleischeslust. Sonst schmort er noch im eigenen Saft«, witzelte Marie-Louise.

Inge hatte Mühe, nicht in schallendes Gelächter auszubrechen.

Annemarie sagte nichts darauf, lächelte nur betreten und verzog sich zur Essensausgabe, um sich von Irina auch etwas von der stärkenden Mahlzeit geben zu lassen. Inge beschloss in diesem Augenblick, Annemarie nicht darauf anzusprechen. Es wäre ihr nur peinlich und schließlich war nichts Schlimmes dabei. Hier an der Front gab es keine Moral, keine Gesetze, und hatte Marie-Louise nicht eben gesagt, dass man mitnehmen musste, was man bekam?

Inge schleppte sich die Stufen nach oben. Der Eintopf hatte es in sich. Fleisch in diesen Mengen, noch dazu vom Rind, machte müde. Füße wie Blei. Vom Dienst geschafft. Annemarie schien es nicht anders zu ergehen. Sie gähnte beinahe nach jeder dritten Stufe.

»Ich fühl mich so, als könnte ich 'ne Woche durchschlafen. Und wenn wir von Bomben getroffen werden«, sagte sie.

Inge konnte dem nur stumm beipflichten, zumal es draußen einfach nicht so richtig hell wurde. Es schüttete aus allen Kübeln aus einem wolkenverhangenen grauen Himmel.

»Ob Julia noch schläft? Sie hat doch Frühdienst? Oder hat sie auf das Frühstück verzichtet?«, fragte Annemarie.

Inge wunderte sich auch darüber, zumal sie nichts von geänderten Dienstzeiten wusste. Normalerweise hätte Julia ihnen in der Kantine begegnen müssen.

Sie waren nicht die Einzigen, die sich über Julias Verbleib wunderten, denn Oberschwester Ursula stand bereits an der Tür zu ihrem gemeinsamen Zimmer, klopfte an und rief ihren Namen. Dann ging sie hinein.

Inge und Annemarie tauschten Blicke.

Oberschwester Ursula kam gleich wieder heraus und lief Inge und Annemarie geradewegs in die Arme, als sie ihr Zimmer erreichten.

»Haben Sie Schwester Julia gesehen? Sie hat doch Dienst.« Ursula ging sie regelrecht an, als ob sie für Julias Fehlen verantwortlich wären.

»Nein. Ist sie denn nicht unten?«, erwiderte Inge.

»Wäre ich sonst hier?«, fragte ihr Gegenüber.

»Sie kann doch nicht einfach verschwunden sein«, sagte Inge mehr zu sich.

»Anscheinend ist sie das. Und zwar spurlos. Sie hat die neu gebrachten Verletzten in Empfang genommen. Mit Schwester Anna. Die hat Heinemann geholt, und als sie zurückkam, war sie weg«, eröffnete Oberschwester Ursula.

»Vielleicht ist sie ja nur auf der Toilette«, spekulierte Annemarie.

»Gleich für eine Viertelstunde? Außerdem gibt man in diesem Fall Bescheid.« In diesem Punkt musste Inge dem Drachen vom Dienst leider recht geben.

»Und wer soll jetzt für sie einspringen? Ein ganzer Transporter mit Schwerverwundeten muss versorgt werden. Kam aus Kursk«, fuhr Oberschwester Ursula fort.

Inge stutzte. »Aus Kursk?«

»Das sagte ich doch.« Daraufhin musterte Oberschwester Ursula sie argwöhnisch.

»Ich werde sie suchen«, versprach Inge.

»Gut, tun Sie das. Ich habe dafür sowieso keine Zeit. Am besten, ich organisiere gleich Ersatz. Und wenn Sie sie finden, dann sagen Sie ihr, dass sie sich bei mir im Dienstzimmer melden soll«, sagte die Oberschwester, machte auf dem Absatz kehrt und eilte zum Treppenhaus.

Annemarie sah ihr verschlafen hinterher. Anscheinend machte sie sich im Gegensatz zu Inge keine allzu großen Sorgen um Julias Verbleib.

»Julias Mann. Der soll doch nach Kursk versetzt worden sein«, erinnerte sie Annemarie, bei der dann auch der Groschen zu fallen schien.

»Du meinst, er ist vorhin aus Kursk angekommen und die beiden sind jetzt auf und davon?«, mutmaßte Annemarie.

»Wie soll das denn gehen? Du hast doch gehört, was die Alte gesagt hat. Schwerverwundete«, gab Inge zu bedenken.

Annemarie nickte einsichtig. »Wirst sehen. Sie taucht schon wieder auf«, beschwichtigte sie und gähnte erneut so herzhaft und ansteckend, dass Inge schon für einen Moment überlegte, ihr Vorhaben, Julia ausfindig zu machen, aufzugeben.

»Leg dich hin. Ich gehe noch einmal runter«, sagte Inge.

Annemarie nickte dankbar und trottete in ihr Zimmer.

Auf dem Weg nach unten überlegte Inge, was Julias Verschwinden um alles in der Welt mit dem Transporter aus Kursk zu tun haben konnte. Am Ende war der Fahrer des Transporters ihr Mann gewesen und sie desertierten tatsächlich. Möglich war in diesen Zeiten alles. Sie nahm sich vor, Schwester Anna, die Sanitäter und Neuankömmlinge zu befragen, sofern sie bei Bewusstsein waren. Sie mussten Julia ja zuletzt gesehen haben.

Wie Inge es sich dachte, lagen die frisch eingelieferten Soldaten noch im vorderen Bereich des Kellers gleich hinter dem Stahltor auf Strohballen und Pritschen gebettet. Auf den ersten Blick schien keiner der Männer ansprechbar zu sein. Vermutlich würden nur wenige überhaupt noch operiert werden. Einer der Sanitäter, ein noch recht junger Mann, den sie bisher nur ein- oder zweimal gesehen hatte, kam ihr entgegen. Er hatte eine Liste in der Hand. Die ließen sie sich immer abzeichnen. Darauf standen alle Namen der Soldaten, auch die Anzahl der Unbekannten und woher sie kamen, doch bevor sie sich diese Liste geben ließ, galt es, die Umstände von Julias Verschwinden genauer zu klären.

»Entschuldigen Sie bitte. Wissen Sie zufällig, wo Schwester Julia ist? Sie hat die Soldaten doch gemeinsam mit Schwester Anna in Empfang genommen«, wollte sie von ihm wissen.

»Die war plötzlich weg. Ich habe im Dienstzimmer auf Schwester Anna gewartet und als ich zurückkam, war sie verschwunden«, erklärte er. So weit wusste Inge das ja bereits von Oberschwester Ursula.

»Hat sie mit jemandem gesprochen?«

»Mit wem denn? Sind doch schon alle halb tot. Höchstens mit dem da. Doktor Seiler hat ihn sich vorhin kurz angesehen.« Er deutete auf einen Soldaten mit schütterem Haar, der einen von der Schläfe bis zur Wange blutgetränkten Kopfverband trug. Inge hatte ihn zunächst gar nicht bemerkt, weil er nicht im Eingangsbereich saß, sondern auf der Stuhlreihe neben dem Ärztezimmer.

Inge bedankte sich bei dem Sanitäter und ging sofort zu besagtem Soldaten. Immerhin saß er aufrecht auf einem der Stühle. Der Mann massierte sich mit schmerzverzerrtem Gesicht die Schläfen, als sie ihn erreichte. Ein sicherer Kandidat für *oben* und sicherlich in der Lage, zu sprechen.

»Ich bin Schwester Inge. Ich suche meine Kollegin, Schwester Julia. Die jüngere der beiden Schwestern, die sie aufgenommen haben. Haben Sie sie gesehen?«

Er nickte betreten, was Inge überraschte.

»Ja?«, hakte sie nach.

Er musterte sie für einen Moment schweigend, bevor er dann doch seinen Mund aufbrachte.

»Es tut mir so leid. Aber ich musste es ihr doch sagen«, säuselte er.

»Was mussten Sie Schwester Julia sagen? Worüber haben Sie denn mit ihr geredet?«

»Sie hat mich auf meine Einheit angesprochen und wollte wissen, ob ich einen Thilo kenne. Sie hat ihn mir genau beschrieben.«

»Und Sie kennen ihn?«

Der Soldat nickte betrübt. »Ich hab ihr erzählt, dass er ruhmreich gefallen sei. Das tut man doch. Ruhmreich muss es doch sein.«

Inge brauchte einen Moment, um diese Nachricht zu verdauen. »Wie ist er gestorben?«, fragte sie dann.

»Granatsplitter. Wir haben ihn erst Stunden später gefunden. War schon verblutet. Er war ein guter Kamerad.«

»Und Schwester Julia? Haben Sie es ihr so erzählt wie mir eben? Wie hat sie reagiert?«

»Nein. Ruhmreich gefallen. Sonst nichts. Sie ist einfach rausgegangen. Thilo war vermutlich ihr Freund, nehme ich an.«

»Er war ihr Mann.«

Inge konnte dem jungen Soldaten ansehen, dass ihm das sehr nahe ging.

»Wohin genau ist sie gegangen? Hat sie das Gebäude verlassen?«

»Sie ist raus ins Freie. Musste wahrscheinlich an die frische Luft. An der wäre ich jetzt auch gern. Stinkt ja bestialisch hier. Besser patschnass als dieser Gestank.«

»Ich danke Ihnen. Und falls Sie Julia noch einmal begegnen, erzählen Sie ihr nicht von den Umständen seines Todes. Versprechen Sie mir das«, forderte sie ihn auf.

Er nickte. Inge machte auf dem Absatz kehrt.

»Und was wird jetzt aus mir? Dauert es noch lange? Mein Ohr ist halb abgetrennt.«

Inges Gedanken überschlugen sich. Sie ging gar nicht mehr auf seinen Zuruf ein, sondern eilte nach draußen. Oberschwester Ursula begegnete ihr auf dem Gang. Sie ließ sie unverrichteter Dinge stehen, rannte die Treppen nach oben und riss die Eingangstür auf. Dann lief sie hinaus in den strömenden Regen, geradewegs zum Tor und einer der Wachen entgegen.

»Ist vorhin eine der jungen Schwestern aus dem Gebäude gekommen? Haben Sie Schwester Julia gesehen?«

»Nein, aber wir haben ja eher die Straße im Blick«, gab der Uniformierte ihr zu verstehen. An den Wachtposten konnte Julia also nicht vorbeigekommen sein. Wahrscheinlich war sie noch auf dem Gelände. Eine andere Möglichkeit gab es nicht. Vermutlich war sie im hinteren Bereich des Grundstücks, dort wo sie sich die Füße vertreten durften, wenn ihnen nach frischer Luft war.

Während Inge auf dem gepflasterten Weg, der am Haus entlangführte, nach hinten ging, versuchte sie sich auszumalen, was in Julia nun wohl vorging. Die Nachricht musste sie bis ins

Mark getroffen haben. Ihr Thilo. Tot. Nur seinetwegen hatte sie sich doch hierher versetzen lassen.

Bis Inge das Ende des Wegs erreicht hatte, war sie nass bis auf die Knochen. Sie bog um die Ecke und dann sah Inge sie. Julia saß pudelnass mit dem Rücken an ein Eisenfass gelehnt auf dem Boden, die Beine an den Körper gezogen, die Arme darum herumgeschlungen.

»Julia!«, rief sie ihr zu.

Sie regte sich nicht.

Inge lief, so schnell sie konnte, zu ihr und packte sie am Arm. »Du musst aufstehen, Julia. Hörst du. Du holst dir sonst den Tod hier draußen.«

Julia reagierte immer noch nicht. Wie ein schlaffer Sack ließ sie sich zurückfallen. Sie bibberte vor Kälte und klapperte mit den Zähnen.

»Ich weiß, was passiert ist. Dein Thilo ist tot, aber glaubst du, er würde sich wünschen, dass du auch noch stirbst?«

Julia wandte sich ihr endlich zu. Inge blickte in ein schneeweißes Gesicht, auf dem sich Julias Tränen mit dem Regen vermischten.

Inge packte sie diesmal resoluter am Arm. Sie war schwer wie Blei, doch Inge war das egal. Sie schwor sich, Julia zurückzubringen.

»Hör mir zu, Julia! Ich hab mit seinem Kameraden gesprochen. Er hat nicht gelitten. Ein Heckenschütze. Er hat nicht einmal mitbekommen, dass er stirbt. Er hat nicht gelitten. Hörst du.«

»Nicht gelitten.« Julia wiederholte es wie ein stilles Gebet.

»Du musst mit reinkommen. Du hast ihn doch geliebt, oder?«

Julia zitterte so heftig, dass Inge hoffte, Julias ruckartige Kopfbewegungen richtig als Nicken interpretiert zu haben.

»Dann musst du jetzt stark sein. Für ihn. Damit sein Tod nicht umsonst ist.«

»Mein Thilo«, schluchzte sie, als Inge den eiskalten Körper endlich in eine aufrechte Position gezerrt hatte. Dann brach Julia in Inges Armen in Tränen aus. Inge wusste, dass sie nun mit ihr zurückgehen würde. Hoffentlich schnell, denn Inge spürte die Kälte bereits bis in die Knochen kriechen.

Wie mumifiziert lag Julia nun da. Eingewickelt in gleich zwei Decken schlief sie tief und fest. Sie hatte erst aufgehört, wie Espenlaub zu zittern, nachdem Annemarie eine Kanne heißen Tee für sie aus der Kantine geholt und ihn ihr mit Engelsgeduld eingeflößt hatte. Das war nicht einfach gewesen, wenn jemand einerseits nicht einmal mehr den Kopf ruhig halten konnte, andererseits anscheinend vergessen hatte, wie man Flüssigkeit herunterschluckt. Inge konnte es Julia nicht verübeln. Der Verlust eines geliebten Menschen war ja schon schlimm genug, doch in ihrem Fall kam ja noch mit hinzu, dass sie keine noch so großen Mühen gescheut hatte, um ihren Thilo zu finden. Die Hoffnung, ihn wiederzusehen, war ihr einziger Halt gewesen. Wie groß musste der Schock nun für sie sein.

»Meinst du, sie fängt sich wieder?«, fragte Annemarie im Flüsterton, die genau wie Inge an ihrem Bett saß und ebenfalls versucht hatte, mit ihr zu reden, sie zu trösten, auch wenn dies ein äußerst schwieriges Unterfangen war. Womit sollte man eine Frau in ihrer Situation denn trösten? Dass sie zumindest nicht allein war, jederzeit mit ihnen reden konnte? Und das mitten in der Kriegshölle Charkows? Natürlich war es viel wert, zumindest zwei fürsorgliche Freundinnen an seiner Seite zu wissen, doch Inge war sich immer noch nicht sicher, ob Julia überhaupt etwas von dem mitbekommen hatte, was sie ihr gesagt hatten. Wahrscheinlich nicht. Wer selbst die Aufforderung, sich zu entkleiden, ignorierte und mit abwesendem Blick ins Leere starrte, der bekam vermutlich so gut wie gar nichts mehr mit.

»Sie sollte nach Hause fahren. Ich glaube, Julia packt das nicht mehr«, sagte Annemarie.

»Du meinst, sich auf die Verordnung beziehen? Weil ihr Mann gefallen ist?«

»Dazu braucht sie nur eine Bescheinigung«, bestätigte Annemarie.

»Wenn es ihr bis heute Abend nicht besser geht, werde ich mit Heinemann oder Seiler sprechen. Sie hat einen schweren Schock. Hast du ihre Pupillen gesehen?«

Annemarie nickte.

»Die Oberschwester weiß Bescheid?«

»Ich hab ihr gesagt, was passiert ist. Immerhin ist sie vom Dienst entschuldigt.«

»Hat sie sonst noch etwas gesagt?«, wollte Inge wissen.

»Tragisch. Es sei tragisch.«

»Warum Julia hier ist …«

»Wo denkst du hin? Kein Wort darüber. Ein dummer Zufall, dass Julia von seinem Tod erfahren hat, weiter nichts. Ursula hat auch nicht weiter nachgefragt.« Annemarie musterte Inge für eine Weile mit besorgtem Blick. »Du solltest dich auch hinlegen«, legte sie Inge nahe.

»Meinst du, ich krieg ein Auge zu? Unter diesen Umständen?«

Annemarie nickte verständnisvoll, woraufhin Inge sich erhob und ihren Violinenkasten aus dem Schrank holte.

»Du willst jetzt noch spielen?«

»Es wird mir niemand einen Vorwurf machen, wenn ich heute eine Stunde später dran bin.«

»Das mein ich nicht. Du bist auch schon bleich wie die Wand.«

»Es tut mir gut«, entgegnete Inge trotzig und ging mit der Gewissheit aus dem Zimmer, dass Julia bei Annemarie in guten Händen war. Mehr als ihr noch etwas Tee aus der Thermoskanne anzubieten, wenn sie wach wurde, und mit ihr zu sprechen, konnte man momentan sowieso nicht für sie tun.

Während Inge den Gang entlangging, überlegte sie sich, wie sie reagieren würde, wenn sie erfuhr, dass ihr Vater bei einem Bombenangriff ums Leben gekommen sei. Niemand informierte sie darüber, wie es an der heimatlichen Front stand. Ihr Brief war unbeantwortet geblieben. Ob Nürnberg erneut im Visier der Engländer war? Inge versuchte, den Gedanken zu verdrängen, was angesichts des Lärms im Treppenhaus und des Stimmengewirrs ein Leichtes war. Neuankömmlinge. Inge kannte den mehrstimmigen Kanon aus Wehklagen, Schreien und Anweisungen seitens der Sanitäter und Schwestern bereits, doch eine Männerstimme stach plötzlich heraus.

»Er ist Offizier. Wenn Sie ihn nicht sofort drannehmen, wird er sterben.« Der Mann schrie so laut, dass seine Stimme alles übertönte und im Gewölbe hallte.

»Das entscheiden nicht wir.« Diese Stimme kam ihr bekannt vor. Es war die einer der Sanitäter.

Inge erreichte die letzten Treppenstufen und machte sich sofort ein Bild. Es ging anscheinend um einen Schwerverwundeten, neben dem der Schreihals stand – ein Offizier mit grau melierten Schläfen und Rangabzeichen auf der Uniform, die Inge einem der höheren militärischen Ränge zuordnete.

»Sie holen jetzt sofort den Oberstabsarzt. Hier gibt es doch einen«, blaffte der Offizier ihn an. Sein Oberarm wies eine Schussverletzung auf und war an der Einschussstelle blutverkrustet. Vermutlich nur ein Streifschuss. Darauf deutete der abstehende Stofffetzen am Ärmel seiner Uniform jedenfalls hin. Und wer so herumbrüllen konnte, um den musste man sich sowieso keine Sorgen machen. Um den Mann, der am Boden lag, schon. Inge hatte mittlerweile genug Erfahrungen gesammelt, um auf einen Blick zu erkennen, dass er wahrscheinlich ein Fall für die Nische war.

»Ich sagte Ihnen doch bereits ...« Der Sanitäter versuchte erneut, es ihm zu erklären – vergeblich, denn der Offizier fackelte nicht lange und packte den Sanitäter am Kragen. Er schäumte vor Wut und drückte den Mann brutal gegen die Wand.

»Jetzt ist aber Schluss!« Inge ging beherzt und mit schneidender Stimme dazwischen.

Sofort ließ der Offizier von ihm ab. Er sah Inge völlig entgeistert an. Vermutlich war ihn eine Frau noch nie so heftig angegangen.

»Wir kümmern uns um alle, doch mit Verlaub, die Reihenfolge der Behandlung obliegt dem medizinischen Personal. Je nach Schwere der Verletzung und den Möglichkeiten, die wir haben«, versuchte sie, ihm klarzumachen.

»Jetzt muss man sich als Offizier schon von einer Schwester etwas sagen lassen. Ich wünsche, sofort den Oberstabsarzt zu sprechen.« Er gab keine Ruhe.

»Ich werde sehen, was sich machen lässt, aber ich möchte Ihnen keine allzu großen Hoffnungen machen. Unsere Ärzte sind rund um die Uhr am Retten, was zu retten ist«, sagte sie.

»Sie hat recht. Und jetzt gehen Sie uns aus dem Weg, damit die Sanitäter ihre Arbeit machen können.« Inge vernahm die eiserne Stimme von Oberschwester Ursula, die gerade die Treppe vom Keller heraufgekommen war.

»Noch so eine Schwester. Gibt es hier keinen gottverdammten Arzt?«

»Es reicht. Benachrichtigen Sie die Wache«, wies sie einen der Sanitäter an.

Der Offizier fror förmlich ein und bebte sichtlich vor Wut. »Haben Sie nicht gehört, was ich gesagt habe? Ich will den diensthabenden Arzt sprechen.«

Der Sanitäter scherte sich nicht darum und setzte sich in Richtung Ausgang in Bewegung. Er kam aber nicht weit, weil ihn der Schreihals an der Schulter packte und herumriss. Schon fing der Sanitäter sich einen Hieb gegen seinen Brustkorb ein. Ein zweiter Sanitäter eilte ihm zu Hilfe. Schwester Ursula wich zurück und lief dann zum Ausgang. Ein dritter Sanitäter warf sich auf den Aggressor, der wie von Sinnen um sich schlug und anscheinend im Nahkampf erfahren war. Einer der drei Sanitäter ging sofort nach einem gezielten Kinnhaken zu Boden und blieb benommen liegen. Gottlob hatte er sich gerade noch im Fall drehen können, sodass er nicht auf einem der Schwerverwundeten gelandet war, was dessen sicherer Tod gewesen wäre.

Inge stellte ihren Geigenkasten auf einer der Stufen ab und versuchte, sicherheitshalber die Pritschen von dem Geschehen wegzuziehen. Es gelang mit größter Mühe. Einer der Verwundeten lag nun auf der anderen Seite im kleinen Gang, der zur Kantine führte. Als Inge sich daranmachte, den zweiten Soldaten in Sicherheit zu bringen, fing sich der nächste Sanitäter einen Kinnhaken ein und geriet ins Taumeln. Sein Kollege attackierte den Offizier erneut. Das gab dem anderen Sanitäter die Gelegenheit, abermals festen Boden unter den Füßen zu finden. Auch der dritte Sanitäter, den der Offizier zuerst niedergestreckt hatte, kam wieder auf die Beine.

Inge verharrte regungslos auf der anderen Seite, um nicht auch noch einen Schlag abzubekommen, denn nun gingen die drei gleichzeitig auf den Tobenden los. Sie warfen sich mit voller Wucht auf ihn. Inge blieb vor Schreck fast das Herz stehen, denn sie musste mitansehen, dass sowohl der Offizier als auch einer der Sanitäter zu Boden gingen. Neben der Treppe, wo ihr Geigenkasten stand. Der Offizier versuchte vergeblich, im

Fallen noch das Treppengeländer zu fassen zu kriegen, und fiel mit voller Wucht gegen die letzten Treppenstufen. Inge hörte das Holz ihres Violinenkastens unter dem Gewicht des Mannes bersten. Er blieb benommen auf der Treppe liegen und begrub ihr Instrument unter sich. Der Sanitäter, der mit ihm zu Boden gegangen war, richtete sich auf, als Oberschwester Ursula in Begleitung zweier Wachen zurückkam. Sie eilten zu dem Offizier, halfen ihm hoch und führten ihn ohne Gegenwehr oder weitere Protestrufe mit sanfter Gewalt nach draußen. Der Mann konnte sich ohne fremde Hilfe sowieso nicht mehr auf den Beinen halten.

Inge lief zur Treppe und besah sich das Malheur. Der Kasten war zertrümmert. Er ließ sich nur noch mit brachialer Gewalt öffnen. Darin lag ihre in der Mitte entzweigebrochene Violine. Inge ließ sich kraftlos auf die Treppe sinken und hielt die zwei Teile ihres Instruments hilflos in ihren Händen.

»Tut mir leid«, sagte der Sanitäter, der sich auf den Offizier geworfen hatte.

Inge nickte niedergeschlagen. Der Mann konnte ja nichts dafür. Niemand konnte für irgendetwas in diesem verdammten Krieg. Die Violine ließ sich nicht mehr reparieren. Das war Inge klar. Darauf konnte sie nie wieder spielen, weder für sich noch für die Menschen, die kaum noch Hoffnung hatten. Es fühlte sich so an, als müsste sie sich fortan auch dieser Hoffnungslosigkeit fügen.

»Nun können Sie nicht mehr spielen. Nun ja, wir haben sowieso genug Arbeit«, stellte Schwester Ursula lakonisch fest.

Inge blickte zu ihr hoch und glaubte in ihren Augen Schadenfreude zu lesen, und Genugtuung. Inge schlug die Hände vors Gesicht und versuchte, ihre Tränen im Zaum zu halten. Dem Drachen gönnte sie es nicht, sie in diesem Zustand zu sehen. In diesem Moment wünschte sie diese Frau in die Hölle.

Kapitel 8

Drei Monate – wie ein Wimpernschlag. Drei Monate Schreie, Klagen, Beten, Trösten, Mut zusprechen – fromme Lügen, dass sie wieder gesund würden. Drei Monate lang operieren, amputieren, verbinden, über Leben und Tod entscheiden, Morphium verabreichen, sterben lassen. An manchen Tagen nicht einmal mehr Zeit, alle mit guten Aussichten zu operieren. Immer mehr Verwundete, ganze Wagenladungen. Schüsse und Granatsplitter. Aussichtslos. An manchen Tagen nicht genug Narkosemittel. Von Schmerz gezeichnete Gesichter. Heinemann schafft es nur noch mit Aufputschmitteln. Kaum noch Rücktransporte ins Reich. Heimatlazarette überfüllt. Verbandsmaterial seit Ende April knapp. Morphium ist der Heilsbringer. Jetzt wieder genug da. Im Mai nur noch Papierbinden vorhanden. Die lassen mehr rein, als sie draußen lassen. Bis jetzt kein einziges Buch gelesen. Im Mai 22-Stunden-Schichten. Steril arbeiten ist Luxus. Muss alles schnell gehen. Hoffen, dass wenigstens die Kernseife reicht. Sie muss reichen. Stromausfälle Ende April, im Mai und im Juni. Bei Kerzenlicht operiert. Klemmen falsch gesetzt, Schnitte gingen daneben. Übermüdung. Noch einer für die Nische. Nur noch drei Gummischürzen ohne Risse. Die sind für die Ärzte. War gestern froh, dass einer tot war. Die Pritsche wurde frei. Nur mal kurz hinlegen. Nur eine Viertelstunde schlafen. Schäbig gefühlt, so etwas zu denken. Annemarie hat das Kruzifix in unserem Zimmer angespuckt. Kann es ihr nicht verübeln. Der Frühling und der Krieg passen nicht zusammen. Die Natur beginnt zu leben. Der Mensch stirbt. Nur einmal die Umgebung erkundet. Mit Annemarie und Marie-Louise. Mit zwei Wachen und Irina. Sie weiß, wo es sicher ist. Haben Wein getrunken und Kekse aus der Heimat gegessen. Sind jetzt per Du, Marie-Louise und ich. Mag sie sehr. Ein Leben zwischen Zimmer, Kantine und Keller. Draußen singen die Vögel. Auf dem Gelände wächst Löwenzahn. Irina baut dort Kräuter an und Gemüse. Weniger Konserven. Haben Kartoffeln aus eigener Ernte. Frische Luft. Bei offenem Fenster schlafen. Macht viel aus. Julia ist nicht mit dem Tod ihres Thilo fertig geworden. Hätte doch zurück in die Heimat gehen können. Wir hören Schlimmes aus dem Reich. Bomben fallen vom Himmel. Noch mehr Soldaten sollen kommen. Werden immer jünger. Hören, dass sie die Russen einkesseln wollen. Noch mehr Kanonenfutter. Noch mehr Arbeit. Wenn ich doch wenigstens noch meine Violine hätte! Hab die Trümmer weggeschmissen. Hätte es nicht mehr ertragen, sie zu sehen. War wie jemanden zu Grabe zu tragen.

Inge bemerkte, dass ihre Handschrift kaum noch leserlich war. Sie hatte auch das Gefühl, schlechter zu sehen. Lag das daran, dass sie die meiste Zeit im Licht von grellen Glühbirnen arbeiten musste, oder einfach nur an chronischer Übermüdung? Selbst diese zwei Möglichkeiten abzuwägen, fiel ihr schwer. Sie schob das Blatt Papier zur Seite und fragte sich, ob es überhaupt einen Sinn hatte, all diese Gedanken zu Papier zu bringen, eine Stoffsammlung, um daraus irgendwann, wenn sie Ruhe hatte und bei klarem Verstand war, einen anständigen Brief an ihren Vater zu verfassen. Marie-Louise hatte zweimal Post von ihrer Schwester aus Berlin bekommen. Schwester Erika von ihrem Onkel aus Hamburg. Beide hatten ein bis zwei Monate auf Antwort warten müssen. Inges mittlerweile drei Briefe an ihren

Vater waren bislang alle unbeantwortet geblieben. Sie besah sich ihre Kritzeleien, nahm sie an sich und verstaute sie schließlich in einer Holzkiste, in der sie persönliche Dinge aufbewahrte. Dazu gehörten auch Geschenke von Soldaten. Eine Münze, ein Rosenkranz aus Holzperlen und ein geschnitzter Elefant. An dem hing sie besonders, und das nicht nur, weil er sie an Afrika erinnerte, sondern die handgroße Schnitzerei von einem genesenen Unteroffizier, seines Zeichens ein gelernter Tischler, gefertigt worden war. Er hatte ihn ihr Anfang Mai zum Dank für ihr wunderschönes Spiel kurz vor seiner Abreise ins Hauptlazarett unbedingt schenken wollen. Das hatte Inge klargemacht, wie wichtig es war, sich wenigstens einige Minuten Zeit zu nehmen, um vor einer Operation ein paar Worte mit den Verwundeten zu wechseln. Dem Tischler hatte sie versprechen müssen, einen Brief an seine Frau im Falle seines Ablebens erst abzuschicken, wenn sichergestellt war, dass Post auch ankam. Darin war angeblich gestanden, wie sehr er sie liebte. Den Brief hatte Inge nicht abschicken müssen, denn wie durch ein Wunder war er durchgekommen. Fortan um eine Niere ärmer, doch als Kriegsversehrter wieder zurück in der Heimat bei seiner Frau.

Inge legte ihre Gedankensammlung fein säuberlich gefaltet darunter und besah sich den Rosenkranz. Sie erinnerte sich genau an die Worte des Mannes, der fortan im Rollstuhl sitzen würde. »Er stammt aus Rom. Vom Papst höchstpersönlich gesegnet. Er möge Ihnen mehr Glück bringen als mir.« Glück. Es war wohl relativ und hing vom Auge des Betrachters ab. Inge seufzte und wie schon so oft in den letzten Wochen sagte sie sich, dass sie alle letztlich froh sein konnten, noch am Leben zu sein. Den Frühsommer zu erleben. In so schwierigen Zeiten munterten ein blauer Himmel oder Pusteblumen, die auf dem Rasen vor dem Schulgebäude blühten, auf. Inge nahm den Rosenkranz an sich und sprach ein stilles Gebet für Julia. Die starke Julia. Ein Opfer der Liebe. Hat nicht geschrien vor Schmerz wie die Männer an der Front. Und doch musste der Schmerz sie schier innerlich zerrissen haben. Sie hatte ihn betäubt, wie sie hier alle Soldaten betäubten, für die es keine Hoffnung mehr gab. Morphium. Ein Fahrschein in die Erlösung. Am neunten Mai. Auf den Tag genau schon wieder zwei Monate her. Inge blickte auf das Etagenbett, das unten nur noch als Ablagefläche für Kleidungsstücke diente, wenn sie todmüde aus der Schicht kamen und nicht einmal mehr die Kraft hatten, ihre Sachen ordentlich zusammenzulegen. Annemarie schlief noch immer oben, denn unten hatten sie Julia tot aufgefunden. Annemarie brachte es nicht fertig, sich dort hineinzulegen. Inge seufzte, legte den Rosenkranz zurück und beschloss, die wenigen Stunden, die ihr bis Dienstbeginn noch blieben, draußen im Kräutergarten zu verbringen. Dort war immer etwas zu tun. Seit Anfang Mai verfügte er über eine Holzbank und dank zweier handwerklich begabter Sanitäter sogar aus Paletten gezimmerte Sitzgelegenheiten. Dort tauschte man sich aus. Dort rauchten die Ärzte eilig eine Zigarette. Die ausladende Krone eines Nussbaums verdeckte die stacheldrahtgesäumte Mauer. Ein Stück normale Welt inmitten eines Areals, das der Tod gepachtet hatte. Der Kräutergarten war ein Zufluchtsort für die Seele. Genau danach war Inge jetzt.

Irinas Deutsch war mittlerweile beachtlich. Sie war wissbegierig und nicht nur in der Küche begabt. Von sich selbst glaubte sie das allerdings nicht. Sie schob ihr Interesse für Inges Muttersprache auf das deutsche Blut in ihren Adern, weil ihr Vater aus Ostpreußen stammte. Disziplin und Ehrgeiz hätte sie von ihm geerbt. Man sagte den Deutschen diese beiden Eigenschaften ja nach. Irina war es auch, die ihr immer, wenn sie sich im Kräutergarten begegneten, von ihrer Heimat erzählte. Es gab ihrer Meinung nach nicht *den* Russen. Das sei anders als bei einem Deutschen, Franzosen oder Engländer mit durchaus nationalitätstypischen Eigenschaften. Ein Vielvölkerstaat sei es und untereinander zerstritten seien die darin lebenden Menschen obendrein. Je mehr Inge von Russland erfuhr, desto absurder erschien ihr das Bild des Feindes, das ihnen in der Heimat vermittelt wurde. *Der Russe!* Inge hatte noch immer vor Augen, wie sehr Irina sich darüber amüsiert hatte, dass man Deutschen erzählte, sie würden Säuglinge schlachten und verspeisen. Inge mochte die Russin deshalb besonders gerne, weil sie die einzige Person im Lazarett war, die wirklich herzhaft lachen konnte. Inge hatte gehofft, sie im Kräutergarten anzutreffen, und wie nicht anders zu erwarten war, begrüßte Irina sie mit einem einnehmenden Lächeln, während sie den Schnittlauch erntete.

»Schwester Inge. Sie sehen aus müde. Setzen auf Bank und schlafen«, verlangte sie.

»Ich kann Ihnen zur Hand gehen«, schlug Inge vor.

»Zur Hand?«, fragte Irina nach.

»Helfen.«

»Nicht helfen. Auf Bank setzen und ausruhen«, wies Irina sie an. Inge leistete keinen Widerstand, nahm Platz und genoss die Wärme auf der Haut mit geschlossenen Augen. Die Anspannung wich augenblicklich von ihr. Wie gut das tat! Dass sie nicht zum Schlafen kommen würde, wusste Inge, denn Irina war von Natur aus sehr gesprächig und hatte in der Kantine kaum Gelegenheit für einen Plausch. Außerdem wurde es ja nicht gern gesehen, wenn Schwestern sich mit den einheimischen Hilfskräften unterhielten.

»Wie geht Annemarie?«, wollte sie wissen.

»Mal so, mal so.«

»Schmeckt ihr Essen nicht?«

Inge verwunderte diese Frage nicht, denn Annemarie hatte vor allem in letzter Zeit ein sehr merkwürdiges Essverhalten an den Tag gelegt. Mal stopfte sie sich voll. Mal aß sie so gut wie gar nichts. Inge hatte das zunächst darauf zurückgeführt, dass sich die Kost jahreszeitbedingt abwechslungsreicher gestaltet hatte, doch plötzlich nur noch Gemüse und am liebsten eingelegte Gurken zu essen, fiel natürlich auch Irina auf. Dazu kamen Schwindelanfälle, die bei Annemaries ansonsten robustem Zustand besorgniserregend waren. Schließlich arbeitete sie nach wie vor oben, was weniger kräfteraubend war.

»Jedem schmeckt dein Essen. Vor allem dein Eintopf«, rief sie ihr zu.

Irina lachte, denn sie wusste genau, dass die Ernährung in den letzten Monaten mangels Versorgung mit frischen Lebensmitteln nicht besonders abwechslungsreich gewesen war.

»Hat Arzt untersucht?«, fragte sie.

»Annemarie?«

»Wollte, dass Doktor Seiler sie untersucht.«

Mit der Entspannung war es nun vorbei. »Das hat sie dir erzählt?«

»Nein. Hab ich gehört. Teller abgeräumt. In Kantine. Haben gesprochen miteinander.«

Inge begann sich nun doch ernsthaft Sorgen um Annemarie zu machen. Wo steckte sie überhaupt? Inge wunderte sich, warum sie diese Frage bis vorhin nicht beschäftigt hatte, und schrieb dies der Lethargie zu, der sie wieder einmal anheimgefallen war. Wo konnte eine Schwester schon sein? Bei den Kranken und Verletzten, im Bad oder in der Kantine. Ausgang war alleine nicht möglich. Ob sie gerade bei Seiler war? Inge glaubte, sich zu erinnern, dass er heute ebenfalls frei hatte, was nur dem glücklichen Umstand zu verdanken war, dass die Ortskommandantur auf wiederholten Antrag einen zweiten Unterstabsarzt angefordert und genehmigt bekommen hatte – Doktor Röttgers, ein Mann mit Kriegslazaretterfahrung.

Inge nahm sich vor, den Rat der russischen Kräuterfee zu befolgen. Wenn man eines hier lernte, dann war es die

Fähigkeit, Gedanken für kurze Zeit beiseitezuschieben. Ein kleines Nickerchen würde ihr guttun.

Inge wachte auf, weil sie plötzlich blauen Dunst in der Nase hatte. Den Geruch kannte sie. Annemarie hatte erst kürzlich ein Päckchen Overstolz von einem deutschen Soldaten geschenkt bekommen. Diese Marke war eigenwillig parfümiert. Inge roch das Aroma dieser Zigaretten gern, auch wenn sie selbst nicht rauchte.

»Hier steckst du also«, sagte Annemarie und setzte sich zu ihr auf die Bank.

Inge richtete sich auf und streckte sich erst einmal ausgiebig, bevor sie ihr antwortete. »Und du? Warst du in der Kantine?«

Annemarie schüttelte den Kopf. Warum um alles in der Welt sah sie regelrecht verzückt aus? Ihre Freundin strahlte ja vor Glück.

»Ich war bei Seiler.«

Also hatte Irina mit ihrer Vermutung richtiggelegen. Inge erklärte sich Annemaries Gemütsverfassung mit einem guten Befund, der irgendeine Last von ihren Schultern genommen haben musste.

»Was hat er gesagt? Wahrscheinlich nur eine Magenverstimmung oder eine Unverträglichkeit. Hab ich recht? Mich wundert sowieso, dass wir uns hier nicht schon Tod und Teufel geholt haben«, sagte Inge.

»Nichts von beiden.« Annemaries Augen leuchteten und aus einem vergnüglichen Schmunzeln war breites Grinsen geworden. »Ich darf nach Hause«, juchzte sie und paffte vergnügt ein Rauchwölkchen gen Himmel.

»Aber, wenn doch mit dir alles in Ordnung ist ...«

»Mehr als das. Ach Inge, ich bin schwanger.« Jetzt war es raus. Inge war sich im Moment nicht sicher, worüber ihre Freundin sich mehr freute, dass sie ein Kind erwartete oder endlich von hier wegkam. In letzter Zeit hatte sie ihr damit allerdings nicht mehr so oft in den Ohren gelegen.

»Im wievielten Monat bist du?«

»Seiler sagt Ende des dritten«, sagte sie.

Inge begann rückwärts zu rechnen.

»Dann warst du ja schon schwanger, als wir hergefahren sind«, überlegte Inge laut.

»Nach Seilers Rechnung.«

»Was heißt hier nach Seilers Rechnung? Du musst doch wissen, von wem das Kind ist.« Inge wusste zwar, dass Annemarie den Männern nicht abgeneigt war, aber war sie tatsächlich so dumm gewesen, sich noch vor Beendigung ihrer Ausbildung ein Kind zeugen zu lassen? Angeblich war es bisher nur zu Küssen gekommen. An Annemaries Worte erinnerte Inge sich genau.

Annemaries Strahlen verlor sich. »Offiziell weiß ich es nicht«, sagte sie leise.

»Vater unbekannt?« Inge kriegte sich gar nicht mehr ein.

»So wird es wohl eines Tages in der Geburtsurkunde stehen.«

»Aber von irgendjemandem muss das Kind doch … Moment, doch nicht etwa von diesem Werner?«

»Du darfst es niemandem sagen«, beschwor sie Inge.

»Weiß er …?«

Annemarie schüttelte den Kopf.

»Hat er sich in dich verliebt?«

Ihre Freundin verneinte ihre Frage erneut.

Inge hatte sofort vor ihrem inneren Auge, wobei sie Annemarie heimlich durch das Schlüsselloch beobachtet hatte, doch wagte es nicht, sie direkt darauf anzusprechen. Ob sie wirklich eine so gute Freundin war, vor der man keine Geheimnisse hatte, würde sich zeigen.

»Er konnte sich doch kaum bewegen, der arme Kerl, und lag da ganz allein oben«, sagte Annemarie, blickte sich um und sah sogar hinauf zu den Fensterreihen, wahrscheinlich, damit ja niemand ihr Geständnis mitbekam. »Er mochte mich. Hatte Charme. Du kennst mich ja. Ich rede nicht gerne um den heißen Brei herum und mit Männern weiß ich umzugehen.«

»Davon wird man aber nicht schwanger.«

Annemarie schluckte. Es war ihr sichtlich unangenehm, weiterzusprechen. Das passte überhaupt nicht zu ihr, insofern war Inge gespannt darauf, wie das alles überhaupt hatte ablaufen können.

»Das Morphium. Er hat fantasiert und sich mit den bandagierten Armen zwischen den Beinen gerieben, als ich zur Visite kam. Da kam mir die Idee …« Annemarie geriet ins Stocken.

»Hast ihm dann etwa dabei geholfen?« Inge tat so, als ob sie das nicht bereits wüsste.

Annemarie nickte peinlicher berührt, als Inge es für möglich gehalten hätte.

»Aber wie bist du denn schwanger geworden? Davon ja wohl kaum.«

»So einfach war das nicht.«

»Ihr habt dann also miteinander geschlafen?« Inge platzte vor Neugier, was sie ihr auftischen würde, denn genau das hatten sie ja nicht, wie Inge ebenfalls wusste.

»Nein.«

Inge sah Annemarie fragend an.

»Ich hatte ein Reagenzglas dabei. Die Chancen, dass so etwas klappt, sind recht gering, aber ich hatte keine andere Wahl.«

Inge brachte zunächst keinen Ton mehr heraus. Wie nannte man das? Samenraub? Und im Morphiumrausch nichts davon mitbekommen. Unfassbar.

Annemarie fing sich überraschend schnell. »Es hat geklappt. Seiler unterschreibt mir den Antrag.«

Mit einem Schlag machte Inge sich bewusst, dass sie ihre beste Freundin verlieren würde. Erst Julia und jetzt ging Annemarie auch noch weg.

»Wann?«

»Mit dem nächsten Transporter geht's in die Heimat.«

Inge brauchte eine Weile, um sich an diesen Gedanken zu gewöhnen. »Was möchtest du denn zu Hause machen? Bist du da überhaupt sicher? Die Front ist doch schon längst auch im Reich«, wollte Inge wissen.

»Meine Tante wohnt auf dem Land an der französischen Grenze. Ich werde versuchen, bei ihr unterzukommen«, eröffnete Annemarie ihr.

»Lässt du mir ihre Adresse da? Der Krieg wird ja hoffentlich nicht ewig weitergehen.«

»Darauf kannst du Gift nehmen«, sagte Annemarie. Ein Hauch von Trübsal legte sich nun auch über Annemaries Miene. Es war tröstlich für Inge, zu wissen, dass sie sie genauso vermissen würde.

Inge hatte es sich in den letzten drei Monaten, seitdem sie hier war, angewöhnt, nicht mehr darüber nachzudenken, was sie nach Dienstbeginn erwartete. Jegliche belastende emotionale Regung, die mit den Verwundeten und ihren Schicksalen zusammenhing, konnte sie mittlerweile erfolgreich verdrängen. Manchmal ließ Inge sie ganz bewusst nicht einmal mehr zu, um den Menschen die bestmögliche Versorgung zukommen zu lassen. Da war kein Raum für Gefühle. Schnell und präzise zu arbeiten, vertrug sich nicht mit Niedergeschlagenheit. Es war aber auch eine Überlebensstrategie der Seele, um der lähmenden Schwermut zu entkommen. In einem Zustand konstanter Übermüdung fiel das Denken sowieso schwer. Ein dickes Fell musste sich hier wohl jeder zulegen. Zumindest in diesem Punkt hatte Oberschwester Ursula recht. Man funktionierte nur noch und versuchte, irgendwie durch die Schicht zu kommen. Annemaries bevorstehende Abreise hingegen belastete Inge sehr. Ihre Freundin hatte sogar schon einen Teil ihrer Habseligkeiten gepackt. Wenn alles nach Plan lief, dann könnte sie schon morgen den Transporter zurück in die Heimat nehmen. Die Gewissheit, bald allein auf ihrem Zimmer zu sein, ihre Freundin auf unbestimmte Zeit nicht mehr zu sehen, nahm Inge so sehr mit, dass sich das dicke Fell ordentlich ausdünnte. Das galt auch für Routinen wie die Beschau von Neuankömmlingen. Sieben Verwundete waren gleich nach Dienstbeginn ins Lazarett gebracht worden. Ausgerechnet heute nahm Oberschwester Ursula sich ihrer an. Sie hatte nach Inge schicken lassen, weil sie wusste, dass Inge gerade erst zur Nachtschicht angetreten und somit noch verfügbar war.

»Und? Was denken Sie, Schwester Inge?« Oberschwester Ursula hätte ihr das noch vor wenigen Wochen in einem eher abwertenden und herausfordernden Tonfall gesagt, doch anscheinend war ihr die Kraft für weitere Bosheiten ausgegangen. Sie hatte sich die Verwundeten im Eingangsbereich bereits angesehen und wartete geduldig auf Inges Meinung. Nur zwei waren überhaupt bei Bewusstsein und konnten ihren Namen sagen. Für die anderen übernahm die Dienstmarke diese Aufgabe. Und wie so oft waren diejenigen bei Bewusstsein, die in der Regel chirurgisch oder ambulant behandelbare Verletzungen aufwiesen.

»Glöckner und Schuhmacher sollten schnellstens operiert werden«, sagte Inge.

»Die anderen ... Morphin?«, wollte die Oberschwester sich wohl gemäß der hier geltenden Regeln rückversichern, nachdem sie zur Seite in den Gang, der zur Küche führte, getreten waren, sodass keiner der Soldaten ihr Gespräch mit anhören musste. Ein Hauch von Bedauern schwang in ihrer Stimme mit, was Inge ebenfalls überraschte.

»Und was ist mit dem? Kann noch warten, oder?« Inge blickte in Richtung eines Offiziers, der auf einem Holzstuhl, neben dem Eingang Platz genommen hatte. Er wirkte entkräftet und lehnte sein verbundenes Haupt gegen die Wand.

»Oberstleutnant Heinrich Preuss. Streifschuss am Ohr. Durchschuss am Arm. Nur eine Fleischwunde. Wahrscheinlich angebrochener Knöchel oder nur verrenkt.«

»Gleich stationär?«, schlug die Oberschwester vor.

Inge nickte.

»Die Sanitäter haben genug zu tun. Bringen Sie ihn nach oben? Ich kümmere mich um die anderen«, wies Oberschwester Ursula sie an.

Inge bejahte auch das und ging gleich zu ihm. Dieser Preuss hatte bis eben noch völlig in sich eingesunken Löcher in die Luft gestarrt. Nun lag sein Blick auf Inge. Stechende blaue Augen, sein dunkles Haar zu einem Scheitel gekämmt. Adrett und sogar frisch rasiert. Er schien sie zu taxieren. Es war der Blick eines Wolfs. Die Art, wie er sie ansah, verunsicherte Inge. Warum nur erweckten die meisten gehobenen Wehrmachtsoffiziere den Eindruck, als würden sie einen jeden Moment fressen? Doch kaum hatte sie ihn erreicht, löste sich in seinem Gesicht ein einnehmendes Lächeln. Wie konnte jemand so Respekt einflößend schauen und von jetzt auf gleich so viel Wärme ausstrahlen? Selbst seine Augen wirkten nicht mehr so stechend, weil sich Fältchen darum gelegt hatten und Grübchen in seine Wangen.

»Herr Oberstleutnant. Können Sie aufstehen und gehen?«, fragte sie.

»Mit wem habe ich das Vergnügen?«

Die Tatsache, dass er ihre Frage ignorierte, irritierte sie. »Entschuldigen Sie bitte. Schwester Inge«, stellte sie sich vor.

»Wie lange sind Sie schon hier?«, wollte er wissen.

»Seit Mitte April.«

Er nickte anerkennend. »Helfen Sie mir auf? Dann wird es schon gehen. Die Schulter schmerzt und von meinem Knöchel wollen wir erst gar nicht reden.«

Er hielt ihr die Hand der unverletzten Seite hin, doch was nützte das? Der Ruck würde ihm Schmerzen in die andere jagen.

»Können Sie sich etwas nach vorne beugen?«

Er folgte aufs Wort.

»Und mit dem Stuhl etwas nach vorn rutschen?«, wies sie ihn an. Auch das tat er ohne Widerrede.

Inge trat nun hinter ihn und umfasste sanft seinen Oberkörper in einer Diagonale, sodass sie die verletzte Stelle nicht berührte.

»Jetzt.«

Er erhob sich. Inge vernahm nur ein leichtes Stöhnen.

»Wir müssen ein Stockwerk nach oben. Schaffen Sie das mit Ihrem Knöchel?«

»Zur Not auf allen vieren«, sagte er und stützte sich auf ihrem Arm. »Woher kommen Sie? Die Art wie Sie das R rollen … Aus dem fränkischen Raum?« Preuss schien ein sehr neugieriges Naturell zu haben. Er war freundlich und gab sich handzahm, daher ging sie auch diesmal auf seine Frage ein.

»Sie haben ein gutes Gehör.«

»Würden Sie links von mir gehen, würde ich vermutlich gar nichts mehr hören.«

»Wie ist es passiert?«

»Ich bin meinen Kameraden zu Hilfe gekommen, doch das Feuer der Russen hörte nicht auf. Einen hab ich noch aus dem Schussfeld holen können, doch mit dem angeknacksten Knöchel laufen Sie nicht mehr so flink wie ein Hase.«

Inge beeindruckte seine Tat. Die meisten Offiziere, die hier ankamen, schienen höchstens Maulhelden zu sein. Die wenigsten waren schwer verletzt.

»Was ist da oben?«, fragte er, nachdem sie eine weitere Treppenstufe gemeistert hatten.

»Da sind unsere Krankenzimmer. Ein Arzt wird sich dort um Sie kümmern.«

»Und warum bringt man die anderen dann nach unten?« Das hatte er also auch bereits mitbekommen.

»Offiziere genießen gewisse Privilegien.«

»Halten Sie das für richtig?« Seine Nachfrage klang ehrlich und noch war genug Zeit, sich eine passende Antwort auszudenken. Sie hatten ja erst die Hälfte der Treppe hinter sich.

»Ich glaube, dass ihr Rang ihnen eine gewisse Berechtigung dazu gibt. Schließlich tragen sie Verantwortung für viele Menschen und genossen eine Ausbildung, die dem Reich wahrscheinlich wertvoller ist als die eines einfachen Frontsoldaten.«

»Vorbildlich«, sagte er lobend, allerdings zugleich amüsiert. Inge verunsicherte dieser Umstand.

»Und jetzt geben Sie mir mal eine ehrliche Antwort«, verlangte er.

Ein kalter Schauer lief über Inges Rücken. Konnten diese Augen Menschen durchschauen?

»Ich schätze ehrliche Menschen und selbst wenn Sie den Krieg infrage stellen würden, was vermutlich jede Schwester tut, die hier tätig ist, oder vom Führer selbst eine schlechte Meinung hätten, würde ich es schätzen.« Inge hatte das Gefühl, dass er es auch so meinte.

»Ich finde es ungerecht. Die Männer an der Front lassen ihr Leben. Sie leiden. Jeder Offizier sollte sich einmal das da unten anschauen, mit anhören, wie sie den Krieg verfluchen. Gestandene Männer, die weinen, darum beten, dass sie nicht sterben müssen, und wenn es dann unvermeidbar ist, rufen sie nach ihren Müttern. Sie suchen nur noch Erlösung von ihrem Leid. Es ist furchtbar.«

Preuss blieb abrupt stehen. Dabei fehlten doch noch zwei Treppenstufen bis nach oben. Er musterte sie erneut mit diesem durchdringenden Blick. »Ich verspreche Ihnen, Schwester Inge, dass ich mir den unteren Bereich ansehen werde«, sagte er todernst.

Inge nickte anerkennend. Auch das registrierte er.

Annemarie kam in diesem Moment aus einem der Zimmer und eilte auch schon zu ihnen.

»Meine Kollegin, Schwester Annemarie, wird sich um Sie kümmern«, gab Inge ihm zu verstehen.

Annemarie schenkte ihm ein Lächeln. Preuss erwiderte es, doch es kam eher wie eine höfliche Geste daher.

»Oberleutnant Preuss kann kaum gehen. Lädierter rechter Knöchel, Durchschuss am Arm und Streifschuss am Ohr«, erklärte Inge.

»Halb so wild. Wir haben Sie bald wieder auf den Beinen«, versicherte Annemarie ihm voller Zuversicht und übernahm den Patienten, der von Glück sagen konnte, wirklich nur reparabel verletzt worden zu sein.

»Wenn Sie das sagen«, erwiderte Preuss.

»Ich bringe Sie erst einmal auf Ihr Zimmer«, sagte Annemarie. Preuss nickte, doch versäumte es nicht, Inge direkt in die Augen zu blicken.

»Danke«, sagte er nur. Inge hatte das Gefühl, dass er damit mehr als nur die Hilfestellung beim Treppensteigen meinte.

Inge konnte am nächsten Morgen gar nicht anders, als die wertvollen Stunden Schlaf für Annemarie zu opfern. Abfahrt halb elf Uhr hatte es geheißen. Die Gute hatte schon den ganzen Morgen wie auf Kohlen gesessen, zappelig und nervös, auch beim gemeinsamen und auch noch letzten Frühstück. Zeit, um die letzten drei Monate Revue passieren zu lassen, sich an das geteilte Leid zu erinnern. Von der Anfahrt nach Charkow bis zu ihrem Abenteuer mit dem Offizier, der wohl nie erfahren würde, dass er zu Vaterehren kam. Sich von Schwestern zu verabschieden, die sie liebgewonnen hatte, verstand sich von selbst und natürlich auch von Irina, der sie auch von ihrer Schwangerschaft erzählt hatte, jedoch naheliegenderweise nicht von den Umständen, wie es dazu gekommen war. Offiziell war sie schon vor Abfahrt schwanger gewesen, ohne es zu bemerken. Niemand hatte weiter nachgefragt. Ab zehn lief Annemarie zurück auf ihrem Zimmer bereits wie ein Tiger im Zoo auf und ab. Immer wieder blickte sie aus dem Fenster hinunter zur Straße, um nachzusehen, ob der Transporter schon angekommen war. Ihr Reisefieber war ansteckend und vertrieb die Müdigkeit nach einem der Dienste, an die man sich besser nicht erinnerte.

»Den Brief an meinen Vater hast du dabei?«, wollte sich Inge angesichts Annemaries hibbeligem Zustand rückversichern.

»In der Mappe mit meinem Pass. Und sobald ich an einem deutschen Postamt vorbeikomme, geb ich ihn per Einschreiben auf«, sagte Annemarie zu Inges Beruhigung. Sie hoffte, dass er ankommen und sie eine Antwort von ihrem Vater erhalten würde.

»Hoffentlich bleiben dir Überfälle von Partisanen erspart«, überlegte Inge laut, die sich zu Annemarie ans Fenster gesellt hatte.

Das war der Punkt, der Inge am meisten Sorge bereitete. Wenn sie doch nur heil in der Heimat ankäme.

»Mir passiert schon nichts. Anschläge auf das Rote Kreuz? Die Transporter haben weder Munition noch Vorräte geladen«, erwiderte Annemarie, was Inge etwas beruhigte. »Ich hätte mich nie zum DRK melden sollen. Bin drauf reingefallen, auf die ganze Propaganda. Von wegen die Welt sehen. Das Einzige, was wir gesehen haben, ist Elend und Tod«, sagte Annemarie verbittert.

»Wir haben auch viele Soldaten retten können. Und du darfst dich ja sowieso nicht beschweren. Warst ja überwiegend oben«, sagte Inge. Sie hatte sich bemüht, es nicht nach einem Vorwurf klingen zu lassen.

»Ich bin nicht so stark wie du. Ich hätte es nicht ertragen. Es war schon schlimm genug, die Verletzten nach oben zu bringen oder die Verwundeten zu versorgen. Die Schreie werde ich zeitlebens nicht mehr vergessen.«

»Stark? Ich fühle mich alles andere als stark.«

»Ohne dich wäre ich schon längst desertiert, aber es kam ja jetzt anders«, gestand Annemarie ein.

»Es wird nicht einfach für dich, ohne Vater.«

»Da bin ich bestimmt nicht die Einzige. Ich kann ja zu Hause behaupten, er sei im Krieg gefallen.« Damit hatte Annemarie recht. Geächtet würde sie dafür in diesen Zeiten sicher nicht. Dann wäre der Krieg wenigstens zu etwas gut – jedenfalls für die Frauen, denen sowieso große Aufgaben bevorstanden. Irgendjemand musste das Land ja wieder aufbauen.

»Dieser Preuss ist von dir anscheinend sehr angetan«, kam dann unvermittelt.

»Was? Von mir?«

»Eine tapfere deutsche Frau seist du. Er hat so über dich gesprochen, als würde er dich kennen.«

»Wir haben doch nur ein paar Worte gewechselt«, versicherte Inge ihr.

»Er scheint ein gutes Gespür für Menschen zu haben. Und gut aussehen tut er auch noch.«

»Du bist unverbesserlich.«

»Na und? Wenn's doch stimmt.«

Inge kniff Annemarie in den Allerwertesten, bis sie quiekte. Sie lachten beide albern drauflos, bis ihnen die Luft wegblieb. Ach, wie sehr würde sie Annemarie vermissen, gerade weil sie überhaupt nicht in diese Welt passte, dachte sich Inge im

Stillen, als sie sich beide einfach nur in die Augen sahen. Ein Wunder war es, dass sie so lange durchgehalten hatte.

»Wenn du Julia Blumen ans Grab legst. Sag ihr, dass ich sie immer im Herzen behalten werde«, bat Annemarie.

»Ehrensache.«

Inge vernahm das verräterische Brummen des Transporters von draußen.

Annemarie stand schon am Fenster und juchzte.

Inge freute sich mit ihr. Am liebsten wäre sie mitgefahren, doch sie schien hier bereits wie all die anderen viel zu fest verwurzelt zu sein. In ihrer neuen Familie, die letztlich zusammenhielt, an einem Ort, der die Folgen des schlimmen Kriegs, soweit es ging, milderte und dem Leben somit einen Sinn stiftete. Noch nie zuvor hatte Inge sich das in dieser Deutlichkeit klargemacht.

»Begleitest du mich noch?«, fragte Annemarie fast eine Spur ängstlich, denn während sie bereits abmarschbereit den Koffer in der Hand hielt, klebte Inge noch gedankenverloren an der Fensterscheibe.

»Ich heul mir lieber hier die Augen aus«, sagte Inge, stand auf und nahm Annemarie ein letztes Mal fest in den Arm. Diesen Moment gedachte sie, für immer in ihr Herz zu schließen. Dann wurden ihre Augen feucht.

»Ich werde dich so sehr vermissen«, schluchzte Annemarie.

»Ich dich auch.«

Dann löste sie sich von ihr, streifte eine Falte aus dem Ärmel von Annemaries Mantel und rückte ihn an den Schultern gerade. »Ich wünsche dir alles Glück der Welt und ich verspreche dir, dass wir eines Tages gemeinsam in Paris an der Seine spazieren gehen«, sagte Inge.

Annemarie wischte sich die Augen trocken und nickte voller Zuversicht. »Mach's gut. Und lass dich von dem Drachen nicht unterkriegen.«

»Wo denkst du hin? Niemals.«

»Und wenn du auch schwanger werden willst. Du weißt ja jetzt, wie es geht«, sagte Annemarie und feixte.

Inge musste unwillkürlich lachen. Das war ihre Freundin wie sie leibte und lebte. Sich mit einem Lächeln zu verabschieden, linderte den Abschiedsschmerz. Kaum hatte Annemarie die Tür hinter sich zugezogen, eilte Inge zurück zum Fenster. Der Transporter nahm bereits die ersten Genesenen und Kriegsversehrte auf. Annemarie stieg als Letzte hinten ein. »Alles Glück der Welt«, flüsterte sie ihr zu. Es kam aus vollem Herzen.

Kapitel 9

Niemand konnte sich so recht erklären, warum seit gestern Nacht die Anzahl der Verwundeten, die ins Lazarett gebracht wurden, sprunghaft angestiegen war. Als ob sich mit Annemaries Rückfahrt in die Heimat die Schleusen des Kriegs erneut geöffnet hätten. Inge unterhielt sich nach der Arbeit in der Kantine mit Marie-Louise darüber. Sie führte Tagebuch, nicht nur, um die Ereignisse für die Nachwelt festzuhalten, sondern auch, um sich den Kummer von der Seele zu schreiben. Mittlerweile lagen die Verwundeten nicht nur im Eingangsbereich, sondern sogar schon in einem Lagerraum für technisches Gerät neben der Kantine. Inge erinnerte sich aber auch daran, dass dies in den letzten drei Monaten schon ein paar Mal vorgekommen war, allerdings nicht an aufeinanderfolgenden Tagen. Marie-Louises Begründung lag auf der Hand. Anscheinend lag es daran, wie sich die aktuelle Front bewegte. Musste sich die deutsche Wehrmacht zurückziehen, weil die Sowjets an Boden gewannen, dann hatte dies zur unausweichlichen Folge, dass Lazarette in besetzten Orten aufgegeben wurden. In erster Linie betraf das die Feldlazarette. Die Verwundeten würden dann auf die nächstbesten noch betriebenen Lazarette in der Nähe verteilt. Marie-Louise hätte das bereits im Zuge der Stalingradoffensive erlebt, auch während der kurzzeitigen Wiedereroberung Charkows durch die Russen.

»Gibt es eine neue Front, von der wir noch nichts wissen?«, fragte Inge, bevor sie ihren Muckefuck leerte.

»Angeblich gibt es neue Kämpfe in Kursk. Man sagt uns ja nichts, aber wenn die meisten von dort kommen, kann man sich ja eins und eins zusammenzählen«, erwiderte Marie-Louise.

»Das wird dann wohl wieder einer dieser Dienste ...«, sagte Inge, seufzte und stand auf.

Marie-Louise zuckte hilflos mit den Schultern und nickte. So erschöpft wie Marie-Louise aussah, schrieb sie heute vermutlich nichts mehr in ihr Tagebuch, überlegte Inge, als sie die Kantine verließ.

Auf dem schmalen Gang vor ihr lagen mittlerweile noch mehr Verwundete auf behelfsmäßig ausgelegten Strohlagern. Inge blieb nur noch eine schmale Gasse, um zum Eingang und Treppenhaus zu gelangen. Sie war schon dabei, in den Keller hinunterzugehen, als sie die Stimme der Oberschwester vernahm.

»Schwester Inge!« Oberschwester Ursula kam gerade die Treppen herunter. Sie winkte Inge zu sich her. »Ihr Dienstplan hat sich geändert. Ab heute sind Sie oben«, sagte sie knapp angebunden, noch bevor sie die letzte Treppenstufe genommen hatte.

»Bei den Offizieren?«, fragte Inge verwundert nach.

»Annemarie ist ja jetzt nicht mehr da. Uns fehlt oben Personal und Schwester Erika möchte lieber die Nachtschicht.« Ihre Begründung leuchtete Inge ein, doch sie wusste, dass Ursula sie nicht sonderlich mochte, insofern wunderte sich Inge darüber, dass ausgerechnet sie sich künftig den Keller ersparen sollte.

»Aber ich werde unten doch gebraucht«, wandte sie pflichtbewusst ein. Doktor Seiler und sie waren eingespielt.

Es wäre doch naheliegender, eine der Schwestern, die nicht im OP-Bereich assistierten, abzuziehen. »Und ab wann? Ich komme aus dem Nachtdienst und habe gerade mal gefrühstückt.«

»Ich hatte offen gestanden erwartet, dass Sie sich darüber freuen würden«, sagte die Oberschwester in gewohnt schnippisch-strengem Tonfall.

Inge wusste gar nicht, was sie darauf sagen sollte. Einerseits wusste sie, um wie viel angenehmer der Dienst oben war, andererseits kam sie sich so vor, als würde sie sich nun davonstehlen und die Ärzte im Stich lassen.

»Nun gehen Sie schon. Oben wartet auch jede Menge Arbeit auf Sie«, ordnete Oberschwester Ursula an.

Befehl war Befehl. Inge nickte und ging nach oben. Sie drehte sich noch einmal um und sah Oberschwester Ursula in den Keller eilen. Sprang sie jetzt etwa für sie ein? Es hatte keinen Sinn mehr, darüber nachzudenken. Schwester Liane, Annemaries Kollegin im stationären Bereich, schien auch schon Bescheid zu wissen. Sie kam aus dem kleinen Dienstzimmer, als Inge die letzten Treppenstufen nahm. Sie hatten bisher nur ein paar Worte in der Kantine gewechselt. Liane schien Inge aber eine sehr umgängliche und liebenswerte Kollegin zu sein. Auch Annemarie hatte kein schlechtes Wort über die Endezwanzigjährige, die ihr blondes Haar stets zu einem Dutt band, fallen lassen.

»Annemarie hat mir viel von Ihnen erzählt und Ihre Musik … Ach, das ist so schade mit der Violine«, sagte sie.

Inge nickte, wobei es »schade« nicht einmal ansatzweise traf. Um ihre Wunden nicht erneut aufzureißen, ging sie nicht weiter darauf ein.

»Ich habe offen gestanden nicht damit gerechnet, in diese Sektion versetzt zu werden. Sie wissen ja, was gerade los ist«, sagte Inge stattdessen.

»Es wird schon seinen Grund haben. Kommen Sie, ich weise Sie ein. Einen der hohen Herren scheinen Sie ja bereits zu kennen.«

Inge stutzte, denn normalerweise sprach hier niemand von *Herren*.

»Oberstleutnant Preuss. Er hat beim Verbandswechsel Ihren Namen erwähnt.«

»Ich habe ihn hergebracht«, erklärte Inge sich.

Schwester Liane musterte sie für einen Augenblick, doch kommentierte dies nicht weiter. Inge fragte sich, ob sie am Ende auf Preuss' Veranlassung hier oben zum Einsatz kam. Sein Dienstrang würde dies ermöglichen und wer wusste schon, über welche Beziehungen er verfügte, was gelegentlich sogar wichtiger als der Dienstrang selbst zu sein schien. Sie sollte sich selbst nicht zu wichtig nehmen, sagte sie sich. Man konnte sich Dinge auch einreden.

Preuss war im letzten Zimmer des Gangs untergebracht. Von all den derzeit in Behandlung befindlichen Offizieren war er der ranghöchste. Schwester Liane hatte ihr erklärt, dass dieser Raum der größte und der ruhigste war. In der Reihenfolge der Visite und auch beim Nachbehandeln der Wunden wurde jedoch normalerweise keine Rücksicht auf den Dienstgrad genommen. Preuss musste warten, bis er dran war. Obwohl die Umstände hier oben, wie sie von Annemarie wusste, gänzlich andere und sicherlich angenehmer als unten waren, musste Inge sich erst an den neuen Arbeitsrhythmus gewöhnen. In übernächtigtem Zustand war das nicht so einfach, auch wenn einen hier oben niemand hetzte. Es blieb genug Zeit, um ein paar Worte mit den Verwundeten zu wechseln. Zugleich war es aber auch eine ernüchternde Erfahrung. Während unten der einfache Soldat um sein Leben bangen musste, waren die hier untergebrachten Wehrmachtssoldaten überwiegend guter

Dinge und voller Zuversicht. Letzteres traf paradoxerweise aber nicht für all diejenigen zu, die auf dem besten Weg waren, das Lazarett völlig gesund und körperlich unversehrt verlassen zu können. Ein genesener Soldat wurde nämlich zurück an die Front geschickt. Das hatte Inge aus den Gesprächen, die sich zwangsläufig beim Reinigen oder Verbinden von Wunden ergaben, in Erfahrung gebracht. Und es bestätigte sich im Laufe dieses Vormittags. Soldat Bäumler durfte sich auf die Heimat freuen. Ein Mann, dem ein Teil der Hand von Granatsplittern weggerissen wurde, war für den Krieg fortan untauglich. Unteroffizier Strenz hingegen gehörte zu den Glücklichen, denen nur eine kleine Narbe am Körper verbleiben würde. Die Schusswunde an seinem Allerwertesten war nahezu ausgeheilt. Somit war er wieder kriegstauglich. Er wusste zu berichten, dass es schlecht um den herbeigesehnten Endsieg stand. Seiner Meinung nach würde Hitler alle verfügbaren Soldaten – und er sprach von Abertausenden – an die Front schicken, weil er mit dem Verlust bei Stalingrad nicht fertig wurde und die Russen einzukesseln gedachte. Seiner Meinung nach sei dies aber ein Ding der Unmöglichkeit. Dankbar dafür zu sein, noch zu leben und alle Gliedmaßen an sich zu haben, war eine Sache. Die Aussicht, so zu enden wie die meisten seiner Kameraden, eine andere. Die Redseligkeit der Männer lag Inges Ansicht nach mitunter daran, dass im Normalfall nur zwei Mann gleichen Ranges pro Zimmer untergebracht waren. Das löste die Zunge. Die meisten hatten seit Monaten keine Frau mehr gesehen, geschweige denn mit einer gesprochen. »Ihre Stimme ist so schön. Sie klingt wie die meiner Schwester«, hatte ihr just Strenz gesagt. In den Augen der Männer las Inge aber auch die Begierde, unaufdringlich, im Zaum und letztlich verständlich. Es war ja nichts Ungewöhnliches, wenn ein Mann einer Frau schöne Augen machte. Körperliche Nähe ließ sich zudem nicht vermeiden. Eine Wunde zu reinigen, erforderte neben Sorgfalt und Vorsicht nun einmal auch Körperkontakt. Zärtlich anmutende Berührungen waren dabei unumgänglich. Wie gut den Männern diese weibliche Fürsorge tat, konnten sie nicht verbergen. Das galt insbesondere für den jungen Strenz. Inge spürte, wie er regelrecht dabei aufblühte, wenn sie sich mit ihm unterhielt. Ein Stück heimatliche Geborgenheit wie bei Muttern würde sie ihm schenken. Inge nahm es als Kompliment.

»Kommen Sie morgen wieder?« Strenz' Stimme klang fast schon wie ein Flehen.

»Ganz sicher sogar.«

»Vielleicht können Sie den Ärzten melden, dass die Wunde noch nicht ganz ausgeheilt ist.« Inge war klar, weshalb er sie darum bat.

»Sie ist noch nicht ganz ausgeheilt«, log sie, um ihn zu beruhigen.

»Ich gehe nicht zurück an die Front«, wisperte er fast schon panisch, als Inge schon dabei war, zu gehen. Sie hatte schon den Türgriff in der Hand, drehte sich dann aber noch einmal zu ihm um.

»Sie wissen, was das heißt.«

Er nickte. »Nachts stehen nur die Wachen vor dem Tor?«, wollte er wissen.

Inge scheute sich, ihm eine ihrer Einschätzung nach brauchbare Anleitung zur Desertion zu geben.

»Vor dem Fenster ist ein schmaler Weg. Der führt zu einem kleinen Kräutergarten, an dessen Ende der große Nussbaum steht. Seine Äste sind stark und überragen den Zaun«, deutete sie an. Für einen kräftigen Burschen wie Strenz war es ein Leichtes, ihn zu erklimmen und auf der anderen Seite der Mauern aus maximal zwei Metern Höhe herunterzuspringen. Sein dankbarer Blick sprach Bände.

Inge verließ das Zimmer, schloss die Tür hinter sich und holte erst einmal tief Luft. Nebenan lag Preuss. Was, wenn er etwas mitbekam? Schwester Lianes Bericht zufolge übte er sich in Bettruhe, konnte aber schon wieder ohne fremde Hilfe gehen, nachdem Seiler ihm den Knöchel mit einem Druckverband fest verbunden hatte. Strenz konnte sich ja nicht gänzlich geräuschlos davonmachen. Es bedurfte noch eines weiteren tiefen Atemzuges, um die aufwühlenden Gedanken rund um Strenz' Vorhaben abzuschütteln. Die Aussicht, gleich Preuss gegenüberzustehen, wühlte Inge allerdings immer mehr auf. Sie konnte ihn ja schlecht darauf ansprechen, ob sie ihm die Versetzung zu verdanken hatte. Inge ging dennoch beherzt eine Tür weiter und klopfte an, bevor sie eintrat.

Preuss begrüßte sie mit einem einnehmenden Lächeln und setzte sich sofort gerade im Bett auf. Es strengte ihn sichtlich an, doch er schien keine allzu großen Schmerzen mehr in der Schulter zu haben.

»Schwester Inge.« So erfreut begrüßte man normalerweise eine gute Bekannte. Sofort hatte sie Annemaries Worte im Ohr – über den attraktiven Mann. Natürlich hatte er ein angenehmes Äußeres, doch gerade das störte sie. Vermutlich auch deshalb, weil Annemarie sich das Interesse eines Mannes zunutze gemacht hatte.

»Wie geht es Ihnen heute?«, fragte sie trotz alledem ebenfalls lächelnd.

»Ich werde sicher noch keine Bäume ausreißen können, aber … Nun ja. Es geht mir schon besser«, sagte er, ohne seinen Blick von ihr abzuwenden.

»Das freut mich. Ich sehe mir mal zuerst Ihr Ohr an, wenn Ihnen das recht ist«, sagte Inge und begab sich zu ihm ans Bett.

Folgsam hielt Preuss das verbundene Ohr in ihre Richtung. Inge löste die Klammer des Verbands und begann ihn vorsichtig abzuwickeln.

»Ich hätte allzu gern Ihr Violinspiel gehört« sagte er unwillkürlich. Inge zuckte regelrecht zusammen.

»Schwester Annemarie hat mir davon erzählt.«

In dem Moment fragte Inge sich, was Annemarie noch alles über sie erzählt haben könnte.

»Mit Musik kann man die Menschen verzaubern. Seit wann spielen Sie?«, wollte er wissen.

»Seit meinem sechsten Lebensjahr. Erst in der Schule und dann, wann immer ich Zeit hatte. Es tut mir gut.«

»Ich spiele leider kein Instrument. Dabei wollte ich es immer. Klavier spielen. Wir hatten zu wenig Geld, konnten uns weder ein Klavier noch den Unterricht leisten, aber ich war im Schulchor und später sang ich in der Hitler-Jugend. Von der Stimme ist wohl nicht mehr so viel übrig geblieben«, sagte er.

»Ich empfinde sie als sehr angenehm.« Dieses Kompliment machte Inge, ohne großartig darüber nachzudenken, denn sie war es auch. Seidig und dennoch sonor. Auch die Art, wie er sprach, ruhig, bestimmt und manchmal akzentuiert, gefiel ihr.

Preuss lachte daraufhin. Dabei bewegte er zwangsläufig seinen Kopf.

»Sie müssen stillhalten«, wies sie ihn an. »Da mache ich Ihnen ein Kompliment und werde dafür auch noch ausgelacht«, beschwerte Inge sich.

Er lachte erneut.

»Stillhalten!«

Preuss gab sich nun folgsam.

»Bis zum Stimmbruch. Von da an beschränkte sich meine Begeisterung für Musik auf Besuche in der Oper. Als Soldat hat man kaum Zeit für solche Dinge. Für die wirklich schönen Dinge«, sinnierte er.

Inge besah sich die Wunde und reinigte sie mit einem sterilen Tuch. Er hielt nun still und schien genau wie Strenz ihre Berührungen zu genießen.

»Das heilt schnell. Bei manchen geht es schneller, bei anderen sieht man von Tag zu Tag keinen Fortschritt«, stellte sie fest.

»Die Menschen sind eben unterschiedlich, aber ich glaube, das hängt auch von der richtigen inneren Einstellung ab.«

»Wie meinen Sie das?«

»Wer nicht krank werden will, wird es meist auch nicht. Das ist wie mit dem Altern. Professoren. Die werden doch meistens steinalt. Weil sie ihr Leben erfüllt. Und man muss immer ein Ziel vor Augen haben, sich im Leben etwas vornehmen, was einen nach vorne zieht.«

»Bei Ihnen scheint das ja zu wirken«, sagte Inge und legte den neuen Verband an.

»Sie glauben mir nicht?«

»Doch. Ich habe mir nur eben überlegt, dass die meisten der Soldaten wohl auch alle irgendetwas im Leben vorhatten.«

Inges Worte schienen ihn sichtlich zu beschäftigen. Wenigstens hielt er dabei seinen Kopf ruhig.

»Das Schicksal spielt sicher auch eine wichtige Rolle. Ich denke oft darüber nach. Über den Sinn und Unsinn von alledem. Ich habe viele Männer sterben sehen. An manchen Tagen kam es mir so vor, als ob wir nur auf die Welt kämen, um zu leiden. Ich meine, bewusst zu leiden. Ein Tier hat keine Angst vor dem Tod, weil es kein Bewusstsein von ihm hat. Er kommt aus heiterem Himmel. Bis dahin lebt das Tier im Hier und Jetzt. Es lebt ohne ständige Sorgen und Ängste. Vor dem Tod und das kleine Glück zu verlieren, das man meist nur kurz in den Händen hält«, sagte er in Gedanken. Dass ausgerechnet ein so ranghoher Wehrmachtsoffizier zu solchen Gedanken überhaupt fähig war, verblüffte Inge. Nur wenige schienen sich über die Befehle hinaus mit derartigen Fragen zu beschäftigen. Aber er hatte recht. Die Angst war es, die den Menschen umtrieb, ihn unglücklich machte.

»Und Sie? Haben Sie keine Angst?«, wagte Inge zu fragen.

»Ich verdränge sie aus der Einsicht heraus, dass sie mich am Leben hindert und daran, die richtigen Entscheidungen zu treffen.

»Das ist bestimmt nicht einfach.«

»Darf ich Ihnen verraten, wie man die Angst besiegt?«, fragte der Oberstleutnant.

»Ein solcher Rat wäre in Zeiten wie diesen sicher sehr wertvoll.«

»Sich Ziele setzen. Dinge, die einen erfreuen, in den Vordergrund rücken.«

»Was sind Ihre?«

»Ich freue mich auf Bella Italia. Italien ist meine Leidenschaft und gottlob unser Verbündeter.«

»Annemarie und ich haben uns für die Zeit nach dem Krieg geschworen, nach Paris zu fahren.«

»Sie machen es ja schon richtig, aber so lange werde ich nicht warten.«

Inge legte die Klammer an, damit der Verband fest genug saß.

»Ich wurde nach Italien abkommandiert. Sobald ich wieder auf den Beinen bin, geht es in den Süden.«

»Also doch Schicksal.«

»Nur auf den ersten Blick. Ich habe Italienisch gelernt.«

»In der Schule?«

»Selbststudium und Privatunterricht. Ich hatte den Ehrgeiz, die italienischen Opern zu verstehen. Ich war für ein paar Wochen in Florenz und in Rom. Ich liebe die Stadt auf sieben Hügeln. Es war also meine Entscheidung, die vor der des Schicksals fiel.«

Inge nahm sich nun seine Schulter vor und zog den Verband vorsichtig ein Stück ab. Wie sie es sich gedacht hatte, war auch diese Wunde bereits gut verheilt.

»So gesehen haben Sie recht.«

»Sie sollten wieder spielen.«

»Die Violine ging zu Bruch«, erklärte sie.

»In diesem Fall würde ich allerdings auch mit dem Schicksal hadern.«

Inge musste unwillkürlich schmunzeln. Was ihm nicht entging.

»Manchmal überlegt es sich das Schicksal dann doch anders«, sagte Preuss dann.

»Ich würde sonst was dafür geben, wenn ich wieder spielen könnte.«

»Lassen Sie das mal den Teufel nicht hören. Er ermöglicht es Ihnen am Ende noch und holt sich dann dafür Ihre Seele.«

»Oder ein Engel erbarmt sich meiner. Doch ich fürchte, die haben nur Harfen.«

Erneut lachte er.

»Wir sind fertig.«

»Und der Fuß?«

»Doktor Seiler will ihn sich ansehen.«

Preuss seufzte enttäuscht.

»Und bis dahin bleiben Sie besser liegen.«

»Jawoll, Schwester. Ein guter Soldat hat Befehlen zu gehorchen.«

»Auch ein Offizier, wenn er von einer Schwester kommt?«

»Dann erst recht«, sagte er geheimnisvoll lächelnd.

Inge stand auf. »Ich sehe nachher noch einmal nach Ihnen«, sagte sie.

Sie spürte, dass er ihr nachsah, bis sie die Tür hinter sich geschlossen hatte, und blieb für einen Moment stehen. Engel oder Teufel, fragte sie sich. Vielleicht fand sie das noch heraus.

Inge hatte ihr Versprechen, sich noch einmal bei Preuss blicken zu lassen, nicht einlösen können. Doktor Seiler hatte gegen Mittag nach ihm gesehen und hielt einen erneuten Verbandswechsel am heutigen Tag für nicht erforderlich. Inges Meinung nach ein Vorwand, denn als er sie oben im Schwesternzimmer aufgesucht hatte, war ihr schnell klar geworden, dass er unten dringend Hilfe brauchte. Angesichts der hohen Zugänge nicht verwunderlich. Es verstand sich unter diesen Umständen von selbst, auszuhelfen – nach Rücksprache mit Oberschwester Ursula natürlich. Doktor Seiler war froh gewesen, dass sie ihm nachmittags hatte assistieren können. Es ging einfach schneller. Der Einsatz beruhigte zudem Inges Gewissen. Annemarie hatte sich oft genug von den anderen den Vorwurf gefallen lassen müssen, dass man da oben eine ruhige Kugel schob. Das war natürlich übertrieben. Zusammenflicken war eine Sache. Heilen eine andere. Die Nachsorge war zeitintensiver und nach großen Operationen oft aufwändig. Wie Inge von Annemarie wusste, waren zwei Schwestern bei vollbesetzten Zimmern dann ebenfalls rund um die Uhr beschäftigt. Manchmal, auch das wusste sie von Annemarie, mussten sich dort bis zu sieben Männer ein Zimmer teilen. Im Moment war es paradoxerweise genau umgekehrt. Oben eher ruhig, unten das nackte Elend. Schwester Lianes Theorie, woran das liegen könnte, erschien Inge als schlüssig. Je schlimmer der Krieg tobte, vor allem am Boden und bei massiven Panzereinsätzen, desto mehr Fußvolk kam zu Schaden. Schwerstverletzungen der einfachen Soldaten waren die unausweichliche Folge. Fälle für die Nischen.

»Und die Offiziere sind fein raus«, echauffierte Inge sich, während sie sich zwei Scheiben Brot bei der Anrichte neben der Theke herunterschnitt und Liane, die neben ihr anstand, eine davon reichte. Die ideale Beilage für die schmackhafte Rote-Bete-Suppe, auf Russisch nahezu unaussprechbar *Borschtsch*, die Irina heute zubereitet hatte. Die Scheibe Brot gesellte sich zum gefüllten Teller auf dem Tablett.

»Die meisten ranghohen Offiziere sind ja nicht einmal direkt an der Front. Die planen, träumen vom Sieg und schicken die anderen in den Tod. Wenn du mich fragst, sind die meisten Feiglinge. Wobei. Ausnahmen gibt's. Der Preuss hat zwei seiner Kameraden aus dem Kugelfeuer gezogen.« Inge erinnerte sich an seine Schilderungen. Er machte auf sie wahrhaftig nicht den Eindruck eines feigen Offiziers.

»Irgendwie ein feiner Kerl. Kommandiert einen auch nicht rum«, erwiderte Liane.

»Was macht sein Fuß?« Inge fragte, weil sie in Erfahrung bringen wollte, ob Doktor Seilers Diagnose von heute Mittag stimmte, oder ob er sie tatsächlich nur um jeden Preis unten am OP-Tisch hatte haben wollen.

»Seiler meint, dass er morgen den Fuß wieder belasten darf. Er hat natürlich nach dir gefragt«, sagte Liane auf dem Weg zu einem der freien Tische.

»Ich bin doch nicht seine Privatschwester«, empörte Inge sich.

»Anscheinend sieht er das so. Er konnte seine Enttäuschung darüber kaum verbergen, auch wenn er das nicht verlauten ließ. Männer können sich nicht so gut verstellen. Jedenfalls nicht in Herzensangelegenheiten.«

»Herzensangelegenheiten?« Inge fiel aus allen Wolken.

»Sag bloß, bei dir tut sich nichts. Er sieht gut aus. Ist sehr charmant und gebildet. Die Ranghohen sind doch meistens die größten Hohlköpfe, und wenn sie was im Hirn haben, dann nur Böses«, sagte Liane.

»Sein außergewöhnlicher Charakter ist mir nicht entgangen«, erwiderte Inge.

Liane sah sie so an, als würde sie glauben, dass Inge sich die Anziehung, die Preuss auf sie ausübte, nicht eingestehen wollte.

»Ich würde mir das an deiner Stelle zunutze machen. Seiler hat mir erzählt, dass Preuss nach Italien abkommandiert wurde. Möglicherweise brauchen die dort auch Schwestern.«

»Was soll denn dort anders sein als hier? Ist dort nicht auch Krieg?«

»Nicht am Boden, soviel ich weiß. Angeblich wollen die Alliierten Italien vom Süden aus einnehmen. Es gibt ein deutsches Lazarett in Rom, aber Zustände wie hier suchst du in Bella Italia vergeblich«, sagte Liane.

»Bella Italia. Du kommst vielleicht auf Gedanken.« Inge wusste, dass sie hier gebraucht wurde. Im Krieg gab es kein Rosinenpicken.

»Es soll wirklich sehr schön sein, was man so hört«, fuhr Liane fort.

»Das weiß ich. Wenn der Krieg einmal vorbei ist, wird Rom ja wohl immer noch stehen«, sagte Inge und griff demonstrativ zum Löffel. Sie hoffte, dass Liane nun Ruhe gab. In dem Moment betrat Oberschwester Ursula im Stechschritt die Kantine, sah sich kurz suchend um und steuerte dann direkt auf sie zu.

Inge tauschte mit Liane Blicke.

»Strenz aus 104 ist weg. Schwester Erika kann ihn nirgends finden. Ich habe mich selbst davon überzeugt. Er ist spurlos verschwunden«, sagte sie sichtlich agitiert.

»Ich habe ihn doch noch erst vor einer Stunde versorgt«, wunderte Liane sich.

»Das Fenster stand offen. Er muss aus dem Fenster raus sein. Hat er Ihnen etwas gesagt? Ich muss die Ortskommandantur darüber in Kenntnis setzen.«

»Wir haben kaum miteinander geredet. Das Übliche. Flüche auf den Krieg. Über verletzte Kameraden«, erklärte Liane.

Die Oberschwester nahm dann Inge ins Visier. Inge fühlte sich augenblicklich wie auf der Anklagebank. Wo Strenz war, konnte sie sich ja denken. Insgeheim freute sie sich für ihn, dass es ihm wohl gelungen war, das Gebäude zu verlassen. Dies nahm die Anspannung augenblicklich von ihr.

»Ich habe ihn nur heute Morgen kurz gesehen«, sagte Inge wahrheitsgemäß.

»Ist er etwa desertiert?« Liane sprach es aus.

»Das ist unter diesen Umständen stark anzunehmen«, erwiderte die Oberschwester.

Inge hoffte, dass er es in die Freiheit schaffte.

»Das ist die schlimmste Art des Verrats«, zischte Oberschwester Ursula. In dem Moment kam Inge in den Sinn, dass Ursula die ideale Gefährtin für den Führer wäre. Bekam sie denn gar nicht mit, wie desolat es bereits um den erhofften Endsieg stand?

Oberschwester Ursula machte auf dem Absatz kehrt und stapfte aus der Kantine.

»Wenn sie ihn erwischen, dann erschießen sie ihn«, sagte Liane.

»Ich würde mich so lange irgendwo auf dem Land verstecken, bis der Krieg vorbei ist«, überlegte Inge laut.

»Ich hoffe auch, dass er es schafft. War ja ein netter Kerl«, sagte Liane im Flüsterton und fing dann auch endlich an zu essen.

Inge erschien nach einer geruhsamen Nacht am nächsten Morgen pünktlich zur Übergabe im Dienstzimmer, um gemeinsam mit Schwester Liane und Nachtschwester Erika über die Neuzugänge und den heutigen Ablauf zu sprechen. In der Regel hatten die Ärzte nur sehr wenig Zeit, um sich aus der Unterwelt nach oben zu begeben. Daher war es wichtig, Zeitpläne strikt einzuhalten, denn Zeit, die verloren ging, könnte unten ein Leben kosten. Zwei Unteroffiziere und ein Vizeleutnant seien nachts hinzugekommen. So langsam füllten sich die Betten auch hier oben, für den *Durchgangsverkehr*, all diejenigen, die überleben würden. Paradoxerweise kamen die unten ja in den Himmel, während die oben zwar nicht verstarben, aber letztlich in der Hölle weiterleben mussten. Marie-Louise hatte diesen Gedanken beim gemeinsamen Frühstück geäußert. Das brachte die ganze Perversion des Krieges und seiner Folgen auf den Punkt.

»Nimmst du heute Preuss?«, fragte Inge freiheraus, nachdem Erika gegangen war. Sein offenkundigeres Interesse an ihrer Person hatte sie am Vortag vor dem Einschlafen eine gute Stunde wachgehalten. Vielmehr der innere Zwiespalt, in dem sie sich diesbezüglich befand. Auf der einen Seite hatte er etwas an sich, was sie anzog. Und Inge konnte noch nicht einmal dingfest machen, was genau es war. Auf der anderen Seite war sie nicht hier, um sich Gedanken über attraktive Männer zu machen oder sich irgendwelche Privilegien zu erschleichen.

»Verstehe. Man muss Männer zappeln lassen«, sagte Liane prompt.

»Also, wirklich …«, protestierte Inge.

Liane prustete los. Anscheinend hatte ihre Kollegin sie nur auf den Arm nehmen wollen, doch allein das genügte, um Inge in ihrem Entschluss zu bestärken, etwas mehr Abstand zu diesem Preuss zu halten. Es gab ja genug zu tun. So wie es aussah, wurde aus ihrem Vorsatz aber nichts, denn die Tür zu Preuss' Zimmer ging auf. Inge traute ihren Augen nicht. Er war bereits fertig angezogen, frisch geschniegelt und trug seine Uniform, allerdings war nur einer der beiden Stiefel fest verschnürt. Der andere hing lose und unverschnürt an ihm wie ein Klotz, den er mitschleppte. Mit einem bandagierten Knöchel passte sein Fuß nicht so hinein, dass er den Schuh hätte schnüren können. Dementsprechend schwer fiel es ihm, zu gehen. Jeder Schritt schien ihm noch immer Schmerzen zu bereiten.

Inge ging nun doch zu ihm, denn Liane bewegte sich ja nicht vom Fleck.

»Oberstleutnant Preuss. Sie sollten doch noch ruhen«, sagte sie, noch bevor sie ihn erreicht hatte.

»Guten Morgen, Schwester Inge.« Preuss tat den nächsten Schritt. Der schien noch schmerzhafter gewesen zu sein. Inge trat an ihn heran, sodass er sich an ihrem Arm stützen konnte.

»Die Pflicht ruft. Ich muss zur Ortskommandantur«, erklärte er sich.

»Aber Sie können doch noch nicht einmal richtig gehen«, wandte sie ein.

»Aber fahren kann ich mit dem Fuß.«

»Hat Doktor Seiler Ihnen denn das schon erlaubt?«, wunderte Inge sich.

»Meine Entscheidung. Er untersteht meinem Kommando«, sagte er streng.

»Ihre Füße offenbar nicht«, entgegnete sie, denn um ein Haar wäre er eingeknickt.

Preuss schmunzelte. »Würden Sie mich die Treppe hinuntergeleiten?«, fragte er.

Eigentlich hatte Inge sich ja gewünscht, dass Liane sich heute um ihn kümmerte. Preuss' Charme zu widerstehen, war allerdings nicht so einfach.

»Schwester Liane ist aber viel kräftiger als ich.« Der Einwand kam halbherziger als von Inge beabsichtigt, auch noch augenzwinkernd, denn erstens stimmte das nicht und zweitens leistete sie ihm ja gern Hilfestellung. Außerdem war nicht Liane, sondern sie ihm entgegengeeilt.

Preuss sagte nichts darauf, sondern sah sie nur an. Gespielte Enttäuschung oder hatte sie ihn gekränkt? Hatte er ihre Bemerkung am Ende in den falschen Hals bekommen? Allein schon, dass sie darüber nachdachte, machte sie zusehends nervöser.

»Fahren ist nicht das Problem, aber ich fürchte, das Ein- und Aussteigen schaffe ich nicht alleine. Meinen Sie, man könnte Sie hier für kurze Zeit entbehren?«, fragte er, nachdem er den nächsten Schritt mit ihrer Hilfe getan hatte. Offenbar war das bereits weniger schmerzhaft für ihn gewesen, obwohl sie ihn doch gar nicht kräftiger gestützt hatte.

»Ich fürchte, das wird nicht möglich sein.«

»Wen müssen Sie fragen?«

»Die Oberschwester.«

»Würde es nicht genügen, wenn Schwester Liane ihr Bescheid gäbe, dass Oberstleutnant Preuss die Begleitung einer der Schwestern angefragt hat, weil er einen für das Reich überragend wichtigen Termin mit der Ortskommandantur nicht verschieben kann und derzeit immer noch nicht trittsicher ist?« Er hatte es so laut gesagt, dass Liane es mitanhören musste.

Liane nickte eifrig.

Was wollte er von ihr? Übertrieb er mit seinem Gehumple oder hatte sich sein Fußgelenk bereits an die Bewegung gewöhnt? Es schien vorhin wirklich äußerst schmerzhaft gewesen zu sein, auch nur einen Fuß vor den anderen zu setzen. Schmerz dieser Art ließ, soviel sie wusste, wenn die Muskulatur warm und die Gelenke etwas elastischer wurden, etwas nach. Doch wozu brauchte er sie dann noch? Ein Krückstock täte es doch auch.

Inge versuchte, sich diese Frage zu beantworten, indem sie ihm direkt in die Augen sah. Ein gefrorener See konnte nicht eisiger sein. Dennoch lächelte er. Spielte er mit ihr? War er einer dieser Wehrmachtsoffiziere, die sich allmächtig fühlten und glaubten, sich alles herausnehmen zu können? Nein. Das war er nicht. Das spürte Inge.

»Aber wenn Sie das nicht möchten …«, kam dann prompt.

Inge warf ihm einen etwas pikierten Blick zu, den er anscheinend verstand. Sie wollte es und wollte es nicht. Allein schon, um einmal hier rauszukommen, wollte sie es, doch auch, weil er sich an ihr aufstützte und ihre Hilfe brauchte. Warum sie ihm dann verwehren? Liane hätte sie gar nicht so wissend angrinsen brauchen, als sie den Treppenabsatz erreichten. Dort war ein Geländer. Normalerweise war das ja Stütze genug, doch Preuss dachte gar nicht daran, sich daran festzuhalten. Er hatte ja ihren Arm, an den er sich klammern konnte. Es war Inge unangenehm, denn es hatte etwas Besitzergreifendes.

Kapitel 10

Zuletzt war Inge mit Annemarie und Marie-Louise anlässlich ihres Picknicks im Grünen durch die Stadt gefahren, aber auf einem Transporter und nicht in einem überraschend bequem gepolsterten Geländewagen. Eine bewaffnete Eskorte durfte aus Sicherheitsgründen nicht fehlen. Der Soldat fuhr vor ihnen auf einem Motorrad. Jemand wie Preuss konnte es sich erlauben, einen Soldaten vom Wachpersonal abzuziehen und der griesgrämigen Ursula eine ihrer Schwestern. Preuss war beim Hausdrachen mit seinem Wunsch erwartungsgemäß auf wenig Begeisterung gestoßen. Sein Wunsch wurde ihr aber zum Befehl. Es hatte darüber keine Diskussion gegeben. Dass sie sich ihren Teil dachte, genau wie Liane, war Inge natürlich klar. Sie machte sich darüber keine Gedanken mehr. Zu sehr war sie während der Fahrt damit beschäftigt, die vielen erfrischenden Eindrücke wie ein Schwamm in sich aufzusaugen. Es war wieder Leben in die Stadt eingekehrt. Inge erspähte notdürftig reparierte Gebäude. Sie wirkten wieder bewohnt. Ein Lebensmittelladen war geöffnet. Er bot kistenweise hiesiges Gemüse vor seinem Haus an einem Stand an. Mutter Natur höchstpersönlich belebte selbst die Ruinen. Nicht nur Unkraut spross aus den zerbombten Gebäuderesten zwischen den Steinen hervor. Verglichen mit der Trostlosigkeit ihrer ersten Eindrücke, vermittelte Inge diese

Fahrt, dass der Atem des Krieges einfach nicht kräftig, sein Arm nicht lang genug war, um das Leben gänzlich auszulöschen. Es bahnte sich allen widrigen Umständen zum Trotz seinen Weg. Insofern hatte Inge auf Nachfrage von Oberstleutnant Preuss eben bestätigt, dass sie die Fahrt genoss, obwohl sie nicht gänzlich ungefährlich war, weil an jeder Straßenecke Partisanen lauern könnten.

»Aber wo ist man heutzutage schon sicher? Noch nicht einmal in der Heimat«, erklärte er, während sie einen gut besuchten Marktplatz im Zentrum Charkows überquerten.

»Wie schlimm steht es denn um die Heimat? Werden mittlerweile alle deutschen Städte bombardiert?«, wagte Inge in der Annahme zu fragen, dass er sicher mehr wusste, als das, was Seiler und die anderen Schwestern gelegentlich von den Verwundeten aufschnappten.

»Das bringt der Krieg nun einmal mit sich. Sie suchen sich strategisch wichtige Ziele. Fabriken. Militärstützpunkte. Aber diese verfluchten Tommys schrecken vor nichts zurück. Wollen die Deutschen mürbe machen. Sie einschüchtern. Erst Anfang Juli haben die Engländer Köln bombardiert. Schwere Schäden. Viele haben ihr Leben lassen müssen.«

»Und Nürnberg? Wissen Sie etwas über Nürnberg? Mein Vater hat dort ein Bekleidungsgeschäft«, fragte Inge vor Sorge innerlich aufgewühlt nach.

»Soviel ich weiß, sind die ersten Bomben bereits Ende Februar auf Nürnberg gefallen. Und dann weitere im März. Das Siemens-Trafowerk wurde getroffen. Überwiegend militärisch wichtige Ziele. Weitere größere Bombardements Ihrer Heimatstadt danach sind mir nicht zu Ohren gekommen. Ich hoffe, dass das Geschäft Ihres Vaters nicht in der Nähe solcher Ziele ist.«

Inge schüttelte den Kopf. Sie hatte die Angriffe bis zum Ende ihrer Schwesternausbildung noch mitbekommen. Keine weiteren Bomben mehr auf Nürnberg? Ein Offizier bekam sicherlich nur militärisch bedeutsame Schäden mitgeteilt. Insofern waren seine Worte wenig hoffnungsspendend.

»Keiner von uns weiß, wie der Krieg ausgeht. Eigentlich will ihn niemand, doch geopolitische Interessen erzwingen ihn. Es geht um Macht, Einfluss und um Rohstoffe. Große Politik, die oft schwer zu durchschauen ist. Sogar für uns Offiziere«, fuhr er fort.

»Und dennoch werden Befehle blind ausgeführt.«

»Blind würde ich nicht sagen«, erwiderte Preuss zu Inges Überraschung.

»Aber sie werden befolgt.«

»Wir sind mittlerweile alle Teil eines Spiels. Es ist wie eine große Schachpartie über Länder und Kontinente hinweg. Darin liegt eine gewisse Faszination. Auch beim Schach will jeder gewinnen. Das liegt in der Natur des Menschen.«

»Aber beim Schach gibt es nur einen Gegner und der Verlierer kommt nicht zu Schaden«, entgegnete Inge.

»Da haben Sie recht. Leider. Jeder gegen jeden. So wird es enden. Und mittlerweile ist der Wunsch, zu gewinnen, wichtiger geworden als das ursprüngliche Ziel.« Inge hatte das Gefühl, dass Preuss es mehr zu sich sagte.

»Hier in Russland stehen die Dinge nicht so gut«, wagte Inge anzudeuten.

»Sie glauben nicht an den Endsieg?«

Inge durchfuhr es heiß. Eine falsche Antwort könnte sie das Leben kosten. »Wir Schwestern sind keine Soldatinnen. Wir kämpfen um das Leben, nicht um einen Krieg zu gewinnen«, sagte sie nach reiflicher Überlegung, denn auch wenn sich Preuss bisher als sehr reflektierter und gänzlich untypischer Wehrmachtsoffizier erwiesen hatte, kannte sie ihn noch nicht gut genug, um allzu heikles Gedankengut von sich zu geben.

»An Ihnen ist eine Diplomatin verloren gegangen«, sagte er schmunzelnd und musterte sie dann. Hoffentlich richtete er sein Augenmerk wieder auf die Straße. Es kam Gegenverkehr. Er tat es. »Niemand bei klarem Verstand glaubt noch an den Endsieg. Zu viele Fronten. Das hätte Hitler schon nach Stalingrad bewusst werden sollen.«

»Sie sagten doch, dass es nur noch ums Gewinnen geht. Um die Ehre? Einer der Soldaten hat mir das gesagt. Gibt es deshalb so viele Verwundete aus Kursk?«, fragte Inge freiheraus. Sie waren allein. Niemand würde ihr Gespräch mitverfolgen können.

»Wir wurden angewiesen, die Russen einzukesseln. Einmal war das gelungen, aber ohne nachhaltigen Erfolg. Racheakte sind generell unklug. Ich vermute, es ist nichts anderes. Am fünften Juli startete die Offensive. Sie dauerte nur vier Tage. Es ist unseren Panzerbrigaden nicht gelungen, die sowjetischen Linien zu durchbrechen. Tausende Tote auf beiden Seiten.« Dies bestätigte, was Strenz ihr bereits angedeutet hatte, und erklärte, warum auch ihr Lazarett seit Anfang Juli überbelegt war.

»Das heißt, der Krieg ist bald vorbei?«

»Die Fronten verschieben sich.«

»Werden Sie deshalb nach Italien gehen?«

»Sie würden dem Reich auch gute Dienste als Spionin leisten. Man hat den Drang, Ihnen alle Fragen zu beantworten.«

Inge lachte. »Das liegt sicher nur daran, dass ich eine einfache DRK-Schwester bin.«

»Es ist so vorgesehen. Die Truppen sollen nach Italien verlegt werden. Die Alliierten werden versuchen, uns vom Stiefel Italiens aus zu bekämpfen. Das ist so gut wie sicher.«

»Aber kann die italienische Armee sie denn nicht aufhalten? Die Italiener kämpfen doch auf der Seite der Deutschen«, fragte Inge nach.

»Ein Haufen Feiglinge. Haben doch schon in Griechenland versagt. Im Mai mussten die deutsch-italienischen Truppen in Afrika kapitulieren. Es lag nicht an den Unsrigen. Schlecht ausgebildet sind die Italiener. Keine Disziplin. Nur Dolce Vita im Kopf. Eine Armee von Schwächlingen und Versagern. Mussolini verliert an Einfluss. Wir müssen handeln, bevor sie sich auf die Seite des Gegners schlagen.« Inge hatte nicht überhört, mit welcher Leidenschaft er ihr dies vorgetragen hatte. Er gehörte sicherlich auch zu denjenigen, denen es um die Ehre ging. Einer der Spieler, die nur um zu gewinnen in den Kampf zogen. Stolz auf die Truppe und Teil der Wehrmacht in einer gehobenen Position zu sein kam sicherlich noch mit hinzu. Überhaupt waren Wehrmachtssoldaten, die aus Überzeugung kämpften, ihrer bisherigen Erfahrung nach ein ganz eigener Menschenschlag. Es gab den Typus Gewaltmensch, der sich auf dem Feld austoben konnte. Preuss gehörte sicher nicht dazu, doch er schien es zu genießen, diese harten unerschrockenen Kerle wie Bauern auf dem Schachbrett herumzukommandieren. Viele folgten ihren Idealen, waren von Ehrgeiz getrieben, Tapferkeit und Diensteifer. Damit konnte man anderen imponieren. Diese Einstellung haftete Preuss gewiss an. In solchen Momenten schien er nicht mehr derselbe zu sein. Er wirkte weniger reflektiert und gelassen. Seine Stimme war dann aufgebracht und seine Wortwahl nicht mehr die eines Schöngeistes. Anscheinend war ihm das selbst unangenehm. Er schwieg und wirkte fortan angespannt.

»Und was wird dann aus uns? Wenn keine deutschen Soldaten mehr hier sind? Und Charkow? Wird es auch fallen?«, fragte Inge besorgt nach.

»Würden Sie hierbleiben, wenn Sie wüssten, dass es auch schlecht um Charkow steht?«

»Ich fürchte, als DRK-Schwester hat man keine andere Wahl«, sagte Inge, der langsam dämmerte, dass ihre Tage hier gezählt waren. Sie fragte sich, warum er sich ihr gegenüber so offen gab. Zweifelsohne übte sie eine gewisse Faszination auf ihn aus, die Inge sich überhaupt nicht erklären konnte. Hübsche Mädels gab es in der Schwesternschaft und unter den Wehrmachthelferinnen doch zur Genüge. Im umgekehrten Fall konnte sie das Gleiche aber auch über ihn sagen. Sie fühlte sich zu ihm hingezogen und zugleich war etwas an ihm, das ihr Angst machte. Der vorherige Gefühlsausbruch, als es um die Italiener gegangen war, hatte diesen Eindruck bestätigt. Sie erklärte es sich damit, dass er um die drohende Niederlage wusste, sie sich selbst aber nicht so recht eingestehen wollte, um nicht zu den Verlierern des Kriegs zu gehören.

»Sie sagen ja gar nichts mehr. Würden Sie dann hierbleiben wollen?«

»Solche Fragen sind nicht so einfach zu beantworten«, erwiderte sie. Dann sah sie das Schild auf einem der noch intakten Gebäude der Innenstadt. *Ortskommandantur* stand über der Eingangstür. Das Motorrad der Eskorte hielt davor und auch Preuss stellte den Wagen an den Straßenrand direkt daneben. Inge stieg sofort aus, um ihm aus dem Wagen zu helfen, doch er stand schon auf eigenen Beinen, bevor sie ihn erreicht hatte, und grüßte den davor postierten bewaffneten Soldaten mit dem Hitlergruß.

»Warten Sie hier auf mich«, wies er sie an und ging hinein. Er schleppte den Fuß nicht mehr hinter sich her, hielt nicht mehr bei jedem Schritt inne. Er hinkte lediglich ein bisschen. Wozu um alles in der Welt hatte er dann verlangt, dass sie ihn begleitete?

Inge war klar gewesen, dass Preuss nicht nur einfach mal kurz hineingehen würde, um ein paar Worte zu wechseln. Besprechungen dieser Art konnten dauern. Und nachdem ihr einer der Wachen einen Becher gefüllt mit schwarzem Tee und ein paar Kekse in einer Blechdose nach draußen gebracht hatte, rechnete Inge damit, für mindestens zwei Stunden draußen im Wagen ausharren zu müssen. Die Sonne schien. Das Gebäude wurde gut bewacht und vom bequemen Sitz des offenen Geländewagens aus hatte sie die Straße im Blick. Nur gelegentlich nahmen Passanten auf der anderen Straßenseite überhaupt Notiz von ihr. Die wenigen, die zu ihr hergesehen hatten, waren regungslos an ihr vorbeigegangen. Inge hatte zwei älteren Frauen ein Lächeln geschenkt, jedoch ohne Resonanz. Wer in einem Wagen vor dem Hauptsitz der deutschen Besatzer saß, hatte vermutlich auch kein Lächeln verdient. Inge aß aus purer Langeweile den nächsten Keks. Die halbe Dose war bereits leer, was aber auch daran lag, dass sie, seitdem sie an der Ostfront war, Leckereien dieser Art nicht mehr zu Gesicht bekommen hatte. Auch unter diesem Aspekt hatte sich die Fahrt gelohnt. Dass sie im Lazarett gebraucht wurde, lag ihr im Gegensatz zu den Keksen schwerer im Magen. So wie es aussah, war die Teestunde nun vorbei, denn an der Tür tat sich etwas. Sie ging ein Stück auf. In der Zwischenzeit war, abgesehen von einer der beiden Wachen, um sie zu versorgen, niemand hineingegangen oder herausgekommen. Das musste dann wohl Preuss sein. Und da täuschte sie sich nicht. Er stand allerdings noch eine Weile an der Türschwelle und unterhielt sich mit einem älteren Uniformierten, der einen neugierigen Blick in ihre Richtung warf. Anscheinend erklärte Preuss gerade, wer sie war. Er salutierte dann und verließ mit einer ledernen Mappe, die offenbar prall gefüllt mit Dokumenten war, das Gebäude. Inge versuchte, in seiner Mimik zu lesen, ob er gute oder schlechte Neuigkeiten zu berichten hatte, doch das ließ sich auch nicht beurteilen, als er sie erreicht hatte.

»Ich hoffe, es ist alles zu Ihrer Zufriedenheit verlaufen, Herr Oberstleutnant«, sagte Inge.

Er nickte und warf einen Blick auf die Keksdose. Dann griff er hinein. »Wie ich sehe, hat die Ortskommandantur meine Anweisungen befolgt.« Es sah aus, als würde er sich jeden Bissen des Mürbeteiggebäcks auf der Zunge zergehen lassen.

»Sie haben keine bekommen?«

»Keine Zeit.«

»Vielleicht noch etwas Tee? In der Kanne ist noch welcher.«

»Dazu haben wir auch keine Zeit.«

Inge wunderte sich darüber, dass er es auf einmal so eilig hatte. »Ihrem Fuß geht es wohl besser«, konnte sie sich nicht verkneifen.

»Ich kann da ja nicht als lahmender Gaul reingehen. Niemals Schwäche zeigen. Am Ende hätte das Oberkommando es sich noch anders überlegt.«

»Inwiefern?«

»Ich bin bestimmt nicht der einzige Offizier, der Italienisch spricht«, sagte er.

»Also werden Sie bald abreisen?«

»Übermorgen früh.« So richtig begeistert klang er nicht für jemanden, dem eine Mission zugewiesen worden war, die ihn nach Italien führte, ein Land, das er kannte und ins Herz geschlossen hatte.

»Fahren Sie uns nach«, rief er dem Soldaten zu, ihrer Eskorte, die es sich während der Wartezeit auf der Treppe des Nachbargebäudes bequem gemacht hatte.

»Kennt er den Weg zurück zum Lazarett denn nicht?«, wunderte sich Inge, denn bei der Herfahrt war er ja vor ihnen gefahren.

»Dort fahren wir ja auch nicht hin.«

»Noch ein Termin, bei dem ich Sie beim Gehen stützen muss?«, fragte sie süffisant lächelnd.

»Nein. Aber ein mindestens so gewichtiger.« Nun war er es, der lächelte. Geheimnisvoll und voller Vorfreude.

Inge konnte sich beim besten Willen keinen Reim darauf machen. Sie kam nicht mehr dazu, nachzuhaken, weil er einstieg und mit Getöse den Motor startete. Erst als er in einem höheren Gang und somit leiser fuhr, und nachdem er sich vergewissert hatte, dass der Soldat ihnen auf dem Motorrad folgte, beschloss sie, ihm auf den Zahn zu fühlen.

»Wo fahren wir hin?«

»Seien Sie doch nicht so ungeduldig. In diesen Zeiten hat man nur wenige erfreuliche Erlebnisse. Diese Fahrt und unser Ziel gehören sicher mit dazu.«

Inge sah ein, dass es keinen Sinn mehr hatte, in diese Richtung weiterzubohren. Es gab zudem noch etwas anderes zu klären, wobei dies seine gute Stimmung eventuell eintrüben könnte.

»Warum haben Sie mich mitgenommen?«, fragte Inge geradeheraus.

»Ich brauche Ihre Fachkenntnis. Das ist doch auch eine Art Stütze. Hätte ich der Oberschwester reinen Wein eingeschenkt, wären Sie jetzt nicht hier. Sie würde glauben, ich sei verrückt. Wer weiß, vielleicht bin ich das ja auch«, sagte er amüsiert.

Was um Himmels willen hatte er vor? Fachkenntnis? Gab es am Ende noch ein Lazarett hier am Ort, von dem sie nichts wusste?

»Ist es Ihnen denn so unangenehm, mich zu begleiten?«

Inge registrierte, dass seine Stimme anders klang. Etwas brüchiger und weicher.

»Habe ich Ihnen einen Anlass gegeben, dies anzunehmen?«, fragte Inge.

»Sie wollen möglichst schnell zurück. Aus Pflichtgefühl. Hab ich recht?«

Diese Frage konnte Inge uneingeschränkt bejahen.

»Und wenn ich Ihnen verspreche, dass Sie diese Fahrt nicht bereuen werden?«

Inge seufzte. Es brachte wirklich nichts mehr, weiterzufragen.

»Wir sind sowieso gleich da. Da vorne müsste es sein«, sagte er.

Inge hatte erst jetzt einen Blick für die Straße, in die er vorhin abgebogen war. Hier hatten überraschend viele der alten Gebäude kaum etwas abbekommen. Nur auf einem Haus, an dem sie gerade vorbeifuhren, fehlte ein Teil des Dachstuhls. Einige wenige Mauern wiesen Spuren von Einschüssen auf. Die meisten Häuser hatten kleine Läden im Erdgeschoss. Ein paar waren sogar geöffnet. Wüsste sie es nicht besser, konnte man fast annehmen, gar nicht in einer vom Krieg berührten Stadt zu sein. Was *da vorne* sein sollte, erschloss sich ihr aber nicht, weil ein Planwagen die Sicht versperrte. Dann verlangsamte Preuss die Fahrt und hielt vor einem kleinen Geschäft, dessen Zweck Inge auf den ersten Blick überhaupt nicht einordnen konnte. Die Scheibe der Auslage war so verdreckt, dass sie nichts darin erkennen konnte. Erst als er den Wagen davor hielt, glaubte sie, darin eine Gitarre zu erkennen.

»Wir sind da.« Preuss stieg sichtlich erfreut aus.

Inge stieg nun ebenfalls aus und besah sich die Auslage näher. Die Schrift in der Scheibe war auf Russisch, doch daneben war ein Logo, das sie als Note interpretierte.

Preuss gesellte sich zu ihr. »Jede größere Stadt hat einen Laden, der Musikinstrumente verkauft. Ich habe mich nicht getäuscht. Der hier soll auch Violinen haben.«

Inge starrte Preuss ungläubig an.

»Sie sollen wieder für die Soldaten spielen.« Das klang nun wie ein Befehl.

Inge schlug das Herz bis zum Hals. Er wollte ihr allen Ernstes eine Violine kaufen?

»Wollen wir nicht reingehen? Hoffentlich hat er auch wirklich welche.«

Inge war unfähig, etwas darauf zu sagen. Sie folgte Preuss wie eine Marionette, nachdem er die Tür geöffnet und vorangeschritten war. Inge ließ sofort ihren Blick über den Verkaufsraum schweifen. Ein Klavier stand darin. Ein Bass. Ein paar Gitarren und es gab hier tatsächlich Violinen. Gleich drei an der Zahl. Wieso war niemand im Laden? Die Türklingel musste sie doch angekündigt haben. Wenigstens diese Frage beantwortete sich von allein. Ein alter hagerer Mann, dessen Hose vermutlich nur deshalb nicht rutschte, weil er Hosenträger über seinem verschlissenen Hemd trug, schlurfte in Pantoffeln in den Laden und musterte sie mit großen Augen.

»Sprechen Sie Deutsch?«, fragte Preuss ungeniert.

Der Alte wirkte eingeschüchtert und schien Angst vor dem Offizier zu haben. Sein Blick lag auf Preuss' Pistole, die im Holster an seinem Gürtel steckte.

»Violine«, sagte Inge nur und deutete auf die Geigen im Holzregal, die bereits etwas angestaubt waren. Dann deutete sie auf sich und tat so, als würde sie auf einer Violine spielen. Diese Geste entspannte den Alten sichtlich. Er ging zum Regal und warf Inge einen fragenden Blick zu.

»Ich vermute, er will wissen, für welches Modell Sie sich interessieren.«

Inge hatte nur noch Augen für diese Instrumente und doch zögerte sie, auch nur einen Schritt vor den anderen zu setzen. »Ich kann das doch nicht annehmen«, sagte sie an Preuss gerichtet.

»Natürlich können Sie das. Und wenn Sie sich weigern, dann muss ich es Ihnen leider befehlen«, sagte Preuss.

Inge deutete auf die Violine in der Mitte und konnte es kaum erwarten, sie in Händen zu halten, doch der Alte ging erst zu seinem Verkaufstresen und öffnete eine Schublade, aus der er ein Tuch hervorzog. Dann nahm er die Violine behutsam aus dem Regal. Fast liebevoll fuhr er über den Korpus der Violine, um sie vom Staub zu befreien, bevor er sie Inge reichte. Ein unbeschreibliches Glücksgefühl. Dass sie einen Bogen brauchte, musste sie ihm nicht sagen. Den holte er aus einer Glasvitrine und reichte ihn ihr ebenfalls.

»Entspricht Sie Ihren Vorstellungen?«, wollte Preuss wissen.

Inge zupfte an der A-Saite. »Sie scheint sogar gestimmt zu sein. Sie ist wunderschön und gut verarbeitet.«

Der alte Mann hatte sie im Visier. Ein befreites Lächeln löste sich in seinem Gesicht, als sie die Violine in gewohnter Weise anlegte und in einer zärtlichen Geste darüberfuhr.

»Was soll sie kosten?«, fragte Preuss. Dass er dabei Zeigefinger und Daumen aneinanderrieb, eine Geste, die man auf der ganzen Welt verstand, machte dem Verkäufer klar, um was es ging.

Er brabbelte etwas auf Russisch, das Inge nicht verstand.

»Ich habe nur Reichsmark«, sagte Preuss.

Der Alte bedeutete in einer eher demutsvollen Geste, ihm zum Tresen zu folgen. Dort kramte er einen Zettel hervor und schrieb etwas darauf. Inge konnte einfach nicht mehr warten. Der Bogen forderte sie regelrecht dazu auf, über die gespannten Saiten zu streichen. Schon als der erste Ton erklang, entfaltete das Instrument die altbekannte Magie des Violinspiels. Was für wunderschöne Klänge! Sie bekam nur noch aus den Augenwinkeln mit, dass sowohl der alte Verkäufer als auch Preuss regungslos am Tresen verharrten. Pachelbels Kanon erfüllte den Raum. Inge konnte nicht mehr aufhören zu spielen.

Inge hielt den Violinenkasten im Arm, als ob es ein Neugeborenes wäre. Über den Preis, den Oberstleutnant Preuss in deutscher Währung gelöhnt hatte, solle sie sich keine Gedanken machen. »Ich habe ihn gerecht entlohnt.« Mehr war Preuss nicht zu entlocken. Und das schien keine Selbstverständlichkeit zu sein. Preuss hatte ihr auf der Rückfahrt von einem Offizier erzählt, der urplötzlich Gelüste auf einen Lammbraten verspürt und sich daher ein Lamm von einem der umliegenden Bauernhöfe besorgt hatte. Allerdings ohne mit Bargeld in der Landeswährung oder in Reichsmark gesegnet zu sein. Lediglich einen alten Lotterieschein, auf dem der Reichsadler zu sehen war, hatte er dabeigehabt und ihn dem Bauern tatsächlich als Schuldschein der deutschen Wehrmacht angedreht. Andere bekamen gar nichts, wie er vom Hörensagen wusste. Sie konnten froh sein, mit dem Leben davonzukommen. Im Krieg seien Plünderungen an der Tagesordnung. Die meisten Bauern versorgten die Wehrmachtsangehörigen freiwillig, weil sie genau wussten, was ihnen blühen würde, wenn sie sich störrisch zeigten.

»Wo sind der sprichwörtliche deutsche Anstand und die Redlichkeit geblieben? Die Zivilisten haben den Krieg doch nicht zu verantworten«, wandte Inge ein.

»Mit der Zeit stumpft man ab. Es geht ums eigene Überleben. Der Krieg macht die Menschen zu Bestien. Das ist nur eine Lektion, die ich an der Ostfront gelernt habe.«

»Aber Sie haben dem Mann Geld gegeben.«

»Weil ich welches hatte.«

»Und wenn Sie keines gehabt hätten?«

Oberstleutnant Preuss musste sich diese Frage erst durch den Kopf gehen lassen. Er beantwortete sie dann doch. »Dann wäre ich vermutlich gar nicht erst auf den Gedanken gekommen.«

Inge musterte ihn. Ihre Frage ließ ihn offenkundig nicht los.

»Auch nicht zum Wohle der Soldaten?«

»Selbst dann nicht.« Seine Antwort klang überzeugend. »Ich muss allerdings gestehen, dass ich dabei auch an Ihr Wohl gedacht habe«, räumte er dann noch ein. Inge hatte das Gefühl, dass es ihm schwergefallen war, dies von sich zu geben. Mittlerweile hegte sie keinen Zweifel mehr daran, dass sie ihm am Herzen lag, und das konnte nicht nur an ihrem Aussehen liegen. Von Liebe auf den ersten Blick, wie man es aus Liebesromanen kannte und sie auch von nicht wenigen Schulfreundinnen erzählt bekommen hatte, konnte aber nicht die Rede sein. Dazu hatte sie ihm keinen Anlass gegeben. Die Umstände ihres Kennenlernens ebenso wenig, wobei Inge es für möglich hielt, dass er dies vielleicht so empfand. Für einen Moment überlegte sie, ob sie die restliche Fahrtzeit dazu nutzen sollte, ihm diesbezüglich auf den Zahn zu fühlen. Sie unterließ es, denn ein ihnen auf der Hauptstraße entgegenkommendes offenes Fahrzeug der Wehrmacht veranlasste Preuss dazu, die Fahrt zu verlangsamen. Vermutlich grüßte man sich oder tauschte sich über die Lage in dieser Gegend aus. Als die beiden Fahrzeuge nebeneinander zum Stehen gekommen waren, fror Inges Herz ein. Auf der Pritsche saß Unteroffizier Strenz, die Hände auf den Rücken gefesselt und von zwei bewaffneten Wehrmachtssoldaten flankiert. Sie hatte gleich zweimal hinsehen müssen, denn er trug keine Uniform mehr.

»Heil Hitler!«, rief ihnen der Wehrmachtssoldat aus dem Fahrerhaus zu.

»Wie ist die Lage?«, wollte Preuss wissen.

»Keine besonderen Vorkommnisse. Die Straße ist frei.«

»Wer ist das?«, wollte Preuss mit Blick auf den Gefangenen wissen.

»Ein Deserteur. Aus dem Lazarett geflohen. Angeblich wollte er nur mal für einen Tag raus, an die frische Luft und sich dann bei der Ortskommandantur wieder zum Einsatz melden. Haben ihn auf dem Wagen eines Bauern erwischt.«

In dem Moment wurde Strenz auf sie aufmerksam. Inge las Angst und Verzweiflung in seinen Augen. Hätte sie ihn doch nur nicht dazu ermutigt. Das Fenster. Der Hinweis, wie er über den Nussbaum unbemerkt das Grundstück verlassen konnte. Inge machte sich entsetzliche Vorwürfe.

»Und wo hat er seine Uniform gelassen?«, verhöhnte Preuss ihn in einem Tonfall, den Inge als abstoßend empfand. Genau so redeten sie. Laut und brachial. Das war der Klang der Wehrmacht.

»So was gehört eigentlich gleich erschossen. Wir bringen ihn zur Ortskommandatur«, sagte der Offizier im Wagen.

Preuss gab sich damit zufrieden, salutierte stramm und fuhr weiter.

Inge konnte gar nicht anders, als Strenz nachzusehen. Es war der Blick eines Mannes, der Lebewohl sagte.

»Kennen Sie den?«, fragte Preuss immer noch in diesem schroffen Tonfall. Seine Stentorstimme war wie ein Messerstich.

Inge war in Selbstvorwürfen versunken.

»Schwester Inge?«

Sie holte tief Luft und versuchte, die Vorstellung, dass ihm die Erschießung drohte, zu verdrängen. Es war nicht ihre Schuld. Er hatte sich dazu entschieden, sagte sie sich. Erst nach einem weiteren tiefen Atemzug war sie in der Lage, Preuss zu antworten. »Ich habe mitbekommen, dass einer der Offiziere verschwunden ist«, erwiderte Inge.

»So wie der Sie angesehen hat …«

»Er war oben auf der Station. Gleich neben Ihrem Zimmer«, sagte Inge wahrheitsgemäß.

»Sollen sich doch vorher überlegen, ob sie zum Militär gehen. Nichts ist niederträchtiger, als die Kameraden im Stich zu lassen«, sagte Preuss voller Verachtung.

»Strenz hat ein paar Worte mit mir gewechselt. Ich glaube nicht, dass er aus Niedertracht oder Feigheit gehandelt hat.«

Preuss stutzte.

Inge befürchtete, dass sie sich ihm gegenüber nun doch zu viel herausgenommen haben könnte.

Überraschenderweise fragte er nach. »Sondern?«

»Er hat gesagt, dass er nicht mehr an den Sieg glaubt. Wenn ich mich recht erinnere, kam er aus Kursk. Von einer sinnlosen Schlacht hat er gesprochen.«

»Das eine hat mit dem anderen nichts zu tun. Ein Zivilist kann sich solche Ansichten erlauben und dementsprechend handeln. Ein Soldat hat Befehle auszuführen.« Die Art, wie Preuss es sagte, machte Inge klar, dass er felsenfest davon überzeugt war.

»Verzeihen Sie bitte meine naiv anmutende Frage, aber gibt es beim Militär eine Grenze, die es erlaubt, Befehle infrage zu stellen, wenn sie gänzlich sinnlos erscheinen?«

»Gibt es. Wenn ein Vorgesetzter etwas befiehlt, was gegen die Vorschriften verstößt, gegen das Gesetz oder eine nachweislich falsche Entscheidung trifft.«

»Eine Art Meuterei?«

»Befehlsentzug ist eine schwierige Angelegenheit. Ein Einzelner kann das nicht entscheiden.«

»Und in diesem Fall? Angenommen, er würde erschossen und in zwei Wochen wäre der Krieg vorbei? Wäre sein Tod dann nicht auch gänzlich sinnlos? Würden ihn andere nicht sogar als Helden feiern, weil er den Mut hatte, auszusprechen, was viele bereits denken?« Inge klopfte das Herz bereits bis zum Hals.

Preuss schien mit sich zu ringen. »Was wäre wenn und hätte und würde. Das könnt ihr Frauen. Verdreht einem den Kopf. Aber hier gibt es kein wäre, hätte und würde. Er ist Offizier der Wehrmacht und wie der Krieg endet, weiß niemand. Weder er noch Sie noch ich.«

Inge wurde klar, dass er nicht gedachte, noch ein weiteres Wort darüber zu verlieren. Aus seiner Sicht gab es kein Argument der Welt, das Strenz' Desertion rechtfertigen würde. Die Welt des Kriegs hob sowieso alle Gesetze von Moral und selbst den gesunden Menschenverstand aus den Angeln.

»Sie sagen ja gar nichts mehr«, wunderte er sich zu Inges großem Erstaunen, diesmal wieder mit der Stimme des Wolfes, der Kreide gefressen hatte.

»Sie haben recht.«

»Sie müssen mir nicht recht geben, nur weil ich Offizier bin. Sagen Sie, was Sie denken«, forderte er sie auf.

»Die Oberschwester wollte nicht, dass ich für die Verwundeten spiele. Dass ich das durfte, habe ich dem Unterstabsarzt zu verdanken. Ich will damit sagen, dass selbst in diesen schlimmen Zeiten Menschlichkeit und das Besondere einer Situation nichts mit *wäre, würde und hätte* zu tun hat.«

»Sie haben damit gegen die Regeln eines Militärlazaretts verstoßen. Das ist doch etwas ganz anderes. Mir erschließt sich der Zusammenhang mit diesem Strenz nicht.«

»In jedem Regelbruch kann etwas Gutes liegen.«

»In seinem Fall?«, insistierte er.

»Ein Mann weniger, der dem Krieg zum Opfer fällt, und einer mehr, der in der Heimat eines Tages beim Wiederaufbau helfen kann. Und ist es nicht sogar sehr mutig, wenn jemand aus einer inneren Einsicht heraus so eine Entscheidung trifft? Er hat, soviel ich weiß, in Kursk gekämpft und all seine Kameraden verloren.«

Preuss stutzte erneut. Inge konnte ihm ansehen, dass er sich der Wahrhaftigkeit dieser Gedanken nicht entziehen konnte. Zugeben würde er es sicher nicht. Stattdessen gab er einen abfälligen Laut von sich.

»Wenn es nach den Frauen ginge, wären wir nicht im Krieg. Wir würden uns alle hilflos dem Feind ausliefern.«

»Wenn dann aber auch beim Feind die Frauen das Sagen hätten und keinen Krieg wollten, dann gäbe es doch gar keinen.«

Preuss schluckte auch das. Und Inge glaubte, zu sehen, dass er Mühe hatte, nicht zu schmunzeln. Es folgten verstohlene Blicke, die sie aus dem Augenwinkel mitbekam, jedoch ignorierte. Sie waren bereits in die Straße abgebogen, die zurück zum Lazarett führte. Da lohnte es sich sowieso nicht mehr, weiter darauf herumzureiten. Frauen in Politik und beim Militär. Die Welt wäre eine bessere, überlegte sie sich.

Preuss wurde Inge ein immer größeres Rätsel. Um den Schein zu wahren und vermutlich auch, weil sie nach Ankunft im Lazarett Oberschwester Ursula über den Weg gelaufen waren, hatte er seinen Fuß, der den ganzen Nachmittag für keinerlei unüberwindbare Einschränkungen gesorgt hatte, abermals hinterhergezogen. Das gleiche Spiel wie morgens – man musste es ja bereits so nennen –, als Inge ihn nach oben gebracht hatte und sie Schwester Liane begegnet waren. Einerseits machte Inge das wütend. Er hatte seine Macht missbraucht, um das Angenehme mit dem Nützlichen zu verbinden – nichts anderes war doch ihr Ausflug in die Innenstadt gewesen. Und so jemand hielt ihr Vorträge über die Militärmoral, sofern man überhaupt noch von Moral sprechen konnte. Von wegen Befehle ausführen. Kein Eigeninteresse mehr an den Tag legen. Kämpfen für das Vaterland. Für den Führer, aber zugleich eine Schwester zu einem Laden kutschieren, um Zeit mit ihr zu verbringen. Andererseits hatte sie nun wieder eine Violine und seine Beweggründe waren alles andere als verwerflich. Oder hatte er sie nur gekauft, um sich bei ihr einzuschmeicheln? Damit sie sein offenkundiges Interesse an ihrer Person umgekehrt fortan auch ihm entgegenbrachte? Selbst wenn. Am liebsten hätte sie mit Preuss darüber gesprochen, doch Oberschwester Ursula hatte sie gebeten, sich gleich beim Unterstabsarzt zu melden. Inge war letztlich froh darüber, dass es nun Liane war, die ihm einen frischen Verband anlegen musste, denn in ihrem Kopf kreisten zu viele Fragen. Und jede Minute mit Preuss warf neue auf.

»Spielen Sie heute, Schwester Inge«, hatte er von ihr verlangt, nachdem sie ihn den Schein wahrend zurück auf sein Zimmer begleitet hatte. Es war eher eine Bitte gewesen, fast schon ein Flehen, das sie ihm nicht abschlagen konnte, auch wenn sie bis um halb elf nachts Doktor Seiler und zweimal dem Oberstabsarzt Doktor Heinemann hatte assistieren müssen. Bis vor ihrer Begegnung mit Preuss waren diese Tätigkeiten zur Routine geworden. All das Grauen des Kellers, all die schlimmen Schicksale. Sie hatte gelernt, genau wie alle anderen, es nicht mehr an sich heranzulassen, um ihre Pflicht zu erfüllen. Doch als sie den unteren Trakt verließ, um aus ihrem Zimmer die Violine zu holen, fühlte Inge sich wieder so ohnmächtig wie am ersten Tag. Strenz' Schicksal lastete schwer auf ihrer Seele. Preuss' Worte über das große Spiel, das jeder gewinnen wollte, nur um des Gewinnens willen, geisterten ebenfalls durch ihren Kopf. Sie schleppte sich nach oben, von der Hoffnung getragen, dass das Instrument ihr wieder Kraft geben würde. Inge versuchte, alles zu verdrängen, was sie belastete, grüßte die ihr auf der Treppe und im Gang entgegenkommenden Schwestern, ohne sie überhaupt anzusehen. Gesichter wurden zu Schemen. Gestalten zu Schatten. Strenz war vielleicht schon tot. Preuss hatte recht. Strenz wusste, was er tat, doch wusste es das Militär oder gar der Führer? Das Sterben für einen Krieg, der noch nicht einmal mehr zu gewinnen war. War das recht? Es war Wahnsinn. Inges Kopf schmerzte, als sie ihr Zimmer betreten hatte. Erschöpft von der Nacht, dem Tag, dem ganzen Irrsinn, der sie umgab, griff sie Halt suchend nach der Violine und dem Bogen. Wie eine Ertrinkende klammerte sie sich daran fest. Sie musste spielen, sagte sie sich. Totenlieder? Ihnen das Sterben erleichtern? Das war es doch letztlich. Inge ließ sich kraftlos auf ihren Stuhl nieder. Welche Figur war sie in diesem Schachspiel? Sicher nicht die Königin. Die konnte sich ja frei in alle Himmelsrichtungen bewegen, sofern man sie nicht in die Enge trieb. Sie war die mächtigste Figur auf dem Brett. Inge fühlte sich momentan wie ein einfacher Bauer. Sie hatte nur ihre Violine. Sie lag gut in der Hand. Inge fuhr nur einmal mit dem Bogen darüber. Nur ein einziger Ton. Ein Klang zum Verlieben. »Spiel endlich«, schien die Violine ihr zuzuflüstern. Gab es im Moment irgendetwas, was schöner sein konnte? Erst als sie diesen Gedanken für sich verneinte, stand sie auf, um hinunter zum Musikzimmer zu gehen, doch sie beschloss, diesmal nur für sich zu spielen, ob die anderen nun zuhörten oder nicht.

Inges Hoffnung, dass sie am nächsten Morgen wieder die alte Abgebrühtheit spüren würde, sie nach dem Frühstück und einem Plausch mit Irina bei der Essensausgabe oder mit einer der Schwestern unbeschwerter an die Arbeit gehen konnte, erwies sich als frommer Wunsch. Sie sah die Dinge wieder so, wie sie sie am ersten Tag gleich nach ihrer Ankunft empfunden hatte. Als ob die gestrigen Ereignisse sie aus einer wochenlangen Lethargie gerissen hätten, die es ja brauchte, um hier nicht seelisch vor die Hunde zu gehen. Selbst das recht schmackhafte frisch gebackene Kommissbrot und Irinas selbst gemachte Marmelade, an manchen Tagen sogar etwas, worauf sie sich freute, wanderten von einer Wange zur anderen. Sie spülte sie mit Muckefuck herunter.

»Wir haben dich gestern spielen gehört. Es war wunderschön«, schwärmte Marie-Louise, die sich nach ihrer Nachtschicht zu ihr an den Tisch gesellte. Auch das eine Routine, die ihr normalerweise nicht unangenehm war. Heute schon. Allein sein mit ihren Gedanken wollte sie. Inge sagte daher nichts darauf und nickte. Es kostete sie unendlich viel Kraft, sich ein Lächeln abzuringen.

»Was habt ihr denn gestern den ganzen Nachmittag so gemacht? Preuss und du? Gibt es Neuigkeiten aus der Stadt? Du erzählst ja gar nichts«, bedrängte Marie-Louise sie.

»Es gibt ja auch nichts zu erzählen.«

»Aber die Violine, die hast du doch sicher irgendwo in der Stadt aufgetrieben.« Darüber wurde also auch bereits spekuliert.

»Dem Oberstleutnant ist zu Ohren gekommen, dass ich spiele und meine Violine zu Bruch gegangen ist.«

»Anscheinend mag er Musik. Dann haben wir wenigstens wieder dein Spiel. Kein anderes Lazarett kann so etwas bieten. Ich bin mir sicher, dass die Heimkehrer noch lange darüber reden werden. Am Ende kriegst du noch einen Orden.«

Inge sagte nichts darauf, sondern rang sich lediglich ein verlegenes Lächeln ab.

»Stell dir vor. Gestern im Keller. Ich glaub, ich seh nicht richtig. Kommt doch glatt dieser Oberstleutnant Preuss runter«, fuhr Marie-Louise fort.

Inge verschluckte sich fast. »Preuss?«

»Der hat da unten ja nichts zu suchen. Ursula wollte ihm das noch ausreden, aber er wollte dich spielen hören.«

Inge starrte Marie-Louise ungläubig an.

»Hab ich zunächst auch nicht verstanden. Er hätte ja auch ins Musikzimmer gehen können, aber er wollte bei den Männern unten sein. Er hat sie beobachtet und dann hat er sich einfach auf den Boden gesetzt, die Augen geschlossen und der Musik gelauscht, wie alle anderen in den Gängen auch.«

Preuss! Erneut kreisten ihre Gedanken um diesen Offizier, den ihr anscheinend der Teufel geschickt hatte.

»Im Nachhinein betrachtet ein feiner Zug. Ein Offizier geht ja nicht freiwillig da runter, außer die Ärzte müssen ihn zusammenflicken«, stellte Marie-Louise fest.

Inge nickte, schob den letzten Bissen Brot in sich hinein und spülte es erneut mit der braunen Brühe runter. »Ich muss«, sagte sie und stand auf, um ihr mit Besteck, Teller und Tasse beladenes Tablett zurück zur Theke zu bringen. Inge hatte keinen Grund zur Eile. Sie brauchte Zeit, um diese Neuigkeiten einzuordnen, und zwar bevor sie ihn gleich zu versorgen hatte.

Im Eingangsbereich bei den Treppen kam ihr Oberschwester Ursula entgegen. »Na, machen wir heute wieder einen Ausflug ins Grüne?« Beißend und bösartig. Sie lief zu Höchstform auf.

Inge hasste diese Frau. Noch nie zuvor hatte sie sie mehr gehasst. Inge ließ sie einfach stehen und ging die Treppen nach oben.

»Die Schwestern reden doch schon über Sie«, rief Oberschwester Ursula ihr wahrscheinlich nur deshalb nach, weil momentan niemand sonst herumstand oder herumlag wie in den letzten Tagen üblich. Inge ignorierte auch das, ging unbeirrt weiter. Oben waren Liane und Erika gerade mit der Übergabe und der Tagesplanung beschäftigt. Das Lächeln und der erfrischende Morgengruß der beiden munterte Inge etwas auf. Liane notierte sich noch schnell etwas auf einen Block und trat dann hinaus auf den Gang.

»Willst du heute, oder soll ich …?«, fragte sie so leise, dass es Erika sicher nicht hören konnte.

Inge verstand erst nicht, was sie damit meinte.

Liane blickte nur bedeutungsvoll in Richtung der letzten Zimmer. Allein das regte Inge auf.

»War's denn schön gestern?«, fragte Liane dann noch. Im Tonfall spitz. Hielten sie jetzt etwa alle für ein leichtes Mädchen?

Inge verdrehte die Augen, schüttelte pikiert den Kopf und ließ Liane stehen. Sie ging schnurstracks zu seinem Zimmer. Sollten sie doch denken, was sie wollten. Obwohl Inge gar nicht so recht wusste, warum sie es so eilig hatte, ihn zu sehen, klopfte sie nur kurz an und ging, ohne auf eine Reaktion seinerseits zu warten, hinein. Morgen war er weg. Halleluja! Dann kam sie hoffentlich wieder zur Ruhe, um hier weiterhin ihre Arbeit verrichten zu können, für das Reich. Das gottverdammte Reich.

»Guten Morgen, Schwester Inge.« Preuss war in voller Montur und studierte Unterlagen aus einer Mappe, die er am Vortag von der Ortskommandantur bekommen hatte. Er schob sie zur Seite und schenkte ihr ein warmes Lächeln. »Ihr Spiel war wunderschön«, sagte er nur.

»Warum sind Sie nicht ins Musikzimmer gekommen?«, fragte Inge ohne lange Umschweife.

»Ich wollte es einmal erleben. Diesen Zauber, von dem mir alle berichtet haben. Die Musik, die durch den Keller weht und die Seelen berührt. Ich habe die Männer gesehen, den Glanz in ihren Augen. Ich musste einfach dabei sein. Wenigstens einmal«, erklärte er.

Inge stand perplex da. Er hatte es glaubhaft vorgetragen und diesen Zauber, von dem er gesprochen hatte, sah sie noch immer in seinen Augen.

»Setzen Sie sich doch, Schwester Inge.«

Eigentlich war es ihre Aufgabe, seinen Verband zu wechseln, doch dazu bot sich keine Gelegenheit. Er rückte ihr einen Stuhl zurecht und bedeutete ihr in einer auffordernden Geste, Platz zu nehmen.

Inge kam seinem Wunsch nach.

»Was wollen Sie?«, fragte sie freiheraus.

Sein Lächeln verschwand. Er musterte sie mit ernstem Blick und wirkte fast ein wenig besorgt. »Für mich war es ein Abschiedskonzert. Von hier, doch ich fürchte auch für all die anderen.«

Inge verstand nicht, worauf er hinauswollte.

»Charkow wird fallen. Es ist nur noch eine Frage der Zeit. Ein Großangriff der Sowjets steht bevor. Wir ziehen bereits erste Truppen ab. Zuerst wichtige Offiziere.«

»Und dieses Lazarett?«

»Seine Tage sind gezählt. Sie sind in großer Gefahr, Inge.«

»Warum sagen Sie mir das?«, fragte Inge der Verzweiflung nah.

»Ich möchte nicht, dass Sie sterben«, sagte er todernst und nüchtern. Nur aus seinen Augen sprach Besorgnis.

»Warum ausgerechnet ich? Ich bin doch nichts Besonderes. Nur weil ich auf der Violine spielen kann?« Das konnte doch nicht sein. Was wollte Preuss von ihr?

Inges Frage brachte ihn sichtlich in Bedrängnis. Er wandte seinen Blick von ihr ab und schien nach Worten zu suchen.

»Nun reden Sie doch.«

»Ich weiß es selbst nicht, Schwester Inge, aber, verzeihen Sie mir meine Offenheit. Sie liegen mir am Herzen. Mehr als irgendeine Frau, die mir bisher begegnet ist.«

Der sonst so starke Offizier wirkte auf einen Schlag verletzlich, beschämt. Selbst seine Körperhaltung war nicht mehr kerzengerade, wie üblich. Sah so eine Liebeserklärung aus dem Mund eines Wehrmachtsoffiziers aus, der nur für den Krieg lebte, zu den Gewinnern zählen wollte und nichts außer die Ausführung von Befehlen im Kopf hatte? Preuss sah sie immer noch antwortheischend an.

»Ich fürchte, ich …« Inge zögerte. Eigentlich wollte sie ihm sagen, dass sie seine Gefühle nicht erwidern konnte, doch würde sie sich damit nicht am Ende selbst belügen? Ihr ging es doch genau wie ihm. Sie wusste nicht, warum er sie abstieß und zugleich anzog, warum sie ihn verachtete, aber auch schöne Seiten an ihm fand.

»Es sind besondere Umstände. Möglicherweise trüben sie Ihren und meinen Blick«, sagte er.

Inge musste sich einräumen, dass er damit recht haben könnte.

Er verfiel für einen Moment in nachdenkliches Schweigen und zog dann ein Dokument aus der Mappe. »Das ist ein von der Oberkommandantur unterschriebener Einsatzbefehl. Der hier ist für mich.« Dann zog er ein zweites Dokument hervor und legte es daneben. »Es ist eine meiner Aufgaben, Vorbereitungen für ein Kriegslazarett zu treffen, südlich von Rom. Wir brauchen erfahrene Schwestern, denn es wird Opfer geben, wenn die Alliierten angreifen«, sagte er.

Inge dämmerte, für wen der zweite Einsatzbefehl war.

»Kommen Sie mit mir mit, Schwester Inge. Ich möchte nicht, dass Sie hier im Kanonenfeuer sterben«, sagte er und sah ihr dabei direkt in die Augen.

Inge starrte auf das Dokument. Ihr Name stand darauf. Das war ihr Freibrief, ein Fahrschein nach Italien, wo der Krieg noch nicht angekommen war. Fraglich, ob das überhaupt passieren würde. Fort von Oberschwester Ursula, dem Keller. Doch wäre sie dann nicht auch eine Deserteurin und noch viel schlimmer, eine Verräterin, die vor der Verantwortung für die Verwundeten davonlief?

»Hier gibt es bald niemanden mehr zu retten. Sie können nur noch sich selbst retten, Inge.«

Inge bebte innerlich und war sich sicher, dass er es sah.

»Verstehen Sie das? Sie können hier niemandem mehr helfen, aber dort schon. Und sich selbst«, bedrängte er sie.

»Was wird aus den anderen?«, fragte sie.

»Sobald die Sowjets den Stadtrand erreicht haben, wird man versuchen, sie wegzubringen, doch dann ist es vielleicht schon zu spät. Sie werden von überall aus angreifen. Noch sind die Straßen von den Unsrigen gesichert. Ich flehe Sie an, Inge.«

Inge blickte erneut auf das Dokument. Annemarie hätte sofort zugegriffen. Sie konnte es einfach nicht, gegen jede Vernunft.

Preuss reichte es ihr. »Nehmen Sie es an sich. Abfahrt morgen um sechs Uhr. Wenn Sie nicht mitkommen möchten, verbrennen Sie es.«

Inge nahm den Einsatzbefehl entgegen.

»Es gibt nichts weiter zu sagen, außer, dass ich es mir von Herzen wünsche.«

Inge faltete das Papier. Hin- und hergerissen, ob sie es ihm nicht gleich doch wieder zurückgeben sollte. Doch dann erinnerte sie sich an das Versprechen, das sie Annemarie gegeben hatte. Paris. Die Freiheit, wenngleich auf Umwegen. Hier wartete der Tod auf sie. Und dennoch wogen die aufsteigenden Schuldgefühle und der Verrat an den Schwestern und Ärzten schwer.

»Gehen Sie. Ich werde mir den Verband selbst wechseln«, sagte Preuss streng.

Inge holte tief Luft, stand auf und verließ sein Zimmer. Ob sie ihn jemals wiedersehen würde, war ungewiss.

»Geht es dir gut? Du bist ja bleich wie die Wand.« Liane war es als Erstes aufgefallen. Gottlob hatte sie nicht weiter nachgefragt, warum Inge es heute mit dem Kreislauf zu tun hatte. Begegnet waren sie sich erst eine Stunde nachdem Inge aus Preuss' Zimmer gekommen war, sodass Liane keinen direkten Zusammenhang zwischen ihrem für einen Verbandswechsel recht kurzen Besuch in seinem Zimmer und den *Kreislaufproblemen* erkennen konnte. Verwundete zu versorgen, auch wenn es Männer waren, die mit etwas Glück überlebten, erforderte die volle Aufmerksamkeit einer Schwester, doch die konnte Inge ihnen heute nicht mehr schenken. Um ein Haar hätte sie die falsche Salbe verwendet. Ein Leukoplast gedankenverloren mal zu kurz, mal zu lang abgeschnitten, den heißen Tee aufs Bett eines Unteroffiziers verschüttet. Wäre sie heute unten im Einsatz gewesen, hätte dies vermutlich Menschenleben gekostet. Die Frage, ob sie den

Einsatzbefehl der Oberkommandantur verbrennen oder nutzen sollte, zog ja so viele andere Fragen mit sich. Am schwersten belastete sie das schlimme Gefühl, sich einfach so davonzustehlen und die anderen ihrem Schicksal zu überlassen. Sie konnte sie ja nicht einmal vorwarnen. Erstens würde ihr kaum jemand glauben und zweitens müssten sie genau wie Strenz desertieren, was auch ihren sicheren Tod bedeuten würde. Das beiseitegeschoben, was ohnehin kaum ging, würde sie sich Preuss denn nicht ausliefern? Würde er nicht eine Gegenleistung verlangen, früher oder später? Das lag doch auf der Hand, aber Inge glaubte zu wissen, dass Preuss nicht der Typ dazu war. Dennoch erhoffte er sich sicher mehr von ihr, als dass sie ihn lediglich auf der Reise begleitete und seine Gesellschafterin spielte. Letzteres empfand Inge paradoxerweise als alles andere als abstoßend, denn sie konnte sich nicht daran erinnern, ob sie sich überhaupt jemals mit einem Mann, den sie noch nicht lange kannte, so geistreich hatte austauschen können. Preuss, der lebende Widerspruch. Inge machte sich nichts vor, dass sie seine Wesensart herausforderte und zugleich reizte. Am Ende der Schicht hatte Inge immer noch keine Entscheidung getroffen und wusste daher nicht, ob sie sich von Liane nur für heute oder für immer verabschieden musste. Das galt auch für Marie-Louise in der Kantine. Sie würde ihr genauso fehlen wie Doktor Seiler, mit dem sie in den letzten Monaten eine beachtliche Anzahl von Menschenleben hatte retten können. Selbst Irina war beim Abendessen in der Kantine ihr gegenwärtiger Seelenzustand aufgefallen. Wer die Frage, wie viele Kartoffeln er denn als Beilage zum Gemüse wollte, mit »Ja« beantwortete, durfte sich über einen verstörten Blick nicht wundern.

»Ist dir nicht gut?« Marie-Louise, an deren Tisch sich Inge gesetzt hatte, schlug in die gleiche Kerbe. Sie kannte Inge ja mittlerweile gut genug, um ihr anzusehen, wenn sie irgendetwas belastete.

Inge verneinte es, obwohl sie lustlos in ihrem Teller Buntes herumstocherte und so lange am Lauch herumgeschnitten hatte, dass man ihn einem Zahnlosen hätte einflößen können.

»Sei froh, dass du jetzt oben bist. Es gibt Tage, da wünscht man sich nur noch weg von hier«, sagte Marie-Louise.

Inge blieb das Essen fast im Hals stecken.

»Seiler ist todunglücklich. Das kannst du dir ja vorstellen.«

Inge nickte zaghaft.

»Na ja, vermutlich rettest du mit deiner Musik mehr Menschenleben als bei der Schnippelei. Die Männer geben sich dann nicht so schnell auf.«

Inge brachte nun überhaupt keinen Bissen mehr herunter. Sollte sie zumindest Marie-Louise von diesem Einsatzbefehl erzählen oder sie durch die Blume vorwarnen, dass es dieses Lazarett nicht mehr lange geben würde? Das ging nicht, denn noch wusste sie ja selbst noch nicht, ob sie Preuss am nächsten Morgen begleiten würde.

Inge schob den Teller zur Seite.

»Ich denke, ich werde mich hinlegen. War ein anstrengender Tag heute.« Inge hoffte, dass sie sich mit dieser Ausrede ohne weitere Nachfragen davonmachen konnte, denn wer oben Dienst hatte, der hatte an sich keinen Grund, von Anstrengung zu sprechen.

Marie-Louise nickte verständnisvoll.

Als Inge sich von ihrem Platz erhob, ließ sie ihren Blick über die Kantine wandern. Vielleicht das letzte Mal. Auch Marie-Louise nahm sie ins Visier. Die sah sie fragend an. Inge erschrak über sich selbst, weil sie eben Abschied genommen hatte.

»Gute Nacht«, wünschte sie Marie-Louise, machte auf dem Absatz kehrt und verließ den Speisesaal. Ihre Hand glitt in die rechte Tasche ihrer Schwesternschürze. Darin lag der Einsatzbefehl. Kurz vor dem Eingang zur *Hölle* lag der Raum mit dem Heizkessel. Inge blieb unentschlossen vor der Treppe stehen. Die Tür, hinter der sie monatelang versucht hatte, dem Tod ein Schnippchen zu schlagen, würde sie von dort aus sehen, sie an ihre Pflichten erinnern. Gehorsam bis in den Tod? Das mochte ja für Wehrmachtssoldaten gelten, doch diesen Eid hatten sie seinerzeit nicht geschworen. Sie wollte leben.

Kapitel 11

Inge hatte sich vorgenommen, wenigstens für ein paar Stunden zu schlafen. Natürlich war das ein aussichtsloses Unterfangen gewesen. Die beiden Koffer waren gepackt. Ihre Violine sorgsam in einer Decke eingewickelt und darin verstaut. Stunden, ja selbst Minuten konnten zu einer Ewigkeit werden, wenn einen die Ungewissheit plagte, ob der Transporter auch wirklich kam. Pünktlich um sechs Uhr hatte es geheißen. Inge hatte sich daher überlegt, wie lange sie brauchte, um mit den Koffern die Treppen hinunterzugehen. Vorher noch zu frühstücken, kam nicht infrage, um keiner Schwester in der Kantine zu begegnen. Inge hätte das nicht mehr verkraftet. Im Treppenhaus selbst dürfte um diese Zeit kein reger Schwesternverkehr sein. Schichtwechsel war gegen sieben. Insofern ideal, um sich im wahrsten Sinne des Wortes davonzuschleichen. Und dazu war es allerhöchste Zeit, denn wie sie durch ihr Zimmerfenster sehen konnte, stand bereits ein Transporter vor dem Gebäude. Es war keiner der Sanitätsfahrzeuge, sondern von der gleichen Machart wie der Transporter, der sie vor Monaten hergebracht hatte. Zwei Soldaten sprangen herunter. Einer bot dem anderen, aber auch einer dritten Person, die Inge momentan nicht sehen konnte, eine Zigarette an. Der buschige Ast eines Baums verdeckte den Mann, ließ Inge nur zwei Beine in Wehrmachtshosen sehen, doch dann trat er vor. Es war Preuss. Er ließ sich eine Zigarette geben und anzünden.

Viertel vor sechs. Bevor Inge ihr Zimmer verließ, lugte sie vorsichtig in den Gang. Keine Menschenseele zu sehen. Hoffentlich war keine der Schwestern in der Nasszelle, der sie sich in voller Montur und mit zwei Koffern in der Hand erklären müsste. Es würde nur unnötig Zeit kosten und sie noch mehr aufwühlen. Den unterschriebenen Einsatzbefehl in der Tasche schleppte Inge die beiden Koffer die Treppen hinunter. Sie atmete auf, da ihr weder Verwundete noch Sanitäter oder eine Kollegin im Eingangsbereich begegneten. Nur die Klänge des Leids drangen dumpf aus dem Keller. Bis zur Tür waren es nur noch wenige Meter. Inges Herz begann heftig zu pochen, denn dieser Bereich war der des Drachen. Das für Schwestern vorgesehene erste Zimmer im Erdgeschoss lag dem Gang zur Küche gegenüber und somit direkt am Eingang. Inge machte sich keine Illusionen. Um die Zeit saß sie in der Regel im Schwesternzimmer. Würde die Eingangstür offen stehen, hätte Inge einfach auf gut Glück losrennen können. Mit dem Einsatzbefehl in der Tasche war sie niemandem vom DRK mehr Rechenschaft schuldig. Dennoch pochte ihr Herz bis zum Hals.

Im Schwesternzimmer brannte Licht, doch Inge vernahm keinen Laut. Sie ging daher beherzt zur Tür, stellte ihre Koffer so leise wie möglich davor ab, um sie zu öffnen. Draußen stand bestimmt eine Wache. Nur der gegenüber musste sie sich erklären. Und einmal draußen, hätte sowieso Preuss das Sagen.

Inge fuhr zusammen, als sie Schritte auf dem Fenstergang vernahm.

»Schwester Inge?« Die Stimme der Oberschwester.

Inge fror förmlich ein und wagte es nicht, sich umzudrehen.

»Was machen Sie da?« Oberschwester Ursulas Stimme war schneidend. Inge drehte sich erst um, als sie den Atem des Drachen in ihrem Nacken zu spüren glaubte.

»Einsatzbefehl. Ich wurde abkommandiert«, erklärte Inge sich.

Oberschwester Ursula trat an sie heran und musterte sie ungläubig aus ihren dauergeröteten Augen.

Inge zog das unterschriebene Dokument hervor und hielt es ihr ohne ein weiteres Wort hin.

Sie überflog es und lachte höhnisch auf. »Das haben Sie ja fein eingefädelt. Nach Italien. Haben es ihm wohl gut besorgt auf dem Ausflug«, spottete sie.

Inge faltete den Einsatzbefehl zusammen. Ihre Hände zitterten vor Aufregung.

»Nun zieren Sie sich doch nicht so. Die andere hat sich doch auch ein Kind machen lassen. Oder glauben Sie, ich hab ihr das Märchen abgekauft? Erst melden und dann feige kneifen, wenn es ernst wird. Vaterlandsverräter«, sagte sie verächtlich und spuckte ihr mitten ins Gesicht.

Rasende Wut stieg in Inge hoch. Nach all den Monaten ihrer Einsätze im Keller. Nach all dem Elend und Leid, das sie hatte ertragen müssen, wagte diese Frau es, sie anzuspucken?

»Dreckige Hure«, schleuderte Oberschwester Ursula ihr noch entgegen.

Inge rutschte die Hand aus. Sie verpasste Ursula die gleiche schallende Ohrfeige, die ihre Freundin hatte einstecken müssen, weil sie eine taillierte Uniform getragen hatte.

»Für Annemarie«, sagte Inge.

Ursula stand konsterniert da und hielt sich die Wange. Inge machte auf dem Absatz kehrt und öffnete die Tür. Preuss stand in Sichtweite und drehte sich zu ihr um. Sein Lächeln wirkte befreit und herzlich. Stolz und Freude lagen in seinem Blick. Inge drehte sich nicht einmal mehr um. Lebenden zu helfen, war wichtiger, als die Toten zu zählen. Inge war sich sicher, dass sie den Morgen des sechzehnten Juli nie vergessen würde.

Sagte man nicht, Wissen sei Macht? Wissen war aber viel mehr als das. Es entschied in diesen schlimmen Zeiten über Leben und Tod. Das war Inge unmittelbar vor Abfahrt klar geworden. Preuss hatte ihr unter vier Augen bestätigt, dass die Schlacht bei Kursk beendet war. Hitler habe sich dazu entschieden, sämtliche Angriffe der Panzerbrigaden einstellen zu lassen. Sein Plan, nach der schweren Niederlage in Stalingrad das Ruder am Kursker Bogen herumzureißen und zu versuchen, die Rote Armee gleichzeitig von Norden und Süden einzukesseln, war gescheitert. Das hieß nichts anderes, als dass er die Front aufgab. Knapp achthunderttausend Soldaten und über zweitausend Panzer und Sturmgeschütze hatte der Führer in Russland verheizt – für die Katz. Der Fahrer des Transporters hatte Preuss eine entsprechende Nachricht der Ortskommandatur zukommen lassen. Man musste kein Prophet sein, um zu wissen, dass die sowjetischen Einheiten schon bald gen Westen vorrücken und Charkow wieder unter ihre Kontrolle bringen würden. Entsprechende Evakuierungspläne lägen bereits vor, auch für das Lazarett – ein Umstand, der Inge den Abschied erleichterte, bestand nun doch berechtigte Hoffnung, dass das gesamte DRK-Personal, die Ärzte und die Verwundeten in Sicherheit gebracht wurden, auch wenn dies mit jedem Tag, der verging, immer riskanter sein würde. Die aktuelle Lage schien bei den zwanzig Männern, die dieser Transporter nach Berlin bringen würde, bekannt zu sein, denn während der Fahrt hatte Inge aufgeschnappt, dass sie froh waren, aus Russland wegzukommen. »Mal wieder Berliner Luft schnuppern«, sagte einer nahezu euphorisch. »Wollte schon immer mal das Meer sehen«, ein anderer. Damit meinte er eine Stationierung an den Badeorten Italiens, doch Preuss wusste es besser. Ihr Ziel lag im Landesinneren, und eine neue Front aufzubauen, war kein Badeurlaub. Das tat der Vorfreude der Soldaten, die einfach nur noch weg von hier wollten, aber keinen Abbruch. Wie gut konnte Inge sie verstehen, denn die Rückfahrt erinnerte Inge abgesehen von den nun vorherrschenden sommerlichen Temperaturen an das, was sie bereits vor Monaten während der Herfahrt gesehen hatte. Es war nur noch viel schlimmer. Da sie witterungsbedingt nicht mehr unter einer Plane saßen, sondern nebeneinander gereiht unter offenem Verdeck, zeigten sich die grausamen Spuren, die der Krieg hinterlassen hatte, in noch größerer Deutlichkeit. Ausgebrannte Fahrzeuge, zerbombte Dörfer, tote Zivilisten, aber auch tote Soldaten am Straßenrand. Die Fahrbahn war teilweise unpassierbar, weil Fahrzeugwracks sie blockierten. Sie mussten von Minen in den Boden gerissenen Schlaglöchern ausweichen und ein gutes Stück auf Karrenwegen und querfeldein weiterfahren. Geröll versperrte erneut den Weg. Gut eine Fahrtstunde von Charkow entfernt entpuppte sich die Straße erneut als unpassierbar. Einen liegen gebliebenen Panzer konnten selbst die kräftigen Männer nicht zur Seite schieben. Es blieb ihnen also gar keine andere Möglichkeit, als ein Stück zurückzufahren und einen Umweg über eines der Dörfer zu nehmen – in der Hoffnung, dass der Weg dorthin nicht vermint war.

Das Dorf selbst wirkte verlassen. Das Zeltlazarett am Ortsrand war niedergebrannt. Die Soldaten hatten ihre Waffen griffbereit. Das konnte nur bedeuten, dass sie jederzeit mit Angriffen von Partisanen zu rechnen hatten.

»Sie wissen, dass wir uns zurückziehen. Ich glaube nicht, dass sie auf uns schießen werden«, hatte Preuss den Männern zu verstehen gegeben. Inge beruhigte das allerdings nicht, weil sie wie auf einem Präsentierteller saßen und ein Teil der Strecke nicht einsehbar war. Hinter jedem Felsen, jeder Baumgruppe oder in den Trümmern von Häusern und Bauernhöfen konnte der Tod lauern. Erst als sie wenig später eine weitläufige Ebene erreicht hatten, fiel die Anspannung nicht nur von Inge ab. Die schlaflose Nacht sorgte für bleierne Müdigkeit und forderte ihren Tribut.

Die mittlerweile fast senkrecht stehende Sonne machte Inge klar, dass sie gut und gerne zwei bis drei Stunden geschlafen haben musste – ihren Kopf an Preuss' Schulter gelehnt, wie sie feststellte, nachdem ein Schlagloch sie unsanft aus dem Schlaf gerissen hatte. »Guten Morgen«, sagte Preuss sanft lächelnd. Auf die andere Seite hätte sie sich nicht lehnen können, denn dort war die stählerne Wand des Fahrerhauses. Preuss hatte sie angewiesen, sich dort hinzusetzen, vermutlich, weil der Platz mehr Schutz vor Heckenschützen bot und ihrer Stellung als einzige Frau auf diesem Transport Rechnung trug. Das hinderte Inge aber keinesfalls daran, sich an den sporadischen Gesprächen zwischen den Soldaten zu beteiligen. Auf dem ersten Fahrtabschnitt hatte sie niemand angesprochen. Die Soldaten hatten sich generell sehr wortkarg gegeben, was sicherlich auch daran lag, dass sie das Gelände auf Preuss' Anweisung im Blick hatten. Mit jedem weiteren gefahrenen Kilometer waren sie jedoch aufgetaut und mittlerweile regelrecht redselig. Inge bekam oft nur Wortfetzen mit, denn der Dieselmotor, aber auch der Fahrtwind schluckten vieles. Sie erzählten sich Erlebnisse von der Front, beklagten den Tod von Kameraden oder rühmten sich, den Tod über den Feind gebracht zu haben. Inge stellte fest, dass bei den meisten der Glaube an den Endsieg nach wie vor ungebrochen war – trotz schlimmster Verluste. Die wurden aufgerechnet, wie Schulden und Guthaben auf der Bank. Es ging hier aber nicht um Zahlen, sondern um Menschen, und gerade die beiden Unteroffiziere, die ihr schräg gegenübersaßen, schienen den Krieg immer noch nicht als das begriffen zu haben, was er war – nämlich barbarisch und grausam. Gewinner gab es angesichts der hohen Verluste auf beiden Seiten keine. Am liebsten hätte sie das den beiden ins Gesicht gesagt, ließ es aber sein, um ein Streitgespräch zu vermeiden. Insofern war Inge dankbar um die Nachfrage von einem der Soldaten, dessen Kamerad nach Charkow ins Lazarett gebracht worden war. Der Name sagte ihr nichts. Es waren zu viele gewesen, doch sie wusste, dass Soldaten mit Bauchschüssen so gut wie keine Überlebenschance gehabt hatten. Aus dem Erfahrungsschatz einer DRK-Schwester in einem Kriegslazarett zu berichten – und zwar ungeschönt – war auch für die Ohren der beiden Unteroffiziere bestimmt.

»Meine Schwester ist auch beim DRK. In Kiew. Hab von ihr einen Brief bekommen. Viele Tote. Viel mehr, als man uns gesagt hat«, kam dann von einem anderen.

»Meinen Respekt. Meinen allerhöchsten Respekt«, sagte ein anderer. Selbst einer der Prahlhälse nickte anerkennend. Da die meisten wirklich keine Ahnung hatten, wie viele ihrer Kameraden aufgrund der desolaten Situation in den Kriegslazaretten ums Leben gekommen waren, plauderte Inge beim nächsten Stopp gerne aus dem Nähkästchen. Preuss schritt nicht ein. Damit hatte Inge zunächst gerechnet, denn die Wahrheit wurde in diesen Zeiten ja generell nicht so gern gehört. Sie könnte die Moral der Truppe infrage stellen. Das warf bei Inge die Frage auf, wieso Preuss den Posten eines Oberstleutnants innehaben konnte. Wie konnte jemand zugleich die Wahrheit erkennen und dennoch seiner Rolle gerecht werden? Das Ruder rumzureißen, sei immer noch möglich, hatte er seinen Mannen auf der Fahrt gesagt. Vom an der Ostfront verlorenen Krieg sprach er nicht. Ein Rückzug sei es gewesen. Strategisch wohl durchdacht. Der Feind könne nur mit List in die Knie gezwungen werden. Parolenschwingerei gegenüber den Soldaten, die sie begleiteten, oder innere Überzeugung? Inge fragte sich das während des nächsten Halts. Zu Gepökeltem aus der Dose mit Brot hatte Preuss die Männer auf die Wichtigkeit ihres Einsatzes in

Italien eingeschworen. Voller Begeisterung. Es gab aber auch Dinge, über die er in Gegenwart der Soldaten nicht sprach.

Kein Wort darüber, dass die beiden Städte Augusta und Syrakus auf Sizilien bereits vor den alliierten Streitkräften kapituliert hatten. Am zehnten Juli seien sie schon angelandet und kaum auf Widerstand gestoßen.

»Auch ein Rückzug?«, wagte Inge zu fragen, weil sie abseits der Truppe auf einem Felsen saßen, um dort ihre Portionen in Ruhe zu sich zu nehmen.

»Vermutlich. Der italienische Stiefel liegt am Meer. Die Alliierten haben riesige Flottenverbände. Es wäre eine sinnlose Materialschlacht.«

»Aber wenn sie vorrücken, ist dann Italien nicht auch bald verloren?«, fragte Inge nach.

»Sie mögen uns momentan auf dem Wasser und in der Luft überlegen sein, nicht aber auf dem Land. Das Oberkommando hat sich gut vorbereitet. Sie müssen dort nicht mehr um Ihr Leben fürchten«, erklärte Preuss.

»Daher werden die Soldaten jetzt nach Italien abgezogen?«
Preuss nickte.

»Sie sagten ja bereits, was Sie von den Italienern halten, aber es ist doch sicher etwas anderes, in Griechenland und Nordafrika zu kämpfen oder sein eigenes Land zu verteidigen?«, überlegte Inge laut.

Preuss nickte beeindruckt. »Fragt sich nur gegen wen«, sagte er in Gedanken.

»Gegen die Alliierten.«

Preuss lachte auf. »Italien ist zerrissen. Mussolini hat das Land nicht mehr im Griff. Sie wollen frei sein. Es wird seit letztem Herbst gemunkelt, dass Italien möglicherweise aus dem Krieg austreten wird. Dann hätten die Alliierten leichtes Spiel.«

»Vielleicht haben sie aber auch nur die Sinnlosigkeit des Kriegs erkannt«, gab Inge zu bedenken.

»Darüber zu spekulieren ist müßig. Wir sind nun einmal im Krieg und müssen den Aliierten in Italien Einhalt gebieten. Angriffe aus dem Süden können wir nicht zulassen. Ihr Ziel ist es, das Reich zu vernichten.«

»Aber haben die Deutschen denn nicht den Krieg angefangen?«

Preuss stutzte. »Sie meinen den Einmarsch in Polen? Das war zu ihrem Besten. Hätten wir es nicht getan, hätte der Russe es sich einverleibt. Das deutsche Wesen muss geschützt werden. Die Welt neidet uns den Fleiß, die Disziplin, die wissenschaftlichen Errungenschaften, den Fortschritt. Das war doch schon vor dem Ersten Weltkrieg so gewesen. Wir müssen uns in der Welt behaupten«, erklärte Preuss. Anscheinend erhoffte er sich von ihr Zustimmung und Einsicht, doch die verwehrte sie ihm.

Sie seufzte und zuckte ratlos mit den Schultern. Wie oft hatte sie den Spruch »Am deutschen Wesen soll die Welt genesen« gehört. War es das, was Menschen wie Preuss tief in ihrem Inneren antrieb? Inge wusste es nicht, schabte den Rest des Gepökelten mit einem Messer aus der Dose und aß es zusammen mit dem restlichen Stück Brot, bevor sie aufstand, seinen leer gegessenen Blechteller ebenfalls an sich nahm und damit zu einem Bachlauf ging, wo einige Soldaten bereits ihr Geschirr abwuschen.

»In fünf Minuten Abfahrt.« Preuss' scharfes Kommando war unüberhörbar. Ihnen stand noch eine lange Fahrt durch die Nacht bevor. Inge musste sich eingestehen, dass ihr Vater dem Oberstleutnant bezüglich der deutschen Errungenschaften zugestimmt hätte. Oft genug hatte er aus dieser Zeit, seiner Jugend, erzählt. Bis vor dem Ersten Weltkrieg hätten die Deutschen auch Vaters Ansicht nach weltweit sogar einen hervorragenden Ruf genossen. Mit dem guten Ruf war es nun wohl vorbei.

Von wegen *ein bisschen Berliner Luft schnuppern*. Das Einzige, was sie am nächsten Morgen nach Ankunft von Berlin zu sehen bekommen hatten, war der Bahnhof Alexanderplatz, ein imposanter Durchgangsbahnhof mit überkuppeltem Vorbau, einer halbrund überdachten Bahnsteighalle und einem Kellergeschoss, für Umstiegsmöglichkeiten zur Untergrundbahn. Es war ihnen gerade mal eine halbe Stunde geblieben, um sich mit frischem Proviant für die Weiterfahrt mit dem Zug einzudecken. Die *Berliner Luft* roch hier auch nicht nach freizügigem und lustvollem Großstadtleben, sondern nach einer seltsamen Mischung aus Essensgerüchen von Ständen, Metallischem und dem Rauch einfahrender Züge, der jeden Winkel des Gebäudes penetrierte und bis auf die Gleise zog.

Der Zug nach Rom war zur Hälfte mit Wehrmachtssoldaten, zur anderen mit Zivilisten gefüllt, überwiegend Geschäftsleute. Das sah man an der feinen Robe. Um ihn zu erreichen, hatten sie während der Fahrt nach Berlin auf zwei Pausen verzichtet. Preuss schien die Ruhe weg zu haben und hatte sogar noch den Nerv gehabt, nach Reiseproviant Ausschau zu halten. Ein Zug, der Wehrmachtsangehörige transportierte, richtete sich anscheinend nicht nach Fahrplänen und hatte zu warten, bis Preuss, seine Mannen und Inge zugestiegen waren. Er verfügte sogar über einen Speisewagen und mehrere Schlafwagen. Das gab es kriegsbedingt in normalen Zügen ja seit gut einem Jahr nicht mehr. Die kurze Verspätung nahmen Zivilisten in Kriegszeiten ohne Murren in Kauf. Man konnte ja schon froh sein, wenn ein Zug überhaupt fuhr. Schon kurz vor Berlin hatte Preuss vorgeschlagen, dass sie sich besser umziehen solle, um als Zivilistin nach Rom zu reisen, was Inge in einem dichten Waldstück auch getan hatte. Inge vermutete daher, dass Preuss es nicht unbedingt an die große Glocke hängen wollte, in ihrer Begleitung zu verreisen. Zwar legitimierte das der Einsatzbefehl, doch Inge war klar, dass sie nicht die einzige DRK-Schwester war, die sich für den Aufbau eines Kriegslazaretts eignete. Ohne sein persönliches Interesse säße sie nicht im Zug nach Rom. Sicherlich war ihm aber auch daran gelegen, ihr die lange Reise so angenehm wie möglich zu machen. Mehr Komfort, als in einem Schlafwagen der Reichsbahn zu reisen, allein im Abteil – auch dafür hatte Preuss gesorgt – gab es nicht. Seit Abfahrt kurz vor Einbruch der Dunkelheit hatten sie sich nicht mehr gesehen, was Inge die Gelegenheit gab, endlich eines ihrer Bücher zu lesen, die sie sich von daheim mitgenommen hatte. Seit Ankunft in Charkow unberührt. *Effi Briest* hatte Inge nicht zum ersten Mal in der Hand, legte es aber erneut zurück in ihren Koffer. Ein weiteres Buch hatte sich zu den anderen Romanen dazugesellt. Ein Andenken an Julia. Inge beschloss, nach dem Essen damit anzufangen, *Stolz und Vorurteil*, sprich, den *Untertan* zu lesen. Allein im Abteil lief sie keine Gefahr, mit dem in den Augen der Nazis ketzerischen Werk über das Deutschtum erwischt zu werden. Die Lektüre passte zudem auch gut zu ihrem Versuch, besser zu verstehen, wie Preuss tickte. Vielleicht lieferte Heinrich Mann ja brauchbare Hinweise. Jedoch nicht auf leeren Magen. Preuss hatte ihr gesagt, dass sie alles auf seinen Namen anschreiben lassen solle. »Nur vom Besten. Das haben Sie sich nach der langen Zeit im Lazarett redlich verdient«, hatte es geheißen.

Der Speisewagen lag nur zwei Waggons weiter. Inge überraschte es, darin keinen einzigen Wehrmachtssoldaten anzutreffen. Er war anscheinend für Zivilisten reserviert und auf den ersten Blick bereits komplett belegt. Inge schritt die Tische ab und hoffte, im hinteren Teil noch einen Sitzplatz zu ergattern.

»Tut mir leid, gnädiges Fräulein. Im Moment ... Sie sehen es ja selbst«, erklärte ein uniformierter Kellner in Eile und tänzelte mit einem Tablett, auf dem er ein Wiener Schnitzel mit Kartoffeln balancierte, an ihr vorbei. In Zeiten von Lebensmittelkarten erschien Inge das wie ein Wunder. Möglicherweise gab es das nur für Fernzüge, die Wehrmachtsangehörige transportierten.

»Wenn Sie möchten. Prego«, sagte ein älterer Herr mit dunklem schütterem Haar und in feinem Anzug einen Tisch weiter. Er hatte die Abfuhr des Kellners anscheinend mitbekommen und sah sie etwas mitleidig an. Sein Lächeln war trotzdem einnehmend, sein Akzent unüberhörbar. Was *Bitte* auf Italienisch hieß, wusste Inge.

»Störe ich Sie auch wirklich nicht?«, wollte sie sich vergewissern.

»Ich habe schon gegessen. Das Wiener Schnitzel mit Kartoffeln ist genießbar«, sagte er schmunzelnd.

Inge setzte sich zu ihm. »Inge Gerner«, stellte sie sich vor.

»Antonio Bondi.«

»Danke, dass ich mich zu Ihnen setzen darf. Ich sterbe vor Hunger.«

»Man trifft nur selten auf alleinreisende junge Damen. Diesen Zug nehmen meist Geschäftsleute. Ich bin zugegebenermaßen auch neugierig«, gestand er unverhohlen, was Inge amüsierte.

»Ebenfalls geschäftlich.« Die Rolle der Zivilistin spielte sie auf Preuss' Anraten weiter.

»Verstehe.«

»Und Sie?«

»Ich verkaufe Wein. Italienische Weine sind bei den Deutschen sehr begehrt. Vor allem in Berlin.«

»Auch in Kriegszeiten?«

»Gerade in Kriegszeiten. Früher habe ich Weinhandlungen besucht. Heute ist der Wein bestimmten Kreisen vorbehalten, wenn Sie verstehen, was ich meine.«

»Woher sprechen Sie so gut Deutsch?«

»Meine Frau war Deutsche. Was bleibt einem da anderes übrig? Sie hat allerdings auch Italienisch gelernt. Jetzt kann sie sich sogar mit den italienischen Engeln unterhalten.«

»Das tut mir leid.« Inges Mitgefühl kam von Herzen.

»Ist schon Jahre her. Wenigstens ist sie kein Opfer dieses verrückten Krieges. Ein schwacher Trost, ich weiß. Und ich habe noch eine Tochter in Rom. Sie dürfte etwa in Ihrem Alter sein«, sagte er. Er trank sein Glas leer, bevor er weitersprach. »Wissen Sie, ich mochte die Deutschen. Das ist ja das Verrückte daran. Was ist nur aus dem Volk der Dichter und Denker geworden? Das frage ich mich oft. Vor allem in den letzten Jahren. Aber wenn man zurückblickt in die jüngere Geschichte. Kaiser Wilhelm. Der war doch genauso größenwahnsinnig und alle haben vor ihm strammgestanden. Die Männer trugen sogar seinen Bart. Ich erinnere mich noch genau daran. Womöglich liegt es ja in der Seele des Deutschtums«, sagte Bondi nachdenklich.

»Wie meinen Sie das?«

»Sie wollen immer geführt werden, egal wohin. Hauptsache, es führt sie jemand.«

»Was darf es für die Dame sein?« Der Zugkellner stand mit Block und Stift Spalier.

»Ich habe gehört, das Wiener Schnitzel soll recht gut sein. Und vielleicht ein Gläschen Weißwein dazu?«

»Sehr wohl, gnädiges Fräulein.«

»Ich nehme auch noch einen, wenn Sie noch welchen haben«, sagte Bondi. »Sie fahren bis nach Rom?«, wollte er dann wissen.

»Ich bin nur auf der Durchreise.«

»Sie fahren weiter in den Süden? Da haben Sie sich aber etwas vorgenommen. Die Alliierten rücken an. Wobei, was sage ich. Rom wird sicher auch bald Bomben abkriegen. Vor fünf Tagen haben sie Turin bombardiert. Wobei ich mir sicher bin, dass man in der Gegend um den Vatikan in Sicherheit sein dürfte. Niemand legt sich mit dem lieben Gott an. Noch nicht einmal Hitler«, sagte er in einer Mischung aus Abscheu und einem Hauch von Schadenfreude.

Inge kommentierte es mit einem verräterischen Lächeln, das ihm signalisierte, dass er bezüglich des Führers seine Ansichten offener kundtun konnte, als es die Konventionen bei Gesprächen mit Fremden gemeinhin erlaubten.

»Haben Sie die vielen deutschen Soldaten gesehen, die zwei Waggons weiter mit uns reisen?«, fragte er.

Inge nickte.

»Das geht schon seit Mai so. Ich fahre die Strecke ja nicht zum ersten Mal. Um uns vor dem Feind zu schützen, will man uns in der Presse glauben machen. Ich hatte gehofft, dass der Krieg bald vorbei ist. Jetzt geht es vermutlich in meiner Heimat weiter.«

»Vielleicht wollen sie die hiesigen Streitkräfte unterstützen?«, gab Inge zu bedenken. So ganz abwegig erschien ihr das nicht.

Der Alte lachte auf. »Ach, mein Kind. Italien. Wir wollen weder die einen noch die anderen bei uns haben. Wir hätten neutral bleiben sollen. Und jetzt kommen die Deutschen. Sie werden Italien verschlingen.« Er seufzte.

»Aber es sind doch die Verbündeten«, entgegnete Inge in der Hoffnung, die Sicht eines Italieners zu hören. Sie kannte bisher ja nur die von Preuss.

»Noch hat der Duce Befürworter, aber das Volk wendet sich von ihm ab. Er hat uns in einen Krieg geführt, aus dem wir als Verlierer hervorgehen werden«, sagte er mittlerweile so leise, dass keiner der Tischnachbarn es hören konnte. »Sie müssen gut auf sich achtgeben, wertes Fräulein Gerner. Die Deutschen sind im Moment nicht besonders gern gesehen. Gerade im Süden«, sagte er.

»Ich werde es mir zu Herzen nehmen«, versprach sie ihm, als der Kellner ihnen zwei Gläser Wein servierte.

»Auf was stoßen wir an?«, fragte er.

»Auf den baldigen Frieden«, schlug Inge vor.

Bondi hob sein Glas. »Wie Sie sehen, wollen Sie und ich das Gleiche. Eigentlich wollen wir doch alle das Gleiche. Das ist das Absurde an diesem Krieg«, sagte er und stieß mit ihr an.

Kapitel 12

War es der Wein, die anstrengende Fahrt von Charkow nach Berlin oder einfach nur der Umstand, dass sie seit Monaten nicht mehr hatte richtig ausschlafen können? Inge konnte sich nicht daran erinnern, jemals so fest und so tief geschlummert zu haben – ausgerechnet in einem Schlafwagenabteil, das die Schienengeräusche nicht fernhielt. In der Dämmerung dann Eindrücke der herrlichen Emilia-Romagna mit ihren bewaldeten Hügeln und weitläufigen Tälern. Zum Frühstück im Speisewagen ein Landschaftsgemälde der Toskana nach dem anderen. Hier zeigte sich, warum das Land »Bella Italia« genannt wurde. Wie lieblich die Hügel, wie malerisch die zypressengesäumten Straßen und all das in einem Licht, das die Farben der Landschaft zum Leuchten brachte. Zum Verlieben schön. *Der Untertan* konnte warten. Zu mehr als zwei Kapiteln war Inge zurück in ihrem Abteil nicht gekommen. Zu interessant waren die Eindrücke während der Fahrt, zu aufregend die von Florenz. Sogar einen kurzen Blick auf die im Sonnenlicht grellweiß erstrahlende Domkuppel hatte sie erhaschen können, während der Zug in die Stadt einfuhr. Wie bedauerlich, hier nicht einfach aussteigen und diese Perle der Toskana erkunden zu können. Allein schon diese Fahrt spendete Kraft, befeuerte die Hoffnung, dass nach dem Krieg noch so viel Schönes auf sie wartete. Was für ein Gegensatz zu den letzten Monaten, die sie hatten vergessen lassen, was es hieß, zu leben. Nach all dem Grau in Grau nun so viele Farben. Insofern hatte sie Preuss' Nachfrage unmittelbar nach Ankunft am Bahnhof in Rom, ob sie eine angenehme Fahrt gehabt hatte, mit gutem Gewissen bejahen können. »Und Sie?« Preuss anscheinend auch. Er sah frisch und ausgeschlafen aus. Dass er vergnügt nickte, bestätigte ihren Eindruck.

»Habe ich Ihnen zu viel versprochen? Sie haben doch sicher aus dem Fenster gesehen?«, fragte er.

»Wie eine andere Welt«, bestätigte Inge. Dann rief ein Wehrmachtsoffizier nach ihm, der in Begleitung eines Soldaten zum Bahngleis eilte, wo sich die Truppe aus Russland mittlerweile versammelt hatte. Die Wehrmacht war offensichtlich bestens organisiert.

»Sie entschuldigen mich. Ich bin gleich wieder zurück.« Preuss begrüßte die beiden und schloss sich ihnen an. Mittlerweile waren die letzten Soldaten aus dem Zug ausgestiegen. Vermutlich warteten sie auf Anweisungen. Das ging so schnell vonstatten, dass Inge nicht einmal mehr die Zeit geblieben war, die vielen Eindrücke dieses riesigen Kopfbahnhofes auf sich wirken zu lassen.

Preuss scheuchte die Truppe gleich zu einem anderen Bahngleis. Von dort ging, wie sie mitangehört hatte, ein Anschlusszug in den Süden. Inge hatte damit gerechnet, dass sie sich den Wehrmachtssoldaten anschließen würden, doch nachdem Preuss sich am Ende des Bahngleises von den Soldaten verabschiedet hatte und allein zu ihr zurückkam, dämmerte Inge, dass sich hier die Wege trennten.

»Wir bleiben in Rom. Ich habe hier wichtige Termine, aber erst zeige ich Ihnen die Stadt. Vorausgesetzt, es ist Ihnen recht«, sagte Preuss und sah sie fragend an.

Und wie Inge das recht war! Bisher hatte sie von Rom nur Fotografien in Zeitschriften gesehen und wusste aus dem Schulunterricht lediglich, dass die Stadt am Tiber lag und die Hauptstadt Italiens war. Von ihrer Geschichte auch nur, was man im Lateinunterricht mit auf den Weg bekam.

»Ich muss mich vorher allerdings noch umziehen«, sagte Preuss, als sie das Ende des Bahngleises erreicht hatten. Er trug noch die Wehrmachtsuniform. Inge waren die ersten missmutigen und bestenfalls neugierigen Blicke von Passanten auf dem Bahngleis nicht entgangen. Die sich Inge aufdrängende Frage, wo er sich umzuziehen gedachte, beantwortete sich von ganz allein. Er deutete auf die Beschilderung an der Wand, die ihm den Weg zu den Bahnhofstoiletten wies.

»Dauert nicht lange. Warten Sie bitte hier auf mich.« Schon eilte er mit seinem Koffer davon.

Inge besah sich das Treiben in der Ankunftshalle und die Architektur. Pompös und gewaltig war die Deckenkonstruktion. Dagegen nahm sich der Nürnberger Hauptbahnhof unbedeutend und klein aus. Vom Krieg war auch hier nichts zu spüren. Es herrschte geschäftiges Treiben. Geschäftsleute hasteten zu ihren Zügen, kauften sich eine Zeitung an einem der Stände oder versorgten sich mit Proviant. Frauen zogen ihre Kinder hinter sich her. Eine Schulklasse watschelte im Entenschritt hinter einer Lehrerin her. Wie im normalen Leben. Die Italiener machten zudem auf Inge einen sehr gepflegten Eindruck. Männer in weißen Hemden, mit akkuraten Kurzhaarschnitten und rasiert. Ganz im Gegensatz zu den vielen Rausch-, Führer- oder Wilhelmsbartträgern in der Heimat. Einige Frauen trugen Kleider mit modernen Schnitten, wie Inge sie aus Modezeitschriften kannte, doch auch das einfache Fußvolk lief nicht in Schürzen oder Lumpen herum. Bunte Kopftücher schienen hier in Mode zu sein. Viele Frauen trugen sie. Annemarie hätte an der italienischen Mode ihre Freude: Tellerröcke, schmal taillierte Kleider, mal mit, mal ohne Gürtel. Ob wohl Zeit blieb, durch die Stadt zu bummeln? Weil Preuss ihr entgegeneilte, hielt Inge es für nicht sehr wahrscheinlich. Männer verabscheuten es sowieso, Zeit in Bekleidungsgeschäften zu verbringen. Das wusste sie ja aus eigener Erfahrung im Laden ihres Vaters.

Preuss sah nun aus wie einer von hier. Sein grauer Anzug saß perfekt. Darunter trug er ein weißes Hemd. Er war frisch rasiert und hatte sein Haar ordentlich nach hinten gestriegelt. »Kommen Sie. Wir nehmen uns ein Taxi«, sagte er, nahm einen ihrer und seinen Koffer und steuerte auf den Ausgang zu.

»Wohin fahren wir?«, fragte Inge, nachdem sie den Bahnhof verlassen hatten.

»Ins älteste Hotel Roms. Ich habe es auf meiner letzten Reise zufällig entdeckt und bereits telegrafisch zwei Zimmer reservieren lassen«, erklärte er und ging zu einem der Taxis, die vor dem Bahnhof in einer Reihe auf Fahrgäste warteten. Ein Taxifahrer stieg aus, um ihr die Tür aufzuhalten, doch bevor Inge einstieg, warf sie noch einen kurzen Blick zurück auf die Fassade des Bahnhofs, die zwei wuchtige Gebäudeteile links und rechts des Haupteingangs flankierten. Sie waren gespickt mit Säulen, die dem Ganzen den Anschein zweier angebauter zweistöckiger antiker Tempel gaben. Genauso pompös hatte Inge sich Rom vorgestellt. Ältestes Hotel der Stadt? Meinte er damit etwa das antike Rom? Von dem stand nicht mehr so viel, wie Inge während der Taxifahrt quer durch das historische Zentrum feststellte. Dennoch ließen sie die alten Ruinen, an denen das Taxi vorbeifuhr, die Größe des einst so mächtigen Römischen Reichs spüren.

»Das Forum Romanum. Es war einst einer der größten Marktplätze der Welt. Politik, Handel, Kultur und Götterkult. Alles an einem Ort«, zählte Preuss begeistert auf, dessen Blick genau wie Inges an den vielen teilweise noch gut erhaltenen

Bauwerken, Tempeln und den unzähligen Säulen klebte. »Das alte Rom«, schwärmte er gedankenverloren.

»Es ist trotzdem untergegangen«, stellte Inge zu seiner Ernüchterung fest. Auch das hatte sie vom Schulunterricht noch präsent.

»Aber die Römer haben Großartiges geleistet. Haben Straßen gebaut, Bauwerke von unbeschreiblicher Schönheit. Das städtische Leben kultiviert, große Denker und Dichter hervorgebracht. Uns verbindet so viel ...«

»Sie meinen mit den Deutschen?«

»In gewisser Weise.«

»Vermutlich teilen sie dann auch das gleiche Schicksal«, sagte Inge.

Preuss sah sie fragend an.

»Je größer das Reich, desto schwieriger wird es, alles zusammenzuhalten.« Vaters Worte, deren Tragweite Inge sich erst in diesem Moment vollends klarmachte.

»Andere Zeiten«, erwiderte er knapp, löste seinen Blick vom Forum und fuhr dann fort. »Dennoch hat es die Welt verändert. Das ist doch schon einmal viel wert.«

Nur Ersterem konnte Inge zustimmen, denn es war fraglich, ob zum Besseren. Inge wollte diesem Gedanken nachgehen, doch mittlerweile hatten sie ein Viertel erreicht, das sie mit einer Vielzahl von neuen Eindrücken förmlich überflutete. Kleine Gassen, Häuser, an deren Fenstern Wäsche auf einer davor gespannten Leine hing. Unzählige Läden darunter und dementsprechend quirlig war das Leben auf der Straße und in den vielen Cafés. Prächtige Gebäude, eng an eng, entweder in gelben Ocker- oder Lehmtönen. Aus dem Nichts endeten kleine Gässchen auf größeren Plätzen, die Statuen oder Springbrunnen zierten. Das alles zusammengenommen verlieh der Stadt einen einzigartigen Charme. Einer dieser Plätze erschien Inge riesig und war übersät mit Blumenständen. Wie das duftete!

»Campo de' Fiori. Der Blumenmarkt«, erklärte Preuss und deutete auf eine Albergo, die sich *Hotel Sole* nannte. »Das steht hier schon seit dem fünfzehnten Jahrhundert«, fuhr er fort. Die teilweise verwitterte Fassade ließ darauf schließen. Ihr Taxi hielt unmittelbar davor. Preuss bezahlte den Fahrer in Reichsmark, was hier anscheinend nicht unüblich war. Der Taxifahrer, ein älterer Herr mit Schirmmütze, nahm es, ohne zu murren, an.

»Wie gefällt es Ihnen? Wir sind mitten im Zentrum. Von hier aus kann man alle Sehenswürdigkeiten zu Fuß erreichen.«

Inge besah sich das Hotel. Das Steinhaus wirkte trotz seines altersbedingten Zustandes einladend und schien der Kleidung des Ehepaars nach zu urteilen, das gerade darin verschwunden war, betuchte Kundschaft zu haben. Klein, aber fein.

»Wie lange bleiben wir?«, wollte sie wissen.

»Zwei Tage. Man braucht ja schon einen Tag für die Vatikanstadt und die Engelsburg. Hier gibt es auch so viele Museen. Rom ist einfach einzigartig.«

»Sollten wir nicht erst einmal unsere Koffer aufs Zimmer bringen und uns etwas frisch machen?« Inge hoffte darauf, dass dieses Hotel über eine Badewanne verfügte.

Preuss nickte und nahm die Koffer. Ein junger uniformierter Hotelpage hielt ihnen die Eingangstür auf. Inge folgte Preuss zur Rezeption. Den Mann im Anzug, der in einem Sessel gegenüber wartete, bemerkte sie erst, als Preuss sich ihm zuwandte und ihm in einer beschwichtigenden Geste zu verstehen gab, dass er kurz warten sollte.

»Ich habe telegrafisch zwei Zimmer angewiesen. Auf Preuss«, sagte er der rothaarigen Rezeptionistin, die daraufhin in einem aufgeschlagenen Buch nach seinem Namen suchte. »Entschuldigen Sie mich bitte, Inge. Ich fürchte, es gibt hier doch mehr zu tun, als ich dachte«, sagte er.

»Ich komme schon allein zurecht«, versicherte sie und griff nach dem Schlüssel, den ihr die Rezeptionistin mit einem herzlichen Willkommensgruß hinhielt. »Benvenuto. Ich wünsche Ihnen schönen Aufenthalt«, sagte die deutschsprachige junge Frau. Vermutlich war dies mit ein Grund, weshalb Preuss sich dieses bezaubernde Hotel ausgesucht hatte.

Inge drehte sich noch einmal zu Preuss um. Er litt sichtlich unter der Situation, doch wandte sich dann dem Wartenden zu. Er musste in seinem Alter sein und war sicher auch zur Tarnung in Zivil unterwegs. Man sah es an der kerzengeraden Haltung. Bestimmt ein Offizier, dachte sich Inge, doch sie scherte sich letztlich nicht darum. Die Hoffnung auf ein heißes Bad ließ alles andere momentan als gleichgültig erscheinen.

Inge hatte zum ersten Mal seit Monaten Zeit für sich und den Luxus, den ein Hotelzimmer bot, aus vollen Zügen genossen. Das Zimmer war klein, das einfache Holzmobiliar abgewohnt, genau wie der Specksteinboden. Einige Fliesen im Badezimmer waren zu Bruch gegangen, doch gemessen an den bisherigen Lebensumständen an der Ostfront regelrecht königlich. Einziger Wermutstropfen war eine Nachricht von Preuss, die Inge nach dem Bad unter ihrer Zimmertür in einem Briefumschlag des Hotels vorgefunden hatte. Es überraschte Inge nicht, zu lesen, dass sie nicht auf ihn warten solle. Untröstlich sei er, dass er vor dem frühen Abend keine Zeit für sie habe. Inge machte sich nichts daraus. Sie war in einer der aufregendsten Städte der Welt und ausgehungert nach allem, was das Leben in einer so großen Stadt zu bieten hatte. Was lag unter diesen Umständen näher, als Rom auf eigene Faust zu erkunden? Angeblich sei die Stadt sicher, auch für eine Frau allein. Preuss hatte zudem in seiner Notiz bereits angeregt, sie solle sich den Vatikan und die nähere Umgebung ansehen – ein schöner Spaziergang – und dann die Altstadt, deren Besuch ebenfalls unbedenklich sei. Italienische Lira lagen dem Umschlag bei. Inge packte sie in einen kleinen Handbeutel, den sie mit einer Schlaufe am Handgelenk befestigen konnte – taschendiebsicher, denn dies sei ein generelles Problem in der Stadt. Besorgniserregend hingegen erschien sein Rat, so wenig wie möglich zu sprechen. Deutsche seien derzeit auch in Rom nicht überall beliebt. Wer allein unterwegs war, der hatte ja meist keine Gelegenheit dazu, insofern sah Inge darin kein Problem, doch erst als die Rezeptionistin ihr eine touristische Karte Roms und einen bereits abgegriffenen Reiseführer in deutscher Sprache in die Hand gedrückt und ebenfalls dazu ermutigt hatte, sich nach Herzenslust alles anzusehen, erschien der vor ihr liegende Nachmittag in Rom wie ein ganz normaler Ferientag in einer fremden Stadt. Die Aussage der Rezeptionistin war umso glaubwürdiger, nachdem sie ihr ebenfalls ungeschönt von den ersten Bombardements der Alliierten auf Italien berichtet hatte. Sie verschwieg also nichts. Mailand, Genua und Turin hätten Bomben abbekommen. Rom würde verschont werden. Das wusste hier angeblich jeder. Dies zeigte sich dann wenig später auch am Straßenbild. Auf dem gut zwanzigminütigen Spaziergang Richtung Norden hinüber zur Engelsburg erschien der Krieg wie ein schlechter Traum. Menschen saßen in Cafés oder gingen ihren Geschäften nach. Niemand nahm Notiz von ihr, wenn sie vor dem einen oder anderen prächtigen Gebäude stehen blieb, um Fresken oder Ornamente der Balkone dieses Viertels, in dem offenkundig wohlhabendere Menschen wohnten, zu bestaunen. Nur eines war augenfällig und machte Inge dann doch klar, dass der Krieg auch nach Rom seine Fühler ausgestreckt hatte. Es waren so gut wie keine jungen Männer auf der Straße unterwegs. Die wenigen, die ihr begegneten, trugen schwarze Priestergewänder. Alle anderen dienten sicher in der italienischen Armee. Nur einen Soldaten bekam sie auf der Brücke, die über den Tiber zur Engelsburg führte, zu Gesicht. Sein linker Arm steckte in einer Schlaufe und war verbunden. Der rechte lag um die Hüfte einer wahren jungen Schönheit, die er unter einer der

Engelsstatuen, die das Brückengeländer zierten, leidenschaftlich küsste. Inge beobachtete die beiden verstohlen. So ein hübsches Paar, so verliebt. Inge seufzte, denn vom süßen Topf der Liebe hatte sie noch nicht kosten dürfen. Sie folgte den beiden bis zur Engelsburg, die sie umrundete. Von oben thronte der heilige Michael, der die Lanze in den Rachen des Drachen stieß. Der Kampf des Guten gegen das Böse. Wenn nur der Krieg schon vorbei wäre! Inge sendete ein Stoßgebet hinauf zum Engel mit der Lanze. Zu gerne hätte sie das Innenleben der Burg besichtigt, doch das Tor war verschlossen. Hier hatten sich in früheren Zeiten, wie sie dem Reiseführer entnahm, Päpste bei Gefahr verschanzt. Geheime Gänge in der Mauer, die den Vatikan mit der Engelsburg verbanden, hatten als Fluchtweg gedient. Inge lief an dieser Mauer entlang und erreichte die Vatikanstadt wenige Gehminuten später. Der Petersplatz lag in all seiner Pracht vor ihr, umarmt von schneeweißen Säulengängen, die zum imposanten Petersdom führten. Italienische Soldaten flankierten die Eingänge. Anscheinend wurde hier streng kontrolliert. Für einen Moment überlegte sie, sich den Dom nur von außen anzusehen, doch die Neugier überwog. Inge setzte sich ein freundliches Lächeln auf und hoffte, unbehelligt den Platz überqueren zu dürfen. Doch da täuschte sie sich. Einer der Soldaten, ein junger Kerl mit geschultertem Gewehr, rief ihr etwas auf Italienisch zu und winkte sie zu sich. Einfach weiterzugehen, kam nun nicht mehr infrage. Kaum hatte sie ihn erreicht, musterte er sie und verlangte die »Documenti«. Was das hieß, konnte sie sich denken. Inge hatte ihren Ausweis dabei. Den reichte sie ihm. Den Einberufungsbefehl der Wehrmacht behielt sie besser in ihrem Beutel.

»Tedesca«, kommentierte er und besah sie sich neugierig. Dann winkte er einen der anderen Soldaten her und rief ihm etwas auf Italienisch zu, was Inge nicht verstand.

»Was machen Sie in Roma?«, fragte der andere Soldat in gebrochenem Deutsch, nachdem er sich zu ihnen gesellt hatte.

»Mein Mann ist geschäftlich hier. Er handelt mit Wein. Ich möchte ein Gebet im Petersdom sprechen«, erklärte sie sich.

Die beiden tauschten Blicke und musterten sie erneut. Inge pochte das Herz bis zum Hals. Als Deutsche hatte sie in Italien doch normalerweise nichts von Seiten der Armee zu befürchten, sagte sie sich. Gerade als er ihr die Papiere reichte, zerriss eine Detonation die Stille. Der darauf folgende Flügelschlag unzähliger Tauben, die panisch in die Lüfte stiegen, klang wie ein zweiter dumpfer Knall. Inge erschrak, fuhr herum und erspähte in gut fünfzig Metern Entfernung ein brennendes Fahrzeug der Wehrmacht auf der breiten Straße, die direkt zum Petersdom führte. Passanten schrien und suchten Schutz in den umliegenden Cafés und Wohngebäuden. Italienische Soldaten eilten aus einem dem Petersplatz gegenüberliegenden Gebäude zum brennenden Fahrzeug, auch der bewaffnete der beiden Soldaten, die sie bis eben noch aufgehalten hatten. Aus dem Haus daneben rannten zwei bewaffnete Offiziere der deutschen Wehrmacht. So wie Inge es aus der Ferne einschätzte, lieferten sie sich ein hitziges Wortgefecht mit den italienischen Soldaten. Eine Polizeistreife näherte sich mit Blaulicht und Sirene.

»Partigiani … Gefährlich für Deutsche«, gab ihr der deutschsprachige Soldat zu verstehen. Inge überlegte, ob sie besser gleich zurück zum Hotel gehen sollte, entschied sich aber dagegen. Es gab wohl momentan keinen sichereren Ort als den Petersdom.

Berauscht von Rom. Anders ließen sich Inges Eindrücke auf Preuss' Nachfrage, als sie sich gegen Viertel nach sieben in der Hotellobby getroffen hatten, kaum zusammenfassen. Der darauffolgende abendliche Spaziergang zur Piazza Navona hatte sich bestens dazu geeignet, ihm von ihren Eindrücken zu berichten.

Gut und gerne zwei Stunden hatte sie allein im Petersdom verbracht, inklusive einer Besteigung der Kuppel, was dank eines deutschsprachigen Vatikanbediensteten möglich gewesen war. Eine weitere Stunde hatte sie in einem Café bei der Spanischen Treppe verweilt, um die einzigartige Stimmung, das quirlige Leben dieser Stadt in sich aufzusaugen. Die nächste, um das Viertel mit den schmalen Gässchen um den traumhaft schönen Trevi-Brunnen zu erkunden. Weil dort Menschen Münzen über ihren Rücken hineinwarfen, hatte Inge es ihnen gleichgetan. Es brachte angeblich Glück. Von dort zu Fuß vorbei am Kapitol und dem Forum Romanum, an dem sie bereits mit dem Taxi von der anderen Seite vorbeigefahren war, hatten sie die gigantischen Ausmaße des Kolosseums am meisten beeindruckt. Für eine Besichtigung seines Innenlebens hatte die Zeit allerdings nicht mehr gereicht. Eine Gewalttour und eine echte Herausforderung für ihre Füße. An jeder einzelnen Station hätte Inge gerne mehr Zeit verbracht, von den Museen, die auf dem Weg lagen, ganz zu schweigen. Hauptsache gesehen. Feinheiten und geschichtliche Hintergründe konnte man schließlich auch im Reiseführer nachlesen. Um gegen sieben wieder zurück zum Hotel zu sein, nahm Inge sich ein Taxi zurück.

Das Restaurant direkt an der Piazza Navona, in dem sie nach köstlicher Pasta und einem hauchdünnen Schnitzel mit Schinken und Salbei, das sie hierzulande Saltimbocca nannten, auf den Nachtisch warteten, war ein würdiger Abschluss eines Tages, der all ihre Sinne nicht hätte besser beleben können. Ein Platz in erster Reihe mit Blick auf die drei Brunnen verlieh dieser Piazza besonderes Flair. Ein traumhaft schönes und im Schein der vielen Kerzen auf den Tischen auch noch romantisches Ambiente. Einiges musste Inge nun gar nicht mehr nachlesen, denn Preuss verfügte über ein umfangreiches geschichtliches Wissen und wusste wahrscheinlich mehr über die Stadt und seine Kulturdenkmäler, als in diesem kleinen Büchlein stand.

»Ich sehe schon. Sie haben sich genau wie ich unsterblich in Rom verliebt.« Preuss' Fazit nach ihrem begeisterten Vortrag und ihrem regen Interesse an seinen fachkundigen Ausführungen traf es auf den Punkt.

»Hoffentlich bleibt die Stadt unversehrt«, sagte Inge nachdenklich.

»Ich gehe fest davon aus«, versicherte Preuss ihr und nahm einen kräftigen Schluck des wohl besten Rotweins, den Inge zeitlebens probiert hatte.

»Aber wenn noch mehr Deutsche kommen … Es wird nicht bei diesem einen Attentat bleiben«, gab Inge zurück.

»Partisanen. Sie sind überall. Man sieht und hört sie nicht. Dann knallt es aus dem Hinterhalt. Auf Autobomben verstehen sie sich neuerdings auch. Feige und hinterhältig. Aber wir werden sie ausräuchern, diese Partisanennester.« Preuss hatte wieder diesen eiskalten Blick, der einem einen Schauer über den Rücken jagen konnte.

Inge beschloss, nichts mehr dazu zu sagen. Seine Haltung dazu kannte sie. Dass diese Menschen um die Freiheit ihres Landes kämpfen, wusste er genauso gut wie sie, doch dazu hatte er eine gänzlich andere Sicht. Freiheit sei nur in einem stabilen System möglich. Die Wehrmacht sei hier, um für Ordnung und Frieden zu sorgen. Italien brauchte seiner Meinung nach eine starke Hand, natürlich eine deutsche. Politisch zerstritten seien die Italiener. Auch das mochte der Fall sein. Inge vermochte nicht, dies zu beurteilen, nur eines wusste sie sicher. Ob untereinander zerstritten oder nicht. Die temperamentvolle fröhliche Lebensart gefiel ihr besser als die der Deutschen. Die wohl beste Küche der Welt – ebenfalls Preuss' Worte – kam ja noch mit hinzu.

»Ich wünschte, wir könnten noch länger hierbleiben«, sagte er dann unvermittelt.

»Wir haben doch noch einen Tag«, wunderte Inge sich.

»Wenn es dabei bleibt. Ich warte auf telegrafische Nachricht vom Hauptquartier.«

»Das wäre jammerschade, aber wir sind ja leider nicht zum Vergnügen hier. Umso kostbarer erscheint mir der heutige Tag und dieser herrliche Abend.« Inge war es ein Bedürfnis, ihm das zu sagen.

Preuss lächelte daraufhin nahezu glückselig. »Nichts anderes habe ich mir gewünscht«, erwiderte er. Dann hob er das Glas. »Auf Rom. Auf das große Glück, diesen wunderbaren Abend erleben zu dürfen.«

Seinem Trinkspruch konnte Inge guten Gewissens zustimmen und stieß mit an. Doch die Unbekümmertheit dieses schönen Moments verlor sich, weil Inge in diesem Moment an all die Schwestern dachte, die in Charkow vermutlich immer noch ihren Dienst taten, bis der Russe vor der Tür stand. Diese Welt schien schon so weit weg zu sein und doch war sie zu einem Teil ihres Lebens geworden. Während sie hier Rotwein trank, starben Soldaten an der Front oder im *Keller*.

»Was ist mit Ihnen, Inge?«, fragte Preuss prompt.

Inge suchte nach den richtigen Worten. »Mir kommt dieser Abend vor wie ein Traum.«

»Was ist so schlimm daran?«

»Es erscheint mir ungerecht«, überlegte Inge laut.

»Man muss die Dinge so nehmen, wie sie sind, und sagt man nicht, dass jeder seines Glückes Schmied ist?«

»Sofern er sich frei entscheiden kann. Ein Soldat kann das nicht. Er geht in den Tod und hat keine Wahl. Und wir sitzen hier an diesem wunderschönen Ort …«, erwiderte Inge selbst auf die Gefahr hin, sich und ihm die schöne Stimmung zunichtezumachen.

»Da haben Sie wohl recht, und dennoch waren die letzten Stunden mit Ihnen für mich sehr wertvoll.«

Inge nickte. Dagegen gab es nichts zu sagen. Das Gegenteil zu behaupten, wäre gelogen.

Preuss spielte nervös mit seinem Weinglas, drehte es mal nach links, dann wieder nach rechts und blickte gedankenverloren auf den darin hin- und herschwappenden Wein. Urplötzlich sah er ihr direkt in die Augen. »Ich wünschte, der Krieg wäre vorbei und Sie und ich …«. Mehr brachte er nicht heraus. Er drehte weiter an seinem Glas herum und schien erneut dem im Kerzenlicht rot leuchtenden Wein verfallen zu sein.

Inge ging diesem Gedanken nach. Wäre er dann ein anderer? Preuss war auch seines Glückes eigener Schmied. Ein ranghoher Offizier, der sich dem Krieg verschrieben hatte. Dem es darum ging, ihn zu gewinnen, als wäre es nur ein Spiel.

»Sie sagten es selbst. Man muss die Dinge nehmen, wie sie sind«, entgegnete sie.

Preuss nickte. Inge war sich sicher, dass er verstand, was sie damit sagen wollte, umso mehr überraschte sie, was er dann erwiderte: »Dinge können sich ändern, so wie sich die Umstände ändern. Nichts ist unveränderlich. Zumindest wage ich es, darauf zu hoffen.« Diesmal wandte er seinen Blick nicht mehr ab.

Inge sagte nichts darauf, weil sie das Gefühl hatte, dass jedes Wort das falsche sein könnte. Urplötzlich hatte sie das Bild des jungen verliebten Paares, dem sie auf der Engelsbrücke begegnet war, vor ihrem inneren Auge. Konnte es Umstände geben, die dazu führten, dass sie Preuss jemals den gleichen verliebten Blick schenken konnte, den sie in den Augen der beiden gesehen hatte? Wenigstens eine Art Freundschaft? Mit jemandem, der Menschen für einen Endsieg in den Tod schickte, ein Teil dieser Kriegsmaschinerie war? Sie hielt das für unmöglich und dennoch hätten die letzten Stunden am Tisch mit ihm nicht schöner sein können.

In Kriegszeiten war es anscheinend normal, dass sich Pläne unentwegt änderten. An sich hatte Inge ja damit gerechnet, noch einen weiteren Tag in Rom verbringen zu können, in Begleitung von Preuss, als den wohl besten Reiseführer, den man sich nur wünschen konnte. Zumindest hatte er ihr das am Vorabend während ihres Spaziergangs zurück zum Hotel vollmundig in Aussicht gestellt. Nun saß sie in einem Taxi zurück zum Bahnhof. Das alles nur wegen eines Telegramms, das zudem ihre gute Stimmung am Morgen schlagartig zunichtegemacht hatte. Die Lage sei ernst, denn britische Truppen hätten am Vortag das sizilianische Catania angegriffen. Es sah schlecht für die italienischen Waffenbrüder aus, obwohl Mussolini den Befehl erteilt hatte, Sizilien um jeden Preis zu halten. Für Inge ein Déjà-vu. Hitler war mit seinen pathetischen Durchhalteparolen an der Ostfront ebenfalls gescheitert. Inge hatte diesen Gedanken geflissentlich für sich behalten, um Preuss angesichts der angespannten Lage nicht herauszufordern. Es wäre nicht der richtige Zeitpunkt gewesen. Demzufolge sei Preuss' Anwesenheit im Süden dringend erforderlich. Die Wehrmacht habe keinen weiteren Tag zu verlieren, um sich auf das Vorrücken der alliierten Truppen vorzubereiten. Wenigstens waren Inge nach dem Frühstück noch zwei sonnige Stunden geblieben, um ein paar Einkäufe zu tätigen. Der Zug nach Neapel ging erst gegen Mittag. Durch eine Stadt wie Rom zu bummeln, empfand Inge auch unter Zeitdruck als unbeschreiblichen Luxus. Kosten vom Leben nach dem Krieg. Nun war sie um zwei bunte Kopftücher reicher. Das sommerlich luftige Kleid aus einem Bekleidungsgeschäft gleich in der Nähe des Hotels hatte sie gleich angelassen – gekauft auf Kosten der Wehrmacht, von dem Geld, das Preuss ihr am Vortag im Umschlag hatte zukommen lassen.

Inge fiel der Abschied von Rom schwer. Preuss allem Anschein nach auch. Er blickte mindestens so wehmütig auf die Häuser und historischen Bauwerke der Stadt – schweigend und in sich gekehrt. Er seufzte gar schwermütig, als das Taxi vor dem Bahnhof vorfuhr.

Preuss bezahlte den Fahrer, der Inge dann die Tür aufhielt und ihnen eine »Buon viaggio« wünschte. Nun stand ihnen eine dreistündige Fahrt bevor. In Neapel würde sie ein Fahrzeug der Wehrmacht erwarten und zu einem Ort namens Cassino bringen. Ein Generalfeldmarschall, Albert Kesselring, habe vor, zwischen dem Ort Cassino und dem Dorf Sant'Apollinare eine uneinnehmbare deutsche Stellung zu errichten, eine Art Schutzwall gegen die alliierten Streitkräfte, der die einzige Zufahrtsstraße nach Rom, die Via Casilina, an der engsten Stelle als eine Art Riegel zum Liri-Tal uneinnehmbar blockieren würde. Noch sei das nicht offiziell, doch wer einen Krieg gewinnen wollte, musste die Schachzüge des Gegners im Vorhinein mit einkalkulieren. Ein waghalsiges Vorhaben, denn Preuss hatte ihr auch gesagt, dass es letztlich um eine Verriegelung Mittelitaliens von gut hundertfünfzig Kilometern ging. Preuss' Aufgabe war es, alle diesbezüglichen erforderlichen Aktivitäten unter dem Oberkommando eines General Hube, der die Streitkräfte im Süden kommandierte, zu koordinieren. Die geografischen Gegebenheiten und wo Cassino lag, hatte Preuss ihr schon beim Frühstück anhand einer Landkarte nahegebracht. Eine Art Barriere an der engsten Stelle des italienischen Stiefels nördlich von Neapel zu errichten, umgeben von Bergen mit schwer passierbaren Wegen, die durch wildes und schroffes Gelände führten, leuchtete Inge unmittelbar ein. Der Ort Cassino schien tatsächlich eine Art Nadelöhr zu sein. Er lag hinter dem Liri-Tal zwischen zwei Bergen, die sich Monte Camino und Monte Sammucro nannten. Wer die Ebene hinter den Gebirgszügen einmal erreichte, war kaum noch aufzuhalten. »Freie Fahrt nach Rom.« Als solche hatte Preuss es heute

Morgen bezeichnet. Und die galt es für die Alliierten um jeden Preis zu verhindern.

Trotz der angespannten Lage war sein Bemühen um sie ungebrochen. Zwei Plätze in der ersten Klasse. Proviant nur vom Feinsten. Gepäckträger, damit sie ihre Koffer nicht tragen musste. Inge rechnete ihm das alles hoch an, fühlte sich jedoch zunehmend schlecht dabei, weil es ja allzu offensichtlich war, dass er nichts unversucht ließ, um ihre Zuneigung zu erkaufen. Dabei musste er das gar nicht. Das beschäftigte Inge immer mehr. Eine Seite an ihm zog sie an, die andere schreckte sie ab. Er war wie zwei Menschen in einem. Zwei Gesichter. Zwei Tonlagen in der Stimme. Mal eiskalte Augen, mal ansteckend heiter und voller Wärme, wie momentan, nachdem er ihre Koffer auf den Gepäckträgern über den Sitzplätzen verstaut und sich ihr gegenüber hingesetzt hatte. Natürlich gegen die Fahrtrichtung, weil sie geäußert hatte, dass ihr in der anderen Richtung meist leicht schlecht wurde.

Der schrille Ton einer Trillerpfeife ertönte. Der Zug setzte sich mit sanftem Ruck und quietschenden Rädern in Bewegung.

»Werden wir Zeit haben, uns Neapel anzusehen?«, fragte Inge unbeschwert, weil sie eine Broschüre auf dem Sitzplatz neben sich vorgefunden und schnell überflogen hatte. Neapel schien auf den ersten Blick gleich noch mehr Kirchen und Kapellen zu haben als Rom und war sicher auch einen Besuch wert.

»Dazu bleibt leider keine Zeit. Vielleicht irgendwann einmal«, sagte Preuss. Es klang wie ein müdes Versprechen.

»Man muss sich für die Zukunft etwas Schönes vornehmen, um die schlimmen Zeiten zu überstehen«, sagte Inge.

»Prinzip Hoffnung. Was haben Sie sich vorgenommen?«

»Wie ich Ihnen gesagt habe: mit Annemarie eines Tages in Paris an den Champs-Élysées zu bummeln.«

Preuss lachte. »Und ich dachte schon, Sie wollen als Violinistin große Konzerthallen füllen.«

Inge musste ebenfalls darüber lachen. »Ein guter Vorschlag. Daran habe ich offen gestanden noch gar nicht gedacht.«

»Sie sollten wieder spielen. Die Italiener lieben Musik. Damit werden Sie Italien im Sturm erobern.«

»Dann sollten Sie Ihre Division mit Violinen anstatt mit Waffen ausstatten«, gab Inge zurück.

Preuss lachte erneut. Dieser inneren Logik konnte er sich nicht entziehen. Er sagte nichts darauf und sah sie nur an. Fasziniert und voller Zuneigung. In dem Moment vernahm Inge ein merkwürdiges Fahrgeräusch, das sie nicht einordnen konnte. Es war ein sonores Brummen, das von überall herzukommen schien.

Auch Preuss stutzte. Er schob die Tür des Abteils ein Stück zur Seite und lauschte in den Gang hinein. Das Brummen wurde lauter. Preuss sprang auf und schritt hinaus in den Gang, wo er das Fenster heruntergeschoben hat.

»Mein Gott«, sagte er nur.

Inge trat neben ihn und folgte seinem Blick in den Himmel. Er war übersät mit dunklen Punkten, die sich der Stadt näherten.

»Jagdbomber. B-24 oder B-17. Das sind britische Maschinen«, sagte er mittlerweile kreidebleich.

Die Punkte nahmen immer mehr Kontur an. Sie verloren rasch an Höhe und flogen genau auf sie zu.

»Stehe uns Gott bei«, wisperte Preuss.

Inge stand wie gelähmt am Fenster. Sie konnte nur noch beten, dass ihr Zug nicht getroffen wurde.

Kurz darauf vernahm sie die erste Detonation. Es folgten weitere infernal laute Donnerschläge, deren Erschütterungen sich auf die Schienen übertrugen. Inge spürte unter ihren Füßen, wie der Waggon mit jedem Einschlag vibrierte.

Preuss stürzte zurück ins Abteil und riss dort in einem Ruck das Fenster herunter. Auf dieser Seite war das Bahnhofsviertel im Blick. Eine Detonation folgte auf die andere. Dann gleich mehrere gleichzeitig. Die Erde bebte. Es kam ihr so vor, als würden die getroffenen Häuser im Bombenhagel, der tiefe Wunden in das Mauerwerk riss, regelrecht aufschreien.

»San Lorenzo«, stammelte Preuss.

Inge besah sich an seiner Seite das Grauen und griff Halt suchend nach seiner Hand. Die nackte Angst im Nacken. Ganze Häuserblocks verschwanden in dichten Rauchwolken, die schnell gen Himmel stiegen. Der Wind verwehte sie und hinterließ dichten Nebel, ein Totenschleier, der sich über das ganze Viertel legte.

Inge ließ ihren Blick über den Horizont wandern. Der Angriff der Briten beschränkte sich scheinbar auf dieses Viertel. Der Rest der Stadt blieb unversehrt.

»Warum tun sie das? Es hat doch immer geheißen, dass Rom nicht bombardiert wird?«, fragte Inge verzweifelt.

»In dem Viertel sind ein Stahlwerk, eine Glas- und Textilfabrik. Sie wollen den Feind schwächen«, sagte Preuss, der genau wie Inge fassungslos auf das Meer der Verwüstung starrte.

»Aber dort wohnen doch sicher viele Menschen.« Inge hatte ihre Eindrücke, als das Taxi sie durch das Viertel zum Bahnhof gefahren hatte, noch gut in Erinnerung.

Preuss nickte.

»Sie sind skrupellos, die Briten. Verstehen Sie jetzt, warum wir sie aufhalten müssen?« Preuss hatte wieder jenen kalten und nun auch noch hasserfüllten Blick. Was waren das nur für schreckliche Zeiten? Spielte es überhaupt noch eine Rolle, zu hinterfragen, wer den Krieg angefangen oder provoziert hatte? Allein schon diese wunderschöne Stadt zu bombardieren, kam für Inge einer Todsünde gleich. Unschuldige Menschen zu töten, feige, aus der Luft, war ebenfalls unverzeihlich. Das Brummen am Himmel verklang. Wenigstens hatten sie die Vatikanstadt verschont. Aus der Richtung kam kein Rauch. Was für ein schwacher Trost.

Selbst die Schönheit der Landschaftsabschnitte, an denen der Zug im weiteren Verlauf vorbeifuhr, konnte Inges Gemüt nicht mehr aufhellen. Noch nicht einmal der Fernblick aufs azurblaue Meer, das auf der Strecke gen Süden in Küstennähe immer wieder zu sehen war.

»Ich könnte ewig hier entlangfahren«, sagte Preuss unvermittelt just in einem Moment, in dem erneut ein Stück der traumhaft schönen Küstenlinie an ihnen vorbeizog. Saftige Blumenwiesen und blühende Sträucher, bestellte fruchtbare Felder, dazwischen Pinien und ein Fischerdorf in der Ferne, das direkt zum funkelnden Meer hinunterwuchs. Die perfekte Idylle. Der Angriff auf Rom hatte auch ihn sichtlich mitgenommen und wohl auch persönlich getroffen. Inge wusste, wie sehr er die Stadt liebte. Für eine halbe Ewigkeit hatte er sich, nachdem sie den Stadtrand Roms hinter sich gelassen hatten, mit Dokumenten aus seiner Mappe beschäftigt, mit grimmiger und zugleich entschlossener Miene. So sah jemand aus, der Rachegelüste hegte. Das war wohl auch einer der Motoren des Kriegs. Nun wirkte er müde und ausgelaugt. Inge erging es nicht anders.

»In einem Zug hat man das Gefühl, alle Sorgen hinter sich zu lassen. Die vielen Gedanken. Sie scheinen sich in der Ferne zu verlieren. Der Kopf wird angenehm leer. Geht es Ihnen auch so?«, fragte er, ohne seinen Blick vom Horizont abzuwenden.

»Bei mir ist es eher umgekehrt. Sofern ich kein Buch lese, lasse ich meinen Gedanken freien Lauf. Sie verlieren sich dann leider nicht, sondern fahren mit mir Karussell.«

»Über was haben Sie vorhin nachgedacht? Über den Angriff auf Rom? Was hat Sie in der letzten Stunde am meisten beschäftigt?«, wollte er wissen.

»Warum Sie Offizier bei der Wehrmacht geworden sind«, gab Inge unverhohlen zu.

Preuss zog überrascht die Augenbrauen hoch. »Was soll ein Mann in diesen Zeiten sonst Vernünftiges anstellen? Es gibt nur drei Möglichkeiten. Arzt, Priester oder Offizier.«

»Heißt das, Sie wollten eigentlich einen anderen Beruf ergreifen?«, schlussfolgerte Inge.

»Ich wollte mit Kunst handeln. Auktionär werden. Galerist. Museumsdirektor.«

Inge lachte. Alles hätte sie erwartet, nur nicht das. Andererseits erklärte dies seine beiden Wesensarten, und warum er Städte wie Rom und Florenz so liebte.

»Aber Sie sind doch sicher schon vor dem Krieg Soldat geworden, oder täusche ich mich da? Sie müssten Anfang dreißig sein. Der Krieg begann vor vier Jahren. Mit Mitte zwanzig hat man sich doch normalerweise schon für einen beruflichen Weg im Leben entschieden.«

Die Frage beschäftigte Preuss mehr, als Inge erwartet hatte. Er nickte nachdenklich und brauchte eine Weile, bis er ihr antwortete.

»Einunddreißig, um genau zu sein. Mein Vater war Hauptmann. Militärischer Drill. Einer vom alten Schlag. Kaisertreu. Trug sogar einen Wilhelmsbart. Er hat's mir angeraten. Junge, da siehst du die Welt, hat er gesagt. Aber er war auch sehr klug und weitsichtig. Vater hat damit gerechnet, dass es noch einen Krieg geben wird. Als junger Mann wird man so oder so eingezogen und ein einfacher Soldat ist nichts weiter als Kanonenfutter. Also hab ich eine Offizierslaufbahn eingeschlagen. Ausbildung zum Funker. Ausbildung am Fuhrpark. Ich habe so viele wertvolle Dinge gelernt, aber ohne übertriebenen Ehrgeiz. Eher gemächlich.«

»Gemächlich?«

»Wer will schon Hauptmann, Oberst oder General sein? Zu weit oben. Zu nah am Führer. Die müssen ihren Kopf hinhalten. Ich hab mich nicht darum gerissen. Mein Vater wusste, von was er sprach. Bin zufrieden mit dem Oberstleutnant.«

Inge nickte nachdenklich.

»Und Sie? Warum sind Sie zum DRK?«

»Mein Vater hat sich gewünscht, dass ich sein Bekleidungsgeschäft eines Tages übernehme, heirate und Kinder kriege. Aber ich wollte etwas von der Welt sehen. Anerkennung. In welchem anderen Beruf bekommt man sonst als Frau heutzutage Anerkennung? Höchstens als Lehrerin. Aber der Preis dafür … wir hatten keine Ahnung, was uns erwarten würde. Wie naiv wir doch alle waren.«

»Es hat alles im Leben seinen Preis. Und haben Sie nicht das bekommen, was Sie wollten? Sie sehen etwas von der Welt. Sie genießen höchste Anerkennung.«

So gesehen hatte Preuss recht. Vordergründig betrachtet hatte sie tatsächlich bekommen, was sie immer wollte, doch die Haken, die das Leben unentwegt schlug, hatten Inge noch viel mehr gegeben, nämlich die Einsicht, was sie tief in ihrem Inneren letztlich antrieb, was sie brauchte, um jene Erfüllung zu spüren, nach der sich jeder im Leben sehnte. Inge versuchte, Preuss das klarzumachen.

»Ich bereue die Entscheidung nicht, auch wenn ich gestehen muss, dass ich aus den falschen Gründen zum DRK gegangen bin. Mittlerweile ist mir bewusst geworden, dass mir eines noch viel wichtiger ist. Ich kann anderen Menschen helfen. Ihr Leid lindern. So schrecklich es war. So tief erfüllt es mich jetzt, in diesem Lazarett gewesen zu sein. Ich habe dort meine

Bestimmung gefunden«, sagte Inge. Noch nie zuvor hatte sie sich das in dieser Deutlichkeit vor Augen geführt.

»Der Krieg hat uns alle verändert, lehrt uns wertvolle Lektionen. Ich muss gestehen, dass ich Sie um Ihre beneide.«

Inge sah ihn fragend an.

»Der Krieg hat offenkundig das Schöne in Ihrer Seele zum Erblühen gebracht.« In seinen Augen standen Faszination und Bewunderung zugleich. Er meinte es sicher so. Seine Worte gingen ihr daher zu Herzen. War es das, was ihn anzog? Eine schöne Seele? Wie die Motte das Licht? Ließ er deshalb zu, dass sie Dinge sagte und tat, für die sie jeder andere Offizier in ein Arbeitslager hätte bringen lassen? Suchte er nach Erlösung? Ausgerechnet bei ihr?

»Ich wünschte, ich könnte das Gleiche über mich sagen«, stellte Preuss ernüchtert fest. Als ob er daran Halt suchen würde, griff er erneut nach seiner Dokumentenmappe, öffnete sie und richtete seinen Blick darauf. Jeder andere Mann hätte ihre erröteten Wangen wahrgenommen, ihre sichtliche Rührung genutzt, um seine Zuneigung zu gestehen, doch das Herz eines Offiziers wie Preuss' schlug im Gleichschritt eines Marschbefehls. Die Klänge des Krieges.

Kapitel 13

Preuss war wieder zum Wehrmachtsoffizier geworden. Und zwar schon bevor sie planmäßig gegen vier Uhr nachmittags Neapel erreicht hatten. Inge waren höchstens fünf Minuten geblieben, um zumindest einen Hauch von Neapel rund um die kleine quirlige Piazza des neapolitanischen Hauptbahnhofs, ein von Säulengängen umspanntes Gebäude mit zwei Türmen und einem kleinen Park davor, spüren zu können. Zwei Fahrzeuge der Wehrmacht standen für sie bereit. Ein Wagen für eine Vierer-Eskorte und einer mit Chauffeur, was unweigerlich dazu führte, dass Preuss vorne neben dem Fahrer saß, wohingegen Inge es sich auf der recht engen Rückbank des Geländewagens so bequem wie möglich machte – eingepfercht zwischen drei aufgestellten Koffern, die zu einer Seite auch noch die Sicht auf die Stadt versperrten. Auf der ohnehin nur kurzen Fahrt innerhalb des Stadtkerns Neapels war es ihr auf diese Weise lediglich möglich gewesen, einige flüchtige Eindrücke aufzuschnappen. Enge Gassen, furchtbar viele Menschen auf engstem Raum, viele kleine Läden, unzählige Kapellen, Brunnen und kaum ein altes Haus ohne Fresken oder Putten an der Fassade. Neapel war allem Anschein nach eine Hochburg des Katholizismus. Allein vier blumengeschmückte Schreine mit der Jungfrau Maria hatte sie auf dem Weg zu einer stark befahrenen Hauptstraße gesehen, die am belebten Hafen vorbeiführte. Von dort gingen die Fähren nach Capri. Wie schön wäre es, an einem sonnigen Tag wie diesem überzusetzen. Die Insel musste ein Traum sein, wie Inge vom Hörensagen und der Broschüre aus dem Zug wusste. Auch die Festung unweit des Hafens direkt am Meer, die sich Castel dell'Ovo nannte, und eine noch viel größere oben auf dem höchsten Hügel, zu der eine Seilbahn führte, hätte sie sich gerne angesehen. Preuss hatte sich immerhin ein paar Mal umgedreht, um sie auf die eine oder andere Sehenswürdigkeit aufmerksam zu machen und sie zu benennen.

Der süßliche Geruch aus Moder, Abfällen und den Küchendünsten, der ganz Neapel überzog, verflüchtigte sich erst, als sie das Zentrum verlassen hatten. Auch die historische Pracht verlor sich schnell zu Gunsten von Häusern einfacherer Bauart. Einmal aus der Stadt heraus, sah Inge nur noch Landhäuser und Bauernhöfe, die wie beliebig in die Landschaft gestreut wirkten. Hier wurde nicht nur Wein angebaut. Die Böden seien äußerst fruchtbar, was Preuss' Wissens nach an der Lava lag, die der Vesuv während vieler Ausbrüche auf die gesamte Gegend gespuckt hatte. Eines Tages müsse sie sich Pompeji ansehen oder vielmehr, was davon übrig geblieben war. Der Vesuv hatte die antike römische Stadt in Schutt und Asche gelegt. Von der Straße aus könne man weiter südlich sogar die Ruinen sehen. Schön zu wissen, doch leider fuhren sie in eine ganz andere Richtung, nämlich ins hügelige Landesinnere. Inge wurde während der Fahrt klar, warum sich die Wehrmacht diesen Landstrich für ihre Stellungen gegen die Alliierten ausgesucht hatte. Für den Feind sicher ein militärischer Albtraum. Auf den immer schmaler werdenden Straßen, die nicht alle geteert waren, gab es für schweres Gerät und Panzer kein Durchkommen. Entgegenkommende Fahrzeuge waren bereits für ihren Geländewagen der Wehrmacht ein Grund, um auf der

Straße zurückzusetzen, bis sie eine Stelle erreichten, die breit genug war, damit ein Traktor mit Anhänger vorbeikam.

Schon nach kurzer Zeit bergauf verlor sich die drückend schwüle Luft, die ihr in Neapel entgegengeschlagen war und die Küstenstreifen überzog. Weiter oben wurde es merklich kühler, was die Sinne belebte und die Müdigkeit vertrieb. Die Sonne brannte dennoch unerbittlich vom Himmel. Und schon kurze Zeit später, als sie eine fruchtbare Ebene, die in einem lang gestreckten Tal lag, erreicht hatten, begann Inge wieder zu schwitzen.

»Sie müssen mehr trinken«, ermahnte sie Preuss. Eines der wenigen Dinge, die er auf dem letzten Fahrtabschnitt von sich gegeben hatte. Offiziere und Soldaten niederen Dienstgrades schienen untereinander nicht sonderlich redselig zu sein. Inge vermutete, dass sie bald am Ziel waren, weil die Eskorte sie verließ. Preuss musste Bescheid wissen. Der Fahrer des Wagens hinter ihnen hatte nur einmal kurz gehupt und Preuss salutiert.

»Da vorn liegt Cassino«, rief ihr Fahrer dann auch keine zehn Minuten später aus.

Inge sah von der Rückbank aus leider nur die umliegenden Gebirgszüge. Es waren Ausläufer einer Kette, die sich, wenn sie Preuss' Karte richtig in Erinnerung hatte, im Norden mit dem Apennin vereinigte.

»Fahren Sie da vorn raus!«, verlangte Preuss, nachdem er von Weitem eine Ausbuchtung an der Landstraße erspäht hatte. Die entpuppte sich als idealer Halt, wie Inge feststellte, als der Wagen dort zum Stehen gekommen war und sie ausgestiegen waren. Inge gesellte sich zu Preuss, auch, um sich die Füße nach der beschwerlichen Fahrt in der Enge etwas zu vertreten.

Eine fruchtbare Ebene lag vor ihnen. Wilde Oliven-, Feigen- und Pfirsichbäume krochen die Berghänge empor und teilten sich die Hügel mit Pinien. Dazu gesellten sich Zypressen. Diese schlankwüchsigen Bäume waren so hoch, dass Inge glaubte, sie würden den Himmel berühren wollen. Das Gebirge mit seinen hügeligen Ausläufern schien Cassino zu umarmen. Häuser in hellen Farben stachen aus dem satten Grün der ihn umgebenen Vegetation so hell heraus, dass Inge die Augen zusammenkniff, weil die hellen Hausmauern das Sonnenlicht stark reflektierten. Der Ort lag eingebettet in das weite Tal am Fuß eines imposanten und von Serpentinen durchfurchten Berges. Die in den Fels hineingefrästen Straßen schlängelten sich bis hinauf zu einer riesigen Festungsanlage.

Preuss richtete seinen Blick in die Ferne. »Das Kloster Montecassino. Von dort oben aus hat man von Nord nach Süd alles im Blick«, sagte er.

Inge erschienen die hier gegebenen Örtlichkeiten wie ein natürliches Bollwerk. Es nun in natura vor sich zu sehen, machte ihr klar, wie wichtig dieser Ort für die Wehrmacht sein musste. Sie würde von dort oben die gesamte Via Casilina in beide Richtungen kontrollieren können.

»Man sagt doch immer, dass alle Wege nach Rom führen. Es muss doch noch andere Möglichkeiten und Transportwege geben«, überlegte Inge laut.

»Diese Straße ist wirklich die einzige, um schnell mit großen Fahrzeugen von Nord nach Süd zu kommen. Es sei denn, man nimmt den beschwerlichen Weg über die Bergpässe in Kauf, quer durch die Abruzzen oder durch Sumpfgebiete. Für Panzer so gut wie unmöglich. Hier ist wenigstens alles asphaltiert, aber auch erst seit gut fünfzehn Jahren. Gut für uns. Für den Nachschub aus dem Norden«, erklärte Preuss, der seinen Blick so über das weite Tal schweifen ließ, als würde sein neues Königreich vor ihm liegen.

»Dem Feind bleiben hier gerade mal zehn Kilometer. Eine Lücke, die wir schließen werden«, fuhr Preuss mit entschlossener Stimme fort.

»Und wie soll das geschehen? Wollen Sie einen Zaun oder eine Mauer errichten?«

Preuss lachte. »Wir haben keine Zeit, um eine zweite Chinesische Mauer zu bauen. Sehen Sie die Anhöhen, die den Liri umgeben? Von dort kann sich niemand unserem Artilleriefeuer entziehen. Stacheldraht, Tellerminen auf der anderen Seite, Transportwege sprengen. Hier kommen sie nicht durch«, sagte Preuss.

»Ist das Lazarett am Ort?«, wollte Inge wissen.

»Bis jetzt gibt es in Cassino noch kein deutsches Lazarett. Wir können bei Bedarf das der Österreicher nutzen. Vierundvierzigste Infanteriedivision. Soviel ich weiß, liegt es zwischen Sant'Elia und Acquafondata, also in östlicher Richtung.

»Ist das denn in Ordnung, wenn ich als DRK-Schwester dort arbeite?«

»Sie haben eine andere Aufgabe. Wir müssen uns darauf vorbereiten, dass dieses Gebiet früher oder später hart umkämpft wird. Dann brauchen wir ein eigenes Lazarett und müssen Vorsorge treffen. Ich habe bereits einen Stabsarzt aus Catania angefragt.«

»Es ist noch nicht einmal ein Arzt hier?«, wunderte Inge sich.

»Noch gibt es keinen Grund dazu. Keine Feindberührung. Die Front verläuft in Sizilien. Wahrscheinlich ziehen sie einen von dort ab«, erklärte Preuss.

»Sind noch andere Schwestern hier?«

»Nur eine Wehrmachtshelferin, aber sie ist, soviel ich weiß, noch nicht eingetroffen.«

»Was ist mit Ausrüstung? Medizinischer Gerätschaft? Verbandsmaterial und so weiter?«, fragte Inge.

»Die ersten Lieferungen sind bereits unterwegs. Wie Sie sehen, haben Sie alle Hände voll zu tun«, sagte Preuss.

Kein Arzt und eine Wehrmachtshelferin. Rosige Aussichten. Die anfängliche Ironie ihres Gedankens verlor sich schnell, denn wo es keine Front gab, gab es auch keine Schwerverwundeten. Insofern waren die Aussichten vielleicht doch rosiger, als es den Anschein hatte.

Was für ein malerischer Ort. Seine Bewohner lebten überwiegend von der Landwirtschaft. Dafür sprach die Lage in dieser fruchtbaren Ebene, aber auch, weil sich am Stadtrand zu dem Duft von Erde und Nadelhölzern noch der von Dung hinzugesellte. Eine eigenwillige Mischung und gänzlich anders als das Parfum von Neapel mit seinem süßlich-fauligen Mief nach Abfällen und Küchendünsten. Dennoch erinnerten Inge einige der engen Gassen, durch die sie fuhren, an die Stadt am Fuße des Vesuvs. Die Steinhäuser wirkten aber eher ländlich, ihre Fassaden waren weniger verspielt und glatt. Cassino schien auch aus der Nähe betrachtet mehr Dorf als Städtchen zu sein. Preuss hatte von einer Unterkunft in einem Haus am Stadtrand gesprochen. Danach hielt Inge nun Ausschau, als sich die Häuser nach Durchquerung des Orts zu Gunsten von Feldern und einer Olivenplantage ausdünnten. Die Sonne stand bereits tief und überzog das Grün der Olivenbäume mit seidigem, warmem Glanz.

Der Wagen verlangsamte sein Tempo und kam vor dem letzten Haus am Ortsausgang zum Stehen. Es war zweistöckig und wirkte von außen sehr geräumig. Hinter seiner Umzäunung lag ein verwilderter Garten, in dem Apfelbäume und eine Bank direkt an der Hausmauer standen. Die Fassade machte auf Inge eher einen mitgenommenen Eindruck. Von Wind und Wetter gezeichnet. Der Putz bröckelte an verschiedenen Stellen von der Wand. Das Mauerwerk der Westseite war moosbewachsen. Das Haus sah verlassen aus und wirkte so, als sei es seit längerer Zeit nicht bewohnt gewesen.

»Willkommen in unserem Quartier«, sagte Preuss, nachdem sie ausgestiegen waren.

Der Fahrer hievte gleich die Koffer aus dem Wagen und trug sie vor das Haus.

»Werden alle Soldaten hier am Ort untergebracht?«, fragte Inge.

»Vorerst nur wir. Das Haus ist für Offiziere gedacht. Später werden Sie wohl Quartier im Lazarett beziehen, aber Sie können natürlich auch hierbleiben.«

»Und wo kommen die Soldaten unter?«

»Außerhalb. Nördlich von hier. Kesselring will, dass wir die Dörfer räumen und die Unterkünfte von Gehöften der Bergbauern nutzen. Es darf aber nicht nach einer Besatzung aussehen. Verstehen Sie? Offiziell sind wir hier, um das Kloster und den Ort vor Angriffen der Alliierten zu schützen. Das Haus haben wir angemietet. Es läuft auf meinen Namen«, erklärte Preuss, der sich das Haus nun näher besah.

»Die Leute hier in der Stadt wissen also noch gar nichts von den Plänen der Wehrmacht?«

»Das wäre zum jetzigen Zeitpunkt unklug. Die Front ist ja noch weit weg. Und wenn der Feind sich nähert, dann werden sie froh sein, wenn italienische und deutsche Streitkräfte vor Ort sind«, erläuterte Preuss.

Das erklärte vereinzelte verwunderte Blicke der wenigen Bewohner, als sie an ihnen vorbeigefahren waren. Inge und Preuss trugen Zivilkleidung, doch sie hatten sich sicher gefragt, warum ein uniformierter Wehrmachtsoffizier am Steuer saß.

»Wir hegen die besten Beziehungen zum hiesigen Kloster«, fuhr Preuss fort.

»Die Wehrmacht?«

»General Hube ist der Kommandant der Streitkräfte. Er war Ende Juni hier und hat sich beim Erzabt vorstellig gemacht.«

»Und ihn über die Pläne der Wehrmacht eingeweiht?«, wunderte Inge sich.

»Es ist wichtig, die Abtei auf unserer Seite zu haben. Man darf den Einfluss der Geistlichen hier nicht unterschätzen. Hube hat ihm zugesichert, dass die Abtei selbst nie militärisch genutzt wird.«

»Das hätte ich nicht gedacht. Ein Abt begrüßt eine Verteidigungslinie der deutschen Verbündeten?«

»Er weiß sicher, dass er keine andere Wahl hat. Im Übrigen scheinen sich die beiden sehr zu schätzen. Hube stand sogar mit ihm in engem Briefkontakt. Er hat sich für Erzabt Diamares Gastfreundschaft mit einer Flasche Benediktinerlikör bedankt. Hube war ja vorher in Frankreich, hat dort die westfälischen Truppen kommandiert und sich privat gut mit edlen französischen Tropfen eingedeckt. Zumindest hat er mir das erzählt. Die beiden haben sich prächtig verstanden.«

Inge nickte beeindruckt. Der Krieg hatte viele Facetten. Das scheinbar Unmögliche schien möglich zu sein. Ein italienischer Abt und ein Wehrmachtskommandant, die sich schätzten.

»Wir sollten reingehen. Drinnen gibt es sicher noch einiges zu tun.«

»Haben wir Lebensmittel im Haus?«

»Brot, Wurst und Käse. Milch. Kaffee ... Er hat von mir eine lange Liste bekommen«, sagte Preuss und blickte in Richtung ihres Fahrers, der mittlerweile alle Koffer hineingetragen hatte und wieder aus dem Haus gekommen war.

»Fließendes Wasser?«

»Man merkt, dass Sie an der Ostfront waren. Wir sind hier in Italien. Ein zivilisiertes Land. Hier fehlt es Ihnen an nichts«, amüsierte sich Preuss.

Inge sah sich noch einmal um. Es war schön hier. Im Garten erspähte sie einen Tisch und Stühle. Sie konnten sich hier einen gemütlichen Abend machen, doch Inge war sich sicher, dass sie bis dahin drinnen noch ordentlich zu tun hatte. So verdreckt wie die Scheiben waren, sah die Küche sicherlich nicht viel besser aus.

Von wegen *Die große Freiheit* beim DRK. Inge betätigte sich momentan als Hausfrau für Preuss, denn noch war keiner der anderen Offiziere angekommen. Hatte sie dafür ihre Ausbildung gemacht? Er selbst hätte auch mit Hand anlegen können, um die Küche grundrein zu machen. Sie war von einer dicken Staubschicht bedeckt, der Boden regelrecht eingedreckt. Auch das Geschirr musste komplett gewaschen werden. Heißes Wasser stand zur Verfügung. Der Gasboiler funktionierte. Wer früher hier einmal gewohnt hatte, wusste Preuss nicht. Allem Anschein nach war dieses Haus bereits des Öfteren vermietet worden. Es fanden sich darin keine persönlichen Dinge. Die Möbel wirkten zusammengewürfelt und waren stark abgewohnt. Die Matratze im Schlafzimmer, das sie sich hatte aussuchen dürfen, ebenfalls. Den Eindruck erweckten auch Geschirr und Besteck. Zusammengewürfelt. Vermutlich gingen hier viele Kurzzeitmieter ein und aus. Inge wischte den letzten Schmutz unter einer Küchenbank auf und beschloss, das Schmutzwasser draußen auszuschütten. Der Arm schmerzte bereits vom Schleppen der schweren wassergefüllten Blecheimer. Arbeit für einen starken Mann, aber Preuss hatte sich in das Lager der Vorhut gut zehn Kilometer von Cassino entfernt fahren lassen, um die Soldaten einzuweisen und dafür zu sorgen, dass sie einen Wagen und ein Fahrrad bekamen. Inge konnte immer noch kaum glauben, wie viele Soldaten sich bereits seit Mai auf den Weg nach Italien gemacht hatten. Eine weitere Tausendschaft wartete auf den Einmarschbefehl.

Inge ging mit dem Eimer nach draußen. Es war noch hell genug, um die abgelegene Stelle im Garten neben einem Komposthaufen ausfindig zu machen, um die nächsten Eimer mit brauner Brühe zu entleeren. Fluchte da jemand? Und wie. Inge verstand zwar kein Wort, aber Flüche erkannte man auch in einer fremden Sprache. Wie ein Rohrspatz. Inge stellte den Eimer an die Hauswand, ging zum Zaun und vermutete, dass die wütenden Ausrufe von einer der Straße gegenüberliegenden Plantage kamen. Ein Feldweg trennte einen Olivenhain von einer bewirtschafteten Ackerfläche. Von dort kommend versuchte ein junger Mann, einen beidseitig mit Körben beladenen Esel zum Weitergehen zu bewegen. Die Steigung hinauf zur Straße verweigerte das störrische Tier. Der Kerl zog erneut am Seil. Der Esel schrie. Sein Besitzer fluchte. Inge musste unwillkürlich schmunzeln. Keinen Millimeter bewegte sich das Tier. Ganz im Gegenteil. Er tänzelte ein paar Schritte zurück. Geladenes Gemüse purzelte aus den Körben und ging zu Boden. Inge lachte auf, wohl zu laut, denn der Kerl versuchte sofort, die Quelle des Gelächters zu lokalisieren. Hübsches Gesicht, lockiges dunkles Haar, das sich unter einer Schirmmütze abzeichnete. Und wie kräftig gebaut der war! Er trug nur ein ärmelloses Unterhemd über der von der Feldarbeit eingedreckten braunen Hose. So dunkel gebräunte Haut hatte Inge an einem jungen Kerl noch nie gesehen. Müsste er in seinem Alter nicht eigentlich in der Armee dienen? Inge trat gleich einen Schritt hinter den Oleanderstrauch, der mannshoch an der Umzäunung wuchs, und beobachtete von dort aus einen erneut vergeblichen Versuch, der aber tragisch endet. Von der Wucht seines Zuges löste sich einer der Körbe von der Halterung und landete auf dem Lehmboden. Gut die Hälfte der geladenen Tomaten purzelten heraus. Der Esel schüttelte sich, schrie und bockte, sodass auch der andere Korb auf der linken Seite abzurutschen drohte. Der junge Kerl versuchte, das zu verhindern, und griff flink nach dem Korb. Offenbar hatte er sich bei der Aktion an einem Metallscharnier die Hand verletzt. Schreckensstarr besah er sich seine Handfläche. Sie blutete. Mit der anderen

Hand suchte er seine Hosentaschen vermutlich nach einem Taschentuch ab. Vergeblich. Dann zog er sein Unterhemd aus dem Hosenbund. Der wird sich doch jetzt nicht die Wunde mit dem verdreckten Hemd reinigen wollen? Inge konnte das gar nicht mitansehen und eilte in den Flur, wo noch einer ihrer Koffer stand. Darin hatte sie für alle Fälle immer Leukoplast, Jodlösung, eine Schere und Verbandszeug dabei. In Kriegszeiten reiste eine DRK-Schwester nicht ohne. Als Inge aus dem Haus kam, sah sie ihren Verdacht bestätigt. Er hatte sich bereits das Unterhemd ausgezogen und beabsichtigte zweifelsohne, es um seine verletzte Hand zu wickeln.

Inge schritt ein. »Warte!«, rief sie ihm zu.

Der junge Mann erstarrte.

Inge eilte über die Straße.

»Non parlo italiano«, sagte sie, als sie ihn erreichte. Die paar Wörter hatte sie aus dem Reiseführer behalten.

Der junge Kerl sah sie völlig entgeistert an.

»Non è buono.« Inge deutete auf sein Unterhemd und dann auf ihren steril verpackten Verband. »Hand!«, forderte sie ihn auf. Was das auf Italienisch hieß, wusste sie nicht. Eine auffordernde Handbewegung genügte. Er hielt sie ihr zögerlich hin.

Inge besah sich die Wunde. Sie war kurz, aber tief. Inge fackelte nicht lange, tupfte die Verletzung mit einer Kompresse sauber, damit sie eine Jodlösung auftragen konnte.

Anstatt sich mit einem herzlichen Mille Grazie zu bedanken, fluchte er beim Auftragen des Jods erneut und setzte schon dazu an, die Hand wegzuziehen. Das könnte ihm so passen. Inges starker Griff bändigte ihn. Der war ja so störrisch wie sein Esel. Der sah dem Schauspiel in aller Seelenruhe zu.

Inge wickelte den Verband auf, um seine Hand herum und hielt ihm dann die Rolle hin. Er verstand, dass er sie halten sollte, damit Inge den Stoff durchtrennen konnte.

»Grazie«, kam dann doch. Wenn er nicht fluchte, war seine Stimme sehr angenehm.

»Hätte nicht gedacht, dass Italiener solche Mimosen sind«, sagte Inge mehr zu sich. Angesichts seiner Leidensmiene konnte man sich ja gar nichts anderes denken.

»Was ist eine Mimose?«, fragte er.

Inge erstarrte. Der sprach ja Deutsch. Und dann amüsierte er sich allem Anschein auch noch über ihren belämmerten Gesichtsausdruck.

»Du sprichst Deutsch?« Inge musste sich vergewissern, denn »Was ist« und die Wiederholung der unbekannten Vokabel ließen ja noch keine Rückschlüsse darauf zu, wie gut er es sprach.

Er antwortete nicht, sondern sah sie nur an. Was für wunderschöne braune Augen und ein äußerst einnehmendes warmes Lächeln.

»Und etwas Französisch und Englisch.«

Inge war baff. War das hier etwa normal in dieser Gegend, dass einfache Bauern gleich drei Fremdsprachen beherrschten? Sein Akzent hatte etwas Verwegenes.

Inge klebte erst einmal das Leukoplast auf die verbundene Stelle.

»Halten! Und Mimose heißt Jammerlappen.«

Er folgte aufs Wort.

»Jammerlappen?«

»Jemand, der jammert.«

»Ich jammere doch nicht.«

Inge lachte auf. »Die vielen Sprachen, lernt man die hier etwa in der Schule?«

»Wenn man das will. Und da oben haben sie viele Bücher. In allen Sprachen«, erklärte er mit Blick auf das Kloster.

»Da darf jeder rein? Zum Lesen?«

»Und zum Studieren. Don Fontana ist mein Onkel. Er gibt mir die Bücher. Aber er macht auch Führungen, auf Deutsch und auf Französisch. Und du? Was machst du hier?« Inge wunderte sich nicht darüber, dass er sie nun ebenfalls duzte.

Konnte sie sich einem Fremden anvertrauen? Inge hielt es für besser, sich bedeckt zu halten.

»Im Moment mache ich das Haus sauber. Ich habe es gemietet.«

»Mit deinem Mann?«, fragte er unverblümt.

»Wie kommst du darauf?«

»Ich habe den Wagen der Wehrmacht gesehen. Die halbe Stadt spricht schon darüber«, erklärte er schmunzelnd.

»Er ist nicht mein Mann«, stellte sie klar.

Dies schien ihn zu erleichtern.

»Ich bin Krankenschwester für das Deutsche Rote Kreuz. Inge«, stellte sie sich vor und reichte ihm die Hand.

»Lorenzo.«

»Also, Lorenzo. Ich muss schon sagen, dass du deinen Esel nicht gut behandelst. Das arme Tier.« Inge hielt es für besser, das Thema zu wechseln.

»Er ist störrischer als ein Ziegenbock.«

»Man muss mit den Tieren sprechen. Ihnen gut zureden«, versuchte sie ihm klarzumachen.

Ein verächtlicher Laut folgte. Dann hielt er ihr demonstrativ die Zügel hin. Inge hatte noch nie zuvor einem Esel gut zugeredet. Deutsch verstand er sicher nicht, doch Inge war oft genug mit den Deutschen Mädeln auf einem Reiterhof gewesen und wusste, wie man mit Pferden umgeht. Sie hielt ihre Hand vor seine Nüstern und streichelte ihn dann am Hals.

»Du willst doch sicher nicht, dass ich mich vor deinem temperamentvollen Herrn blamiere. Nur ein kleines Stückchen bis hinauf zur Straße. Das schaffst du doch. Tu es für mich«, sagte sie ihm mit Engelszungen. Es wirkte.

Lorenzo verfolgte das Spektakel mit geweiteten Augen.

»Aber die Tomaten musst du schon selbst aufklauben«, sagte sie ihm, denn der Wagen von Preuss fuhr gerade vor.

»Dein Mann«, sagte er amüsiert.

»Gute Besserung. Und sauber halten.« Inge machte auf dem Absatz kehrt und ging hinüber zum Haus. Preuss hatte sie bereits im Visier.

»Es ist nicht ratsam, Kontakte zur einheimischen Bevölkerung zu knüpfen«, rügte er sie mit Blick auf Lorenzo, als sie ihn erreichte. Inge drehte sich noch einmal um. Lorenzo hatte sie ebenfalls im Visier. Dann löste er einen kleinen Eimer, der mit einem Haken an einem Korb befestigt war, und begann, die zu Boden gegangenen Tomaten aufzuklauben.

»Gibt man ihnen den kleinen Finger ...«

»Er hat sich an der Hand verletzt«, stellte Inge klar.

»Beim Transport von Tomaten? Na ja, dann muss man sich nicht wundern, warum der Griechenland-Feldzug nicht von Erfolg war«, sagte er halb verächtlich, halb amüsiert. »Ich hab noch Fleisch und Kartoffeln aus der Stadt geholt. Wir können es gemeinsam zubereiten.«

Das waren ja ganz neue Töne. Inge war gespannt, wie sich der Herr Oberstleutnant in der Küche schlug.

Inge wälzte sich im Bett von einer Seite auf die andere, schreckte hoch und sah unheimliche Schatten vor sich. Graue Schemen, wie Wolken, die sich verflüchtigten, verblassten und wiederkamen. Das fahle Mondlicht fiel durch ihr Fenster und projizierte das Muster des vom Windzug bewegten Vorhangs an die Wand. Inge machte sich das erst zu ihrer Beruhigung bewusst, als sie aufrecht im Bett saß. Nur ein schlechter Traum, sagte sie sich. Sie hatte das verräterische Brummen von angreifenden Jagdbombern gehört, genau wie im Zug von Rom nach Neapel, und dann den Rauch aufsteigen sehen, die grauen Wolkenschwaden. Selbst in Charkow, wo sie wahrlich Schlimmeres erlebt hatte, war sie nie von schlechten Träumen mitten in der Nacht aufgewacht. Brummte es immer noch? Es wurde lauter. Inge lauschte in die Nacht hinein. Ein Bombenangriff auf Cassino? Das konnte doch gar nicht sein. Hier gab es doch, nachdem was sie wusste, keinerlei bedeutsame militärische Ziele. Sie stand auf, öffnete das Fenster und blickte hinauf zum sternenklaren Himmel. Das Brummen wurde lauter, doch es waren keine Jagdbomber zu sehen. Was tun? Hier auf ihrem Zimmer ausharren oder sich im Keller dieses Hauses sicherheitshalber verschanzen? Inge schnappte sich ihren Morgenmantel, schlüpfte hastig in ihre Schuhe und rannte im Dunkeln die Treppe hinunter. »Bei Bombenangriffen kein Licht.« Das hatte ihr einer der Soldaten in Charkow geraten. Inge tastete sich zur Kellertür voran. Da unten wäre sie im Falle eines Falles sicher. Dann hörte sie ein Tapsen auf dem Steinboden und fuhr herum. Oberstleutnant Preuss war wohl auch von den anfliegenden Jagdbombern wach geworden. Plötzlich ging Licht in der Küche an. Preuss, in Unterwäsche, verschwand im angrenzenden Raum, wo sich ein Funkgerät befand. Es gab atmosphärisches Rauschen von sich und knisterte. Das Brummen in der Luft schwoll ab. Die Maschinen entfernten sich.

Dumpfer Donnerhall zerriss plötzlich die Stille. Es mussten mehrere Einschläge hintereinander sein. Inge stand wie versteinert im Flur.

Dann vernahm sie eine männliche Stimme aus dem Funkgerät. »Angriff auf den Luftlandeplatz. Englische Jagdbomber.«

»In Aquino?«, hörte sie Preuss fragen. Es knisterte erneut aus dem Lautsprecher. »Können Sie mich hören?«, rief er ins Mikrofon.

»Bestätige. Luftlandeplatz Aquino zerstört«, kam nun deutlich vernehmbar zurück.

Inge ging in die Küche. Preuss saß auf einem Hocker vor einem kleinen Tisch, der gerade groß genug für das Funkgerät und einen Funkfernschreiber war. Er hatte sie wohl aus den Augenwinkeln bemerkt und drehte sich kurz zu ihr um.

»Wie viele Jagdbomber?«, rief Preuss erregt ins Mikrofon.

Das Knistern war mittlerweile so laut, dass es die männliche Stimme übertönte. Es pfiff und rauschte nur noch.

Preuss schaltete das Funkgerät resigniert ab und wandte sich Inge mit sorgenvoller Miene zu.

»Aquino. Wie weit ist das von hier entfernt?«, wollte Inge wissen.

»Ich schätze um die zehn oder zwölf Kilometer«, erwiderte Preuss, der sich dann erhob, in die Küche ging und sich dort auf einem der Küchenstühle niederließ. Er fuhr sich mit der flachen Hand durchs Haar und wirkte tief in Gedanken versunken.

»Sie wissen also, was wir vorhaben«, sagte er dann wohl mehr zu sich. Inge musste gar nicht weiter nachfragen. Es ging den Engländern offenkundig darum, Transportwege zu zerstören. Ein Luftlandeplatz gehörte dazu.

»Der Krieg ist nun also doch hier angekommen«, stellte Inge resigniert fest.

Preuss nickte. Seine innere Anspannung konnte Inge ihm ansehen. Harte Gesichtszüge und der kalte Blick eines Wolfs. Er stand auf, schenkte sich ein Glas Wasser an der Küchenspüle ein und trank es in wenigen Zügen leer.

»Wollen Sie auch?«

Inge verneinte.

»Die Tommys wissen vermutlich gar nicht, dass sie uns damit einen Gefallen tun«, sagte er, was Inge überraschte.

Inge fragte sich, warum er nun auch noch verschmitzt schmunzelte. Es war ja nicht auszuschließen, dass auch Zivilisten ihr Leben hatten lassen müssen. Kein Bombenangriff ohne

Verwundete und Tote. Was konnte der Angriff dann Gutes an sich haben?

»Einen Gefallen?«

»Es rechtfertigt die Präsenz der Wehrmacht. Wir sind hier, um die Italiener vor den Alliierten zu schützen. Das wird nun wohl niemand mehr ernsthaft infrage stellen«, erläuterte er.

»Sie meinen, nun wird man die deutschen Soldaten mit offenen Armen empfangen?«

»Das wäre etwas zu viel gesagt, aber es wird weniger Widerstand geben. Niemand wird uns daran hindern, hier eine Stellung zu errichten.«

»Aber wenn Sie das tun, wird dann Cassino nicht auch zu einem militärischen Ziel?«

»Die Alliierten werden es nicht wagen, den Ortskern zu bombardieren. So genau können die Piloten nicht zielen. Das Kloster könnte getroffen werden. Es ist mindestens so bedeutsam für die christliche Welt wie der Vatikan.«

»Was ist so besonders daran?«

»Allein das Archiv ist voller wertvoller Dokumente, die bis in die Antike zurückreichen. In den Gewölben der Benediktiner-Abtei verbergen sich Reliquien, heilige Schriften, Pergamente, sogar wertvolle Teppiche aus den ersten Tagen der Christenheit. Eine Bibliothek von unschätzbarem Wert. Sakrale Gegenstände aus Gold, jede Menge Silber und Kunstschätze. Wertvolle Gemälde. Da Vinci, Tizian und Raffael. Aber das ist es nicht allein. Die Abtei war die erste ihrer Art. Sämtliche Klöster der westlichen Welt sind nach ihrem Vorbild organisiert. Man könnte auch sagen, dass die Abtei da oben auf dem Berg einer der Ursprünge des Christentums ist. Eine Festung des Glaubens. Heilige Erde. Darauf schmeißt selbst das englische Pack keine Bomben.«

Inge dämmerte der perfide Plan der Wehrmacht. Sie stellte sich in den schützenden Schatten eines Klosters. Das erklärte, warum hier Soldaten stationiert werden sollten.

»Aber glauben Sie nicht, dass die hier lebenden Menschen annehmen werden, dass die Wehrmacht sich das zunutze macht?« Inge machte keinen Hehl aus ihrer Schlussfolgerung.

»Einfaches Volk. Bauern. Was sollen die schon durchschauen? Höchstens, dass die Straße hier ein strategisch wichtiger Punkt ist. Es ist tatsächlich reiner Zufall, dass es ausgerechnet hier oben auf dem Monte steht. Hube hat dem Erzabt ferner zugesichert, dass kein deutscher Soldat das Kloster betreten wird. Auch das wird sich herumsprechen.«

Inge stellte erneut fest, wie sehr Preuss in diesen strategischen Überlegungen aufging. Der Krieg schien seine ganze Leidenschaft zu sein. Gewinnen um jeden Preis, den Feind überlisten, als ob es nicht um Menschenleben ginge. Wenn es stimmte, was er über das Kloster gesagt hatte, nahm die Wehrmacht letztlich billigend in Kauf, dass die Abtei zu Schaden kam, von den Menschen am Ort ganz zu schweigen.

»Sie müssen sich wirklich keine Sorgen machen. Sie sind hier sicher.« Preuss missinterpretierte ihre Betroffenheit, denn sie sorgte sich um das Wohl der anderen. Ein Wolf dachte nur an sein Rudel und an sich selbst.

Kapitel 14

Preuss hatte sich in aller Herrgottsfrühe abholen lassen, um sich nach Aquino fahren zu lassen. Er wollte sich ein Bild über die Schäden am Luftlandeplatz machen. Angeblich seien dort auch viele Zivilisten ums Leben gekommen. Für Inge ein schier unerträglicher Gedanke. Die Vorstellung, dass die Front sie nun hier einholte, hatte sich wie eine lähmende Dunstglocke über sie gelegt. Schon so früh auf den Beinen und doch zur Untätigkeit verurteilt. Da half auch die Tasse Bohnenkaffee – eines der Privilegien, die sie nun hatte – nichts mehr. Gab es denn auf dieser Welt keinen Ort des Friedens? Am Ende war er ja trotzdem hier beziehungsweise dort oben auf dem Berg, den die Alliierten niemals bombardieren würden. Das Haus war mittlerweile geputzt – dazu hatte sich Inge, bevor die Sonne aufgegangen war, doch noch mit eiserner Disziplin aufraffen können. In der Wartezeit auf Preuss' Rückkehr auch noch Unkraut im Garten zu jäten, überstieg momentan ihre Kräfte. Der Ort des Friedens lag da oben auf dem Berg, machte sie sich klar. Die Abtei. Preuss' Schilderungen vom Vortag erweckten in Inge zudem brennende Neugier. Sie rechnete nicht damit, dass er vor Sonnenuntergang zurück sein würde. Es reichte ja, ihm einen Zettel auf den Küchentisch zu legen, auf dem stand, wo sie war. Eine Erkundung der Gegend konnte zudem nichts schaden, doch dieses Vorhaben entpuppte sich als äußerst anstrengend. Ohne Automobil war der Besuch der Abtei ein zeitintensives und äußerst anstrengendes Unterfangen. Aber ein lohnendes, sofern einem die Puste bergauf durch die dichten Nebelschwaden, die sich nach kühleren Nächten um den Berg legten, nicht ausging. Inge schätzte, weit über eine Stunde unterwegs zu sein, denn die asphaltierte Straße schlängelte sich zäh bis hinauf zur Abtei. Bereits nach der Hälfte der Strecke dünnte sich der Nebel merklich aus. Oben auf dem Gipfel des Monte angekommen lagen silbern schimmernde Wattebäuschchen unter ihr, aus denen nur hie und da Kronen von Pinien und Spitzen von Zypressen wie Lanzen in den Himmel stießen. Das imposante Kloster kam Inge wie eine Krone vor, die man diesem Berg aufgesetzt hatte. Eine Festung des Glaubens, wie Preuss sie am Vortag hatte wissen lassen. Unzählige Fenster glitzerten im Schein der aufgehenden Sonne. Sie tauchte die Abtei in gleißendes Licht, was ihr etwas Göttliches verlieh. Inge erinnerte der Anblick an die Bildchen von Gebetsstätten, die sie als junges Mädchen nach abgelegter Beichte von ihrer Religionslehrerin bekommen hatte. Hier fehlten nur noch Engelchen, die mit Harfen in der Hand um das Gebäude schwirrten. Und wie friedlich und still es hier oben war. Nur der Wind strich wie der Bogen einer Violine über die bewaldeten Bergkuppen und schien zu musizieren. Mal ein Säuseln, mal ein sonorer Ton. Klänge des Friedens. Inge kamen die Töne wie eine Lobpreisung auf das Kloster vor, dessen Pforte erstaunlicherweise schon so früh am Morgen offen stand. Ein älterer Bauer mit Schirmmütze trug obstgefüllte Kisten hinein. Auf der Ladefläche seines Gefährts auf drei Rädern, das Inge bereits auf der Herfahrt des Öfteren begegnet war, lagen weitere Kisten mit Äpfeln, Birnen und Brot. Inge kam der Gedanke, dass sie als Frau womöglich gar nicht hineindurfte. Schließlich handelte es sich um eine Abtei und nicht um ein Nonnenkonvent. Fragen kostete nichts und das tat sie, als ein recht junger Mönch in brauner Kutte am Eingang auftauchte und sie mit einem herzlichen Lächeln begrüßte. Des Italienischen nicht mächtig, versuchte sie es auf Deutsch. Einfache Sätze, langsam gesprochen und in der Hoffnung, dass er sie verstand.

»Guten Tag. Mein Name ist Inge Gerner. Ich möchte gerne das Kloster besuchen. Die Bibliothek. Vielleicht ist eine Führung möglich? Mit Don Fontana?« Von diesem tollpatschigen Eselsdompteur wusste Inge, dass sein Onkel hier Führungen gab. Den Namen zu erwähnen, konnte sicher nicht schaden. Waren Bibliotheken nicht dazu da, dass sich jedermann mit ihrem Bücherbestand fortbildete? Inge baute darauf.

»Tedesca? Visitare Biblioteca«, kam dann prompt, gefolgt von einem zustimmenden Laut.

»Si visitare.« An dieses Wort erinnerte sich Inge auch aus ihrem Rom-Reiseführer.

»Aspetta.« Was das hieß, wusste sie auch. Er gab ihr zu verstehen, hier zu warten.

Es dauerte nicht lange, bis ein zweiter Mönch in einer etwas dunkleren Kutte, die eine geknüpfte Kordel um die Hüfte zierte, am Eingang erschien.

»Guten Tag. Ich bin Don Martino Fontana«, stellte er sich vor und reichte ihr die Hand. Inge schätzte den Mann auf Anfang vierzig, wofür seine grau melierten Schläfen sprachen. Eine sympathische Erscheinung, in sich ruhend und von gütigem Gemüt.

»Inge Gerner.«

»Führen Sie Studien nach Montecassino?«, wollte er wissen. Sein Deutsch war zu Inges Überraschung nahezu akzentfrei. Studien waren bestimmt einer der Hauptgründe für Besucher. Inge überlegte, ob sie ihm dies bejahen und eine Märchengeschichte auftischen sollte, doch sie erinnerte sich an Preuss' Ausführungen. Im Kloster war man den Deutschen gegenüber wohlgesonnen, worauf ja das gute Verhältnis zwischen dem Erzabt und General Hube sprach.

»Ich bin Krankenschwester vom Deutschen Roten Kreuz und hier, um zu helfen, ein Lazarett aufzubauen.« Inge entschied sich für die Wahrheit.

»Ein Lazarett ...«, sagte er und nickte nachdenklich, bevor er fortfuhr. »Nun ja. Der Krieg ... Er ist ja hier angekommen. Aquino liegt seit gestern Nacht in Trümmern.«

»Ich bin vom Luftangriff aus dem Schlaf geschreckt. Wenn doch dieser Krieg nur endlich vorbei wäre«, sagte sie aus vollem Herzen.

»Ich fürchte, so schnell wird das nicht passieren. Die Leute in Cassino und den umliegenden Dörfern haben Angst vor den Angriffen der Alliierten.«

»Angeblich sind wir hier sicher«, versuchte Inge, ihn zu beruhigen.

»Erzabt Diamare glaubt das auch, doch der Krieg geht unberechenbare Wege. Was hat dieser Berg schon alles erlebt. Er ist nicht zum ersten Mal zum Spielball der Politik geworden, kommen Sie doch erst einmal herein«, sagte er und gab ihr in einer einladenden Geste zu verstehen, vor ihm einzutreten.

Ein schmaler Weg führte vorbei an dickem Mauerwerk und endete in einem nahezu quadratischen Kreuzgang, dessen Mitte mit Rasen und gepflegten Hecken begrünt war.

»Hier oben stand einmal ein Tempel. Dem Gott Apoll geweiht. Im altertümlichen Rom war all das hier eine Festung und Teil eines Verteidigungssystems. Hoffentlich verleitet das die Wehrmacht nicht dazu, anzunehmen, es sei heute noch so«, schilderte Don Fontana.

»Oder die Alliierten«, fügte Inge hinzu. Sie teilte Don Fontanas Sorge. »Wie lange gibt es das Kloster schon?«, wollte sie wissen, während sie durch den Kreuzgang schritten.

»Benedikt kam 529 nach Christus in Cassino an und hat hier oben auf dem Monte das Kreuz aufgestellt. Das war zugleich das Ende des Zeitalters der heidnischen Götter. Die Festung wurde zur christlichen Zitadelle und zum Vorbild aller abendländischer Mönchskloster.«

»Wie meinen Sie das? Bezüglich der Architektur? Die Anlage der Räumlichkeiten? Die Bauweise? Ich habe schon viele Klöster gesehen, die anders aussahen.«

Fontana lachte. »Der heilige Benedictus hat Regeln und Gesetze für die Klöster und die Mönche verfasst: Regula Sancta.«

»Hier gibt es auch eine Bibliothek? Ihr Neffe hat es erwähnt.«

»Sie kennen Lorenzo?« Die Überraschung stand Don Fontana ins Gesicht geschrieben.

»Er ist mir an der Hauptstraße bei der großen Olivenplantage am Ortsende begegnet. Dort haben wir ein Haus gemietet.«

»Dann werden Sie ihm wohl öfters begegnen. Er bewirtschaftet den Hof für seine Mutter und hilft gelegentlich hier im Kloster aus. Ist handwerklich sehr begabt, unser Lorenzo.«

»Ich hab mich darüber gewundert, hier einem jungen Mann ohne Uniform zu begegnen. Man sieht ja kaum noch junge Männer in Zivil auf der Straße.« Soviel Inge von Preuss wusste, wurden auch in Italien alle wehrfähigen jungen Männer eingezogen und Lorenzo war doch ein kräftiger junger Bursche.

»Sein Vater ist im Ersten Weltkrieg gefallen und er hat seinen Bruder in Griechenland verloren«, erklärte Fontana.

»Lorenzo hat mir gesagt, dass er sich Bücher von hier ausleiht. Darf das jeder? Sich Bücher ausleihen?«

»Unsere Bibliothek steht Wissenschaft und Forschung zur Verfügung. Wir öffnen unsere Pforten seit jeher für Menschen aus der ganzen Welt«, sagte er, bevor sie einen großen Platz erreichten, den ebenfalls Kreuzgänge umschlossen.

Das ganze Kloster schien aus ihnen zu bestehen. In der Mitte des Platzes fiel Inge sofort eine große achteckige Zisterne ins Auge, deren Säulen ein Gebälk hielten, das wie eine Krone aussah. Weiter vorne erspähte sie die wunderschön in Stein geschlagene Statue eines bärtigen alten Mannes.

»Ist das der heilige Benedikt?«, fragte Inge und deutete auf die linke von zwei Statuen, die zu Füßen breit angelegter Treppen standen. Der Mann hielt einen Bischofsstab in der Hand. Ein Greifvogel saß neben ihm auf dem Sockel.

»Ein Kunstwerk aus dem frühen achtzehnten Jahrhundert. Hochgelobt sei, der da kommt im Namen des Herrn. Das ist die Inschrift zu seinen Füßen. Dafür stand Benedictus. Daher heißen wir jeden aufrechten Menschen willkommen«, erklärte Fontana.

Inge verharrte vor der Statue. Die gütigen Gesichtszüge der Gestalt untermauerten, was Fontana gesagt hatte.

»Wenn Sie die Kirche sehen wollen, müssen wir uns beeilen. Während des Gebets sind keine Besucher erlaubt«, sagte Fontana und wies ihr den Weg zu den Treppen, die, was Inge nicht mehr verwunderte, zu einem weiteren Kreuzgang mit Innenhof führten. Dieser hier war besonders schön, weil weitere fein gearbeitete Statuen seine Nischen zierten.

»Wer sind diese Leute?«, wollte Inge wissen.

»Wohltäter der Abtei. Der Kreuzgang ist nach ihnen benannt. Päpste und weltliche Herrscher, die der Abtei im Laufe der Jahrhunderte ihre Unterstützung zuteilwerden ließen. Auf dem Rückweg haben wir etwas mehr Zeit. Dann stelle ich Ihnen die Herrschaften vor.« Fontana überquerte den Platz schnellen Schrittes und blieb abrupt vor der Fassade der Kathedrale stehen. Er deutete auf das Wappen im Bogen über dem Eingang, das einen auf den Hinterbeinen stehenden Löwen und einen Turm zeigte, der zwischen zwei Zypressen stand.

»Das Wappen der Abtei?«, schlussfolgerte Inge.

Fontana nickte und öffnete ihr die Tür, die ins Innere der Kathedrale führte. Inge traute ihren Augen nicht. Wer würde solch einen Prunk hinter einer so unscheinbar wirkenden Fassade vermuten? Inge trat ein und ließ ihren Blick umherschweifen. Allein an den Einlegearbeiten des Bodens aus Marmor mit ihren vielen Farben und verspielten Formen konnte sie sich kaum sattsehen. Die Wände waren ebenfalls mit Marmor vertäfelt. Olivgrüne und ockerfarbene Elemente im Zusammenspiel mit Rot und Weiß beherrschen die unzähligen Säulen genau wie die Böden. Mosaike, Blumenkelche und abgerundete geometrische Formen. Was für eine Pracht! Die Wände mit fein gearbeiteten Fresken und Gemälden verziert. Die Rundbögen der Decken vergoldet, genau wie ihre Kapitelle und Portale, auf denen sie ruhten. Deckengemälde mit sakralen Motiven, deren Farben regelrecht leuchteten. Und gegenüber ein nicht minder prächtig verzierter von Engelsstatuen flankierter Altar aus weißem Marmor, hinter dem eine riesige Orgel bis zur Decke rankte. Ein Rausch der Sinne!

Inge bekam aus den Augenwinkeln mit, dass Fontana sie musterte, und widmete ihm daraufhin wieder ihre ganze Aufmerksamkeit. Seine Lippen formten sich zu einem souveränen und doch entspannten Lächeln. Inge glaubte, es richtig zu interpretieren. Für ihn als Fremdenführer war es sicherlich nicht ungewöhnlich, jemanden sprachlos vor all diesem Prunk stehen zu sehen. Der Petersdom hatte Inge kaum mehr beeindruckt.

»Hinter dem Altar befindet sich das größte Heiligtum. Das Grab des heiligen Benedictus«, sagte er.

»Wie konnte die Wehrmacht nur auf den Gedanken kommen, all das zu gefährden?«, brach es aus Inge heraus.

»Es überrascht mich, das aus dem Munde einer Deutschen zu hören.« Es klang nicht nach einem Vorwurf, eher nach Anerkennung.

»Wissen die Alliierten um den Wert dieses Ortes?«, fragte Inge.

Don Fontana nickte, was sie augenblicklich beruhigte. »Es wäre eine Katastrophe. Allein die Archive sind von unschätzbarem Wert. Es ginge unwiederbringliches Wissen verloren, ein Stück christlicher Identität«, sagte er.

»Ich kann als einfache DRK-Schwester leider nichts dagegen tun«, sagte Inge voller Demut vor all dem, was er ihr bisher gezeigt hatte.

»Ach, gutes Fräulein Inge. Wenn doch alle Menschen so denken würden wie Sie«, sagte Fontana und lud sie ein, ihm zum Altar zu folgen. Inge nahm sich vor, am Grab des heiligen Benedictus ein stilles Gebet für diesen Ort zu sprechen.

Ein beschwerlicher Abstieg war Inge erspart geblieben. Don Fontana hatte dafür gesorgt, dass sie einen Teil des Heimweges mit der Seilbahn, die hinunter in den Ort führte, naturgemäß schneller hatte zurücklegen können. Und weniger beschwerlich, dafür aber schwindelerregend. Vor allem weiter oben sahen die kleinen Gondeln aus wie Spielbälle im Wind. Don Fontana hatte sie vorgewarnt. Die Aussicht auf das weitläufige Tal belohnte aber jeden Wagemutigen. Das schweißtreibende Erlebnis hatte Inge zudem aus einer Art sakralen Trance befreit. Die Krypta mit ihren vergoldeten Decken, das Archiv, die Reliquien und allein schon der ganze Prunk der Kathedrale ließen viele Besucher, die sich Zeit dafür nahmen, nicht unberührt. Der Magie dieses Ortes und seiner Geschichte hatte sich auch Inge nicht entziehen können. Wieder in den Niederungen des Weltlichen angekommen zu sein, verblieb dennoch ein Gefühl von Schwermut. Als ob man aus einem schönen Traum viel zu schnell erwachte. Während des Fußmarsches zurück zu ihrem Haus versuchte Inge, sich zu erklären, woran das lag, vor allem das Gefühl der Demut, das sich am Ende der

Führung eingestellt hatte. Die Abtei Montecassino stand für Jahrhunderte der Menschheitsgeschichte. Wie klein nahm sich dagegen dieser absurde Krieg aus, in dem es um nichts weiter als das Verschieben von Grenzen ging.

War Preuss etwa schon zurück? Inge verlangsamte ihre Schritte. Das Gartentor stand offen. Sie war sich absolut sicher, dass sie es heute früh hinter sich zugezogen hatte. Es stand kein Wehrmachtswagen vor dem Haus, dafür lehnte ein Fahrrad an ihrem Zaun. Hatte sie etwa Besuch? Oder war es das Rad eines Offiziers, der fortan bei ihnen wohnen würde, wie Preuss es bei ihrer Ankunft angekündigt hatte? Hatte er nicht auch gesagt, dass er einen Wagen und ein Fahrrad besorgen wollte? Ein Fremder? Hätte Preuss ihr nicht Bescheid gegeben? Inge war diese Angelegenheit alles andere als geheuer. Daher lugte sie zunächst vorsichtig zwischen zwei Oleandersträuchern auf ihr Grundstück. Die Haustür war zu, doch von hinter dem Haus, dort wo die Obstbäume ihren Schatten auf eine Bank warfen, zogen Rauchschwaden nach vorn. Der Rauch verfing sich in Inges Nase. Es war der einer Zigarette.

»Hallo? Was machen Sie in meinem Haus?«, rief sie sicherheitshalber von der Straße aus.

Statt einer Antwort fing jemand an zu husten. Der Rauch verschwand. Stattdessen tauchte eine uniformierte Brünette etwa in Inges Alter auf. »Sie müssen Inge sein«, sagte sie mit qualmender Zigarette in der Hand.

Inge fiel augenblicklich ein Stein vom Herzen. Zumindest kein Einbrecher. Die Frau trug zudem eine Uniform, wie Inge sie von den Wehrmachtshelferinnen, die sie an die Ostfront begleitet hatten, her kannte.

»Ich bin Maria. Maria Teichert. Oberstleutnant Preuss hat mir ein Zimmer hier im Haus zugewiesen. Ich hoffe, es ist Ihnen recht.«

Maria schnippte den Zigarettenstummel auf die Straße, als sie das Gartentor erreichte, und reichte Inge dann die Hand. Ihr Lächeln war freundlich, wenngleich etwas distanziert. Wehrmachtshelferinnen hatte Inge ja bereits kennengelernt. Ein gänzlich anderer Menschenschlag als die Schwestern vom DRK. Frau und doch Gebaren eines Soldaten. Das fing bei der geraden Körperhaltung an und hörte bei der Art, wie sie sprachen, auf. Getrimmt auf den Umgang mit der Männerwelt.

»Ich soll beim Aufbau eines Kriegslazaretts helfen. Die Heeresleitung wollte mich erst in ein Zelt stecken. Als einzige Frau mit all den ausgehungerten Ostfrontsoldaten. Sie wissen ja wahrscheinlich, wovon ich spreche«, sagte sie.

Inge ging davon aus, dass Preuss ihr von ihrer vorherigen Tätigkeit in Charkow erzählt haben musste.

»Wollen Sie auch eine? Sind zwar keine deutschen, aber rauchbar«, sagte Maria und hielt ihr die Zigarettenschachtel hin.

»Nein. Danke. Ist ungesund«, erwiderte Inge, woraufhin Maria lachte.

»In diesen Tagen ist doch alles lebensgefährlich. Ein falscher Schritt und man tritt auf eine Mine.«

»Sind Sie schon länger hier in Italien?«, fragte Inge.

»Seit ein paar Tagen. War in Berlin als Übersetzerin tätig. Der Duce spricht ja kein Deutsch. Und die Deutschen kein Italienisch.«

»Haben Sie es studiert?«

»Meine Mutter ist aus Milano. Liegt mir also im Blut.« Das glaubte Inge ihr aufs Wort. Ihrem mediterranen Aussehen nach könnte sie eine Hiesige sein.

Erst jetzt fiel Inge ein Korb mit frischen Früchten ins Auge, der auf der kleinen Bank vor dem Haus stand.

»Sind wohl von Ihrem Verehrer«, sagte Maria.

»Wie kommen Sie denn darauf?«

»So schüchtern wie der angedackelt kam. Hundeaugen haben sie hier ja alle. Der war wirklich schnuckelig. Zum Anbeißen.«

»Ein junger Mann? Bauer?« Wollte Lorenzo sich mit dieser Geste etwa bei ihr für die Versorgung seiner Wunde an der Hand bedanken?

»Lorenzo hieß er. Hat nach Ihnen gefragt. Und wie schüchtern. Wenn italienische Männer schüchtern sind, dann haben sie sich verknallt«, stellte Maria brottrocken fest.

»Was? Um Himmels willen.« Inge wurde gleich ganz heiß. Sie ging trotzdem zum Obstkorb. Äpfel, Birnen und sogar eingemachte Oliven lagen darin.

»Also, wenn Sie den nicht haben wollen. Also, ich meine jetzt nicht den Korb mit seinem Inhalt …«

Inge geriet immer mehr außer Fassung.

»Na, die Herren Wehrmachtsoffiziere nehmen sich doch auch mit, was geht«, sagte Maria keck.

Inge glaubte ihr aufs Wort. Sie sah gut aus. Selbst die Wehrmachtsuniform konnte ihre Rundungen nicht gänzlich kaschieren. Warum störte sie der Gedanke? Das irritierte Inge so sehr, dass sie sich gleich einen Apfel nahm und hineinbiss.

»Vielleicht kann er uns helfen, bis die Unsrigen sich nicht mehr in Zelten verstecken müssen. Sind ja kaum noch junge kräftige Männer hier. Alle an der Front. Und die Mönche? Die können doch grad mal ein Gebetsbuch halten«, sagte Maria.

»Apfel?«, fragte Inge mit halb vollem Mund.

»Hab mir vorhin schon einen gemopst«, gestand Maria ein.

Die nahm sich alles, was sie brauchte, sagte sich Inge. Eine Zusammenarbeit mit ihr beim Aufbau des Lazaretts würde ihr wohl nicht erspart bleiben.

Kapitel 15

Manchmal war es besser, weniger zu wissen. Inge vermutete, dass ein Großteil der Bevölkerung vor allem im Umland sich den Ernst der Lage noch gar nicht bewusst gemacht hatte. Über Wehrmachtsinterna berichteten die lokalen Tagesblätter naturgemäß ja nicht. Preuss hingegen saß an der Quelle, sodass Inge nicht in den trügerischen Genuss jener Ungewissheit und Hoffnung gekommen war, dass der Krieg an Italien vorbeigehen würde. Wenigstens Details hätte er ihr ersparen können, doch das war in Gegenwart von Maria, die nun schon seit gut zwei Wochen bei ihnen im Haus wohnte, ein Ding der Unmöglichkeit. Eine Wehrmachtshelferin interessierte sich berufsbedingt für Feinheiten, sodass ihre Tischgespräche am Abend mittlerweile den Charakter einer militärischen Lagebesprechung angenommen hatten. Und die Lage spitzte sich dramatisch zu, was sich in den letzten vierzehn Tagen aber abgezeichnet hatte. Es war der siebten US-Armee, wie Inge erst seit Kurzem wusste, ja bereits am zweiundzwanzigsten Juli, also zwei Tage nach ihrer Ankunft in Cassino, gelungen, die sizilianische Stadt Palermo einzunehmen und zu besetzen. Preuss hatte es kommen sehen. Dies erklärte auch, warum immer mehr Soldaten aus dem Süden Zuflucht hinter der Stellung suchten, an deren Aufbau und Befestigung Preuss mit den nördlich von Cassino stationierten deutschen Truppen arbeitete. Er war daher tagsüber so gut wie nie da. Bereits vor der Dämmerung ging er aus dem Haus und war, bis es dunkel wurde, unterwegs. Inges und Marias Arbeitsrhythmus sah nicht anders aus. Maria war für die Logistik der Lieferungen an Medikamenten, Verbandsmaterial und Gerätschaften zuständig, Inge für deren fachgerechte Einlagerung. Zwei leer geräumte Zimmer ihres Hauses hatten so lange dafür herzuhalten, bis ein geeigneter Ort dafür gefunden wurde. Ein Zimmer für Gerätschaften, das andere für alles, was für die Behandlung und Versorgung von Verwundeten nötig war. Bereits zwei Transporter mit medizinischen Gerätschaften waren bisher hier angekommen. Inge schrieb zudem Listen, auf denen stand, was noch alles zu besorgen war: Betten mussten her, Matratzen, ein Notstromaggregat, ausreichend Desinfektionsmittel, sterile Tücher, Operationstische und helle Leuchten. Personal, das bei Hilfstätigkeiten und der Versorgung mit Lebensmitteln mithelfen konnte, musste zudem rekrutiert werden. Das alles galt es zu durchdenken und zu organisieren, um ein Lazarett einzurichten. Ohne Marias Kenntnisse der Landessprache ein Ding der Unmöglichkeit. Insofern nahm sich Inge vor, sich mit ihrer etwas ruppigen Art zu arrangieren.

Spätestens seit dem fünfundzwanzigsten Juli war es in Italien drunter und drüber gegangen – für Inge zugleich der Anlass, ihrem Vater einen Brief zu schreiben, zumal Preuss ihr versichert hatte, dass der Postweg von Italien ins Reich funktionierte. Ob der Brief an ihren Vater, den sie Annemarie mitgegeben hatte, angekommen war, stand ja in den Sternen. Das galt auch für den Brief an Annemarie an die Adresse, die ihre Freundin ihr vor Abreise gegeben hatte.

Inge und Maria waren an besagtem Tag in der Stadt unterwegs gewesen, um sich in einem Krämerladen mit allen verfügbaren Putzutensilien einzudecken: Eimer, Tücher, Putzlumpen und Besen sowie Kernseife und Reinigungsmittel. Aus heiterem Himmel hatte sich der Ort mit Menschen gefüllt. Jubel und Volksfeststimmung auf den Straßen. Menschen, die sich glückselig umarmten, tanzten und mit hupenden Fahrzeugen durch die Straßen fuhren – nach einer Radiomeldung, wie Maria vom alten Krämer hatte in Erfahrung bringen können. Es war der Tag, an dem König Viktor Emanuel III. den Duce Benito Mussolini hatte verhaften lassen. Inge erinnerte sich noch genau, wie der alte Krämer erlöst die Hände über dem Kopf zusammengeschlagen und seine Frau mit Rosenkranz in der Hand unter Tränen ein Gebet für die heilige Jungfrau Maria, deren holzgeschnitzte Statue in einer Nische ihres Ladens stand, gesprochen hatte. Die Italiener feierten ihren König. Die faschistische Partei war nur zwei Tage später aufgelöst worden. Ebenso der Große Faschistische Rat. Die Bevölkerung sah darin offenbar eine Erlösung. Marias Ansicht nach aber ein Trugschluss. Was sollte eine Angehörige der Wehrmacht, die nach wie vor an Hitlers Endsieg glaubte, auch anderes sagen? Die Miliz des Duces sei in die Wehrmacht eingeordnet worden und die Parteiabzeichen durch Militärabzeichen ersetzt. Zwei weitere Details, die Preuss ihnen am Abend des siebenundzwanzigsten Juli aufgetischt hatte und Marias Meinung untermauerten.

»Mussolini war schwach, schon immer. Im Blut der Italiener ist nichts mehr vom Blute des alten Roms übrig geblieben.« Preuss' Einschätzung zitierte Inge wörtlich im Brief an ihren Vater. Angeblich sei die Stimmung im Land nach der Landung der Alliierten auf Sizilien gekippt. Die wenigen, die bislang noch an Mussolini geglaubt hatten, hätten ihn nach einer militärischen Niederlage nach der anderen fallen gelassen. Hinzu kam der Umstand, dass viele Italiener nach Amerika ausgewandert waren und sowieso mit dem Feind, den Amerikanern, sympathisierten. Sie sahen in der Verhaftung des Duces wohl zugleich eine Befreiung vom Faschismus. Preuss' Laune war angesichts dieser neuen Lage nicht die beste, denn der Führer hatte einen seiner treusten Verbündeten verloren und somit einen der Türme im Schachspiel, das sich Krieg nannte. Preuss' Vergleich hielt Inge für zutreffend. Es kam erschwerend mit hinzu, dass die Deutschen nun die Faschisten im Land waren. Die italienischen gab es ja offiziell nicht mehr. Die Stimmung selbst in einem so kleinen Ort wie Cassino schien daher zu Ungunsten der Deutschen umzuschlagen. Nicht bei Menschen, die Inge bereits zumindest vom Sehen oder anlässlich ihrer Einkäufe kennengelernt hatte, doch man sah es an misstrauischen Blicken. Es wurde getuschelt und geflucht. Preuss' Warnung, von nun an vorsichtiger zu sein, hatte er bestimmt nicht grundlos ausgesprochen, auch wenn es zumindest offiziell noch keinen Grund dazu gab, an der Freundschaft zwischen dem Reich und Italien zu zweifeln. Mussolinis Nachfolger, ein Marschall Pietro Badoglio, hatte Preuss' Berichten zufolge ein Kabinett ohne Beteiligung von Mussolinis Anhängern zusammengestellt und eine Militärregierung errichtet, die sich gegenüber dem Bündnispartner treu ergeben zeigte. Angeblich würde Italien im Krieg auf der Seite des Reichs bleiben. Preuss glaubte Badoglio aber kein Wort. Hitler vermutlich auch nicht. Inge vermutete, dass man im Reich schon früher Lunte gerochen hatte, denn Preuss hatte bereits ab dem fünfundzwanzigsten Juli alle Hände voll damit zu tun gehabt, deutsche Truppentransporte über den Brenner zu koordinieren. Die entsprechenden Funksprüche waren Inge nicht verborgen geblieben. Dass die neue italienische Regierung dagegen protestierte, nährte Inges Ansicht nach Preuss' These, dass die Italiener ihnen früher oder später in den Rücken fallen und sich auf die Seite der Alliierten schlagen würden. Insofern hatten ihn die Proteste der italienischen Regierung gegen den massiven Einmarsch deutscher Truppen über den Brennerpass Anfang August, ein Teil davon mit Ziel Cassino, kalt gelassen. Das Einzige, was im Moment für Preuss zählte, schien die Errichtung dieses Sperrgürtels zu sein, die Verminung von Feldern und die Stationierung von Truppen im Raum Cassino.

Inge überlegte, ob sie irgendetwas Entscheidendes in ihrem Brief vergessen hatte. Sie schrieb bereits seit über einer Stunde daran. Allein vier Seiten, um von Charkow und den Umständen, die sie nach Italien geführt hatten, zu berichten. Preuss und Maria schliefen bereits und Inge wusste, dass sie morgen nicht später als gegen sechs aufstehen konnte. Es musste schon weit nach Mitternacht sein. Nach dem letzten Bus aus Neapel, der für gewöhnlich gegen halb zwölf hier am Haus vorbeirumpelte, konnte man ja die Uhr stellen. Sollte sie Vater noch mit weiteren Details langweilen? Ihm schreiben, wie schwierig es in diesen Zeiten war, Dinge wie Matratzen für die Lazarettbetten zu bekommen? Dass sie heute darüber gesprochen hatten, stattdessen Säcke mit Stroh auszustopfen, so wie sie es an der Ostfront erlebt hatte? Wohl eher nicht. In Anbetracht ihrer bleiernen Müdigkeit wollte Inge sich das selbst nicht mehr zumuten. Vater interessierte sich ja sowieso nur für die große Politik. Und Lorenzo? Inge war ihm in den letzten Tagen nur einmal zufällig auf der Straße im Ort begegnet. Maria hatte ihn auch gesehen und war dabei ins Schwärmen geraten. Diesmal war er auf seinem störrischen Esel geritten, was bei den hier Ansässigen absolut nicht unüblich war. Inge hatte den Moment vor Augen, als sich ihre Blicke begegnet waren. Und auch sein Lächeln, als er seine Hand erhoben hatte, um ihr demonstrativ zu zeigen, dass er keinen Verband mehr trug. Am liebsten hätte sie sich bei ihm für den Obstkorb bedankt. Doch an Marias Seite und während sie Einkäufe in Papiertüten gepackt hatten, war das nicht möglich gewesen. Es hätte bei Maria den Eindruck erweckt, dass Inge sich für ihn interessierte. Inge erschrak bei diesem Gedanken. Sollte sie ihrem Vater nicht doch von ihrer Begegnung mit Lorenzo berichten? Wohl eher nicht. Sie legte den Füllfederhalter zur Seite, faltete den Brief und steckte ihn in den bereits mit der Heimatadresse beschrifteten Umschlag. Wenn sie ihn morgen aufgab, müsste er nach Preuss' Rechnung spätestens nach fünf Tagen, also am zehnten August in Nürnberg sein. Diesmal kam er bestimmt an. Inge nahm diesen beruhigenden Gedanken mit in den Schlaf.

Den Preis für den bis spät in die Nacht verfassten Brief an ihren Vater musste Inge am nächsten Morgen wider Erwarten nicht bezahlen. Der heranrückenden deutschen Armada aus dem Norden sei Dank, hatte sich Preuss in Marias Begleitung kurz nach Sonnenaufgang zwischen Tür und Angel mit den Worten verabschiedet, dass sie heute Vormittag frei hätte. In militärischen Angelegenheiten waren Wehrmachtshelferinnen, die der Landessprache mächtig waren, natürlich gefragter als eine DRK-Schwester. Noch ein glücklicher Umstand hatte sich dazugesellt. Ein Transporter der Wehrmacht, der Decken und Tücher geladen hatte, war nach einem Regenguss am Gardasee im Schlamm stecken geblieben. »Klein Stalingrad«. Nur Maria hatte beim gemeinsamen Frühstück darüber gelacht. Es gab also bis zum frühen Nachmittag nichts zu tun, sah man von Haushaltspflichten ab, die sie sich aber mit Maria teilte. Inge überlegte sich, was sie mit diesem herrlichen Sommertag anfangen sollte. In Erwartung der Hitze riss Inge alle Fenster auf, um die Zimmer zu kühlen, bevor die Sonne höher stand und sie später auch noch sämtliche Fensterläden schließen musste, um drinnen nicht zu verglühen. Noch war es angenehm kühl im Salon, der mittlerweile dank eines neuen Sofas, das sie sich mit Preuss' Erlaubnis in einem Möbelladen in Cassino gekauft hatte, richtig wohnlich wirkte. Ein Buch lesen? Inge entschied sich dagegen. Sie eilte stattdessen nach oben auf ihr Zimmer, um sich ihre Violine zu holen. Seitdem sie hier war, hatte sie kein einziges Mal darauf gespielt. Selbst Preuss hatte nicht der

Sinn danach gestanden. Inge hatte noch bei Ankunft fest damit gerechnet, dass er sie gelegentlich darum bitten würde.

Inge nahm auf einem der Holzstühle am Esstisch Platz und überlegte, ob sie vor dem Spiel die Fenster schließen sollte. Andererseits, wozu? Es kam hier sowieso kaum jemand vorbei und an die Geräusche vorbeifahrender Fahrzeuge hatte sie sich bereits gewöhnt. Noten hatte sie keine dabei, also ging sie im Geiste die Stücke durch, die sie beherrschte. Kaum die Violine angelegt und den Bogen in der Hand, entschied sie sich für die Zigeunerweisen op. 20 von Pablo de Sarasate. C-Moll. Vier Sätze. Normalerweise für ein ganzes Sinfonieorchester, doch auch für eine Solistin interpretierbar. Während Inge ihrer Violine die ersten sanften Töne entlockte, erinnerte sie sich an die Zeit in der Nürnberger Musikschule. Derart anspruchsvolle Stücke erlernte man natürlich nicht am Gymnasium. Sarasate hatte es komponiert, um die besten Geiger dieser Welt herauszufordern. Die Worte ihrer Musiklehrerin, Fräulein Bergmann, waren ihr noch gut im Ohr. Tatsächlich war das Stück so komponiert worden, dass es der Violine praktisch das gesamte mögliche Tonspektrum entlockte – einen talentierten Musiker vorausgesetzt. Dazu kam noch die Herausforderung, das Tempo unentwegt zu variieren. Inge genoss den musikalischen Ausflug in ihre Jugendzeit, zumindest anfangs, als sie das Stück noch mit geschlossenen Augen hatte spielen können. Die Fingerfertigkeit verlor sich nicht. Manche Dinge konnte auch ein Krieg nicht zerstören. Ein Loblied auf die Musik. Mit jedem Ton fühlte sie sich leichter, unbeschwerter. Die Zigeunerweisen schienen sie in den siebten Himmel zu tragen. Frei wie das fahrende Volk, sich niemandem unterwerfen. Einfach nur leben. Was für ein schöner Gedanke. So beflügelnd, dass auch die temporeichen Stellen mühelos von der Hand gingen, jedenfalls bis sie erschrak, denn aus dem Augenwinkel hatte sie eine Bewegung am Fenster wahrgenommen. Der Spielfluss war nun dahin. Von

Neugier getrieben, wer sie offenbar belauscht hatte, legte sie Violine und Bogen auf den Tisch und eilte zum Fenster. Das flinke Wiesel versuchte vergeblich zu entkommen. Hinter dem Haus lag eine Felswand. Vor dem Haus verlief die Straße und da rannte man nicht einfach blindlings auf die andere Seite, um sich zwischen alten Olivenbäumen zu verstecken. Lorenzo tat es erst, als zwei Transporter, die aus dem Süden kamen, ratternd vorbeigefahren waren.

»Lorenzo. So warte doch!«, rief sie ihm durch das geöffnete Fenster nach.

Er musste es gehört haben, denn er blieb stehen und blickte sich nach ihr um.

Inge verließ das Haus. Er stand immer noch wie angewurzelt da, als sie das Gartentor erreichte.

»Hat dir mein Spiel wenigstens gefallen?«, rief sie ihm zu.

Er nickte schüchtern. Sonst brachte er seinen Mund doch auch auf, zumindest wenn er fluchte, wie Inge sich nur allzu gut erinnerte. Im Moment hatte er wohl eher einen Frosch im Hals.

»Willst du nicht rüberkommen?«

Lorenzo verneinte. Hatte er etwa Angst vor Preuss oder Maria?

Inge nutzte die Lücke zwischen zwei vorbeirauschenden Fahrzeugen und überquerte kurzerhand die Straße. Das öffnete dann doch seinen Mund.

»Wie lange spielst du schon? Bist du von Beruf Musikerin?«, wollte er wissen, als sie ihn erreichte.

»Schön wär's. Früher hab ich mal davon geträumt. Brotlose Kunst. Zumindest denkt das mein Vater. In Kriegszeiten sowieso.«

Ein Transporter fuhr mit Getöse vorbei. Weitere Fahrzeuge folgten. Bei der Geräuschkulisse konnte sich kein Mensch unterhalten. In der prallen Sonne war es ihr zudem zu heiß. Inge deutete daher in einer einladenden Geste auf einen der großen Steine, die nur wenige Schritte entfernt im Schatten der ausschweifenden Krone eines Olivenbaums lagen und sich als Sitzgelegenheit förmlich anboten. Lorenzo nickte und setzte sich genau wie Inge dorthin in Bewegung.

»Man kann sich im Leben leider nicht sehr viel selbst aussuchen«, sagte er etwas resigniert.

»Wolltest du etwa auch mal Musiker werden?«

»Mit meinen kräftigen Händen?«

Nun gut, dagegen konnte Inge nichts einwenden. Seine Hände waren von Schwielen gezeichnet, wie ihr schon beim Verbinden aufgefallen war. Die Hände eines Violinisten oder Pianisten sahen anders aus.

»Was hattest du vor? Ursprünglich, bevor der Krieg dazwischenkam?«, fragte Inge, als sie den Stein erreichten und sie sich genau wie Lorenzo darauf niederließ. Hier konnten sie ungestört reden.

»Ich wollte studieren. Geschichte und Literatur. Eigentlich interessiere ich mich für alles. Aber ein Studium kostet Geld. Das hat gar nichts mit dem Krieg zu tun«, sagte er. Er schnappte sich einen kleinen Stein zu seinen Füßen und warf ihn weit ins Feld.

»Dein Onkel hat mir erzählt, dass dein Vater im Krieg gefallen ist. Auch von deinem Bruder.«

»Du warst bei Don Fontana?«, fragte er erstaunt nach.

»Er hat mir das Kloster gezeigt. Sogar die Bibliothek und das Archiv.«

»Dann mag er dich. Das Archiv bekommen Besucher normalerweise nicht zu sehen.«

»Du lebst mit deiner Mutter allein auf dem Hof? Auf der anderen Seite der Plantage?« Inge hatte das Haus vom Fenster ihres Zimmers aus in der Ferne gesehen.

»Sie hat ja sonst niemanden mehr und was wir anbauen, hält uns am Leben.«

»Es kommen bestimmt auch mal wieder bessere Zeiten. Es ändert sich ja gerade viel in Italien.«

»Aber nicht zum Guten. Mussolini ist endlich weg und nun kommen die Deutschen und besetzen unser Land.«

»Um die Italiener vor den Alliierten zu schützen.« Kaum ausgesprochen, bereute Inge es augenblicklich, denn Preuss' Version der Dinge hielt auch sie für wenig wahrhaftig. Sie klammerte sich dennoch an die vage Hoffnung, dass es doch stimmen könnte. Schließlich waren es die Alliierten, die Bomben auf Italien geworfen hatten, und nicht die Wehrmacht.

Lorenzo sagte nichts, sondern musterte sie nur misstrauisch. Anscheinend stellte er sich gerade die Frage, ob sie diesen Blödsinn selbst glaubte.

»Sind doch selbst Faschisten, die Deutschen«, kam dann.

Inge nickte zögerlich.

»Warum arbeitest du dann für sie?«, wollte er wissen.

»Ich bin Krankenschwester. Ich arbeite für das Wohl der Menschen.«

»Der deutschen Soldaten.«

»Ach. Und dir habe ich wohl nicht die Hand verbunden? Apropos. Zeig mal her.«

Lorenzo leistete Folge und streckte ihr die Hand entgegen, allerdings etwas ungelenk. So konnte sie die Verletzung nicht sehen. Inge packte routiniert seine Hand und drehte sie so zurecht, dass sie sich die Vernarbung genauer ansehen konnte, doch kaum berührt, spürte sie angenehme Wärme, die von ihr ausging. Sie sorgte für ein Kribbeln, das Inges ganzen Körper erfasste, als ob sanft Strom durch sie fließen würde. Ein irritierender Moment. Anscheinend auch für ihn, denn sein Blick ruhte auf ihr.

»Das sieht doch schon ganz ordentlich aus«, stammelte Inge. Das kannte sie überhaupt nicht an sich.

Lorenzo hatte es wieder einmal die Sprache verschlagen. Er nickte zaghaft, als sie von seiner Hand abließ.

Nun saßen sie sich schweigend gegenüber. Und sahen sich an. Woran es lag, dass ihr Herz bis zum Hals klopfte, konnte Inge sich denken. Aus dem gleichen Grund, warum sie sich eben gewünscht hatte, seine Hand noch einmal zu berühren.

»Ich ... muss noch in die Stadt ... Meine Mutter ... Sie braucht Mehl.« Nun fing er auch noch an zu stottern.

Inge nickte schweigend.

Dann erhob er sich. »Wir sehen uns ja ... vielleicht ... Ich bin vormittags eigentlich immer auf dem Feld.«

Erneut nickte Inge, doch das Lächeln, das sie ihm schenkte, trug nicht nur ein Versprechen, sondern auch Hoffnung in sich.

Gegen Mittag war endlich die Lieferung der Decken und Tücher eingetroffen. Es fehlten nur noch Kleinigkeiten, um im Bedarfsfall schnell ein Kriegslazarett, in welchem dann auch immer zur Verfügung stehenden Gebäude, einzurichten. Die Wehrmacht hatte einen mittlerweile verlassenen Bauernhof zum Lager umfunktioniert, sodass Inge die Ausrüstung nicht mehr im Haus lagern musste. An sich hätte er angemietet werden müssen, doch der Eigentümer war vor drei Monaten verstorben. Maria hatte herausgefunden, dass es keine lebenden Anverwandten und somit keine Erben gab. Wen kümmerte es in der aktuellen Lage dann schon, dass das Hauptgebäude als Lager für medizinische Ausrüstung, die ehemaligen Stallungen als Munitionslager genutzt wurden? Der von Preuss angeforderte Stabsarzt aus Sizilien war ebenso wenig eingetroffen wie die drei DRK-Schwestern. Sie wurden vermutlich noch anderweitig benötigt. Schließlich gab es frontbedingt Verletzte im Süden. Mehr als die Bestände in ein Inventar aufzunehmen, sinnvoll zu sortieren und sich um Kleinkram wie Besteck und Geschirr oder Putzutensilien zu kümmern, die vor Ort zu besorgen waren, blieb vorerst nicht zu tun. »Keine Verwundeten – keine Arbeit.« Marias Fazit traf es auf den Punkt, allerdings hatte sie den Tag vor dem Abend gelobt, wie sich nachmittags herausstellte. Zwar hatte Preuss keinen Kriegsverwundeten zu beklagen, aber zwei Opfer einer Verminungsaktion. Eine Mine war aufgrund einer Fehlzündung ohne ersichtlichen Grund detoniert und hatte zwei junge Landser in unmittelbarer Nähe verletzt.

Die Fahrt zu den Verletzten dauerte nicht lange. Das Materiallager lag auf dem Weg, sodass Inge sich mit allem, was sie ihrer Erfahrung nach zur Behandlung brauchte, eindecken konnte. Sie ahnte, was sie erwarten würde. Unzählige deutsche Soldaten hatten an der Ostfront Bekanntschaft mit einer fehlgezündeten Tretmine gemacht. In diesem Fall allerdings nicht mit einer deutschen, sondern einer italienischen. Zum Glück, wie Inge nun dank Preuss' Exkurs während der Fahrt in die Welt der Minen wusste. Wäre eine deutsche Metall-T-Mine mit TNT-Füllung, die sie bevorzugt im Süden verlegten, in die Luft geflogen, hätte man nur noch ihre Fleischstücke zusammenklauben können. Die italienische Holzkastenmine habe zwar den Nachteil eines sehr hohen Schwarzpulveranteils, sodass eine Detonation ungewünscht kilometerweit sichtbar sei, aber ließe sich kaum durch Minensuchgeräte orten, weil sie über einen kleinen Zünder aus Leichtmetall verfügte. Leichter zu transportieren sei sie allemal. Ein Würfel mit dreißig mal dreißig Zentimetern Länge, Höhe und Breite. Ihrer geringeren Sprengkraft hatten die beiden also ihr Leben zu verdanken. Holzsplitter hätten sie dennoch abbekommen. Ein Fall für die Österreicher? Ihr Lazarett befand sich ja in der Nähe und möglich wäre es sicher auch gewesen, die Männer dorthin zu bringen, doch Inge hatte den Eindruck, dass es Preuss in erster Linie darum ging, Zeit mit ihr zu verbringen. Sich von ihm während der Fahrt anhören zu dürfen, wie sehr er es bedauere, in den letzten Tagen kaum Zeit für sie aufgebracht zu haben, deutete sehr darauf hin. Ausgerechnet jetzt im August, wo Italien sich doch von seiner schönsten Seite zeigte. Noch nicht einmal, um wenigstens für einen Tag an einen der traumhaften Strände zu fahren oder ihr das Schloss von Caserta zu zeigen, das angeblich Bauwerken wie in Versailles in nichts nachstand.

Im Lager angekommen ließ Preuss es sich nicht nehmen, ihr bei der Arbeit zuzusehen. Ein makabres Schauspiel, das sich Inge in einem der Zelte darbot. Die beiden Soldaten lagen bis auf die Unterhose entkleidet und bäuchlings auf einer Pritsche. Es roch penetrant nach Wein. Offenbar waren die beiden Männer und drei ihrer Kameraden, die um die Pritschen herumstanden, sternhagelvoll. Holzsplitter wuchsen den beiden wie Stacheln von ihren Füßen bis hinauf zum Rücken. Inge hatte die entsprechenden Pinzetten dabei.

»Auch einen Schluck Wein, Herr Oberstleutnant? Und für die Schwester?«, fragte einer der Soldaten, was für schallendes Gelächter sorgte.

»Wie ich sehe, können wir auf Betäubungsmittel verzichten«, sagte Inge streng.

»Jetzt geht's euch an den Kragen«, drohten die Soldaten den Verletzten, nicht ohne erneut dreckig darauf loszulachen.

»Mehr Wein«, verlangte einer der beiden, die auf der Pritsche lagen.

Seine Kumpane schenkten ihm noch etwas in einen Becher, der im Nu wieder leer war. So schmerzhaft konnten die Splitter nicht sein, denn um den Wein zu leeren, hatte er sich auf die Seite drehen müssen.

»Wollen Sie hier drinbleiben, während sich Ihre Kameraden gänzlich frei machen?«, fragte Inge an die Soldaten gerichtet.

»Hosen runter!«, blökte ein anderer zur Erheiterung seiner Kameraden.

»Raus hier!«, forderte Preuss sie auf. Sie parierten und trotteten aus dem Zelt. Preuss folgte ihnen nach draußen. Draußen fingen sie an zu singen. Die beiden besoffenen Minenopfer auf den Pritschen stimmten mit ein, wobei man eher von Lallen sprechen konnte.

»An die Gewehre, an die Gewehre, Kamerad, da gibt es kein Zurück. Fern im Westen stehen dunkle Wolken, komm mit und zage nicht, komm mit!«

Wer sang, während eine DRK-Schwester ihm Holzsplitter aus den Beinen und dem Allerwertesten zog, um denjenigen musste man sich wenigstens aus medizinischer Sicht keine ernsthaften Sorgen machen.

»Klein unser Häuflein, wild unser Blut. Wir fürchten den Feind nicht und auch nicht den Tod. Wir wissen nur eines, wenn Deutschland in Not, zu kämpfen, zu siegen, zu sterben den Tod.« Preuss sang den ersten Teil des bei Fallschirmjägern beliebten Kriegslieds auf der Rückfahrt gleich noch einmal. Hoffentlich bekam sie das wieder aus ihrem Kopf – so oft wie sie es sich während der Friemelei an den geschundenen Soldatenhinterteilen hatte anhören müssen. Hätte Inge doch nur nicht danach gefragt, denn Preuss hatte sicher viele Talente, nur singen konnte er nicht. Dass sie es sich nicht verbeißen konnte, lauthals loszulachen, nahm er ihr offenbar nicht übel. Er lachte auch. So überzogen wie er es zum Besten gegeben hatte, klang es wie eine Farce. Er glaubte wohl selbst nicht daran, was er eben dargeboten hatte.

»Vielleicht sollten wir uns alle mal einen Tag Ruhe gönnen. Die Truppe wird nicht so schnell in den Süden verlegt«, sagte er nach kaum fünfminütiger Fahrt. Was er mit *wir* meinte, war Inge klar. Sicher nicht Maria. Inge hatte wieder den sanften Wolf neben sich sitzen, doch der Gedanke, Zeit mit ihm zu verbringen, rein privater Natur, behagte ihr nicht, auch wenn sie ihm zu Dank verpflichtet war und ein Ausflug ans Meer oder nach Caserta lockte.

»Sie sagen ja gar nichts, Inge.«

»Ich fürchte, es ist einfach noch zu viel zu tun. Wir wissen immer noch nicht, in welchem Gebäude wir das Lazarett aufbauen können. Davon hängt ab, wie viele Betten wir noch benötigen. Und wir haben erst drei Helferinnen organisiert.«

»Kommt es da auf einen Tag mehr oder weniger an?« Das waren ja ganz neue Töne, denn bisher hatte er sich so gegeben, als würde jede Sekunde zählen.

»Ich habe einfach keine Ruhe, bevor nicht alles erledigt ist.« Das war zumindest nicht gänzlich gelogen. Inge horchte in sich hinein, um zu ergründen, warum es sie davor graute, mit ihm etwas zu unternehmen. Ihr Abend in Rom war sehr schön gewesen. Die Antwort kam aus den Tiefen ihres Herzens. Freie Zeit war aber kostbar und Inge gestand sich in dem Moment ein, dass sie letztlich die Vorstellung, Lorenzo wiederzusehen, dazu trieb, diese Zeit nicht mit Preuss zu verbringen.

»Ich sehe schon. Deutsche Disziplin. Ein Segen. Manchmal aber auch ein Fluch«, sagte Preuss und verfiel dann in nachdenkliches Schweigen. Hatte er ihre Zurückweisung durchschaut? Würde er es ihr übel nehmen? Vielleicht redete sie sich da auch etwas ein, denn seine ganze Aufmerksamkeit richtete er nun auf das Gelände, an dem sie vorbeifuhren.

Sein Blick war auf die felsige und mit Sträuchern bewachsenen Hügel gerichtet. Preuss, der Jäger.

»Es werden hier im Süden bestimmt bald mehr«, sagte er wohl eher zu sich.

»Partisanen?« Inge war sich sicher zu wissen, was er meinte.

»Im Norden haben wir bereits damit zu kämpfen. Ganze Partisanennester haben wir in Rom ausgehoben. Die halten doch alle zusammen, die Italiener. Selbst Geistliche unterstützen den Widerstand und verstecken sie. Mieten Häuser und Wohnungen unter falschen Namen. Sie unterstützen sogar britische Landetruppen mit Waffen der italienischen Armee. Fallschirmjäger. Wollen unseren Einheiten in den Rücken fallen. Sie werden sich auch hier in den Bergen verschanzen«, meinte er.

Nun besah sich Inge die Gegend auch näher. Sie entdeckte natürliche Höhlen, von denen eine besonders prominent schien. Das Gelände war unübersichtlich. Wer sich hier oben versteckte, der hatte die Straße im Blick. Ein vorbeifahrender Wagen lag ungeschützt auf dem Präsentierteller.

»Auch hier im Süden?« Inge fiel es schwer, dies zu glauben, weil die Front ja noch nicht bei ihnen angekommen war.

»Wir schätzen um die hundert. Einzelne Gruppen wurden in den Bergen beobachtet. Die waren sicher nicht auf Wanderschaft, um sich die Füße zu vertreten. Ein ideales Versteck. Hier. Die Straße im Blick.« Preuss sah es genauso. Abrupt fuhr er mit dem Wagen zur Seite.

»Sie denken hier …?«

Preuss stieg aus und hatte die gleiche Höhle im Blick, die ihr vorhin aufgefallen war.

»Sollten wir nicht lieber weiterfahren?« Inge bekam es mit der Angst zu tun.

»Keine Sorge. Wenn dort oben jemand wäre, dann hätten sie schon längst auf uns geschossen«, sagte er, was Inge nicht gerade beruhigte.

»Kommen Sie. Das sehen wir uns mal an«, forderte er sie auf

Inge lag schon auf der Zunge, dass sie lieber im Wagen bleiben würde, doch noch eine Abfuhr würde ihn verärgern. Sie folgte ihm, zumal das Gelände keinerlei Kletterkünste abverlangte. Es fand sich zwischen Geröll und Gestein immer ein Weg, um zu dieser Höhle zu gelangen. Dort gab es offenbar noch weitere kleinere Höhlen.

Preuss betrat die erste, ohne zu zögern. Es fiel genug Licht hinein, um zu erkennen, dass sie nicht sehr groß war. Hier drinnen konnte man ja kaum aufrecht stehen.

»Ein Mann. Mehr passt hier nicht rein.«

»Ein bewaffneter Mann könnte schon einer zu viel sein«, wandte Inge ein.

»Da haben Sie recht, aber die Höhle ist ungeschützt. Kein Strauch davor. Es fällt zu viel Licht hinein. Mit einem Fernglas leicht auszukundschaften. Hier drin wird sich niemand verstecken. Keine Deckung, falls auf ihn geschossen würde«, sagte Preuss. Doch dann stutzte er, ging in die Hocke und besah sich die Wandung. Erst als Inge näher kam, bemerkte sie eine Öffnung. Die Wand hatte eine poröse Oberfläche. Ein verdorrter Strauch stand davor. Preuss bog einige Äste zur Seite und entfernte mit bloßen Händen spielend ein paar Steine. Dann kramte er ein Feuerzeug aus seiner Hosentasche und leuchtete mit ausgestrecktem Arm hinein.

»Zu klein. Hier drin kann man höchstens Waffen verstecken. Ja, fürwahr. Diese Höhlen eignen sich vorzüglich dafür«, sagte er nachdenklich, stand auf und verließ die Höhle. Er ließ den Blick über den Hang schweifen und besah sich dann die Hügel gegenüber. »Nachts wären die Höhlen brauchbar, aber der Hang hat Südseite. Die Sonne leuchtet das alles viel zu gut aus.«

»Heißt das, dass sich hier niemand verstecken wird?«

»Wenn er klug ist, dann nicht, aber bei Italienern weiß man das nie.«

Auch das missfiel Inge an Preuss. Er ließ kein einziges gutes Wort über die Italiener kommen, obwohl er das Land und seine unzähligen Kunstschätze liebte. Die hatten ja sicher nicht die Deutschen erbaut, doch auch diesen Gedanken behielt sie momentan besser für sich.

Preuss hatte Wort gehalten. Ein freier Tag! Er war am nächsten Morgen in Marias Begleitung ins mittlerweile zweihundert Mann starke Lager gefahren. Am Nachmittag wollte er sich mit dem Eigentümer einer mittlerweile stillgelegten Holzfabrik in der Nähe treffen. Er brauchte das Gelände für die Soldaten, die nicht ewig in Zelten hausen sollten, auch wenn es die lauen Sommernächte mittlerweile erlaubten. Sanitäre Anlagen fehlten dennoch. Der Fluss in der Nähe konnte sie auf Dauer nicht ersetzen. Kaum waren die beiden aus dem Haus gewesen, hatte Inge sich eingestehen müssen, dass ihre noch beim gemeinsamen Frühstück geäußerten Überlegungen, was sie mit diesem Tag anzufangen gedachte, einzig und allein dem Zweck gedient hatten, die anderen und sogar sich selbst zu belügen. Sie blickte sowieso schon bei jeder sich bietenden Gelegenheit aus dem Fenster, in der Hoffnung, Lorenzo auf den Feldern zu erspähen. In Wahrheit konnte sie es kaum noch erwarten, ihn wiederzusehen. Doch wo um alles in der Welt steckte er? Die Olivenplantage war groß, aber über weite Strecken einsehbar. Nichts von ihm zu sehen! Inge verließ daraufhin das Haus, ging vor zum Zaun, um auch noch den Teil des Feldes auszukundschaften, den man von oben durch das Fenster nicht einsehen konnte. Kein Lorenzo. Also doch in den Ort spazieren und sich in einem der Cafés niederlassen, wie heute Morgen beim Frühstück auf Nachfrage geäußert? Zum Fluss hinunter spazieren? Dort schwimmen? Heiß genug war es ja. Erneut wanderte ihr Blick über die Plantage. Das Haus seiner Eltern war zu weit entfernt, um von hier aus zu erkennen, ob er zu Hause war. Inge fasste sich ein Herz, überquerte die Straße und schlenderte durch die Plantage. Sie mied die Trampelpfade, damit sie niemand von der Straße aus sehen konnte, aber auch, weil sie dankbar um den Schatten war, den die Baumkronen spendeten. Hatte er ihr nicht gesagt, dass er vormittags immer auf dem Feld sei? Heute anscheinend nicht. Sein Esel war jedenfalls hier. Sie hörte ihn aus der Richtung des Hauses schreien. Erst als sie sich dem Haus genähert hatte, sah sie seinen störrischen Freund. Er stand in einem umzäunten Bereich vor einer Scheune, die sich unmittelbar neben dem Steinhaus befand. Die Tür zur Scheune stand offen. Vermutlich war Lorenzo darin zugange. Inge zögerte, weiterzugehen. Was, wenn er doch nicht da war und sie seiner Mutter in die Arme lief? Und was, wenn er da war? Wie würde sie ihren Besuch begründen? Dass sie ihn vermisste, einen freien Tag hatte, den sie am liebsten mit ihm verbringen würde, um jenes Kribbeln, das sie bei der Berührung seiner Hand empfunden hatte, noch einmal zu spüren? Es kribbelte schon wieder und schaltete jedwede weitergehenden Überlegungen aus. Auch die Suche nach einer Ausrede. Inge ging nun doch zur Scheune. Im Halbdunkel nahm sie eine Bewegung wahr. Lorenzo musste irgendwo da drin sein. Sie vernahm aber gleich mehrere Stimmen. Wer war bei ihm? Inge erreichte den Eingang. Lorenzo stand mit dem Rücken zu ihr und reichte einem jungen Mann mit nacktem Oberkörper ein Hemd. Der andere war gerade dabei, sich zu entkleiden, und starrte sie erschrocken an. Lorenzo fuhr herum.

»Inge.« Mehr brachte er zunächst nicht heraus.

Die beiden anderen jungen Männer starrten sie nicht minder überrascht an. Lorenzo sagte etwas zu ihnen in der Landessprache, was sie nicht verstand. Seine Gesten sahen nach Beschwichtigungen aus. Inge erkannte die Uniformen, die auf einem Strohballen lagen. Es waren welche der italienischen Armee.

Lorenzo trat ihr mit betretener Miene entgegen. »Mein Cousin und sein bester Freund«, sagte er nur.

»Sie desertieren?«

»Bitte verrate uns nicht«, flehte er sie an.

»Wirst du sie hier verstecken?«

»Vorerst. Wenn sie jemand erwischt, werden sie erschossen.«

Inge nickte und brauchte erst einmal einen tiefen Atemzug.

»Du wirst uns nicht verraten?«, wollte Lorenzo sich vergewissern.

»Trage ich eine Wehrmachtsuniform?« Inge wusste, dass sie sich mit ihrem Schweigen zur Verräterin machen würde.

»Wenn du den beiden sagst, dass sie mich nie gesehen haben«, erwiderte sie, was Lorenzo sichtlich erleichterte. Er rief ihnen etwas zu.

Einer der beiden Männer, inzwischen in ziviler Kleidung, kam heraus und gesellte sich zu Lorenzo.

»Sono Giovanni«, stellte er sich vor und reichte ihr die Hand.

»Mein Cousin.«

Erst jetzt bemerkte Inge, dass sein linker Arm steif war.

»La guerra. Pistola«, erklärte Giovanni.

»Eine Kriegsverletzung.« Lorenzos Übersetzung hätte es gar nicht bedurft.

»Ich danke Ihnen«, sagte Giovanni. Der andere, der noch dabei war, sich anzuziehen, rief ihr von drinnen ein Mille Grazie zu.

»Das ist alles, was er auf Deutsch kann«, sagte Lorenzo, der sein Lächeln wiedergefunden hatte.

»Ich sollte dann wohl besser gehen«, schlug Inge vor.

»Warum?« Lorenzos banale Frage war entwaffnend.

»Lorenzo«, rief eine weibliche Stimme vom Haus aus.

»Meine Mutter. Sie hat den beiden Pasta gemacht. Haben seit Tagen nichts mehr Vernünftiges gegessen«, erklärte er.

»Da möchte ich nicht stören.«

»Ich habe schon gegessen. Warum bist du hier?«, fragte er unverblümt.

Inge wurde augenblicklich heiß. »Ich habe heute einen freien Tag und …« Den Rest ersparte sie sich, weil sein Lächeln alles sagte.

»Bist du schon einmal auf einem Esel geritten?«
»Gott behüte, nein.«
»Ich wollte runter zum Rapido. Die Füße ins Wasser halten. Das ist das Beste, was man bei der Hitze tun kann.«
»Zum Fluss?«
»So etwas macht man doch an freien Tagen.«
Inge gab es auf. Seinem Charme war sie bereits erlegen. Füße kühlen am Fluss. Sie freute sich darauf.

Dass der Esel überhaupt in der Lage war, zwei Personen zu befördern, erstaunte Inge. Sie hätte geschworen, dass sie beide zu schwer für das Tier wären, doch Lorenzo hatte sie davon überzeugt, dass randvoll mit Tomaten gefüllte Körbe wesentlich mehr wogen. Ein Abenteuer war es trotzdem und auch noch ein ziemlich wackliges. Und das schon beim Besteigen des Tieres. Beschwert hatte er sich nicht, auch nicht, als Lorenzo aufgestiegen war. Zweimal mit der Zunge zu schnalzen reichte, um ihn in Bewegung zu setzen. Langsam. Zu Fuß wären sie vermutlich schneller, doch dann hätte sich Lorenzo nicht an sie schmiegen können. Er hielt die Zügel, obwohl er hinter ihr saß. Ihn so nah an sich zu spüren, gab Inge das Gefühl von Geborgenheit und befeuerte das ersehnte Kribbeln. Gelegentlich streifte sein Atem ihren Hals. Dann kribbelte es gleich noch mehr. Inge hatte sich vorgenommen, ihn nach seinem Cousin zu befragen. Lorenzo begann aber von ganz allein, die Umstände zu schildern, warum er ihn und seinen besten Freund auf dem Hof seiner Mutter versteckte – jedenfalls vorübergehend. Es schien ihm wichtig zu sein, dass sie seine Beweggründe verstand.

»Giovanni hat es in Nordafrika erwischt. Hat einen Schuss ins Armgelenk abbekommen. Er war Funker. Meinst du, die hätten ihn wegen des steifen Armes heimgeschickt? Er hätte weiter dienen sollen, doch wozu? Mussolini ist inhaftiert. Die Soldaten fühlen sich im Stich gelassen. Sie wissen ja gar nicht mehr, wofür sie überhaupt noch kämpfen sollen. Für welches Italien? Es herrscht Chaos. Nicht nur an der Front. Im ganzen Land.«

»Aber noch sind die Italiener doch Verbündete, Achsengenossen.«

»Auf dem Papier. Im Süden kämpfen einige italienische Einheiten doch schon gegen die deutschen Truppen. Giovanni hat das mitbekommen. Sie sehen in den Deutschen seit dem Sturz des Duces bereits den Feind. Wofür sollen sie denn sonst kämpfen, wenn nicht gegen den Faschismus? An der Seite der Deutschen gegen die Amerikaner?«

»Es sind ja nicht nur die Amerikaner. Gegen die Alliierten. Die Briten bombardieren doch Italien«, wandte Inge vehement ein.

»Weil sie die Deutschen schwächen wollen. Und wir sind die Leidtragenden. Versetz dich mal in Giovannis Lage. Sein Onkel ist nach Amerika ausgewandert. Er ist jetzt Amerikaner und betreibt mit seiner Familie ein Restaurant in New York. Und das ist ja kein Einzelfall. Es gibt sogar amerikanische Soldaten mit italienischer Abstammung. Sollen sie etwa auf ihre eigenen Leute schießen?«, erklärte Lorenzo.

Inge nahm sich Lorenzos Worte zu Herzen. Verfahrener und unübersichtlicher konnte eine Situation ja kaum sein.

»Und was genau hat Giovanni jetzt vor?«, wollte sie wissen.

»Er muss sich erst zu seiner Familie nach Bologna durchschlagen. Er hat dort Frau und Kind. Genau wie sein bester Freund. Neue Pässe. Vielleicht gelingt die Flucht über die Schweiz.«

Inge leuchtete vor diesem Hintergrund ein, warum die beiden wie viele andere desertierten und sich nun sowohl vor der italienischen als auch der deutschen Armee verstecken mussten. Die Situation war verzwickt und barg sogar eine gewisse Ironie in sich, wie Inge eben durch den Kopf schoss.

»Die Deutschen haben keine sehr hohe Meinung von der italienischen Armee. Ich bekomme das ja mit. Und jetzt? Wenn die italienischen Soldaten des Kämpfens müde sind und in den Deutschen auch noch den Feind sehen. Was ist eine Waffenbrüderschaft dann noch wert? Die Deutschen könnten doch letztendlich froh sein, wenn sich die italienische Armee geradezu auflöst«, überlegte Inge laut.

»Aber genau das macht den Deutschen ja Angst. Die Deserteure haben Zugang zu Waffen. Und die könnten sich nun gegen die ehemaligen Achsengenossen richten«, erwiderte Lorenzo.

Preuss hatte erwähnt, dass die Partisanen mit Waffen der italienischen Armee versorgt wurden. Daraus entwickelte sich eine brandgefährliche Lage.

»Aus dem Hinterhalt deutsche Soldaten erschießen? Die kämpfen doch auch nur, weil man es ihnen befiehlt«, gab Inge zu bedenken, denn wie groß die Kriegslust beim *Kanonenfutter*, wie Preuss es nannte, war, wusste sie aus ihren Gesprächen mit den Verwundeten in Charkow.

»Die Männer kämpfen gegen den Faschismus und gegen die Besatzer«, versuchte Lorenzo, sich zu rechtfertigen.

»Hier in der Gegend haben die Deutschen niemandem etwas zuleide getan.« Inge war sich dessen sicher.

Lorenzo hingegen lachte höhnisch auf. »Im Nachbardorf haben sie einen Bauern über den Tisch gezogen. Dreizehn Kühe, dreißig Lämmer und einen Esel für zweiunddreißigtausend Lire.«

»Für nur zweiunddreißigtausend Lire?«

»Was hätte er denn machen sollen? Etwa protestieren? Ein falsches Wort und ... Es reicht doch, zu behaupten, jemand sei Partisan, und schon hängt er am nächsten Baum.«

»Bist du dir sicher? Im Nachbardorf? Aber das Gebiet steht doch unter dem Kommando von ...«

»Oberstleutnant Preuss.«

Inge versteifte augenblicklich.

»Es passieren noch viel schlimmere Dinge. Giovanni hat mit eigenen Augen gesehen, wie die Wehrmacht in Salerno Männer und Frauen gehängt hat. Sie hatten ein Schild um den Hals mit der Warnung, dass es jedem Partisanen so ergeht. Es waren einfache Bauern.«

»Ich verstehe nicht, was Menschen dazu bringt, so etwas Furchtbares zu tun. Die Deutschen sind doch an sich grundanständige Menschen. Zumindest die in der Heimat. Ich kann kaum glauben …«

»Der Krieg hat sie zu dem gemacht, aber nicht nur die Deutschen. Die Italiener sind doch auch dem Duce hinterhergelaufen. Und jetzt steht Italien vor dem Niedergang. Im Süden rücken Engländer an, bald Amerikaner, Inder, Marokkaner, Schotten und Polen. Dabei wollen wir nur frei sein, Wein, Gemüse, Obst, Oliven und Tomaten anbauen«, eiferte er sich. Dem allen ließ sich nicht widersprechen.

Lorenzo seufzte und schmiegte sich an sie.

»Der Tag ist viel zu schön, um über solche Dinge zu sprechen«, sagte er, nachdem er für eine gefühlte Ewigkeit in Schweigen verfallen war.

Inge hörte bereits das Wasser rauschen. Vor ihnen lag ein Waldabschnitt, auf den der Trampelpfad, auf dem sie ritten, zuführte. Warum der Fluss, der in die Liri floss, *Rapido* hieß, erschloss sich Inge erst an seinem Ufer. Ebenso, warum Lorenzo so gerne seine Füße darin kühlte. Von Stromschnellen zu sprechen, wäre übertrieben, aber das Wasser rauschte mit großer Geschwindigkeit an seinen begrünten Ufern vorbei. Selbst der Esel schien diese Stelle zu kennen. Nachdem sie abgestiegen waren, trabte er gemächlich zu einem kleinen Seitenarm, an dem das Wasser ruhiger floss, und trank.

Lorenzo zog sich ohne Umschweife Schuhe und Socken aus, stellte sie neben einer Baumwurzel ins Trockene und watete in das kühle Nass, nachdem er sich die Hosenbeine nach oben gekrempelt hatte. Schon stand er bis über die Knie im Wasser und hatte Mühe, gegen den Strom das Gleichgewicht zu halten.

»Was ist? Auf was wartest du?«

Inge schlüpfte ebenfalls aus ihren Schuhen. Ihr Kleid ging bis zu den Knien, war also kurz genug, um ebenfalls ins Wasser waten zu können. Sie musste es nur etwas anheben. Es war so kalt, dass sie erst zurückschreckte, doch einmal die Füße für länger eingetaucht, konnte nichts auf der Welt an so einem heißen Tag schöner sein.

Lorenzo reichte ihr die Hand.

»Da drüben fängt sich das Wasser in einem Steinbecken. Du kannst dort auch baden.«

»Baden? Ohne Badeanzug? Ich hab noch nicht einmal einen.«

»Dein Unterhemd trocknet schnell in der Sonne.«

Die Vorstellung, ganz abzutauchen, war verlockend. Inge folgte ihm daher zum anderen Ufer, wo sich in der Tat das Wasser in einer Steinformation verfing. Wie ein kleines aus Gottes Hand geschaffenes Badebecken. Seicht, aber es reichte, um unterzutauchen.

Lorenzo schlüpfte flink aus seinem Hemd und entledigte sich ungezwungen seiner Hose. Inge wandte ihren Blick ab, erhaschte dennoch den Moment, bevor er im Wasser abgetaucht war. Splitternackt bis auf die Unterhose. Ein Körper wie ein olympischer Athlet.

»Es ist himmlisch«, juchzte er und tauchte erneut unter.

In Gottes Namen. Obwohl hier garantiert niemand war, sah Inge sich verschämt um, bevor sie sich das Kleid vom Körper streifte und sich in das Steinbecken gleiten ließ. Es ging ihr an der tiefsten Stelle bis zum Bauch. Auch sie tauchte unter.

Lorenzo hatte recht. Himmlisch traf es. Das Beste an diesem Ort war, dass die umliegenden Steine natürliche Mulden bildeten, groß genug, um sich hineinzulegen. Sie waren warm, wie Inge feststellte, als sie sich nach dem erfrischenden Bad darauf niederließ. Die Sonne strahlte durch eine Lücke zwischen den Bäumen und wärmte von oben. Der Stein von unten. Der ideale Ort, um sich zu entspannen und alle Sorgen zu vergessen. Lorenzo kam nun ebenfalls aus dem Wasser und legte sich neben sie.

»Einer der schönsten Plätze, die ich kenne«, schwärmte er, räkelte und streckte sich wohlig, bevor er die Augen schloss.

Inge konnte dem nur zustimmen. Verstohlen blickte sie zu ihm hinüber. Das Wasser perlte von seiner makellosen, gebräunten Haut. Mit jedem Atemzug, der seine Bauchdecke hob und senkte, fand das Wasser einen neuen Weg auf den Stein. Inge erschrak, als sie bemerkte, dass er sie nun ebenfalls ansah. Auch noch direkt in die Augen. In seinem Blick las sie Verlangen und Sehnsucht. Inges Herz fing an heftig zu pochen. Allein schon bei der Vorstellung, dass sie sich jetzt küssen würden, schlug es gleich noch schneller. Doch hier und jetzt? War das richtig? Nicht doch noch etwas zu früh? Sah er ihr ihre Verunsicherung an? Ein sanftes Lächeln umspielte seine Lippen. Seine Hand tastete nach ihrer. Dass er sie fest umschloss, ließ Inge zu. Was für ein schönes Gefühl, einfach nur neben ihm zu liegen, seine Nähe zu spüren und gemeinsam in den makellos blauen Himmel zu schauen.

Kapitel 16

Zwischen Hoffen und Bangen. Dies galt den ganzen weiteren August hindurch für Inge und Preuss gleichermaßen. Leider hing von Letzterem auch seine Stimmung ab und das Arbeitspensum, das sich daraus für Inge ergab. Es hatten sich kaum Gelegenheiten geboten, um Lorenzo zu sehen, geschweige denn, sich mit ihm zu treffen. Inge war nichts anderes übrig geblieben, als von ihrem Nachmittag am Rapido zu zehren. Ein Tag, wie er sein sollte. Einfach nur unbeschwert glücklich zu sein, auch wenn es nur für ein paar Stunden gewesen war. Das nährte die Hoffnung, eines Tages aus Stunden Tage, aus Tagen Wochen und vielleicht sogar irgendwann Monate oder ein ganzes Leben werden zu lassen. Nach dem Krieg. Mit etwas Erfindungsreichtum waren Begegnungen mit Lorenzo trotzdem möglich gewesen. Sie hatten sich nach ihrem Ausflug an den Fluss Gedanken darüber gemacht. Es war Inges Vorschlag gewesen, sich *rein zufällig* in der Stadt bei Einkäufen zu begegnen. Inge erledigte sie in der Regel allein. Und dann gab es natürlich noch die Möglichkeit, ihn zumindest vom Fenster ihres Zimmers aus zu sehen. Sie wusste, wann er mit seinem gemüsebepackten Esel vorbeikam. Lorenzo in einem unbeobachteten Moment zuzuwinken oder einfach nur Blicke zu tauschen, war nicht viel, aber besser als nichts. Genau diese

Absprachen erklärten ihr *Bangen*. Die Angst davor, dass Preuss oder Maria etwas davon mitbekamen. Noch bis zum Ende der ersten Augustwoche hatte sich Inge darüber noch weniger Sorgen gemacht. Dank Preuss' *Bangen* um den Endsieg. Angeblich hatte der italienische Ministerpräsident Pietro Badoglio Kontakte zu den Alliierten hergestellt. Mutmaßliche Verhandlungen über einen Waffenstillstand erhärteten seinen Verdacht, dass das Reich den Bündnispartner früher oder später verlieren würde. Die Besetzung Italiens musste just aus diesem Grund vorangetrieben werden. Ein Befehl hatte in diesen Tagen über Funk den anderen gejagt. Wer beschäftigt war, der machte einer deutschen Violinistin keine Avancen und erachtete ihre häufigen Einkäufe in der Stadt auch nicht als merkwürdig. Täglich frisches Gemüse auf den Tisch zu bringen, um gesund zu bleiben, hatte ihm als Begründung gereicht – Maria ebenso. Der zehnte August hatte Inge allerdings auch Anlass zu Angst und Schrecken gegeben. Natürlich war Nürnberg von alliierten Bombenangriffen nicht verschont geblieben. Spreng- und Brandbomben waren an diesem Tag auf ihre Heimatstadt niedergegangen. St. Sebald und St. Lorenz, aber auch das Germanische Nationalmuseum waren ins Visier der Briten geraten, ebenso die Hopfenhalle am Kornmarkt. Gottlob hatte Maria für sie herausfinden können, dass das heimatliche Viertel Johannis keine Bomben abbekommen hatte. Wenn sie schon nichts von ihrem Vater oder Annemarie hörte, dann berechtigte dies immerhin die Hoffnung, dass er noch lebte.

Unglücklicherweise schien sich am elften August das Blatt für die Deutschen zu ihren Gunsten gewendet zu haben. Deutsch-italienische Streitkräfte hatten einen Landungsversuch der Alliierten an der Nordküste Siziliens verhindert. Schon war das Wort *Endsieg* wieder in aller Munde und Preuss' Laune wesentlich besser gewesen, obwohl es doch nur ein winziger Teilsieg gewesen war und sich die deutschen Truppen bereits aus

Sizilien zurückzogen. Maria hatte ihr das in der Küche gesteckt. Und auch den Wehrmachtsbericht des Oberkommandos gezeigt. Inge hatte ihn als eine einzige Farce empfunden. Darin war von der *Tapferkeit* der deutschen Soldaten die Rede, die gegen eine *fünffache feindliche Überlegenheit unermüdlich* in *hartem Kampf heldenhaften* Widerstand geleistet hätten und in *schwierigstem Gelände* und bei *tropischer Hitze Übermenschliches* vollbringen würden. Den Feind hätten sie gezwungen, immer neue Verbände in den Kampf zu werfen. Und *wuchtige Gegenangriffe* hätten ihm *schwerste Verluste* zugefügt. Eine *gewaltige Übersetzbewegung* nach Kalabrien würde angeblich bald gelingen. All das ginge sicher in die Kriegsgeschichte ein. Nichts als plumpes Propagandageschwätz, um das *Kanonenfutter* bei Laune zu halten, jedoch schien ein geordnet verlaufender Rückzug auch für Preuss ein erfolgreicher Schachzug zu sein. Schließlich würden die deutschen Truppen für Erkundungsfahrten von der Stiefelsohle bis zur Hacke Großartiges leisten können und fortan auskundschaften, ob weitere Anlandungen der Feinde stattfanden, vor allem an der Stiefelhacke, in Apulien. Zu diesem Zweck seien sie nach Cosenza gebracht worden. Alles würde nach Plan verlaufen. Für Inge hatte das eher nicht nach einem Plan ausgesehen, sondern nach Verzweiflungstaten, um zu retten, was noch zu retten war. Preuss war angesichts so *guter Neuigkeiten* weniger unterwegs gewesen als sonst und hatte sie und Maria aus gegebenem freudigen Anlass zu einem gemeinsamen Abendessen in einem den Deutschen nach wie vor wohlgesinnten Gasthof eingeladen. Für Inge nichts weiter als Pflichterfüllung. Aus Anstand, aus Dankbarkeit, aus Höflichkeit. Es gab ja immer genug Berufliches zu besprechen. Seine gelegentlichen eindeutigen Blicke waren Inge nicht entgangen, doch in Marias Beisein ließ sich darüber charmant hinweglächeln. Ein geselliger Abend im Haus mit inzwischen aus dem Süden eingetroffenen Offizieren und einer weiteren Wehrmachtshelferin war kurz darauf gefolgt. Ein eher halboffizieller Anlass, damit Inge und Maria diejenigen kennenlernten, mit denen sie künftig zusammenzuarbeiten hatten. Von jenem Lamm aus dem Kühlschrank, das seine Mannen dem hier ansässigen Bauern für einen Apfel und ein Ei abgeluchst hatten, hatte Inge keinen Bissen heruntergebracht.

Mit Preuss' umgänglicher Art und der Zeit für Komplimente, die Inge stets wohlwollend mal mit einem Lächeln, mal mit reger Beteiligung an Gesprächen über das Tagesgeschehen gedankt hatte, war spätestens am zwanzigsten August Schluss gewesen. Das war der Tag, an dem die Alliierten die liparische Inselgruppe nördlich vor Sizilien erobert hatten – mit der unausweichlichen Folge, dass vier Tage später die letzten deutsch-italienischen Truppen auf Befehl des Oberkommandos Sizilien hatten räumen müssen. Am gleichen Tag waren Bomben auf Pompeji gefallen. Ausgerechnet auf die historischen Stätten. Einen Italienliebhaber wie Preuss konnte so etwas nicht stärker treffen. Just dieser Angriff war es auch gewesen, der bei der Bevölkerung Cassinos ernsthafte Zweifel geweckt hatte, ob ihr Ort und insbesondere ihr größtes Heiligtum, das Kloster, unversehrt bleiben würde. Die Alliierten schienen sich um historisch bedeutsame Orte nicht zu scheren. Diese Angst war auch gegen Ende August noch Tagesgespräch am Ort, wie Inge auf einer ihrer inzwischen zur Routine gewordenen Einkaufsfahrten, um sich *frisches Gemüse* zu besorgen, im neben dem Gemüsehändler befindlichen Café mitbekam. Ein paar Brocken Italienisch hatte sie sich in den letzten Wochen angeeignet. Einige der Anwohner sprachen ein wenig Deutsch. Das reichte, um sich ein Bild zu machen. Hier drinnen konnte sie keiner der Passanten sehen. Kein deutscher Soldat verirrte sich in dieses kleine Café. Ein idealer Treffpunkt also. Immer samstags und dienstags um die Mittagszeit. Es eignete sich auch bestens dazu, sich jenseits der Wehrmachtsberichte auf dem Laufenden zu halten. Alfredo, der Pächter, ein quirliger untersetzter Mann, den Inge für Mitte sechzig hielt, wusste ganz genau, was in Cassino vor sich ging. Und auch er machte sich große Sorgen. Vom Wegziehen zur Tochter nach Rom war die Rede. Sich in Sicherheit zu bringen. Lorenzo, der neben Inge am Tresen der Bar stand und genau wie Inge einen Kaffee trank, hatte ihr Alfredos Bedenken übersetzt. Und der war heute redselig. Inge verstand nur, dass es um Rom und um seinen Nipote, also seinen Neffen ging. Sie wartete geduldig darauf, dass Lorenzo es ihr übersetzte.

»Sein Neffe ist Priester im Vatikan. Er verhilft Leuten zur Flucht. Versteckt sie. Wenn das herauskommt, kann ihn selbst der Vatikan nicht mehr vor der Erschießung retten«, sagte Lorenzo.

»Leute wie deinen Cousin und seinen Freund?«

Lorenzo nickte. Er leerte die Kaffeetasse, bevor er fortfuhr.

»Der Wehrmacht ist das ein Dorn im Auge, doch der Vatikan ist neutral. Sie wollen sich nicht mit dem Papst anlegen. Alfredo traut den Deutschen aber alles zu. Sein Neffe hält es sogar für möglich, dass sie den Papst aus dem Amt heben und Vatikanstadt besetzen. Der Reichtümer der Kirche wegen.«

»So weit würden sie nicht gehen.« Inge war sich dessen ziemlich sicher.

»Das sagst du. Man munkelt, sie haben das Gleiche mit der Abtei vor.«

»Generaloberst Hube war schon im Juni in der Abtei. Er hat dem Erzabt zugesichert, dass ihr kein Schaden droht. Und von Preuss weiß ich, dass die Deutschen religiöse Stätten und Kulturschätze respektieren.«

Lorenzo zuckte ratlos mit den Schultern.

»Wie geht es Giovanni? Hast du etwas von ihm gehört?«, wollte Inge wissen.

»Er hat mir geschrieben. Aus der Schweiz. Dort ist er in Sicherheit.«

»Wie lange war der Brief unterwegs?«

»Nicht mehr als fünf Tage. Warum?«

»Ich habe noch keine Antwort von meinem Vater erhalten. Ist schon Wochen her, dass ich ihm geschrieben habe. Gestern Nacht haben die Briten Nürnberg schon wieder bombardiert. Die Bomben fielen auf Vororte, aber auch auf den Nordostbahnhof und die südliche Altstadt. Und dann noch auf zwei große Firmen. MAN und Neumeyer. Ich mach mir solche Sorgen, dass sie das Bombardement auf ganz Nürnberg ausweiten.«

»Du hast mir doch gesagt, dass euer Viertel ein reines Wohnviertel ist. Keine Industrie. Glaub mir. Ihm wird nichts passieren.« Lorenzo legte seine Hand auf ihre. Eine lieb gemeinte Geste, die ihre Sorgen aber nicht so recht verdrängen konnte.

»Ich muss los. Die Einkäufe«, sagte Inge schweren Herzens. Lorenzo seufzte.

»Es geht momentan nicht anders. Ich bin derzeit kaum noch allein im Haus.«

Lorenzo nickte wissend. »Ich träume jede Nacht von dir«, flüsterte er ihr zu.

Inge musste unwillkürlich lachen. Lorenzo ebenfalls. Diese Direktheit gewürzt mit einer für Italien typischen Theatralik war eben seine Art und genau das war eines der Dinge, die sie an ihm mochte.

»Nur ein Kuss zum Abschied«, verlangte er.

Der erste Kuss hier in einer Bar? Von dem träumte Inge schon lange, aber als einen besonderen Moment. An einem Liebesnest am Rapido.

»Wenn Alfredo abkassiert. Nur einen kleinen. Ganz schnell.«

Inge sah sich um. Der ältere Herr an einem der Tische hatte schon seine Geldbörse in der Hand und stand auf.

»Il conto«, rief er Alfredo zu.

Inge kämpfte mit sich, doch konnte weder Lorenzos auffordendem Blick noch seinen Händen, die ihr Gesicht sanft umfingen, widerstehen. Wessen Mund sich nun zuerst in Bewegung setzte, ließ sich schlecht sagen. Sie küssten sich. Ein Moment der Glückseligkeit. Wie gut das schmeckte, seine Lippen auf den ihren zu spüren. Viel zu lange verharrten sie aufeinander. Sein Arm um sie gelegt. Das Geräusch der Kasse, als Alfredo die Schublade mit dem Münzgeld wieder scheppernd schloss, beendete den süßen Moment der Nähe.

»Er würde uns niemals verraten«, hauchte er ihr ins Ohr.

Inge wusste nun warum. Alfredos Lächeln konnte man nicht anders deuten, als dass er sie trotzdem dabei beobachtet hatte.

»Jetzt geh schon. Gemüse kaufen. Damit der Oberstleutnant nicht verhungert«, sagte er.

Inge löste sich von ihm und verließ die Bar, nicht ohne sich noch einmal nach ihm umzudrehen. Zeit für den Einkauf. Inge nahm den frischen Broccoli vom Laden daneben ins Visier. Der Gemüsehändler, ein alter Mann mit Schirmmütze und grüner Schürze, begrüßte sie wie immer mit einem herzerfrischenden Lächeln. Inge beschloss, das Gemüse gleich in einen der Körbe auf ihrem Fahrrad, das vor dem Haus an eine Laterne gelehnt war, zu packen. Sie drehte sich um und erstarrte. Gegenüber saß Maria in Preuss' Wagen, der vor einer Eisenwarenhandlung stand. Sie hatte sie im Visier. Inge musste sich regelrecht dazu zwingen, ihr unbefangen zuzuwinken. Sie hoffte, dass Lorenzo nicht sofort herauskam. Zurückgehen, um ihn zu warnen, konnte sie auch nicht mehr. Inge löste den Korb vom Fahrradständer und hoffte inständig, dass Lorenzo sich noch mit Alfredo unterhielt. Er tat es nicht, wie sie aus den Augenwinkeln mitbekam. Hoffentlich sah er nicht zu ihr her, wünschte sich Inge inständig. Er verschwand aus ihrem Blickfeld. Inge konnte ihm jetzt unmöglich nachsehen. Maria tat es jedoch und dann richtete sie ihren Blick wieder auf Inge, die sich wegdrehte, um weiteres Obst und Gemüse in den Korb zu laden. Es fühlte sich so an, als würde sie Marias Blick in ihrem Rücken spüren. Hatte sie Inge herausgehen gesehen? Wenn ja, würde Maria sich ihren Teil denken. Was hatte ein Gemüse- und Olivenbauer um diese Zeit in einem Café zu suchen? Der *Zufall* drohte, keiner mehr zu sein. Inge hoffte inständig, dass sie ihre Beobachtung für sich behielt.

»Wie gut, dass Inge für uns immer frisches Gemüse kauft.« Marias spitze Bemerkung, als Preuss mit ihnen am nächsten Tag stadtauswärts am Gemüseladen vorbeigefahren war, ließ Inge auf der Fahrt zu den nördlich von Cassino stationierten Truppen nicht mehr los. Das Ganze natürlich gewürzt mit einem süffisanten Lächeln. Inge hatte es im Rückspiegel gesehen. Mehr brauchte es doch gar nicht, um ihr zu sagen, dass Maria die richtigen Schlüsse zog. Preuss anscheinend nicht. »Die gute Inge«, hatte er nur gesagt, ohne auch nur die Spur von Zweideutigkeit. Inge versuchte, sich zur Ruhe zu zwingen. Was wusste Maria schon, außer dass Lorenzo ein Auge auf sie geworfen hatte und sie sich getroffen hatten? War sie am Ende eifersüchtig, weil Lorenzo sie bisher keines Blickes gewürdigt hatte, obwohl sie ihn für attraktiv befand? Was hätte Maria davon, sie bei Preuss anzuschwärzen? Das war leider eine weibliche Eigenschaft, musste sich Inge eingestehen, wenn es um Männer ging. Ließ sich eine Wehrmachtshelferin in diesem Fall vielleicht nicht mehr nur von rein rationalen Überlegungen leiten?

»Inge. Was ist mit Ihnen? So schweigsam kenne ich Sie ja gar nicht«, sagte Preuss, nachdem sie bereits ein Viertel der Strecke zur Stellung der Truppe zurückgelegt hatten und Inge in Schweigen verfallen war. Seine Ausführungen zur angespannten Sicherheitslage hatte sie in Gedanken nur mit halbem Ohr mitbekommen. Das wenige, das hängen geblieben war, erklärte, weshalb sie diesmal in Begleitung eines zweiten Wagens unterwegs waren, in dem zwei bewaffnete Wehrmachtssoldaten saßen. Angeblich hatte es weiter nördlich einen Überfall auf einen deutschen Versorgungstransporter gegeben. Seine Leute schätzten, dass eine gute Hundertschaft an jungen Männern in den Höhlen um den Monte L'Abate hauste. Dort hatten die italienischen Truppen drei junge Männer dabei erwischt, wie sie eine der Zufahrtsstraßen verminten, um den Nachschub der deutschen Truppen abzuschneiden. Eine Brücke über den Rapido hätten sie bereits gesprengt und deutsche Wehrmachtssoldaten auf dem Weg von Terelle nach Cassino beschossen.

»Sie müssen sich nicht sorgen.« Preuss interpretierte ihr Schweigen gottlob falsch, denn sie fuhren ja auf der Strecke, die seiner Meinung nach tagsüber viel zu einsehbar war, um sie für Partisanen interessant zu machen.

»Können Sie auch größere Wunden vernähen?«, fragte er.

»Wahrscheinlich schon blind«, erwiderte Inge.

»Der Landser hat die Schussverletzung am Bein. Hat sich die Kugel selbst rausgeholt. Fleischwunde. Sie muss desinfiziert und vernäht werden.«

»Ich habe alles, was notwendig ist, dabei«, versicherte Inge ihm.

»Wir können froh sein, dass die Front uns noch nicht erreicht hat. Ohne Stabsarzt …«, brachte sich Maria von der Rückbank aus mit ein. Sie kam nicht dazu, den Satz zu vollenden. Ein Schuss peitschte durch das Tal. Ein zweiter traf die Scheibe des Wagens.

Inge duckte sich sofort, um aus der Schusslinie zu gelangen. Maria lag bereits Schutz suchend auf der Rückbank.

Preuss steuerte den Wagen geistesgegenwärtig in Richtung eines Baumes, der am Straßenrand stand. Ein Felsen befand sich unmittelbar dahinter. Die denkbar beste Deckung.

Inge wagte einen Blick zurück. Der Geländewagen, der hinter ihnen gefahren war, stand mitten in der Fahrbahn. Die beiden Soldaten waren mit Maschinenpistolen im Anschlag hinter zwei Felsen in Deckung gegangen und eröffneten das Feuer. Die Angreifer mussten sie von weiter oben im Visier haben.

Preuss stieg aus, schnappte sich sein MG 42 und feuerte aus der Deckung des Felsens in die gleiche Richtung. Das penetrante Rattern aus gleich drei Maschinenpistolen hallte durch das Tal.

Einer der Soldaten hatte Inges Schätzung nach bereits gut dreißig Meter auf dem Gelände bergauf gut gemacht. Das Dauerfeuer riss nicht ab. Dann vernahm sie einen Aufschrei von weiter oben.

Preuss rannte los.

»Da ist noch einer«, hörte sie einen der Soldaten rufen.

»Stehen bleiben!«, rief Preuss von der Deckung des nächsten Felsens aus.

Die Waffen schwiegen. Inge zitterte am ganzen Leib. Maria war ebenfalls kreidebleich.

Dann vernahm sie eine Stimme, die nicht wie die eines erwachsenen Mannes klang. Sie überschlug sich, wie Inge es von jungen Männern im Stimmbruch kannte.

»Hände hinter den Kopf!«, hörte sie einen der Soldaten rufen.

Preuss erteilte ihm wohl die gleiche Anweisung auf Italienisch. »Mani« hieß Hände. Das wusste Inge mittlerweile. Die Ungewissheit, was hier vor sich ging, trieb sie aus dem Wagen. Ihr blieb fast das Herz stehen, als sie es sah. Ein unbewaffneter Junge, der Inges Schätzung nach höchstens vierzehn war – allerhöchstens – stand bebend vor Angst keine zwanzig Meter mit erhobenen Händen da.

»Dieses Pack«, sagte Maria, die sich zu ihr gesellt hatte.

»Papa«, wimmerte er immer wieder. Er starrte auf den leblosen Körper seines Vaters, neben dem ein Gewehr lag.

»Erschießen!«, befahl Preuss.

Die beiden Soldaten legten prompt die Waffe an.

Der Junge bekam nicht einmal mit, was mit ihm geschehen sollte. Er hatte nur seinen toten Vater im Blick.

»Heinrich!«, fuhr sie Preuss scharf an und lief dann zu ihm.

»Nicht schießen!«, rief sie in Richtung der Soldaten. Inge wusste, dass sie nicht in der Position war, irgendwelche Befehle zu erteilen. Es war ihr egal. Sie durften dem Jungen nichts antun.

Preuss drehte sich abrupt zu ihr um und funkelte sie wütend an.

»Wie können Sie nur? Er ist doch noch ein halbes Kind.«

Preuss gab den beiden Soldaten per Handzeichen zu verstehen, dass sie noch nicht schießen sollten.

»Bei Partisanen keine Gefangenen. Standgericht und Exekution. Das ist Vorschrift. Und das ist der einzige Schutz vor weiteren Angriffen aus dem Hinterhalt«, erklärte er.

Der Junge eilte entgegen Preuss' Anweisung die wenigen Meter zu seinem Vater hinunter und warf sich schluchzend über ihn. Wieso hielten die beiden Soldaten ihre Waffen noch immer im Anschlag? Inges Nerven kräuselten sich bereits wie die Drähte einer gerissenen Saite.

»Ich flehe Sie an, Heinrich. Er ist unbewaffnet und hat seinen Vater sterben sehen. Ist das nicht Strafe genug?«

»Er scheint wirklich unbewaffnet zu sein«, sagte Maria kleinlaut, aber doch so, dass Preuss es hören konnte.

»Steiner. Sieh nach, ob er eine Waffe hat«, befahl Preuss einem der beiden Soldaten. Der ließ die Waffe sinken und setzte sich daraufhin sofort in Bewegung. Der Junge beachtete ihn gar nicht. Er lag weinend neben seinem toten Vater. »Papa ... Papa.«

Inge zerriss es fast das Herz, das mitansehen zu müssen.

Steiner suchte das Gelände ab und schüttelte den Kopf. »Er ist von oben runtergelaufen«, rief Steiner ihnen zu.

»Von oben?«

»Habe ich auch gesehen«, bestätigte der andere Soldat.

Inge merkte Preuss an, dass er innerlich bebte. Er biss sich auf die Unterlippe. »Nehmt ihn mit. Zum Verhör«, befahl er.

»Versprechen Sie mir bitte, dass Sie ihn nicht erschießen lassen«, verlangte Inge.

»Das zeigt sich nach dem Verhör. Ich werde es persönlich führen«, sagte er schroff. Sein Tonfall war Inge momentan gleichgültig. Hauptsache, der Junge blieb am Leben. Es war schon schlimm genug, mitansehen zu müssen, wie Steiner den Jungen von seinem Vater wegzerrte. Er schrie und schlug um sich, doch Steiners eisernem Griff konnte er nicht entkommen.

»Den Partisanen. Auf den Wagen. Wir übergeben ihn dem Bestatter«, befahl Preuss.

Der Junge ließ sich nun abführen und in den Geländewagen setzen. Er starrte apathisch aus tieftraurigen Augen ins Leere. Steiner nahm neben ihm Platz. Preuss ging nach oben und half dem zweiten Soldaten, den Leichnam zur Ladefläche des Geländefahrzeuges zu schleppen. Inge hatte bisher Schlimmes an der Ostfront gesehen, doch letztlich immer nur das Ergebnis des Krieges. Noch nie Gewalt wie diese. Noch nie so viel Leid, das in den Augen des Jungen gestanden war. Warum nur hatte der Vater des Jungen auf sie geschossen? So viel Hass. Hass auf die Besatzer dieses Landes. Inge ging zurück zum Wagen und ließ sich erschöpft auf den Beifahrersitz fallen.

Preuss und Maria stiegen wortlos ein. Die Art und Weise, wie er den Wagen anfuhr, sagte alles. Er trat wutentbrannt auf das Gaspedal. Inge fühlte mittlerweile eine solche Leere in sich, dass sie sich vor möglichen Konsequenzen ihres Einschreitens nicht mehr fürchtete. Sollte er sie doch zurück nach Russland schicken oder einsperren lassen. Hauptsache, das Leben dieses Jungen blieb unversehrt.

Preuss' Stimmung hatte sich Inges Ansicht nach bis zum gemeinsamen Abendessen im Haus nicht drastisch gebessert. Zumindest sprach er wieder mit ihr. Ihre Pflichten hatte sie erfüllt. Die Wunde des angeschossenen Soldaten vernäht, Dank und Anerkennung vom Brigadeführer erhalten. Lob in seiner Gegenwart. Preuss war nicht einmal darauf eingegangen. Vermutlich war er auch deshalb so missgestimmt, weil das Verhör des Jungen etwas ergeben hatte, was Inges Eingreifen nicht nur moralisch, sondern auch inhaltlich bestätigte. Der Junge hatte nur seinen Vater gesucht und nicht geahnt, dass er ein Widerstandskämpfer gewesen war. Dies deckte sich mit den Beobachtungen Steiners während des Überfalls. Er hatte die Anweisung bekommen, ihn zurück in sein Dorf zu bringen. Dass Maria die Situation genau wie Inge eingeschätzt hatte, trug sicher zu Preuss' Verstimmung bei. Inge brannte schon die ganze Zeit über die Frage auf der Seele, ob der Junge wohlbehalten daheim angekommen war. Die bisherige triviale Konversation zu Tisch über die Stimmung der Truppe und Spekulationen darüber, wann endlich ein Stabsarzt käme, diente doch nur dem Zweck, sich nicht schweigend gegenüberzusitzen.

»Wie geht es dem Jungen? Ist er bei seiner Familie?« Inge konnte sich einfach nicht mehr länger zurückhalten.

»Es wird ihm nicht sonderlich gut gehen. Er hat seinen Vater verloren und muss fortan damit leben, dass der versucht hat, deutsche Soldaten kaltblütig zu erschießen. Er ist jetzt bei seiner Mutter«, sagte Preuss ruhig und ohne spitze Untertöne.

Inge begnügte sich mit seiner Antwort.

»Wir hätten alle tot sein können!« Maria hatte mit ihrer Einschätzung recht.

»Nun. Inge. Sehen Sie das etwa anders?« War Preuss doch noch auf Streit aus? Der Appetit auf die Kartoffeln mit Broccoli und gepökeltem Schweinefleisch war ihr daraufhin jedenfalls vergangen. Sie schwieg.

»Es geht um Befehle«, wollte Preuss sich anscheinend erneut rechtfertigen.

Maria nickte geflissentlich.

»Sie sind doch bestimmt auch froh, dass er nicht zu Schaden gekommen ist. Erleichtert das nicht Ihr Gewissen?«, hielt Inge dagegen.

»Ich hab schon erlebt, dass Partisanen einem das Blaue vom Himmel runterlügen. Denken Sie doch auch einmal an die Mütter der Soldaten, an Steiners und die von Benz. Wie fühlen sich die wohl, wenn sie ihre Söhne verlieren? Auge um Auge. Eine andere Sprache sprechen die Partisanen nicht.«

Diesbezüglich musste Inge ihm leider recht geben. Weil sie dennoch nicht einsichtig nickte und noch nicht einmal dazu ansetzte, das Besteck wieder in die Hand zu nehmen, fuhr er mit seinen Rechtfertigungen fort.

»Es geht auch um die Offiziersehre. Sein Vater war Soldat der italienischen Armee. Ist desertiert. Er hat sein Land und seine Uniform verraten.«

»Ist eine Uniform denn alles? Die Erfüllung allen Daseins?«, gab Inge zurück, jedoch ebenso wenig angriffslustig. Sie ließ ihren Gedanken freien Lauf.

»Im Krieg gelten andere Gesetze.« Maria redete ihm naturgemäß nach dem Mund.

»Maria. Wir sind in einem fremden Land. Es hat doch alles seine Ursachen. Sie haben Angst, dass wir es ihnen wegnehmen. Das Land, ihr Leben.«

»Kann es sein, dass Sie etwas zu viel Anteil am Leben der Hiesigen nehmen?«, fragte Maria etwas spitz.

Preuss zog nur indigniert die Augenbrauen hoch.

»Sollten wir uns nicht so benehmen, dass die Menschen, die hier leben, uns als Schutzmacht schätzen, uns vertrauen? Warum gibt es denn überhaupt Partisanen? Von nichts kommt nichts«, sagte Inge an beide gerichtet.

»Wir haben den Menschen in Cassino noch keinen Grund dazu gegeben. Daher gibt es hier auch noch keinen gut organisierten Widerstand. Der Angriff wird sicher auch von der Bevölkerung hier verurteilt. Fakt ist: Die Partisanen ermorden Soldaten aus dem Hinterhalt, verminen Wege und Straßen. Sprengen Fahrzeuge und Lager. Sie machen gemeinsame Sache mit den Fallschirmjägern der Engländer, unterstützen die Saboteure. Sie verstecken sich feige in Höhlen und zwischen Felsen und heben deutsche Einheiten aus, bei Nacht und Nebel, ohne Gnade. Und das alles sollen wir hinnehmen? Wie können wir da einen Krieg gewinnen?«

Maria nickte entschlossen.

Inge sank förmlich in sich ein. Sie konnte Preuss auch in diesem Punkt nicht widersprechen. Weder inhaltlich noch moralisch. Jemand wie er, dem es darum ging, das Spiel zu gewinnen, dachte vermutlich nicht an Ursache und Wirkung, sondern nur an Letzteres, denn die bestimmte zukünftiges Handeln. Das war das Wesen dieses Teufelskreislaufes, der sich Krieg nannte.

»Jetzt essen Sie schon, Inge. Der Junge wird eines Tages darüber hinwegkommen. Und ich bin froh, dass sich die Angelegenheit aufgeklärt hat. Sind Sie jetzt zufrieden?« Preuss hatte erneut Kreide in seine Stimme gelegt.

Inge musste ihm zugutehalten, dass er sie zu keinem Zeitpunkt zur Rechenschaft gezogen hatte, Steiner einen Befehl zuzurufen, ihn an der Ausführung eines Schießbefehls zu hindern. So viel Abscheu sie vor dem Wolf in ihm empfand, so sehr schätzte sie an Preuss, dass ihm doch noch so etwas wie ein guter Kern verblieben war. Er war nicht gewissenlos. Konnte man von einem Offizier der Wehrmacht überhaupt mehr als das verlangen?

Inge war sich so gut wie sicher, dass Maria ihr beim nächsten Einkauf in der Stadt *zufällig* über den Weg laufen würde. Sie hatte an sich ja bereits genug gesehen, um anzunehmen, dass die erst seit Kurzem gewonnene Einsicht, wie gesund frisches Gemüse sei, einen ganz anderen Hintergrund hatte. Künftig also Gemüse ohne Espresso, ohne Lorenzo und ohne die Aussicht auf mehr, denn nur dieser eine Kuss hatte ja bereits gereicht, um morgens gleich nach dem Aufwachen als Erstes an ihn zu denken. Im inzwischen eingerichteten Lager war es ebenfalls unmöglich, sich zu treffen. Es kamen immer wieder Lieferungen und das nebenan befindliche Munitionslager wurde natürlich bewacht. Inge hatte sich bereits überlegt, Lorenzo als jemanden auszugeben, der lediglich aushilft, doch ein junger Mann, der keine Uniform trug, fiel in diesen Zeiten auf. Nachfragen und Gerede wären nicht ausgeblieben. Außerdem war nicht auszuschließen, dass Preuss oder Maria unangemeldet persönlich vorbeischauten. Es blieb ihr also keine andere Wahl, als einen günstigen Moment abzuwarten. Ihn zu treffen ging nur, wenn Preuss und Maria unterwegs waren. Gottlob gab es genügend Gründe dafür. Die italienischen Soldaten spurten nicht mehr und zeigten sich Preuss' Angaben nach demotiviert. Das würde die deutsche Truppe, sowieso schon kriegsmüde, weil ein Teil aus der Ostfront abgezogen worden war, demoralisieren. Die Verminung musste vorangetrieben und strategisch wichtige Stellungen ausfindig gemacht werden. Der Funkverkehr musste ebenfalls funktionieren. Ein Segen für Inge, denn dies gab ihr bereits zwei Tage nach dem Partisanenangriff die Möglichkeit, Lorenzo zu besuchen. Eine Mittagspause stand ihr zu. Auch in der Zeit, als sie im Gemüseladen die Einkäufe erledigt hatte, war es möglich gewesen, sich für eine Stunde vom Lager zu entfernen. Keiner der Wachen des Munitionslagers wunderte sich darüber, dass sie sich das Fahrrad schnappte und losfuhr.

Vom alten Bauernhof aus führten eine Nebenstraße und ein Feldweg entlang des Rapido direkt zur Olivenplantage. Mit dem Fahrrad eine Strecke von nur gut fünfzehn Minuten. Hier war niemand außer ihr unterwegs und die Wege waren garantiert nicht vermint worden. Letztlich brauchte Inge immer nur flussabwärts den Weg entlangfahren. Die Stelle, wo sie gebadet hatten, war leicht auffindbar, da markant. Von dort aus kannte sie den Weg. Mit einem Rad in sengender Hitze allerdings eine echte Herausforderung, doch die wurde belohnt. Lorenzo war zu Hause und damit beschäftigt, seinen Esel mit Heu zu versorgen. Als er ihre Fahrradklingel vernahm, ließ er alles liegen und stehen und lief freudestrahlend zu ihr. Noch vor der Scheune fielen sie sich in die Arme. Lorenzo hatte sie gerade noch absteigen lassen.

»Wo warst du heute Morgen?«

Inge hatte mit dieser Frage gerechnet. »Maria hat uns aus dem Café gehen sehen. Sie ist nicht dumm …«

»Kein Espresso mehr mit dir bei Alfredo. Und ich hab mir schon Sorgen gemacht. Bin an eurem Haus vorbeigefahren, aber da war niemand.« Lorenzo ließ sie gar nicht mehr los.

»Ich war im Lager. Nicht weit von hier. Ich konnte nicht früher weg.«

Lorenzo sah ihr verliebt in die Augen und küsste sie dann. Inge schlang ihre Arme um ihn und ließ es mit Hingabe geschehen, jedenfalls so lange, bis sie im Taumel der Zärtlichkeit gegen ihr Fahrrad stießen und es krachend zu Boden ging. Der Esel schrie erschrocken auf. Lorenzo richtete es wieder auf und stellte es auf ebenen Boden, sodass der Ständer es hielt. Inge bemerkte eine Bewegung am Fenster des Steinhauses. Lorenzo folgte ihrem Blick.

»Das ist nur Mama. Keine Sorge. Ich hab ihr von dir erzählt«, erklärte Lorenzo.

»Und was hat sie gesagt?«

»Eine Deutsche? Ausgerechnet eine Deutsche. Eine Fascista.«

Inge schluckte.

»Das war nur Spaß. Meine Mutter hat sehr viel Humor. Leider kann sie nicht mehr gut gehen. Sie ist die meiste Zeit im Haus. Sie möchte dich kennenlernen.«

»Oh je. Ich spreche doch kein Italienisch. Nur ein paar Brocken.«

»Wofür hast du mich? Außerdem macht sie die beste Pasta der Welt.«

»Ich wünschte, es wäre so einfach.«

»Du bist doch hier.«

»Aber ich kann nicht bleiben. Wenn jemand kommt und ich bin länger als für eine Stunde weg … Ich hab den Wachen gesagt, dass ich in der Mittagspause bin.«

»Verstehe. Preuss und diese Maria.«

»Das ist nicht das einzige Problem. Der Hof wird bewacht und nachmittags kommen immer wieder Soldaten, um sich mit Waffen und Munition einzudecken. Manchmal holen sie auch Verbandsmaterial aus dem Lager. Ich müsste dann erklären, wo ich war.«

»Ein Waffen- und Munitionslager?«, wunderte Lorenzo sich.

»Irgendwo müssen sie es ja lagern. Zwei Soldaten bewachen es. Sie sehen, wann ich komme und wann ich gehe.«

»Und du meinst, dass sie dem Herrn Oberstleutnant berichten?«

Inge zuckte unschlüssig die Schultern. »Der hat im Moment andere Sorgen. Die Italiener tanzen nicht nach seiner Pfeife.«

»Wundert dich das?«

»Es können ja nicht alle desertieren wie Giovanni.«

»Es werden aber immer mehr. Giovanni baut in der Schweiz ein Netzwerk auf. Es gibt dort viele Italiener, mit Geld. Er hat mich gefragt, ob ich mitmache.«

»Mitmachen? Wobei?«, fragte Inge beunruhigt nach.

»Leute von hier wegbringen. Aber das wird immer schwieriger. Wenn sie dabei erwischt werden, dann erschießen sie sie. Und wenn sie Glück haben, dann werden sie von den Italienern erwischt. Die wollen ja selbst weg. Giovanni ist in eine Kontrolle geraten. Sie haben ihn laufen lassen. Die Deutschen hätten ihn erschossen. Das Problem ist, dass wir nicht wissen, wo die Deutschen und wo die Italiener sind.«

Wie schnell deutsche Soldaten die Waffe zückten, hatte Inge ja miterlebt.

»Preuss weiß es«, sprudelte aus ihr heraus.

»Du willst ihn doch nicht etwa fragen?« Lorenzo musterte sie ungläubig.

»Das muss ich gar nicht. Sie reden ja jeden Abend darüber. Ich müsste nur besser hinhören. Bisher habe ich dem Gerede ja noch keine so große Beachtung geschenkt«, sagte Inge.

»Ich möchte nicht, dass du dich in Gefahr begibst.«

»Ich frage nicht. Ich höre nur zu. Und gelegentlich liegt Kartenmaterial herum. Darauf sind die Stellungen verzeichnet.«

Lorenzo sah sie in einer Mischung aus Fassungslosigkeit und Bewunderung an.

»Ich riskiere dabei nichts, aber das wenige, das ich tun kann, rettet Menschen vielleicht das Leben.« Inge hatte das Bild des Partisanen vor Augen, um den sein Sohn trauerte.

»No fascista«, sagte er gerührt.

»Ich kann nur während der Mittagszeit weg. Du musst dann hier sein.« Sie küsste ihn, diesmal nur flüchtig und zum Abschied.

»Pass auf dich auf. Mir würde es das Herz brechen, wenn …«

»Verlass dich darauf«, sagte sie, stieg auf ihr Fahrrad und fuhr los. Du machst dich damit strafbar, sagte sie sich. Gegenüber wem? Gott oder der Wehrmacht? Nur Ersteres hätte sie vor ihrem Gewissen zu vertreten. Letzteres könnte dazu führen, dass selbst Preuss sie nicht mehr vor dem Galgen retten könnte, doch Inge hatte nicht vor, sich dabei erwischen zu lassen.

KAPITEL 17

Der Wehrmacht musste Inges Einschätzung nach das Wasser bis zum Hals stehen. Warum sonst durften sich seit dem ersten September, wie Maria ihr beim Frühstück erzählt hatte, sogar Sechzehneinhalbjährige freiwillig ohne Einwilligung ihrer Eltern für die Front melden – wobei *freiwillig* ja relativ war. Hoffentlich taten sie es nicht. Die Friedensbotschaft von Papst Pius XII. schien angesichts solcher Blüten, die der Krieg trieb, im Nichts zu verhallen. Ein Aufruf an die ganze Welt. Leider ungehört. Preuss war mittlerweile zu ihrem persönlichen Kriegsberichterstatter geworden und Inge bekundete stets reges Interesse, nur um sicherzustellen, dass sie eventuell das eine oder andere bezüglich der Truppenbewegungen und aktuellen Stellungen nachfragen konnte, ohne dabei Verdacht zu erregen, ihn auszuhorchen. Insgeheim freute sich Inge über jede schlechte Nachricht bezüglich des Kriegsverlaufs für das Reich. Britische Verbände waren bereits an der Stiefelspitze gelandet und dabei, Kalabrien zu erobern. Bis Aspromonte seien sie bereits vorgestoßen. Die Front rückte näher und näher. In der Heimat war der Krieg noch viel heftiger zu spüren. Berlin hatte neunhundertsechs Tonnen Bomben bei Luftangriffen abbekommen. In Anbetracht dieses Schreckens hatte Inge ihre Betroffenheit nicht spielen müssen. Sie mochte sich gar nicht vorstellen, wie viele Zivilisten bei Bombardements ums Leben kamen. Mannheim und Ludwigshafen hatten die Alliierten in der Nacht zum sechsten September mit Spreng- und Brandbomben in vielen Vierteln dem Erdboden gleichgemacht. Zweitausend Tote. Über Hunderttausend waren seither obdachlos. Die Nacht darauf waren Bomben auf München gefallen. Das bewies doch, dass niemand im Krieg Rücksicht auf Kirchen oder Kunstschätze nahm.

Zu Tisch klammerte Preuss sich in den ersten Septembertagen regelrecht an seine gemessen am Kriegsverlauf kleinen Erfolge. »Gute Arbeit an der Gustav-Linie«, habe ihm das Oberkommando bescheinigt. Die Stellungen seien bereits gut befestigt. Allerdings hatte er dies nicht nur dem Einsatz deutscher und italienischer Soldaten zuzuschreiben, sondern auch dem von Zivilisten. Es waren keine Freiwilligen. Frauen und Männer mussten Zwangsarbeit leisten. Gerade dieser Umstand bestärkte Inge darin, Lorenzos Vorhaben zu unterstützen. Es ging ja nicht mehr nur darum, Deserteure in Sicherheit zu bringen. Hatte die Wehrmacht denn nichts Besseres zu tun, als italienische Soldaten aufzuspüren? Ganze Einheiten waren wie Spürhunde darauf spezialisiert und versuchten, auszukundschaften, wo sie sich versteckten. Ihnen drohte Zwangsarbeit, Deportation oder der Tod. Fürs Erste hatte Inge Lorenzo bereits vor zwei Tagen wissen lassen, wo die deutschen und italienischen Einheiten, die sie selbst aufgesucht hatte, derzeit stationiert waren. In der Mittagspause, wie üblich. Sie hatte sich an die Fahrt dorthin erinnern können und Lorenzo verfügte über Karten, um die Standorte präzise einzuzeichnen. Wie viele Soldaten dort stationiert waren, hatte sie bei ihrem ersten Besuch bereits mitbekommen. Andere Standorte musste sie Preuss und Maria nicht einmal aus der Nase ziehen. Wer ein medizinisches Lager verwaltete, der führte Listen über Wareneingang und Warenausgang. Bisher hatte

Inge sich lediglich notiert, welche Einheit welche Menge abgeholt hatte. Mittlerweile notierte sie sich auch ihren Standort. Niemand würde diesbezüglich Verdacht schöpfen. Die Soldaten vom Waffenlager nebenan kannten sie. »Gehen die auch nach Ortona?« Beiläufig gefragt, weil kurz nach einer Abholung von Verbandsmaterial gleich der nächste Transporter angekommen war, um sich mit Munition einzudecken. Sie waren gesprächig. Vielleicht auch dank des Bohnenkaffees, den Inge den Soldaten zugutekommen ließ. Was sich auf diese Weise herausfinden ließ, genügte, um sich Fluchtrouten zu überlegen, die es ermöglichten, nicht in die Hände der deutschen Armee zu fallen. Die Aufgabe, die Inge sich für den heutigen Abend vorgenommen hatte, war weitaus schwieriger. Eine Flucht in den Norden in Richtung Milano, um dann über den Gotthard in die Schweiz zu gelangen, war nur dann erfolgversprechend, wenn sie Lorenzo auch Informationen über die Stellungen im Norden geben konnte. Normalerweise sprachen Preuss und Maria über das Tagesgeschehen im Süden. Dies beinhaltete naturgemäß die Truppenbewegungen, die Preuss koordinierte, doch heute bestimmte der Waffenstillstand von Cassibile das Tischgespräch. Preuss bekam von seinem Steak kaum etwas herunter.

»Ich hab es kommen sehen.« Inge konnte ihm nur beipflichten, denn sie hatte es sich herbeigesehnt. Den Verdacht, dass die Italiener den Deutschen in den Rücken fallen würden, hatte er bereits vor Wochen geäußert. Der achte September war sicher kein guter Tag für das Reich mit der Konsequenz, dass gleich noch mehr Deutsche über Italien herfielen. Preuss nannte es die *Operation Achse*. Inge erinnerte sich an Lorenzos Worte. Ein Befreiungskrieg stünde bevor, wenn die Deutschen noch mehr Truppen in den Süden schickten. War das nicht gänzlich sinnlos? Anglo-amerikanische Streitkräfte waren bereits in Salerno angelandet und bewegten sich in Richtung Neapel.

»Die italienische Regierung hat das von langer Hand geplant. Gestern Abend haben sie die Kunstwerke aus den Museen von Neapel hierher ins Kloster gebracht. Das kann man nicht von heute auf morgen organisieren.«

Es wurde eng für die Deutschen. Preuss' Steak wurde kalt.

»Wie kann man sie denn überhaupt noch aufhalten?«, fragte Inge in die Runde. Ihre Betroffenheit war gespielt, denn insgeheim hoffte sie darauf, dass sie niemand mehr aufhalten würde.

»Wir sind vorbereitet«, erwiderte Preuss knapp.

»Aber wenn sie uns mit Bombern angreifen?«, wandte Inge ein.

»Was wollen sie denn von hier bis nach Rom bombardieren? Sie wissen ja nicht, wo unsere Stellungen sind. Nur, dass wir hier eine haben, das wissen sie mittlerweile. Und das nützt ihnen nichts. Die Gefahr, das Kloster zu treffen, ist viel zu groß, und selbst wenn sie es versuchen würden, unsere Flak-Einheiten sind darauf vorbereitet.«

»Aber wenn es ihnen gelingt, weiter nördlich anzulanden?«, hakte Inge nach.

»Die strategisch wichtigen Küsten im Westen sind gesichert«, erklärte Preuss.

»Einer der Unteroffiziere hat heute Morgen von britischen Fallschirmjägern gesprochen. Die Engländer könnten aus der Luft doch die Küstenfront umgehen«, sagte Inge in der Hoffnung, sich weitere Informationen zu beschaffen, die Lorenzo nützlich sein konnten.

»So viele können sie gar nicht vom Himmel fallen lassen«, mischte sich Maria nun mit ein.

»Ist es nicht zu riskant, die meisten Truppenverbände an den Küsten im Westen zusammenzuziehen? Und wenn sie doch nördlich von hier an der Ostküste anlanden, um uns von dort aus anzugreifen? Kann die Wehrmacht denn beide Küsten sichern?«, fragte Inge.

»Bis Rom ist bald alles in unserer Hand. Alles dazwischen dürfte für die Alliierten uninteressant sein. Sie haben nur eine Chance zu Land – von Süden. Und dazu müssen sie erst einmal an uns vorbeikommen.«

Inge blickte mit sorgenvoller Miene auf die Karte Italiens, die Preuss schon wenige Tage nach dem Einzug anstelle eines Landschaftsgemäldes an die Wand genagelt hatte.

»Es ist wirklich so gut wie ausgeschlossen, dass wir vom Norden aus angegriffen werden«, sagte Maria.

Inge stand auf und besah sich die Karte näher. Die Besorgnis war mittlerweile nicht mehr gespielt, doch es war eher die Sorge darüber, dass ihre Nachfragen auf Misstrauen stoßen würden.

Preuss stand auf und gesellte sich zu ihr. »Hier ist bald alles komplett dicht, vermint, befestigt, Truppen.« Er deutete auf die Mündung des Garigliano ins Tyrrhenische Meer über den Ort Cassino und ließ seinen Finger den Rapido entlangwandern.

»Bis zu den Quellen des Rapido in gut zwei Kilometern Höhe. Vom Kamm des Apennins nach Casoli bis zur Adriaküste zwischen Ortona und Vasto. Hier kommen die Alliierten garantiert nicht durch. Der einzige Weg für Panzerdivisionen führt hier vorbei. Einen anderen passierbaren Weg nach Rom gibt es nicht.«

»Und die Straßen hier?«

Inge deutete auf die Orte Fiuggi und Paliano. Lorenzo hatte sie nach Stellungen in dieser Gegend gefragt. Es gab dort kleinere Straßen, die nahezu parallel zur Via Casilina verliefen.

»Über die Berge vom Süden aus so gut wie unerreichbar.«

»Außer über den Norden«, wandte Inge ein, auch auf die Gefahr hin, dass sich Preuss' Argumente im Kreis drehten. Dass er mittlerweile etwas genervt von ihrer Fragerei war, merkte sie ihm an. Er tauschte daraufhin Blicke mit Maria, die sich nun auch erhob und ebenfalls die Karte ins Visier nahm.

»Fallschirmjäger könnten sich in der Tat von dort aus durchschlagen«, sagte Maria nachdenklich.

»Und was wollen sie da? Sobald sie nach Süden vordringen, stoßen sie auf unsere Linien. Es wären zu wenige, um uns gefährlich zu werden«, sagte Preuss.

»Wir könnten den Abschnitt an Kreuzungen verminen«, gab Maria zu bedenken.

»Unsinn! Um Fallschirmjäger dort abzusetzen, müssten die Engländer erst einmal an unserer Flak vorbei.«

Maria nickte und Inge fiel ein Stein vom Herzen. Sie hatte erfahren, was sie brauchte.

»Gibt es eigentlich Neuigkeiten, wann wir einen Stabsarzt zugeteilt bekommen?«, fragte Inge, nicht weil es sie noch interessierte, sondern um das Thema zu wechseln. Nicht, dass sich die beiden noch darüber wunderten, warum sie sich an diesem Abend mehr als sonst für Truppenbewegungen interessierte.

»Er zieht mit der Front. Wie ein Wandergeselle«, sagte Preuss.

»Sie sollten wirklich etwas zu sich nehmen«, ermahnte Maria ihn.

Preuss nickte und setzte sich wieder an den Tisch.

»Maria hat recht. Vielleicht machen wir uns alle viel zu viele Gedanken. Schwierige Zeiten. Man weiß nicht, was kommt.« Inge nahm ebenfalls Platz und schenkte sich etwas vom Rotwein ein. »Sie auch noch?«, fragte sie Maria.

»Gerne.«

»Heinrich?« Inge nannte ihn bewusst beim Vornamen. Eine kameradschaftliche Geste, die er wohlwollend registrierte.

»Für mich auch«, sagte er.

»Man weiß nie, was kommt. Hoffentlich nur Gutes. Darauf sollten wir anstoßen«, schlug Inge als Trinkspruch vor, wobei sie sich sicher war, dass sie unter dem Guten etwas anderes verstand. Maria hob das Glas ebenso. Preuss schloss sich ihnen an.

Inge hätte es jedem übel genommen, der sie als Faschistin bezeichnen würde – mit einer Ausnahme. Für Lorenzos Mutter war sie die kleine *Fascista*. Natürlich nach wie vor im Scherz. Zudem mit so viel Wärme und Zuneigung von sich gegeben, dass das Schimpfwort seinen Schrecken verlor. Nachdem sie nun wusste, dass Inge ihrem Sohn half, Menschen in Not die Flucht zu erleichtern, hatte Inge das Gefühl, dass Camilla die *Fascista* bereits als Teil der *Famiglia* betrachtete. Pünktlich um Viertel nach zwölf stand das Essen auf dem Tisch. Eine Portion mehr als sonst üblich. Camilla wusste, dass Inge nur maximal eine Stunde Zeit hatte. Die Fahrtzeit von mittlerweile zwei mal zehn Minuten abgerechnet – dank einer Abkürzung, die Lorenzo Inge gezeigt hatte – verblieben zum gemeinsamen Essen gute vierzig Minuten. Camilla konnte tatsächlich kaum noch gehen. Ihre Beine waren angeschwollen und das Herz war nicht mehr das beste, aber mit Sicherheit das größte der Welt, gemessen an der Wärme, die Inge zuteilwurde. Das liebevoll gestaltete Innere ihres Hauses, ein Sammelsurium von kleinen Kunstgegenständen, Figuren aus Porzellan, Tafelsilber, Vasen, bestickten Decken und allerlei Kleinkram, der sich im Laufe ihres Lebens angesammelt hatte, sagte viel über Camillas Charakter aus. Auf dem Kaminsims im Wohnzimmer standen gerahmte Fotografien von ihren verstorbenen Liebsten, ihrem Mann und Lorenzos Bruder. Er selbst nahm den Platz in der Mitte ein. Darüber hing ein Marienbild. Sie sollte immer gut auf Lorenzo aufpassen. Jeden Tag betete Camilla dafür, wie ihr Lorenzo übersetzt hatte. Die Tischgespräche waren bestimmt von der aktuellen Lage, was Inges Appetit auf die beste Pasta der Welt nicht im Geringsten schmälerte. Die beiden hörten das Radio der Alliierten. Es überbrachte am heutigen neunten September die gute Nachricht, dass die fünfte US-Armee bei Salerno in Süditalien gelandet sei, britische Truppen bei Tarent in Apulien. Die einen kamen von der Stiefelspitze, die anderen vom Absatz. In der Mitte des Stiefels saßen die *Fascisti*. Wo genau, konnte sie Lorenzo nun präzise mitteilen, auch, welche Wege weder vermint noch kontrolliert wurden. Dass Preuss heute den Befehl zur Entwaffnung der italienischen Garnisonen erhalten hatte, rechtfertigte Lorenzos Tätigkeit und bestärkte Inge darin, dass sie richtig gehandelt hatte. Wie dringlich die Lage war, machte Lorenzo heute unmissverständlich klar.

»Sie verschleppen sie in Internierungslager ins Deutsche Reich. Es müssen schon Tausende geflüchtete Soldaten sein. Giovanni hat von schrecklichen Dingen gehört. Sie bekommen kaum etwas zu essen. Wässrige Suppe und Brot. Die Nazis lassen sie so lange arbeiten, bis sie tot umfallen, genau wie die Juden, politische Gefangene und Homosexuelle. Und die Welt schaut dabei zu«, erzählte er.

Camilla verstand das naturgemäß nicht, doch das Wort *Nazis* kannte sie. Sie stieß einen Fluch aus.

»Wir müssen möglichst viele von hier wegbringen. Es haben sich schon Stafetten organisiert. Auch bei uns im Süden.«

»Stafetten?«, hakte Inge nach.

»Die Wehrmacht würde sie Einheiten nennen, meist Frauen. Die Männer sind ja noch in der Armee oder bereits gefallen. Sie kundschaften aus, wo Kontrollposten sind, wo Straßensperren, und versuchen, Informationen über die Aktivitäten und Standorte der Wehrmacht zu sammeln. Ich schätze, Frauen sind darin besonders geschickt«, sagte er lächelnd in Anspielung auf Inges *Stafettentätigkeit*.

»Gibt es sonst noch etwas, was ich tun kann?«, fragte Inge. Sie hatte angesichts der Gräueltaten das dringende Bedürfnis zu helfen, wo sie nur konnte.

»Wir bräuchten Medikamente. Nur einen kleinen Vorrat. Vor allem Verbandsmaterial. Für Notfälle. Es kann sich ja auf der Flucht niemand einem Arzt anvertrauen oder sich in einer Klinik behandeln lassen«, sagte Lorenzo.

Inge geriet ins Grübeln, wie sie das wohl am besten anstellte. Möglich wäre es, weil sie Buch über die Lagerbestände führte. Wer kontrollierte schon, ob etwas fehlte?

»Solange wir noch keine Ärzte haben und kein Personal, hat niemand einen genauen Überblick. Ich bringe es morgen mit«, versprach sie. Lorenzo übersetzte es seiner Mutter, die erleichtert seufzte.

»Am wichtigsten ist, dass wir genügend Kleidung haben. Meine Mutter hat schon die Schränke leer geräumt. Die Sachen meines Vaters und meines Bruders. Die Soldaten müssen sich ja als Zivilisten ausgeben.«

»Aber das wird nicht reichen. Du hast doch gesagt, dass noch Hunderte kommen werden.«

»Mama kennt auch andere Mütter, die ihre Söhne und Männer verloren haben. Es spricht sich herum wie ein Lauffeuer. In ganz Italien. Alle sammeln getragene Kleidung.«

Inge musste unwillkürlich schmunzeln.

»Was ist daran so lustig?«, wollte Lorenzo prompt wissen.

»Preuss glaubt ja, dass die Italiener nichts auf die Reihe kriegen. Das mag vielleicht für die Männer an der Waffe gelten ...«

»Bei uns haben die Frauen die Hosen an. Nicht wahr, Mama?«

Sie nickte, auch wenn sie mit Sicherheit nicht verstand, was Lorenzo sagte. So wie Inge seine Mutter erlebt hatte, schien das zu stimmen. Eine tapfere Frau, die kein Blatt vor den Mund nahm und sich nicht vom Krieg und am allerwenigsten von den deutschen Besatzern kleinkriegen lassen wollte.

»Avanti«, sagte Camilla mit Blick auf die Standuhr auf der Kommode. Zeit zu gehen.

Inge erhob sich augenblicklich. »Mille grazie per la pasta. Squisito.« Und wie Camilla da strahlte. Was *vorzüglich* auf Italienisch hieß, hatte sie Lorenzo bereits nach ihrer ersten Verköstigung in Mama Camillas Haus gefragt. Linguine mit Auberginen, Zwiebeln und Zucchini in scharfer Sauce, die mit ganz viel Olivenöl versetzt war. Warum gab es so etwas Leckeres nicht auch in der Heimat? Inge war schon dabei zu gehen, da vernahm sie ein Geräusch von draußen. Es klang nach einem schweren Fahrzeug. Man hörte es am Brummen der Dieselmotoren, die buchstäblich röhrten. Ihr erster Gedanke jagte ihren Puls in die Höhe. Am Ende ein Wagen der Wehrmacht, doch als sie gemeinsam mit Lorenzo das Fenster erreichte, fiel die Anspannung im Nu von ihr. Ein Italiener stieg von der Fahrerseite aus. Eine Frau von der anderen. Inge schätzte die beiden auf über siebzig ein. Der Kleidung nach zu urteilen waren es Bauern. Die von der Sonne gegerbte braune Haut sprach ebenfalls dafür.

»Antonia und Fabrizio«, sagte Lorenzo.

Inge vermutete, dass sie Kleidungsstücke brachten, doch da täuschte sie sich, wie sich herausstellte, nachdem sie sich von Mama Camilla verabschiedet und das Haus verlassen hatten. Sie luden zwei schwere mit Decken abgedeckte Kisten ab. Inge traute ihren Augen nicht, als eine der Decken verrutschte und den Blick auf Gewehrläufe freigab. Es genügte, Lorenzo besorgt anzusehen.

»Wir brauchen sie. Einige wollen nicht weg, sondern gegen die Besatzer kämpfen. Wenn die Briten vorrücken, dann sind sie geschwächt. Der Norden ist ungeschützt. Dort sind die Deutschen verwundbar«, erklärte Lorenzo.

»Aber ihr wollt die Waffen doch nicht etwa hier auf dem Hof verstecken?«

»Nicht im Haus. Neben dem Misthaufen beim Stall. Tief vergraben.«

Inge machte sich in dem Moment gewahr, dass sie sich gerade zum verlängerten Arm eines Partisanennests machte, doch noch viel mehr plagte sie die Angst um Lorenzo.

»Du musst mir versprechen, dass du niemals auf einen anderen Menschen schießt. Vor meinen Augen sind so viele Soldaten gestorben. Die meisten sind nicht damit fertig geworden, Blut an ihren Händen zu haben, auch wenn es das Blut des Feindes war. Die Farbe des Bluts ist bei jedem gleich. Verstehst du? Versprich es mir!«

»Ich verspreche es dir, Bella«, sagte Lorenzo mit einer bisher nie an ihm erlebten Ernsthaftigkeit in seinem Blick. »Und nun fahr los. Ich mache mir jedes Mal Sorgen, dass du zu spät kommst.«

Inge brauchte er das nicht zweimal zu sagen, denn um pünktlich zu sein, musste sie die Strecke zurück nun wesentlich schneller fahren als sonst üblich.

»Für Zigaretten verkaufen sie ihre Seele.« Preuss hatte guten Grund, dies beim gemeinsamen Abendessen von sich zu geben, denn er war am späten Nachmittag noch ins Dorf gefahren, um ihren Weinvorrat aufzustocken. Wenigstens hatte Preuss die Weinkellerei am Nachbarort in Naturalien bezahlt, die begehrt waren, und nicht wie seine Mannen mit italienischer Lira weit unter Wert der erworbenen Ware abgespeist. Preuss war Inges Ansicht nach im Siegestaumel und das nicht einer erkauften Seele geschuldet, sondern einer Kiste des angeblich besten Primitivo, den er jemals getrunken hatte. Und heute Abend mit Sicherheit zu viel davon. Schon während des gemeinsamen Abendessens ein Glas mehr als üblich. Der Grund seiner guten Laune ergab sich aus dem Umstand, dass die deutsche Wehrmacht kurz davor stand, Rom einzunehmen. »Ab morgen wird uns Rom zu Füßen liegen. So wird es in den Geschichtsbüchern stehen«, hatte er inbrünstig getönt und gleich mit Maria darauf angestoßen. Inge notgedrungen ebenfalls, um den Schein zu wahren. Ab morgen seien somit die wertvollen Kunstschätze Roms in Sicherheit, da unter deutscher Kontrolle. Da konnte er lachen und strahlen. Die Gläser hatten daraufhin erneut klimpernd zueinandergefunden. Dass in Dalmatien verhasste Partisanentruppen große Mengen an Munition erbeutet hatten, spülte Preuss mit einem weiteren Schluck des guten Roten herunter – mittlerweile im Garten, wo Inge und Maria es sich mit ihm noch hätten etwas bequem machen sollen, um den schönen Tag bei lauen Temperaturen angemessen ausklingen zu lassen. Weil auch Inge der Meinung war, dass ihr Tag erfolgreich gewesen war, hatte sie sich ohne Widerwillen dazugesetzt. Maria jedoch nicht. Wer zu viel Wein trank und das nicht gewohnt war, wurde zwangsläufig bettschwer. Ein Wunder, dass Maria es nach dem dritten Glas des starken Roten überhaupt noch die Treppe hinauf bis auf ihr Zimmer geschafft hatte. Was blieb, war die Zweisamkeit mit Preuss. Inge hatte sich bewusst nicht zu ihm auf die Bank gesetzt, sondern auf einen der Gartenstühle. Ein Mann mit zu viel Alkohol im Blut, der ihr schon beim Verzehr der Milchspeise zum Nachtisch mehr als nur einen viel zu langen Blick zugeworfen hatte, war Inge nicht geheuer. Preuss erst recht nicht. Er hatte wieder seinen Schafspelz an. Der Wein ölte seine Stimme und trübte seinen Blick.

»Ich beneide das Oberkommando in Rom. Die müssen sich fühlen wie Cäsaren. Das römische Weltreich zu ihren Füßen.«

Inge war sich nicht sicher, ob gerade Größenwahn oder schlichte Bewunderung aus ihm sprach. Sie sagte nichts darauf.

»Es trifft immer die Falschen. Mich hätten sie für diese Aufgabe wählen sollen. In den Geschichtsbüchern wird man meinen Namen nicht finden.«

Verfiel er nun in Melancholie? Die hatte sie aus seiner Stimme herausgehört. Eigentlich badete er bereits in Selbstmitleid. Die inzwischen hängenden Schultern und der glasige Blick auf das Weinglas in seiner Hand untermauerten Inges Eindruck.

»Aber Sie haben doch die noble Aufgabe, für den Schutz Montecassinos zu sorgen. Die Verteidigungslinie.«

Preuss rang sich ein müdes Lächeln ab. »Da haben Sie ganz recht, liebe Inge. Da haben Sie ganz recht.«

Inge lauschte den Zikaden, besah sich den Sternenhimmel und hoffte, dass er sich auch bald zurückziehen würde. Dummerweise schien er recht trinkfest zu sein.

»Nun behaupten die Alliierten, die Hermann Göring Division sei hier, weil wir das Kloster plündern wollen«, sagte er unvermittelt.

Dies wiederum weckte Inges Interesse. Mittlerweile traute sie den Seinen ja alles zu. »Aber es ist doch gemeinhin bekannt, dass die Deutschen Kulturgüter respektieren, auch im Krieg«, erwiderte Inge.

»Natürlich. Es sind Lügen. Nichts als Lügen. Sie bringen es sogar im Radio.«

»Die Welt wird ihnen nicht glauben.«

»Die Welt glaubt alles, was man sie sehen oder hören lässt.«

»Sie werden es nicht zulassen, dass jemand das Kloster plündert, weder die Deutschen noch die Alliierten.« Inge ließ es wie einen Appell an seine Offiziersehre klingen.

»Wenn die Alliierten es schaffen, hier durchzukommen, dann werden sie sich nicht für das Archiv oder die Bibliothek interessieren. Die interessiert doch nur den Klerus und die

Wissenschaft. Es geht um Gold, Silber, Kunstwerke, Reliquien. Dort oben liegt ein Vermögen«, sagte Preuss.

Auch das wusste Inge bereits und gedachte nicht, es weiter zu kommentieren.

»Spielen Sie für mich, Inge. Kein Abend könnte besser dazu geeignet sein.« In seiner Stimme lag fast schon ein Flehen. Mit allem hätte Inge am heutigen Abend angesichts seiner Trunkenheit gerechnet, nur nicht damit.

»Aber Maria könnte davon wach werden.«

»Maria? Die schläft doch schon ihren Rausch aus«, gab er zurück.

Für Preuss spielen? Ein Loblied auf die Wehrmacht, damit er seinen Siegestaumel ausleben und davon träumen konnte, Kaiser Nero zu sein? Alles in Inge sträubte sich dagegen.

»Ich bitte Sie, Inge. Spielen Sie für mich. Nur dieses eine Mal.«

Inge suchte nach weiteren glaubhaften Ausreden, doch dann sagte sie sich, dass sie Preuss' Wohlwollen nicht gefährden durfte. Ohne ihn wäre sie nicht hier. Ohne ihn wäre sie Lorenzo nicht begegnet. Wahrscheinlich wäre sie ohne ihn sogar schon tot, erfroren, irgendwo auf dem Weg durch Polen.

Inge nickte, erhob sich und ging schweigend ins Haus. Auf dem Weg in ihr Zimmer ließ sie sich Zeit, in der Hoffnung, dass er eventuell einschlief, bis sie wieder zurückkam. Dann konnte er genauso gut vom Römischen Reich träumen. Oben angekommen, blickte sie durch das seitliche Fenster ihres Zimmers nach unten. Er saß noch immer aufrecht auf der Bank, griff nach der Weinflasche und schenkte sich nach. Inge blieb keine andere Wahl, als ihren Violinenkoffer aus dem Schrank zu holen und ihm im Garten erneut Gesellschaft zu leisten.

Preuss stand die Glückseligkeit ins Gesicht geschrieben, als sie schweigend Platz nahm, die Violine aus dem Koffer zog und ansetzte.

»Was soll ich für Sie spielen?«, fragte Inge.

»Das Lied für die Soldaten, das Sie für die Sterbenden gespielt haben.«

Inge musterte ihn. Eigentlich hatte sie damit gerechnet, dass er etwas Heiteres von ihr verlangen würde. Er wirkte nachdenklich. In seinem Gesicht las sie die gleiche Melancholie wie vorhin. Wollte er nicht den Sieg feiern? Den Radetzky-Marsch hätte sie ihm geigen können. Stattdessen das Stück, an dem Gedanken an den Tod hafteten? Inge tat es und auch sie konnte sich der Kraft Pachelbels nicht entziehen. All das Grauen der Ostfront schien an jedem einzelnen Strich mit dem Bogen zu kleben. Das unermessliche Leid des Krieges führten die Töne Inge vor Augen. Was in Preuss während des Spiels vorging, ließ sich schlecht einschätzen. Er wiegte seinen Kopf zur Musik. Seine rechte Hand fuhr wie die eines Dirigenten in Schleifen umher. Purer Genuss stand ihm ins Gesicht geschrieben und doch ein Hauch von Traurigkeit, der ihn umgab. Das änderte sich auch nicht, als sie ihr Spiel beendete. Inge musste gleich zweimal hinsehen. Waren seine Augen wässrig geworden? Warum sagte er nichts? Er wirkte wie in einer anderen Welt.

»Ach Inge«, wisperte er nur.

»Es hat Ihnen gefallen?«

Er schwieg.

Inge fühlte sich immer unwohler auf ihrem Stuhl. Warum nur starrte er sie so an? Verzweifelt, rührselig, verzaubert. Sie konnte ihm ansehen, dass er nach Worten rang.

»Wenn ich diese Uniform auszöge. Würden Sie dann das, was ich für Sie empfinde, eventuell erwidern können? Irgendwann?«

Inge trafen seine Worte wie ein Stich ins Herz. Sie wusste, dass er sie vom ersten Tag an begehrte, doch hatte gehofft, dass die letzten Wochen des Aufbaus seiner Stellungen ihm diesen Wunsch genommen hätten. Was sollte sie ihm nur darauf sagen?

Er sah sie erwartungsvoll an, als ob sein Leben davon abhängen würde. Wie ein Angeklagter, der auf sein Urteil wartete. Ihn hinhalten? In Aussicht stellen, dass andere Zeiten vielleicht Gefühle dieser Art zuließen? Es wäre eine Lüge. Es wäre Verrat, denn ihr Herz gehörte einem anderen. Inge musste ihm die Wahrheit sagen, doch die wollte nicht über ihre Lippen kommen. Aus Angst, ihn zu verletzen, auch wenn er in ihren Augen der Feind war, der nicht davor zurückschreckte zu spielen, bis der Gegner schachmatt war. Mit Herzen sollte man Inges Ansicht nach aber nicht spielen.

»Heinrich …« Inge fiel es schwer weiterzusprechen. »In Zeiten wie diesen sollten Sie nicht auf Ihr Herz hören.«

»Aber wie soll ich die Stimme meines Herzens nur zum Schweigen bringen, wenn ich Sie jeden Tag sehe, Ihre Stimme höre? Selbst wenn ich nicht hier bin, höre ich sie. Muss ich denn jegliche Hoffnung begraben?«

Inge fasste sich ein Herz. »Wie kann ich einen Mann lieben und mehr als nur Dankbarkeit und freundschaftliche Zuneigung für ihn empfinden, dessen Wort den Tod über andere Menschen bringt? Ich weiß, dass Sie sich tief in Ihrem Inneren etwas bewahrt haben, das andere in dieser Uniform schon längst verloren haben, und genau diese Gewissheit gibt mir den Mut, aufrichtig zu Ihnen zu sein.« Dass sie seine Uniform mittlerweile verabscheute, genau wie diejenigen, für die er gewinnen wollte, verschwieg sie. Inge spürte dennoch augenblicklich eine Riesenlast von ihren Schultern fallen.

Preuss schwieg für einen Moment, dann nickte er nachdenklich. Wie ein Häufchen Elend saß er vor seinem leeren Glas.

»Dieser verdammte Krieg«, sagte er nur und versuchte, aufzustehen. Es gelang ihm erst im zweiten Anlauf. Er suchte nach Halt an der Lehne der Bank. Es dauerte eine Weile, bis er sein Gleichgewicht gefunden hatte und gerade stehen konnte.

»Gute Nacht, Inge«, sagte er nur und ging langsamen Schrittes ins Haus.

Inge saß wie zu Stein geworden da. Die bis eben empfundene Erleichterung wich der Sorge, dass er ihre Offenheit doch nicht schätzen würde und seine Zuneigung fortan ins Gegenteil umschlagen könnte. Bei jedem anderen Mann würde sie das erwarten, doch Preuss war nicht wie jeder andere.

KAPITEL 18

Es war gemeinhin bekannt, dass Alkohol die Zunge löste und man Dinge sagte, die man im Nachhinein bereute. In Preuss' Fall traf Letzteres Inges Ansicht nach nicht zu. Er hatte sich am darauffolgenden Morgen nichts anmerken lassen, als ob der gestrige Abend nicht stattgefunden hätte. Inge nahm dies zum Anlass, anzunehmen, dass er ihre Gefühlslage nicht nur akzeptierte, sondern auch respektierte. Ein tatenfrohes Guten Morgen wie üblich, dann war er auch schon aus dem Haus gewesen. Noch nicht einmal verkatert war der harte Knochen. Ganz im Gegensatz zu Maria, die sich geschworen hatte, nie wieder so viel Wein zu trinken. Auch sie ging ihrer normalen Tätigkeit nach. Gerade momentan waren ihre Dienste als Übersetzerin vonnöten. Zum einen, um den Einsatz der deutschen und noch im Dienst stehenden italienischen Einheiten zu koordinieren, und zum anderen, um beim Verhör von festgenommenen fahnenflüchtigen italienischen Soldaten mit ihren Sprachkenntnissen behilflich zu sein. Es waren bisher nur wenige, die den Deutschen in die Hände gefallen waren. Das Ergebnis des Verhörs und somit eine Verurteilung hing davon ab, ob man einem gefassten Fahnenflüchtigen nachweisen konnte, dass er tatsächlich desertiert war. Einige der italienischen Einheiten hatten genau wie die Deutschen in

Russland zerschlagene Stellungen aufgeben müssen und deren Kommandanten die Schlacht für beendet erklärt. In diesem Fall konnte ein Soldat sich von der Truppe entfernen. Er hatte sich allerdings zeitnah beim Oberkommando zu melden. Ob in Zivil oder in Uniform. Einige hatten Marias Erzählungen zufolge behauptet, sie seien in Zivil unterwegs gewesen, um nicht von den Alliierten verhaftet zu werden. Sofern ihr Vorgesetzter tot oder in Kriegsgefangenschaft war, ließen sich solche Aussagen natürlich nicht widerlegen. Keine Deportation, keine Erschießung, jedoch mussten sie wieder in Uniform dienen. Dieses Schicksal, so hoffte Inge, würde all den jungen Burschen, die sich auf den Weg zu Lorenzos Cousin in die Schweiz machten, erspart bleiben. Schon bevor auch Inge aus dem Haus gegangen war, hatte sie sich vorgenommen, weiteres eingelagertes Verbandsmaterial nebst Zubehör für die Flüchtlinge mitzunehmen. Die beiden Soldaten vor dem Munitionslager würden es sicher nicht mitbekommen, weil sie stets irgendetwas in ihrem Korb transportierte, das in Tüten eingewickelt war. Es musste für sie aussehen, als wären Einkäufe darin.

»Lassen Sie es sich schmecken«, rief ihr einer der beiden zu. Inges *Mittagspause* war mittlerweile ein eingespieltes Ritual, das keinerlei Gefahr vor Entdeckung in sich barg. Sie wussten ja nicht, ob sie mit dem Fahrrad nach Hause fuhr oder in die Stadt. Niemand hatte bisher nachgefragt. Mittlerweile brachte es Inge auf fast genau zehn Fahrminuten. Dass Lorenzo bereits am Ende des Wegs, der zu seinem Hof führte, nach ihr Ausschau hielt, ließ Inges Herz auch diesmal höherschlagen. Er winkte ihr ausgelassen zu. Inge stutzte, denn sie glaubte, jemanden singen zu hören. Als sie Lorenzo erreichte, vernahm sie deutlich einen Männerchor. Die Stimmen kamen zweifelsohne aus der Scheune. Inge stieg vom Fahrrad und lauschte genau wie Lorenzo dem Gesang aus kräftigen Männerkehlen.

»Ist es nicht schön?«, fragte Lorenzo. Dann schloss er sich den Männern beim Refrain an. Stolz, inbrünstig und hingebungsvoll.

»Wer singt da eigentlich?«, wollte Inge als Erstes wissen.

»Fünfzehn wenig talentierte Soldaten.«

»Aber das klingt doch wirklich gut.«

»Weil das ihr Lied ist. Ihr Leben.«

»Ein Volkslied?«

»Niemand weiß so recht, von wem es stammt. Aber die Menschen singen es in Italien überall. Es bedeutet ihnen sehr viel. Ein Lied für die Freiheit. Es geht um den Kampf der Partisanen«, erläuterte Lorenzo und sang nun auch die Verse mit.

E quest'è il fiore del partigiano
O bella ciao, bella ciao, bella ciao ciao ciao
Quest'è il fiore del partigiano
Morto per la libertà
E quest'è il fiore del partigiano
Morto per la libertà

Das Lied war zu Ende. Lorenzo seufzte tief ergriffen.

»Ich dachte erst, es sei ein Liebeslied. Ciao Bella? Heißt es so? Ist das dann nicht eher etwas Trauriges? Es geht doch um einen Abschied, oder? Das passt doch gar nicht zu diesen heiteren Klängen«, stellte Inge irritiert fest, nachdem sie ihr Fahrrad an der Wand des Schuppens angelehnt hatte.

»Ja, du hast recht. Es geht darum, dass ein Partisan seiner Liebsten erklärt, dass er in den Kampf zieht. Den Feind nun klar vor Augen. Für die Freiheit. Und wenn er stirbt, dann soll sie ihn in den Bergen begraben. Im Schatten einer schönen Blume und alle Leute, die vorbeikommen, werden sagen, was das für eine schöne Blume ist. Die Blume des Partisanen. Ein Tod für die Freiheit.«

»Wie kann ein Lied so einen traurigen Text haben und dennoch so fröhlich klingen?« Das irritierte Inge immer mehr.

»Es soll Mut machen und Kraft spenden. Damit wir nicht aufgeben«, erklärte Lorenzo, als sie den Eingang zum Schuppen erreichten.

Es waren gut ein Dutzend Männer, jüngere und ältere, die in der Scheune auf zwei Bänken und Strohballen saßen. In der Mitte stand ein Tisch mit Geschirr, Becher, Wein und Brot. Als sie auf die blonde Frau im Tor der Scheune aufmerksam wurden, fingen sie an zu applaudieren. Dabei hätte doch eigentlich Inge applaudieren müssen. Sie hörte zwei der Männer begeistert ihren Namen ausrufen.

»Mama hat ihnen von dir erzählt. Aber sie wissen, dass sie deinen Namen niemals außerhalb dieser Runde hier erwähnen dürfen, noch dass es dich überhaupt gibt. Du kannst dich darauf verlassen.«

Inge sah in die Gesichter der Burschen. Die meisten waren bestimmt nicht älter als zwanzig. Die Uniformen hatten sie längst gegen normale Kleidung eingetauscht. Erst als Lorenzo anfing, mit ihnen zu sprechen, ebbte der Applaus ab. Inge fühlte sich wie auf einer Bühne und ein begeistereres Publikum konnte man sich kaum denken.

»Was hast du ihnen gesagt?«, wollte Inge wissen.

»Dass dir das Lied gefallen hat und sie es noch einmal singen sollen. Nur für dich.«

Dies erklärte, warum einer der Älteren sich erhob und sich in die Mitte der Scheune stellte, wie ein Chordirigent. Mit seinem Handzeichen standen die Männer auf. Konzentriert und erhobenen Hauptes, genau wie Inge es bei Lorenzo beobachtet hatte. Inge verstand kaum die Hälfte der Verse, aber der Refrain ging sofort ins Ohr. O bella ciao, bella ciao, bella ciao ciao ciao. Sie fühlte Gänsehaut an sich emporkriechen und versuchte, sich die Melodie zu merken. Ein Lied über den Tod, und doch waren es Klänge der Freiheit.

Inge hatte mit ihrem Fahrrad noch nicht einmal die Abzweigung auf dem Feldweg entlang des Olivenhains zum Rapido erreicht, da vernahm sie ein ihr bereits bekanntes bedrohliches Summen am Himmel, das schnell sonorer wurde und in ein tiefes Brummen überging. Inge bremste die Fahrt abrupt ab, kam zum Stehen und suchte dann den Himmel aus der Richtung des Geräusches ab. Jagdbomber! Doch wo waren sie? Die Kronen der Bäume verdeckten ihr die volle Sicht. Inge fuhr ein Stück weiter hinaus auf das offene Feld. Schon hörte sie das dumpfe Bellen von Flakgeschützen aus der Ferne. Inge wusste, dass sie auf schnellstem Weg einen Schutzraum aufsuchen musste, am besten einen Keller. Das Lager schied aus. Es war nicht unterkellert. Falls die Alliierten wussten, dass dort auch Munition gelagert wurde, wäre es zudem eines der Angriffsziele. Zurück zu Lorenzos Haus? Es war unterkellert, doch der Weg dorthin zu lang. Inge beschloss daher, querfeldein durch die Olivenplantage zu fahren. Es war der schnellste Weg zurück zu ihrem Haus.

Das Rauschen von fallenden Bomben war plötzlich so laut, dass Inge glaubte, sie würden direkt auf sie niederregnen. Inge fuhr, so schnell sie nur konnte, doch Gestein und Gräser erschwerten ein Durchkommen. Der Weg war nicht eben genug, um noch schneller in die Pedale zu treten. Als sie den Rand der Olivenplantage erreichte, vernahm Inge das Donnern von Einschlägen in Gebäuden. Die Erde vibrierte. Sie bekam Todesangst, denn eine der Bomben schlug irgendwo zwischen Lorenzos Hof und dem Stadtrand ein. Von dort stieg eine riesige Staubwolke auf. Nur noch gut zweihundert Meter trennten sie von ihrem Haus. Hoffentlich erreichte sie es noch rechtzeitig. Erneut vernahm Inge das todbringende Orgeln, dem unmittelbar darauf weitere krachende Einschläge folgten. Der Himmel über Teilen des Ortes sah aus, als würde er brennen. Kurz bevor Inge die Hauptstraße erreichte, glaubte sie Lorenzos Stimme zu vernehmen. Kein Zweifel, er rief erneut nach ihr. Inge bremste scharf ab und sah sich um. Er rannte quer durch das Feld. Lorenzo kannte die Strecke und musste sich ausgemalt haben, wohin sie sich in Sicherheit bringen würde.

»Inge!«

Es pfiff vom Himmel. Ein Geschoss schlug inmitten des Olivenhains ein. Geäst von Bäumen wirbelte durch die Luft. Der Boden unter ihr vibrierte. Der Wind blies die aufgewirbelte Erde und den Staub dorthin, wo sie Lorenzo zuletzt zwischen den Bäumen hatte laufen sehen. Wo war er? Inge blieb fast das Herz stehen. Die Wolke gab ihn frei, doch es surrte erneut von oben. Daraus wurde schrilles Pfeifen. Eine weitere Bombe detonierte unweit der Straße.

»Steig ab!«, rief er ihr zu.

Inge tat wie geheißen und ließ das Fahrrad achtlos auf den Boden fallen.

Lorenzo erreichte sie, packte ihre Hand und zerrte sie quer durch das Feld.

»Wir müssen ins Haus. In den Keller«, protestierte Inge, denn er zog sie in genau die entgegengesetzte Richtung.

»Das schaffen wir nicht mehr«, rief er außer Atem.

Zwei weitere massive Einschläge am Ortsrand schickten ihre Vibrationen bis hierher. Die Druckwelle erfasste sie. Inge geriet ins Straucheln. Lorenzo fing sie auf.

»Schnell. Da vorn. Ein Speicher.« Er zerrte sie weiter durch das Feld, das mittlerweile von Rauchschwaden wie an einem nebligen Tag verhangen war. Daraus zeichneten sich die Konturen eines kleinen steinernen Gewölbes ab. Eine Holztür stand ihnen im Weg. Lorenzo stieß sie mit dem Fuß auf und zog Inge mit hinein in die Dunkelheit.

»War früher ein Lager«, erklärte er und drängte Inge in den hintersten Winkel, der gut einen Meter unter der Erde lag. Hier drinnen war es kühl. Inge ertastete Erde und Gestein. Lorenzo schlang seine Arme um sie und zog Inge ganz nah zu sich. Ein Donnerschlag folgte dem anderen, jedoch hatte Inge den Eindruck, dass sie nicht mehr so laut waren wie vorhin.

»Es ist sicher bald vorbei«, versuchte Lorenzo, sie zu beruhigen. Ihr Herz schlug trotzdem bis zum Hals. Nur langsam normalisierte sich wenigstens ihr Atem.

Die Orgeln der todbringenden Engel waren kaum noch vernehmbar. Aus Donner wurde fernes Grollen, wie bei einem Gewitter, das sich verzog.

»Ob sie wiederkommen?«, fragte Inge.

»Heute vermutlich nicht mehr, aber sie werden wiederkommen, weil hier diese verdammten Faschisten sind«, sagte er.

Dann wurde es still. Die Sonnenstrahlen bissen sich langsam durch die Rauchschwaden. Das diffuse Licht am Eingang wurde klarer und gab die Konturen der Baumstämme frei. Lorenzo ließ von ihr ab und erhob sich. Er ging erst hinaus, als sich der Dunst gänzlich verzogen hatte und der von hier aus einsehbare Teil der Plantage wieder so vor ihnen lag, als ob nichts geschehen wäre.

Inge folgte ihm und blickte genau wie Lorenzo auf den Stadtrand von Cassino. Flammen schlugen dort gen Himmel. Schwarzer Rauch stieg auf. Aus der Ferne waren Schreie der Anwohner zu vernehmen. Hoffentlich lag Cassino nicht gänzlich in Trümmern. Keine hundert Meter von hier klafften an zwei Stellen tiefe Krater im Boden. Entwurzelte brennende Olivenbäume lagen zerfetzt darum verstreut. Sie konnten von Glück sagen, noch am Leben zu sein. Inge sah an sich herab. Sie war eingedreckt und verrußt, genau wie Lorenzo.

»Ich sollte ins Haus gehen. Wenn es noch steht«, sagte Inge.

»Ich hol dein Fahrrad«, bot er an und lief die wenigen Meter zu der Stelle, wo sie es hatte liegen lassen.

Inge klopfte sich in der Zwischenzeit den feinen Staub so gut es ging aus der Kleidung. Das Rad war zum Glück noch intakt, gab jedoch merkwürdige Geräusche von sich, als Lorenzo damit zu ihr zurückfuhr. Als ob etwas am Reifen schaben würde.

»Das Blech ist etwas verzogen. Ich bieg's dir gerade. Am besten da oben auf der Straße«, sagte er und schob es die wenigen Meter hinauf. »Halt mal den Lenker«, forderte er sie auf, nachdem auch Inge den Straßenrand erreicht hatte.

Lorenzos kräftige Hände bogen das Blech um den Vorderreifen so, dass es nicht mehr am Reifen scheuerte.

Inge hielt nach ihrem Haus Ausschau. Ihre Hoffnung, es heil vorzufinden, erfüllte sich zumindest teilweise. Neben dem Haus klaffte ein Krater, der Teile der Umzäunung und einen Teil des Gartens in seinen Schlund gezogen hatte. Wenigstens stand noch das Haupthaus, doch Inge gab das momentan keinen Grund zur Freude. Preuss stand davor und sah sie keine fünfzig Meter von ihm entfernt am Straßenrand stehen – in Lorenzos Beisein. Preuss' Blick war starr auf sie gerichtet.

Inges Befürchtung, dass Preuss sie auf seine Beobachtung ansprechen würde, hatte sich nicht erfüllt. Vermutlich war er viel zu sehr damit beschäftigt gewesen, sich die Schäden an Haus und Grund anzusehen. Die Druckwelle der im Garten eingeschlagenen Bombe hatte glücklicherweise nur ein etwa handbreites Loch ins morbide Mauerwerk der gartenzugewandten Seite gerissen. Sie konnten froh sein, dass das Haus noch stand. Preuss hatte unverzüglich nach dem Bombardement per Funk einen ihm bekannten Unteroffizier angefordert, der vor seiner Zeit bei der Armee als Statiker tätig gewesen war. Das Mauerwerk ließe sich flicken. »Ansonsten keine weiteren Schäden«, hatte es geheißen.

Inge war keine Stunde nach dem Angriff mit Maria zur nördlich der Stadt stationierten deutschen Einheit gefahren. Schwerverletzte hatte ein Transporter bereits ins Lazarett der österreichischen Waffenbrüder gebracht. Leichtverletzte sollten sich normalerweise selbst versorgen, was angesichts einer hier vor Ort tätigen DRK-Schwester natürlich nicht vonnöten war. Das Lager der deutschen Truppen schien zum Hauptverbandplatz zu werden, für deutsche Landser, das *Kanonenfutter*, aber auch für leicht verletzte Soldaten einer in der Nähe stationierten Flakdivision. Naturgemäß war die eines der bevorzugten Ziele britischer Jagdbomber. Dem Munitionslager war nichts passiert – welch Ironie. Hauptleidtragende des Angriffs waren aber nicht die deutschen Truppen, sondern die Zivilbevölkerung. Einige umliegende Bauernhöfe waren nahezu restlos zerstört worden.

Erstaunlicherweise hatte Preuss auch während ihres Einsatzes am Hauptverbandplatz kein Gespräch mit Inge gesucht. Mit anderen schon. Inge war es daher nicht entgangen, dass er Glück gehabt habe, noch am Leben zu sein. Ein Schutzengel hätte über ihn gewacht. Wenn er nur eine Minute später zurück nach Cassino gefahren wäre, hätte ihn der Bombenhagel voll erwischt. Das hatte Preuss nicht nur Maria wissen lassen, bei Inge jedoch kein Wort darüber verloren, was Bände sprach.

Abends zurück im Haus nahm Preuss sie zu Tisch wieder wahr und sah nicht mehr durch sie hindurch. Vielleicht lag das aber auch nur daran, dass sie ihre Pflicht als DRK-Schwester bravourös erfüllt hatte – und darüber hinaus, denn ein Arzt war nach wie vor noch nicht in Cassino eingetroffen. Sich für das Abendessen zu bedanken, gehörte wohl zur Routine. Kartoffeln mit Gemüse. Schnell gemeinsam mit Maria zubereitet und bei Kerzenlicht verzehrt. Und das nicht, weil ihnen nach Romantik zumute war. Der Strom war ausgefallen. Wasser gab es nur noch aus einem der Brunnen zwei Häuser weiter.

Eine der Hauptwasserleitungen musste getroffen worden sein. Im flackernden Licht der drei Kerzen war Inge es unmöglich, in seiner Mimik zu lesen. Seine Stimme klang sachlich. Der Herr Oberstleutnant saß zu Tisch. Auf dieser rein beruflichen Ebene war ein Gespräch mit ihm anscheinend wieder möglich.

»Sie sind hinauf ins Kloster geflohen und verkriechen sich in den unterirdischen Gängen der Abtei«, wusste er auf Inges Nachfrage zu berichten, wo sich die Einwohner von Cassino hatten in Sicherheit bringen können.

»Die Engländer sind ehrlos. Auf Zivilisten lassen sie Bomben regnen«, empörte Maria sich.

»Sie wollen Druck aufbauen. Den Hass auf die Deutschen schüren. Sie wollen, dass die Menschen uns indirekt die Schuld an den Angriffen geben«, erläuterte Preuss.

»Sechzig tote Zivilisten«, stellte Maria fest.

Preuss nickte betroffen. »Sie haben bewusst zuerst die umliegenden Häuser und Höfe angegriffen«, sagte er, nachdem er den letzten Bissen zu sich genommen hatte.

»Rechnen Sie mit weiteren Angriffen?«, fragte Inge.

»Das ist nicht mehr auszuschließen. Die Truppen wurden bereits angewiesen, den Luftraum an den Küsten noch engmaschiger zu überwachen. Auch hier im Süden werden die Flakstellungen verstärkt.«

Preuss wirkte wie immer. Nach wie vor kein bezeichnender Blick. Keine zweideutige Anmerkung. Inge schloss daraus, dass sich seine Gedanken um den heutigen Angriff drehten und alles andere, vor allem Privates, für ihn als Offizier eine untergeordnete Bedeutung hatte.

Er trank einen weiteren Schluck Wein und lehnte sich entspannt zurück, wie er es für gewöhnlich nach einer Mahlzeit tat. »Die Schienen haben sie auch bombardiert. Wir müssen sehen, dass wir sie wieder flottkriegen. Im Moment liegt die Strecke still«, fuhr Preuss fort.

»Die Seilbahn lässt sich allerdings nicht mehr instand setzen«, warf Maria ein, während sie sich noch ein paar Kartoffeln auf den Teller schaufelte.

»Aber es hat doch geheißen, dass das Kloster sicher ist. Sie gehört zur Abtei und dient nur dem Zweck ihrer Versorgung. Wurde sie etwa zufällig getroffen?«, wunderte Inge sich.

»Es war einer der Unsrigen«, räumte Preuss Inges Eindruck nach etwas widerwillig ein.

»Er ist zu tief geflogen. Hat ein Trägerkabel erwischt. Es ist gerissen«, ergänzte Maria.

»Wir müssen uns morgen früh Trinkwasser besorgen. Es wird noch Tage dauern, bis die Leitungen repariert sind. Wenigstens das passiert freiwillig«, sagte Preuss. Inge konnte sich denken, was er damit meinte. Zwangsarbeit im Interesse der Wehrmacht.

»Schwester Inge. Von nun an begleiten Sie Maria jeden Morgen zur Einheit, jedenfalls so lange, bis wir einen Arzt vor Ort haben. Ich denke auch, es wäre ein wichtiges Zeichen unsererseits, wenn Sie sich täglich gegen Mittag zum Kloster begeben würden. Ich stelle Ihnen dazu einen Wagen. Dort wird es sicher nicht wenige Verletzte unter den Anwohnern geben, die dort Zuflucht gesucht haben. Es wird sich herumsprechen, dass wir hilfreich zur Seite stehen«, wies Preuss sie an, trank sein Glas Wein aus und erhob sich. »Wird ein harter Tag morgen«, fuhr er fort und verließ grußlos den Wohnraum. Das war Preuss. Er dachte anscheinend nicht an das Leid der Menschen, sondern war lediglich darauf bedacht, sich lieb Kind beim Kloster zu machen und der hiesigen Bevölkerung die Rolle der Wehrmacht als Schutzpatron zu verkaufen. Inge sah sich in ihrem Verdacht, dass sich die Wehrmacht den Stützpunkt nicht nur aufgrund seiner geografischen Besonderheit ausgesucht hatte, bestärkt. Die Abtei im Rücken, darauf hoffend, dass die Alliierten dem Kloster nicht zu nahe kamen. Wie schäbig.

Inge war unschlüssig, was sie am heutigen zwölften September mehr belastete. Dass eine deutsche Fallschirmjägereinheit Mussolini aus seinem Gefängnis in den Abruzzen befreit hatte oder die Konsequenzen aus Preuss' Anweisung. Sie ließ es nämlich nicht mehr zu, Lorenzo täglich um die Mittagszeit zu sehen. Die Vorstellung, dass er und Camilla am Vortag vergeblich auf sie gewartet hatten, ließ Inges Herz bluten. Sie hoffte, dass Lorenzo keine Repressalien oder Schlimmeres zu befürchten hatte, weil Preuss wusste, wer er war und wo er lebte. Es wäre ein Leichtes für ihn, den jungen Bauern verhaften zu lassen. Unter irgendeinem Vorwand. Darin war die Wehrmacht sehr erfinderisch, wie Inge mittlerweile wusste. Vielleicht machte sie sich auch nur verrückt. Am Ende machte Lorenzo sich mehr Sorgen um sie. Er konnte ja nicht wissen, dass Preuss ihr zumindest bis jetzt keine Schwierigkeiten gemacht hatte, weil er sicher ahnte, für wessen Herz ihres schlug. Inge hoffte darauf, dass Lorenzo nachts in ihrem Zimmer Licht brennen oder sie durch eines der Fenster gesehen hatte. Dann wüsste er zumindest, dass es ihr gut ging. Der neue Dienstplan war Inges Ansicht nach auch keine Repressalie, sondern eine schlichte Notwendigkeit. Morgens in Begleitung von Maria bei den Truppen am Hauptverbandplatz, zu dem das Lager geworden war, und nachmittags in der Abtei. Dort hausten die Geflohenen im Freien. Sie spazierten im Hof umher, kauerten erschöpft an den Wandungen der Kreuzgänge oder lagen auf Strohballen, verletzt oder um sich auszuruhen. Don Fontana hatte ihr heute, gleich nachdem sie in der Abtei erschienen war, mitgeteilt, dass sich mittlerweile über tausend Männer und Frauen, Greise, Gebrechliche und Kinder hierher begeben hatten. Sie waren obdachlos geworden. Die Verzweiflung und nackte Angst standen den Menschen ins Gesicht geschrieben. Die Mönche taten ihr Bestes und versorgten sie mit Nahrung. Don Fontana, aber auch Erzabt Diamare bezeichneten dies nicht als einen Akt der

Barmherzigkeit, sondern sahen es als selbstverständlich an, auch wenn das Kloster damit an seine Grenzen stieß. Räumlich wie auch bezüglich der ihm zur Verfügung stehenden Ressourcen. Vor allem das fehlende Wasser wurde zunehmend zum Problem. Die Seilbahn war funktionsunfähig. Es musste beschwerlich aus Brunnen gepumpt und von der Stadt hinauf auf den Berg gebracht werden. Hygieneprobleme blieben bei Wassermangel nicht aus. In fensterlosen Innenräumen blieb ihnen derzeit nichts weiter übrig, als Kerzen aufzustellen. Strom und Wasser standen auch zwei Tage nach dem Angriff nicht zur Verfügung und angeblich könne es noch länger dauern, bis alle Leitungen wieder instand gesetzt waren. Das Gleiche galt für die Post, die Telegrafenleitungen und das Telefonnetz. Der Nachschub an für Reparaturarbeiten dringend benötigten Materialien war ins Stocken geraten, weil die Via Casilina unter ständiger Kontrolle aus der Luft stand – eines der Dinge, die sie Don Fontana in Preuss' Auftrag mitgeteilt hatte. Er schwirrte auch heute in der Abtei umher wie ein Kolibri, ein guter Geist, der den Menschen Mut zusprach. Inge hätte das auch gerne getan, doch die wenigsten konnten auch nur einen einzigen Brocken Deutsch. Inges mittlerweile bescheidene Kenntnisse des Italienischen reichten jedoch, um sich um die obdachlos gewordenen Menschen, die sich Schrammen, Prellungen oder sonstige leichtere Blessuren zugezogen hatten, zu kümmern. Alle anderen hatten den Weg hierher erst gar nicht geschafft und waren, soviel Inge wusste, ins nächstgelegene Krankenhaus gebracht worden. Inge hatte daher gemessen an einem Kriegslazarett relativ wenig zu tun. Sie versorgte im Wesentlichen abheilende Wunden und wechselte Verbände. Eine Heiligsprechung schien ihr dennoch sicher zu sein, zumindest sah das die sechzigjährige Felomina so, die ihr Haus und ihr darin im Erdgeschoss befindliches Möbelgeschäft im Bombenhagel verloren hatte. Sie stand vor dem Nichts. »Mille grazie« aus so vielen Kehlen. Einerseits ging Inge dies zu Herzen, andererseits wusste sie, dass sie sich zu Preuss' Werkzeug machte. Genau das wollte er mit ihrer Hilfsaktion ja erreichen. Der Schadenfreude nach zu urteilen, als sich bis in die Abtei herumgesprochen hatte, dass Brindisi nun faktisch in den Händen der Briten war, schien Preuss' Rechnung nicht so ganz aufzugehen. Auch dass die deutschen Panzerverbände jüngst mit einer Offensive bei Salerno gescheitert waren, sorgte für allgemeine Heiterkeit, die den Umstand der Befreiung des Duces ein wenig erträglicher machte.

Während Inge die Reihen der in den Gängen Kauernden abschritt, hielt sie Ausschau nach Don Fontana. Den Kolibri erspähte sie auf dem Vorplatz zur Kathedrale. Inge winkte ihm zu, woraufhin er die Treppen hinuntereilte und sich zwischen den Schutzsuchenden einen Weg zu ihr bahnte.

Sie wartete auf Nachricht von Lorenzo. Hoffentlich war es Don Fontana möglich gewesen, ihn zu sehen. Er lächelte wie immer, wenn er ihr gegenübertrat. Das hatte demnach nichts zu bedeuten, oder vielleicht doch? Mit Sicherheit, denn er baute sich schweigend vor ihr auf und musterte sie für einen Augenblick amüsiert, bevor er endlich seinen Mund aufmachte. Dass sie vor Neugier platzte, ließ sich kaum verbergen.

»Es geht ihm gut.«

Inge fiel eine gefühlt tonnenschwere Last von den Schultern. »Was hat er gesagt?«

Don Fontana dirigierte sie in die Mitte des Kreuzganges und nahm auf einer Abmauerung Platz. »Dass er jede Minute an Sie denkt. Dem jungen Mann haben Sie ja ordentlich den Kopf verdreht«, sagte Don Fontana.

»Und sonst?«

»Das können Sie ihn morgen selbst fragen.«

»Aber ich habe doch keine Möglichkeit mehr…«

»Menschen, die Gutes tun, denen widerfährt Gutes«, sagte er geheimnisvoll lächelnd.

Inge wollte gerne daran glauben, doch hatte nicht den blassesten Schimmer, worauf er hinauswollte.

»Mein Neffe wird bei der Versorgung des Klosters gebraucht.«

»Heißt das, ich kann ihn hier sehen?« Inge konnte ihr Glück kaum fassen. Am liebsten wäre sie Don Fontana um den Hals gefallen. Der seufzte und schien sich über die Gefühlswallungen einer verliebten jungen DRK-Schwester zu amüsieren.

»Natürlich können Sie sich dann sehen«, sagte er.

»Und Preuss?«

»Sie wissen doch, dass kein deutscher Soldat das Kloster betreten darf«, sagte Don Fontana.

In Inges Ohren klang das wie eine göttliche Fügung.

Die Situation in Cassino war auch Tage nach dem Bombardement bei den noch verbliebenen Einwohnern zweifelsohne angespannt. Preuss war der Meinung, dass die Alliierten so lange keine Ruhe geben würden, bis der Ort von der Landkarte getilgt sei und die Italiener zu den Waffen griffen, um die Deutschen zu vertreiben. Inges bisherigen Erfahrungen nach hielten sich Animositäten gegenüber den Deutschen aber in Grenzen. Sollte er das ruhig denken, denn dies legitimierte ihre Anwesenheit im Kloster als die *gute Deutsche* und ermöglichte es, Lorenzo zu sehen. Inge verbrachte mittlerweile mehr Zeit in der Abtei als bei der Einheit, weil es dort derzeit immer weniger, oben auf dem Montecassino hingegen immer mehr zu tun gab. Das lag vor allem daran, dass Erzabt Diamare nach wie vor keinen der Schutzsuchenden abwies. Zu den Neuankömmlingen gehörten auch Benediktinerinnen und die Barmherzigen Schwestern sowie Waisenmädchen. Für sie diente das Kloster als Zwischenstation. Geplant war, sie nach Rom bringen oder von anderen Orden aufnehmen zu lassen, sobald die Transportwege dorthin als sicher galten. Der zweite Grund dafür, weshalb sie am Hauptverbandplatz nicht mehr gebraucht wurde, ergab sich am dreizehnten September. Eine deutsche Lazarettkolonne, die bisher in den Caracalla-Thermen in Rom stationiert gewesen war, hatte es geschafft, sich durch die inzwischen als *Todesschlucht* verrufene Via Casilina bis nach Cassino durchzuschlagen. Kein einfaches Unterfangen, wie Inge von Preuss erfahren hatte, denn britische Luftlandetruppen hätten sich just um diese Zeit in Kampanien absetzen lassen, um nach Salerno zu marschieren. Dass die Schwestern und Ärzte unbeschadet angekommen waren, grenzte Inges Ansicht nach an ein Wunder. Die medizinische Versorgung der hier stationierten Deutschen war nun gewährleistet. Sicher hatte die Heeresleitung dies nicht ohne Grund entschieden. Chaotische Zustände und eine näher rückende hart umkämpfte Front mit immer mehr verwundeten deutschen Soldaten machten ein Kriegslazarett unabdingbar. Bereits eine Woche später nahm die britische Armee Potenza und Bari im Süden ein. Auf Sardinien gab es keinen einzigen deutschen Soldaten mehr und in Norditalien wüteten die Besatzer. Inge erstaunte, dass Don Fontana die Ereignisse der letzten Tage kein einziges Mal kommentiert hatte. Es war ja ein Auf und Ab für die Deutschen und die Alliierten. Die einen erzielten Erfolge im Norden, die anderen im Süden – eine Situation, die jeden, der hier lebte, beschäftigte. Don Fontana anscheinend nicht. Vermutlich lag das daran, dass er in einer anderen Welt lebte, jenseits des Krieges, in der es nur Gott gab, als einzige Autorität, die weit über allem stand. In der Welt der Geistlichen gab es keine Fronten, keine Guten und keine Bösen. Er betete für alle, deren Familien zu Schaden gekommen waren. Montecassino war in diesen Tagen wie ein Ruhepol inmitten der stürmischen Zeiten. Lorenzo hingegen war Inges Einschätzung nach wesentlich empfänglicher für das Tagesgeschehen. Jeden Tag überbrachte er Neuigkeiten aus der realen Welt, die Inges friedvolle Stunden auf dem Montecassino umso wertvoller erscheinen ließen. Sie sahen sich täglich immer gegen eins. Inge hielt sich um diese Zeit bereits im Innenhof nahe dem Eingang auf. Der Wind trug auch heute das Geräusch des röhrenden Motors seines Vehikels, das sich Ape nannte, bis hinauf ins Kloster.

Schon als sein lärmendes Gefährt den Weg zum ersten Kreuzgang hinauffuhr, stellte Inge fest, dass Lorenzo heute weniger strahlte, als sie es von ihm gewohnt war. Am liebsten hätte sie ihn gleich in die Arme geschlossen, doch das hoben sie sich für später in den kühlen Gewölben auf, wo die meisten Sachen, die er brachte, gelagert wurden. »Zu viele Augen und zu viele Zungen«, hatte er ihr gesagt. Niemand der hier Anwesenden, sah man von seinem Onkel ab, durfte etwas davon mitbekommen, dass seine Fahrten nicht nur der Versorgung des Klosters dienten.

Das Fahrzeug war wie üblich vollbeladen mit Wasserfässern und mit Lebensmitteln gefüllten Kisten, vor allem Obst von den umliegenden Bauernhöfen, die das Kloster nach allen Kräften unterstützten. Er war nicht der einzige Fahrer, der dem Kloster überlebenswichtige Dinge brachte, doch wann immer er ankam, bildete sich eine kleine Menschentraube, eine Handvoll Mönche, die beim Tragen halfen, schaulustige Schutzsuchende und vor allem ihren Kindern, für die an manchen Tagen sogar Süßigkeiten heraussprangen. Wenn sie sahen, dass Lorenzo einen gefüllten Leinensack in der Hand hatte, gab es zu ihm kein Durchkommen. Lorenzo verteilte auch heute Süßigkeiten. Die juchzenden Kinder sorgten nun doch dafür, dass er strahlte. Das hielt aber nicht lange an. Inge sprach ihn erst darauf an, als sie zu ihm auf die Ladefläche der Ape gestiegen war, um ihm wie üblich dabei zu helfen, die leichteren Kisten abzuladen.

»Italien ist tot«, flüsterte er ihr zu, während er die nächste Kiste ablud.

»Was ist passiert?«, fragte Inge.

Lorenzo ließ sich mit seiner Antwort so lange Zeit, bis die Mönche mit den ersten Kisten bereits auf dem Weg zum Lager in den Kellergewölben waren.

»Wir sind jetzt die Italienische Sozialrepublik. Und sie wollen den Regierungssitz nach Salò legen. Italien ist in zwei Teile zerbrochen. Nord und Süd.«

»Salò am Gardasee?«

Lorenzo nickte. »Die Deutschen nennen es schon Republik Salò. Ich hab es vorhin im Radio gehört. Die ganze Stadt ist in Aufruhr«, sagte er.

»Italien eine Provinz des Reichs? Unter deutscher Regierung?«

»Von wegen. Sie haben Mussolini als Regierungschef eingesetzt. Es ist jetzt alles wieder wie früher, verstehst du?« Lorenzos Laune war unter diesen Umständen nur allzu verständlich. Das erklärte, warum die Wehrmacht den Duce befreit hatte. Ob Preuss das bereits wusste? Kein Wort war während ihrer abendlichen Unterredungen darüber gefallen.

»Aber der König hat ihn doch abgesetzt. Das Parlament hat sich gegen ihn gestellt.«

»Norditalien ist jetzt in deutscher Hand. Mussolini ist doch nur eine Marionette des Führers. Damit es außerhalb der Landesgrenzen so aussieht, als wäre Italien nicht besetzt.« Die Wut in seinem Bauch war spürbar. Er ließ sie an den Kisten aus. Er sprang vom Wagen und setzte sie so wütend ab, dass das Holz der Paneele sprang.

Einer der Mönche kam zurück und setzte dazu an, sich eine der beiden letzten Kisten vom Wagen zu holen.

»Schaffen wir schon«, sagte Lorenzo, woraufhin der junge Mönch ihm ein dankbares Lächeln schenkte und ging.

Inge nahm sich eine kleinere mit Äpfeln gefüllte Kiste. Lorenzo stieg auf die Ladefläche und griff sich die letzte größere, gefüllt mit Brot und Wasserflaschen. Er stieg vom Wagen, nahm sie wieder an sich und machte sich gemeinsam mit Inge auf den Weg zum Lager.

Auf den Treppenstufen hinunter in die Lagerräume fiel kein Wort. Lorenzo ließ sich Zeit und setzte die Kiste kurz auf den Treppenstufen ab. Inge wunderte sich darüber, denn an den Tagen zuvor hatte er eine Kiste gleichen Inhalts ohne Pause nach unten getragen. Erst als zwei Mönche an ihnen vorbeigegangen waren, hob er die Kiste wieder an und ging die letzten Stufen nach unten. Er stellte sie zu den anderen Kisten, aus denen Wasserflaschen ragten. Inge ihre zu den mit Lebensmitteln gefüllten. Sie waren nun allein hier unten. Lorenzo nahm sie endlich in die Arme. Allerdings weniger frenetisch als an anderen Tagen. Inge hatte das Gefühl, als würde er Halt an ihr suchen.

»Es wird nicht mehr lange dauern und sie werden dem Süden den Krieg erklären«, sagte er.

Inge wusste, was das hieß, und hatte sofort Bilder von der Front vor Augen.

»Vielleicht solltest du dich auch in der Schweiz in Sicherheit bringen. Wenn es mehr Verletzte gibt. Preuss wird dich in ein Lazarett abkommandieren und wer weiß, ob die Engländer es nicht auch bombardieren.«

»Und du?« Inge löste sich aus seinen Armen und sah ihm direkt in die Augen.

»Sie brauchen mich. Hier. Das weißt du doch«, sagte er.

»Ich bleibe auch hier. Die Menschen hier brauchen mich auch«, sagte Inge fest entschlossen.

Lorenzo nickte und fuhr ihr zärtlich durchs Haar. »Vermutlich haben wir beide eine Aufgabe, vor der wir uns nicht davonstehlen können«, sagte er und küsste sie. Flüchtiger als sonst. Sie waren nie lange allein hier unten. Lorenzo ging zu den Kisten mit den leeren Flaschen, die er für gewöhnlich mit zurücknahm. Wieso um alles in der Welt nahm er nicht einfach die nächstbeste? Er sah sich suchend um. Inge fiel nun auch ein roter Farbfleck auf dem Holz einer der hinteren Kisten auf. Lorenzo zog sie hervor und begutachtete sie. Er schob die Flaschen mit seiner Hand zur Seite, als ob er darin nach etwas suchen würde. Dann nahm er sich drei weitere kleinere Flaschen und stopfte sie in die Lücken der ohnehin schon fast randvoll gefüllten Kiste. Das Glas schepperte. Seine Muskeln spannten sich, als er sie anhob.

»Was ist da drin?«, wollte Inge wissen.

Lorenzo hielt für einen Moment inne und schwieg. Der Schweiß trat ihm auf die Stirn.

»Was ist da drin, Lorenzo?«

»Waffen«, gestand er dann.

Inge fror förmlich ein. Sofort hatte sie die erste Waffenlieferung auf dem Hof seiner Mutter vor ihrem geistigen Auge. Nun half er auch noch aktiv bei deren Beschaffung.

»Hier im Kloster? Bist du verrückt?«

»Emilio hat sie hergebracht. Jeder andere Ort wäre viel zu gefährlich.«

»Ihr wollt deutsche Soldaten damit töten?«

»Wir wollen uns verteidigen.«

Inge fehlten die Worte.

»Inge. Die Deutschen haben im Norden unsere Armee entwaffnet. Über zehntausend Offiziere und mehr als vierhunderttausend Soldaten. Sie wollen uns wehrlos machen. Wie Schlachtvieh. Das können wir nicht zulassen«, sagte Lorenzo.

Inge jagten tausend Gedanken durch den Kopf. Es war eine Sache, Menschen von hier fortzubringen, aber eine andere, in den Kampf zu ziehen. Doch hatten die Menschen eine andere Wahl?

Inge nahm sich noch eine der leeren Kisten. Eine für jede Hand, machte auf dem Absatz kehrt und ging schweigend nach oben. Was sie im Moment beruhigte, war sein Versprechen, das er ihr auf dem Hof seiner Mutter gegeben hatte. Niemals auf einen Menschen zu schießen.

Sagte man nicht immer, dass man sich an alles gewöhnte? Was Lorenzos Aktivitäten betraf, fiel es Inge schwer, auch wenn sie seine Beweggründe verstand. In jede Kiste passten maximal drei Waffen. Zwölf Gewehre hatten seither per Getränkelieferung die Besitzer gewechselt. Inge war sich bewusst, dass sie mittlerweile nicht nur eine Mitwisserin, sondern ein Teil des Widerstands geworden war, und das nicht nur ihm zuliebe. Heute Mittag hatte sie bereits auf den Treppen Schmiere gestanden. Am Vortag vorgetäuscht, auf den engen Stufen ausgerutscht und sich den Fuß verstaucht zu haben. Irgendjemand musste die Wasserkisten woanders hingestellt haben. Die mit der roten Markierung zu finden, hatte länger gedauert als sonst. Am schlimmsten belastete Inge jedoch der Verrat an Don Fontana, der ihr uneingeschränkt vertraute. Ihr half darüber hinweg, dass sie letztlich etwas Gutes für das Land tat, für seine Freiheit. Ein doppeltes Spiel sowohl im Kloster als auch in ihrer Rolle als der Wehrmacht Dienenden. Dachte sie an das Reich, fiel ihr dieser Verrat leicht, dachte sie an Preuss, ließ sich das schlechte Gewissen nicht gänzlich abstellen. Dass er sie seit zwei Wochen nicht darauf angesprochen hatte, warum sie mit Lorenzo vor dem Bombardement auf seiner Plantage gewesen war, kam noch mit hinzu. Inge glaubte, ihm etwas schuldig zu sein. Einmal im Garten für ihn zu spielen und ihn zu bekochen, wog das freilich nicht auf. Letzteres war heute Abend dank Preuss' Kriegsbeute nicht nötig. In zwei Säcken hatte er sie am frühen Abend hergebracht. Von der Front in Salerno. Dies erklärte auch, warum er seine Springerstiefel mit Gummisohle und seitlicher Schnürung gegen einen Schnürstiefel aus Naturleder eingetauscht hatte. Der Schuh des Feindes »made in England«.

Die Nahrung des Feindes verzehrten sie wie in den letzten lauen Spätsommertagen auch im noch intakten Teil des Gartens.

»Dabei sagt man doch immer, die englische Küche sei die schlechteste der Welt.« Preuss hatte mittlerweile die zweite Dose mit Corned Beef geöffnet und verschlang es zu den Kartoffeln und dem Gemüse mit großem Appetit. Inge und Maria teilten sich den Inhalt einer. Inge mochte es nicht sonderlich, weil das Fleisch sehnig war und der Inhalt nicht definierbar. Aber allemal besser als *Asino con Cane*, Dosenfleisch, das die hier Ansässigen *Alter Mann mit Hund* nannten – manche auch *Toter Mussolini*, wie Lorenzo ihr erzählt hatte.

»Hab heute erfahren, dass der Vatikan die SRI diplomatisch anerkennt. Wäre ja noch schöner, wenn der Papst es wagen würde, uns in den Rücken zu fallen«, sagte Preuss mit halb vollem Mund. Mit SRI meinte er die neu gegründete Italienische Sozialrepublik mit dem zur Marionette gewordenen Duce an der Spitze. Die Reaktion des Heiligen Stuhls hielt Inge für fragwürdig, schließlich war es eine der ersten Maßnahmen der SRI gewesen, dem Königreich Italien im Süden den Krieg zu erklären.

»Die Leute in der Stadt wissen gar nicht mehr, woran sie sind«, sagte Maria. Auch das hatte ihr Lorenzo heute Mittag berichtet. Erst Waffengenosse an der Seite des Reichs, dann von der Wehrmacht besetzt, erneut vom Duce regiert und nun waren Teile des im Süden lebenden eigenen Volkes plötzlich der Feind.

»Was sagt man im Kloster dazu?«, wollte Preuss von Inge wissen.

»Gar nichts. Was die Leute untereinander reden, vermag ich natürlich nicht zu beurteilen. Dafür reichen meine paar Brocken Italienisch nicht, aber die Abtei selbst sieht sich als neutral.«

»Ich habe heute jemanden auf dem Markt getroffen, der nach dem ersten Angriff Zuflucht im Kloster gesucht hat. In den höchsten Tönen hat er von Ihnen geschwärmt, Schwester Inge«, sagte Maria.

»Dafür ist sie ja da. Vermutlich hätten sie ohne Inges Wirken unser Haus schon längst in die Luft gesprengt«, sagte Preuss.

An diesem Aspekt ihrer Tätigkeit hatte Inge noch gar nicht gedacht.

»Wir müssen trotzdem vorsichtig sein. Im Norden formiert sich der Widerstand. Nicht nur auf den Straßen. Schon seit Anfang September. Auch politisch. Gegen den italienischen Faschismus und die nationalsozialistischen Kräfte wollen sie kämpfen, diese *Resistenza*. Aber für was kämpfen sie eigentlich? Für welche Ideale? Für die Freiheit? Dass ich nicht lache. Selbst wenn der Krieg einmal vorbei ist. Er setzt sich doch letztlich immer fort, nur mit anderen Mitteln. Es kommen andere Faschisten, die sie regieren werden. Es geht doch immer nur um Macht und Geld. Der Mensch ist ständig im Krieg. Er kämpft um sein Überleben, versucht das Beste herauszuholen. So tickt nun einmal die Welt«, predigte Preuss.

»Wenigstens sterben dann nicht so viele Menschen«, widersprach Inge, auch wenn sie ihm im Kern zustimmte. Ihr Vater vertrat schlussendlich die gleiche Ansicht.

Preuss nickte zögerlich und spülte das Corned Beef mit einem Schluck Wein herunter.

»Stadtfahrten ab morgen nur noch mit Eskorte. Wir müssen vorsichtig sein«, sagte Maria.

»Nach Cassino?« Inge hielt das für übertrieben.

»Heute wurde auf einen deutschen Soldaten geschossen. Am Stadtrand. Von einem Dach aus. Nicht sehr zielsicher. Bewegliches Objekt. Der Landser fuhr langsam. Der Schütze war Zivilist. Sie haben ihn geschnappt. Zwei Mann sind ihm hinterher. Mit dem alten Gewehr hätte nicht einmal ein Scharfschütze der Waffen-SS getroffen. Eine alte Jagdflinte. Wahrscheinlich klauben sie alles zusammen, was sie finden können«, sagte Preuss.

»Was wird mit ihm geschehen?«, fragte Inge.

Damit stieß sie bei Preuss nicht auf Wohlwollen. Er sah sie so an, als ob er förmlich auf ihre Nachfrage gewartet hätte. »Er war kein kleiner Junge mehr und hatte die Waffe noch in der Hand, als sie ihn erwischten. War etwa so alt wie dieser Bauernbursche in der Nachbarschaft. Sah ihm sogar ähnlich. Ich habe dafür gesorgt, dass er ein anständiges Begräbnis bekommt«, sagte Preuss und sah sie dabei eindringlich an.

Inge stockte der Atem. Was wollte er ihr damit sagen? Die zusammengeklaubten Waffen. Inge konnte sich denken, woher sie stammten. Hatte Preuss etwa Wind davon bekommen? Dass sie innerlich bebte, entging dem Instinkt eines Wolfes nicht. Schweiß trat Inge auf die Stirn, aus Angst um Lorenzo. Wieso sagte Preuss nichts? Maria warf ihr bereits einen verwunderten Blick zu. Eines wurde Inge nun klar: Die Zurückweisung steckte tief in seinen Knochen, andernfalls würde er sie nicht so lüstern ansehen, sich an ihrer Angst weiden.

»Unsere Inge ist nun mal nicht für den Krieg geschaffen, aber das ist auch nicht ihre Aufgabe.« Preuss gab sich versöhnlich.

»Er hätte den Soldaten kaltblütig erschossen«, sagte Maria eindringlich an Inge gerichtet.

Inge nickte. Da biss die Maus keinen Faden ab.

»Aber wird das die hiesige Bevölkerung nicht gegen uns aufwiegeln?« wandte Inge trotzdem ein. Sie fragte es eigentlich nur, um nicht wie eine zu warmherzige naive Sympathisantin dazustehen, aber auch, um ihre Betroffenheit zu legitimieren.

»Sie kennen doch den Spruch, Schwester Inge. Zuckerbrot und Peitsche. Sie sind das Zuckerbrot«, sagte Preuss begleitet von einem Lächeln, das zynischer nicht sein konnte. Und das Schlimmste daran war, dass sie, wenngleich aus anderen Gründen, genau in die von ihm zugedachte Rolle geschlüpft war. Dass ihr dies zugleich die Möglichkeit gab, mehr als nur Zuckerbrot zu verteilen, gab ihr die Kraft, sein Lächeln trotz des in ihr aufgestiegenen Widerwillens zu erwidern.

KAPITEL 19

Schon über zwei Wochen war im Kloster darüber spekuliert worden, wann der Süden Italiens unter der Regierung von Badoglio dem Deutschen Reich und somit auch dem Norden Italiens, also dem eigenen von Deutschen besetzten Volk, im Gegenzug den Krieg erklären würde. Lorenzo hatte genau wie Preuss diesen Gedanken nahezu täglich geäußert, während sie seine Lieferungen im Keller verstauten. Damit hatten sie sich jedoch noch bis zum dreizehnten Oktober gedulden müssen. Inge war sich sicher, dass dieser Tag in die Geschichte des Landes eingehen würde. Dass dies auf Druck Großbritanniens und den USA erfolgt war, wusste jeder, doch das änderte nichts an einer zunehmenden Verunsicherung der Bevölkerung, die dadurch noch einmal Schub erhielt. Auch unter den Schutzsuchenden im Kloster mehrten sich die Stimmen, dass ihr Land alles Unheil nur den Deutschen zu verdanken hätte. Neu war, dass dies nun sogar in Inges Gegenwart geschah, aber immer mit dem Beisatz, dass die Deutschen selbst wahrscheinlich gar nichts dafürkonnten. Auch Don Fontana vertrat mittlerweile die Meinung, dass die weltlich Mächtigen die Menschen nur als Spielball für ihre Interessen benutzten. Was, außer für sie zu beten, konnte ein Mönch schon tun? Was, außer sich zu wehren, die italienische Bevölkerung? Vor drei Tagen hatte es am

Abend weitere Luftangriffe auf den Ort gegeben und somit noch mehr Flüchtlinge in der Abtei. Das Gästehaus war bereits überbelegt. Die Mönche hatten mit Hilfe der wenigen unversehrten Männer eine Behelfswand zum Trakt, in dem sie wohnten, gezogen, um einen neuen Raum zu schaffen. Frauen brachte man mittlerweile in den Wohnräumen des Kardinals unter. Die Kreuzgänge und anderen Gänge waren bepackt mit Kisten, Koffern und Säcken. Es wurde eng hier oben und dementsprechend hatte Inge noch mehr zu tun. Die nackte Angst ging mittlerweile auch bei den Geistlichen um, denn eine Bombe war in unmittelbarer Nähe des Klosters detoniert. Preuss hatte dies als Trefferungenauigkeit deklariert, doch es änderte nichts an der Tatsache, dass ein Teil der Fassade Splitter abbekommen hatte und nun beschädigt war. Was war die Zusicherung und die bisher an den Tag gelegte Gewissheit der Deutschen, dass der Abtei nichts passieren würde, dann noch wert? War es unterm Strich da noch verwunderlich, dass es zu weiteren unangenehmen Zwischenfällen kam, wie Preuss es am Vorabend bezeichnet hatte? Unmittelbar nach dem letzten Bombardement war es zu einem erneuten Angriff auf deutsche Soldaten gekommen. Die beiden mutmaßlichen Attentäter hatte die Wehrmacht gestern ausfindig gemacht und inhaftiert. Wenn Zeugen sie identifizierten, drohte ihnen der Tod. Mit maximaler Härte wollte Preuss diesem Pack begegnen. Beim Abwasch in der Küche hatte Inge von Maria gestern Nacht zu ihrem Entsetzen erfahren, dass dies mehr als nur die Erschießung der beiden Attentäter bedeutete. Zur Abschreckung sollten deren Familien gleich mit exekutiert und ihre Häuser abgebrannt werden. Inge machte das sehr zu schaffen. Wie konnten Menschen nur so grausam sein? Es galt, keine Zeit mehr zu verlieren. Eigentlich hatte Inge geplant, zu warten, bis Lorenzo wie üblich gegen Mittag in der Abtei eintraf, doch sie wusste, dass Preuss niemand war, der Dinge auf die lange Bank schob. Sobald einer der Soldaten das Bewusstsein wiedererlangte, konnte er die Attentäter höchstwahrscheinlich identifizieren. Inge musste handeln und entgegen ihrem Vorsatz, niemanden im Kloster mit Tagesgeschehen zu behelligen, mit Don Fontana über diesen Vorfall sprechen. Den Kolibri gleich nach ihrer Ankunft in der Abtei ausfindig zu machen, war nicht das Problem, doch Inge war sich nicht sicher, ob er dazu bereit war, sich ihres Anliegens anzunehmen.

»Guten Morgen, Inge. Wenn Sie so eifrig weitermachen, wird eines Tages neben dem Heiligen Benedictus noch eine zweite Statue stehen«, sagte er mit einem in diesen harten Zeiten seltenen herzerfrischenden Lächeln. Es war trotz der Ernsthaftigkeit ihres Anliegens ansteckend, sodass Inge es erwiderte.

»Wir stoßen bald an unsere Grenzen«, fuhr er fort und blickte sich auf dem Gang um. »Man kann sich ja kaum noch fortbewegen.«

»So schnell wird sich das auch nicht ändern«, pflichtete Inge ihm bei. »Hätten Sie fünf Minuten für mich? Ich müsste Sie dringend sprechen. In einer ernsten Angelegenheit«, gab Inge ihm zu verstehen.

In dem Moment hörte sie jemanden nach Don Fontana rufen. Er sah sich suchend um und erspähte den Mönch am Ende des Kreuzganges, der ihn offenbar suchte. »Ich komme gleich«, rief er ihm zu.

»Es hat wieder ein Attentat auf deutsche Soldaten gegeben. Einer ist tot«, sagte Inge.

Don Fontanas Lächeln verflog.

»Wir besprechen das besser unter vier Augen«, schlug er vor und bedeutete ihr, ihm zu folgen. Inge kannte die Wege des Klosters mittlerweile in- und auswendig. Sie war sich sicher, dass er sie in einen der Räume des Archivs führen würde. Inge täuschte sich nicht. Keine fünf Minuten später hatten sie einen spärlich, nur mit einem Tisch und Stühlen eingerichteten Raum für sich. Er befand sich unmittelbar neben dem Eingang des Archivs. Don Fontana rückte ihr einen Stuhl zurecht und nahm dann selbst Platz.

»Ich habe gestern erfahren, dass Einwohner im Viertel San Antonio zwei deutsche Soldaten angegriffen haben. Es war ein feiger Hinterhalt auf der Straße. Einer der Deutschen ist tot. Der andere schwer verletzt. Er hat das Bewusstsein verloren, aber es besteht Hoffnung, dass er durchkommt und die Attentäter identifizieren kann. Es waren zwei. Oberstleutnant Preuss hat gestern verlauten lassen, dass sie die beiden gefasst haben. Sie bestreiten ihre Schuld.«

Don Fontana brauchte anscheinend einen Moment, um diese schlechten Neuigkeiten zu verdauen. »Hat man sie auf frischer Tat ertappt?«

»Nein. Aber Soldaten der Nachhut wurden auf sie aufmerksam. Sie haben sich schnell entfernt. Die Waffen hat man in unmittelbarer Nähe gefunden.«

»Es ist unter diesen Umständen bereits ein Wunder, dass sie sie nicht gleich erschossen haben«, sagte er.

»Ihnen blüht Schlimmeres. Sie wollen ihre Familien hinrichten. Zur Abschreckung. Sippenhaft.«

Don Fontana traf diese Nachricht sichtlich.

»Könnten Sie eventuell mit dem Erzabt sprechen? Er stellt sich doch gut mit Generaloberst Hube, soviel ich weiß.«

»Das ist richtig. Aber wenn sich herausstellt, dass es die beiden waren, wird Diamare nichts bewirken können.«

»Aber vielleicht erreicht er, dass wenigstens ihre Familien verschont werden. Frauen und Kinder. Sie sind doch unschuldig.«

»Wir haben uns vorgenommen, uns nicht in politische Angelegenheiten einzumischen, schon gar nicht in den Krieg, aber ich werde mit Diamare sprechen«, sicherte Don Fontana ihr zu.

»Ich danke Ihnen von Herzen.«

Don Fontana sah sie für eine ganze Weile nachdenklich an. »Manchmal frage ich mich, ob Sie ein Engel gesandt hat, Schwester Inge.« Don Fontana fand sein Lächeln wieder.

Inge erwiderte es, auch wenn sie wusste, dass sie der Teufel in dieses Kloster geschickt hatte, vielmehr einer seiner Handlanger, der sich anscheinend noch nicht zwischen Himmel und Hölle entschieden hatte.

Inge konnte es gar nicht erwarten, endlich allein mit Lorenzo im Gewölbe des Lagers zu sein. Die Wasserlieferung lief wie jeden Tag nach Plan, doch Inge hatte bereits der Magen angefangen zu zittern, als sie ihn nur die Treppen hinunter ins Gewölbe begleitete. Lorenzo hingegen zeigte angesichts des Attentats auf deutsche Soldaten vor Ort keine Anzeichen von Irritation. Kein Wort darüber. Er schien noch nicht einmal das Gespräch mit ihr zu suchen. Stattdessen hatte er es eilig, sie in den Arm zu nehmen, doch Inge versteifte bei seinem Versuch, was ihm natürlich nicht entging.

»Was ist?«, fragte er sie unbefangen.

»Das kann nicht so weitergehen, Lorenzo.«

Er sah sie nur irritiert an.

»Ein deutscher Soldat wurde erschossen. Einer ist schwer verletzt und hat sein Bewusstsein noch nicht erlangt. Sie sind Opfer von hiesigen Partisanen geworden«, hielt sie ihm vor.

»Ich hab davon gehört. Die halbe Stadt spricht darüber«, erwiderte er.

»Und mehr hast du mir dazu nicht zu sagen?«, empörte Inge sich.

»Sie haben die Waffen nicht von uns.«

»Spielt das überhaupt eine Rolle, woher sie die Waffen haben? Sinnloses Blutvergießen, auf beiden Seiten.«

»Sie besetzen unser Land«, versuchte er, sich zu rechtfertigen.

»Wer ist sie? Die beiden Soldaten? Es waren junge Kerle, die auch Mütter und Familie und vielleicht sogar Kinder haben. Wer sagt denn, dass sie nicht nur widerwillig Befehle ausführen? Keine Möglichkeit hatten, sich der Einberufung zu entziehen?«

»Haben wir eine Möglichkeit, uns dem Krieg zu entziehen? Wir haben ja jetzt schon so viele Tote zu beklagen, nur weil die deutschen Truppen sich feige unter dem Rock des Klosters verkriechen. In der Hoffnung, hier vor Angriffen sicher zu sein.«

Inge holte tief Luft. Sosehr sie das Attentat auf die beiden deutschen Soldaten verabscheute, auch Lorenzos Sicht der Dinge war nicht von der Hand zu weisen.

»Die beiden wurden verhaftet und sollen erschossen werden. Und ihre Familien. Ich habe Don Fontana gebeten, mit Diamare zu sprechen, um wenigstens das noch abzuwenden.«

Lorenzos Rage, in die er sich geredet hatte, schlug in Betroffenheit um. »Sie wollen deren Familien erschießen?«

»Und deren Häuser niederbrennen. Verstehst du jetzt, warum du damit aufhören musst? Warum alle damit aufhören müssen?«

Lorenzo schwieg und schien in sich zu gehen.

»Ihr dürft auch diesen Ort nicht länger dafür missbrauchen«, sagte sie dann.

Lorenzo sagte nichts darauf, doch Inge konnte ihm ansehen, wie es in ihm arbeitete. »Ich möchte auch nicht, dass du dich in Gefahr bringst«, fuhr Inge fort.

»Ich habe dir mein Versprechen gegeben, dass ich die Waffen nie nutzen werde, doch wenn andere für ihr Vaterland kämpfen wollen, kann ich es ihnen doch nicht verbieten. Noch nicht einmal verübeln. Kannst du das denn nicht verstehen?«

Nun war Inge es, die schwieg. Natürlich konnte sie es verstehen, auch wenn sie es nicht guthieß.

»Das letzte Mal. Nur noch heute. Dieses eine Mal«, sagte Lorenzo dann.

Inge sah ihm direkt in die Augen.

»Bitte glaub mir«, verlangte er.

Inges Gedanken drehten sich im Kreis. Die vielen Bilder von den Toten an der Ostfront geisterten durch ihren Kopf. Die Spur der Verwüstung, die dieser Krieg auch hier bereits hinterlassen hatte. Inge nickte. Sie hatte kein Recht, mehr von Lorenzo zu verlangen. Je länger die deutschen Truppen hier waren, desto länger würde der Krieg dauern. Auch das wusste sie.

Lorenzos versöhnliche Umarmung tat gut. »Du musst mir glauben«, flüsterte er ihr zu.

Natürlich glaubte sie ihm, doch das würde das sinnlose Blutvergießen nicht aufhalten. Eine bittere Erkenntnis über die sie weder sein Versprechen noch seine Umarmung hinwegtrösten konnte.

Der Krieg war voller moralischer Widersprüchlichkeiten und forderte das Gewissen der Menschen unentwegt heraus. Das galt auch für Inge, wie sie sich heute Morgen nach nahezu schlafloser Nacht hatte einräumen müssen. Und das nagte ordentlich an ihr. Lorenzos bisherige Tauschaktionen unterstützt zu haben und zugleich den Erzabt um Hilfe zu bitten, war eines dieser Dinge, die sich moralisch betrachtet in einer Grauzone befanden. Darüber erleichtert zu sein, dass ein deutscher junger Soldat noch nicht aus dem Koma erwacht war, erschien ihr nahezu verwerflich. Normalerweise wünschte man niemandem etwas derartiges, doch der Krieg schrieb andere Gesetze. Von seiner Bewusstlosigkeit hing das Leben zweier Familien ab und das wiederum von einem Erzabt. Inge hielt daher gleich in der Früh nach Don Fontana in der Abtei Ausschau. Doch der schwirrte nicht wie sonst üblich durch die Gänge, um den Geflüchteten und Verletzten Mut zuzusprechen, mit ihnen zu beten, sie zu segnen oder einfach nur zu plaudern, sondern schien im Moment seine Rolle als Fremdenführer einzunehmen. Es waren aber keine normalen Besucher, sondern zwei Uniformierte der Wehrmacht. Ranghoch, worauf sich aufgrund der Dekoration ihrer Uniformen schließen ließ. Den einen schätzte Inge auf um die fünfzig. Ein drahtiger Mann mit kantigen und fast schon verhärmten Gesichtszügen. Der andere wirkte jünger, hatte volleres Haar und schien auf den ersten Blick umgänglicher zu sein. Er trug ein Lächeln im Gesicht. Der andere nur schmale aufeinandergepresste Lippen. Don Fontana gestikulierte mal in die eine, mal in die andere Richtung. Die beiden folgten seinen Gesten und besahen sich die eine oder andere Besonderheit des Klosters. Als sie die Treppe erreicht hatten, die zur Kathedrale führte, eilte ein Mönch aus dem Kreuzgang zu ihnen, der sich an den grimmig dreinsehenden Wehrmachtsoffizier wandte. Der verabschiedete sich daraufhin von Don Fontana und folgte dem Mönch in die Richtung, aus der er gekommen war. Inges Neugier war geweckt. Während sie zügig den großen Platz unterhalb der Kathedrale überquerte, beschränkte sie sich darauf, die Menschen, die sie kannte, nur im Vorbeigehen zu grüßen – in der Hoffnung, noch mitzubekommen, wer die Besucher waren.

Don Fontana wurde auf sie aufmerksam. Er winkte sie zu sich her. Inges Neugier auf die beiden Besucher stieg ins Unermessliche. Hatte Preuss ihr nicht gesagt, dass kein deutscher Wehrmachtsangehöriger das Kloster jemals betreten würde?

»Darf ich vorstellen? DRK-Schwester Inge. Doktor Maximilian Becker. Inge ist des Klosters gute Seele. Sie kümmert sich um Verwundete und die Menschen, die hier Zuflucht suchen«, sagte Don Fontana.

Becker reichte ihr sofort die Hand. »Das ist ja eine Überraschung. Ich wusste gar nicht, dass das DRK hier tätig ist.«

»Ich bin im Auftrag von Oberstleutnant Preuss hier.«

»Ah. Preuss«, sagte Becker nur.

»Und Sie sind Arzt? Der neue Stabsarzt?«

»Ich war in der Tat für einige Zeit als Stabsarzt tätig«, führte Becker aus.

»Gefällt Ihnen das Kloster?«, fragte Inge unbedarft. Einen anderen Grund für seinen Besuch, als es zu besichtigen, konnte Inge sich nicht denken.

»Zweifelsohne ein bemerkenswertes Bauwerk, das es auf jeden Fall zu schützen gilt«, sagte er auch mit Blick auf Don Fontana.

»Die beiden hohen Herren sind hier, weil sie genau wie wir die Sorge teilen, dass Montecassino doch einem Angriff der Alliierten zum Opfer fallen könnte«, erklärte Don Fontana.

Becker nickte und blickte sich um.

»Soll das Kloster geräumt werden?«, wagte Inge zu fragen.

»Wir wollen das Archiv und die Bibliothek in Sicherheit bringen. Nach Rom.«

»Und die Menschen hier?« Inge erinnerte sich an das Gerücht der Alliierten, dass die Deutschen vorhatten, sich die Kunstschätze der Abtei unter den Nagel zu reißen. Ausschließen ließ sich das ja nicht.

Becker tauschte einen Blick mit Don Fontana. Er war es, der Inges Frage beantwortete.

»Ein Teil der Brüder wird wohl das Kloster verlassen«, sagte Don Fontana.

Becker nickte und blickte dann auf seine Armbanduhr. »Ich werde abgeholt«, sagte er nur. »Meine Dame. Don Fontana. Ich finde schon hinaus.« Becker empfahl sich mit einem höflichen Lächeln und ging zügigen Schrittes zum Kreuzgang, der hinunter zum Ausgang führte.

Don Fontana sah ihm eine Weile in Gedanken nach.

»Sie wollen die Kunstschätze retten? Nach Rom bringen?« Inge konnte das kaum glauben.

»Ich gehe davon aus. Becker scheint den unermesslichen Wert unserer Bibliothek und des Archivs zu kennen. Er hat Kunstgeschichte studiert und war bei Ausgrabungen auf Expedition in Persien.«

»Und der andere?«

»Oberstleutnant Julius Schlegel von der Göring-Division. Ebenfalls ein Kunstkenner. Er soll den Abtransport organisieren, sofern es überhaupt dazu kommt. Er spricht wahrscheinlich gerade mit Diamare.«

»Allein? Ohne Becker?«

»Ich habe ungewollt einen Teil des Gesprächs zwischen den beiden mit angehört, als sie auf mich warteten. Es scheint Beckers Idee gewesen zu sein, der Wehrmacht vorzuschlagen, das Archiv und die Bibliothek in Sicherheit zu bringen. Nun behauptet Schlegel aber, dass der Vorschlag von ihm kam. Soviel ich herausgehört habe, hat Becker es erst kürzlich einem Major Freigang vorgetragen. Doch der hat wohl wider Erwarten Schlegel den Vorzug gegeben, die Mission logistisch durchzuführen.«

»Hat Becker denn schon mit dem Erzabt gesprochen?«

»Ja. Und das hat mich gewundert. Sie hätten sich ja auch gemeinsam mit ihm besprechen können.«

»Und wer von beiden glauben Sie, schmückt sich mit fremden Federn?«

»Beide, denn wie ich von unserem Don Tomaso weiß, hatten zwei Franziskanerbrüder vom kleinen Konvent San Antonio nahe Reano die Idee zuerst bei Becker ins Spiel gebracht. Vater Giovanni Giuseppe Carcarterra und Baldessare Califano. Ein einziger Jahrmarkt der Eitelkeiten«, stellte Don Fontana kopfschüttelnd fest.

»Schlegel und Becker sind sich also nicht grün?«

»Was heißt das schon? Ich mache mir eher Gedanken um unsere wertvollen Bücher und Schriften.«

»Und all die anderen Dinge, die hier sind. All die Kunstschätze?«

»Ich hoffe, sie bringen sie auch wirklich nach Rom«, sagte Don Fontana mit sorgenvoller Miene.

Er machte sich anscheinend die gleichen Sorgen. Wer wusste schon, was die Wehrmacht tatsächlich damit anstellte. Besatzer, die ein Land rücksichtslos unterwarfen. Konnte man ihnen trauen?

»Übrigens. Ich habe mit Diamare gesprochen. Wegen Hube«, sagte Don Fontana dann unvermittelt.

»Wird er ihm schreiben?«

»Er hat es mir versprochen«, erwiderte er.

»Hoffentlich erreicht der Brief Hube noch rechtzeitig.«

»Wir werden ihn per Boten zustellen. Ich hoffe, Sie finden dann Ihr Seelenheil.«

Inge ersparte sich die Antwort. Er las es sicher in ihrem Gesicht.

Preuss wäre nicht Preuss gewesen, wenn er sich die Gelegenheit hätte entgehen lassen, die Herren Becker und Schlegel persönlich kennenzulernen. Kunstliebhaber unter sich. Es hatte Inge daher überrascht, zu hören, dass nur der Herr Oberstleutnant Schlegel heute Abend auf ein Glas Wein vorbeikommen würde.

»Und Herr Maximilian Becker?« Inge hatte keck nachgefragt. Schlegel sei mit der Evakuierung beauftragt, somit für Preuss der wichtigere Mann. Inge wusste von Don Fontana, dass ein Generalleutnant Conrath, der Kommandant der Göring-Division, Schlegel dazu auserkoren hatte, sich um den Abtransport der Kunstschätze zu kümmern. Die Angelegenheit war offenbar heikel, denn es ging auch um Kunstschätze des Museums aus Neapel, eine Leihgabe an das Kloster zur Sicherheitsverwahrung. Und die musste nun erneut in Sicherheit gebracht werden. Die Ironie des Krieges.

Schon als Schlegel gegen halb acht mit einer Flasche Wein in der Hand vor der Tür gestanden hatte, stellte Inge fest, dass ihr erster optischer Eindruck aus der Distanz sich bestätigte. Im Gegensatz zu Beckers einnehmender Art wirkte Schlegel eher förmlich. Ein Wunder, dass er einer einfachen DRK-Schwester, die er wohl zunächst für eine Bedienstete gehalten hatte, überhaupt die Hand gab. Die hatte er zuerst der uniformierten Maria gereicht. Was war ein Mensch ohne Uniform wert? Inge beschloss, es ihm nicht vorzuhalten. Am Ende gebot es die Höflichkeit, seinesgleichen zuerst zu begrüßen – wenigstens ohne flach nach oben ausgestreckte Hand. Ein Pluspunkt für Schlegel.

»Schwester Inge ist täglich im Kloster. Sie hilft, wo sie nur kann, und man könnte sie getrost als unsere Botschafterin bezeichnen.« Erst nachdem Preuss sie dahingehend vorgestellt hatte, schien sie für jemanden wie Schlegel von Interesse zu sein. Ein verwunderter Blick, als sie sich auf der Terrasse im Garten zu ihnen gesellt hatte, war dann auch ausgeblieben. Anscheinend wusste Preuss noch recht wenig von Schlegel. Er ließ ihn zunächst aus seinem Leben und seiner Karriere bei der Wehrmacht erzählen und fragte genau wie Maria interessiert nach. Und wie die beiden schon nach dem ersten Glas Wein mit ihren bisherigen Kriegserfahrungen prahlten. Zwei Gockel unter sich. Gesucht und gefunden. Schlegel lief Preuss jedoch den Rang ab. Schon im Ersten Weltkrieg sei er als junger Kerl mit dabei gewesen. Was konnte schöner sein, als das Vaterland zu verteidigen. Inge hatte diesbezüglich viele Alternativen im Kopf, behielt sie aber geflissentlich für sich und tat sich lieber am italienischen Gebäck und den Knabbereien gütlich, die Preuss anlässlich des hohen Besuchs aus der Bäckerei besorgt hatte. Einer der besten Flieger sei Schlegel gewesen, aber auch in der berittenen Artillerie habe er sich seine Lorbeeren verdient. Jedes Jahr Berliner Opernball – verstand sich anscheinend von selbst. Florenz sei seine zweite Heimat, genau wie die dortigen Uffizien. Dem noch nicht genug. Schlegel rühmte sich sogar damit, einer der ersten Gründer der Nationalsozialistischen Partei Österreichs gewesen zu sein. Ein Aufschneider vor dem Herrn. Inge amüsierte das. Sie zollte ihm bewusst Bewunderung, weil Preuss sich an Schlegels Seite offensichtlich etwas blass vorkam. Geschah ihm recht, dem Gewinner. Sollte er sich ruhig auch einmal klein fühlen. Natürlich sei die Idee, der Menschheit wertvollste Kunstschätze zu retten, auf Schlegels Mist gewachsen. Inge wusste es inzwischen besser, doch schwieg sich aus.

»Wird Diamare mitspielen?« Diese Frage interessierte Preuss am brennendsten.

»Er hat keine andere Wahl. Beraten will er sich, aber sind wir mal ehrlich. Es wäre eine Katastrophe, wenn Bomben auf dieses Kloster fallen würden.«

»Rechnen Sie damit?«, fragte Inge.

»Es wäre aufgrund der aktuellen Lage töricht, es auszuschließen. Die Alliierten haben bereits Rom bombardiert. Außerdem brauchen sie den Zugang zum Liri-Tal, sonst stecken sie im Süden fest. An unseren Stellungen werden sie wohl kaum ohne massive Angriffe aus der Luft vorbeikommen«, erwiderte Schlegel.

»Was brauchen Sie an Männern und Material?«, fragte Preuss.

»So viele wie sie entbehren können. Sie können sicher auch Freiwillige mobilisieren. Die Ansässigen hier haben ganz bestimmt reges Interesse daran, alles, was an Wertvollem im Kloster lagert, in Sicherheit zu bringen. Und wem das egal ist, dem geben wir zwanzig Zigaretten pro Tag. Das wirkt oft Wunder. Es muss aber schnell gehen. Das Oberkommando hat diese Aktion genehmigt, aber übergeordnete geopolitische Interessen sollten dabei nicht vernachlässigt werden. Wir dürfen unsere Soldaten nicht zu lange damit beschäftigen«, erläuterte

Schlegel. Damit meinte er im Kern sicher, dass der Krieg nach wie vor oberste Priorität genoss. In Inge keimte sogar der Verdacht auf, dass diese ganze Aktion lediglich rein propagandistische Zwecke erfüllte und sich das Reich zweier Offiziere bediente, die genau wie Preuss sehr an Kunst interessiert waren. Dass nicht Becker, sondern Schlegel dafür eingeteilt wurde, sprach ebenfalls dafür. So wie sie Becker einschätzte, würde für ihn die Rettung der Bibliothek und des Archivs an erster Stelle stehen. Vielleicht tat es das aber auch bei Schlegel. Der Mann war schwierig einzuschätzen. Hauptsache, er schaffte es – zum Wohle des Klosters.

»Ein geschickter Schachzug. Die Welt wird eines Tages sagen, dass die Deutschen einen der wichtigsten Kulturschätze der Welt gerettet haben.« Preuss dachte wohl in ähnlichen Bahnen.

»Im Moment wird uns eher unterstellt, dass wir das Kloster plündern.« Die Radioberichte der Alliierten waren ihm anscheinend auch nicht entgangen. Darüber war ja bereits vor Wochen spekuliert worden.

»Was sollen wir schon mit so vielen Büchern und alten Dokumenten anfangen?«, fragte Schlegel in die Runde.

»Sie sind von unschätzbarem Wert«, erwiderte Inge.

»Für das Reich oder den Klerus?«, warf Preuss provokant ein.

»Für die Menschheit. Vermutlich wissen die Alliierten aber auch, welche materiellen Schätze sich hier verbergen. Gemälde großer Meister, antike Teppiche, wertvolle Stickereien und Gewänder, Gold und Silber, Kreuze, Kelche usw.«, sagte Schlegel, was Inge nun doch dazu bewegte, anzunehmen, dass ihm sehr an diesem Vorhaben ganz im Sinne der Abtei gelegen war.

»Wir brauchen Material. Holzlatten und Nägel. Es muss vor Ort doch Zimmermänner geben. Transportkisten, kleine, mittelgroße und größere. Spediteure, der Handel und Fabriken haben so etwas.«

»Bis wann?«, wollte Preuss wissen.

»So schnell wie möglich.«

»Wohin werden die Ladungen gebracht?«, wollte Maria wissen.

»Eine schwierige Frage. Ein Teil ist nicht im Eigentum der Abtei. Ich werde Diamare vorschlagen, die Bestände des Nationalmuseums von Neapel vorerst in einer staatlichen Einrichtung in Spoleto einzulagern. Die Exponate und Sammlungen gehören ja nicht der Kirche, sondern dem Staat. Alles andere ist, denke ich, beim Vatikan am besten aufgehoben.«

»Hat der Heilige Vater denn schon seine Zustimmung erteilt?«, fragte Maria.

Schlegel nickte.

»Der Weg nach Rom ist nicht ungefährlich«, gab Preuss zu bedenken. Er spielte damit sicher in erster Linie auf die Luftangriffe der Alliierten an.

»Die Sicherheit zu gewährleisten, liegt in Ihrer Hand. Uns werden auf jeder Fahrt zwei Mönche begleiten. Das habe ich mit dem Erzabt so vereinbart.«

»Misstraut Diamare den Deutschen etwa?«, wunderte Preuss sich. Inge hatte sich die gleiche Frage gestellt.

»Es ist zu unserer eigenen Sicherheit. Man wird uns später nicht vorwerfen können, uns an der Abtei bereichert zu haben«, sagte Schlegel.

»Glauben Sie, das wird nach dem Krieg noch jemanden kümmern?«, fragte Preuss.

»Ich gehe fest davon aus. Andernfalls wäre ich jetzt nicht hier.« So wie Schlegel das gesagt hatte, klang es überzeugend. Er schien wirklich an die Bedeutung dieser Aktion zu glauben.

Preuss hingegen wirkte skeptisch. »Sie kriegen alles, was Sie brauchen«, sicherte er ihm dennoch zu.

Schlegel nickte zufrieden und voller Zuversicht. Er trank sein Glas Wein trotzdem nicht aus, sondern erhob sich und legte grüßend die Hand an seine Mütze. »Genießen Sie noch den Abend. Ich habe noch viel zu tun«, sagte er und ging, aber nicht ohne Inge, Maria und Preuss noch ein dankbares Lächeln zu schenken.

Preuss nahm noch einen Schluck und sah ihm gedankenverloren nach. Er wirkte in sich gekehrt. Inge fragte sich, ob er am Ende mit sich haderte. Sicherlich hätte man auch jemanden wie ihn für diese Aktion auswählen können, doch vermutlich verfügte er nicht über die gleiche Gabe der Selbstdarstellung in gewissen Kreisen.

»Eine noble Aufgabe, für die uns die Welt dankbar sein wird«, sagte Maria, die Schlegel anscheinend bereits infiziert hatte.

»Die Welt. Wenn wir den Krieg verlieren, wird niemand mehr auch nur ein gutes Wort über die Deutschen kommen lassen.«

»Aber wir werden ihn doch nicht verlieren«, entgegnete Maria irritiert.

Preuss sagte nichts darauf. Inge war sich in dem Moment klar, dass er sich dessen nicht mehr so ganz sicher war.

Kapitel 20

Inge vermutete, dass Lorenzo wiedergutmachen wollte, dass die Abtei für einige Zeit zum Waffenumschlagplatz geworden war. Er wusste von einer alten stillgelegten Getränkefabrik, in der er jede Menge Holzkisten hatte herumstehen sehen. Inge wollte gar nicht wissen, bei welcher Gelegenheit. Vermutlich tauschten sie dort abermals Waffen. Auf alle Fälle eine nützliche Information für das Kloster und die Wehrmacht. Es lag ihm sicherlich selbst auch viel daran, die Bücher an einem sicheren Ort zu wissen. Dass die Gotteshäuser Santa Clara und San Lorenzo in Rom einem Bombardement der Alliierten zum Opfer gefallen waren, hatte sich bis nach Cassino herumgesprochen. Noch am Vortag, an dem Schlegel und Becker in der Abtei gewesen waren, hatte Erzabt Diamare die Mönche einberufen. Von Don Fontana hatte Inge mitbekommen, dass ein gewisses Misstrauen gegenüber den Deutschen herrschte. So ganz auszuschließen war es ja nicht, dass sie sich nur die Kunstschätze unter den Nagel reißen wollten. Don Fontana hingegen hielt dies für wenig wahrscheinlich. In seinen Augen waren die Deutschen ein äußerst gebildetes Volk. Er wusste, dass Gelehrte, Geistliche und Archäologen vor allem aus dem Deutschen Reich Montecassino besucht hatten, um hier die alten Schriften zu studieren. Selbst der Reichskanzler hätte sich in einem Schreiben über die Bedeutung der Abtei geäußert. Diamare hatte Inges Ansicht nach sowieso keine Handhabe, um sich dem Willen der Deutschen zu widersetzen. Die Biblioteca Monumentale und das Archiv sollten der Wehrmacht anvertraut werden, ebenso Wertvolles aus dem Chor, der Sakristei und die Gemälde.

Schon am Morgen des fünfzehnten Oktober karrten zwei Transporter der Wehrmacht die ersten Holzlatten und Nägel an, aus denen Transportkisten gezimmert werden sollten. Die Kisten aus der Getränkefabrik erwiesen sich als brauchbar und stabil. Schubladen wurden aus dem Mobiliar der Abtei entnommen, um darin kleine Teile oder den ursprünglichen Inhalt zu transportieren. Die Mönche hatten alle Hände voll zu tun, sämtliche Kisten sorgfältig zu beschriften. Don Fontana schätzte, dass sie mindestens zweihundertfünfzig Kisten allein für die Biblioteca Monumentale benötigen würden. Jede Kiste erhielt eine bestimmte Buchstabenfolge, die unverwechselbar war. MC stand für Montecassino, also den Besitz der Abtei. PRIV, für privat, BIBL für Bibliothek. Das Ganze fortlaufend nummeriert, um später wieder alle Bände und Dokumente in der richtigen Reihenfolge gemäß dem Katalog zusammenzufügen. Eine kaum in so kurzer Zeit zu bewältigende Aufgabe. Siebzigtausend Bände. Allein die Menge an Büchern einzupacken, die alle sehr schwer waren, kostete Unmengen an Zeit. Stroh, Papier und Pappe mussten besorgt werden, um die wertvollen Gegenstände und Urkunden aus dem Archiv auf dem Transport zu schützen. Es waren über tausend Originale mit Siegeln großer Landesfürsten und sogar der Päpste. Alles von Wert sollte von hier fortgebracht werden, doch Schlegels Pläne reichten noch weiter. Schon am darauffolgenden Morgen forderte er die vollständige Räumung der Abtei – aller Mönche. Die Lage schien also ernster zu sein, als Inge zunächst angenommen hatte. Die Einwohner zogen die richtigen Schlüsse. Nun konnte niemand mehr ausschließen, dass auch das Kloster bombardiert werden würde. Die nackte Angst griff um sich. Wer konnte, floh zu Verwandten auf dem Land. Inge musste sich bezüglich Schlegel bei aller Abneigung, die sie für ihn anfangs empfunden hatte, einräumen, dass er sich takt- und würdevoll bei den Mönchen gab. Er schaffte es, die bevorstehende Evakuierung wie eine unabdingbare Notwendigkeit zur Sicherheit der Mönche aussehen zu lassen. Seine Besorgnis war Inges Ansicht nach nicht gespielt. Lorenzo sah dies allerdings anders, unentschlossen, wie viele andere aus der Stadt. Es machte sogar das Gerücht die Runde, dass die Deutschen die Mönche verschleppen würden, um sie als Faustpfand zu halten. Auch Lorenzo hatte Inge gegenüber diesen Gedanken geäußert. Dennoch arbeiteten Soldaten, Arbeiter aus der Stadt und Flüchtlinge Hand in Hand. Einige der Kunstschätze bedurften besonders großer Transportkisten. Ein Kruzifix aus dem dreizehnten Jahrhundert war so groß, dass gar ein spezieller Wagen dafür vonnöten war.

Entgegen der noch im Sommer von Generalfeldmarschall Kesselring ausgesprochenen Bannmeile von dreihundert Metern um das Kloster herum, damit die Alliierten die Deutschen nicht mit der Abtei in Verbindung brachten, und seinem Befehl, wonach kein deutscher Soldat das Kloster betreten sollte, ließ es sich nicht vermeiden, dass deutsche Soldaten im Kloster zugegen waren. Auch Preuss. Mit der unausweichlichen Konsequenz, Lorenzo dort nur noch selten zu Gesicht zu bekommen und noch nicht einmal mehr in den Kellergewölben. Wenn Preuss zugegen war, hielt sich Inge naturgemäß in seiner und Marias Nähe auf. Vermutlich führte ihn auch sein Interesse für Kunst auf den Berg. Der Faszination, die insbesondere von dort aufbewahrten Reliquien ausging, konnte sich auch Inge nicht entziehen. War das Stück Holz wirklich aus dem Kreuz, an dem Jesus den Tod gefunden hatte? Besonders wertvollen Dingen wie Siegel, Kelche, Gefäße, Kerzen- und Lampenständer, Kreuze aus Gold oder vergoldet und jeder Menge Silber, aber auch den zum Transport zusammengetragenen Gemälden galt besonderer Schutz und Preuss' ganzes Augenmerk. Das war allzu verständlich, weil er in Schlegels Auftrag handelte und sicherstellen musste, dass unterwegs nichts beschädigt wurde oder gar wegkam. Einer der Gründe, weshalb Preuss sie in Kenntnis der Wertgegenstände des Klosters gebeten hatte, bei seinem Gespräch mit Schlegel anwesend zu sein.

»Wir sollten alles von weltlichem Wert gesondert transportieren.« Preuss' Vorschlag fand bei Schlegel regen Anklang.

»Gelegenheit macht Diebe«, sagte Schlegel in Gedanken.

»Das kann ich mir nicht vorstellen. Was wollen einfache Leute denn mit einem Gemälde von da Vinci anfangen? Damit kann man sich nichts zu essen kaufen«, wandte Inge ein.

»Was die Kunstgegenstände und Reliquien betrifft, gebe ich Ihnen recht, aber Silber und Gold bekommt man überall los. Es lässt sich auch einschmelzen«, stellte Schlegel fest.

»Wir sollten die Kisten mit diesen Dingen irgendwo lagern, wo sie sicher sind, und dann nur von unseren Leuten verladen lassen«, schlug Preuss vor. »Werden Sie dies bei Don Fontana anregen?«, fragte er an Inge gerichtet.

»Gewiss.«

»Und nehmen Sie gewöhnliche Bücherkisten. Sie sollten derart beschriftet werden, dass es für alle Welt so aussieht, als ob darin tatsächlich nur Bücher seien. Am besten auf kleineren Transportern. Die sind wendiger. Die Straßen sind zwar wieder passierbar, aber man weiß ja nie, was unterwegs passiert«, fuhr Preuss fort.

»Eine ausgezeichnete Idee«, lobte Schlegel ihn.

Der nächste Transporter war abfahrtbereit. Inge machte sich auf die Suche nach Don Fontana. Er hatte alle Hände voll damit zu tun, zu organisieren, wer heute die Fahrten begleitete und die Abtei zu verlassen hatte. Nicht jeder wollte freiwillig weg von hier. Diamare, das wusste sie bereits, würde die Abtei jedenfalls nicht verlassen. Dass immer mehr Menschen von hier weggebracht wurden, bedeutete auch, dass ihre Tage hier im Kloster gezählt waren und somit Treffen mit Lorenzo auf sicherem Boden immer schwieriger würden.

Fünf Tage quälende Ungewissheit, ob der im Koma liegende Soldat wieder zu Bewusstsein kommen würde, waren einzig durch den Umstand abgemildert worden, dass Lorenzo sein Versprechen eingelöst hatte. Es wurden keine weiteren Waffen mehr mit den Getränkekisten getauscht. Bei Anwesenheit so vieler deutscher Soldaten wäre das sowieso viel zu riskant gewesen. Lorenzo hatte ihr ferner zugesichert, dass er sich nur noch beim Sammeln von Kleidung beteiligen würde. Mehr Zeit blieb ihm ohnehin nicht, denn er half genau wie unzählige andere dabei, weitere Kisten zu zimmern und unter Anleitung der Mönche alles fein säuberlich zu verpacken. Dokumente mussten sorgsam gestapelt und mit Papierstreifen fixiert werden, damit sie nicht durcheinanderkamen. Auch dabei konnte Inge sich nützlich machen. Don Fontana hatte ihr diese Aufgabe am Vortag zugewiesen. Tägliche Transporte brachten die wertvollen Schriften in den Norden. So waren die Tage vergangen.

Erst der Morgen des achtzehnten Oktober brachte bezüglich des Gesundheitszustandes des deutschen Soldaten endlich Klarheit und wartete mit guten Nachrichten auf, die aber in ihrer Konsequenz schlimmer nicht sein konnten. Per Funk war Preuss darüber informiert worden, dass er schon in der Nacht sein Bewusstsein wiedererlangt und sich morgens einem Verhör und einer Gegenüberstellung unterzogen hatte. Die beiden Inhaftierten waren nun nicht mehr nur mutmaßliche Attentäter, sondern erwiesene. Dass Preuss ihr das beim Frühstück verschwiegen hatte, sprach Bände. Hätte Maria ihr das nicht zwischen Tür und Angel in der Küche gesteckt, bevor sie in die Stadt gefahren war, wüsste Inge davon überhaupt nichts.

Sie saß allein im Salon und starrte abwechselnd auf die Scheibe Brot, die unberührt vor ihr auf dem Teller lag, dann wieder durch die Tür in den Raum neben der Küche, wo das Funkgerät stand und Preuss mittlerweile sämtliche Dokumente, Befehle und Anordnungen aufbewahrte. Er saß noch immer darin und war, wie sie anhand einzelner Wortfetzen mitbekam, mit der Organisation der *Bücherrettung* beschäftigt. Inge zögerte ihr Frühstück daher so lange hinaus wie möglich, um mitzubekommen, wenn er sich der anderen Angelegenheit annahm. Er musste sich um die Hinrichtung der beiden Partisanen und Auslöschung derer Familien kümmern. Genau das würde ja Marias Angaben nach heute geschehen. Inge saß mittlerweile regungslos da und lauschte in den Flur hinein. Allein schon Preuss' Stimme aus dem Nebenraum mitanhören zu müssen, verursachte ihr Übelkeit. Als er sich von einem Offizier verabschiedete und sie im darauffolgenden Funkspruch das Wort *Exekution* vernahm, stand sie auf und schlich sich in den Flur.

»Um zehn. Das alte Fabrikgelände am nördlichen Ortsende. Wir dürfen die Bevölkerung nicht über alle Maßen provozieren. Scharfschützen. Es muss schnell und präzise gehen. Kein Aufsehen. Die Toten werden sofort zum Bestatter gebracht.«

Inge hatte jedes Wort vernommen. Wie schäbig. Kein Aufsehen erregen. Natürlich nicht. Er war auf die Einheimischen angewiesen, brauchte Arbeiter, um Schlegels Pläne in die Tat umzusetzen. Inges Magen rebellierte. Sie schaffte es gerade noch bis zur Toilette, um sich über der Schüssel zu übergeben.

»Inge ... Sind Sie krank?«, hörte sie ihn von hinter der Tür fragen. Es war ihm sicher nicht entgangen, dass sie an ihm vorbeigerannt war. Bei der Hellhörigkeit dieses Hauses sicherlich auch nicht, dass sie ihren Magen eben entleert hatte.

Inge ersparte sich die Antwort, spülte den Mund aus und suchte erst einmal Halt am Waschbecken, um den aufgestiegenen Schwindel zu bekämpfen.

Er klopfte unablässig an der Tür. »Inge! Ist alles in Ordnung?«

Am liebsten hätte Inge die Toilette so lange nicht mehr verlassen, bis er weg war. Sie wollte ihn nicht sehen, doch was sollte das bringen? Über kurz oder lang musste sie ihm wieder unter die Augen treten. Sie öffnete dann doch die Tür und trat ihm entgegen. Er musterte sie.

»Sie haben es mit angehört.« So viel Feingefühl hätte sie Preuss gar nicht zugetraut.

Inge nickte und versuchte, sich an ihm vorbeizudrängen.

»Es kann nicht ungesühnt bleiben«, versuchte er, sich zu rechtfertigen.

Inge schwieg und sah ihn aus geröteten Augen an.

»Herrgott noch mal. Es sind Befehle. Richtlinien. Ich kann nicht dagegen verstoßen. Wann verstehen Sie das endlich?«, kam dann.

Inge sagte erneut nichts darauf.

Immerhin trat er nun einen Schritt zur Seite und ließ sie an ihm vorbei.

Preuss ging zurück in den Funkraum, schnappte sich seinen Helm, die Waffe und verließ polternd das Haus.

Inge blieb für einen Moment wie gelähmt im Flur stehen. Sie blickte auf den gedeckten Tisch. Es hatte keinen Sinn mehr, zu versuchen, etwas zu sich zu nehmen. Nur noch raus hier, aus diesem Haus, das sie sich mit so einem Scheusal teilte. Inge fühlte sich in dem Moment wie eine Flüchtende, genau wie all die anderen Menschen, die ins Kloster gegangen waren. Ein Ort des Friedens. Genau diesen Balsam für die Seele brauchte sie jetzt und nicht erst in einer Stunde, wie üblich, um in der Abtei ihren Dienst anzutreten. Inge legte die abgeschnittene

Brotscheibe zurück in den Korb, stellte ihn in die Küche und räumte das Geschirr in die Spüle. Keine Minute später saß sie in ihrem Wagen und fuhr los. Sie hätte noch einmal mit ihm reden sollen, warf sie sich unterwegs vor, doch mit jeder Serpentine, die sie bezwang, gelangte sie immer mehr zu der Einsicht, dass dieses Vorhaben von vornherein zum Scheitern verurteilt gewesen wäre. Ihre Gedanken verblieben dennoch bei den Menschen, die um zehn Uhr exekutiert werden sollten. Sinnlos, nur weil in solchen Fällen so vorzugehen war. Sinnlos wie dieser ganze Krieg, dem nur wenige trotzten, sich seinen grausamen Gesetzen entzogen. Die Menschen in dem Kloster, das vor ihr lag, gehörten dazu. Ein Ort der Hoffnung und des Trosts. Inge brauchte Letzteres so dringend wie noch nicht einmal in den Tagen an der russischen Front.

Die Zufahrt zum Kloster und einen geeigneten Platz, um den Wagen abzustellen, gestaltete sich wie an den Tagen zuvor als schwierig. Transporter warteten auf neue Ladung, Kisten und Mönche, die von hier weggebracht werden sollten oder ein Fahrzeug zu zweit begleiteten. Einer wurde bereits neu beladen. Mönche und Zivilisten schleppten weitere Kisten aus dem Kloster. Jeder packte mit an. Ein fleißiges Bienenvolk umschwirrte das Eingangsportal der Abtei. Inge grüßte im Vorbeigehen jeden, den sie vom Sehen kannte. Mit jedem Schritt, dem sie sich dem Eingangsportal näherte, fühlte sie sich leichter.

Inge hielt wie jeden Morgen Ausschau nach Don Fontana, ein eingespieltes Ritual, um den Tag mit einer herzlichen Begrüßung und einem strahlenden Lächeln zu beginnen. Zu Füßen des heiligen Benedictus machte Inge ihn ausfindig. Als sich ihre Blicke begegneten, winkte er sie herbei. Das machte er sonst nie. War etwas Dringliches vorgefallen? Es musste so sein, denn er eilte gar zu ihr und ignorierte sogar Nachfragen von einem Mönch, der einen Bücherstapel in der Hand hielt und etwas hilflos wirkte.

»Nachricht von Hube«, sagte er nur, noch bevor er sie erreichte. »Er hat Diamare geantwortet. Ich habe den Brief und soll ihn Ihnen geben. Folgen Sie mir«, sagte er und steuerte auf den Vorraum des Archives zu. Inge ging ihm hinterher. Hoffentlich gute Nachrichten.

»Diamare hat mir seinen Brief an Hube gezeigt. Er hat darin sein Bedauern über den Vorfall in San Antonio zum Ausdruck gebracht und den Anschlag auf deutsche Soldaten als kriminellen Akt verurteilt. Er hat ihm auch geschrieben, dass unsere Bevölkerung es genauso sieht. Die Attentäter seien strafrechtlich zu verfolgen und dürften ihrer Bestrafung nicht entgehen. Als Warnung für alle.«

Inge traute ihren Ohren nicht. »Aber das ist doch genau, was die Wehrmacht vorhat«, entrüstete sie sich verzweifelt.

»Die Bestrafung der Schuldigen, wenn man es ihnen nachweisen kann. Wenn nicht, bittet Diamare ihn, Menschenleben zu verschonen und ihnen nur Haus und Hof zu nehmen. Er wusste zu dem Zeitpunkt ja noch nicht, ob es wirklich Schuldige gibt.«

»Und was hat Hube geantwortet?«, fragte Inge, nachdem sie den Vorraum des Archivs erreicht hatten.

»Ich hole den Brief. Sie müssen ihn Preuss geben. Warten Sie hier«, wies er sie an und verschwand ins Herz der Abtei. Ein Herz so stark, dass es vielleicht sogar das Leben von Unschuldigen rettete, doch dafür blieb nicht mehr viel Zeit.

Don Fontana glaubte zu wissen, wo sich das verlassene Fabrikgelände befand. Er selbst konnte sie nicht dorthin begleiten. Es könnte als Einmischung in die Angelegenheiten der Wehrmacht missverstanden werden. Inge hatte die beiden Briefe in aller Eile noch einmal gelesen, bevor sie in den Wagen gestiegen war. Sie hatte noch gut eine Stunde Zeit, um Preuss an der Ausführung seines Vorhabens zu hindern. Nur kein falsches Wort, wenn sie ihn mit Hubes Antwort konfrontierte. Der Inhalt von Diamares Brief machte ihr klar, dass den Erzabt und Hube tatsächlich ein besonderes Vertrauensverhältnis verband. Müde sei Diamare, von den schlimmen Folgen, die der Krieg mit sich brachte. Er schien voller Sorge um das Kloster zu sein, bat er Hube doch im letzten Abschnitt darum, im Falle eines Rückzugs der Deutschen keine verbrannte Erde zu hinterlassen, damit dem Feind nichts in die Hände fiel. Diamare kannte offenbar die Regeln des Krieges.

Während der Fahrt auf den Serpentinen hinunter in den Ort überlegte Inge aufgrund des Gelesenen, ob es eine gewisse charakterliche Ähnlichkeit zwischen Preuss und Hube gab. Beide gehorchten den Gesetzen des Kriegs, bewahrten sich jedoch so etwas, was man gemeinhin als Gewissen bezeichnen konnte. Hubes Verständnis für Diamares Anliegen sprach auf alle Fälle dafür. Allerdings gab es in der Welt der Wehrmacht nichts ohne Gegenleistung. Nehmen und Geben. Niemand durfte sein Gesicht verlieren. Sollten die Schuldigen nicht aufgespürt werden, würde Hube sich damit zufriedengeben, lediglich die Häuser und Besitztümer der Familien der Attentäter niederbrennen zu lassen. Vermutlich konnte sich selbst ein Mann von Rang wie Hube nicht weiter aus dem Fenster lehnen. Diamare solle die Kraft seines Amtes nutzen, um künftige Anschläge dieser Art zu verhindern. Zuckerbrot und Peitsche. Inge fielen Preuss' Worte wieder ein. Im Gegenzug versicherte Hube ihm, dass er alles in seiner Macht Stehende tun würde, das Kloster vor künftigen Kriegsschäden zu bewahren. Ein Lippenbekenntnis, denn möglicher Schaden drohte ja in erster Linie aus der Luft und von Seiten der Alliierten. Dass Hube die Rettungsaktion der Kunstschätze begrüßte und dafür betete, dass das Kloster von Luftangriffen verschont blieb, hieß ja nichts anderes, als dass er selbst mit weiteren Angriffen rechnete. Nur, was nützte all das, wenn Preuss diesen Brief nicht in der Hand hielt? Hube hatte Diamare versichert, entsprechende Befehle zu erteilen, die Familien der Attentäter nicht zu erschießen, doch wer wusste schon, ob dieser Befehl Preuss noch rechtzeitig erreichen würde. Inges einzige Hoffnung bestand darin, dass die Wehrmacht pünktlich war. Wie ein Uhrwerk.

Die Beschreibung der alten Fabrik erwies sich als genau. »Kurz vor dem Ortsschild rechts in einen Feldweg biegen«, hatte es geheißen. Inges Wagen rumpelte über Geröll und Stein. Die Fabrik lag vor ihr, teilweise in Trümmern. Niemand war weit und breit in Sicht. Inge blickte auf ihre Armbanduhr. Viertel vor zehn. Es dauerte aber nicht lange, bis sie das verräterische Dieselbrummen eines Wehrmachtstransporters vernahm. Inge sah den Bulldogwagen ohne Plane kurze Zeit später auf den Feldweg einbiegen. Er war beladen mit Menschen. Sogar Frauen und Kinder waren dabei. Die Hände auf den Rücken gebunden. Sie schaukelten auf der Ladefläche hin und her, unfähig sich festzuhalten. Ein Kind weinte bitterlich im Schoß seiner Mutter. Zwei weitere Fahrzeuge bogen ab. In einem saß Preuss. Ihre Blicke begegneten sich. Er gab Gas und fuhr an dem Transporter vorbei. Sein Wagen kam kurz vor ihrem zum Stehen.

»Sind Sie verrückt, Inge? Was tun Sie hier?«, fuhr er sie an.

Inge zog schweigend die gefalteten Briefe von Erzabt Diamare und Generaloberst Hube aus ihrer Tasche und reichte sie ihm.

»Was ist das?«

»Keine Hinrichtung von Unschuldigen. Anscheinend hat Sie der Befehl vom Oberkommando noch nicht erreicht«, sagte Inge.

Preuss las den Brief mit zitternden Händen, holte tief Luft und sah ihr nun direkt in die Augen. Inge hielt seinem Blick stand, auch wenn sie selbst bereits vor Aufregung wie Espenlaub zitterte.

Preuss wandte sich urplötzlich von ihr ab. »Die beiden Attentäter runter. Alle anderen zurück in ihre Häuser«, rief er in Richtung des Transporters.

Inge musste mitansehen, wie zwei junge Männer von bewaffneten Soldaten von der Ladefläche heruntergezerrt wurden. Eine junge Frau schrie, weinte, rief den Namen einer der beiden Männer. Sie wusste, dass ihr Federico und der andere nun sterben würden. Inge wusste es auch, denn indirekt hatte Hube auch dafür den Befehl gegeben, Diamare sogar wörtlich. Die ganze Härte des Gesetzes solle sie treffen.

Der Transporter setzte sich in Bewegung und wendete. Die beiden an den Händen gefesselten Männer wurden zu einer Mauer geführt. Die Schreie der verzweifelten Frau waren wie Messerstiche in Inges Seele. Sie sah, wie sich andere auf dem Transporter aneinanderschmiegten. Tränen in den Augen.

Preuss drehte sich wieder zu ihr um. »Warum tun Sie das?«, fragte er fast schon hilflos.

»Weil ich ein Mensch bin.«

Preuss schien zu Stein zu werden. Den Umkehrschluss hatte er sicher im Moment selbst gezogen.

Inge machte auf dem Absatz kehrt und ging wortlos zu ihrem Wagen. Sie stieg ein und fuhr los, ohne Preuss weiter zu beachten. Vor ihr bog der Transporter in die Straße ab, die nach Cassino führte. Inge folgte ihm, doch dann überholte sie das Fahrzeug mit hoher Geschwindigkeit, in der Hoffnung, die Schüsse nicht mehr zu hören. Sie vernahm sie dennoch.

Inge hoffte, dass sie Preuss im Kloster zumindest für den Rest des Tages nicht mehr begegnete. Die Schreie der jungen Frau, vermutlich der Gattin des Attentäters, hatten sich förmlich in ihr eingebrannt. Da half es auch nichts, sich zu sagen, dass die beiden Männer ebenfalls einen anderen Menschen getötet, einen zweiten schwer verletzt hatten. Ihre Hoffnung, im Kloster wieder zur Ruhe zu kommen, jenen Zauber der Unschuld inmitten der grauenhaften Realität eines Kriegs zu spüren, erfüllte sich nicht. Es zerriss ihr fast das Herz mitanzusehen, dass viele der Mönche das Kloster verlassen mussten. Bisher waren es meist nur je zwei gewesen, um Ladungen zu begleiten. Inge sah in ihren Gesichtern das Leid, von hier Abschied zu nehmen. Ob auf Befehl von Schlegel oder weil Diamare ihnen klargemacht hatte, dass hier ihr Leben in Gefahr war, spielte keine Rolle. Sie verloren ihr Zuhause, die Gemeinschaft, ihr Leben. Ein Teil jenes Zaubers schien mit ihnen zu gehen. Montecassino blutete aus, seiner Schätze beraubt, der vielen Kehlen, die Gebete sprachen und den Geist dieser Abtei lebendig gehalten hatten. Dazu kam, dass immer mehr Fremde die heilige Stätte betraten. Es fühlte sich so an, als ob sie den Ort entweihten, beschmutzten, die schützende Glocke des Friedens durchbohrten, auch wenn Don Fontana der Ansicht war, dass alles nur zum Besten der Abtei und der Mönche geschehe. Sie hatten darüber gesprochen, als ein Herr Deichmann und sein Kollege, Herr Führmann, gegen Mittag aufgetaucht waren – zwei Vertreter des Deutschen Archäologischen Instituts. Die Kunstschätze der Abtei sollten sie begutachten und Überlegungen anstellen, wohin sie letztlich gebracht werden sollten. Die wertvolle Münzsammlung von Syrakus war für den Vatikan bestimmt, für die Engelsburg, genau wie die Bibliothek und das Archiv des Klosters, weil sie im Eigentum der Abtei waren. Leer geräumtes Mobiliar und ausgeräumte Bücherregale wirkten trostlos. Die Bibliothek wie skelettiert, des Fleisches und der Seele beraubt. Hielt der Erzabt Diamare Oberstleutnant Schlegel tatsächlich für Gottes Instrument? Dies hatte er im Beisein von Don Fontana und auch gegenüber anderen Mönchen bekundet. Wie konnte jemand, der die Waffen der Wehrmacht trug, Gottes Instrument sein? Hatte er das am Ende nur gesagt, um den Schein zu wahren? Gute Miene zum bösen Spiel zu machen? Don Fontana hatte dies verneint. Seiner Ansicht nach konnte Gott sich auch verlorener Seelen bedienen, wenn ihr Wirken zu etwas Gutem führte. Die unermesslich wertvollen Schriften vor einer möglichen Vernichtung zu bewahren, sei in der Tat etwas Gutes. »Handschriftliche Aufzeichnungen von Thomas von Aquin, einer der wichtigsten Philosophen des Mittelalters, Gemälde von Tizian, Raffael, Leonardo da Vinci, Vasen, Skulpturen und Teile von Mosaiken aus dem alten Pompeji. Stellen Sie sich vor, das alles wäre einem dummen Krieg geschuldet nicht mehr da.« Inge hatte Fontanas Worte noch im Ohr, als sie den Abtransport der für die Mönche wohl wichtigsten Reliquie beobachtete. Es waren die Gebeine des heiligen Benedictus. Diamare segnete sie, bevor sie verladen wurden. Ein Moment, der Inge ergriff. Mönche sprachen gemeinsam mit dem stämmigen Oberhaupt der Abtei ein Gebet. Das Kloster verlor damit ihren Gründer, den guten Geist, der sie beschützt und zum heiligen Ort hatte werden lassen. Nun waren hier nur noch Mauern, eine entweihte Kathedrale und nackte Kreuzgänge, in denen nichts als Statuen der Wohltäter aus Stein standen. Auch Preuss verfolgte dieses Schauspiel. Er stand im Kreuzgang auf der anderen Seite des Innenhofs, hielt eine Zigarette in der hohlen Hand und nahm immer wieder tiefe Züge. Inge kam nach kurzer Überlegung zu dem Schluss, dass es vermutlich ein guter Zeitpunkt war, um sich zu ihm zu gesellen. Später im Haus würden sie sich allein begegnen oder im Beisein von Maria. Hier hingegen würde er ihr sicher keine Szene machen. Die gedrückte Stimmung, die anscheinend alle spürten, ging wahrscheinlich auch nicht an ihm vorbei, was Inge in ihrem Vorhaben bestärkte.

Preuss schnippte den Zigarettenstummel auf den Boden, als sie ihn erreichte. Er musterte sie für einen Moment nachdenklich. Inge überraschte, dass er dann doch unwillkürlich lächelte.

»Der Befehl hätte mich zu spät erreicht«, sagte er.

Inge deutete seine Aussage dahingehend, dass er es ihr nicht nachtrug, die Massenhinrichtung verhindert zu haben.

»Sie haben sich dennoch in Dinge eingemischt, die Sie nichts angehen«, kam dann aber doch.

»Es hat sich zufällig heute Morgen ergeben. Don Fontana ...«

»Erzählen Sie mir doch keinen Unsinn. Zufällig ergeben. Diamare ist nicht Gott. Er sieht und weiß nicht alles, was in Cassino vor sich geht.«

Dass sie ihre Finger mit im Spiel hatte, ahnte er offensichtlich. Das offen zuzugeben, wäre zu riskant.

»Ein Attentat auf deutsche Soldaten mitten in Cassino spricht sich herum«, sagte sie, ohne rot zu werden.

Preuss sah ihr direkt in die Augen. Erneut lächelte er. »Ich bewundere Ihren Mut«, kam dann.

»Sind Sie denn nicht auch froh darüber, dass nur die Attentäter bestraft wurden? Ist die Strafe denn nicht schlimm genug für die Hinterbliebenen? Für ihre Frauen, die ihre Männer verloren haben? Für die Kinder, die mitansehen mussten, wie sie ihre Väter abführten und gegen die Wand stellten? Sie werden die Deutschen zeit ihres Lebens dafür hassen«, versuchte sie, ihm klarzumachen.

»Die ganze Welt hasst uns«, erwiderte er lapidar.

»Das glaube ich nicht. Die Abtei ist doch das beste Beispiel. Niemand hasst die Deutschen, die Menschen. Sie hassen die Uniform und das, wofür sie steht. Diamare hält Schlegel von Gott gesandt, weil er etwas Gutes tut. Wir werden für das geliebt, was wir tun und nicht für das, was wir auf der Haut tragen«, sagte sie ihm aus vollem Herzen.

»Schlegel. Er wird in die Geschichtsbücher als der Retter Montecassinos eingehen«, sagte er lakonisch. Inge wunderte sich darüber, dass er gar nicht auf das einging, was sie ihm eben gesagt hatte. Es schien ihn mehr zu wurmen, dass ein anderer zur Rettung auserwählt worden war.

»Ich bin Ihnen letztlich sehr dankbar, dass ich den Befehl nicht erteilen musste. Sonst würde mich die Geschichtsschreibung als den Schlächter von Cassino führen, wenn wir den Krieg verlieren. Raten Sie mal, um wessen Hals sich dann die Schlinge zuerst zugezogen hätte?«, sagte er dann doch. Dann nahm er sich eine weitere Zigarette aus seinem Lederetui und zündete sie an.

»Gehen Sie wirklich davon aus, dass es keinen Endsieg mehr gibt?«

Preuss inhalierte einen tiefen Zug, bevor er ihr antwortete. »Die Alliierten nehmen doch im Moment nur Rücksicht auf die Abtei. Glauben Sie, unsere Flak könnte flächendeckende Bombardements verhindern? Kämpfen bis zuletzt, wie in Stalingrad, Kursk und Charkow? Und wofür? Was glauben Sie, warum das Kloster geräumt wird?«

Inge ließ ihren Blick hinüber zu dem Transporter schweifen, der eben die Gebeine des heiligen Benedictus von hier wegschaffte. Preuss gab auf? Sie sah erneut zu ihm. Aus diesem Mann wurde man nicht schlau.

Die guten Nachrichten der letzten zwei Tage waren, dass fast alle Transporter heil entweder nach Spoleto oder Rom durchgekommen waren. Zumindest das Archiv und die Bibliothek befanden sich zum Großteil in Sicherheit. Ein Teil der weltlichen Schätze erforderten Preuss' Ansicht nach gesonderte Transportwege, weil ja nicht nur Gefahr aus der Luft bestand, sondern auch von Dieben – die Transportfahrten aus dem Kloster gen Norden hatten sich natürlich herumgesprochen. Es verblieb noch genug, zu verpacken und in Kisten zu deponieren, die fortlaufend gezimmert wurden. Gelegentlich erklang Donner aus weiter Ferne. Die Alliierten warfen todbringende Bomben ab, auf deutsche Truppen, aber auch auf die Zivilbevölkerung. Hier auf dem Berg hingegen fühlte Inge sich sicher und genoss täglich die Stille, sobald die Sonne sich hinter dem Horizont versteckte. Der Himmel verfärbte sich dann zusehends grau. Der kalte Hauch der Berge legte sich um das Kloster. Wolken zogen auf. Von hier aus gesehen erweckten sie den Eindruck, bis an die Spitze der Kathedrale heranzureichen. Das war die Zeit, die Inge gehörte. Die Stille und Ruhe, wenn die deutschen Soldaten vor Einbruch der Dunkelheit das Kloster verließen. Die Abtei hatte sich auch heute um diese Zeit geleert. Die vielen Stimmen in den Kreuzgängen und den Plätzen, die sie umschlossen, waren verstummt. Und es schien noch ruhiger zu sein, als in den Tagen zuvor, denn auch die Barmherzigen Schwestern und die Waisenmädchen waren heute Morgen in einen Transporter gestiegen. Sie müssten eigentlich schon in Rom und Florenz sein. Die meisten Mönche waren ebenfalls bereits abgereist. Sie lebten nun in anderen Klöstern, bei ihren Familien oder im Vatikan, der Don Fontanas Worten nach bereits aus allen Nähten platzte. Nur noch die engsten Vertrauten Diamares und fünf Priester-Mönche, die jüngeren im Alter von dreißig bis vierzig Jahren, waren verblieben. Und die zogen sich mit Einbruch der Dämmerung meist in ihre Unterkünfte zurück. Preuss hatte sich heute Abend als einer der Letzten verabschiedet. In seiner Obhut lagen zwei mit Gegenständen aus Silber und Gold gefüllte Kisten, die dem Kloster gehörten. Sie waren wunschgemäß wie die Bücherkisten beschriftet, sodass niemand Verdacht schöpfen konnte, es befände sich etwas Wertvolleres als nur Schriftstücke darin. Auf die Frage, ob er sie heimfahren solle, hatte sie ihm den Bären aufgebunden, dass Don Fontana sie noch brauchte, um kostbare Teppiche zu verpacken. Preuss hatte nicht weiter nachgefragt. Zeit für Lorenzo! Sie mussten sich nicht einmal mehr in einem dunklen Verlies verstecken.

Inge erwartete ihn am Eingang. Es war niemand zu sehen – weit und breit, wie sich Inge versichert hatte. Er begrüßte sie mit einer innigen Umarmung. Selbst ein Kuss war nun mitten im Kreuzgang möglich. Ein Moment, der all die Tristesse, die sie heute angesichts der leblos gewordenen Abtei befallen hatte, von ihr nahm. Was hielt er nur in seiner Hand? Sie spürte etwas Spitzes an ihrem Rücken entlangfahren.

»Was hast du da? Das piekt«, beschwerte sie sich.

Lorenzo öffnete die Handfläche, in der er etwas versteckt hielt. Darin lag eine goldene Kette mit einem Anhänger.

»Für mich?«, wunderte Inge sich.

Lorenzo nickte.

Inge nahm die Kette an sich und besah sich den Anhänger näher. Es war eine in Gold gefasste Steinarbeit, die das Relief der Jungfrau Maria zeigte.

»Sie soll dich fortan schützen.« Lorenzo nahm ihr die Kette aus der Hand und öffnete den Verschluss.

»Wo hast du die her?«

»Sie ist ein Geschenk von Federicos Mutter.«

Inge stutzte, doch dann fiel es ihr wie Schuppen von den Augen. Federico war einer der Männer, die Preuss hatte hinrichten lassen.

Lorenzo legte ihr die Kette behutsam an. Der Wert dieses Geschenks war unermesslich, doch damit verbunden war eine Erinnerung, die sie eigentlich nicht unentwegt an sich tragen wollte. Inge versteifte. Der Schrei der jungen Frau war wieder präsent.

»Gefällt sie dir etwa nicht?«

»Doch. Es ist nur … Ich kann das doch gar nicht annehmen.« Auch das beschäftigte Inge.

»Sie hat mir die Kette unter Tränen gegeben, voller Dankbarkeit. Du hast ihrer Familie das Leben gerettet, Inge«, sagte Lorenzo voll Bewunderung.

»Aber ich hab doch nur ...«

»Niemand sonst hätte das getan. Es hat sich in der Stadt herumgesprochen. Die Leute halten dich für eine Heldin, und weißt du was? Für mich bist du eine«, sagte er gerührt.

Inges Anspannung löste sich. Mit der Erinnerung leben? Vielleicht war es sowieso besser, nicht zu versuchen, sie zu verdrängen, auch wenn Inge Angst davor hatte.

»Ich werde sie von nun an tragen. Jeden Tag«, versprach sie ihm.

»Bist du dir wirklich sicher, dass du hierbleiben willst? Es ist doch nur noch eine Frage der Zeit, bis ...«, fing Lorenzo an.

»Du kennst meine Antwort. Du bleibst doch auch hier.«

Lorenzo nickte.

»Preuss glaubt nicht mehr daran, dass die Deutschen den Krieg gewinnen. Sonst hätten sie hier doch nicht alles geräumt«, sagte Inge.

»Und was machen wir dann? Nach dem Krieg?«, fragte er mit einem hoffnungsfrohen Lächeln auf seinen Lippen.

»Du hast einen Olivenhain und eine Gemüseplantage zu bewirtschaften.«

»Und du?«

»Ich spreche ja nicht einmal Italienisch.«

»Glaubst du nicht, dass ich dir das schnell beibringen kann?«

»Eine Deutsche in Italien. Das würde bestimmt nicht einfach.«

»Du bist nicht irgendeine Deutsche.« Lorenzo blickte bedeutungsvoll auf das Amulett.

»Don Fontana würde uns trauen«, sagte Lorenzo, der bereits wieder beide Arme um sie geschlungen hatte.

»Absprachen hinter meinem Rücken? Und überhaupt. Du willst ein Italiener sein? Sieh dich um. Siehst du hier irgendwo einen gedeckten Tisch mit Kerzenlicht? Und dazu gehört auch ein Ring. Und natürlich auf Knien«, verlangte sie.

»Ich tue alles, was du willst. Ich möchte, dass du glücklich wirst. Die glücklichste Frau in ganz Italien«, hauchte er ihr ins Ohr. Spätestens als seine Lippen die ihren berührten, war Inge felsenfest davon überzeugt, dass Lorenzo das auch eines Tages gelingen würde.

Kapitel 21

In den ersten Novembertagen beschränkten sich Preuss' Befehle auf die Zonensicherung hinter den Verteidigungslinien und selbst das ließ sich aufgrund tagelanger starker Regen- und Schneefälle nicht mehr planen. Straßen soffen ab, Karrenwege versanken in sumpfigem Morast und waren nicht mehr als solche erkennbar. Dementsprechend angespannt war die Lage. Die wachsende Ungewissheit, wie lange sie hier noch in Sicherheit waren, zermürbte jeden sowohl im Kloster als auch Maria und Preuss, der in den letzten Tagen anscheinend seine Lethargie überwunden hatte. Kein Wort mehr darüber, den Krieg eventuell zu verlieren. Vielleicht verhalf ihm auch sein Kunstinteresse darüber hinweg und er fand nun doch Gefallen an dem Gedanken, Schlegel zu unterstützen. Vor allem der Abtransport der wertvollen Gegenstände, dem *idealen Diebesgut*, wie er es bezeichnet hatte, schien ihm sehr am Herzen zu liegen. »Da darf nichts schiefgehen.« Feuer und Flamme – auf einmal und das, obwohl Schlegel wie seinerseits befürchtet, all die Lorbeeren erntete. »Im Namen unseres Herrn Jesus Christus! Dem erlauchten und geliebten Militärtribun Julius Schlegel, der die Mönche und Güter des Klosters Cassino gerettet hat, danken die Cassineser aus ganzem Herzen und bitten Gott um sein ferneres Wohlergehen.« – Der Originalwortlaut der Urkunde, die Gregorio Diamare, der Erzabt und Bischof des Klosters Schlegel überreicht hatte. Maria hingegen war ein Abbild des Novembers. Ihre Stimmung getrübt – passend zu den dunklen Wolken am Himmel, den zähen morgendlichen Nebelfeldern und Tagen mit immer weniger Licht. Sie musste wohl etwas früher aufgestanden sein und saß bereits im Funkraum, um dort wie jeden Morgen Post und Dokumente zu ordnen oder handschriftliche Protokolle von Funksprüchen zu erstellen. Mehr als ein verschlafenes »Guten Morgen« hatte sie für Inge nicht übrig gehabt.

»Mögen Sie auch einen Kaffee?«, rief Inge ihr von der Küche aus zu.

»Hatte schon zwei«, kam zurück.

Ein Fahrzeug der Wehrmacht fuhr vor. Um die Zeit brachte der Fahrer meistens Post, Einsatzbefehle, Depeschen und was an Zeitungen aufzutreiben war. Maria ging gleich hinaus, um sie in Empfang zu nehmen.

Inge stellte den Kessel auf den Gasherd und lauschte gedankenverloren dem leisen Zischen und Blubbern des Wassers. Noch war nicht klar, wann und vor allem wo sie sich mit Lorenzo künftig treffen konnte. In der Abtei hielt Preuss ihre unentwegte Anwesenheit nicht mehr für dringend erforderlich, auch wenn sich immer noch Menschen hinauf auf den Berg flüchteten. Es waren aber nur noch wenige Mönche anwesend und die Versorgungslage nicht mehr so wie noch vor wenigen Wochen. Stattdessen hatte Preuss vorgesehen, dass sie im neuen Kriegslazarett aushalf, das sich wenig überraschend genau wie in Charkow zumindest vorübergehend in einem Schulgebäude befand, dessen Trakt nur noch zur Hälfte nutzbar war. Einerseits, weil es immer mehr Verletzte auf deutscher Seite gab – die Kämpfe im Süden forderten ihren Tribut. Andererseits brauchte die Wehrmacht anscheinend niemanden mehr, der die deutsche Fahne im Kloster hochhielt. Die hilfsbereite DRK-Schwester, die für Vertrauen in die guten Absichten der Wehrmacht sorgen sollte, konnte ihre Aufgaben nicht mehr wahrnehmen, weil sich das Kloster ja zügig geleert hatte. Mundpropaganda brauchte Münder. Die waren in Rom oder sonst wo. Außerdem wäre Preuss' Meinung nach ihre Anwesenheit angesichts der näher rückenden Front und des vermehrten Widerstands gegen die Deutschen eine Farce. Der Ruf der Besatzer ließ sich von einer einzelnen Schwester sowieso nicht mehr aufpolieren.

»Es ist ein Brief für Sie gekommen. Aus Deutschland«, sagte Maria, nachdem sie mit einem ganzen Stapel an Schreiben und Zeitungen in der Hand wieder hereingekommen war. Sie legte ihn auf den Tisch und warf einen flüchtigen Blick auf den Absender. »Aus Nürnberg«, sagte Maria.

Inges Puls schnellte in die Höhe. Sie nahm den inzwischen pfeifenden Kessel vom Herd. Einen Kaffee zum Wachwerden brauchte sie nun nicht mehr. Mit zittriger Hand nahm sie den Brief entgegen. Er musste von ihrem Vater sein. Endlich! Doch da täuschte sich Inge. Um Himmels willen! Der Brief war von Erna, wie sie dem Absender entnehmen konnte. Wenn Erna schrieb, dann war Vater sicherlich nicht mehr dazu in der Lage gewesen. War er tot?

»Ich hoffe, es sind gute Nachrichten«, sagte Maria, die sich daraufhin wieder in den Nebenraum zurückzog.

Inge holte sich ein Küchenmesser aus der Schublade und setzte sich auf einen der Holzstühle. Ihre Hand zitterte mittlerweile so sehr, dass sie Mühe hatte, das Messer in den Briefschlitz zu führen, um ihn zu öffnen. Es gelang im dritten Anlauf. Inge zog ihn heraus und stellte fest, dass Erna ihn auf den zwanzigsten August datiert hatte. Das war zweifelsohne die Antwort auf ihren Brief, den sie Anfang August geschrieben hatte. Im Normalfall hätte Ernas Antwort sie spätestens Anfang September erreichen müssen. Über zwei Monate unterwegs. Hoffentlich war in der Zwischenzeit nichts Schlimmes passiert.

Liebe Inge,

ich hoffe so sehr, dass Dich dieser Brief erreicht. In diesen Zeiten weiß man das nie. Und noch viel mehr hoffe ich, dass Du in Italien wohlauf bist. Verzeih, dass ich den an Deinen Vater adressierten Brief geöffnet habe, doch die aktuelle Situation machte es erforderlich. Dein Vater wurde verhaftet und deportiert. Nach Theresienstadt haben sie ihn gebracht. Ich weiß noch nicht einmal, ob er noch lebt. Er hat mich gebeten, hier in der Wohnung nach dem Rechten zu sehen und nach Post von Dir Ausschau zu halten. Der Grund seiner Verhaftung liegt auf der Hand. Mit Engelszungen habe ich auf ihn eingeredet, ihn angefleht. Aber er wollte nicht auf mich hören. Wenn ich mich recht erinnere, hast Du noch mitbekommen, dass sie die Feldmanns verhaftet und weggebracht haben. Ihre Nichte hatte ein Engagement an der Stuttgarter Oper. Sie und ihr Mann wollten das Land verlassen. Du weißt ja sicher, was sie mit Juden machen. Mittlerweile weiß jeder, der noch klar denken kann, was in den Arbeitslagern passiert. Sie sind nach Nürnberg gekommen, um persönliche Dinge aus der Wohnung ihrer Eltern zu holen. Vater hat sich bereiterklärt, ihnen zu helfen. Sie haben ihm den Schlüssel gegeben. Er hat die Wertgegenstände und Urkunden geholt, während die beiden bei uns warteten. Das war sein Verhängnis. Eine Nachbarin hat die SS verständigt. Sie sind zu uns in die Wohnung gekommen und haben sie inhaftiert, genau wie Deinen Vater. Mich haben sie unbehelligt gelassen, weil Gustav ihnen

versicherte, dass ich ihm nur beim Haushalt helfe. Sie haben alles Mögliche beschlagnahmt. Ich habe beim Gauleiter nachgefragt, ob ich ihn kontaktieren kann. Ich musste lügen und habe vorgegeben, dass er mir mein Gehalt schuldet. Dort habe ich erfahren, dass er in Theresienstadt ist. Andere werden dafür erschossen, wenn sie Juden Unterschlupf gewähren. Es tut mir so leid, dass ich Dir diese Zeilen schreiben muss. Ich denke jeden Tag an Deinen Vater und halte die Wohnung so gut ich kann in Schuss. Für bessere Zeiten. Noch haben die Bomben Johannis nicht erreicht. Ich werde jeden Tag in den Briefkasten sehen, um von Dir zu hören. Ach Inge, was sind das nur für schreckliche Zeiten. Hoffentlich kommst wenigstens Du unbeschadet aus diesem Krieg.
Deine Erna

Inge ließ den Brief sinken und starrte ungläubig auf die Zeilen. Vater deportiert? Nach Theresienstadt? Inge wusste, was dies bedeutete. Zwangsarbeit war das geringste allen Übels. Er würde es nicht überleben. Tränen lösten sich aus ihren Augen. Inge ertastete unwillkürlich das Amulett mit der Jungfrau Maria, als ob sie daran Halt finden würde. Sie fand ihn nicht. Vielleicht war ihr Vater schon tot. Warum nur war er so töricht gewesen? So mutig. Beides schoss ihr durch den Kopf. Nun zahlte er dafür am Ende mit seinem Leben. Eine Welle puren Schmerzes durchfuhr ihren Körper. Sie ließ ihren Tränen freien Lauf und schlang ihre Arme um sich, saß gekrümmt vor Verzweiflung am Tisch. Den Brief vor Augen. Hoffentlich blieb Maria im Nebenraum. Inge hörte ein Tapsen im Flur und blickte hinaus.

Preuss stand bereits an der Tür, barfüßig – in Unterhemd und Pyjamahose.

»Inge, was ist mit Ihnen?«, fragte er erstaunt.

Inge war unfähig, ihm zu antworten.

»Um Himmels willen. Was ist denn passiert?« Sein Blick fiel auf den Brief, der vor ihr auf dem Tisch lag.

»Vater. Er wurde deportiert«, schluchzte sie.

Preuss zog ein frisches Geschirrtuch aus der Schublade und reichte es ihr.

Inge trocknete sich damit die Augen, während sich Preuss zu ihr an den Tisch setzte.

»Er hat persönliche Dinge aus der Wohnung befreundeter Goldschmiede geholt.«

»Aber das ist doch kein Verbrechen«, wunderte Preuss sich.

»Es waren Juden. Ein junges Paar. Die Nichte des Goldschmieds und ihr Mann. Die SS hat sie in unserer Wohnung verhaftet. Dort haben sie auf ihn gewartet«, sagte Inge nur.

»Verstehe.« Preuss schwieg für einen Moment. »Warum hat Ihr Vater das getan? Wusste er nicht …?«

»Doch, aber es waren gute Leute. Er hat ihnen doch nur eine Gefälligkeit getan.«

»Juden Gefälligkeiten zu tun, ist in diesen Zeiten gefährlich.«

»Er wird es nicht überleben«, schluchzte Inge.

»Wohin haben sie ihn gebracht? Er ist dafür sicher inhaftiert worden.«

»Nach Theresienstadt.«

Preuss verfiel für einen Augenblick in nachdenkliches Schweigen. Dann sagte er: »Er ist Deutscher, oder? Rein deutsche Abstammung?«

Inge nickte.

»Und Sie sind sich sicher, dass sie ihn nur deswegen nach Theresienstadt gebracht haben? Haben sich die Juden nicht erklärt? Dass er nur Dinge aus ihrer Wohnung geholt hat, wie Sie sagen?«

»Ich weiß es nicht.«

»Hat er schon einmal Juden geholfen oder sie versteckt?«

»Nein. Soviel ich weiß. Nein.«

»Steht in dem Brief, ob dieses Paar Gepäck dabeihatte?«

»Nein. Warum?«

»Ohne Gepäck. Es war doch dann nur der Besuch eines jüdischen Paares. Er hat sie nicht versteckt.«

Inge zuckte ratlos die Schultern.

»Das scheint mir ungewöhnlich zu sein«, kommentierte Preuss.

Inge schlug die Hände vors Gesicht.

»Ich kann nachfragen, wenn Sie das wünschen«, sagte er.

Inge blickte hoch und sah ihm direkt in die Augen. Er meinte, was er sagte.

»Sie müssen mir seinen Namen geben, Alter, Aussehen. Wann er verhaftet wurde. So genau wie möglich.«

Inge nickte und versank in Gedanken. Warum tat Preuss das für sie? Nun stand sie noch tiefer in seiner Schuld. Erhoffte er sich, dass sie doch noch mehr als nur Respekt für ihn übrig haben könnte und gelegentlich sogar Freundschaft, genährt von den wenigen Momenten, in denen er sich liebenswert gezeigt hatte, für ihn empfinden würde? Inge kam sich in dem Moment so schäbig vor. Ihr Leben hatte er gerettet und nun vielleicht auch noch das ihres Vaters. Hatte Preuss nicht ihre Zuneigung verdient? Und Lorenzo? Sie liebte ihn. Inge verzweifelte schier daran, weil sie wusste, dass sie Preuss niemals lieben könnte, noch nicht einmal, wenn er die ganze Welt vor dem Untergang retten würde.

»Sie sind mir dafür nichts schuldig«, stellte Preuss klar, der sie die ganze Zeit über fixierte.

Inge fühlte sich gleich noch schäbiger.

»Sie haben sich gewisse Verdienste erarbeitet«, erklärte er sich.

Inge nahm dies zur Kenntnis, doch mittlerweile kannte sie Preuss gut genug, um allein schon an seinem Tonfall ablesen zu können, ob etwas aus der Tiefe seines Herzens kam oder nicht. Es war der schroffe Ton eines Offiziers gewesen. Der meinte es zweifelsohne auch so, doch Inge wusste, dass seine Beweggründe tiefer lagen, andernfalls hätte er nicht das Bedürfnis gehabt, ihr das zu sagen.

»Trinken Sie erst einmal einen Kaffee. Ich schenke Ihnen welchen ein«, sagte er mit Blick auf die bereits neben dem Kessel bereitstehende Tasse. »Noch ist nicht alles verloren. Theresienstadt. Das ist kein Todesurteil«, sagte er, bevor er sich erhob und zur Küchenanrichte ging. Sein Wort in Gottes Ohr, sofern es Gott überhaupt noch gab.

Tage des Bibberns und Wartens. Preuss hatte Inge versprochen, all seine Kontakte spielen zu lassen und auf die außerordentlichen Verdienste einer DRK-Schwester zu verweisen, die es einzig und allein der aufrechten Erziehung ihres Vaters zu verdanken hatte, sich in Tapferkeit und Einsatz für das deutsche Vaterland mehr als nur einmal erwiesen zu haben. Mehr als ein Missverständnis könne die Verhaftung ihres Vaters nicht gewesen sein. Wie weit Preuss' Kontakte reichten, konnte Inge nicht einschätzen. Es gab Seilschaften, Gefälligkeiten. Eine Hand wusch auch bei der Wehrmacht die andere. Preuss hatte sich jedenfalls nicht weiter dazu geäußert, ihr lediglich gesagt, dass sie nun Geduld aufbringen müsse, bis sein Schreiben in die richtigen Hände gelangen würde. Er hatte anderes zu tun, als sich jeden Tag mit ihr zu beschäftigen. Preuss war damit beauftragt worden, die 14. Armee zu unterstützen, eine Einheit, deren Ziel es war, Rom unter allen Umständen zu halten. Der neue Oberbefehlshaber der Heeresgruppe C, Albert Kesselring, sah die Verteidigung des Südens gar als eines der wichtigsten Kriegsziele an. Das ließ sich aber nur bewerkstelligen, wenn all die Verteidigungslinien den Angriffen des Feinds standhielten, vor allem die südlich von Cassino. Die Gustav-Linie war bis dato nur Angriffen aus der Luft ausgesetzt gewesen, was vor allem für Opfer in der Zivilbevölkerung gesorgt hatte. Die anderen Linien, Volturno, Barbara und Bernhardt südlich von Cassino, ebenfalls bewusst in schwierigem Gelände und an Flussläufen errichtet, hatten bereits Feindkontakt am Boden erfahren, was zwangsläufig zu vielen Verwundeten auch auf deutscher Seite führte. Inge fühlte sich an manchen Tagen an die Ostfront zurückversetzt, weil sie erneut in einem Schulgebäude ihren Dienst verrichtete. Der einzige Unterschied bestand darin, dass das Personal dank ihrer Vorarbeit und der Einlagerung von allem Notwendigen nicht mit Versorgungsengpässen zu kämpfen hatte. Da nicht aus der Lazarett-Einheit aus Rom, beschränkte sich Inges Rolle nach wie vor darauf, für den reibungslosen Ablauf zu sorgen – offiziell, denn eine geschickte Hand und entsprechende Erfahrung beim Einsatz am stählernen Tisch, der über Leben und Tod entschied, war auch den hiesigen Stabsärzten höchstwillkommen. Jedoch nicht Tag und Nacht wie in Charkow und keiner der Verwundeten siechte auf Strohballen in den Gängen vor sich hin. Inge machte die Arbeit gern. Sie lenkte von den Sorgen um ihren Vater ab und gab ihr die Möglichkeit, Lorenzo nahezu täglich zu sehen. Preuss hielt sich vom Hospital fern und im Gegensatz zu Charkow war es hier an der Tagesordnung, Hilfe von externen Einheimischen zu erhalten. Sie waren ja nicht der Feind. Lorenzo belieferte das Lazarett mit Lebensmitteln, meist gegen neun am Morgen und noch einmal am späten Nachmittag, falls etwas fehlte. Niemand nahm Notiz von ihm oder wunderte sich, warum Inge sich zum Lager der ehemaligen Turnhalle der Schule begab, um das eine oder andere zu besorgen. Da sie sich meist im zur Pforte zweckentfremdeten

Häuschen des Hausmeisters aufhielt, entging es ihr auch nicht, wenn er mit seinem beladenen Esel kam. Man hörte es eher, als man es sah, weil sich das Tier wie üblich lautstark beschwerte, irgendeine Richtungsänderung zu vollziehen. Inge hörte ihn auch diesmal schon von Weitem schreien. Lorenzo ebenfalls. Ohne seine Flüche schien sich der Esel nach wie vor nicht zu bewegen. Um nicht vielleicht doch die Aufmerksamkeit der Sanitäter oder der Schwestern zu erregen, wartete Inge auch heute im Lager auf ihn. Dort waren sie meist ungestört und vor Blicken geschützt. Einen Korb voller Äpfel trug er herein. Kaum stand der auf dem Boden, verlangte er nach einem Kuss.

»Gibt es Neues von deinem Vater?« Lorenzo fragte jeden Tag.

Inge schüttelte den Kopf.

»Du darfst die Hoffnung nicht aufgeben.« Auch Trost dieser Art gab er jeden Tag von sich, aber nicht als dahingesagte Floskel, was Inge Kraft gab. »Iss lieber einen Apfel«, forderte er sie auf und warf ihr einen zu.

Inge fing ihn auf und biss hinein. Sie aß vor lauter Kummer nur noch wenig. Lorenzo war es, seitdem sie hier arbeitete, aufgefallen. Eingefallene Wangen habe sie und fahl sei sie auch geworden.

»Hast du mir nicht erzählt, dass Preuss jeden Tag im Süden an der Front ist?«, fragte Lorenzo eher beiläufig.

»Ja, warum?«

»Alberto hat ihn gestern auf der Straße in Richtung Norden gesehen.«

»Hat er gesagt, wo genau?« Inge wunderte sich darüber, denn soviel sie wusste, waren die Soldaten dort schon lange nicht mehr stationiert.

»Gut zehn Kilometer nördlich«, sagte Lorenzo.

Inge zuckte nur mit den Schultern. Wer wusste schon, was die Wehrmacht dort vorhatte.

»Vielleicht kommen weitere Soldaten aus Rom. Ist sich dieser Alberto sicher, dass es Preuss war?«, hakte Inge dann doch nach.

»Alberto hat beim Zimmern der Kisten mitgeholfen. Er hat ihn oft genug gesehen.«

»Er kann sich auch täuschen. Wenn ein Wagen schnell an einem vorbeifährt. Offiziere sehen in Uniform und mit Helm doch alle gleich aus.«

»Preuss ist nicht an ihm vorbeigefahren. Sein Wagen stand am Straßenrand. Er kam aus dem Gelände«, sagte Lorenzo.

»Er wird einem natürlichen Bedürfnis nachgegangen sein.« Einen anderen Grund konnte Inge sich nicht denken.

»So wie ich einem natürlichen Bedürfnis nachkommen muss«, sagte Lorenzo, packte sie am Schwesternkittel und zog sie nahe zu sich. Ein Kuss mit Apfelgeschmack. Nichts könnte im Moment schöner sein.

»Und dieser Alberto? Ist er auch einer von denen, die hierbleiben wollen?«, fragte Inge, nachdem sich Lorenzo zwangsläufig von ihr hatte lösen müssen. Der Esel beschwerte sich lautstark. Er stand schon ganz schief da, weil Lorenzo ihn bisher nur von einem Korb befreit hatte.

Lorenzo nickte.

»Dich werden sie eines Tages auch noch verhaften und wegbringen.«

»Von Alberto sind die Äpfel«, stellte er klar.

Inge nickte. Sie wollte gar nicht näher nachfragen, um sich nicht noch größere Sorgen zu machen.

»Preuss ist doch heute nicht da«, sagte er unvermittelt. Inge erinnerte sich daran, dass sie ihm am Vortag davon berichtet hatte, dass sie zum Abendbrot nicht auf ihn warten sollten.

»Alberto hat eine Hütte, in den Bergen. Ist nicht weit von hier«, sagte Lorenzo.

Inge ahnte, worauf Lorenzo anspielte. Er sprach es dennoch aus.

»Nur wir zwei«, flüsterte er.

»Und Maria?«

»Schaut sie auf die Uhr, wenn du nach Hause kommst?«

Inge verneinte. Zeit mit Lorenzo, wie damals am Fluss. Es erschien ihr wie ein Traum. Nun zum Greifen nah.

»Wir sehen uns immer nur ein paar Minuten«, bettelte er. Auch das wusste Inge. »Und wie kommen wir dahin?«

»Du hast doch einen Wagen. Es sind nur drei Kilometer. Und den verstecken wir, sodass ihn niemand sieht.«

In seinen Armen liegen, inmitten von Apfelbäumen. Inge spürte es wieder kribbeln.

»Ich warte unten an der Straße auf dich. Um fünf.« Das klang jetzt beinahe nach einem Einsatzbefehl. Befehlsverweigerung hatte in seinem Fall keinen Sinn, zumal Inge oft genug davon geträumt hatte, mit Lorenzo allein und vor allem ungestört zu sein.

Romantik in diesen schlimmen Zeiten? Inge hätte es nicht für möglich gehalten und eigentlich damit gerechnet, dass irgendetwas dazwischenkommen würde. Es mussten ja nur Schwerverletzte von der Front gebracht werden, die im Feldlazarett oder in einer der Hauptverbandstellen nicht versorgt werden konnten. Nichts dergleichen. Neugierige Nachfragen seitens der Sanitäter oder einer der Schwestern, warum sie kurz vor fünf weggefahren war? Ebenso wenig. Inge hatte einzig die Unruhe geplagt, ob Preuss nicht doch aus irgendeinem Grund entweder früher als geplant zurückkommen würde oder Maria, weil der Teufel es so wollte, hier vorbeikäme, um nach dem Rechten zu sehen. Diese Unruhe verblieb, doch Inge war bereit, sie in Kauf zu nehmen. Lorenzo hatte sie dennoch erst einsteigen lassen, als sie sicher gewesen war, dass sie dabei nicht beobachtet werden konnten. Auch das kurze Stück bis zu einem Feldweg, der schon auf dem ersten Stück steil nach oben ging, war mit Vorsicht zu genießen, denn dieser Teil des Wegs war von der Straße einsehbar. Danach nicht mehr. Bäume und Sträucher versperrten die Sicht. Kurze Zeit später ein ganzes Feld voller Apfelbäume. Die Dunkelheit würde sie sowieso bald verschlucken. Ohne Licht zu fahren, verstand sich unter diesen Umständen von selbst. Der Schein des Mondes war hell genug, um nicht gegen einen der Bäume zu fahren. Er fiel auf ein kleines Steinhäuschen am Ende des Karrenwegs, das feinen Rauch aus seinem Kamin entließ.

»Ich fürchte, wir sind nicht allein«, stellte Inge verwundert fest, kurz bevor sie das Ende des Weges erreicht hatte.

»Ich hab uns ein Feuer gemacht«, sagte Lorenzo, der die wenigen Stunden, die sie hatten, anscheinend bestens vorbereitet hatte. Einen Blechnapf mit Pasta von Mama, Teller und Geschirr hatte er in einem Korb dabei. Wein durfte natürlich nicht fehlen. Beste Voraussetzungen für einen romantischen Abend. Inge kam das alles nicht real vor, als er sie bei der Hand nahm und zum Haus führte. Er küsste sie, noch bevor er die Tür aufgesperrt hatte. Sahen so Träume aus, die in Erfüllung gingen? Hier? Inmitten von unzähligen Apfelbäumen?

Das kleine Steinhäuschen war wie ein Teil dieses Traums. Es war wider Erwarten gemütlich eingerichtet. Ein offener Kamin. Ein Tisch mit Stühlen, ein Sofa. Eine Spüle und ein Gasherd. Recht viel Platz war darin nicht, doch der reichte, um es sich gemütlich zu machen. Die wohlige Wärme und das Knistern des Feuers verstärkten Inges Eindruck, alles nur zu träumen.

»Wie bist du eigentlich hergekommen?«, wollte Inge wissen, als sie am Tisch Platz genommen hatte.

»Alberto.«

»Er weiß also …«

»Keine Sorge. Alberto ist einer von uns.«

»Uns?«

Lorenzo verzog das Gesicht. Ein unangebrachtes Thema. Inge beunruhigte es trotzdem.

»Du gehörst also immer noch dazu? Zum Widerstand?«, fragte sie ganz offen, entgegen ihrer Absicht, diese Zeit unbeschwert sein zu lassen. Es wollte angesichts der Brisanz dieses Themas nicht gelingen.

»Ich schieße auf niemanden«, kam zurück. Dann stellte er den Korb mit der Mahlzeit auf den Tisch und holte Gläser aus dem Schrank. »Wir haben schon so vielen Menschen die Flucht ermöglicht. Ich bin stolz darauf«, sagte er.

»Kannst du auch«, lenkte Inge dann doch ein. Sie sollte die Zeit mit ihm genießen. Sie war kostbar, sagte sie sich.

Lorenzo stellte die Weinflasche auf den Tisch und entkorkte sie. Dann schenkte er ihr und sich ein, bevor er neben ihr Platz nahm. »Auf was stoßen wir an?«, fragte er.

»Auf dass der Krieg bald vorbei ist«, schlug Inge vor.

Lorenzo schien dies zu enttäuschen. »Nicht auf uns?«, fragte er beleidigt.

»Das eine geht ja nicht ohne das andere.« Inge ärgerte sich über ihren unbedachten Trinkspruch, der belegte, dass sie zwar hier, in Gedanken aber noch nicht angekommen war.

»Dann stoßen wir zweimal an«, schlug er versöhnlich lächelnd vor.

Inge beließ es bei einem Mal. »Auf uns«, sagte sie aus vollem Herzen und ließ sich den guten Tropfen auf der Zunge zergehen.

Lorenzo seufzte und schlang seinen Arm um ihre Hüfte. Endlich Nähe, ohne unentwegt Angst haben zu müssen, beobachtet zu werden. Inge wunderte sich darüber, wo er sein stürmisches Temperament gelassen hatte. Wollte er sie etwa nicht küssen? Stattdessen starrte er nachdenklich auf das Weinglas vor sich.

»Worüber denkst du nach?«, fragte sie in aller Offenheit.

»Ach nichts.«

Inge glaubte ihm kein Wort und musterte ihn misstrauisch.

»Wirst du zurück nach Deutschland gehen, wenn er deinen Vater findet?«, fragte er.

Aha. Da drückte der Schuh. Inge nickte, ohne zu zögern, was ihn sichtlich bedrückte.

»Aber doch nicht für immer«, fügte sie hinzu.

Lorenzo nickte verständnisvoll, doch sein Lächeln hatte sie ihm nicht wieder ins Gesicht zaubern können.

»Und Preuss? Würde er dich überhaupt gehen lassen? Er tut so viel für dich«, sagte er.

Nun war Inge es, die nachdenklich auf ihr Weinglas starrte. Sie wusste das. Inge suchte nach den richtigen Worten. Lorenzo schien dies zu missinterpretieren. Er wirkte besorgt, fast ängstlich, als er zu ihr hersah.

»Ich hasse ihn. Ich respektiere ihn. Er hat sich in mich verliebt. Ich habe ihm keinen Grund dazu gegeben«, versuchte sie sich zu erklären.

»Du hast für ihn gespielt.«

Inge bereute augenblicklich, dass sie es Lorenzo erzählt hatte. »Eine Gefälligkeit.«

»Er wird dafür auch eine Gefälligkeit von dir verlangen.«

Inge schluckte. Natürlich hatte sie bereits daran gedacht und der Preis könnte angesichts seines Vorhabens, ihren Vater aus dem Arbeitslager zu holen, höher sein, auch wenn er ihr im Vorfeld das Gegenteil gesagt hatte.

»Lorenzo. Ich liebe nur dich«, versicherte sie ihm und sah ihm dabei direkt in die Augen.

Er nickte und sah sie eine halbe Ewigkeit nur an. Dann fuhr seine Hand zärtlich durch ihr Haar. Inge schloss die Augen, um diese sinnliche Berührung zu genießen. Als seine Lippen nach den ihren suchten und sie sich vereinigten, verlor alles andere in diesem Augenblick an Bedeutung. Seine warme Hand fuhr zärtlich über ihren Bauch und berührte ihre Brüste.

»Ich liebe dich, Inge. Ich würde für dich sterben.«

Inge erwiderte seine zärtlichen Berührungen und sehnte sich danach, ihn zu spüren, alles an ihm zu erkunden. Haut an Haut. Er nahm sie bei der Hand und erhob sich.

»Komm«, forderte er sie auf. Eine Einladung zum Liebesspiel. Das erste Mal. Ausgerechnet hier, in einem Versteck inmitten einer Apfelbaumplantage. Das war der letzte klare Gedanke, den Inge zu fassen imstande war. Lorenzo hörte nicht auf, sie zu küssen.

Inge vernahm nur noch das Knistern des Feuers im Kamin und seinen Atem, der schwer wurde, genau wie ihrer. Er entkleidete sie behutsam und schälte sich ebenso aus seinem Hemd. Haut an Haut. So zärtlich. Bloß nicht aufhören. Sein Mund liebkoste ihre Brüste, bevor auch sein letztes Kleidungsstück zu Boden ging und sie sich auf das Sofa sinken ließen. Sie wollte ihn spüren. Denn sie ahnte nun, wie gefühlvoll, kraftvoll und berauschend körperliche Liebe sein konnte, wenn zwei Seelen wie ihre zueinandergefunden hatten.

Für ein paar Stunden im Leben unbeschwert glücklich zu sein, erschien Inge in diesen Zeiten wie ein Juwel, ein Geschenk des Himmels. Die Zeit in der Hütte mit Lorenzo hallte nach, spendete Hoffnung auf ein Leben nach dem Krieg. Nichts würde mehr so sein wie früher, doch vielleicht würde alles sogar noch viel besser. Bis dahin hieß es irgendwie durchzuhalten. Preuss war wieder zurück und hatte an der Gustav-Linie alle Hände voll zu tun. Somit rückten weitere Stunden der Zärtlichkeit in weite Ferne. Inge war schon froh, dass ihr Ausflug in die Hütte keine weiteren Nachfragen verursacht hatte – noch nicht einmal bei Maria. »Es ist noch Essen da. Du kannst es dir aufwärmen«, hatte es geheißen, als sie von Albertos Hütte erst gegen neun nach Hause gekommen war. Nach so viel Pasta im Magen ein Ding der Unmöglichkeit. Maria hatte am nächsten Morgen, als sie Inges Portion noch im Kühlschrank vorgefunden hatte, gar nicht weiter nachgefragt. Später als bisher gewohnt zurückzukommen, erschien schon allein deshalb nicht außergewöhnlich, weil immer mehr Verletzte ins Lazarett gebracht wurden. Dies war allerdings auch mit ein Grund, Lorenzo in den kommenden Tagen nur noch sporadisch und wenn, dann nur kurz, wenn er das Lazarett belieferte, sehen zu können. Inge nahm sich vor, von der Erinnerung an diese Stunden zu zehren und davon zu träumen, eines Tages mit ihm für immer zusammen zu sein. Hier, in seiner Heimat – auch darüber hatten sie gesprochen, als sie erschöpft und eng aneinandergeschmiegt in ihrem Liebesnest gelegen hatten. Daran dachte Inge, wann immer sie während ihres Diensts an der Pforte wenigstens für ein paar Minuten den Kopf frei hatte.

»Schussverletzung!« Der Ausruf des Sanitäters riss Inge aus ihren Träumereien. Es musste in diesem Fall schnell gehen. Das wusste sie aus ihrer Zeit an der Ostfront. Inge eilte aus der Pforte und warf einen Blick auf den Verletzten, ein junger Kerl wie so viele, der vor ihr auf der Pritsche lag. Er war noch bei Bewusstsein. Sein Blick eingetrübt. Die Bauchwunde blutete nicht stark. Inges Erfahrung nach könnte er Glück gehabt haben. Ihre Aufgabe war es, die Soldaten zu registrieren. Sein Name stand auf der Dienstmarke. Werner Schmied.

»Dreiundzwanzig. Einheit bei Campobasso. War während der ganzen Fahrt bei Bewusstsein.« Die Sanitäter wussten, welche Informationen sie am dringendsten benötigten. Inge notierte seinen Namen und den seiner Einheit auf ein Formular, das sie auf ein Reißbrett gepinnt in der Hand hielt.

Zwei Schwestern eilten aus dem Hauptgebäude, in das die Verwundeten gebracht wurden. Schwester Hilde, die Dienstälteste, besah sich umgehend die Verletzung. Sie erinnerte

Inge ein wenig an den *Drachen* des Kriegslazaretts in Charkow, nur dass sie nichts von Schwester Ursulas herrischer Art hatte.

»Können Sie mich hören?«, fragte sie.

Der Soldat nickte. Er hatte schnell reagiert, trotz der offensichtlichen Schmerzen. Inge war nicht entgangen, dass er sich mit den Händen am Gestänge der Pritsche festklammerte. Das Weiß seiner Handknöchel trat dabei hervor.

»Bekommen Sie Luft?«

Er nickte erneut.

»Bringen Sie ihn in Sektion zwei«, wies Schwester Hilde einen der beiden Sanitäter an, was ihre jüngere Kollegin, die ebenfalls einen prüfenden Blick auf Schmied geworfen hatte, abnickte.

Ihre Einschätzung deckte sich mit der von Inge. Hätte er keine Überlebenschancen, wäre er in Sektion drei gebracht worden. Für Sektion eins, die den leicht Verwundeten vorbehalten war, reichte es nicht. Das gleiche Spiel wie an der Ostfront.

Inge begab sich zurück an den Empfang und legte das Einweisungsformular auf einen Stapel, der jeden Tag höher wurde. Sie widmete sich dann wieder der Überprüfung der Zugänge an Medikamenten, teils neue Lieferungen aus dem Norden, teils aus dem alten Lager, dessen Bestände nun hier in der alten Turnhalle untergebracht werden sollten – auf Preuss' Anweisung, denn vorletzte Nacht hatte es einen Bombeneinschlag ganz in der Nähe des alten Bauernhofs gegeben, in dem bisher alle Materialien gelagert gewesen waren. Auch das Munitionslager war aus diesem Grund in eine Höhle am Ortsrand verlegt worden. Inge zählte die Anzahl der Morphinampullen in drei Holzkisten, die auf einem Tisch neben dem Eingang standen. Ihrer Einschätzung nach gingen sie in spätestens einer Woche zur Neige. Die Möglichkeit mit eingerechnet, dass ein Transporter von Partisanen auf dem Weg von Rom hierher überfallen würde, entschloss sie sich dazu, gleich mehr davon zu bestellen. Wer wusste schon, was, wie viel und vor allem wann tatsächlich die Lieferungen sie erreichten. Kam jetzt die nächste Fuhre von Verbandsmaterial vom alten Lager? Das ging jetzt schon den ganzen Vormittag so. Das Geräusch des vorfahrenden Wagens hörte sich aber anders an, auch nicht nach dem Fahrzeug der Sanitätseinheit. Neugierig trat Inge hinaus und zuckte regelrecht zusammen, Preuss aus seinem Wagen steigen zu sehen. Er hatte sie hier noch nie zuvor aufgesucht. Sein Blick war eisig. Neuigkeiten von der Front? Vermutlich schlechte. Was war so dringlich, dass er hier zu ihr kam? Grußlos ging er zu ihr an die Pforte.

»Können wir hier drin ungestört reden?«, fragte er.

Inge nickte und bat ihn herein.

»Es gibt Neuigkeiten. Von Ihrem Vater.«

Inge wurde auf einen Schlag heiß.

»Er ist noch inhaftiert. Es ist eine sehr heikle Angelegenheit.«

Inge musste sich setzen. Ihre Knie hatten angefangen zu zittern.

»Jetzt ist mir auch klar, warum er den Juden geholfen hat.« Preuss nahm auf dem Stuhl neben der Tür Platz.

»Nun sagen Sie schon.« Inge bebte innerlich vor Aufregung.

»Sie haben Briefe bei ihm in der Wohnung gefunden. Verräterische Briefe.«

Warum fiel es Preuss schwer, weiterzusprechen?

»Mit Anna Blum. Kennen Sie sie?«, fragte er.

Inge erstarrte. Natürlich kannte sie die gute Anna.

»Sie hat bei uns als Zugehfrau und Näherin gearbeitet.«

»Bis 1934?«

Inge überlegte fieberhaft. »Ich glaube, ich war zehn oder elf, als sie uns verließ. Sie war so eine liebenswerte Frau. Hat sich um mich gekümmert, wenn Vater unterwegs war. Hat mit mir gespielt, bei den Hausaufgaben geholfen. Und mit mir Puppenkleider genäht«, sagte Inge. Worauf wollte er hinaus?

Preuss nickte nachdenklich. »Im April dreiunddreißig fing es an. Judenboykott. Berufsbeamtengesetz. Verstehen Sie, was das heißt?«

»Sie meinen, Anna war eine Jüdin? Wurde er deshalb belangt, weil er vor Jahren eine Jüdin beschäftigt hat?« Inge konnte das kaum glauben.

Preuss' mitleidiger Blick beunruhigte Inge immer mehr.

»Anna war seine große Liebe«, sagte er dann.

»Anna?«, rief Inge fassungslos aus.

»Sie haben nie geheiratet. Weil er nicht zum jüdischen Glauben und sie nicht zum christlichen Glauben konvertieren wollte. Ihre Familie war sowieso gegen eine Heirat.«

Inge brachte keinen Ton mehr heraus. Sie fragte sich, woher er das alles wusste. Etwa aus den Briefen?

»Inge. Sie sind Anna Blums Tochter«, fuhr er fort.

Inge spürte Schwindel in sich aufsteigen. Anna Blum ihre Mutter? Tausend verschüttete Kindheitserinnerungen schossen ihr durch den Kopf und fluteten ihr Inneres. Wie eine Mutter war sie zu ihr gewesen und der Abschied im Laden. Die Tränen, die sie vergossen hatte. Die letzte Umarmung, als sie sich von ihr vor dem Haus verabschiedet hatte. War es nicht so gewesen, dass sie sie verlassen hatte, weil ihre Mutter schwer krank gewesen sei? Inge glaubte, sich auch daran zu erinnern.

»Es geht aus den Briefen hervor.«

»Aber meine Mutter ist doch bei der Geburt verstorben«, sagte Inge der Verzweiflung nah.

»Hat Ihr Vater Ihnen das erzählt?«

Inge nickte. Tränen stiegen in ihren Augen hoch.

»Ich fürchte, er hat sie belogen. In dem Glauben gelassen. Sie hatten noch für eine Weile Briefkontakt. Anna ging nach Tel Aviv. Noch für einige Jahre haben sie sich geschrieben. Über einen Kontaktmann in der Schweiz. Sie wollte nicht zurückkommen, um sich selbst, aber auch Sie nicht zu gefährden«, sagte Preuss.

»Aber das kann doch alles gar nicht sein. Lena Meier war meine Mutter. Das steht doch auch in meiner Geburtsurkunde.« Inge war der Verzweiflung nah.

»Anna und Ihr Vater haben sich einiges einfallen lassen, um geheim zu halten, dass Sie Annas Tochter sind. Anna hat Sie zu Hause bekommen und muss es wohl geschafft haben, für lange Zeit die Schwangerschaft unter weiten Gewändern zu verbergen. Es kam zum Zerwürfnis mit ihren Eltern, als sich der Bauch zumindest daheim nicht mehr verbergen ließ. Eine schwierige Situation. Und Gustav, Ihr Vater, hat auf dem Standesamt behauptet, dass eine Lena Meier ihm ein Kind vor die Haustür gelegt hat und dann spurlos verschwunden sei. Angeblich sei diese Lena Meier eine Waise aus Würzburg. Ob ihr Name stimmt, konnte niemand nachprüfen. Angeblich seien Sie Ergebnis einer durchzechten Nacht. Die Vaterschaft hat er nicht abgestritten. Die Geburtsurkunde wurde auf seinen Namen und Lena Meier ausgestellt. Und Anna Blum zog ins Nachbarhaus. Von da an arbeitete sie als Zugehfrau und bei ihm im Laden.«

Inge saß in sich zusammengefallen da und hatte nicht einmal mehr die Kraft, sich die Tränen aus den Augen zu wischen. Das war zu viel auf einmal. Inge hatte Mühe, all das einzuordnen und mit ihren Erinnerungen abzugleichen.

»Inge. Ihr Vater war an der Front. Hat tapfer im Ersten Weltkrieg für das Vaterland gekämpft. Das kommt ihm zugute. Wir können es so hinstellen, dass er ein guter Mensch ist, der sich seiner Verantwortung gestellt hat und ursprünglich ja nicht wissen konnte, dass er sich auf eine Jüdin einlässt – also vor der Empfängnis. Diesbezüglich sind die Briefe nicht niet- und nagelfest. Was tut man nicht alles aus Liebe?«

Inge hörte nur noch mit halbem Ohr zu. Etwas ganz anderes und viel Schwerwiegenderes geisterte nun durch ihren Kopf. »Warum? Vater hätte es mir doch sagen können«, schluchzte Inge.

Preuss zuckte nur ratlos mit den Schultern. »Für Sie werden die Zeiten gefährlich. Sie sind Halbjüdin«, sagte er.

Inge schloss die Augen, als ob sie sie vor der Wahrheit verschließen wollte.

»Doch Sie sind beim DRK, haben wertvolle Dienste geleistet. Auch hier«, fuhr er fort.

Inge schlug die Hände vors Gesicht. Lief sie nun etwa auch noch Gefahr, deportiert zu werden?

Preuss ging zu ihr und legte seine Hand auf ihre Schulter. »Inge. Machen Sie sich keine Sorgen. Ihr Vater wird vom Frontkämpferprivileg profitieren. Er wusste anfangs nicht, dass sie eine Jüdin war. So habe ich es hingestellt und dann …, als das Kind kam. Er hatte ein gutes Herz. Das Kind. Halb arisch. Aufrecht. Im Dienste des Reichs.«

Inge wurde flau im Magen. Zugleich stieg Wut in ihr hoch. Wut auf die menschenverachtende Logik dieser Ausgeburten der Hölle.

»Und Sie? Herr Oberstleutnant. Wie gehen Sie jetzt damit um? Haben Sie sich nicht auch in eine Halbjüdin verliebt?«, schleuderte sie ihm aus purer Verzweiflung ins Gesicht.

Preuss trafen ihre Worte wie ein Hieb. Er ließ abrupt von ihr ab.

»Es tut mir leid … Ich …« Inge bereute augenblicklich ihre Vehemenz und wischte sich die Augen trocken.

»Ich bereue es nicht, Inge«, sagte er sanft, was alles nur noch schlimmer machte. »Auch wenn Sie offensichtlich Gefühle für jemand anderen hegen. Ich bin doch nicht blind, Inge. Sie sind noch jung und empfänglich für diese Dinge. Eine Liebelei. Das ist in Ihrem Alter doch völlig normal. Ach, was tut man nicht alles, wenn die Schmetterlinge im Bauch wie wild fliegen, aber das Leben. Da geht es doch um so viel mehr ...«

»Um was soll es denn noch gehen? Ums Siegen um jeden Preis?«

»Ich kann Sie beschützen, Inge. Lassen Sie mich Ihnen helfen und hören Sie auf meinen Rat. Tun Sie einfach Ihre Arbeit. Dieser Lorenzo ... Er war doch fast jeden Tag in der Abtei. Er beliefert das Lazarett. Das ist mir doch nicht entgangen.«

»Ich soll ihn nie wiedersehen? Ist es das, was Sie von mir verlangen?« Inge war am Ende ihrer Kräfte. Der Gedanke, Lorenzo aus ihrem Leben zu verbannen, war so schmerzhaft, dass sie ihn kaum noch ertrug.

»Ich verlange nichts von Ihnen, aber es ist ein gut gemeinter Ratschlag. Die meisten Partisanen sind junge Männer, die nicht an die Front mussten. Die Helfershelfer. Muss ich deutlicher werden?« Preuss' Ton war freundschaftlich und dennoch sprach aus ihm der Offizier, in Erwartung, seine Anweisungen zu befolgen.

Inge schwieg und versuchte, sich keine Gefühlsregung ansehen zu lassen.

»Wenn Sie in Verbindung mit ihm gebracht werden. Ich könnte Sie dann nicht mehr schützen. Dann wird es heißen, dass das verräterische jüdische Blut, das in Ihren Adern fließt ... Sie verstehen, was ich damit sagen will?«

Inge gab einen verächtlichen Laut von sich.

»Hören Sie. Ich werde dafür sorgen, dass Ihr Vater wieder auf freien Fuß kommt. Sorgen Sie dafür, dass Sie sich nicht in unnötige Gefahr begeben. Ihr Vater ist sehr krank. Sie wollen doch sicher zu ihm, oder etwa nicht?«

Inge wusste nicht, welches Gefühl im Moment überwog. Abscheu oder Dankbarkeit. Wollte er sich ihre Liebe diesmal doch erkaufen? Es schien so. Seine Worte hatten aber auch Zweifel in ihr geweckt, ob das Leben nicht vielleicht doch mehr als nur eine Liebelei war, wie er es genannt hatte. Vater brauchte sie. Inge konnte nicht mehr klar denken. Anna Blum. Ihre Mutter. Jüdisches Blut in ihren Adern. Schwindel stieg in ihr auf …

Preuss schenkte Wasser aus der Karaffe auf der Anrichte in ein Glas und reichte es ihr. »Trinken Sie. Sie sind bleich wie die Wand.«

Inge nahm es mit zitternden Händen entgegen.

»Man steht im Leben oft vor schwierigen Entscheidungen dieser Art. Hört man auf sein Herz oder den Verstand? Um zu überleben, empfehle ich in diesen Zeiten die Stimme des Letzteren. Das gilt im Übrigen auch für mich. Überleben. Das Beste aus einer Situation machen. Damit fährt man am besten«, sagte er, nickte ihr zum Gruß zu und ging.

Kapitel 22

Inge verbrachte die halbe Nacht damit, sich die Abschriften, die man Preuss zugestellt hatte, durchzusehen. Es konnte keinen Zweifel mehr daran geben, dass Anna Blum ihre leibliche Mutter war. Das erschloss sich aus Vaters Korrespondenz und einem Protokoll des Nürnberger Standesamts. Sehr nahe ging Inge eine Passage, in der ihr Vater erklärte, dass er es bereuen würde, Anna nicht doch geehelicht und mit ihr das Land verlassen zu haben. Bequemlichkeit, Feigheit und Gutgläubigkeit, Vertrauen in das Gute im Deutschen, warf er sich darin vor. »Meine geliebte Anna.« Allein die Anrede sagte ja schon alles. Und dennoch waren die zitierten Passagen nicht so, wie Inge sie erwartet hatte. Es waren keine Liebesbriefe, wie man sie sich vorstellte. Inge erklärte sich dies damit, dass sie die Zeit der Verliebtheit ja zu diesem Zeitpunkt bereits hinter sich gehabt haben mussten. Der Rest war dennoch verräterisch und belastend. Wie es ihr erginge und wie ihrer Mutter, stand in seinen Schreiben. Vater wusste also, dass sie in Tel Aviv war. In ihren Briefen an ihn hingegen drehte sich alles um ihr Kind, und wie sehr sie es vermisste. Inge erinnerte sich beim Lesen dieser Zeilen an so viele Begebenheiten, an die sie seit Jahren nicht mehr gedacht hatte. Die Kindheit schien eine halbe Ewigkeit her zu sein. Es waren nur Fragmente, die ihr durch den Kopf schossen. Kleine Dinge, wie etwa das rosa Puppenkleid mit Rüschen, das sie gemeinsam genäht hatten. Inge hatte die Puppe bis heute in einem ihrer Schränke aufbewahrt. Gute-Nacht-Küsse. Die vielen Umarmungen. Besuche im Nürnberger Zoo. Inge wünschte, sie könnte sich an mehr erinnern, weil ihr jede dieser Begebenheiten auf einmal um so viel wertvoller vorkam. Zeit mit ihrer Mutter. Aus den vielen zitierten Stellen ging ebenfalls zweifelsohne hervor, dass ihr Vater wusste, ein Kind mit einer Jüdin zu haben. Interessanterweise waren ihm die Briefe nicht direkt aus Tel Aviv zugestellt worden – ein weiteres Indiz dafür, wie brisant die Lage gewesen war. Anna hatte einem Freund in der Schweiz geschrieben. Inge kannte ihn namentlich, weil er zu Vaters Stammkundschaft gehört hatte. Ein mit einer Schweizerin verheirateter Kriegskamerad, der nach Bern gezogen war. Dorthin waren alle Briefe von Anna gegangen. Vaters Briefe ebenso. Jüdisches Blut. Fühlte sie sich mit dieser Gewissheit jetzt anders? Verbundener mit dem unterdrückten Judentum? Inge quälte diese Frage bis in die Morgenstunden, doch kam zu dem Schluss, dass aus ihr keine andere geworden war. Und Preuss? Wie würde er damit umgehen, dass er sich in unreines Blut verliebt hatte? Schien es ihn tatsächlich gar nicht zu stören? Am Ende fand er Trost darin, denn eine Liaison mit ihr wäre ihm in seiner Stellung unmöglich. Sie würde nicht nur seine Karriere, sondern auch sein Leben bedrohen. Insofern hatte es sogar Vorzüge, eine Halbjüdin zu sein, sagte Inge sich. Mit einem erschöpften Schmunzeln auf den Lippen schlief sie ein.

Gerade jetzt hätte Inge seine Nähe gebraucht. Den Hoffnungsschimmer, der untrennbar mit Lorenzo verknüpft war, doch Inge sah das Streiflicht am morgendlichen Horizont mit den grauen Wolken dahinschwinden, die das Sonnenlicht vertrieben. Nach dem Krieg sähe alles ganz anders aus, versuchte sie, sich einzureden. Preuss würde sie nicht fallen lassen. Durchhalten um jeden Preis. Schon auf dem Weg zum Lazarett hatte Inge sich gefragt, wie viel mehr ihr das Leben noch aufbürden würde. Immerhin war sie noch am Leben. Auch das machte sie sich klar. War es nicht undankbar, sich in diesen Zeiten, in denen andere ihr Leben, ihre Liebsten oder ihr ganzes Hab und Gut verloren, nur an sich zu denken? An das eigene Glück? Schon als sie im Lazarett angekommen war, festigte sich dieser Gedanke. Verwundete, vor Schmerz stöhnende und klagende junge Männer lagen auf Tragen neben der Pforte, wie bereits andernorts erlebt. Die Sanitäter mussten sie gerade erst gebracht haben. Zwei von ihnen ließ Schwester Hilde in Sektion drei bringen. Ihre Mütter würden sie wohl nie wiedersehen. Vermutlich sah sie ihre Mutter auch nie wieder, sagte Inge sich. Wie konnte eine Mutter es nur fertigbringen, ihr Kind zu verlassen? Diese Frage beschäftigte sie immer mehr, doch all diese Gedanken musste sie zurückstellen. Es kamen mehr und mehr Verletzte. Nicht denken. Handeln. Im Operationsraum. Der stählerne Tisch. Zwei Bauchschüsse. Inge wusste, was zu tun war. Assistieren statt denken. Leben retten. Den ganzen Vormittag. Lorenzo würde sie heute an der Pforte nicht vorfinden. Was spielte das für eine Rolle, wenn unter Nadel und Faden, die sie dem Stabsarzt reichte, ein Mann lag, der um sein Leben kämpfte. Es war die Vernunft, die ihr die Kraft gab, ihre Pflicht zu erfüllen. Hatte Preuss ihr das nicht gesagt? Dass Vernunft in diesen Zeiten das Einzige war, was zählte? Worauf man sich verlassen konnte? Und doch trieb gerade jene Vernunft Blüten und brachte Menschen dazu, sich unvernünftig zu verhalten. Sie war eine Halbjüdin, die dabei half, deutsche Leben zu retten. Würde man sie überhaupt noch darum bitten, bei Bauchverletzungen, die innere Organe zerfetzt hatten, zu assistieren, wenn sie es wüssten? Inge hatte Mühe, sich dabei zu konzentrieren, doch es gelang. Lobend erwähnen wollte Doktor Zacher sie. Das wusch das jüdische Blut aus ihren Adern, sagte sie sich, nachdem Doktor Zacher sie aus dem Operationsbereich entlassen hatte. Inge kannte sich selbst nicht wieder. Zynismus war ihr fremd, doch er ritt sie so lange, bis sie die Pforte erreichte, um den zwangsweise vorübergehend zu ihren Aufgaben verurteilten Sanitäter abzulösen.

Inge ließ sich kraftlos auf ihren Stuhl vor dem Sekretär fallen. Stapelweise Zettel. Noch nicht einmal vollständig ausgefüllt. Kein Wunder. Die meisten Neuankömmlinge waren nicht mehr bei Bewusstsein gewesen. Inge sortierte sie. Ein anderer Zettel hatte sich darunter geschoben. Darauf kam ein handgezeichnetes Tier zum Vorschein. Auch mit wenig Fantasie war es als Esel erkennbar. Eine Nachricht von Lorenzo. »Fünf Uhr. An der Abzweigung zu Alberto?«, stand darauf. Er wollte sie sehen. Vernunft walten lassen? Preuss konnte hier auftauchen. Hatte er nicht sowieso schon angedeutet, dass er Lorenzo verdächtigte, dem Widerstand anzugehören, wie die meisten jungen Männer, die nicht an der Front kämpften? Das Herz war stärker als jegliche Vernunft. Inge blickte unentwegt auf die Uhr, zuckte bei jedem Geräusch eines sich nähernden Wagens zusammen, aus Angst, dass Preuss ausgerechnet kurz vor fünf vorbeikommen könnte. Er wusste, dass ihr Dienst normalerweise dann vorbei war. Neuzugänge? Auch die würden sie aufhalten. Nichts dergleichen geschah. Ihre Kollegin, Schwester Friederike, hatte bereits seit letzter Woche den Nachtdienst an der Pforte übernommen. Ihr musste sie nichts erklären.

»Bis morgen und eine ruhige Nacht«, wünschte sie ihr. Dann eilte sie zu ihrem Wagen. Es waren nur wenige Minuten bis zu jener Abzweigung. Lorenzo würde sicher auf sie warten, auch wenn sie sich etwas verspätete.

Sie täuschte sich nicht. Gleich nach der ersten Steigung, die vor Blicken von der Straße aus schützte, standen er und sein Esel da, inmitten der Apfelbaumplantage.

Inge stieg aus dem Wagen und lief ihm in die Arme. Lorenzo hielt sie innig und fest. In seinen Armen fiel die stetig gewachsene Anspannung, seitdem sie wusste, wer sie wirklich war, von ihr. Inge ließ ihren Tränen freien Lauf.

»Was ist passiert?«, fragte er.

»Halt mich ... Halt mich einfach.«

Lorenzo fuhr ihr durchs Haar. Seine Stimme zu hören, ihn so nah zu spüren, ihn zu riechen. All das spülte noch den letzten Hauch von Vernunft aus ihr heraus.

»Sag mir, was passiert ist«, verlangte er.

»Mein Vater wurde verhaftet und deportiert, weil er Juden geholfen hat. Aber er ist am Leben. Preuss wird versuchen, ihn rauszuholen«, sagte sie.

Lorenzos Umarmung verlor augenblicklich an Kraft. Er ließ von ihr ab und sah sie schweigend in einer Mischung aus Mitgefühl und Irritation an.

»Sie haben Briefe bei meinem Vater gefunden. An meine Mutter.«

»Du hast mir nie von ihr erzählt«, sagte Lorenzo, der sichtlich Mühe hatte, all das so schnell zu verarbeiten.

»Ich dachte bisher immer, sie wäre tot, bei meiner Geburt gestorben, aber das war gelogen.«

»Gelogen?«

»Vater war mit einer Jüdin zusammen. Sie hat bei uns gearbeitet. Ich bin ihre Tochter.«

»Und sie lebt?«

»Ich weiß es nicht. Sie hat das Land verlassen, als ich noch klein war. Und Preuss ...«

»Sag mir nicht, dass er dich jetzt erpresst, weil er weiß, dass deine Mutter eine Jüdin ist.«

»Nein. Aber er will, dass wir uns nicht mehr sehen. Er hat mitbekommen, dass du in der Abtei warst, und vermutet dich beim Widerstand«, gestand Inge ihm verzweifelt.

Lorenzo sagte nichts darauf.

»Aber ich kann das nicht«, sagte Inge.

Lorenzo ließ seinen Blick unruhig umherschweifen. Tausend Gedanken schienen ihm durch den Kopf zu schießen.

»Er wird keine Ruhe geben, dich unter Druck setzen, und wenn du nicht tust, was er will … Ich möchte nicht, dass dir etwas zustößt«, sagte er dann schweren Herzens.

Inge überraschte, dass Lorenzo, obwohl sie nicht daran zweifelte, dass er sie liebte, nun genau das tat, was Preuss ihr geraten hatte. Er stellte die Vernunft über sein Herz, denn dass es ihm schwerfallen würde, wenn sie sich nicht mehr sahen, dessen war Inge sich sicher.

»Ich würde es mir niemals verzeihen, wenn sie dich wegbringen würden. Er hat dich in der Hand«, sagte Lorenzo der Verzweiflung nah.

»Er wird mir nichts antun.«

Lorenzos Blick glitt ins Leere.

»Aber woher weiß ich, dass es dir gut geht, wenn wir uns nicht sehen können? Ich habe jeden Tag Angst um dich. Ihr bringt doch immer noch Leute weg«, sagte Inge.

Lorenzo nickte und dachte angestrengt nach. »Ich werde jeden Tag ein rotes Band an einen der Olivenbäume am Straßenrand anbringen. Am nächsten Tag an einem Baum daneben«, sagte er dann und rang sich ein tapferes Lächeln ab.

Inge war momentan unfähig, es zu erwidern.

»Glaub mir. Es ist zu gefährlich. Und mach dir keine Sorgen um mich. Egal wie lange es dauert. Irgendwann ist Preuss weg. Es ist doch nur noch eine Frage der Zeit, bis Italien befreit ist. Dann wird alles gut. Wir dürfen jetzt keine Fehler machen«, erklärte er.

Inge nickte schweren Herzens. »Ein rotes Band«, sagte sie.

»Ein Zeichen meiner Liebe. Jeden Tag wirst du es sehen. Ich verspreche es dir.« Dann küsste er sie innig. Wenn dieser

Moment doch nur ewig währen könnte! Der Kuss fühlte sich dennoch wie ein Abschied an. Der bittere Geschmack verblieb und seine wässrigen Augen, nachdem er sie zurück zum Wagen begleitet hatte.

»Jetzt fahr schon!«, sagte er ihr.

Die Vernunft obsiegte, doch nur, um ihre Herzen zu retten.

Preuss hatte die Gabe, sich keinerlei Gefühlsregung anmerken zu lassen. Als ob nichts geschehen wäre. Inge schüttelte in Gedanken erneut den Kopf darüber, während sie den Topf mit den garen Kartoffeln vom Herd nahm und das kochend heiße Wasser in die Spüle goss. Maria schnippelte derweilen Karotten für eine Gemüsepfanne. Die übliche Küchenroutine gegen Abend, genau wie seine Nachfrage, wie der Tag gewesen sei.

»Nichts Besonderes.« Marias Antwort passte zu Preuss' gleichgültigem Verhalten.

»Viele Verwundete.« Was sonst hätte Inge ihm erzählen sollen? Und was, außer anzukündigen, dass es täglich mehr wurden, hätte sie ihm eröffnen sollen? Er hatte es nicht weiter kommentiert und sich gleich ins Badezimmer verzogen, um sich vom Dreck der Front zu befreien, während eine Halbjüdin ihn versorgte. Inge verdrängte den Anflug von Sarkasmus und konzentrierte sich wieder auf die gekochten Kartoffeln, deren Schalen sie nun pellte.

Der Fernfeldschreiber meldete sich ratternd aus dem Nebenraum. Maria schien für einen Moment zu überlegen, ob sie ihrer Aufgabe gleich oder erst nach dem Gemüseschnippeln nachkommen sollte, legte dann aber das Messer zur Seite und trocknete sich die Hände ab. Inge wusste, dass Preuss sie angewiesen hatte, Nachrichten so schnell wie möglich in Empfang zu nehmen, wenn er im Haus war. Maria verschwand im Nebenraum, doch da blieb sie nicht lange. Vorhin noch verdrehte Augen, nun eine bitterernste Miene.

»Irgendetwas Schlimmes?«, fragte Inge.

Maria nickte, dann horchte sie in den Flur hinein. Man hörte, wenn oben Wasser in die Wanne pritschelte. Preuss war offenbar dabei, sich zu duschen.

»Er wird toben. Gold und Silber sind weg!«, sagte sie.

»Was?« Inge entglitt vor Schreck eine Kartoffel. Sie landete auf dem Boden.

»Die Kisten, die er hier hatte. Der Inhalt ist nicht angekommen. Stattdessen waren da nur Bücher drin«, sagte Maria sichtlich mitgenommen.

»Aber Preuss war doch dafür verantwortlich.«

Maria nickte sichtlich besorgt.

»Aber wie kann das sein? Bücher? Er hat den Soldaten die Kisten doch persönlich übergeben. Der Wagen stand über Nacht hier. Niemand wusste, dass darin keine Bücher sind. Er hat sie doch genau aus dem Grund so beschriften lassen.«

Maria nickte.

Oben herrschte wieder Stille, was Maria so nervös machte, dass sie an ihrer Unterlippe nagte. Anscheinend überlegte sie, wie sie es Preuss am besten beibrachte.

»Das war doch schon vor gut drei Wochen«, überlegte Inge laut.

»Die tauchen schon noch auf. Es sind bestimmt noch nicht alle Kisten in der Engelsburg. Soviel ich weiß, ist die offizielle Übergabe mit Abgleich der Listen erst für die erste Dezemberwoche geplant«, sagte Maria.

»Oder es hat sie jemand gestohlen. Preuss wollte das um jeden Preis verhindern.« Inge konnte es sich nicht anders erklären.

»Wie soll das gehen? Die Kisten waren verschlossen. Die beiden Soldaten wussten nicht, was drin ist. Preuss hat ihnen bewusst nichts gesagt, damit sie auf keine dummen Gedanken kommen. Ich erinnere mich noch genau. Er hat ihnen gesagt, dass die Kisten im Kloster vergessen wurden.«

»Vielleicht wäre es besser gewesen, sie nicht gesondert zu transportieren«, überlegte Inge laut.

Von oben ging die Badtür auf. Inge vernahm Schritte auf der Treppe.

Maria holte tief Luft.

»Ich hol uns einen Roten aus dem Keller«, sagte Preuss offenbar bester Dinge, als er die Tür zur Küche erreichte. Frisch geschniegelt, in sauberer Uniformhose und mit weißem Hemd.

»Oberstleutnant. Es gibt unangenehme Nachrichten.«

Preuss stutzte. Sein Lächeln verlor sich schnell.

Maria ging in den Nebenraum und holte den Ausdruck des Feldfernschreibers. Sie reichte ihn ihm wortlos. Preuss las die Nachricht und wirkte sichtlich überrascht, doch er gab sich weniger betroffen, als Inge es erwartet hatte.

»Das ist eine Katastrophe«, sagte er. Inge irritierte, dass es gar nicht nach einer klang.

»Was soll ich antworten? Rom erwartet eine Antwort.«

Preuss überlegte einen Moment. »Wir sollten den Abtransport schildern. Die Umstände. Nicht, dass man uns noch dafür verantwortlich macht.«

Uns? Hörte Inge da recht?

»Ich habe mir die Namen der Soldaten notiert, auch wann sie abgefahren sind«, sagte Maria.

»Gut. Ausgezeichnet. Auf Sie ist Verlass, Maria.«

»Und sonst? Was soll ich sonst noch schreiben?«, hakte Maria nach.

»Nichts weiter. Ich bin mir sicher, dass es sich um ein Missverständnis handelt. Ja, schreiben Sie das. Ein Missverständnis. Wir haben die Kisten doch falsch beschriftet, bewusst. Vermutlich hat man sie ins neue Archiv gebracht.«

»Aber Sie hatten doch Rom informiert, dass diese Kisten gesondert zu behandeln sind«, gab Maria zu bedenken.

»Wissen Sie, wie viele Ladungen die bekommen haben? Es wird noch Tage, wenn nicht Wochen dauern, bis alles unter Dach und Fach ist. Wir hätten sie anders beschriften sollen. Sie werden sie vertauscht haben. Anders ist das nicht erklärbar. Angekommen sind sie sicher.«

Dies schien Maria zu beruhigen.

»Rot oder Weiß?«, fragte Preuss und gab Maria die Nachricht zurück, als wäre es eine lästige Rechnung.

Maria stand konsterniert da und brachte kein Wort heraus. Inge ging es genauso.

Preuss sah sie irritiert an und entschied dann allein. »Also gut, dann rot. Und dann trinken wir darauf, dass diese verdammten Kisten wieder auftauchen«, sagte er, bevor er in den Keller verschwand.

Inge sah ihm nachdenklich nach. Sein Interesse für Kunst. Sein Gerede, dass der Krieg bald vorbei war, und hatte er Schlegel nicht davon überzeugt, dass die weltlichen Werte gesondert transportiert werden müssten? Inge spann den Faden weiter, zumal ihr eben noch einfiel, dass Alberto ihn vor Tagen nachts an den Höhlen bemerkt hatte. Nein. Das konnte nicht sein. Preuss würde so etwas doch niemals tun. Kaum zu diesem Schluss gekommen, hielt sie es im nächsten Moment dann doch wieder für möglich.

Der Winter hielt mit frostigen Temperaturen Einzug. Eisblumen hatten sich über Nacht auf Inges Fenster gebildet. Ihr warmer Atem allein reichte nicht, um auf die Straße sehen zu können. Sie schrubbte mit ihren bloßen Händen ein kleines Guckloch frei, um den Olivenhain im Blick zu haben. Lorenzo hielt sein Versprechen. Inge entdeckte einen roten Punkt. Jeden Tag an einem anderen Baum, hatte er gesagt. Es ging ihm also gut. Diese Gewissheit war ein guter Beginn für den neuen Tag, der wahrscheinlich wieder ein langer wurde. Inge begab sich ins Bad, um sich zu waschen. Es war morgens mittlerweile so kalt, dass sie sich damit beeilte. Licht fiel von unten nach oben in den Gang und sie vernahm bereits Geräusche aus der Küche. Preuss und Maria mussten schon auf den Beinen sein. Inge zog sich ihre Schwesternuniform an und ging nach unten.

»Morgen Inge.« Maria trank bereits einen Kaffee und schmierte sich ein Butterbrot. Der Topf mit der Erdbeermarmelade stand daneben. Preuss saß im Nebenraum vor dem Funkfernschreiber. Die tägliche Morgenroutine, doch statt eines Grußes nickte er nur geschäftig. Eine Nachricht nach der anderen ratterte herein. Preuss hatte heute bestimmt viel zu tun. Warum sollte es ihm anders ergehen als ihr? Inge maß die Anzahl der Verwundeten, die tagsüber ins Lazarett eingeliefert wurden, bereits an der Höhe des Stapels, der sich auf ihrem Schreibtisch in der Pforte türmte.

»Was gibt es Neues?«, wollte Maria wissen.

»Die Briten versuchen, bei Ortona durchzukommen. Von der adriatischen Seite. Wenn wir Glück haben, kommt uns ausnahmsweise mal der Winter zu Hilfe. Und die Stellungen weiter südlich werden wir nicht mehr lange halten können. Ein Teil der Verteidigungslinien existiert nicht mehr«, sagte er.

»Luftangriffe?«, fragte Maria knapp, während sich Inge einen Kaffee einschenkte.

»Bodentruppen. Bei der Suppe da oben trifft doch keine Fliegerbombe ihr Ziel.«

Inge schnitt sich eine Scheibe Brot ab und wertete Preuss' Einschätzung der Lage als gut. Gut für die Italiener, gut für das Land und somit gut für sie und Lorenzo. Wenn nur schon die Gustav-Linie fallen würde. Nach dem, was sie bisher von Preuss in den letzten Tagen mitbekommen hatte, lag die Heimat bereits in Trümmern und Hitlers Truppen waren damit beschäftigt, vor allem die Westfront in den Griff zu bekommen. Hitler hatte sicher nicht mehr die Ressourcen, noch mehr Männer, es waren teilweise ja schon halbe Kinder, nach Italien abzukommandieren. Kilometer um Kilometer ging alles in die richtige Richtung, nämlich gen Norden. Insofern löffelte sie sich mit Vorfreude zwei Teelöffel der eingemachten Erdbeeren von der Frau des Gemüsehändlers auf ihr inzwischen mit Butter bestrichenes Brot.

»Ich fahre in die Stadt zum Einkaufen. Brauchen Sie irgendetwas?«, fragte Maria an Inge gerichtet.

Sie verneinte.

»Oberstleutnant?«

»Seife. Wir haben keine Seife. Und wenn Sie rote Farbe kriegen.«

»Rote Farbe?«, hakte Maria erstaunt nach. Inge fragte sich auch, was er damit wollte.

»Die bröckelt doch schon von Inges Wagen. Der Frost. Der Regen«, erklärte Preuss.

Inge war sich dessen gar nicht bewusst. Ihr Wagen, dessen beide Seiten sicherheitshalber ein rotes Kreuz zierte, war vom Straßenschlamm so verdreckt, dass ihr das in den letzten Wochen gar nicht aufgefallen war.

»Sie brauchen wirklich nichts?«, vergewisserte sich Maria noch einmal bei Inge.

»Nein.«

»Ich bin in zwei Stunden wieder zurück«, sagte Maria, trank ihren Kaffee aus und ging in den Flur, wo sie sich den Mantel überzog und dann das Haus verließ.

»Wollen Sie auch noch einen Kaffee?«, bot Inge dem Oberstleutnant an.

Er ignorierte ihre Frage, stand auf und trat in die Küche. Dann musterte er Inge für einen Moment nachdenklich. Was ging in ihm vor? Er wirkte etwas träge und hatte Ringe unter den Augen. Setzte ihm der aktuelle Frontverlauf so zu?

»Setzen wir uns doch ins Wohnzimmer. Ich habe gute Nachrichten«, sagte er und bedeutete ihr, ihm zu folgen.

Inge nahm ihre Tasse und ging ihm nach.

Preuss nahm im Sessel Platz. Er wirkte nicht gerade so, als würde er ihr gleich gute Nachrichten überbringen. Inge beunruhigte das. Schlechte Nachrichten für das Reich waren gute für sie. Preuss machte seinen Mund erst wieder auf, nachdem sie sich ebenfalls hingesetzt hatte.

»Ihr Vater. Er wurde heute freigelassen und wird zurück nach Nürnberg gebracht.«

Inge brauchte eine Weile, um das auch wirklich glauben zu können.

»Er wird morgen wieder daheim sein«, fügte er hinzu.

Inge war vor lauter freudiger Erregung nicht mehr in der Lage, ihre Kaffeetasse ruhig zu halten. Sie stellte sie klirrend samt der Untertasse auf dem Tisch ab.

»Wie geht es ihm? Wissen Sie etwas Näheres? Nun sagen Sie schon.«

Preuss nickte mit sorgenvoller Miene. »Er ist schwer krank. Die Lunge«, erwiderte er.

Inge stach das mitten ins Herz. »Was haben sie nur mit ihm gemacht?« Inges Frage war eine Anklage.

Preuss antwortete nicht sofort. Er fühlte sichtlich mit ihr mit. »Es ist kalt in diesen Lagern. Ich fürchte, die Wehrmacht sorgt sich nicht um das Wohl von Zwangsarbeitern«, sagte er.

Inge hatte den Eindruck, dass er sich dafür schämte.

»Sie sollten so schnell wie möglich nach Nürnberg fahren, um ihm beizustehen«, schlug er vor.

Inge täte nichts lieber als das, aber sie wusste, dass dies nicht so ohne Weiteres ging. »Ich bräuchte eine Genehmigung«, sagte sie.

»Die bekommen Sie von mir. Ich werde Sie begleiten.«

Inge traute ihren Ohren nicht. »Begleiten? Aber Sie werden doch hier gebraucht.« Inge konnte sich keinen Reim darauf machen.

»Gebraucht«, kam dann lakonisch zurück.

»Aber das Oberkommando. Oder können Sie selbst entscheiden …?«

»Das Oberkommando.« Preuss lachte nun sogar zynisch auf.

»Was haben Sie vor?«, fragte Inge. Preuss' stechender Blick war ihr nicht geheuer.

»Noch höchstens zwei, maximal drei Monate. Dann sind wir alle in Kriegsgefangenschaft. Sie vielleicht nicht. Sie schützt das Rote Kreuz. Wirklich ein Segen«, sagte er.

»Sie wollen desertieren?« Was er gesagt hatte, ließ keinen anderen Schluss zu.

»Das haben Sie gesagt.«

»Ist es denn etwas anderes?«

»Ich gehöre zu den wenigen, die ihren Verstand noch nicht an der Front abgegeben haben.«

»Der Krieg südlich von hier scheint verloren zu sein, aber er ist sicherlich noch nicht vorbei. Ich habe das doch in Russland erlebt. Wechselnde Fronten. Hin und her. Und was ist, wenn es doch diese geheimen Waffen gibt, über die man munkelt?« Inge erinnerte sich noch gut an eines ihrer letzten abendlichen Tischgespräche, bei denen dieses Thema aufgekommen war.

»Sie tun ja gerade so, als würden Sie sich den Endsieg wünschen. Ausgerechnet Sie«, hielt Preuss ihr vor.

Inge schwieg. Er musste wissen, dass dies nicht der Fall war.

»Ich muss mich auf der Fahrt nicht rechtfertigen. Mein Dienstrang genügt. Und Sie? Sie haben eine Genehmigung.«

»Aber wie kommen wir zurück in die Heimat? Es gibt doch keine Zugverbindungen mehr von hier.«

»Mit dem Wagen. Aber es ist gefährlich. Wir müssen über den Brenner fahren. Dort ist jederzeit mit Partisanenangriffen zu rechnen.«

Inge kämpfte mit sich. Die Aussicht, ihrem Vater beistehen zu können, ließ diese Fahrt zu einer Notwendigkeit werden, doch dabei ihr Leben aufs Spiel zu setzen, flößte ihr zugleich Angst ein.

»Ein rotes Kreuz auf dem Wagen. Gut sichtbar. Dann haben wir gute Karten.«

Daher also die rote Farbe. »Und was machen Sie dann, wenn Sie in Nürnberg sind?«, wollte Inge wissen.

»Sie können mit mir in die Schweiz gehen. Dort sind Sie und Ihr Vater in Sicherheit.«

»In die Schweiz? Aber wir haben doch deutsche Pässe.«

»Noch«, sagte er nur mit ruhiger Stimme.

Inge dämmerte, dass er diese Aktion schon seit geraumer Zeit geplant haben musste. Seit dem Moment, als er angefangen hatte, davon zu sprechen, dass der Ausgang des Kriegs gewiss sei und nicht Hitler ihn gewinnen würde. Stand Preuss nicht immer auf der Seite der Gewinner? Das war es doch, was ihn antrieb.

»Morgen Abend. Maria wird sich keine Fragen stellen, wenn sie erfährt, dass Ihr Vater erkrankt ist.«

»Ich kann Ihnen nicht versprechen, dass ich Sie in die Schweiz begleiten werde«, sagte Inge freiheraus.

»Ich werte Ihre Antwort dahingehend, dass Sie zumindest mit mir nach Nürnberg fahren. Das ist auch das einzig Vernünftige«, sagte er. Inge konnte ihm diesbezüglich nicht widersprechen. Erneut schien die Vernunft zu obsiegen.

»Ich würde es mir wünschen, dass Sie mich darüber hinaus begleiten. Ein ganz anderes Leben wartet dort auf Sie. Ein schöneres Leben. Die Schweiz ist neutral. Ich verfüge über gewisse Kontakte. Sie könnten dort Arbeit finden. Sie sind noch so jung. Sie könnten wieder musizieren. Denken Sie an all die Dinge, die Sie bisher in Ihrem Leben als wichtig erachtet haben. Sie sind nun zum Greifen nah.«

Preuss' Worte hallten nach. Inge wurde aber zugleich bewusst, dass sie Lorenzo dann wohl für längere Zeit nicht mehr sehen würde. Und in die Schweiz fahren? Mit gefälschten Pässen? Sie würden sich wahrscheinlich verlieren und nie wiedersehen. Der Gedanke daran brach ihr fast das Herz.

Kapitel 23

Inge hatte Mühe, den Anweisungen des operierenden Arztes zu folgen. »Geht es Ihnen nicht gut?«, hatte sie sich gleich zu Dienstbeginn anhören dürfen. Morgen Abend! Nur noch zwei Tage an diesem stählernen Tisch, an dem das Blut des Krieges klebte. »Reiß dich zusammen!« Inge fiel es schwer, ihrer inneren Stimme zu folgen. Desertieren mit Preuss. War das nicht doch viel zu gefährlich? Konnte sie denn sicher sein, dass er sie nicht belog und sie ihren Vater in Nürnberg gar nicht antreffen würde? Konnte er sich überhaupt darauf verlassen, dass es stimmte? Andererseits, warum sollte er sie belügen? Hätte er ihr sonst die Protokolle und Abschriften aus Teilen des Briefes ihres Vaters an Anna Blum ausgehändigt? Er begab sich ebenfalls in große Gefahr. Inge hatte den ganzen Tag damit zu kämpfen gehabt, ihre Entscheidung zu überdenken, irgendeinen Haken daran zu finden, doch allein der Gedanke daran, dass ihr Vater lungenkrank dahinsiechte, machte jede weitere Überlegung zunichte. Sie wusste ja noch nicht einmal, ob Erna noch im Haus war. Ob sie noch lebte. Es gab keine andere Möglichkeit, doch immer, wenn sie zu dieser ausweglosen Einsicht gelangt war, begann ihr Herz zu bluten. Lorenzo. Ein Abschied. Am Ende für immer. Würde sie Nürnberg verlassen können, wenn es ihrem Vater besser ging? Müsste Preuss ihr dann noch einmal

Papiere ausstellen? Mit ihm in die Schweiz gehen? Vater hätte sicher nichts dagegen, vorausgesetzt, er kam wieder auf die Beine. Von der Schweiz aus nach Italien einreisen? Durfte das eine Schweizerin überhaupt? Würden die gefälschten Pässe nicht auffliegen? Inge wusste dennoch, dass ihr keine andere Wahl blieb. Eine Entscheidung der Vernunft. Preuss hatte auch diesbezüglich recht. Diese Einsicht schmerzte.

Inge hatte gehofft, den ganzen Tag am stählernen Tisch zu verbringen. Es fiel dann leichter, sich dazu zu zwingen, all diesen Gedanken nur noch zwischen zwei Operationen Raum zu geben, während sie den Tisch reinigte und gemeinsam mit einer anderen Schwester desinfizierte. Die darauffolgenden drei Stunden vorne an der Pforte erschienen ihr dagegen wie eine Qual, gerade weil nachmittags verhältnismäßig wenig Verletzte eingetroffen waren. Wann rückte der Zeiger der großen Wanduhr über ihrem Schreibtisch endlich auf fünf? Inge sah unentwegt darauf, füllte nebenbei ihre Berichte aus. Alles erledigt. Und dafür gab es nur einen Grund. Sie musste zu Lorenzo. Koste es, was es wolle. Sich von ihm verabschieden, ihm erklären, warum sie Preuss zu begleiten gedachte. Er würde es verstehen, doch ohne ihn noch einmal zu sehen, zu umarmen, konnte sie nicht weg von hier. Ohne noch einen letzten Kuss, der sie die nächsten Wochen, vielleicht sogar Monate in ihrer Erinnerung begleiten würde, war das unmöglich. Noch bevor Inge die Formulare in eine der Schubladen packte, kam ihr der ketzerische Gedanke, dass sie doch auch versuchen könnte, gemeinsam mit Lorenzo zu fliehen. War das denn viel gefährlicher, als sich über den Brennerpass, der gespickt mit Partisanen nur auf willige Opfer wartete, zurück in die Heimat zu begeben? Mit Sicherheit! Ohne Passierschein. Ohne Einsatzbefehl und auch noch in einem Wagen der Wehrmacht. Mit seinem Esel kamen sie sicher nicht weit. Auch diese Überlegung war nun vom Tisch. Inge packte ihre Sachen und wartete vor der

Tür auf Schwester Friederike, die auch an diesem Abend für den Nachtdienst eingeteilt worden war.

»Hoffentlich bleibt es ruhig«, wünschte sie ihr, nachdem sie aus dem Schwesterntrakt gekommen und sie gegrüßt hatte.

»Man steckt nicht drin. Hauptsache, ich schlaf nicht wieder ein«, erwiderte Friederike.

Inge verabschiedete sich, eilte zu ihrem Wagen und fuhr los. Preuss durfte nicht mitbekommen, dass sie Lorenzo aufsuchte. Es blieb Inge keine andere Wahl, als in die kleine Landstraße, die zum Rapido führte, abzubiegen und die Plantage bis zu seinem Haus auf dem Karrenweg zu überqueren. Es war bereits dunkel. Niemand würde sie sehen. Und wenn Preuss sie suchte? Warum sollte er? Und wenn schon. Sich von Lorenzo zu verabschieden, würde er ihr sicher nicht nachtragen.

Schon von Weitem sah Inge Licht im Haus brennen. Es musste also jemand zu Hause sein. Inge überlegte, wie sie ihm ihre Entscheidung am besten beibrachte. Was sollte sie ihm in Aussicht stellen? Dass sie ihm schrieb? Jeden Tag? Würden die Briefe überhaupt ankommen? Ihm ewige Liebe schwören? Die Wurzeln der alten Olivenbäume, an denen sie vorbeifuhr, hatten sie auf diesen Gedanken gebracht. Inge empfand sie als ein Zeichen der Unvergänglichkeit. Selbst die jüngeren Bäume auf dieser Plantage hatten bereits zwei Weltkriege überdauert. Ihre Liebe würde auch Hitlers Krieg trotzen, sagte sie sich, als sie nur noch wenige Meter von Lorenzos Haus entfernt war. Inge hielt mit dem Wagen vor der Scheune, stieg aus und bemerkte den Esel in seinem Gatter. Er nahm keine Notiz von ihr. Inge zögerte nicht lange, ging zu Camillas Haus und klopfte an der Tür. Sie vernahm wider Erwarten keine Schritte. Vielleicht hatten Lorenzo und seine Mutter sie nicht gehört. Inge klopfte noch einmal. Diesmal beherzter. Das mussten sie nun aber gehört haben. Nichts. Inge ging die paar Schritte zum Fenster und erschrak. Das Gesicht von Lorenzos Mutter war urplötzlich hinter der Scheibe aufgetaucht. Ihre Augen waren gerötet. Sie wirkte eingefallen und starrte sie an.

»Camilla. Ich bin's, Inge.«

Sie nickte. Wenige Augenblicke später öffnete sie die Tür. Als Inge sie erreichte, quollen Tränen aus Camillas Augen. Inge verstand nur wenig, was sie ihr schluchzend sagte, lediglich das Wort *Partigiani*.

»Dove è Lorenzo?« Wo er war, wollte Inge wissen.

»Wehrmacht ...« Das Wort kannte jeder Italiener. Um *la mattina presto* zu verstehen, reichten Inges Italienischkenntnisse aus. Sie hatten ihn wahrscheinlich am frühen Morgen verhaftet. Inge fror förmlich ein.

Das Wehklagen seiner Mutter war herzzerreißend. Inge nahm sie in den Arm und versuchte zugleich, Halt an Lorenzos Mutter zu finden. Camilla redete auf Inge ein, doch sie verstand kein weiteres Wort mehr. Wenn sie doch nur des Italienischen mächtig wäre.

Lorenzos Mutter löste sich von Inge, nahm sie dann bei der Hand und führte sie hinaus. Sie deutete auf die Scheune, deren Tor offen stand. »Quatro uomini, la notte scorsa.« Vier Männer mussten gestern Abend da gewesen sein. Hatte die Wehrmacht Lorenzo mit flüchtigen italienischen Soldaten erwischt, oder viel schlimmer noch, mit Waffen? Inge wurde nicht schlau daraus.

Camilla bedeutete Inge, ihr wieder nach drinnen zu folgen. Sie deutete auf das Holzkreuz über dem Kamin und faltete die Hände. Wollte sie ihr zu verstehen geben, dass jetzt nur noch ein Gebet half? Inges Herz raste. Preuss, schoss ihr durch den Kopf. Hatte er sie nicht bereits wissen lassen, dass er Lorenzo verdächtigte, dem Widerstand anzugehören?

»Es wird alles gut«, versuchte sie, seiner Mutter zu versichern. »Andrà tutto bene!« Inge glaubte selbst nicht so recht daran, doch sie schwor sich, alle Hebel in Bewegung zu setzen, damit Lorenzo nicht das gleiche Schicksal ereilte wie Federico. Preuss hatte hier das Sagen. Er musste handeln.

Inge stellte bei Ankunft an ihrem Haus vom Wagen aus fest, dass Marias Fahrzeug und ihr Fahrrad davorstanden, genau wie das von Preuss. Drinnen konnte sie Preuss unmöglich zur Rede stellen. So aufgebracht, wie sie im Moment war. Ein Ding der Unmöglichkeit. So zu tun, als ob nichts vorgefallen war, ging auch nicht. Ebenso wenig, etwas zu sich zu nehmen und dann darauf zu warten, bis sich Maria zurückzog. Inge stieg aus und versuchte, sich zu beruhigen, was in der Eiseskälte nahezu unmöglich war. Sie zitterte ja schon vor Kälte und Aufregung gleichermaßen am ganzen Körper. Am besten besprach sie es mit Preuss gleich. Resolut stieg sie wieder in den Wagen, stieß zurück auf die Straße und fuhr ein paar Meter im Rückwärtsgang. Dann stellte sie den Motor ab und öffnete die Motorhaube, bevor sie die ungefähr fünfzig Meter zurück zum Haus eilte. Dass sie nun aufgebracht war, würden Maria und Preuss angesichts der Motorpanne, die sie vorzutäuschen gedachte, nicht als ungewöhnlich betrachten.

»'n Abend Maria. Na, hast du alles in der Stadt bekommen?«, fragte sie außer Atem.

Maria nickte und musterte sie dann mit besorgtem Blick.

»Der Motor ist ausgegangen und springt nicht mehr an. Einfach abgesoffen«, erklärte Inge.

Preuss wurde aus dem Funkzimmer nebenan auf sie aufmerksam.

»Wo steht er?«, wollte er gleich wissen.

»Keine fünfzig Meter links vom Haus am Straßenrand.«

»Bei der Kälte auch kein Wunder«, kommentierte Preuss und kam heraus. »Sie sind ja ganz durchgefroren.« Das stimmte. Warum sie trotz der wohligen Wärme im Haus immer noch so heftig zitterte, würde er gleich erfahren.

Er nahm sich seinen Mantel und zog ihn über. »Bestimmt irgendetwas mit dem Anlasser. Sie sollten hierbleiben und sich aufwärmen«, sagte er.

»Ach, das geht schon. Ich begleite Sie.«

Preuss nickte und öffnete ihr die Tür.

»Ich hoffe, dass uns das morgen nicht auch passiert«, sagte er, nachdem er die Tür hinter sich zugezogen hatte.

Inge erwiderte nichts darauf und folgte ihm schweigend. Noch waren sie zu nah am Haus, um ihn auf den eigentlichen Grund der Wagenpanne anzusprechen.

»Wie war Ihr Tag?«, fragte Preuss beiläufig. Kein Wort mehr über die Fluchtpläne? Stattdessen triviale Konversation?

Wieso sprach er sie nicht auf Lorenzos Verhaftung an? Er musste es doch wissen. Ging er davon aus, dass sie sich nicht mehr sahen und sie gar nicht wissen konnte, was Lorenzo widerfahren war? Zu viele Fragen, zu viel Geschwätz. Inge brauchte Klarheit, und zwar sofort.

»Wo ist Lorenzo?«, fragte sie mit schneidender Stimme, kurz bevor sie den Wagen erreicht hatten.

Preuss blieb wie vom Blitz getroffen stehen und inhalierte erst einmal die kalte Nachtluft.

»In Sicherheit«, sagte er, nachdem er sich von seiner Überraschung erholt hatte.

»In Sicherheit? Sie haben ihn verhaften lassen?«, fuhr sie Preuss an.

Preuss nickte.

»Warum?« Inge war fassungslos.

»Um Sie vor sich selbst zu schützen«, erwiderte er trocken.

Inge starrte ihn ungläubig an.

»Mal abgesehen davon. Wir gehen davon aus, dass er Deserteuren hilft, das Land zu verlassen. Beweisen können wir es ihm nicht, aber sein Name ist ein paar Mal gefallen. In einer

Bar. Hinter vorgehaltener Hand. So viele Lorenzos in seinem Alter gibt es in Cassino ja nicht«, erläuterte Preuss.

Inge missfiel sein selbstgefälliger Tonfall. Dass Lorenzos Aktivitäten nicht ungefährlich waren, wusste sie.

»Nicht alle Italiener begehen Fahnenflucht. Ein paar unserer Leute haben sich unters Volk gemischt«, fuhr Preuss fort.

»Sie haben ihn ohne Beweise festgenommen?«, entrüstete Inge sich.

»Indizien. Das reicht doch.« Preuss' Überheblichkeit war schier unerträglich.

»Und jetzt? Wollen Sie ihn etwa erschießen lassen? Wie die anderen? Damit ich zur Vernunft komme und ein Scheusal wie Sie irgendwann aus Vernunft liebe?«, fuhr sie ihn an.

Preuss' Augen funkelten sie zornig an. Nach außen blieb er jedoch ruhig. »Ich sagte Ihnen doch bereits, dass er nur inhaftiert ist. So lange, bis wir von hier weg sind.«

»Warum tun Sie das?«

»Was hat das rote Band zu bedeuten? Meinen Sie, ich habe das nicht gesehen?«

Inge machte sich erst in diesem Moment klar, wie groß die Eifersucht auf Lorenzo sein musste, die in ihm brannte.

»Es hat nichts weiter zu bedeuten, als mir zu sagen, dass es ihm gut geht. Wir haben uns nicht gesehen.«

Preuss nickte daraufhin nachdenklich. »Aber Sie wollten ihn sehen?«

»Mich von ihm verabschieden. Wundert Sie das etwa?«

»Sie waren bei seinem Haus?«

Inge nickte.

»Ich hatte früher damit gerechnet«, gab er unverhohlen zu.

»Und deshalb ließen Sie ihn verhaften?«

»Er hätte Sie sonst noch auf dumme Gedanken gebracht. Auch wenn wir es ihm nicht nachweisen können. Er bringt offenbar Leute von hier weg. In die Schweiz.«

Damit war alles klar. Preuss wollte letztlich sicherstellen, dass sie nicht mit Lorenzo durchbrannte.

»Und an meinen Vater? An den haben Sie wohl nicht gedacht? Wie sollte ich ihn sehen, wenn ich nicht einreisen kann oder damit rechnen muss, dass mich jemand unterwegs verhaftet?«

»Jemand, der verstandesgemäß handelt, würde so etwas nicht tun«, gab er ihr dann zu verstehen.

Anscheinend nahm er an, dass sie ihren Verstand verloren hatte. Liebe, die blind machte, das dachte er sich doch.

»Er wird wieder freigelassen«, versicherte Preuss.

»Das können Sie doch gar nicht garantieren, wenn Sie nicht mehr hier sind.«

»Meinen Befehlen müssen sie nachkommen.«

Inge hatte den Eindruck, dass dies nur eine Floskel war. Wie lange würde noch jemand auf Preuss' Befehle hören, wenn herauskam, dass er in eigener Mission unterwegs war?

»Was ist jetzt mit dem Wagen?«, fragte er.

Inge machte auf dem Absatz kehrt, stapfte zum Wagen und ließ die Motorhaube herunterknallen.

»Verstehe«, sagte er nur. Wenigstens das.

Inge war am nächsten Morgen nach nahezu schlafloser Nacht klar gewesen, dass sie das rote Band noch am selben Baumstamm vorfinden würde. Dennoch hatte sie sich zum Fenster begeben, nur um es im Wind flattern zu sehen. War es das letzte Lebenszeichen von ihm? Immer wieder keimte nackte Angst in ihr auf, denn was war schon die Zusicherung eines Offiziers wert, der plante zu desertieren? Noch bis vor Kurzem hatte Preuss keine hohe Meinung von diesen Vaterlandsverrätern gehabt und es gutgeheißen, sie erschießen zu lassen. Ein Fähnchen im Wind war er. Und wie siegessicher er sich beim gemeinsamen Frühstück in der Küche gegeben hatte. Marias Frontberichte, die über den Fernschreiber hereingekommen waren und auf nichts Gutes für die Wehrmacht schließen ließen, hatte er heruntergespielt. Was für ein Heuchler. »Mal sehen, wer den längeren Atem hat. Geduld war schon immer eine deutsche Tugend.« Nichts als Sprücheklopferei und mit einer Gemütsruhe vorgetragen, dass Maria ihm das offenbar noch abgekauft hatte. Preuss war zudem jemand, der es normalerweise schaffte, sich seine Gefühlswelt nicht anmerken zu lassen. Selbst als sie sich für wenige Augenblicke allein im Flur und Treppenhaus begegnet waren, schien er Inges wachsende Nervosität angesichts der geplanten Fahrt zurück in die Heimat nicht zu teilen.

»Packen Sie Ihren Koffer besser erst am frühen Abend. Ich werde Maria eine handschriftliche Notiz in die Küche legen.« Mehr gab es anscheinend nicht mehr zu sagen. Er schien in Bestlaune zu sein. Inges Verdacht, dass es einen ganz bestimmten Grund dafür gab – auch das hatte sie nachts wachgehalten –, war dabei, sich zu bestätigen. Warum sonst hatte er noch vor dem Frühstück den Kofferraum seines Wagens leer geräumt, auch die Rückbank, auf der er stets Säcke und Kisten spazieren fuhr, die mit Ausrüstung, Waffen oder defekten Funkgeräten beladen waren? Vom Fenster aus hatte Inge ihn auch dabei beobachtet, wie er einen kleinen Farbeimer nebst Pinsel im Kofferraum verstaute. Den hatte Maria besorgen müssen. Sicher war sich Inge ja nicht, ob er es gewesen war, der es irgendwie geschafft hatte, die beiden mit Gegenständen aus Gold und Silber gefüllten Kisten auszutauschen. Aber alles zusammengenommen, seine Bestlaune, die auf mysteriöse Weise verschwundenen Kisten, seine Idee, sie mit Archivnummern zu versehen und nicht zuletzt Albertos Beobachtung sprachen dafür. Und das könnte Lorenzos Leben retten. Noch bevor Inge ihren Dienst antrat, hatte sie den Entschluss gefasst, Lorenzos Schicksal selbst in die Hand zu nehmen. Preuss vertrauen? Schön und gut, doch wenn sie erst einmal weg waren, wäre Lorenzos Schicksal ungewiss.

Dinge änderten sich in diesen Zeiten von einem Tag auf den anderen. Das hatte Inge oft genug erlebt und spätestens, wenn früher als geplant herauskam, dass Preuss desertiert war, gab es keine Garantien mehr für Lorenzo. Inge zählte daher die Stunden bis zur Mittagszeit, in der sie einer der Sanitäter an der Pforte vertreten würde. Preuss war an der Front. Vermutlich auch, um sich noch einmal sehen zu lassen, den Eindruck eines tapferen Oberstleutnants zu geben, der noch an den Endsieg glaubte.

»Es kann heute etwas länger dauern. Ich muss noch Einkäufe für den Herrn Oberstleutnant tätigen«, hatte Inge der diensthabenden Oberschwester erklärt. Das legitimierte die eineinhalb Stunden, die Inge für ihren Schachzug im Spiel um Lorenzos Leben eingeplant hatte. Die Strecke kannte sie. Gen Norden. Der Weg zur Kompanie, dort wo die vielen Höhlen lagen, in denen sich kein Partisan verstecken würde, weil die Einstrahlung der Sonne zu ungünstig sei. Preuss' Worte hatte Inge noch im Ohr. Mit jedem Kilometer, den sie auf dieser Strecke fuhr, mehrten sich die Zweifel, ob sie aus ihren Beobachtungen an jenem Tag, als sie dort gewesen waren, nicht die falschen Schlüsse zog. Aus den Zweifeln wurde Angst, den einzigen Halt an einem fragilen Strohhalm zu verlieren, an den sie sich gerade klammerte.

Inge erreichte den Ausläufer des Gebirgszuges, ohne aufgehalten zu werden. Lediglich ein Bauer war ihr entgegengekommen. Damit hatte sie gerechnet. Alles, was eine Uniform trug, befand sich auf der anderen Seite der Gustav-Linie, die hoffentlich bald zusammenbrach.

Inge hielt den Wagen an nahezu genau der gleichen Stelle wie zuvor mit Preuss und blickte sich um. Wo genau waren sie nach oben gegangen? In Richtung der größeren Höhle, erinnerte sie sich. Weiter links musste die kleine liegen, die in sich noch eine zweite, viel kleinere Höhle barg.

Inge erreichte die Stelle nach kurzem Aufstieg. Sie war außer Atem, als sie in der Höhle vor dem zugewachsenen Nebentrakt stand. Es waren noch mehr Äste abgeknickt als beim letzten Mal, als Preuss kurz in die Höhle gesehen hatte. Inge wusste in dem Moment, dass sie hier richtig war. Sie schob das Geäst zu Seite und lugte hinein. Dort standen sie, die beiden mit Gold und Silber gefüllten Kisten. Inge zwängte sich hinein. Es fiel gerade genug Licht in diesen Teil der Höhle, um die Beschriftung zu erkennen. Darin lagen zweifellos die weltlichen Schätze des Klosters, die man schnell zu Geld machen konnte. Mit Sicherheit waren die Kisten schwer. Sie versuchte, eine anzuheben, und stellte fest, dass ihre Kräfte nicht reichten, um sie bis hinunter zu ihrem Wagen zu tragen. Das Gelände war steinig und unwegsam. Inge überlegte für einen Moment, wohin sie die Kisten bringen könnte. Sie musste sie verstecken. So viel stand fest. Sie zurück nach Cassino zu bringen, scheiterte ja schon am nahezu unmöglichen Transport. Allein, um sie irgendwie auf Etappen hinunter zur Straße zu schleifen, bräuchte sie mindestens eine Stunde. Viel zu gefährlich war es ohnehin. Inge verließ die Höhle und sah sich suchend um. Würde Preuss vermuten, dass sie sich in der Nähe befanden? Ausgeschlossen. Inge ging ein Stück weiter und an der größeren Höhle vorbei. Ein paar Meter daneben lag eine weitere Höhle, doch sie war einsehbar. Es musste etwas Kleineres sein. Ein Stück weiter unten erspähte sie einen Gesteinsbrocken, der wie ein kleines Plateau hervorragte. Inges Hoffnung, dass darunter genug Platz war, um zwei Kisten darin zu verstauen, erfüllte sich. Es war keine Höhle, aber unter dem Stein war zumindest ausreichend Platz. Genug Geröll und ein paar größere Steine, die sie davorlegen konnte, gab es hier überall. Inge zögerte keine Sekunde, stieg wieder hinauf und zerrte die erste Kiste durch das Gebüsch. Dass dabei weitere Äste des dornigen Gebüsches abrissen und sie ihre Arme zerkratzte, nahm sie in Kauf. Die Kisten waren so schwer, dass es sie alle Kraft kostete, sie überhaupt zu bewegen. Der Boden am Eingang war sandig. Wenigstens dort konnte sie die Kisten leichter vor sich herschieben. Inge nahm sich vor, die sichtbaren Spuren zu verwischen. Jemandem wie Preuss würden sie auffallen. Die erste Kiste schob sie unter den Stein, indem sie sich auf den Boden setzte und sich mit den Füßen dagegenstemmte. Inge zitterten bereits die Arme vor Anstrengung. Sie ignorierte es und holte sich die zweite, etwas leichtere Kiste von oben. Die gelangte schneller ins neue Versteck. Drei größere Steine platzierte sie vor der Öffnung. Noch weitere kleinere und ein paar Äste, die sie zwischen die Lücken steckte, sodass man meinen konnte, sie würden an dieser Stelle zwischen dem Geröll hervorkriechen. Niemand würde auf den Gedanken kommen, dass sich dahinter etwas verbarg. Dann brach sie Geäst von einem der Sträucher und verwischte damit ihre Spuren. Inge blieb nicht mehr viel Zeit, um zurück ins Lazarett zu fahren. Kurz bevor sie ihren Wagen erreichte, fragte sie sich, ob nicht vielleicht doch jemand den Wagen am Straßenrand bemerkt haben könnte. Selbst wenn. Die Chancen standen gut, dass Preuss es vor Abfahrt nicht mehr erfahren würde. Inge stieg ein und fuhr zurück zum Lazarett. Wenn es doch nur schon fünf Uhr wäre.

Das letzte Mal mit Maria in der Küche. Das letzte Mal am Herd. Das letzte Mal das Rattern des Funkfernschreibers aus dem Nebenraum. Es kostete Inge Mühe, sich nichts anmerken zu lassen. Für einen Moment bereute sie es, sich nicht von Maria verabschieden zu können, auch wenn sie Preuss mit Sicherheit berichtet hatte, ihr und Lorenzo im Café neben dem Gemüsehändler begegnet zu sein. Gekränkte Eitelkeit oder Pflichtbewusstsein? Es spielte keine Rolle mehr. Sie hatten hier unter einem Dach gelebt. Gemeinsam den Haushalt geführt und die Mahlzeiten zubereitet. Inge beschloss daher, sie in guter

Erinnerung zu behalten. Noch nicht einmal alles Gute konnte sie ihr wünschen. Die Umstände machten es unmöglich.

»Es werden wieder mehr Verwundete kommen. Die Verteidigungslinien werden nicht mehr lange halten«, sagte Maria, die gerade Wasser für die Kartoffeln auf dem Herd aufsetzte.

»Damit war zu rechnen«, gab Inge zurück.

»Ich bin gespannt, wann sie das Haus hier bombardieren. Ist doch nur noch eine Frage der Zeit«, sagte Maria.

Inge hörte nur noch mit halbem Ohr zu, denn sie vernahm das verräterische Geräusch von Preuss' Wagen. Schon vorhin hatte sie Zeitungen, die im Salon herumgelegen waren, zusammengeknüllt und in den Mülleimer geschmissen, damit er voll war und ihr einen Grund gab, ihn auszuleeren. Ihr Plan, um Preuss, noch bevor er ins Haus ging, abzufangen. Denn was sie ihm zu sagen hatte, war nicht für Marias Ohren bestimmt.

Inge kippte zusätzlich noch das Tablett mit den Kartoffelschalen in den Müll.

»Ach. Ich leere den besser gleich aus«, sagte sie und packte ihn am Henkel. Es war immer noch bitterkalt draußen. Auch falls Maria sich wundern sollte, warum sie für den kurzen Weg in den Mantel schlüpfte, zog Inge ihn sich über, bevor sie das Haus verließ.

Preuss' Wagen fuhr vor.

Inge hastete zum Komposthaufen und entleerte den Eimer. Nachdem Preuss ausgestiegen war, ging sie zurück und schnitt ihm den Weg ab. Dass ihr Magen dabei vor innerlicher Anspannung augenblicklich anfing zu zittern, ignorierte sie. Es ging um alles oder nichts. Wolf sein. Gegen das Alphatier aufbegehren. Ihr Blick brachte diesen Gedanken zum Ausdruck. Preuss schien einen Instinkt dafür zu haben, denn er sah sie erstaunt an.

Aus dem Augenwinkel bekam Inge mit, dass Maria durch das Küchenfenster blickte. Hier vor dem Haus konnten sie nicht reden.

»Der Komposthaufen … Wir haben nicht mehr genug Platz. Ich schätze, Sie sollten jemanden vorbeischicken. Wollen Sie sich das nicht einmal ansehen?«

Preuss musterte sie argwöhnisch, sah zum Fenster und verstand, was Inge tatsächlich von ihm wollte.

»Wie Sie wünschen.« Weil er ihr, ohne zu zögern, folgte, schloss Inge daraus, dass Maria immer noch am Fenster stand.

»Es geht um heute Abend?«, fragte er, als sie den Garten erreicht hatten.

Inge drehte sich abrupt zu ihm um und baute sich vor ihm auf. »Nein, Herr Oberstleutnant. Es geht um Lorenzo. Sie werden jetzt ins Haus gehen und Maria mitteilen, dass Sie mit mir in die Stadt fahren. Lassen Sie sich etwas einfallen, warum. Dann fahren wir ins Gefängnis. Sie werden in meinem Beisein den Befehl erteilen, Lorenzo augenblicklich freizulassen.«

Preuss hatte die ganze Zeit über geschwiegen. Nun lachte er lauthals los.

Inge ließ sich davon nicht beirren. Er wollte gewinnen. Das wusste sie. Doch das lag nun einzig und allein in ihrer Hand.

Inge krempelte die Ärmel ihres Mantels und Kleides hoch und streckte ihm ihre Arme entgegen. Sie scherte sich nicht darum, dass sie dabei vor Aufregung zitterte.

Preuss' Lachen erstarb. »Was soll das, Inge?«

»Sehen Sie das? Striemen. Aufgerissene Haut. Von einem dornigen Strauch.«

Preuss sah sie irritiert an.

»Die wertvollen Kisten. Sie wollen sie doch mitnehmen in die Schweiz, Heinrich, oder etwa nicht?«

Preuss packte sie unsanft am Arm und funkelte sie zornig an. »Sie haben …?«

»Behandelt man so eine Frau, die man angeblich liebt?«, schleuderte sie ihm entgegen – ohne Rücksicht auf mögliche Konsequenzen. Inge glaubte, ihn mittlerweile gut genug zu kennen, um zu wissen, dass sie ihn in der Hand hatte. Und wie er vor Wut schäumte. Dennoch ließ er von ihr ab. Schweigend standen sie sich gegenüber. Und Inge hielt seinem eisigen Blick stand.

»Sie bekommen Ihren Schatz. Ich habe ihn gut versteckt«, stellte sie ihm mit Engelszungen in Aussicht.

Überraschenderweise löste sich nun ein Lächeln in seinem Gesicht. Es fraß allmählich den Zorn in seinen Augen. »Sie haben wirklich Mut, Schwester Inge. Das muss man Ihnen lassen.«

»Ich fahre mit Ihnen. Vielleicht sogar in die Schweiz, doch ich will, dass Lorenzo sich nicht der Gefahr aussetzen muss, dass Ihr Befehl schon morgen missachtet wird.«

Preuss sah sie schweigend an. Inge hatte den Eindruck, dass ein Hauch von Traurigkeit in seinen Augen stand.

»Wie müssen Sie diesen Mann lieben«, sagte er dann. Inge war sich nicht schlüssig, ob sie Bewunderung oder Wehklagen aus seiner Stimme hörte. Das spielte auch keine Rolle.

»Sie haben selbst gesagt, dass Vernunft in diesen Tagen die klügere Wahl ist«, gab sie zurück.

Preuss nickte zögerlich. »Und wo …?«, setzte er an, zu fragen.

»Ich bitte Sie, Heinrich. Das erfahren Sie, sobald wir unterwegs sind.«

»Wer sagt Ihnen, dass ich Sie nicht verhaften lasse? Dann wären Sie bei Lorenzo.«

Inge trat ganz nah an ihn heran. Ihr Blick konnte entschlossener und ernster nicht sein. »Weil ich Sie kenne, Heinrich. Ich kenne Sie besser, als Sie vielleicht glauben. Und weil ich Sie trotz allem schätze. Auch das wissen Sie.«

Preuss holte tief Luft, bevor er nickte. »Abfahrt nach Mitternacht.« Dann machte er auf dem Absatz kehrt und ging zum Haus.

Inge folgte ihm ein Stück, blieb dann aber doch stehen, weil sie nun das Küchenfenster im Blick hatte. Preuss betrat gerade die Küche. Inge ging ein paar Schritte weiter, um noch besser hineinsehen zu können. Preuss sprach mit Maria, aber nur kurz. Dann sah Inge ihn wieder aus der Küche gehen. Die Zeit, die ihr blieb, reichte noch genau, um die Mülltonne wenigstens neben die Eingangstür zu stellen.

»Na los, steigen Sie ein«, sagte Preuss, nachdem er das Haus verlassen hatte. Inge atmete erleichtert auf.

Es war nur eine kurze Fahrt in die Stadt. Preuss saß schweigend am Steuer. Inge machte sich nicht einmal die Mühe, zu ihm hinüberzusehen, um zu versuchen, etwas aus seiner Mimik oder seinem Blick herauszulesen. Es war ihr mittlerweile gleichgültig geworden, was er über sie dachte. Hauptsache, er fuhr und tat, was sie von ihm verlangte. Das alles nur für das Gold und Silber? Vermutlich nicht, doch auch diesen Gedanken verfolgte Inge nicht weiter.

Preuss fuhr zu schnell, ebenso in den holprigen Weg, der aus der Stadt herausführte. Das allein reichte ja schon, um zu wissen, unter welcher Anspannung auch er stand.

Unmittelbar nach einer Kurve hielt er den Wagen abrupt an. Inge hatte das Gebäude, in dem die Wehrmacht Gefangene festhielt, noch nie gesehen. Sie wusste nur, dass ein verlassener Hof dafür herhalten musste. Es lag angeblich am Ortsrand neben einem Getreidesilo. Der ragte über die Bäume, die ihr aber die Sicht auf den Hof versperrten. Sie waren am Ziel.

»Steigen Sie aus und warten Sie hier auf mich. Wenn ich zurückkomme, steigen Sie hier wieder ein«, befahl er ihr.

Inge sah ihn überrascht an.

»Von da vorn aus, zwischen den Bäumen, haben Sie alles im Blick, aber stellen Sie sich nicht mitten auf die Straße. Man darf Sie nicht sehen.«

Inge nickte zögerlich. Preuss hatte sicher kein Interesse daran, mitzuerleben, wie sie sich von Lorenzo verabschiedete, doch das war in diesem Fall sicher nicht der Grund, weshalb er sie nun aus dem Wagen schmiss. Es war eine Notwendigkeit, damit kein falscher Eindruck entstand und sich niemand Fragen stellte. Inge stieg daher aus, lief ein kleines Stück nach vorn und trat hinter einen der wilden Olivenbäume am Straßenrand, von wo aus sie auf das Gebäude sehen konnte.

Preuss fuhr los.

Inge sah aus Distanz Fahrzeuge der Wehrmacht vor dem alten Bauernhof stehen. Er wurde von den Stahlhelmen bewacht. Preuss' Wagen hielt unmittelbar davor. Zwei helle Lampen, die an den Mauern des alten Hofes angebracht waren, spendeten genug Licht, um mitzubekommen, dass er sich mit ihnen unterhielt. Dann verschwand einer der Offiziere im Inneren. Inge war hin- und hergerissen zwischen Freude und purer Verzweiflung. Was würde er Lorenzo sagen? Sicher nicht, dass sie hier auf ihn wartete und sich danach sehnte, ihn noch einmal in die Arme zu schließen. Als sie wenig später Lorenzo herausbrachten, spürte Inge Erleichterung und gleichzeitig den dumpfen Schmerz eines Abschieds aus Distanz. Sein weißes Hemd leuchtete wie ein heller Punkt zwischen den dunkel gekleideten Wachen. Preuss wechselte ein paar Worte mit ihm, dann stieg er wieder in seinen Wagen und fuhr zurück. Lorenzo war frei. Die Wachen schenkten ihm keinerlei Beachtung mehr. Er ging die Straße entlang, erst gemächlich, dann schnellen Schrittes. Zunächst schien ihn die Dunkelheit zu verschlucken, weil der Scheinwerfer von Preuss' herannahendem Wagen sie blendete. Erst als Preuss an ihr vorbeifuhr und wie abgesprochen hinter der Kurve auf sie wartete, glaubte Inge, den weißen

Fleck inmitten der Dunkelheit erneut zu erkennen. Würde er sie sehen, wenn sie sich aus der Deckung des Olivenbaumes herausbewegte? Inge kämpfte mit sich. Nur noch eine Minute hier ausharren.

Lorenzo lief nun immer schneller. Nur wenige Schritte bis zur Straße. Nur wenige Augenblicke, um ihn zu umarmen. Ein letztes Mal für unbestimmte Zeit zu küssen. Es durfte nicht sein. Preuss hatte Wort gehalten. Auch wenn es Inge alle Kraft kostete, riss sie sich los und lief quer durch das Feld, um in Preuss' Wagen einzusteigen. Sie machte sich nicht einmal mehr die Mühe, sich die Tränen aus dem Gesicht zu wischen. Sollte er doch sehen, was sie für Lorenzo fühlte.

Preuss registrierte es. Inge hatte damit gerechnet, dass er wütend auf das Gaspedal stieg.

»Es ist besser so«, sagte er mit ruhiger Stimme und fuhr los.

Kapitel 24

Inges Reisevorbereitungen hatten sich in Grenzen gehalten. Recht viel mehr an Kleidung war seit ihrer Ankunft in Italien nicht dazugekommen. Gerade mal ein Kleid und die beiden Kopftücher, die sie sich in Rom gekauft hatte. Ihren Violinenkasten hatte sie darin eingewickelt und im größeren der beiden Koffer verstaut. Sie musste sich die DRK-Uniform und ihre Haube anziehen, damit die Kontrollposten gleich sahen, wen sie vor sich hatten. Warum sie nicht frühmorgens mit Anbruch der Dämmerung aufbrachen, leuchtete Inge unmittelbar ein. Sie wären ein leichteres Ziel für Partisanenangriffe. Ob ein Schwesternhäubchen sie wirklich davor bewahrte? Vielleicht genauso wenig wie das Amulett von Federicos Frau, das sie nach wie vor unter ihrer Bluse trug. Preuss hatte auch ihr Gepäck um ein Uhr morgens hinuntergebracht. Auf leisen Sohlen, damit Maria nicht wach wurde. Die Nachricht, die nun auf dem Küchentisch lag, besagte, dass er zu Einheiten im Norden fahren müsse und Inge ein Stück mitnähme, damit sie den nächsten Bus nach Rom oder Neapel und von dort den Zug in Richtung Heimat zu ihrem schwer erkrankten Vater nehmen könnte. Preuss hatte eine Abschrift der Freistellungsbescheinigung ihrer Kollegin Friederike noch am Abend an der Pforte des Lazaretts übergeben.

Die rote Farbe war noch nicht am Wagen. Inge vermutete, dass dies erst kurz vor dem Brenner geschehen würde. Auf der Fahrt dorthin war das Risiko, von Partisanen angegriffen zu werden, auch ihres Wissens überschaubar. Es barg eher die Gefahr von Nachfragen in sich, denn das Deutsche Rote Kreuz hatte keine Wagen, wie Preuss sie fuhr. Was sie bei eventuellen Kontrollen sagen sollte und was besser nicht, hatte Preuss ihr schon während der Fahrt durch den Ort nahegelegt.

Inge hatte bewusst einen Blick zurück auf den Olivenhain vermieden. Das rote Band zu sehen, hätte ihr das Herz gebrochen. Sie saßen beide schweigend nebeneinander und starrten auf die im Scheinwerferlicht vorbeischießenden Sträucher und Bäume. Inge hielt sich mit quälenden Fragen, die Lorenzos Freilassung betrafen, zurück, bis sie Cassino einige Kilometer hinter sich gelassen hatten.

»Sind Sie wirklich sicher, dass man Lorenzo nun in Ruhe lässt?«, fragte sie.

»Lorenzo … Er ist im Widerstand, hab ich recht?«, kam von Preuss.

»Jeder aufrechte Italiener leistet Widerstand gegen Besatzer.«

Preuss lachte. Er wusste es also, auch wenn ihm Lorenzos Aktivitäten im Detail wahrscheinlich nicht bekannt waren. »Sie werden es mir vielleicht nicht glauben, aber ich habe trotz alledem Verständnis und sogar Respekt vor den Partisanen. Vermutlich würde ich an deren Stelle das Gleiche tun«, sagte er zu Inges Überraschung.

»Was haben Sie den Wachen gestern gesagt?«, fragte Inge.

»Dass es sich um ein Missverständnis meinerseits gehandelt hat und er das Kriegslazarett beliefert.«

»Mehr nicht?«

Preuss schwieg für einen Moment. »Das war mehr als genug«, kam dann.

»Sie werden ihn also ganz sicher nicht wieder verhaften?«

»Das liegt an ihm«, erklärte er.

Inge nickte und hoffte, dass Lorenzo sich nicht zu weiteren am Ende noch gefährlicheren Aktionen hinreißen ließ, die ihn das Leben kosten würden.

»Wo haben Sie die Kisten versteckt?«, wollte er dann wissen.

»Sagen Sie mir erst, wie Sie es angestellt haben, das Gold und das Silber beiseitezuschaffen.« Wenn Preuss mit Gegenfragen antwortete, konnte sie das auch.

Das schien ihn zu amüsieren. »Ich habe zwei weitere Kisten mit den gleichen Nummern aus dem Archiv beschriftet. Ich musste sie nur austauschen und mit Büchern füllen. Mit allem Möglichen, was ich in der Stadt in einem Buchladen auftreiben konnte. Steine darunter. Fertig. Das wiegt dann ungefähr genauso viel.«

»Und dann doch nicht etwa nachts bei unserem Haus ausgetauscht? Man hätte Sie verdächtigen können«, überlegte Inge laut.

»Auch die Soldaten hätten sie austauschen können. Und wem glaubt man wohl eher? Jemandem, der sich um die Sicherheit Gedanken gemacht hat, oder Soldaten, deren Vita nicht sauber ist.«

»Nicht sauber?«

»Alkohol, Weibergeschichten. Steht ja alles in den Akten. Hab nicht lange danach suchen müssen«, ließ Preuss sie wissen.

»Um Gottes willen. Man wird sie belangen. Am Ende werden die Männer noch eingesperrt oder Schlimmeres.«

»Man wird ihnen nichts nachweisen können«, sagte Preuss äußerst überzeugend.

»Aber sie waren doch für den Transport verantwortlich und haben den Wagen nicht aus den Augen gelassen.«

»Da täuschen Sie sich. Vor Abfahrt hat einer der Soldaten festgestellt, dass dem Wagen Öl fehlt. Sie sind in die Werkstatt gefahren. Und der Ersatzreifen war platt. Der Wagen stand

meiner Schätzung nach mitsamt der Ladung gut und gerne zwei Stunden in einer Werkstatt, in der auch Einheimische arbeiten.«
»So ein Glück für die beiden.«
»Ich habe dem Glück etwas nachgeholfen«, gab Preuss unverhohlen zu.
Inge sah ihn entgeistert an. »Sie haben den Ersatzreifen? Und das Öl …?«
»Ja wer denn sonst? Sie mögen mich für skrupellos halten, weil ich diese Uniform trage, aber es waren Männer der Truppe. Die lass ich nicht ins offene Messer laufen. Außerdem, wie ich Ihnen schon sagte, die Suche nach den Kisten wird noch Wochen dauern.«
Inge schüttelte fassungslos den Kopf. Preuss überließ nichts dem Zufall.
»Und. Wo sind die Kisten jetzt?«
»Dort wo Sie sie versteckt haben. Oder glauben Sie, ich wäre körperlich dazu in der Lage gewesen, sie diesen Hügel herunterzuschleppen, ohne mir dabei das Genick zu brechen?«
Preuss lachte erneut und schüttelte nun seinerseits fassungslos den Kopf. »Sie hätten zur Wehrmacht gehen sollen. Gegen die List einer Frau ist ein Mann nicht gewappnet. Vermutlich würde Hitler den Krieg dann sogar noch gewinnen«, amüsierte er sich.
»Weil Frauen listiger sind?«
»Auch. Sie denken meiner Erfahrung nach vielschichtiger und auch wenn ihnen ab und an das Herz im Wege steht, so ist es gerade das, was sie vor von Besessenheit getragenem Machtstreben schützt. Sie sind Mütter, sehen die Welt mit anderen Augen.«
Inge dachte für einen Augenblick darüber nach. Sie hielt es für möglich, dass er damit recht hatte, doch konnte das Herz jemandem wirklich im Wege stehen?

»Sie sind ein Mann. Steht Ihr Herz Ihnen nicht auch im Wege? Säße ich sonst hier?«

Preuss verfiel in nachdenkliches Schweigen. Inge erwartete eine Antwort und sah ihn ohne Unterlass so lange an, bis er wieder den Mund aufmachte.

»Das mit dem Herz ist so eine Sache, Inge. Wie oft habe ich mich in irgendein Weibsbild verliebt. Wenn man jung ist ... Aber das ist eine andere Geschichte. Es gibt nur wenige Frauen, die so sind wie Sie. Stark, klug, mutig, begabt, engagiert in allem, was Sie tun.«

»Sie haben die List vergessen«, sagte Inge, die dieses Kompliment gerne hörte, gerade weil es aus Preuss' Mund kam.

»Und doch ...« Preuss seufzte.

Der Moment der Heiterkeit verflog.

»Gold und Silber können über gewisse Dinge hinwegtrösten«, sagte Inge.

»Wie Sie sagen. Es wird aber nie mehr als ein Trost sein«, gab Preuss zurück.

Preuss hatte Inge zwar angeboten, die Kisten allein herunterzutragen – auf Etappen, so wie er sie auch hinaufgebracht hatte –, doch die Zeit drängte, zumal ihnen mitten in der Nacht zwei Fahrzeuge auf der Strecke bis zu den Höhlen entgegengekommen waren. Ein Fahrzeug der Wehrmacht war nicht dabei gewesen, doch dieser Fall war ja nicht gänzlich auszuschließen. Geschoben, getragen, über den Boden geschleift. Es war ein Wunder, dass die Kisten ohne Beschädigung nun im Kofferraum des Wagens verstaut waren. Unter den Koffern und in eine Decke eingewickelt. Inge hatte sich nach der nächtlichen Schlepperei erst einmal die schmerzenden Arme massieren müssen.

Preuss hatte ihr schon nach einer Stunde während der Weiterfahrt angeraten, zu versuchen, etwas Schlaf zu finden. Er selbst hielt sich mit Kaffee wach, den er sich noch vor Abfahrt zubereitet und in eine Isolierkanne gefüllt hatte. Die Strecke bis hinauf zum Gardasee sei seiner Meinung nach sicher. Inges Einwand, dass zwei Augenpaare mehr sahen, hatte er nicht gelten lassen. So viel mehr konnten sie gar nicht sehen, denn die kleine, meist auch noch wolkenverhangene Mondsichel spendete sowieso nicht genug Licht, um das Gelände im Auge zu behalten. Und schon gar nicht, wenn Inges Augen unentwegt zufielen, was Preuss natürlich nicht entging.

Inge wurde erst von grellem Licht einer Taschenlampe wieder wach. Noch im Halbschlaf bekam Inge mit, dass Preuss einem bewaffneten Wehrmachtssoldaten die Papiere reichte.

»Weiterfahren!«, hieß es, noch bevor Inge sich aufgesetzt und die Augen gerieben hatte.

Preuss salutierte. Inge versuchte, sich zu orientieren. Sie musste für einige Stunden geschlafen haben, denn das Flachland hatten sie bereits hinter sich gelassen. Vor dem dunkelgrauen Himmel zeichneten sich die Konturen eines Gebirges ab.

»Wo sind wir?«, fragte sie.

»Der Gardasee liegt hinter uns. Sie haben geschlafen wie ein Murmeltier.«

Inge fühlte sich wie gerädert. Ihr Nacken war steif. Die Haube hing ihr ins Gesicht.

»Möchten Sie eine Stulle?«, fragte Preuss.

Inge bemerkte, dass der hinter den Sitzen drapierte Korb bereits abgedeckt war. Er hatte offenbar schon gegessen. Sie griff hinein und ertastete eines der Brote, die sie vor Abfahrt eilig mit Schinken und Käse belegt hatte.

»Für Sie noch einen Kaffee?«, fragte Inge.

»Bin noch wach.«

»War das die einzige Kontrolle?«

»Vier. Es waren vier.«

Inge aß ihr Brot mit Appetit. Wenigstens gab es bei den Kontrollen keine Probleme.

»Sie sollten auch einen Kaffee trinken«, forderte er sie auf. Inge ahnte, warum. Wach bleiben. Es dauerte nicht mehr lange, bis sie auf Serpentinen hinauf zum Brenner krochen. In langsamer Fahrt und somit eine ideale Zielscheibe.

»Die Farbe«, fiel Inge siedend heiß ein.

»Erst nach der nächsten Kontrolle«, gab er zurück.

Inge schenkte sich Kaffee in einen Becher. Nichts schmeckte abscheulicher als lauwarmer Kaffee, doch in diesem Fall kam es wohl eher auf die Wirkung an.

Inge fiel erst jetzt auf, dass der Kolben von Preuss' Beretta neben dem Fahrersitz herausragte. Sie hatte bei Abfahrt noch auf dem Rücksitz gelegen. Preuss wirkte angespannt. Ein sicheres Anzeichen dafür, dass ein Angriff nicht mehr auszuschließen war.

»Wo werden Sie in Nürnberg unterkommen?«, fragte Inge eigentlich nur, um die Zeit totzuschlagen.

»Ich habe einen Verwandten in Erlangen«, erwiderte er knapp. Nach einem Gespräch war ihm allen Anschein nach nicht zumute. Sein Blick wanderte von einer Straßenseite zur anderen. Inge hielt es für besser, kein Gespräch zu erzwingen, sondern ihr Brot möglichst schnell in sich hineinzustopfen, den Becher leer zu trinken, um selbst die Straßenseite vom Beifahrersitz aus im Auge zu behalten. Die schroffen Felsen schienen sich mit jedem gefahrenen Kilometer zu vermehren. Sie wirkten bedrohlich und wuchsen zu zerklüfteten Bergen heran, durch die sich enge Täler und reißende Bäche zwängten. Vereinzelt sah sie Lichter in Dörfern, kleinen Siedlungen und Bauernhöfen brennen. Sie wirkten so, als hätten sie nichts vom Krieg abbekommen. Sie lagen in friedlichem Schlummer.

Der Himmel hellte wenig später bereits etwas auf. Standen Bauern nicht stets mit den Hühnern auf? Immer mehr Lichter tauchten in den Fenstern des Tals auf, durch das sie gerade fuhren. Zwei Fahrzeuge der Wehrmacht kamen ihnen nach einer weiteren halben Stunde entgegen.

»Der Abschnitt hier ist sicher, denke ich«, mutmaßte er.

»Wie kommen Sie darauf?«

»Die Wagen kommen aus dem Norden. Es gibt hier nur diese Straße. Wenn sie durchkamen, dann stehen die Chancen für uns auch nicht schlecht.«

Inges Blase drückte. Kaffee machte leider nicht nur wach. Sie hatte ihren Wunsch nach einem kurzen Halt unterdrückt, weil das Gelände einsehbar gewesen war, die Kurven steil und die Möglichkeit, auf einem Seitenstreifen zu halten, begrenzt. Sich am Straßenrand zu erleichtern war ihr unangenehm. Vor ihnen lag nun ein kleines Waldstück direkt an der Straße, zu dem man nicht erst hinauf- oder hinunterklettern musste. Bei einsetzender Dämmerung exponierte Inge sich erst recht nicht in einsehbarem Gelände. Preuss schien weniger genant zu sein. Für einen Mann stellte dies auch ein weitaus geringeres Übel da. Er war seinem Drang bereits mehrere Mal im Schatten einer Felswand nachgekommen. Sie nur zweimal im Schutz eines Gebüsches und der Dunkelheit.

»Können wir anhalten?«, bat sie ihn.

Preuss sah sie nur kurz an und nickte.

»Da vorne vielleicht. Das Waldstück?«, schlug Inge vor.

Preuss verlangsamte die Fahrt, kurbelte die Fensterscheibe herunter und besah sich das Gelände. Linkerhand befand sich eine Felswand, an deren Hang weiter oben eine kleine Siedlung lag. Inge vernahm Kuhglocken und entdeckte wenig später eine Scheune mit angrenzendem Bauernhaus, aus dem Rauch stieg.

Preuss hielt die Lage offenbar für unbedenklich. Er hielt am Straßenrand an.

»Machen Sie schnell«, forderte er sie auf.

Inge kramte eine Klopapierrolle aus der Papiertüte neben dem Proviant heraus und stieg aus. Aus den Augenwinkeln bekam sie gerade noch mit, dass Preuss seine Hand über der Waffe schweben hatte.

Die frische Nachtluft tat gut. Sie war gewürzt vom Aroma der Nadelbäume des bewaldeten rechten Teils der Fahrbahn. Dort lag bereits Schnee. Der Waldboden war feucht und rutschig. Inge hangelte sich am Geäst der Bäume in den Wald hinein.

Kaum eine geeignete Stelle erreicht, peitschte ein Schuss durch die Nacht.

Inge zuckte zusammen, rutschte aus und fand gerade noch Halt an einem Tannenast.

Preuss feuerte eine ratternde Gewehrsalve in die Nacht. Die Einschüsse an einer gegenüberliegenden Felsgruppe versprengten morsches Gestein, das bis auf die Fahrbahn flog. Aus dieser Richtung wurde das Feuer erwidert.

Inge duckte sich und suchte hinter einem der größeren Baumstämme Deckung. Sie bekam gerade noch mit, wie sich Preuss auf den Beifahrersitz quälte und von dort ausstieg. Er suchte Deckung hinter dem Wagen und feuerte erneut mehrere Salven auf die andere Straßenseite. Dann blickte er nach vorne. Dort stand ein Felsen am Wegrand. Inge hatte bereits überlegt, sich dorthin zu begeben, doch die Deckung des Waldes erschien ihr im Moment sicherer zu sein.

Erneut peitschten Kugeln durch die Nacht. Preuss rannte los und feuerte dabei ohne Unterlass Kugelsalven auf die andere Seite. Anscheinend erhoffte er sich aus der Deckung des Felsens heraus auch eine günstigere Schussposition.

Inges Puls raste. Sie umklammerte das Amulett unter ihrer Bluse. Der Harn in ihrer Blase ließ sich nicht mehr halten. Sie spürte ein feines warmes Rinnsal zwischen ihren Beinen.

Dauerbeschuss von der anderen Seite. Inge schickte ein Stoßgebet gen Himmel, dass Preuss es bis hinter den Felsen schaffte. Vergebens. Er brach wie ein gefällter Baum knapp einen Meter davor zusammen und krümmte sich vor Schmerz auf dem Asphalt.

Die Schüsse von der anderen Seite verstummten. Inges Beine waren patschnass. Sie ignorierte es. Sie konnte Preuss nicht seinem Schicksal überlassen, doch wenn sie aus dem Wald herausschritt, riskierte sie ihr Leben.

Preuss stöhnte vor Schmerz und hielt sich die Hand an die Brust. Blut quoll unter seinen Händen hervor. Es färbte den Asphalt dunkelrot. Er würde verbluten. Inge konnte nicht anders, als ihm zu Hilfe zu eilen. Mit erhobenen Händen. Auf die Distanz musste der Angreifer doch sehen, dass sie eine Krankenschwester war. Inge hoffte es. Die ersten Schritte hinauf auf die Straße lagen hinter ihr. Es fiel kein weiterer Schuss.

Preuss drehte seinen Kopf zu ihr. Er röchelte. Blut rann ihm aus den Mundwinkeln. Der Verbandskasten lag im Wagen. Inge rannte zurück zum Fahrzeug, riss die Wagentür auf und zog ihn heraus. Als sie die Straße wieder im Blick hatte, erblickte sie den Schützen. Ein junger Mann kam den Hang hinunter und sah zu ihr her.

»Sono infermiera«, rief sie ihm entgegen und hielt ihm den Verbandskasten mit dem roten Kreuz darauf in einer hilflosen Geste hin.

Preuss regte sich nicht mehr.

Der Schütze bemerkte es wohl auch. Er ließ seine Waffe sinken und blieb reglos stehen.

Inge eilte zu Preuss. Noch ehe sie ihn erreichte, griff er mit schmerzverzerrtem Gesicht zu seiner Waffe und schoss das Magazin blindlings in Richtung des Partisanen leer. Die Kugeln trafen den Mann, noch bevor er reagieren und das Feuer auf Preuss erwidern konnte. Er tänzelte von den Einschlägen über die Straße und brach tot auf dem Asphalt zusammen.

Preuss verließen die Kräfte. Das Gewehr entglitt seiner Hand. Sie wanderte hinauf zur Wunde an seiner Brust. Er drehte sich in Inges Richtung und spuckte erneut Blut. Die Hand an seiner Brust verlor an Kraft. Sie rutschte erschlafft nach unten auf den Asphalt.

»Inge … Sie leben«, röchelte er.

Ihn so hilflos und leidend vor ihr liegen zu sehen, gab ihr einen Stich ins Herz. Sie wusste, dass er sterben würde. Sie selbst kniete in seinem Blut.

Seine Stimme war kaum noch vernehmbar. Sie hielt ihr Ohr ganz nah an seinen Mund, um zu verstehen, was er ihr sagen wollte, und ergriff seine Hand.

»Ich habe es ihm gesagt …« Preuss kostete es sichtlich Kraft, überhaupt noch weiterzusprechen. »… dass Sie zurückkehren werden … Ich … ich bin kein schlechter Mann … Die Welt hätte ich zu Ihren Füßen … Wenn Sie mich doch nur für einen Augenblick geliebt …«, hauchte er ihr zu. Dann bewegten sich seine Lippen nicht mehr. Sein Körper erschlaffte. Tot. Inge hielt noch immer seine Hand. Kein schlechter Mann.

»Nein Heinrich. Du warst kein schlechter Mann«, flüsterte sie ihm zu. Vielleicht konnte er es noch hören, im Dämmerzustand, wenn sich die Seele vom Körper löste. Wie oft hatten sie darüber in Charkow gesprochen und spekuliert, ob sie kurz nach ihrem Tod noch etwas spürten, empfanden, wenn das Herz nicht mehr schlug. Inge schloss seine Augen und küsste ihn auf die Stirn. Ein kurzer Moment der Zärtlichkeit, der Liebe und Zuneigung, nach der er sich die ganze Zeit gesehnt hatte. Ein Moment der Erlösung. Zumindest hoffte Inge das.

Inge war nichts anderes übrig geblieben, als den Oberstleutnant wenigstens mit einer Decke zu umhüllen. Wohin sonst hätte sie ihn bringen sollen? Die Gefahr, ihn zum nächstbesten Kontrollpunkt zu fahren, war zu groß. Inge fürchtete sich vor einem Verhör, bei dem sie sich verstricken könnte. Sicher würde nachgeprüft werden, ob die Papiere in Ordnung waren. Sie würden sie festhalten und in die Mangel nehmen, weil herauskäme, dass Preuss gar keinen Einsatzbefehl per Funk bekommen hatte. Sie würden den Inhalt des Kofferraums inspizieren und die Kisten mit Gold und Silber finden. Würde man ihr glauben, dass sie von der Ladung nichts gewusst hatte? Wohl kaum. Ihn begraben? Ein Ding der Unmöglichkeit. Der Boden war steinig und an Stellen, die die Sonne auch tagsüber im ewigen Schatten der Bäume nur selten erreichte, steinhart gefroren. Abgesehen davon fehlte es ihr an einem Spaten. Inge hatte daher nicht nur ihn zurückgelassen, sondern auch den schwereren ihrer beiden Koffer. Immerhin kämpfte sich die Sonne langsam durch den Frühnebel und machte die klirrende Kälte erträglicher. Solange sie sich bewegte, spendete der Mantel über ihrer Schwesternuniform genug Wärme. Einfach weitergehen, in der Hoffnung, dass ein vorbeifahrendes Fahrzeug sie mitnehmen würde. Mehr konnte sie nicht tun. Das Häubchen mit dem Abzeichen des DRK würde sie hoffentlich weiterhin schützen, sie zu einer neutralen Person machen. Wer anderen half, der kam vielleicht selbst in den Genuss von Hilfe. Sagte man das nicht immer?

Schon nach weiteren gut drei Kilometern auf der Straße begann der Arm zu schmerzen. Inge trug den Koffer abwechselnd in der linken, dann in der rechten Hand. Der Rücken fing an, Messerstiche in die jeweils belastete Schulter zu schicken, und nun lag auch noch eine Steigung vor ihr. Inge nahm die Umgebung schon gar nicht mehr wahr. Sie sah nur noch den Asphalt vor ihren Füßen. Was wohl mit dem Gold und Silber passieren würde, überlegte sie sich. Die Kisten waren beschriftet. Die Chancen, dass sie jemand fand und dann für sich behielt, schätzte sie als geringer ein, als dass der Fund gemeldet wurde. Die Italiener waren gläubig. Sie würden es nicht wagen, sich an sakralen Gegenständen zu bereichern. Ganz gleich, wer sie fand, man würde sich die Frage stellen, was die Aufschrift bedeutete und früher oder später die rechtmäßigen Eigentümer ausfindig machen. Fand sie ein Fahrzeug der Wehrmacht, war alles wahrscheinlich auch in Sicherheit. Möge der Herr darüber entscheiden, was mit diesem kleinen Vermögen geschah, sagte sie sich. Und was sollte sie jemandem erzählen, der ihr begegnete? Eine junge DRK-Schwester mit Koffer auf einer Serpentine in eisiger Kälte war erklärungsbedürftig. Kam ein Italiener vorbei, war es sowieso egal, was sie sagte. Mit ihrem geringen Wortschatz könnte sie ihm weder die Wahrheit noch eine Märchengeschichte auftischen. Kam ein Wagen der Wehrmacht vorbei, blieb ihr keine andere Wahl, als von einem Partisanenüberfall zu sprechen, und dass sie ein Oberstleutnant Preuss freundlicherweise bis kurz vor den Brenner mitgenommen hatte. Dies war gerade noch vertretbar. Wahrscheinlich müsste sie diese Version der Geschichte bald erzählen. Von der Anhöhe der Straße, die sie erklommen hatte, erspähte Inge einen Wagen der Wehrmacht, doch er kam aus dem Norden. Blitzschnell machte sie sich gewahr, dass die Soldaten sie dann zurück in Richtung Süden zum Kontrollpunkt bringen würden, den sie mit Preuss passiert hatte. Inge wusste, dass sie sich vor dem Fahrzeug so schnell wie möglich verstecken musste. Sie erspähte einen kleinen Feldweg, der mitten hinein in ein kleines Wäldchen führte. Ihre Füße taten weh. Sie fühlten sich an wie eingefroren und stapften nun, so schnell es nur ging, durch verharschten Schnee, um sich in den Schutz von Tannen zu begeben.

Der Wagen rauschte vorbei. Inges Schuhe waren durchnässt. In ihrem Unterleib begann es sofort wieder zu ziehen, weil die Kälte nach oben kroch – obwohl sie in Preuss' Wagen doch Unterrock und Strümpfe gewechselt hatte und nun trockene Kleidung trug. Es half alles nichts. Sie musste erneut durch Schnee und Matsch zurück zur Straße waten. Wenn sie doch nur wüsste, wie weit es noch bis zum Brenner-Pass war.

Immerhin hatte die Sonne sich mittlerweile am Himmel gegen die Wolken durchgesetzt. Die Wärme tat gut, änderte aber nichts an den immer stärker werdenden Rückenschmerzen. Ein sanftes Brummen aus der Ferne, das sie hinter ihrem Rücken, also aus der richtigen Fahrtrichtung vernahm, ließ Inge hoffen. Sie drehte sich um und hielt nach dem Fahrzeug Ausschau. Egal, wer es war. Sie würde zur Not alles preisgeben, nur um nicht mehr auf dieser Straße zu Fuß weitergehen zu müssen. Ein Transporter der Wehrmacht? Zweifelsohne näherte sich ein Fahrzeug mit Dieselmotor. Jeden Moment müsste er von der Kurve auf der Anhöhe heraufkommen. Inge täuschte sich nicht. Es war ein Lastwagen, doch keiner der Wehrmacht. Inge wagte es nicht, sich mitten auf die Straße zu stellen. Der Wagen würde nicht einmal mehr bremsen können. Gegen die Sonne war nicht zu erkennen, wer am Steuer saß. Sie winkte dennoch vom Straßenrand aus. Der Transporter hielt daraufhin an. Inge erkannte, dass er kistenweise mit Gemüse beladen war. Sie ging zum Fahrerhaus. Ein Mann mit Schirmmütze, aller Wahrscheinlichkeit nach ein Italiener, besah sie sich eingehend.

»Sono infermiera. Incidente. Brennero.« Inge hoffte darauf, dass er verstand, dass sie einen Verkehrsunfall gehabt hatte und wohin sie wollte.

Er nickte nur, stieg aus und öffnete ihr die Beifahrertür. Den Koffer nahm er ihr gleich ab und verstaute ihn hinter ihrem Sitz.

»Di dove sei?« Inges Italienischkenntnisse reichten aus, um seine Frage zu verstehen.

»Aus Cassino. Lazarett.«

Dann bedeutete er ihr einzusteigen.

»Alfredo«, stellte er sich vor, nachdem sie auf dem Beifahrersitz Platz genommen und er die Fahrertür geschlossen hatte.

»Inge.«

»Tedesca.« Die Art, wie er das sagte, klang weder erfreut noch nach einem Fluch. Inge schenkte ihm ein dankbares Lächeln. Er nickte nur und fuhr an.

»Brennero«, sagte er und deutete mit der Hand auf das Gebirge vor ihnen. Wenn sie doch nur schon dort wären.

Inge hatte darauf gehofft, dass sie am Brennerpass auf Soldaten der Wehrmacht stoßen würde. Wenn sie ihren Fahrer richtig verstanden hatte, würde hier die Fahrt enden und er sein Gemüse ausladen, damit es mit dem Zug weitertransportiert werden konnte. Auf den vor ihnen liegenden Gleisen standen bereits drei Züge. Leider hingen an deren Dieselloks nur Güterwagen. Gemüse müsste man sein.

Der kleine dazugehörige Bahnhof befand sich mitten in einem schmalen Tal, eingekesselt von Bergen, an deren Hängen Nadelbäume bis hinauf zu deren Gipfeln wuchsen. Er erweckte auf Inge den Eindruck, als wäre er in erster Linie auf Güterverkehr ausgerichtet. Das lang gestreckte, für einen Bahnhof aber recht simple und vor allem kleine Steingebäude, auf dessen Seitenwand *Brennero* stand, kam eher wie ein Bauernhof mit aneinandergereihten ziegelüberdachten Ställen daher. Erst in gut einhundert Metern Entfernung erspähte Inge einige mehrstöckige Wohnhäuser, einen kleinen Ortskern direkt am Fuß eines Berges. Um den Bahnhof herum standen lediglich Hütten und weitere Hallen. Dort reihte sich ihr Fahrer hinter anderen Lastwagen ein, die mit allerlei Lebensmitteln beladen waren. Es herrschte geschäftiges Treiben. Entladen. Beladen. Fahrer standen zusammen, rauchten eine Zigarette und tauschten sich vermutlich über die Fahrt aus. Und, wie nicht zu überhören war, unterhielten sie sich in der Landessprache. Inge stieg aus und bedankte sich mit einem Mille Grazie bei ihrem Fahrer, der ihr *Fortuna* wünschte. Inge konnte Glück nun sehr gut gebrauchen, denn unmittelbar vor dem Bahnhofsgebäude entdeckte sie einen Soldaten in Wehrmachtsuniform und zwei deutsche Transportfahrzeuge. Sie nahm sich vor, ihn anzusprechen. Hoffentlich wusste er, ob und wann hier ein Zug zurück ins Reich ging. Noch bevor sie ihn erreichte, war er es, der sie ansprach.

»Kann ich Ihnen behilflich sein?«, fragte er auf Deutsch. Blond, DRK-Haube. Er hatte wahrlich keinen Grund, sie für eine Italienerin zu halten. Und dass sie den Koffer auf dem Weg zu ihm von einer schwielenbedeckten Hand in die andere hievte, war ihm sicher auch nicht entgangen.

»Ich muss nach Nürnberg. Wissen Sie zufällig, ob es von hier Verbindungen gibt?«

»Da werden Sie heute kein Glück haben. Der Zug über Innsbruck und München ist schon weg«, erwiderte er.

Inge war erleichtert, dass es überhaupt einen Zug gab, der sie von hier in die Heimat bringen könnte.

»Leutnant Schreiber«, stellte er sich vor.

»DRK-Schwester Inge Gerner.«

Schreiber musterte sie. »Zurück in die Heimat?«, fragte er.

»Mein Vater ist schwer krank. Ich bin für ein paar Tage beurlaubt worden«, erklärte sie sich und fasste in ihre Manteltasche, wo sie das entsprechende Dokument bereits griffbereit verstaut hatte.

Schreiber winkte ab. »Ich muss nach Innsbruck. Wenn Sie wollen, dann nehme ich Sie mit. Von dort gehen sicher Züge über München nach Nürnberg.«

Inge konnte ihr Glück kaum fassen. »Sehr gerne«, gab sie ihm zu verstehen.

»Darf ich?« Schreiber deutete auf ihren Koffer.

»Nichts lieber als das.«

»Wo waren Sie stationiert?«

»Cassino. An der Gustav-Linie.« Inge entschied sich, ihm die Wahrheit zu sagen. »Und Sie?«

»Salerno«, kam zurück. »Wie sind Sie überhaupt hierhergekommen?«, fragte er, während sie zu seinem Wagen gingen. Es war einer wie der von Preuss. Jetzt hielt sie sich besser bedeckt.

»Einer der Fahrer da drüben hat mich mitgenommen. Es gab keine schnellere Möglichkeit und die Italiener sind sehr hilfsbereit.« Inge versuchte mit dieser Ausrede ihr Glück.

»Ja, man kann über sie sagen, was man will, aber das stimmt wohl. Hilfsbereit sind sie«, sagte er und hievte ihren Koffer auf den Rücksitz seines Wagens. »Wenn Sie sich noch frisch machen möchten. Es gibt hier am Bahnhof saubere Toiletten.«

Inge blickte an sich herab. Ihr Mantel, die Strümpfe und ihre Schuhe waren verdreckt. Sicher auch ihr Gesicht. Sie hatte dem bisher gar keine Beachtung geschenkt.

»Ausgerutscht«, erklärte sie sich.

Dass Schreiber sich darüber belustigte, nahm Inge die Angst vor weiteren peniblen Nachfragen. Innsbruck. Ihrem Ziel ein gutes Stück näher.

Die Fahrt nach Innsbruck erschien Inge wie eine ganz normale Reise, als ob es überhaupt keinen Krieg gäbe. Sah man von dem Umstand ab, dass sie in einem Wagen der Wehrmacht saß. Österreich schien noch weitgehend vom Krieg verschont geblieben zu sein. Die Dörfer, durch die sie fuhren, hatte die zerstörerische Wut des Krieges offenkundig noch nicht erreicht. Keine Bombeneinschläge weit und breit. Wie eine Schutzzone, in der Kühe immer noch so friedlich grasten, wie man sich die Bergidylle Österreichs vorstellte. An Leutnant Schreiber hingegen war der Krieg jedoch nicht spurlos vorbeigegangen, und das, obwohl er nicht einmal mit der Waffe in der Hand direkt an der Front gewesen war. Ein Funker hatte andere Aufgaben, konnte sich aber naturgemäß dem Schrecken des Krieges nicht gänzlich entziehen. Er blinzelte unaufhörlich. Seine Fingernägel waren fast bis zu den Fingerkuppen abgekaut und schon ganz rot. Er nagte nahezu manisch daran, wenn er von seinen Erfahrungen an der Salerno-Front, also südlich von Cassino, erzählte. Inge wusste, dass die Briten Salerno mittlerweile eingenommen hatten. Sie hatten oft genug zu Tisch über den Verlauf der Kämpfe in Italien gesprochen, doch es waren immer nur Zahlen gewesen, ein Schachbrett, auf dem Figuren hin- und herbewegt wurden. Man ließ es auf diese Weise nicht so sehr an sich heran. Weit weg, schnell aus dem Sinn. Schreiber hatte viele Kameraden verloren. Er selbst gehörte der 16. Panzerdivision an und war Mitte September nach Salerno versetzt worden. »Ins kalte Wasser geworfen haben sie mich«, hatte er ihr wörtlich gesagt. Ihm war es also nicht anders ergangen, wobei Inge glaubte, dass es kein kälteres Gewässer als ein Kriegslazarett in Charkow geben konnte. An gleich vier Stellen sei die fünfte US-Armee gelandet, wo sie deutsche Einheiten bereits mit schwerer Artillerie und Maschinengewehrposten erwartet hatten. Die Flakgeschütze hätten erst wenig zu tun gehabt, denn überraschenderweise waren massive Bombardements aus der Luft ausgeblieben. Inge wusste, dass sich das Blatt gewendet hatte. Ihm war es ergangen wie so vielen Soldaten, die Inge an der Ostfront kennengelernt hatte. Ein stetiges Wechselbad der Gefühle – je nachdem, in welche Richtung sich eine Front verschob. Mal voller Euphorie an den Endsieg glaubend, mal am Boden zerstört. Schreiber hatte seinen Dienst just in dem Moment angetreten, als eine deutsche Panzerdivisionsoffensive recht erfolgversprechend erschienen war. Wie groß musste dann die Enttäuschung über den weiteren Verlauf gewesen sein! Inge ließ ihn reden, und das nicht nur, weil sie froh war, dann so wenig wie möglich aus ihrer Zeit in Cassino erzählen zu müssen. Schreiber hatte wohl sonst niemanden, dem er sein Herz ausschütten konnte. Vermutlich war ihm nicht einmal einer seiner Kameraden vertraut genug. Insofern zeigte sich Inge interessiert und hakte nach, warum er geglaubt hatte, dass sie die Alliierten am Anlanden hindern konnten.

»Sechs Divisionen motorisierte Truppen und zwei Panzerdivisionen. Wir dachten, wir machen sie platt. Man vergisst die Toten. Nur noch blinder Hass auf den Feind. Ich habe mich dafür geschämt. Nachts geweint. Musste am Funkfernschreiber einen Toten nach dem anderen melden. Immer die gleichen Texte. Ich kannte einige der gefallenen Kameraden. Dann fragt man sich, wofür? Wofür sind sie gestorben?« Schreiber hatte abermals seinen Zeigefinger im Mund.

»Wenn Sie weiter so kauen, dann ist bald Ihr Finger weg«, sagte sie.

Die linke Hand war daraufhin wieder am Lenkrad, wo sie hingehörte.

So wie Inge ihn einschätzte, glaubte er auch nicht mehr daran, dass Hitler den Krieg noch gewinnen konnte. »Zu viele Fronten«, hatte er ihr zu verstehen gegeben. Er litt besonders darunter, dass seine Erziehung und sein strenger Glaube ihm eigentlich verboten, Soldat zu sein. Auch wenn er, wie er ihr hoch und heilig versicherte, noch keinen einzigen Menschen hatte töten müssen, so klagte er sich unentwegt selbst an. Inge gestand sich in dem Moment ein, dass sie sich auch zum Werkzeug Hitlers hatte machen lassen. Um die Scherben aufzukehren. Menschliche Trümmer zusammenzuflicken oder zu entsorgen. Er musste in ein paar Tagen wieder zurück an die Front, südlich der Gustav-Linie, ausgestattet mit einer Ladung Ersatzteile für die Funkgeräte. Inge hoffte, dass er zu sich fand. Das Erste, was er sich in Innsbruck vorgenommen hatte, war, eine Kirche aufzusuchen und die Beichte abzulegen. Wie sehr plagte diesen Mann, der gegen seinen Willen eingezogen worden war, wohl das Gewissen?

Schreiber fuhr sie wie versprochen zum Bahnhof und wünschte ihr viel Glück. Drei Tage sei er hier. »Wie Urlaub«, meinte er. In einer Stadt, die noch nicht im Bombenhagel der Alliierten gelegen hatte, war das vorstellbar und sicher Balsam für die Seele. Offene Geschäfte, Passanten in Zivil, die Häuserdächer und selbst die Straßen eingezuckert in Schnee, der bis in die hohen Berggipfel hinaufwuchs, die Innsbruck umschlossen. Inge dachte für einen Moment darüber nach, die Stadt zu erkunden. Schließfächer für ihren Koffer gab es sicher, doch die Sorge um ihren Vater übertünchte jegliches weitere Gedankenspiel in diese Richtung. Inge genoss dennoch die gefühlte Normalität rund um den Bahnhof am Südtiroler Platz, den ein Brunnen mit Obelisken, auf dem eine Engelsstatue stand, zierte. Busse standen davor. Passanten eilten durch die Arkaden zum Haupteingang oder zu einem Taxistand. In der Schlange vor dem Fahrkartenschalter kam ihr das rege Treiben so vor, als wäre die Zeit stehen geblieben. Man konnte sich gar nicht vorstellen, dass andernorts Schrecken und große Not herrschten. Was für Gegensätze. Was für ein Irrsinn. Wenn der nur bald vorbei wäre. Während Inge wartete, überlegte sie, wann sie eine Fahrkarte zurück erwerben würde, nach Italien. Zurück zu Lorenzo. Hoffentlich ging es ihm gut und er ließ sich zu keiner Dummheit hinreißen. Würde er auch auf sie warten, wenn sie für längere Zeit in Nürnberg bleiben müsste? Und wie es wohl Annemarie in der Zwischenzeit ergangen war? Inge begann zu rechnen und stellte sich ihre an sich spindeldürre Freundin mit einem dicken Bauch vor. Im Januar müsste es so weit sein und das Kind von Werner das Licht der Welt erblicken. Inge nahm sich vor, ihr von Nürnberg aus erneut zu schreiben.

»Gnädiges Fräulein.« Der uniformierte Herr am Schalter riss sie aus ihren Gedanken. Inge war froh, ihre Fahrkarte mit deutscher Reichsmark bezahlen zu können, und fragte sich auf dem Weg zum Bahngleis, was wohl aus Nürnberg geworden war. Sie wusste, welche großspurigen Pläne Hitler mit ihrer Heimat hatte. Die Truppenaufmärsche, die Massenkundgebungen. Wahrscheinlich hatten die Alliierten die Stadt mittlerweile mit einem Bombenteppich überzogen. Dass sie sich da täuschte, erfuhr sie erst im Zug, der nach nur einstündiger Wartezeit in der Bahnhofshalle über München direkt nach Nürnberg weiterfuhr. Der Reisende ihr gegenüber, ein Mann mit Schnurrbart und Hitlerscheitel, den sie auf um die sechzig schätzte, beabsichtigte, seinen Vetter in Nürnberg zu besuchen, einen leitenden Mitarbeiter der dort ansässigen MAN. Entgegen ihrer aufgrund seines äußeren Erscheinungsbildes naheliegenden Einschätzung, einen Kriegsfanatiker vor sich sitzen zu haben, entpuppte er sich als das genaue Gegenteil. Sie hatte ihm eines der beiden Kipferl vom Kiosk der Bahnhofshalle angeboten, das nicht mehr in ihren Magen passte. In seinen hingegen schon.

»Die MAN. Bombardiert. Das muss wohl Ende August gewesen sein. Die Alliierten schrecken vor nichts zurück. Franz hat mir erzählt, dass sie bei dem Angriff geglaubt haben, ganz Nürnberg liegt danach in Trümmern. Soviel ich weiß, steht der Nordostbahnhof nicht mehr und die südliche Altstadt hat viel abbekommen. Franz hat nur noch die Flak und die Bomber in der Nacht gehört. Hatte Todesangst«, erzählte er, nachdem Inge ihn gefragt hatte, ob er wüsste, was sie in Nürnberg erwarten würde. Vom Bombardement im August hatte ihr Preuss bereits berichtet. Anscheinend hatte es seither keine weiteren größeren Luftangriffe mehr gegeben, andernfalls hätte ihr Gegenüber sie erwähnt.

»Und Johannis? Mein Vater hat dort einen Laden«, hakte sie nach.

»Davon hat mir Franz nichts erzählt. Ich war noch nie dort. Ist es ein schönes Viertel?«, fragte er.

Inges Gedanken schweiften ungewollt zurück in ihre Kindheit, die unbeschwerter nicht hätte sein können. Ausflüge in die fränkische Schweiz, Seilspringen mit ihren Freundinnen im Hinterhof, Süßigkeiten von den Kunden ihres Vaters, der Christkindlesmarkt mit seinen vielen Ständen. Erinnerungen aus einer anderen Welt und sie fühlten sich auf einmal noch viel fremdartiger an, weil zu dieser Welt nun auch noch eine Mutter gehörte, die sie in ihrer Kindheit begleitet hatte, als Näherin, Freundin und Spielgefährtin.

»Ja, ein schönes Viertel«, sagte Inge, weil sie ihr Gegenüber immer noch erwartungsfroh ansah.

»Das dachte ich mir, bei einem so sonnigen Gemüt, wie Sie es haben.«

Inge freute sich über das Kompliment. Vermutlich hatte ihm noch nie jemand ein Vanillekipferl angeboten, überlegte sie und schmunzelte.

Kapitel 25

Inge hatte sich ein Taxi vom Nürnberger Hauptbahnhof bis nach Hause genommen. Obwohl ihr auf der Strecke nur wenig Kriegsschäden untergekommen waren, schien eine drückende Dunstglocke der Schwermut über der Stadt zu liegen. Das trübe nasskalte Wetter tat sein Übriges. Die Stimmung hier war ganz anders als in Innsbruck. Kein Lächeln, keine neugierigen Blicke und sah man vom fließenden Verkehr und den Straßenbahnen ab, kaum geschäftiges Treiben auf den Straßen. Inge hatte das Gefühl, dass sich die Passanten, an denen sie vorbeigefahren waren, regelrecht durchs Leben schleppten. Nürnberg war trotz der bisher überschaubaren Schäden gezeichnet vom Krieg. Ein einziger junger Mann war ihr aufgefallen. Vermutlich waren die meisten anderen in seinem Alter an der Front. Wie sollten sich die Menschen auch fühlen, wenn sie täglich um das Leben ihrer Kinder und ihr eigenes bangen mussten? Wie, wenn sie vergeblich auf Nachrichten von der Front warteten oder eine dieser Nachrichten von Offizieren wie Funker Schneider bekamen, in denen vom Heldentod die Rede war? Wie ein Heldentod aussah, hatte Inge vor allem an der Ostfront erlebt.

Ihr Taxifahrer ging bestimmt auf die siebzig zu. Somit kriegsuntauglich. Er hatte während der Fahrt kein Wort mit ihr gesprochen, sondern stattdessen das Radio angestellt. Wie skurril war es, zu all diesen düsteren Eindrücken, die ihre Heimatstadt bot, fröhliche Volksmusik zu hören, die eine heile Welt heraufbeschwor. »Wenn die Elisabeth nicht so schöne Beine hätt'«. Der Taxifahrer sang gleich mit. Speziell dieses Lied hatte Inge an ihre Zeit bei den Deutschen Mädeln erinnert. Sie hatten es heimlich gesungen, weil es kein patriotisches Liedgut war, auch kein Lobgesang auf die Schönheit der Heimat, in der die Vögel zwitscherten und Bergbäche an strahlend grünen Wiesen rauschten.

Inge war froh, als das Taxi endlich vor dem Laden hielt. Sie gab dem alten Mann eine Reichsmark Trinkgeld und stieg aus. Die Erleichterung darüber, dass das Haus und auch die Gebäude in der Nachbarschaft keine Beschädigungen aufwiesen, wich der Ernüchterung, dass das Leben aus ihrem Laden gewichen war. Das Schaufenster war so verdreckt, dass man nicht mehr hineinsehen konnte. Inge blutete das Herz. Die Auslage war Vaters ganzer Stolz gewesen. Einmal pro Woche hatte er es sich nicht nehmen lassen, die beiden Schaufensterpuppen umzudekorieren. Sie standen wie dunkle Schemen hinter einer Schicht aus Ruß und Staub. Inge hoffte, dass ihr Erna die Tür öffnen würde. Vater konnte in seinem Zustand unmöglich allein in der Wohnung sein. Sie klingelte einmal und wartete auf den gewohnten Türsummer, doch stattdessen vernahm sie ein Geräusch von oben. Jemand öffnete das Fenster. Inge trat ein paar Schritte zurück und sah hoch zu ihrer Wohnung.

»Allmächtiger! Inge«, rief Erna ihr vom ersten Stock aus zu. Sie schlug die Hände vors Gesicht und rief in den Raum. »Inge ist da. Inge.« Dann verschwand sie vom Fenster. Wenig später schnappte die Haustür auf.

Inge eilte nach oben, auch wenn der Koffer nicht leichter geworden war. Erna stand bereits an der Tür und strahlte wie ein Honigkuchenpferd.

»Inge. Dass ich des noch erleben darf.« Dann fiel sie Inge in die Arme. »Lass dich ansehen, Kind. Mager bist geworden«, stellte sie fest und tätschelte ihr die Wange.

»Wie geht es Vater?«, wollte Inge sogleich wissen.

Ernas Miene verfinsterte sich. »Komm erst mal rein«, sagte sie und nahm ihr gleich den Koffer ab. Als sie die Tür hinter sich schloss, trat sie nahe an sie heran.

»Es steht nicht gut um ihn. Die Schwindsucht. Wenigstens isst er jetzt etwas. Als er heimkam aus dem Lager, war er abgemagert bis auf die Knochen. Der Arzt sagt, dass er nicht mehr lange lebt, aber das hat er nur mir gesagt«, flüsterte sie ihr zu.

Inge hatte sich darauf eingestellt, einen kranken Mann vorzufinden, aber dass die Lage so ernst war, schnürte ihr den Hals zu.

»Komm. Er ist wach. Er weiß, dass du da bist«, sagte Erna und durchquerte den Flur zum elterlichen Schlafzimmer. Angst stieg in Inge hoch. Angst davor, den starken Mann, den sie in Erinnerung hatte, als alten sterbenskranken Greis zu sehen. Erna trat zur Seite, als Inge die Tür zum Schlafzimmer erreichte.

»Inge«, krächzte er und versuchte, sich aus eigener Kraft aufzusetzen.

Das ganze Leid, das er in diesem Lager durchlebt haben musste, hatte sich in sein Gesicht geschrieben. Ausgemergelt, verfleckt. Eingefallene Wangen und Augen, die aus den Höhlen zu treten schienen. Inge riss sich zusammen und erwiderte sein gequältes Lächeln. Tränen der Freude rannen über sein Gesicht.

»Meine Inge. Meine Inge. Setz dich zu mir«, verlangte er. Seine Stimme war angeschlagen und zittrig wie die eines Greises. Zuletzt hatte sie ihren Vater füllig und mit Wohlstandsbauch gesehen. Nun streckte er ihr eine knochige Hand entgegen, die wächsern wirkte. Jede einzelne Ader konnte man unter dem Pergament, das sich über die Knochen spannte, zählen.

»Ich hab nicht geglaubt, dass ich dich jemals wiedersehe«, sagte er. Weiter konnte er nicht sprechen. Er begann zu husten. Erna eilte mit einem frischen Tuch herbei und reichte es ihm.

»Ich bin ja jetzt da, Vater.«

Seine Hand fuhr unablässig über die ihre. »Wenigstens an dir ist der Krieg spurlos vorbeigegangen«, sagte er.

Inge nickte. Zumindest in körperlicher Hinsicht hatte er ja recht.

»Ich hab mir solche Sorgen gemacht. Viele Schwestern von dort ... Sie sind verschollen. Ich dachte, du bist nicht mehr am Leben.«

»Ich wurde versetzt. Zuerst Charkow und dann Cassino.«

»Cassino?«

»Gustav-Linie, südlich von Rom.« Inge vermutete, dass ihm sein politisches Interesse nicht abhandengekommen war. Er hörte bestimmt nach wie vor Radio. Es stand nun auf dem Spiegeltisch seines Krankenlagers.

»Meine Inge in Italien. Du hast Farbe im Gesicht. Wie eine Urlauberin«, stellte er fest. Dann blickte er zu Erna. »Bring uns doch einen Stuhl, für Inge.«

Erna nickte und eilte aus dem Zimmer.

»Du musst mir alles erzählen, Inge. Wie es dir ergangen ist. Und wie lange bist du hier? Kannst du hierbleiben?«, wollte er dann wissen.

Inge nickte. Es tat weh, mitanzusehen, wie er sich ihretwegen quälte. Er röchelte und es sah aus, als müsste er sich jeden Atemzug abringen.

»Ich erzähl dir alles, Vater.«

»Willst du nicht erst etwas essen? Erna kocht etwas für dich.«

Inge schüttelte kaum merklich den Kopf. Sie würde im Moment sowieso nichts herunterbringen.

Erna brachte den Stuhl herein. Inge nahm darauf Platz.

»Wo fange ich am besten an?«
»Hat man euch gut behandelt?«
Warum nicht mit etwas Erfreulichem beginnen? Spontan kam ihr Irina in den Sinn, die liebenswerte russische Köchin. Die vielen Eintopfvariationen interessierten Erna sicher auch. Ihre Erlebnisse mit Annemarie und Julia sowie Schilderungen ihres Lazarettalltags hob sie sich je nach Vaters Verfassung besser für später auf.

Inge hatte bereits befürchtet, dass ihr Vater sich überhaupt nicht mehr aus dem Bett erheben könnte, doch immerhin das ging noch. Vermutlich gab er sich auch besonders tapfer, weil sie hier war. Die Freude darüber verlieh ihm Kräfte, die selbst Erna ins Staunen versetzten. »Ich kann schon allein gehen«, hatte er sicherlich nur ihretwegen gesagt, damit sie sich keine allzu großen Sorgen machte. Dass er normalerweise zu Ernas Arm griff, war Inge klar geworden, als sie sich gleich unaufgefordert als lebende Stütze neben ihn ans Bett postiert hatte. Sie kochte auch für ihn. Abends gab es Hühnersuppe, und das anscheinend jeden Tag. Etwas Besseres, um sich zu kurieren, wenn man es an den Atemwegen hatte, gab es Ernas Ansicht nach nicht. Ihm schmeckte sie. Gustav konnte den Löffel gerade noch so ruhig halten, um die Suppe auf dem Weg zum Mund nicht zu verschütten. Tücher lagen stets bereit, um jederzeit drohenden Auswurf aufzufangen. Der arme Papa. Inge wusste, dass sie nichts weiter für ihn tun konnte, als einfach nur bei ihm zu sein. Eine enorme Erleichterung für Erna, die an Tagen, an denen es ihm besonders schlecht ging, sogar hier in der Wohnung übernachtete. Das war von nun an nicht mehr notwendig. Inge hatte ihr altes Kinderzimmer bezogen und sofort nach der Puppe mit dem rosa Kleid gekramt, das Anna für sie genäht hatte. Es brannte ihr natürlich auf der Seele, von ihrem Vater alles über seine damalige große Liebe, ihre Mutter, zu erfahren, doch in Ernas Beisein brauchte sie dieses Thema nicht anzuschneiden. Vater hatte ihre Erzählungen von Charkow verdaut, ihre Zeit in Cassino, Preuss' Interesse an ihr, seinen Einsatz, um ihn aus Theresienstadt herauszuholen, seinen Tod, und dass ihr Herz einem Italiener gehörte. Inge hatte sich bis nachmittags nahezu heiser erzählt, befeuert von seinen vielen Nachfragen. Unzählige Male hatte er ungläubig den Kopf geschüttelt. Dass das Kloster so viele Kunstschätze sein Eigen nennen durfte, hatte nicht einmal er gewusst. Komischerweise schien ihn Lorenzo mehr zu interessieren als Preuss, was aber auch daran liegen könnte, dass sie das Interesse des Oberleutnants an ihr nicht ausufernd erzählt hatte. Lorenzo und die italienische Küche waren dann auch Tischgespräch beim Abendbrot gewesen. Erna hielt nichts davon. Deutsche Küche und insbesondere die fränkische sei sowieso die gesündeste. Vater hatte herzhaft gelacht, auch wenn er dies mit einer argen Hustenattacke hatte büßen müssen. War er kräftig genug, um sich ihren Fragen zu stellen? Spätestens als er sich auch noch die Bratwürste mit Kartoffeln und Sauerkraut, die Erna anlässlich Inges Besuchs vom Metzger unter der Hand auch ohne Lebensmittelkarte hatte ergattern können, mit Appetit einverleibt hatte – wenngleich die halbe Portion im Vergleich zu früher. Inge nahm sich deshalb vor, ihn noch heute Abend darauf anzusprechen. Allerdings unter vier Augen.

Erna räumte das Geschirr ab und trug es zur Spüle.
»Ich mach das schon, Erna«, bot Inge ihr an.
»Geht doch schnell.«
»Ich bin ja jetzt da. Geh ruhig«, widersprach Inge. Auch wenn Erna sich wand, las Inge in ihrem Gesicht ab, dass sie letztlich doch erleichtert darüber war, mal einen Tag früher nach Hause gehen zu dürfen. So schnell wie sie das Geschirrtuch zusammengefaltet neben die Spüle gelegt und in den Flur geeilt

war, um sich die Straßenschuhe und ihren Mantel anzuziehen, konnte es keinen Zweifel daran geben.

»Bis morgen um sieben?« Erna verabschiedete sich, noch bevor Inge ihren Platz an der Spüle eingenommen hatte.

»Nimm dir morgen einen Tag frei«, sagte Gustav.

Erna nickte. »Ich bin so froh, dass du wieder heil hier bist«, sagte Erna und sicherlich nicht nur, weil sie nun endlich wieder mehr Zeit für sich hatte. Sie seufzte, schenkte Inges Vater noch ein aufmunterndes Lächeln und ging.

»Die gute Erna«, sagte Gustav mehr zu sich.

Inge ging zur Anrichte und goss heißes Wasser in zwei Tassen. Zeit für Vaters Fencheltee.

»Wird er auf dich warten, dieser Lorenzo?«, fragte Vater unvermittelt.

Inge überraschte es nicht, dass er das Thema noch einmal aufgriff. Das Herzklopfen, während sie von ihm erzählt hatte, setzte augenblicklich wieder ein. Sie vermisste ihn und war sich sicher, dass ein Vater seiner Tochter ansehen konnte, wenn sich ihre Augen mit Leben füllten.

»Ich hoffe es, Vater.«

»Die große Liebe ...« Er seufzte.

Inge brühte den Tee auf und sagte sich, dass es wohl keinen besseren Moment gab, als ihn nun auf *seine* große Liebe anzusprechen. Bis der Tee gezogen hatte, setzte sie sich zu ihm an den Tisch.

»Preuss hat mich wissen lassen, weshalb sie dich weggebracht haben«, sagte sie.

»Die Feldmanns ... Ich musste ihnen doch helfen«, erwiderte er.

»Sie haben Briefe in deiner Wohnung gefunden«, deutete sie an. Inge fragte sich, warum er nicht von sich aus von Anna erzählte. War es ihm so unangenehm? Hatte er Angst davor, sich eingestehen zu müssen, dass er seine Tochter jahrelang mit einer Lebenslüge abgespeist hatte?

»Briefe …«, säuselte er.

»Von Anna …«, sagte Inge nur.

Vater nickte nachdenklich. Er schien zu ahnen, welche Richtung dieses Gespräch nehmen würde.

»Vater. Ich kann mir die Gründe denken, warum du es mir nie gesagt hast, aber sag es mir doch wenigstens jetzt«, forderte sie ihn auf.

Ihr Vater nickte. Seine Lippen fingen an zu beben. Inge hatte Sorge, dass alles zu viel für ihn wurde.

»Wenn du jetzt nicht darüber reden möchtest …«

»Doch … Bring uns den Tee«, verlangte er.

Inge stand auf und ging zur Anrichte. Sie zog das Sieb aus den Tassen und legte es zum Geschirr in die Spüle. Dann stellte sie ihm seine Tasse auf den Tisch.

»Du weißt, dass sie Jüdin ist?«, kam dann.

Inge nickte.

»Auf dem Schützenfest haben wir uns kennengelernt. Liebe auf den ersten Blick. Wir waren jung und verliebt, vermutlich wie du und dieser Lorenzo, aber das allein … Darauf konnten wir nicht bauen.«

»Einer von euch hätte zum Glauben des anderen konvertieren müssen«, mutmaßte Inge.

»Das stand auch in den Briefen? Ich kann mich gar nicht mehr an alles erinnern«, sagte er erstaunt.

Dann griff er zu seiner Teetasse und trank erst einmal einen kleinen Schluck, bevor er fortfuhr.

»Wir konnten nicht heiraten. Ihre Familie war streng gläubig. Das war ein Riesentheater. Sie wurde schwanger. Was tun? Ihre Familie hat sie rausgeschmissen. Anna muss geahnt haben, was den Juden hierzulande blüht. Hitlers Reden waren ja allzu deutlich. Da musste man doch nur genau hinhören. Im

September zweiundzwanzig. Das war in dem Jahr, als du zur Welt gekommen bist. Das war doch eine Kriegserklärung gegen die Juden. Als Menschen mit unreinem Blut hat er sie bezeichnet. Ihre sofortige Ausweisung hat er gefordert. Verstehst du, Inge? Wir hatten Angst um dich.«

»Hat mich Anna hier in dieser Wohnung zur Welt gebracht?«

»Du weißt auch von der Hausgeburt?«

Inge nickte.

»Sie hat sich nach dem Rauswurf ihrer Eltern eine kleine Wohnung im Nachbarhaus genommen. Und dann ... Ja, es war riskant, aber deine Geburt verlief ohne Probleme. Anna kannte eine Hebamme, der sie vertrauen konnte. Die brachte uns auch auf die Idee, wie wir Annas Mutterschaft bei den Behörden verschleiern können.«

»Lena Meier«, deutete Inge an.

»Ich hab auf dem Standesamt Blut und Wasser geschwitzt.«

»War ihre Mutter wirklich krank, als Anna uns verließ?«, wollte Inge wissen.

»Sie wäre, glaube ich, sonst gar nicht gefahren. Hätte alles erduldet, auch auf die Gefahr hin, dass es ihr so ergeht wie ihrem Bruder. Er hatte ein Geschäft in der Südstadt. Sie haben ihn ermordet. Anna war bis zu diesem Zeitpunkt bei mir einigermaßen sicher. Sie hielt den Kontakt zu ihrer Familie ja nicht mehr aufrecht. Ihr Glück. Und unsere Kunden kannten sie nur als Anna, doch dann, das muss dreiunddreißig gewesen sein, geriet die Situation hier außer Kontrolle. Die Deutschen sollten die Geschäfte der Juden boykottieren. Es ging Schlag auf Schlag. Ich hatte Angst, dass sie deportiert wird. Sie ist im Frühjahr vierunddreißig mit dem Schiff nach Tel Aviv gefahren. Und ich habe allen erzählt, dass sie nach Amerika abgereist sei, auch dir. Ach Inge. Ich hatte solche Angst um sie. Früher oder später hätten sie sie weggebracht.«

Inge reichte ihm das Tuch, weil er anfing, zu husten und nach Luft rang.

»Du musst nicht weitersprechen, Vater«, sagte sie ihm.

»Ich möchte aber«, protestierte er und fuhr nach zwei tiefen Atemzügen, die ihn sichtlich entspannten, fort. »Wir wollten beide das Beste für dich. Haben dir sogar einen deutschen Namen gegeben. Du hättest Sarah heißen sollen, doch Anna hat das dann verworfen.«

»Aber wieso hat sie mich nicht mitgenommen?« Inge konnte einfach nicht verstehen, wie eine Mutter ihr leibliches Kind zurücklassen konnte.

»Sie war offiziell ja nicht deine Mutter. Eine Jüdin wäre mit einem minderjährigen Kind von Lena Meier und Gustav Gerner nicht weit gekommen. Außerdem wollten wir beide, dass du hier aufwächst, behütet. Nicht in Palästina. Das quoll doch damals schon über vor Flüchtlingen. Die Leute waren arm. Und hier? Hier warst du doch in Sicherheit, hattest ein schönes Leben.«

Inge fiel es nicht schwer, seine damaligen Überlegungen nachzuvollziehen.

»Ich hab sie so geliebt, meine Anna. Sie kam nicht mehr zurück. Aus Sorge um dich, Inge.«

Inge sah ihrem Vater an, wie sehr ihn dieses Geständnis erleichterte. Sie griff nach seiner Hand und hielt sie fest.

Einen Teil dieser Geschichte kannte sie ja bereits, doch die Reichweite der Tragik erschloss sich ihr erst jetzt.

»Kannst du mir verzeihen, Inge? Ich hätte dich nicht belügen dürfen.«

»Ich war doch noch ein Kind. Ich hätte es nicht verstanden«, sagte Inge nicht nur, weil sie erkannte, dass er nicht aus niederen Beweggründen gehandelt hatte, sondern weil er sie liebte.

»Aber später. Ich hätte den Mut ...«

»Es gibt nichts zu verzeihen«, ließ sie ihn wissen, noch bevor er den Satz vollenden konnte.

Vaters Augen wurden feucht vor Rührung und Erleichterung.

»Ob sie noch lebt? Anna?«, fragte sie sich eher selbst.

»Wenn ich das wüsste. Glaub mir. Ich denke noch so oft an sie. Und jetzt, wenn ich dich so vor mir sehe ... Ihr seid euch so ähnlich.«

»Sie hat nicht mehr geschrieben«, mutmaßte Inge.

Vater nickte betrübt. Anscheinend ging er davon aus, dass sie nicht mehr lebte.

»Weißt du noch? Das Puppenkleid, das sie mit mir genäht hat? Das rosa Kleid?«

»Es war deine Lieblingspuppe. Wie könnte ich das vergessen? Du hast sie ja kaum aus der Hand gelegt«, sagte er.

»Jetzt weiß ich, warum.«

Ein melancholisches Lächeln umspielte Gustavs Mund. Sein Blick war in die Ferne gerichtet, in Gedanken bei Anna Blum, davon war Inge überzeugt.

Inge konnte sich nicht sicher sein, ob Lorenzo ihre Briefe erhielt. Sie hatte ihm trotzdem Woche für Woche einen geschrieben und am Nürnberger Hauptpostamt aufgegeben. Alle bisherigen waren unbeantwortet geblieben, was ihre Sorge um ihn ins Unermessliche steigen ließ, auch wenn Vater ihr versichert hatte, dass in Kriegszeiten, gerade jetzt, wo sich einer der Hauptkriegsschauplätze nach Italien verschoben hatte, nichts Ungewöhnliches daran war. Die einzige Hoffnung in diesen kalten Wintertagen war, dass sie sich auf Preuss' Wort verlassen konnte. Lorenzo war frei. Nur das zählte im Moment. Der Postweg nach Frankreich hingegen schien zu funktionieren. Inge hatte Annemarie gleich nach Ankunft in Nürnberg ausführlich geschrieben und bereits eine Woche danach eine Antwort erhalten. Allerdings nicht von Annemarie, sondern von ihrer Tante, was Inge zunächst in Angst und Schrecken versetzt hatte. Annemarie lebte mittlerweile in New York. Natürlich an der Seite eines gut situierten Mannes, einem Amerikaner. Das sah ihrer Freundin ähnlich. Der Mann hieß John, war für die amerikanische Regierung im diplomatischen Dienst tätig und im September zurück in die Heimat abberufen worden. Annemarie hatte ihn im Sommer während eines Ausflugs mit ihrer Tante in die von den Deutschen besetzte Zone im Grenzgebiet auf einem Weingut nahe Colmar kennengelernt. John liebte sie sicher auch wegen ihrer inneren Werte – im wahrsten Sinne des Wortes. Hätte er sonst eine hochschwangere Frau geehelicht? Ihre Adresse in Amerika hatte Inge nun. Annemaries Tante hatte versprochen, ihren Brief weiterzuleiten, und darauf vertraut, dass der Postweg zwischen den Alliierten, Frankreich und den Vereinigten Staaten von Amerika reibungslos funktionierte. Ob Briefe aus dem Deutschen Reich nach Amerika überhaupt ankamen? Wer wusste das schon.

Viel mehr Sorgen bereitete Inge aber ihr Vater, ein Vorbild an Tapferkeit. Als ob er das gemeinsame Weihnachtsfest noch hatte unbedingt erleben wollen, um mit ihr zu feiern, schön angezogen und herausgeputzt. Bis Ende des Jahres hatte Inge noch gehofft, dass ihre Anwesenheit ihn so beflügeln, Ernas angeblich Wunder wirkende Hühnersuppe Vater so stärken würde, dass sein Körper sich doch noch regenerierte. Leider war dem nicht so. Schon nach der Silvesternacht war er in der Küche gestürzt. Ein Schwächeanfall wie so viele schon um die Weihnachtszeit. Gottlob ohne sich dabei etwas zu brechen. Die Prellungen waren dennoch äußerst schmerzhaft, was zwangsläufig dazu führte, dass er wieder nahezu den ganzen Tag im Bett verbrachte. Die Atmung verschlechterte sich in so einer Lage zwangsläufig, auch wenn Inge darauf geachtet hatte, ihn so viel wie möglich in andere Positionen zu betten. Der Arzt war in dieser Zeit häufiger zugegen gewesen als Erna. Sie hatte seinen aktuellen Zustand zum Jahreswechsel mit dem verglichen, als man ihn hergebracht hatte. Was für eine schlimme Zeit! Auch darüber schüttete Inge ihr Herz bei Lorenzo aus. Es zu Papier zu bringen, erleichterte die Seele. Sie musste stark sein, für ihren Vater. Wenn er wenigstens das Frühjahr noch erleben würde. Am meisten schätzte er es, wenn sie ihm aus einem der Bücher, die er bereits kannte, vorlas. Das galt aber auch für Annemaries Briefe. Den letzten, der Ende Januar die frohe Botschaft ihrer Niederkunft überbrachte, hatte Inge ihm gleich dreimal vorlesen müssen. James hieß der Kleine, proper und gesund.

Seit Anfang Februar hatte ihr Vater nicht einmal mehr ein Buch ruhig in der Hand halten können, nur noch die Tageszeitung. Meist schlief er darüber ein. Inge las ihm nun so vor, wie er es früher vor dem Schlafengehen an ihrem Bett getan hatte. Gerade mal ein Kapitel, bis seine Augen schwer wurden. Für ihn wertvolle Momente. Für Inge mit die wertvollsten ihres Lebens, weil sie ihm etwas von der Liebe, die ihr in der Kindheit widerfahren war, zurückgeben konnte. Ob er die Dinge behielt, die sie ihm vorlas, war zweifelhaft. Sein Gedächtnis ließ besorgniserregend nach. Er hatte sich zuletzt nicht einmal mehr die Namen der Figuren aus dem Schimmelreiter merken können und zweimal nachgefragt. Noch wertvoller war für ihn aber die Zeit, in der sie für ihn auf der Violine spielte. Noten waren im Haus. Ein Privatkonzert, an dem sich gelegentlich auch Erna erfreute. Auch wenn bei neuen Stücken nicht jeder Ton saß, so wiegten ihn die Töne in pure Glückseligkeit, manchmal auch in den Schlaf. Andere Hilfe war eher praktischer Natur. Wenn Erna nicht zugegen war, half sie ihm beim Gang ins Bad, beim Aufstehen und Anziehen. Ihr Vater hatte sich erst dagegen gesträubt. Es war ihm unangenehm, dass sie ihn so hilflos sah.

»Vor einer DRK-Schwester brauchst du dich nicht zu schämen«, hatte sie ihm deutlich zu verstehen gegeben. Ab diesem

Moment hatte er nichts mehr einzuwenden gehabt. Was er heute so lange im Bad trieb, beunruhigte Inge. Sie klopfte daher sicherheitshalber an die Tür.

»Vater. Alles in Ordnung?«

»Ich brauche noch eine Weile«, kam zurück, was Inge beruhigte. In dem Moment dachte sie darüber nach, ob er es zulassen würde, dass sie ihn auch dann noch pflegte, wenn er nur noch im Bett lag. Beim Waschen und Anziehen ließ er sich helfen, doch wie lange würde er noch alleine auf der Toilette zurechtkommen? Inge seufzte und wartete geduldig in der Küche, bis sich etwas an der Badtür regte. Eine gute Minute später trat er heraus. Er suchte Halt am Türgriff. Inge sah ihm die Anstrengung an, sich aufrecht zu halten. Sie eilte zu ihm und stützte ihn am Arm.

»Geht schon, Inge.« Immer wiegelte er seinen Zustand ab.

»Komm. Ich bring dich zurück.« Dagegen hatte er nichts einzuwenden.

Inge bemerkte, dass er seine Füße kaum noch hochbekam. Schweiß stand ihm auf der Stirn. Es dauerte eine halbe Ewigkeit, bis sie die wenigen Meter zurück in sein Schlafzimmer und zum Bett bewältigt hatten. Erschöpft ließ er sich darauf nieder.

»Ach. Meine Inge, was täte ich ohne dich?«, sagte er, während sie ihm das Kissen zurechtrückte.

»Du solltest dich jetzt ausruhen. Ich mach uns etwas zu essen«, schlug Inge vor.

»Nein. Spiel für mich«, verlangte ihr Vater.

Jetzt um die Zeit. Am Abend? Bisher hatte sie nur tagsüber gespielt, allein schon, um die Nachbarn nicht zu stören.

»Das Stück, das dir gestern so gut gefallen hat? Caprice vierundzwanzig von Paganini? Oder möchtest du Chaconne von Bach hören?«

»Nein. Spiel Pachelbel für mich.«

Auch das mochte er sehr, vermutlich, weil sie ihm davon erzählt hatte, dass sie es für die Soldaten in Charkow gespielt und Preuss damit verzaubert hatte. Diese Eindrücke klebten an dem Stück. Jeder Ton weckte eine Erinnerung, brachte so viele Bilder vor ihrem geistigen Auge zum Leben, die sie aber eigentlich nicht mehr sehen wollte. Ein wunderschönes Stück, doch Inge würde es nur seinetwegen spielen.

»Also gut. Deine Privatviolinistin ist gleich wieder zurück«, sagte Inge.

Sie eilte auf ihr Zimmer, um die Violine zu holen. Als sie zurückkam, lag ihr Vater entspannt im Bett. Inge wusste, dass er ihr Spiel gerne mit geschlossenen Augen genoss. Dass er sanft lächelte, war ein untrügliches Zeichen dafür, dass er sich auf ihre Darbietung freute. Inge setzte die Violine an, doch dann stutzte sie. Ihr Herz begann augenblicklich zu rasen, denn die Bettdecke über seiner Brust, die sich normalerweise immer in Stößen seines schweren Atems bewegte, lag so glatt da, wie sie sie vorher gespannt hatte. Inge legte die Violine zur Seite und eilte zu ihm. Sie fühlte seinen Puls. Nichts. Er war tot. Reglos starrte sie auf ihren Vater. Ihre Augen füllten sich mit Tränen.

»Vater«, wisperte sie.

Sie nahm seine Hand und begann sie zu streicheln. Friedlich eingeschlafen, mit geschlossenen Augen. Was für ein Trost. Erlöst von seinem Leid. Noch bevor sie auch nur den ersten Ton von Pachelbels Komposition gespielt hatte, dem Stück, das so viele Soldaten in den Tod getragen hatte. Zumindest würde der Tod ihres Vaters nicht auch noch daran haften.

Vaters Beerdigung hatte Inge sich anders vorgestellt und erwartet, dass nur Erna und sie selbst zugegen sein würden, doch erstaunlicherweise waren sehr viele Leute gekommen. Vermutlich weil Erna eine Todesanzeige in der Tageszeitung aufgegeben hatte. Einige der Kondolierenden kannte Inge vom Sehen, wenige sogar namentlich. Es waren Vaters Kunden, ein gutes Dutzend, die gemeinsam mit ihr Abschied am frisch ausgehobenen Grab am Johannisfriedhof genommen hatten – zu Fuß nur ein Katzensprung von ihrem Haus. Inge hatte dem Pfarrer alles über ihren Vater erzählt, was sie für das Begräbnis und für seinen Nachruf als wichtig erachtete. Ein rechtschaffener, tüchtiger Mann und liebender Vater sei er gewesen. Nichts anderes konnte ihm jeder der Anwesenden bescheinigen. Dementsprechend groß war die Hilfsbereitschaft der Kunden, die sie persönlich kannte. Die Gewissheit, wie sehr ihr Vater Zeit seines Lebens auch von anderen geschätzt wurde, spendete Trost, auch wenn der wenig half, die Tränen niederzuringen, als zwei Friedhofsbedienstete seinen Sarg herabgelassen und sie dann als Erste eine Schaufel voll Erde und einen Blumenstrauß aufs Grab geworfen hatte, um ihm Lebewohl zu sagen.

»Wenigstens hab ich's nicht weit zu ihm«, hatte Erna ihr schluchzend auf dem Fußweg nach Hause gesagt. Sie wohnte ja nur wenige Gehminuten vom Friedhof entfernt. Für Erna war Vaters Tod ein mindestens genauso harter Schlag, denn sie war zum Teil ihrer Familie geworden. Zweifelsohne war Gustav ihr in den letzten Jahren ans Herz gewachsen wie ein Ehemann. Sie hatte Inge auch angeboten, ihr bei der Abwicklung des Nachlasses zu helfen. Solche Dinge dürfe man nicht auf die lange Bank schieben. Inge war das recht, denn sie hatte sich vorgenommen, so schnell wie möglich wieder an die Front zu fahren, zurück nach Italien. Zu Lorenzo. Es gab hier nichts mehr, was sie hielt.

Zurück in der Wohnung setzte Erna erst einmal einen stärkenden Tee auf.

»Bist du sicher, dass du nicht hierbleiben willst? Du fährst zurück in den Krieg«, sagte sie.

Inge nickte fest entschlossen.

»Und der Laden und die Wohnung? Willst du sie behalten?«

»Das weiß ich nicht, aber ich kann nicht so lange hierbleiben, bis sich ein Käufer findet. In Kriegszeiten findet sich sowieso niemand«, erwiderte Inge. Erna war eine praktisch veranlagte Frau. Vermutlich dachte sie sich, dass es klüger sei, alles zu verkaufen, solange es noch stand. Noch viel länger hier auszuharren, kam für Inge aber nicht infrage.

»Ich hol dir die Unterlagen«, sagte Erna und verschwand im Wohnzimmer. Sie wusste, wo ihr Vater all die wichtigen Dokumente aufbewahrte, und hatte sie bereits am Vorabend aus seinem Schreibtisch herausgesucht und in einen Karton gepackt. Erstaunlicherweise stand darauf auch eine kleine Zigarrenschachtel. Sie war viel zu klein, um darin Urkunden aufzubewahren. Erna nahm sie aus dem Karton und stellte sie auf dem Küchentisch ab.

»Diese Dinge hat die Wehrmacht nicht gefunden, als sie hier waren. Er hat die Kiste im Bücherregal aufbewahrt. Hinter dem Stapel mit den kleinen Wörterbüchern«, sagte Erna.

Inge öffnete die Kiste. Darin lagen Fotografien. Von ihm und Anna, ihrer Mutter. Kein Wunder, dass er sie dort versteckt aufbewahrt hatte und in einer Höhe, die ein Kind nicht erreichte.

»Du wirst lachen. Ich wusste, dass er sie dort versteckt hatte, aber ich hab bis vor seinem Tod nie hineingesehen. Vor Jahren kam ich zurück in die Wohnung. Ich hatte meinen Schirm vergessen. Er hat das wohl nicht gehört und da habe ich gesehen, wie er die Kiste hinter den Büchern versteckt hat«, sagte Erna.

Inge besah sich ein Foto nach dem anderen. Eines musste in dem Jahr entstanden sein, in dem Anna sie verlassen hatte. Genau so hatte Inge sie in Erinnerung. Fesch angezogen, immer die neueste Mode. Das glatte Haar gepflegt und dezenten Lippenstift aufgetragen. Inge fand darunter Briefe. Sie waren alle von einem Absender aus der Schweiz, doch in diesen Umschlägen steckten die Briefe von Anna.

»Ob sie noch in Tel Aviv wohnt?«, fragte Inge gedankenverloren, nachdem Erna die Teekanne auf den Tisch gestellt hatte und ihnen einschenkte. Inge hatte es für richtig erachtet auch Erna nach dem Tod ihres Vaters, ohne ins Detail zu gehen, von ihrer Mutter Anna Blum zu erzählen, auch wenn ihr diese Entscheidung schwergefallen war. Weil Erna, wie Inge sich erinnerte, vor ihrer Abreise nach Charkow an das Feindbild des Juden geglaubt hatte. Den Glauben hatte sie spätestens nach Inges Eröffnung verloren.

»Mich darfst du da nicht fragen«, erwiderte Erna. Sie setzte sich zu Inge an den Tisch und besah sich gemeinsam mit ihr die Fotografien. »Du wirst mir fehlen, Inge. Dann bin ich ganz allein. Aber ich kann dich schon verstehen. Vermutlich wäre ich genauso verrückt wie du«, sagte Erna, die dann aufseufzte.

»Ich werde dir schreiben, auch wenn die Briefe wahrscheinlich eh erst ankommen, wenn der Krieg vorbei ist«, versprach Inge.

»Wenn er nur schon vorbei wäre. Und jetzt trink deinen Tee«, forderte sie Inge auf. Genau diese resolute Art liebte sie an Erna. Sie würde sie auch vermissen.

Kapitel 26

Erna hatte es sich nicht nehmen lassen, ihrer Inge die wenigen Kleidungsstücke, die sie von zu Hause mitnehmen wollte, zu stärken und zu bügeln. Mit Wehmut, wie Inge festgestellt hatte, denn fortan gab es für sie nichts mehr im Haus zu tun. Wenige Tage nach Vaters Beerdigung hatte Inge den Sterbefall behördlicherseits abwickeln können und entschieden, Erna einen monatlichen Obolus zukommen zu lassen, damit sie gelegentlich nach dem Laden und der Wohnung sah, lüftete und das Wasser laufen ließ, damit die Leitungen keinen Schaden nahmen. Ein Abschied unter Tränen, teils, weil Inges Vater nicht mehr unter ihnen weilte, teils, weil Erna offenbar Angst um Inge hatte. Warum sie nicht hierblieb, um das hoffentlich baldige Ende des Krieges abzuwarten, und sich stattdessen an eine heiß umkämpfte Front zurückbegab, nur weil Inges Herz für einen Italiener schlug, wollte letztlich doch nicht so recht in den Kopf einer bodenständigen Fränkin, wie Erna es war. Inge hatte ebenfalls Angst davor, doch wo war man heutzutage schon sicher? Selbst Erna leuchtete ein, dass der Kampf um Italien vermutlich schneller zu einem Ende kam als an den anderen Fronten. Inge saß dennoch mit gemischten Gefühlen im Zug, von der Hoffnung getragen, dass Lorenzo noch lebte und sie ihn finden würde. Es gab so gut wie keine verlässlichen Informationen darüber, wie es aktuell an der Gustav-Linie aussah. Der Endsieg wurde nach wie vor beschworen, Durchhalteparolen geschwungen. Nichts Neues. Inge glaubte schon lange kein einziges Wort mehr. Für die Rückreise war sie gewappnet. Preuss' Dokumente, die Sterbeurkunde ihres Vaters und ihr alter Einsatzbefehl für Cassino würden ihr eine problemlose Rückreise ermöglichen, dessen war Inge sich sicher. Es gab sogar eine Zugverbindung am späten Vormittag bis nach Rom, jedoch keinen Anschlusszug nach Cassino. Warum das so war, hatte ihr der Schalterbeamte am Nürnberger Hauptbahnhof nicht sagen können. Erst einer der Mitreisenden, Signore Garibaldi, ein Möbelexporteur auf dem Heimweg in die Toskana, wusste warum. »Kriegsbedingte Schäden am Schienennetz.« Zudem sei der Bahnhof in Cassino im Dezember gesprengt worden. Südlich von Rom gab es seines Wissens weder regelmäßige Busverbindungen noch die Garantie, heil am Ziel anzukommen. Wenn sie Glück hätte, würden laut Auskunft des Zugpersonals zwei Busfahrten mit einem Umstieg auf ungefähr halber Strecke in Frosinone vor ihr liegen. Sofern sie fuhren und ihr Zug in Rom überhaupt ankäme.

Nachdem Garibaldi in Florenz ausgestiegen war, nutzte Inge die verbleibende Zugfahrt, um sich erneut der Lektüre des *Untertans* zu widmen. Des Deutschen Seele, doch auch ein Andenken an Julia. Schon allein aus diesem Grund musste sie das Buch weiterlesen. Sie war allein im Abteil, insofern lief sie auch keine Gefahr, dass jemand den wahren Inhalt von *Stolz und Vorurteil* mitbekam.

Der Zug erreichte Rom mit streckenschädenbdingter Verspätung. Gegen Mitternacht fuhr der Bus nach Frosinone ab. Genug Zeit, um sich vorher auf der Bahnhofstoilette noch etwas frisch zu machen und mit dem Taxi vom Hauptbahnhof, Roma Termini, zum Busbahnhof Tiburtina zu gelangen. Zu ihrer Beruhigung rief Inge sich vor Abfahrt in Erinnerung, was

Garibaldi ihr gesagt hatte. Zivile Busse würden nämlich in der Regel nicht von den Bombern der Alliierten angegriffen.

Er sollte recht behalten. Die Strecke schien jedoch für andere Probleme anfällig zu sein, wie sich Inge bewusst machte, als der Bus mitten in der Nacht im Schneckentempo einer Panzerkolonne hinterherfahren musste. Ein schweißtreibendes Unterfangen, das für eine mehrstündige Verspätung sorgte. Wenigstens brauchte Inge dann nicht mehr so lange auf den Sechsuhr-Bus von Frosinone nach Cassino warten. Im Bus war es zudem bequemer und vor allem wärmer gewesen, als in eisiger Kälte im Freien zu warten, denn eine Wartehalle für Busreisende gab es in Frosinone wider Erwarten nicht.

Der Anschlussbus nach Cassino hatte sich überraschenderweise als pünktlich erwiesen und trudelte trotz unzähliger Stopps auf der Strecke, um Mitreisende mitten auf der Straße aufzulesen oder aussteigen zu lassen, gegen acht in Cassino ein. Inges Befürchtung, dass in Cassino kein Stein mehr auf dem anderen stand, erwies sich als unbegründet – zumindest auf den ersten Blick. Der Bus fuhr direkt ins Zentrum. Inge hatte den Zustand des einen oder anderen Gebäudes nicht mehr im Gedächtnis, doch die Cafébar, in der sie sich heimlich mit Lorenzo getroffen hatte, gab es nicht mehr. Eine Haushälfte war eingestürzt. Das Haus daneben wurde von Balken gestützt. Der Gemüsehändler verkaufte anscheinend nur noch draußen an seinen Ständen. Ein Taxi fuhr hier am Ort bestimmt nicht mehr. Inge blieb daher keine andere Wahl, als ihren Koffer von der Endhaltestelle im Zentrum bis zum Ortsrand zu schleppen. Kein einziges bekanntes Gesicht kam ihr unterwegs entgegen. Inge hatte generell den Eindruck, dass sich der Ort ausgedünnt hatte. Einige der noch intakten Häuser wirkten verlassen. Man sah es an den verdreckten Fensterscheiben. Es waren auch im Zentrum viel weniger Menschen auf der Straße, als sie es in

Erinnerung hatte, was aber auch an der klirrenden Kälte liegen konnte. Für den fünfzehnten Februar normale Temperaturen. Hier ließ sich wenigstens schon die Sonne blicken und wärmte mit mehr Kraft als in heimatlichen Gefilden. Doch am meisten wärmte Inge der Gedanke, dass sie Lorenzo bald gegenüberstehen würde. Zumindest hoffte sie das.

Schon von Weitem erspähte sie ihr Haus. Inge fiel ein Stein vom Herzen, dass es noch stand. Daneben lag die Olivenplantage. Die Bäume, die den ersten Angriff überlebt hatten, trotzten nicht nur der Kälte, sondern auch dem Krieg.

Inge konnte ihr Gepäck angesichts der Schmerzen in ihrer Schulter unmöglich auch noch querfeldein tragen. Sie beschloss, ihren Koffer im Haus abzustellen. Wer wohl jetzt in ihrem Haus wohnte, fragte sie sich, als sie das Gartentor erreicht hatte. Es wirkte verlassen. Marias Fahrrad stand eingedreckt an die Hausmauer gelehnt. Die Haustür war verschlossen. Sie klopfte ein paar Mal, doch niemand öffnete. Inge scherte sich nicht darum und stellte ihren Koffer hinter der Bank im Garten ab. Sie musste zu Lorenzo. Das war jetzt wichtiger als alles andere.

Das rote Tuch am Stamm des Olivenbaums sah mitgenommen aus, von Wind und Wetter gezeichnet. Seine Farbe war verblasst, wie Inge feststellte, als sie unmittelbar davorstand. Einerseits beruhigte es Inge, dass es noch da war. Andererseits fragte sie sich, ob sie es an seiner Stelle nicht abgenommen hätte. Lorenzo wusste ja, dass sie es gar nicht mehr sehen konnte. Inge hoffte, dass sie ihn das gleich selbst fragen konnte. Ihre Hoffnung war allerdings vergeblich, denn als sie weit genug in die Plantage hineingelaufen war, um das Haus zu erspähen, stellte Inge entsetzt fest, dass es nur noch eine Ruine war. Die Scheune daneben abgebrannt. Inge stockte der Atem. Sie schleppte sich zu den Überresten von Camillas Hof und ließ sich kraftlos auf einen der Steine nieder. Ein Ort der Verwüstung. Die Erde neben dem Haus wirkte wie umgepflügt.

Umsäumt von abgebrannten Baumstümpfen. Ein Ort des Todes. Zertrümmert wie so viele Gebäude der Stadt. Der Gedanke, dass der Angriff Lorenzo und seine Mutter überrascht haben könnte und sie dabei zu Tode gekommen waren, war schier unerträglich. Er drückte sie nieder auf diesen Stein. Alles umsonst? Inge unterdrückte tapfer die aufsteigenden Tränen und stand auf. Es half alles nichts. Sie wollte sich Gewissheit verschaffen, doch als sie das Haus erreichte, stellte sie fest, dass sie nicht einmal hineinkam. Dort, wo einst der Eingang gewesen war, lagen meterhoch Steine und Ziegel. Die gesamte Dachkonstruktion lag zu ihren Füßen. Es gab keine Möglichkeit, irgendeinen Bereich des Hauses einzusehen. Die Scheune war auch eins mit dem Boden geworden. Verkohlte Holztrümmer auf schwarzer verbrannter Erde. Es gab nur eine Möglichkeit herauszufinden, ob Lorenzo noch am Leben war. Sie musste sich umhören, in der Stadt, oder hinauf zum Kloster gehen. Vielleicht war sein Onkel, Don Fontana, noch zugegen und konnte ihr mehr sagen. Gerade als sie sich von dem Haus abwandte, vernahm sie ein Geräusch, das sie augenblicklich erstarren ließ. Sie kannte es. Es war das dumpfe Surren des Himmels, das den Tod ankündigte. Noch ein Bombenangriff? Was wollten die verfluchten Engländer denn noch alles zerstören? Sollte der Ort Cassino noch gänzlich von der Landkarte verschwinden? Sie spähte hinauf zum Himmel. Es dauerte nicht lange, bis sie die Bomber ausgemacht hatte. Es waren diesmal so viele. Wie ein Vogelschwarm, der den Himmel verdunkelte. Die unheilverkündenden Schatten des Bombergeschwaders rasten über die Hügel und Felder. Es musste eine Hundertschaft sein und sie flogen im Sinkflug direkt auf den Berg zu. Inge stand wie versteinert da und sah mit an, wie die Bomber unzählige im Licht der Sonne glimmende Geschosse spuckten. Und sie regneten alle auf den Berg, auf das Kloster. Das Grollen der Einschläge war ohrenbetäubend. Die Klänge der Vernichtung. Die Bomben schienen den Berg förmlich zu zerfetzen. Gesteinsbrocken flogen durch die Luft. Dazwischen quollen Feuerwalzen bis zum Himmel hinauf, begleitet von dichtem schwarzem Rauch. Ein Meer aus Flammen, Steinen und Staub umhüllte den Montecassino. Als ob jemand die Pforten der Hölle geöffnet hätte, um die Abtei zu verschlingen. Das Undenkbare wurde wahr.

Inge starrte wie gelähmt auf das Werk der Zerstörung. Gerade als sich der Rauch etwas ausgedünnt hatte, tauchten weitere Jagdbomber am Himmel auf. Erneut torkelte silberner Hagel pfeifend durch die Luft und regnete auf das herab, was nach dem ersten Angriff vom Kloster noch übrig geblieben war. Der Wind trieb die Flammen in die Höhe. Was dann blieb, war eine dicke Wolke aus Staub, die sich erst verdickte und sich dann getrieben von Fallwinden aus dem Gebirge zusehends verflüchtigte. Auch aus der Ferne konnte Inge erkennen, dass die Außenmauern der Abtei nicht mehr standen. Das Dach – weggeblasen. Überall Feuer. Rutschendes Gestein. Felsbrocken, dort wo einst das Kloster stand. Die Abtei zerfiel vor Inges Augen zu Staub.

Die halbe Stadt – mehr Einwohner hatte Cassino vermutlich gar nicht mehr – pilgerte hinauf zur Abtei. Wehklagende Frauen, fassungslose Männer – einige hatten Tränen in den Augen, andere verfluchten mal die Deutschen, mal die Engländer. Inge schloss sich dem Pulk an. Ein Pilgerzug wie bei einer Beerdigung. Und es war letztlich auch eine. Ein Kulturerbe der Menschheit, ein überragend wichtiges Heiligtum der Christenheit, lag in Schutt und Asche. Eines der wertvollsten und weitreichendsten Ideale des Christentums und somit der westlichen Welt – Vergangenheit. Die Luft war immer noch voller Kalkstaub. Inge strengte es an zu atmen, weil sich der Staub in der Kehle und den Bronchien verfing. Sie war nicht die Einzige, die hustete und sich nach vorne beugte, um an Stellen, an denen der Wind stärker blies und die Luft daher klarer war, Sauerstoff in die Lunge zu pumpen.

Es war ein Bild des Grauens, das sich ihr oben angekommen offenbarte. Die Überreste der Abtei waren Zeugen blinder Zerstörungswut. Die Kreuzgänge gab es nicht mehr. Nur noch Säulenstumpen ragten aus dem mit Überresten des Mauerwerks gepflasterten Boden. Das Dach der Torretta – zertrümmert. Der zentrale Innenhof – als ob er nie existiert hätte. Ein Meer aus Trümmerbrocken und Geröll überall. Inge vernahm dumpfe Hilferufe und Schreie. Männer und Frauen aus der Stadt versuchten, Verschüttete zu bergen. Sie bildeten eine Reihe, um sich Steine zu reichen. Ein Teil des Klosters brannte immer noch. Die Kathedrale ebenfalls ein Torso. Inge blutete das Herz, als sie die Statue des heiligen San Benedictus sah. Enthauptet. Das Werk der Vernichtung somit perfekt. Montecassino war untergegangen. Inge mochte sich gar nicht vorstellen, wie viele der Geflüchteten und verbliebenen Geistlichen sich in den unterirdischen Gängen versteckt hatten und nun lebendig begraben unter den Trümmern lagen. Inge stand erschüttert da und starrte auf das verloren gegangene Paradies, den Zufluchtsort, der ihr so viel Hoffnung und Frieden gespendet hatte. All das war nun dahin, doch dann sah sie aus einem nicht verschütteten Ausgang des ehemaligen Turms der Wetterstation Mönche kommen. Ging es dort nicht zum Kolleg, einem Raum, der gut und gern zehn Meter tief im harten Felsen lag? Inge erkannte Erzabt Diamare und es war wie ein Wunder. Auch Lorenzos Onkel, Don Fontana, trat hinaus und besah sich genau wie zehn weitere Mönche das Bild der Zerstörung. Diamare fiel auf die Knie. Einer der jüngeren Mönche stützte ihn. Fassungslosigkeit, Trauer, Schmerz. Das alles las Inge in ihren Gesichtern. Als Don Fontana auf sie aufmerksam wurde, winkte sie ihm zu. Er bahnte sich daraufhin einen Weg durch das Geröll, das zwischen ihnen lag, und kam zu ihr.

»Inge. Sie sind also tatsächlich wieder hier«, rief er aus, als er sie erreichte.

Für einen Moment standen sie sich schweigend gegenüber. Er schien es noch gar nicht so recht glauben zu können, Inge leibhaftig vor sich zu haben.

»Alles verloren. Einfach alles. Unsere Gebete. Umsonst«, sagte er dann mit stumpfem Blick.

»Es ist ein Wunder, dass Sie und die anderen überlebt haben. Dann waren die Gebete doch nicht umsonst.« Inge versuchte, ihm Mut zuzusprechen.

»Ja, in der Tat«, sagte er nachdenklich.

»Ist Lorenzo noch am Leben?«, brach aus Inge heraus.

Ein sanftes Lächeln löste sich in seinem Gesicht. Er nickte.

»Wo ist er? Sein Hof. Alles ist zerstört«, fragte Inge ohne weitere Umschweife.

»Er verschanzt sich mit seiner Mutter in einer Hütte. Es geht ihr nicht gut. Lorenzo kümmert sich Tag und Nacht um sie.«

»Die Hütte von Alberto?«

»Sie kennen sie?«

Inge nickte. Und wie gut sie diese Hütte kannte.

»Er hat mir gesagt, dass Sie zurückkommen werden. Ich muss gestehen, dass ich die Hoffnung bereits aufgegeben hatte.«

»Und er? Hat er die Hoffnung aufgegeben?«

»Sie sollten zu ihm gehen und ihn das selbst fragen. Hier ist nichts mehr für Sie zu tun.«

Inge nickte. Für einen Moment überlegte sie, ob sie nicht doch mithelfen sollte, die Steine zur Seite zu räumen.

»Gehen Sie zu ihm«, forderte Don Fontana sie auf. Er kannte sie wohl besser, als sie dachte. »Und sagen Sie ihm, dass es mir gut geht«, gab er ihr noch mit auf den Weg.

Inge konnte es kaum erwarten, Lorenzo zu sehen. Sie kürzte auf ihrem Rückweg die Serpentinen ab, querfeldein, wann immer ein Abhang nicht allzu steil war. Das Geröll lag sowieso überall. Nicht nur einmal rutschte Inge auf dem Brei aus Gestein und Schlamm unter ihren Füßen aus und ging dabei fast zu Boden. Sie ignorierte die Striemen von dornigem Gebüsch, durch das sie sich ihren Weg bahnte. Einmal zurück am Haus, konnte sie sich Marias Fahrrad nehmen.

Inge war bereits außer Atem, als sie dort ankam. Sie nahm sich das Rad und stieg, so schnell es noch ging, in die Pedale. Den Weg zu Albertos Hütte kannte sie. Immer wieder rutschte sie mit dem Fahrrad selbst auf der asphaltierten Straße aus. Durch Schneematsch zu fahren, war dort noch möglich, bergauf jedoch nicht. Inge legte das Fahrrad neben den Straßenrand. Den Rest des Weges musste sie zu Fuß gehen.

Jeder Schritt strengte mehr an. Inge drohte, die Luft wegzubleiben, denn jeder Atemzug der kalten Luft stach in die Lunge. Seitenstechen hinderte sie daran, weiterzugehen, doch die Sehnsucht nach Lorenzo trieb sie erneut voran.

Weiter durch das Feld, vorbei an blätterlosen Apfelbäumen, die Winterschlaf hielten. Da vorne. Die Hütte. Es trat Rauch aus dem kleinen Schornstein. Kurz vor dem Ziel hatte Inge das Gefühl, nicht mehr weiterzukönnen. »Du hast es doch bis hierher geschafft, es ist nicht mehr weit«, sagte sie sich. Sie hielt trotzdem für einen Moment inne, um drohenden Schwindel niederzuringen und ihren Atem zu normalisieren. Ihr Blick fiel dabei auf eine Anhöhe am Ende der Plantage. Lorenzo? Das war er doch! Er saß auf einem Stein. Reglos. Die Hände um seine Beine geschlungen und die gefallene Abtei in der Ferne im Blick. Inge stapfte durch den Matsch zu ihm.

»Lorenzo!«

Er hatte sie gehört, denn er suchte mit Blicken die Plantage ab. Von weiter oben war sie sicher nicht rundum einsehbar.

»Inge?«, hörte sie ihn rufen, kurz bevor sie den Fuß der Anhöhe erreichte. Er sprang vom Felsen und rannte zu ihr. Inge verspürte den Drang, ihm entgegenzulaufen, doch ihre Beine wollten ihr nicht mehr gehorchen.

»Inge.« Ein Ausruf voller Freude und Glück.

Inge flüsterte seinen Namen. Es war mehr ein Krächzen zwischen schnellen Atemzügen.

Wie schmal er geworden war. Sein Gesicht eingefallen. Wie schlimm musste die Zeit für ihn gewesen sein! Kurz bevor er sie erreichte, lösten sich nicht nur bei ihr Tränen der Erschöpfung und purer Glückseligkeit. Inge hatte kaum noch die Kraft, aufrecht zu stehen. Sie hoffte auf Halt in seinen Armen, die sich um sie schlangen, als er sie erreicht hatte. Sie schmiegte ihren Kopf an seine Brust und hörte dabei sein Herz schlagen. Endlich wieder bei ihm.

»Inge … Du bist da«, schluchzte er und hielt sie fest. Lorenzo fuhr durch ihr Haar und dann küsste er sie. Inge hatte das Gefühl, in diesem Kuss zu versinken. »Für immer«, wollte sie ihm sagen, doch manchmal brauchte es keine Worte.

Eigentlich hatte Inge damit gerechnet, Maria im Haus anzutreffen, um sich von ihr über den Verlauf des Krieges in Cassino berichten zu lassen, doch sie lebte nicht mehr. Ins Kreuzfeuer des Feindes sei sie geraten, wie Lorenzo mitbekommen hatte. Auch wenn Inge eine gewisse Erleichterung darüber empfand, dass nun niemand mehr eine Verbindung zwischen Preuss' krimineller Aktion und ihrer gemeinsamen Abreise in die Heimat herstellen konnte – selbst im Lazarett hatte man Inge nach Wiederaufnahme des Dienstes nicht darauf angesprochen –, hatte sie für Maria am Friedhof in Cassino, wo sie begraben lag, Blumen abgelegt und ein stilles Gebet für sie gesprochen, wie so viele andere, die um ihre Toten trauerten. Zweihundertneunundzwanzig US-Bomber der 12. und

15. Luftflotte hatten in den beiden Angriffswellen vierhundertfünfunddreißig Tonnen Spreng- und Brandbomben auf das Kloster abgeworfen. Ein Vernichtungsfeldzug von noch nicht dagewesenem Ausmaß, wie Don Fontana zu berichten wusste. Noch nie zuvor hatte in der Geschichte des Krieges ein einzelnes Bauwerk so viele Bomben abbekommen. Der Schaden war unermesslich, obwohl bereits so viel in Sicherheit gebracht worden war. Das Innenleben der Kathedrale, Fresken, Bilder, Mosaike, die Krypta mit Fries, Marmorstatuen – unwiederbringlich zerstört und unter den Steinen begraben. Ebenso fast die gesamte Privatbibliothek mit Dokumenten zur Geschichte des Klosters. Als naturgemäß viel schlimmer befand Inge die vielen Menschenleben, die der Angriff gekostet hatte. Don Fontanas Angaben zufolge hätten sich während des Bombardements um die achthundert Zivilisten im Kloster befunden, Menschen, die dort Zuflucht gesucht hatten. Zweihundertfünfzig von ihnen hatten den Angriff nicht überlebt. Von den dort lebenden Geistlichen seien nur er, Diamare, fünf junge Patres und fünf Laienbrüder mit heiler Haut davongekommen. Die Vernichtung des Klosters konnte Inges Ansicht nach zudem tragischer kaum sein. Don Fontana sah es nämlich als erwiesen an, dass General Bernard Freyberg die Bombardierung befohlen hatte. Und das letztlich nur, weil er nach dem Studium von historischen Aufzeichnungen über den Bau der Abtei zu dem Schluss gekommen war, dass es sich dabei um eine Festungsanlage handeln musste – trotz der mehrfachen Zusicherung der Deutschen, dass die Wehrmacht sie nicht als solche missbrauchte. Doch was nutzten Beteuerungen dieser Art, wenn Hitlers Schergen sich in unmittelbarer Nähe aufhielten und ihre Geschütze von oben auf dem Berg und den umliegenden Hügeln zielsicher auf die Angreifer hatten abfeuern können? Was blieb, war die Hoffnung auf ein Ende des Krieges. Don Fontana hatte Inge versichert, dass Montecassino

eines Tages wieder aufgebaut werden würde. Schon einmal war die Abtei kurz nach dem Tod von Benedictus nahezu komplett zerstört gewesen. Auch andere kriegerische Aktivitäten habe sie überlebt. San Benedictus' Geist, die Liebe und die Freiheit seien jedoch unzerstörbar. Inge hoffte, dass er damit recht behalten würde. Nur diese Hoffnung war es, die nicht nur ihr die Kraft gab, genau wie an der Ostfront die menschlichen Scherben des Krieges aufzukehren. Nach dem schweren Bombardement herrschte im Lazarett des Schulgebäudes mittlerweile die gleiche Knappheit an Verbandsmaterial, medizinischer Ausrüstung und Medikamenten. Nur noch ein Gebäudeteil war als Resultat weiterer Bombenangriffe in der Zeit, während sie in Nürnberg gewesen war, intakt. Einige der Verwundeten wurden bereits in unversehrt gebliebenen Arealen des Klosterkellers untergebracht und dort versorgt. Auch Räumlichkeiten der Burg auf dem Rocca Janula, die jahrhundertelang als Festung gedient hatte und dem Monte Cassino gegenüberlag, dienten vorübergehend als provisorisches Lazarett.

Das Herzstück der Gustav-Linie, Symbol für das gesamte Bollwerk gegen den Feind, existierte nicht mehr. Die Wehrmacht konnte sich nicht mehr im sakralen Schatten der Abtei verstecken, dafür aber in ihren Ruinen. Das Kloster war ironischerweise daher letztlich doch noch zu einer Festung der Wehrmacht geworden. Nach dessen Zerstörung hatte jeder mit massiven Angriffen der alliierten Bodentruppen gerechnet. Sie rannten nun verstärkt vom Süden gegen die deutschen Stellungen an. Inges Dienst im Lazarett war dementsprechend hart, doch gab ihr wenigstens die Möglichkeit, Lorenzo nahezu täglich zu sehen. Auch er war rund um die Uhr beschäftigt, denn seine Mutter war inzwischen gänzlich ans Bett gefesselt. Er hatte sich zudem genau wie Inge in die Armee der Helfer eingereiht, die so gut es ging Trümmer beiseiteschafften, und legte Hand an, wo immer er nur konnte. Da blieb keine Zeit mehr, um sich in gefährliche Gefilde zu begeben. Er hatte Inge zuliebe seit seiner Verhaftung sämtliche Aktivitäten, um Menschen außer Landes zu bringen, eingestellt. Dass alle anderen zeitgleich mit ihm Inhaftierten erschossen worden waren, hätte ihn vermutlich nicht abgehalten, sich weiterhin in den Dienst des Widerstands zu stellen. Die Aussicht, sie wiederzusehen, sei ausschlaggebend gewesen, hatte er ihr offen eingestanden.

Britische, amerikanische, kanadische, polnische, neuseeländische, indische Einheiten und Kolonialfranzosen waren vergebens den ganzen April und Mai hindurch gegen die hartnäckige Verteidigungsstellung der deutschen Truppen angerannt, die sich seit dem Bombardement hinter den dicken Mauersockeln der Klosterruine verschanzt hatten. Doch erst Ende Mai war es den alliierten Truppen gelungen, die Gustav-Linie endgültig zu durchbrechen. Der Ort Cassino selbst war mittlerweile gänzlich im Zuge der harten Bodengefechte zerstört worden. Tausende von Opfern auf beiden Seiten. Chaotische Verhältnisse. Wer von den deutschen Soldaten wie durch ein Wunder überlebt hatte, geriet in Kriegsgefangenschaft. Inges Tracht hatte sie in dieser Zeit nicht nur vor einer Gefangennahme, sondern bereits mehrfach vor dem Tod bewahrt.

Lorenzos Mutter war all dies erspart geblieben. Sie war Anfang Mai verstorben. Lorenzo hatte sie bis zuletzt gepflegt. Er selbst stand nicht im Schutze des Roten Kreuzes, doch da er nie in der Armee gedient hatte, blieb er von den alliierten Streitkräften unbehelligt.

Inge tauschte Ende Mai die Uniform des Roten Kreuzes gegen das Gewand einer Bäuerin ein. Die Schwesternhaube gegen ein Kopftuch. Die Alliierten kümmerte es nicht. Und die Deutschen hatten angesichts der Lage an den noch aktiven Fronten Wichtigeres zu tun, als nach verloren gegangenen DRK-Schwestern Ausschau zu halten. Wer sich mit den Soldaten und Offizieren der Alliierten gut stellte, der profitierte von Gefälligkeiten und Gegenleistungen. Ausharren und Abwarten war in diesen letzten Maitagen die Devise – in einer Hütte inmitten einer Apfelbaumplantage.

Es sollte noch bis Anfang Juni vierundvierzig dauern, bis die US-Truppen die Kontrolle über Rom hatten erkämpfen können. Die Stadt am Tiber war danach nicht mehr in deutscher Hand. Ende August ereilte Rimini und Bologna das gleiche Schicksal, was Lorenzos Meinung nach auch den Partisanen in Norditalien zu verdanken war. Es herrschten beinahe bürgerkriegsähnliche Verhältnisse im Land, bis ins Frühjahr des darauffolgenden Jahres.

Anfang fünfundvierzig nahm Cassino sich wie ein sicherer Hafen aus, wie fast überall in ländlichen Gegenden, in denen der kalte Atem des Krieges schon im Vorjahr seine Kraft verloren hatte. Lorenzo lebte wie viele Italiener im Süden bereits seinen Traum. Zwar war sein Land noch nicht gänzlich frei, aber in Ruhe Wein, Gemüse, Obst, Oliven und Tomaten anzubauen – nichts weiter wünschten sich die Italiener seiner Meinung nach, wie er ihr im Sommer letzten Jahres gesagt hatte –, das konnte er schon jetzt. Die Ruine des alten Hofs seiner Mutter war bis März desselben Jahres einem zweistöckigen Steinhaus mit Veranda gewichen – nebst einer neuen Scheune, in der künftig niemand mehr geflohene Soldaten verstecken musste. Ein Jahr lang hatten sie jede freie Minute genutzt, um es mit Hilfe von Lorenzos Freunden zu errichten.

Es schien nur noch eine Frage der Zeit zu sein, bis die verhassten deutschen Faschisten am Boden lagen. Das dachte jeder, doch erst der fünfundzwanzigste April wurde als Tag der Befreiung Italiens gefeiert. An diesem Tag hatte ein Partisanen-Sender in Mailand alle Italiener zum Generalstreik und Aufstand gegen die noch im Land verweilenden deutschen Truppen aufgerufen – mit Erfolg. Innerhalb weniger Tage ebneten die

Partisanen den erst später einmarschierenden alliierten Truppen das Feld. Die Deutschen wurden dazu gezwungen, sich an allen Fronten zurückzuziehen und Ende April zu kapitulieren, Mussolini, Hitlers Stadthalter, von Partisanen erschossen und sein Leichnam gemeinsam mit seiner Geliebten in Mailand öffentlich zur Schau gestellt. Dies erschien Inge wie der letzte barbarische Akt dieses Krieges. Lorenzo bekam nun auch noch die Freiheit geschenkt. Der Krieg war vorbei. Selbst das heimatliche Haus in Nürnberg hatte ihn schadlos überstanden, wie Inge aus Ernas Brief wusste, der sie bereits Ende Mai erreichte. Ob sie nach Nürnberg zurückkehren würde, hatte Erna wissen wollen. Zurück ins ehemalige Tausendjährige Reich? Cassino brauchte ein neues Krankenhaus mit ausgebildetem Personal. Italienischem Personal. Noch am selben Tag, an dem Inge den Wunsch geäußert hatte, sich dabei einzubringen, war es Lorenzo eingefallen, nach Rom zu fahren. Unter dem Vorwand, im Petersdom eine Kerze anzuzünden, dafür, dass sie beide den Krieg in Italien überlebt hatten. Sicherlich hatte er sich auch daran erinnert, dass Inge bisher noch nicht recht viel von Rom gesehen hatte. Ein Tag für das alte Rom und all seine wichtigsten Sehenswürdigkeiten und ein Abend mit Preuss. Mehr war es ja nicht gewesen. Oft genug vorgejammert hatte sie das Lorenzo ja und dabei erwähnt, wie gerne sie die Stadt am Tiber für länger besuchen würde. Rom war sowieso immer eine Reise wert und nach so viel Verzicht und Müßiggang war es höchste Zeit, wieder vom süßen Topf des Lebens zu kosten. Anscheinend hatte Lorenzo sich aber auch an Inges ihm gegenüber geäußerten Wunsch erinnert, einen Heiratsantrag nur dann anzunehmen, wenn er so vorgetragen wurde, wie es sich nun einmal gehörte. Der Rahmen hierzu und Auftakt ihres einwöchigen Aufenthalts konnte stilvoller nicht sein. Das Ristorante lag ganz in der Nähe der Piazza Popolo. Vornehm, elegant. Vom Krieg unberührt. »Du wolltest es doch so«, sagte er nach einem opulenten

Vier-Gänge-Menü. Er erhob sich, um dann auf Knien und mit einem Ring in der Hand um sie zu werben. Ein Erbstück seiner Mutter. Der darauf eingefasste Saphir war wunderschön, aber viel zu groß für Inges Finger, doch das störte sie in diesem Moment ganz und gar nicht.

»Möchtest du meine Frau werden?«, fragte er sie mit einem Blick, der verliebter und zugleich entschlossener nicht sein konnte. In ihm lag all das, was man sich am Traualtar im Angesicht Gottes versprach. Obwohl auf Deutsch waren im Nu die Blicke aller Gäste auf sie gerichtet. Den Kniefall kannte jeder. Tosender Applaus brach los. »Bravo. Bravo«, tönte es von allen Seiten. Was außer »si« sollte Inge da noch sagen?

Epilog

28. Januar 1950

Eigentlich hatte Inge für Ende Januar geplant, gemeinsam mit Lorenzo nach Paris zu fahren, um endlich ihr Versprechen einzulösen, mit Annemarie entlang der Seine zu spazieren. Was ihre Freundin in den letzten Briefen aus der französischen Metropole zu berichten hatte, ließ darauf schließen, dass sie dort mit ihrem Mann und ihrem Sohn sehr glücklich war. John hatte sich im November neunundvierzig in die dortige amerikanische Botschaft zurückversetzen lassen. Vermutlich auf Annemaries Drängen hin, zumindest hatte Inge das zwischen den Zeilen ihres letzten Briefes herausgelesen. Somit hatte sie sich doch noch über Umwege ihren Traum von einem Leben in der Stadt an der Seine erfüllt. Inge war aber aufgrund eines anderen Schreibens, auf das sie lange hatte warten müssen, nichts anderes übrig geblieben, als dieses Treffen zu verschieben und sich stattdessen auf eine längere Schiffsreise zu begeben. Inges erste Reise auf einem Passagierdampfer, der jeglichen nur erdenklichen Komfort und zudem die Gelegenheit bot, die Ereignisse seit Kriegsende und die Umstände, die sie an Bord dieses Dampfers gebracht hatten, Revue passieren zu lassen. Bevorzugt in einer warmen Decke eingemummelt unter blauem Himmel im

Liegestuhl auf großer Fahrt von Bari, vorbei an Griechenland und dem alten Osmanischen Reich mit Ziel Tel Aviv. Lorenzo bezeichnete die Reise gar als die zweiten Flitterwochen, auch wenn er der Meinung war, dass es keinen schöneren Ort der Welt als Capri gab. Dort hatten sie nach ihrer Heirat im Juni 1945 in den Überresten der Kapelle von Cassino traumhafte sieben Tage verbracht. An sich nur ein Ort für die Reichen dieser Welt, doch der Verkauf des Ladens und der Wohnung in Nürnberg hatten es ermöglicht. Ein Entschluss, der Inge nicht schwergefallen war. Ihr Leben war künftig an Lorenzos Seite, einem Bauern, der nun mit einer eingebürgerten deutschstämmigen Krankenschwester mit italienischem Pass verheiratet war und in einem wunderschönen Haus auf seiner Plantage wohnte. Schon im Spätsommer 1945 waren sie für zwei Wochen nach Nürnberg gefahren, um den Verkauf der Immobilien in die Wege zu leiten. Im Oktober noch einmal, um beim Notar die Verkaufsverträge zu unterschreiben. Ganze zwei Tage waren sie damit beschäftigt gewesen, die Wohnung ihres Vaters zu entrümpeln und auszumisten. Den noch brauchbaren Hausstand hatte sie Erna zur freien Verfügung überlassen. Eine einfache Angelegenheit im Vergleich zu Inges Versuch, ihre Mutter ausfindig zu machen.

Nach einer Kontaktaufnahme mit den Behörden in Jerusalem, denen sie die Angelegenheit in englischer Sprache hatte erklären müssen, hatte es vier Jahre gedauert, um endlich auf insgesamt fünf schriftliche Anfragen in Abständen von mehreren Monaten die gewünschte Antwort zu erhalten. Inge wusste aus der Zeitung, dass die Heimat ihrer Mutter unter einem britischen Mandat gestanden hatte – bis Ende 1947. Und danach war der Streit darüber entbrannt, wer Anspruch auf Palästina hatte. Die Araber oder die Juden. In dieser Zeit des Umbruchs von Deutschland aus Auskunft von Ämtern zu erhalten, war ein Ding der Unmöglichkeit. Vermutlich hatte niemand in dieser

Zeit so recht gewusst, wer wo wohnte. Ein knappes weiteres Jahr war vergangen, mangels Einreisemöglichkeit aufgrund dort herrschender bürgerkriegsähnlicher Verhältnisse und weil Jerusalem unter internationaler Kontrolle gestanden hatte. Ein Staat für die Juden und einer für die Araber sollte ins Leben gerufen werden. Erst am vierten Januar 1950 war Jerusalem zur Hauptstadt des neu gegründeten Staats Israel ausgerufen worden. Dort wohnte Anna Blum jetzt. Drei Wochen später hatte Inge die Reise gebucht.

Inge konnte es kaum fassen, nach mehrtägiger Schiffsreise endlich heilige Erde zu betreten, wie Lorenzo es genannt hatte, wobei einem diese Bezeichnung merkwürdig vorkam, wenn man in Tel Aviv am Hafen von Bord ging. Sah man von den Palmen ab, die dort in den blauen Himmel ragten, wirkte die Hafeneinfahrt wie jede andere. Die Schönheit der Stadt erschloss sich wohl nur demjenigen, der sie erkundete. Inge hatte jedoch keine Zeit zu verlieren, denn sie brannte darauf, ihre Mutter ausfindig zu machen. Eine Adresse hatte sie. Dort war sie gemeldet. Anna Blum – in der Jaffa Street. Anscheinend übte sie dort ihren erlernten Beruf, den einer Schneiderin, aus. Doch erst galt es, eine mehrstündige Busfahrt durch sengende Hitze zu überstehen. Wie konnten Juden und Araber sich nur um so viel ausgedörrte Erde und steiniges Gelände streiten? Das Grün in Meeresnähe hatten sie bereits hinter sich gelassen. Nur wenige Palmen und Pfefferbäume waren ihnen auf der Fahrt begegnet. Dennoch empfand Inge die Fahrt wie einen Hauch aus Tausend und einer Nacht. Diesen Charme versprühte auch Jerusalem mit seinen vielen hellen Häusern, die sich an eine hügelige Landschaft schmiegten. Nur die pechschwarze bleierne Kuppel des Felsendoms hob sich von den vielen Ockertönen ab. In das aus der Ferne monoton wirkende Gestein fuhr jedoch Leben, als der Bus sich dem Zentrum näherte. Es wurde bunt, was nicht nur an den vielen Läden in engen Gassen lag, in denen von Lebensmitteln über Kleidung bis hin zu Haushaltswaren so ziemlich alles auf der Straße angeboten wurde. Araber, die einen Turban trugen und deren Haut dunkel war, ganz in Schwarz gekleidete Männer mit langen gezwirbelten Bärten und gewöhnliches Fußvolk, wie man es in jeder Stadt vorfand, tummelten sich auf den Straßen.

»Hätten wir unseren Besuch nicht doch besser ankündigen sollen?«, fragte Lorenzo, nachdem sie am zentralen Busbahnhof ausgestiegen waren. Er war ja bereits nervöser als sie selbst.

»Warum? Ich möchte sie überraschen.«

»Nicht, dass sie der Schlag trifft, wenn plötzlich ihre Tochter vor der Tür steht und auch noch mit einem Italiener«, sagte Lorenzo augenzwinkernd.

Inge lachte, was etwas dazu beitrug, das nervöse Kribbeln in ihrem Magen zu lindern. Es stellte sich allerdings erneut ein, als sie den am Hafen erworbenen Stadtplan auffaltete und feststellte, dass sie kein Taxi benötigten, um zum Geschäft ihrer Mutter zu kommen. Ein kurzer Fußweg war es, voller neuer Eindrücke und exotischer Düfte, die ihr aus Gewürzläden an die Nase zogen.

Inge griff nach Lorenzos Hand, als sie ihr Ziel erreichten. Kinder spielten dort auf der Straße. Eine ältere in Schwarz gekleidete Frau kehrte vor dem Haus. Gut gekleidete Passanten kamen ihnen auf einem gepflasterten Gehweg entgegen. Es schien ein gutes Wohnviertel zu sein. Der Laden ihrer Mutter musste sich nach Angaben des Amts in einer langen zweistöckigen Häuserreihe mit kleinen Balkonen befinden. Im Erdgeschoss befanden sich Läden mit großen Vitrinen. Inge fühlte sich an den Laden ihres Vaters erinnert. Sie fragte sich, ob ihre Mutter wohl auch darüber wohnte.

»Da vorn ist es«, rief Lorenzo aus. Er hatte das unverkennbare am Schaufenster angebrachte Firmenkennzeichen einer

Schneiderei, eine Nähmaschine, zuerst entdeckt. Inge verlangsamte augenblicklich ihre Schritte.

»Was ist? Erst geht's dir nicht schnell genug und jetzt kneifen?«, fragte er.

Inge musste sich dennoch erst fangen. All ihre Gedanken während der Überfahrt kamen hoch. Die vielen Fragen, die sie ihr stellen wollte. Doch eine peinigte sie am meisten. Wie würde sie reagieren? Die Tochter, die sie zurückgelassen hatte, würde gleich vor ihr stehen. Was würde sie ihr sagen? Ob sie es wohl bereute, nicht wieder nach Nürnberg zurückgekehrt zu sein?

Als Inge die alte Frau durch das Schaufenster erblickte, wurde ihr klar, dass sie sich all diese Fragen ersparen konnte. Diese Frau war ihre Anna, ihre Mutter. Ihr Gesicht war um viele Falten reicher. Ihr Haar ergraut. Sie stand an einem kleinen Tresen und faltete für ein junges Ehepaar gut zwei Meter Stoff zusammen. Einer der Stoffballen lag daneben. Unzählige steckten in einer Wand, die dem Tresen gegenüberlag.

»Lass uns reingehen«, drängte Lorenzo. Inge spürte, dass seine Handflächen ebenfalls bereits feucht geworden waren.

»Sie hat doch noch Kundschaft«, wiegelte Inge ab.

Lorenzo schnaubte und wartete genau wie Inge geduldig darauf, dass das junge Paar endlich bezahlte und den Laden verließ. Anna musste sie bereits wahrgenommen haben. Gleich zweimal hatte sie in ihre Richtung geblickt. Vermutlich dachte sie sich, dass neue Kundschaft auf sie wartete und sich die Auslage ihres Schaufensters ansah, zwei Kleider an Schaufensterpuppen und auf einem Regal drapierte Blusen. Inge und Lorenzo tauschten Blicke. Dann trat Inge beherzt ein.

Anna grüßte sie freundlich auf Hebräisch. Sie erkannte sie nicht, was auch nicht verwunderlich war. Die Pausbacken einer Elfjährigen hatte Inge nicht mehr.

»Guten Tag. Ich möchte Sie gerne fragen, ob Sie mir etwas nähen können«, sagte Inge auf Deutsch und mit angeschlagener Stimme.

»Sie sind aus Deutschland?«, fragte Anna erstaunt, die sie und Lorenzo daraufhin interessiert musterte.

»Aus Italien«, ergänzte Lorenzo, was Anna offenbar noch mehr verwirrte.

Inge zog ohne weitere Worte die Puppe mit dem rosa Kleid, die sie aus Nürnberg mitgenommen hatte, aus ihrer Tasche hervor und setzte sie mit zittriger Hand auf den Tresen.

Anna starrte ungläubig darauf. »Oioioi«, entfuhr es ihr, bevor sie die Hände vors Gesicht schlug und Inge fassungslos ansah.

»Ich bin's«, sagte Inge nur, deren Stimme zu versagen drohte, weil die Augen ihrer Mutter wässrig wurden.

Anna ging um den Tresen herum und musterte ihre Tochter ungläubig. »Inge ... Ach, meine kleine Inge ...« Dann legte sie mütterlich, wie sie es früher immer getan hatte, ihre Hand auf Inges Wange und begann sie zu streicheln, bevor sie sie erst zögerlich, dann fest in die Arme schloss.

Wie gut das tat! Inge fühlte sich wieder wie damals und doch war es diesmal anders. Fremd und zugleich vertraut empfand sie die Nähe einer Mutter.

»Wie hast du mich gefunden?«, fragte sie.

Inge löste sich sanft aus der Umarmung. »Ich hatte deine Adresse in Tel Aviv. Und dann hab ich mich mit den hiesigen Behörden herumgeschlagen – jahrelang«, erklärte Inge.

Anna nickte wissend und sah sie für einige Augenblicke nur schweigend an. »Es tut mir so leid ... So unendlich leid ...«, sagte sie dann.

Inge konnte sich nur allzu gut vorstellen, was gerade in ihrer Mutter vorging.

»Es war ein Fehler, fortzugehen«, sagte Anna.

Inge schüttelte den Kopf. »Ich hätte damals an deiner Stelle vermutlich genauso gehandelt. Sie haben so viele weggebracht und in den Lagern ermordet.«

Anna nickte betrübt und seufzte.

»Vater ist vor sechs Jahren gestorben«, eröffnete Inge ihr.

Anna griff nach Inges Hand, an der sie Halt suchte.

»Gustav ... Ich habe euch beide so sehr vermisst.«

»Warum hast du dich nicht mehr gemeldet? Über die Schweiz?«, wollte Inge wissen.

»Die Jahre vergingen und ich dachte, dass es besser für uns alle ist. Auch für dich. Ist doch nicht gut, alte Wunden aufzureißen, hab ich mir gesagt. Und als der Krieg vorbei war, hab ich dann doch wieder einen Brief in die Schweiz geschrieben, aber es kam keine Antwort. Ich hab mir dann eingeredet, dass es das Schicksal so will. Vielleicht war ich auch nur zu feige. Ich weiß es nicht, Inge. Aber anscheinend meint es das Schicksal doch gut mit uns.« Annas Glücksempfinden, als sie den letzten Satz ausgesprochen hatte, konnte Inge körperlich spüren. Ja, das Schicksal hatte sie über Umwege zusammengeführt. Nur das zählte.

»Vater hat dich immer geliebt, bis zu seinem Tod.« Inge hielt es für wichtig, ihr das zu versichern.

Anna wischte sich tapfer die Tränen aus den Augen. »Ich ihn auch. Glaub mir. Ich ihn auch.«

Lorenzo räusperte sich. »Willst du mich deiner Mutter nicht endlich vorstellen?« Lorenzo spielte den Eingeschnappten. Selbst Anna musste unwillkürlich lachen.

»Mein Mann. Lorenzo.«

Anna reichte ihm die Hand und nahm ihn erst jetzt gründlich in Augenschein.

»Da hast du ja einen prächtigen Burschen an deiner Seite«, sagte sie anerkennend. »Wie kommst du denn zu einem Italiener?«

Inge seufzte. »Mutter, das ist eine lange Geschichte.«

»Eigentlich haben wir es einem störrischen Esel zu verdanken«, erklärte Lorenzo.

Dass ihre Mutter sie nun beide irritiert ansah, verwunderte Inge nicht. Würde eine Woche ausreichen, um ihr alles zu erzählen? Wie es Anna wohl in all den Jahren ergangen war?

Inge brannte darauf, es zu erfahren, und sollte eine Woche nicht dafür reichen, dann fuhren sie eben mit einem anderen Schiff zurück. Der Besuch in Paris konnte auch noch ein paar Tage warten, auch wenn sich Inge sehr darauf freute, Annemarie nach so vielen Jahren endlich wiederzusehen. Das war der Luxus der Freiheit und nichts war Inge im Moment kostbarer.

Anmerkung der Autorin

Die Ereignisse des Kriegsjahres 1943 im italienischen Ort Cassino, die zur Zerstörung des Klosters Montecassino durch die Alliierten führten, aber auch die Situation der deutschen Kriegslazarette sowohl in Cassino als auch an der Ostfront in Charkow, sind kaum lückenlos recherchierbar. Denkbares und Wahrscheinliches füllen in einem fiktionalen Werk zwangsläufig Räume, die sich nicht mit eindeutigen Quellen niet- und nagelfest belegen lassen oder in sich widersprüchlich sind. Dies gilt ebenso für seinerzeit real existierende Personen, denen ich in diesem Roman behutsam Dialoge in den Mund legte, die frei erfunden sind, obwohl ihre Haltungen und Sprache meiner Einschätzung sowie den Quellen nach denkbar und sogar sehr wahrscheinlich sind. Dennoch bleibt es ein fiktionales Werk, in dem es in erster Linie um das Schicksal einer deutschen DRK-Schwester und ihre Haltung zum Krieg geht.

Weiterführende Informationen zu Montecassino und zur Herkunft des Partisanenliedes

Eusebio Grossetti / Martino Matronola: *Monte Cassino under Fire, War Diaries from the Abbey with other accounts and documents,* ed. by Fuastino Avagliano, Abbazia di Montecassino 2018

Tommaso Leccisotti: *Montecassino - Sein Leben und seine Ausbreitung,* Thomas Morus Verlag, Basel 1949

Verfasser unbekannt: *Bella Ciao,* https://de.wikipedia.org/wiki/Bella_ciao